DAGMAR SEIFERT

Der Winter der Libelle

DAGMAR SEIFERT

Der Winter der Libelle

Roman

LANGEN MÜLLER

Ich möchte mich gerne bedanken:

bei Familie Yükel für ihre wunderbare Gastfreundschaft

bei Karen Schueler-Albrecht für die juristischen Tipps

bei Sybille Arendt, Stephan Karrenbauer und den anderen
netten Leuten vom Hinz & Kunzt

bei Wittfried Malik, Sandra Dallmann und den anderen
netten Leuten vom Schröderstift

bei den freundlichen Hebammen vom
Geburtshaus Hamburg e.V.

und bei den Menschen vom Mönckebrunnen,
vor allem bei Elke!

Besuchen Sie uns im Internet unter
www.langen-mueller-verlag.de

© 2004 by Langen Müller in der
F.A. Herbig Verlagsbuchhandlung GmbH, München
Alle Rechte vorbehalten
Schutzumschlag: Wolfgang Heinzel
Satz: Uhl + Massopust, Aalen
Gesetzt aus: 10,5/12,75 Punkt New Caledonia
Druck und Binden: Ueberreuter Buchproduktion, Korneuburg
Printed in Austria
ISBN 3-7844-2943-2

Inhalt

Im *1. Kapitel*
wird erläutert, weshalb der Winter mehr Sicherheit bietet
als der Sommer – eine Sünde begangen – eine Mutter besänftigt –
und schließlich eine Tatsache realisiert
9

Im *2. Kapitel*
geraten mehrere Personen in eine akute
Schwangerschaftspsychose – bleibt nichts als die Flucht –
vertrauen wir umsonst auf Mutterinstinkte –
und hören eine wichtige Radiomeldung
33

Das *3. Kapitel*
zeigt Lillys Bereitschaft, sich zu ändern –
beweist, dass Harry genau im richtigen Moment
verschwunden ist – während von Claudio eher das
Gegenteil zutrifft – und zerschmettert endgültig eine Hoffnung
53

Im *4. Kapitel*
kümmern die Leute sich mal zu wenig und mal zu viel
um andere Menschen – wodurch die Gesellschaft manch
einen zwingt, kriminell zu werden – bekommen zwei
Frauen ganz unerwartet kernige Gesellschaft –
und Lilly als Geburtstagsüberraschung einen Tritt
73

Im 5. *Kapitel*
riecht es brenzlig – taucht ein Moloch auf –
sowie ein Polizist mit traurigen Augen –
und Lillys Situation verändert sich schon wieder
ganz entscheidend
94

Im 6. *Kapitel*
läuten Kirchenglocken auf dem Weg zur Elbe –
wohnt Anna im Iglu und Maria gleich nebenan –
stellt Kalle uns seinen Kalli vor – während Lilly erfährt,
dass es die Wirklichkeit in Wirklichkeit gar nicht gibt
111

Das 7. *Kapitel*
bringt uns in einen Kleingartenverein – und in Steffis Kneipe –
hat eine Menge Action auf Lager – sowie die glückliche Lösung
für eine dringliche Angelegenheit
134

Das 8. *Kapitel*
nimmt uns mit auf eine Besichtigungstour durchs
Schlaraffenland – lässt Lillys Probleme zusammenschrumpfen –
zeigt uns, wie unvernünftig ein Backenzahn sein kann –
und dass nicht jeder hilfsbereite Mensch harmlose
Absichten haben muss
152

Im 9. *Kapitel*
schnuppern wir ein wenig Bahnhofsatmosphäre –
verpassen den Mitternachtsbus – bewundern eine patente Idee –
und lernen Baba kennen
173

Im *10. Kapitel*
stoßen wir auf eine traurige Mitteilung –
beraten Fachleute, was nun geschehen soll –
begegnen wir Gloria wieder –
und erleben das Gefühl von echtem Reichtum
195

Das *11. Kapitel*
bringt Kalle, den Moloch, zurück – erzählt uns Babas
Geschichte – lässt Weihnachten herbeischlittern –
und damit Frieden und Besinnlichkeit
214

Im *12. Kapitel*
erleben wir den Walzer der Libelle –
erfahren, weshalb ein joggender Greis die Wirtschaft ruiniert –
sehen zu, wie eine dicke Dame aufgefangen wird –
und finden es sehr praktisch, dass sie so dick ist
232

Im *13. Kapitel*
geht es um Sekunden –
brandet die Sinnlichkeit am falschen Platz auf –
bemüht sich Baba, ihre Mitmenschen anzulächeln –
während die Polizei nun wirklich nach Lilly sucht
253

Im *14. Kapitel*
wird Lilly nahezu verhaftet –
bekommt eine traurige Nachricht – sowie sehr viel Zuwendung –
und muss einsehen, dass breite Schultern dünn gesät sind
269

Das *15. Kapitel*
bringt ein Wiedersehen mit Heike sowie Hinz & Kunzt –
zeigt, dass das Unvorstellbare unsichtbar ist und
lässt die Vorahnungen des Professors wahr werden
287

Im *16. Kapitel*
wird geträumt – erfahren wir mehr über Anna und
den Schröderstift – und begegnen einer Schafsböckin –
während Lilly ihre Schultern in ganzer Breite zeigt
306

Das *17. Kapitel*
denkt darüber nach, wie smart Söhne eigentlich sein sollten –
gibt Lilly eine sitzende Tätigkeit –
lässt uns über einen Hıçkırık erschrecken –
und macht uns mit einer ganz neuen Maria bekannt
323

Im *18. Kapitel*
feiern wir ein Wiedersehen und einen Brief –
wundern uns über das sagenhafte Glück mancher Menschen –
machen uns juristisch schlau –
und genießen die Sonne am Mönckebrunnen
347

Im *19. Kapitel*
kommt noch ein Brief an – macht Lilly einen Besuch –
was einen Gegenbesuch hervorruft –
und traut sich in die Höhle des alten Löwen
366

Das *20. Kapitel*
bemüht sich um Verständnis
385

Im 1. Kapitel

*wird erläutert, weshalb der Winter mehr Sicherheit bietet
als der Sommer – eine Sünde begangen – eine Mutter besänftigt –
und schließlich eine Tatsache realisiert*

Zu den ersten und wichtigsten Dingen, die Lilly lernte, gehörte die Überzeugung, dass es im Leben vor allem auf Sicherheit ankommt. Der Turnlehrer verzweifelte an ihr, weil sie sich wie ein unbelehrbarer kleiner Affe immer wieder irgendwo festklammerte, sobald er ihre Finger vom letzten Halt gelöst hatte. Schrieb sie in ihr Schulheft, so hielt sie mit der krampfhaft gespreizten linken Hand sorgfältig ein Lineal unter den Füller, um nur nicht die gerade Fasson zu verlieren – was den Unterlängen der Schrift einen merkwürdig platten Eindruck verlieh. Der Hausschlüssel um ihren Hals hing nicht an gewöhnlichem Band, er baumelte vielmehr an einer festen Gliederkette mit Sicherheitsverschluss. Und die hübschen Spangen in ihren Zöpfen verbargen nur sehr unvollkommen ganze Spulen von gelbem Haargummi.

Lilly hieß übrigens nicht wirklich so, sondern vielmehr Elisabeth; ein Name für ein ernstes, braves Mädchen, das seine weißen Kniestrümpfe nicht beschmutzt. Wer erlebt hatte, was für Zustände ihre Mutter bekam, sobald sie Unreinlichkeit und Flecken bemerkte, verstand das sofort.

Elisabeth hieß auch diese Mutter und sie war es selbst, die begann, ihre Tochter Lilly zu nennen oder Lillybelle, damit niemand im Haus in Verwirrung geriet über die Namensgleichheit. Der Einzige, der in Verwirrung hätte geraten können, verschwand sehr früh: Lilly war gerade vier, als ihr Vater die Scheidung einreichte, sich wieder verheiratete, innerhalb kurzer Zeit zwei kräftige, dreckige, gesunde Söhne bekam und seine beiden sauberen Elisabeths von heute auf morgen der Unsicherheit auslieferte.

Lilly sündigte nicht. Wer sich in Gefahr begibt, kommt darin um, predigte ihre Mutter. Es ging nicht darum, dass Böses tun von Übel war; vielmehr hätte man dabei erwischt werden können. Lilly mied das Risiko. Bis zu ihrem zwanzigsten Lebensjahr aß sie Kirschen nur mit besorgtem und konzentriertem Gesichtsausdruck, weil sie wusste, dass ein verschluckter Kern zu Blinddarmentzündung führen konnte. Im Grunde fühlte sie sich erleichtert, wenn man den Sommer und die Kirschenzeit hinter sich hatte. Der Winter war zweifellos die bessere Jahreszeit. Niemand erwartete, dass man sich länger als nötig draußen herumtrieb, das verpönte Stubenhocken wurde zu einer anerkannten Beschäftigung. Das Leben, fand Lilly, erwies sich als gefährliche Angelegenheit. Besser, man wartete es im Haus ab.

Und dann, als sie schon achtunddreißig war, konnte sie eines Tages der Sünde nicht widerstehen und ließ sich darauf ein, ohne jede Übung.

An einem Hochsommertag – sonnig und überaus heiß – fuhr sie wieder einmal los, um Verbotenes zu genießen. Auf dem Asphalt glitzerten kleine Fata Morganas. Der Sommer hatte es schließlich geschafft, sich unter den sieben Regenschläferwochen hervor zu arbeiten, und er tat wirklich, was er konnte.

Lilly wollte gern endlich ankommen. Solange sie unterwegs war, grübelte sie nur ständig nach über die Gefährlichkeit ihres Tuns, das verdarb den Genuss. Trotzdem achtete sie natürlich darauf, nicht zu schnell zu fahren. Wurde sie bei einer kleineren Verfehlung entdeckt, konnte leicht die größere ans Tageslicht kommen.

Hinter Schleswig bog sie von der Autobahn ab und glitt in die glühende, funkelnde Landschaft hinein. Hier trugen die Dörfer teilweise schon dänische Nachnamen wie Havetoft oder Hostrup. Je weiter nördlich sie kam, desto leichter fühlte sie sich. Sie warf einen schnellen Blick in den Rückspiegel: Die Sonnenbrille verdeckte freundlicherweise genau die Fältchen, über die sie sich in letzter Zeit oft ärgerte. Ihr rosa geschminkter Mund lächelte, als ob er sich seinerseits auf die nächsten Stunden freute.

Sie holperte über einen unebenen Weg neben einem Maisfeld

und dann über Kopfsteinpflaster zu einem alten Haus, parkte sorgfältig im Schatten, riss die Handtasche vom Beifahrersitz und trabte eilig auf den Eingang zu.

Das Haus gehörte nicht Claudio, sondern seinem besten Freund. Claudio machte hier oft Urlaub, seit Jahrzehnten. Um Lilly zu treffen, war dieser Ort, so hoch im Norden und so einsam, seiner Wohnung in Hamburg vorzuziehen.

Claudio öffnete nach dem dritten Klingeln. Er trug nur seine Brille und, um die Hüften gewickelt, ein weißes Badetuch. Sein Haar zipfelte feucht nach allen Seiten, offenbar gerade eben einmal durchgerubbelt. Er strahlte sie an und sprach in das schnurlose Telefon an seinem rechten Ohr: »... können Sie sich ja vorstellen. Ein paar Notizen habe ich, das ist alles. An Aufnahmen war unter diesen Umständen nicht zu denken.«

Lilly warf ihre Handtasche auf einen Sessel, schloss leise die Haustür hinter sich und umarmte den frisch geduschten Mann. Sie erschnupperte Deo unter seinen Achseln, Rasierwasser um sein Kinn herum. Offenbar hatte er nur noch die Haare fönen wollen. Dann war der Anruf gekommen – und dann sie.

»... das mit dem Hotel ist perfekt und der Flug heute ist natürlich auch gebucht. Hat Evchen, glaube ich, gestern schon gemacht...«, fuhr er fort, während er ihren Nacken streichelte. Aha, er sprach wahrscheinlich mit seinem Chefredakteur. Evchen war, soviel Lilly wusste, die zuständige Sekretärin, die sich um alle Reiseprobleme zu kümmern hatte.

Claudio war ypsilonförmig auf der Brust und über dem Magen bewachsen und sie zeichnete mit den Fingerkuppen die weichen, glänzenden schwarzen Haarwirbel nach, linksherum um die rechte Brust, rechtsherum um die linke. Er begann, ihr das rosa karierte Hemd von den Schultern zu streifen, während er zu dem, was ihm das Telefon erzählte, nickte: »Klar, das hab ich doch die ganze Zeit gesagt!«

Er ging langsam rückwärts durch die Schiebetür ins Schlafzimmer, in dem die gestreifte Bettwäsche in allen Regenbogenfarben leuchtete und einladend zerwühlt dalag.

Vermutlich setzte der Chefredakteur zu einer längeren Erklärung an, denn Claudio stülpte seinen großen, breiten Mund über den seiner Besucherin zu einem ausführlichen Willkommenskuss. Dann ließ er sich rückwärts auf das Bett fallen und riss Lilly mit sich. Er lachte leise und bemühte sich, nicht allzu atemlos zu sprechen: »Aber es reicht doch, wenn wir gute Fotos haben? Mit Interviews ist das bekanntlich schwierig in der Region – ich hab keine Lust, noch mal in einem von diesen Gefängnissen zu landen... Ja, das hoffe ich, dass unsere Anwälte auf Zack sind und alle Botschafter dazu. Das hat mir trotzdem beim letzten Mal nicht viel genützt...«

Er bemühte sich, den Verschluss ihrer blassrosa Jeans mit der linken Hand zu öffnen, während er gleichzeitig gespannt lauschte. »Bis Ende September? Ich dachte, dann soll ich diese Reportage in Berlin machen? ... Ja, sehen Sie!«

Lilly strampelte die Jeans von ihren Beinen auf den Boden und küsste Claudios warmen glatten Bauch.

Seine Stimme wurde etwas schriller: »Entschuldigen Sie, ich muss mich jetzt um meinen Besucher kümmern – ein Kontaktmann. Ich ruf wieder an...«

Der Anrufer schien einige Abschiedsworte für nötig zu halten. Lilly fummelte das Badehandtuch auseinander und packte den Mann aus wie ein Geschenk.

»Ich – melde mich!«, versicherte Claudio und schaffte es, das Telefon ordentlich auszuknipsen, bevor er es auf den Teppich plumpsen ließ.

Lilly wachte davon auf, dass in einiger Entfernung ein Hahn krähte. Sie lag mit dem Gesicht auf Claudios Brust und wurde gehoben und gesenkt von der Dünung seines Atems. Nicht die Augen öffnen... Sie dümpelte sachte zwischen nicht ganz schlafen und nicht ganz wach sein hin und her, Gedanken zerdehnten sich zu Traumpartikeln – da krähte das Vieh schon wieder.

Sie blinzelte vorsichtig auf ihr Handgelenk: fünf Uhr. Wahrscheinlich die korrekte Zeit für einen Hahnenschrei. Nur, es war definitiv nicht fünf Uhr am Morgen, sondern am Nachmittag. Wer hatte den Hahn falsch eingestellt?

Die Gardine vor dem offenen Fenster bauschte im rotgoldenen Sonnenschein, eine Biene oder Wespe hatte sich im Gewebe verfangen und brummselte ungeduldig.

Lilly hob ganz behutsam ein wenig den Kopf an und nutzte die Gelegenheit, den schlafenden Mann zu betrachten, ihre schöne Sünde: sein breites Gesicht mit der kräftigen Nase, dichten schwarzen Augenbrauen und im Gegensatz dazu recht dürftigen, stummeligen schwarzen Wimpern.

Der Hahn krähte ein weiteres Mal, mit nölender, beleidigter Betonung auf der Endsilbe. Diesmal wachte Claudio auf, lächelte, sobald er sie erkannte und drückte sie fest an sich. Er suchte auf dem Teppich herum nach seiner Brille, setzte sie auf und widmete sich, indem er nun klar sah, den Tatsachen. Sie hatten schließlich seit ihrer Ankunft noch kein einziges Wort miteinander gewechselt – kein vernünftiges zumindest – und mussten Grundsätzliches besprechen: die vermutliche Dauer ihres Besuches (noch knapp anderthalb Stunden), die vermutliche Dauer seiner Reportage-Reise (schwer zu sagen) und den ersehnten Termin ihres nächsten Wiedersehens (so bald wie möglich natürlich, aber kaum vor Anfang August). Während dies besprochen wurde, musste Claudio rauchen, und hinterher verlangte es ihn nach Kaffee. Er war ein agiler Mensch, der dauernd irgendwelche Bedürfnisse verspürte und sich nach Möglichkeit erfüllte.

»Gleich – bleib noch einen Augenblick liegen!«, bat Lilly. Das tat er, denn sie kannten sich erst seit knapp zwei Monaten, er war noch sehr verliebt in sie und deshalb voller Geduld. Er schob den Arm unter ihren Nacken, küsste ihre Schläfe und klimperte mit ihrem Ohrring.

»Als ich klein war – noch bevor ich zur Schule kam ...«, fing Lilly an, »habe ich im Frühjahr gern mit Kätzchen gespielt. Nein, nicht mit Tieren – mit Weidenkätzchen oder Haselkätzchen, also diesen pelzigen Knospen, die da sind, bevor Blätter wachsen, weißt du? Und zwar habe ich ihnen in der Erde ein kleines Loch gebuddelt,

13

eine Höhle. Die hab ich sorgfältig mit sauberem weichem Moos ausgepolstert, nahtlos. Da hinein wurden die Kätzchen gelegt, eins oder zwei, mehr nicht. Oben drüber kam eine Glasscherbe, die ich von beiden Seiten poliert hatte, wie ein kleines Fenster. Da lagen meine Kätzchenkinder dann warm und weich und geborgen und konnten rausgucken, aber sie wurden nicht nass, wenn es regnete ...«

Claudio griff sich eine weitere Zigarette und wartete auf die Pointe. »Und?«

»Und so ähnlich fühle ich mich, wenn ich bei dir bin. Warm und weich und geborgen.«

Er streichelte ihr Haar, während er mit seinem Feuerzeug kämpfte. »Für mich klingt es eher, als hättest du ihnen eine Grabhöhle gebuddelt. Bei deinem Mann fühlst du dich nicht geborgen?«

»Bei Norbert? Nicht mehr. Früher schon.«

»Wie lange seid ihr jetzt verheiratet?«

Lilly rechnete. »Vierzehn Jahre. Ich war vierundzwanzig und er zweiundvierzig.«

»Dann ist er inzwischen sechsundfünfzig? Weshalb hast du überhaupt so einen Greis geheiratet?«

»Weiß ich jetzt auch nicht mehr. Damals war ich sehr glücklich und sehr stolz. Mir hat bestimmt imponiert, dass Norbert Psychotherapeut ist und so erfolgreich, genau, was man eine ›Kapazität‹ nennt. Gott, er hat mehrere Bücher geschrieben und seine Patientinnen beten ihn an. Er hat lauter Geschenke von denen, einen indischen Wandteppich und einen eisernen Don Quichotte und so was.«

»Nur Patientinnen? Keine Männer?«

»Keine Männer. Er hat sich auf Schwangerschaftspsychosen spezialisiert. Hab ich dir das nicht erzählt? Dr. Norbert Lohmann – er wird doch öfter mal in der Presse erwähnt. Hast du noch nie was von ihm gehört?«

»Nein. Schwangerschaftspsychosen sind für mich von geringerer Relevanz. Über deinen Mann hast du eigentlich nur mal gesagt, dass er ziemlich viel älter ist und dass du ihn nicht mehr liebst. So, imponiert hat er dir also?«

»Er war von einer tollen Frau geschieden. Nicht meinetwegen – das war, bevor wir uns kannten. Esther hieß die. Ist das nicht ein souveräner und erwachsener Name? Eine unglaublich elegante Frau. Ich glaube, ich war viel mehr verliebt in Norbert als er in mich. Er hatte so gläserne, ganz helle Augen. Na, die hat er natürlich noch. Ich musste ihn richtig überreden, mich zu heiraten. Er fand mich wohl rührend. Ich war irgendwie drollig und tollpatschig und viel zu jung für mein Alter...«

Claudio musterte sie streng von der Seite. »Was redest du denn da? Drollig und tollpatschig! Du bist schön, mein Mädchen, und das weißt du wohl auch?«

»Doch, klar«, murmelte Lilly. Sie wusste es wirklich, denn es war ihr seit jeher gesagt worden, doch sie gab nicht viel darauf. Irgendetwas stimmte nicht mit dieser Schönheit; sie kam jedenfalls in keiner Weise an gegen das Selbstbewusstsein und die Tüchtigkeit von Norberts erster Frau Esther, obwohl die eine Hakennase im Gesicht trug. Esther hatte Stil und eine eigene Note (nicht so sehr in modischen Dingen; das hätte Lilly auch gehabt.) Sie flößte Respekt ein und Bewunderung. Man hörte auf ihre Meinung. Lilly war mehr eine Art Dekorationsgegenstand.

Schließlich stand Claudio auf, zog ein paar helle Leinenhosen an und ging in die Küche, zur Kaffeemaschine. Lilly wickelte sich ihrerseits in das große weiße Handtuch, folgte ihm und setzte sich auf einen Küchenstuhl. Sie trank mit ihm Kaffee und aß aufgebackene Brötchen aus dem Tiefkühlfach – obwohl sie sonst sehr heikel war, was Essen anging.

Claudio sprach schnell und heftig, während er in der Küche hantierte. Am Anfang hatte er Lilly noch damit geängstigt. Inzwischen wusste sie, dass es nicht das Geringste mit ihr zu tun hatte. Er regte sich über die Amerikaner auf und über die Engländer und über die Lage in Afghanistan und die im Irak. »Diese Heuchelei – von wegen Freiheit und Frieden verteidigen...«

Lilly hörte halb und halb zu und sagte wenig. Immerhin war ihr

15

bewusst, dass ihr Geliebter eine völlig andere politische Meinung vertrat als ihr Mann, und das erfüllte sie mit boshaftem, kitzelndem Vergnügen. Norbert wäre beleidigt und schockiert über Claudios Ansichten, wenn er sie zu hören bekäme.

Später sah sie zu, wie Claudio seine Reisetasche packte. Er wollte noch an diesem Abend zurück nach Hamburg. Früh am nächsten Morgen ging sein Flugzeug und brachte ihn in gefährliche Gebiete, in denen Mord und Totschlag tobten. Er fürchtete sich kaum, für ihn war Gefahr etwas Spannendes.

Sie duschte, wusch auch ihr Haar, fönte es trocken und danach durfte Claudio nicht mehr rauchen! Als sie allerdings an ihren Kleidern schnüffelte, bevor sie wieder hineinstieg, roch sie ebenfalls Zigarettenrauch. Am besten, sie zog sich um, sobald sie zu Hause ankam.

Er küsste sie immer wieder, noch in der Haustür.

»Sei bitte vorsichtig in Afghanistan!«

»Klar. Ich werde dich unendlich vermissen, Lilly. Denkst du an mich?«

»Ständig.« Und dauernd voller Angst, alles könnte auffliegen. Warum sagte er nicht, sie sollte sich scheiden lassen und ihn heiraten? Und dass er selbst es übernehmen würde, mit Norbert zu reden und alles zu klären. Leider schien er ihr selbst die Entscheidung überlassen zu wollen.

Sie wünschte sich, wie eine kleine kostbare Segelyacht von einem Hafen in den anderen verfrachtet zu werden ohne einen Kratzer am Bug.

Dann müsste Claudio nur noch einen ungefährlicheren Beruf haben. Zum Beispiel in Hamburg bleiben und über lokale Dinge schreiben. Gesellschaftsklatsch etwa. Da konnte Gloria ihm behilflich sein, Lillys Freundin. Gloria wusste erstaunlich viel vom Intimleben der oberen Zehntausend in der Hansestadt.

Claudio winkte ihrem Auto hinterher, als sie in den warmen Sommerabend fuhr. Sie blickte, bevor sie den holperigen Hof verließ, noch einmal zurück und sah ihn im Türrahmen lehnen, braun und muskulös, nur in der hellen Hose, immer noch barfuß, den

Kopf mit dem wuscheligen dunklen Haar schief gehalten und hinter ihr her winkend. Während sie aus der Einfahrt fuhr, fiel die Tür hinter ihm zu. Als Erstes würde er sich eine neue Zigarette anstecken, das war ihr klar. Sie hoffte, ihm das Rauchen abzugewöhnen, wenn sie später für immer zusammen waren. Sie war ausgesprochen empfindlich und häufig krank, das ewige Passivrauchen wäre bestimmt nicht gut für sie…

Lilly klopfte höflich an die Tür des Arbeitszimmers, obwohl sie nur angelehnt war.

»Komm doch rein!«, rief ihr Mann, mit dem Rücken zur Tür am Schreibtisch. Sie küsste ihn auf die Wange, setzte sich auf die Schreibtischkante und betrachtete sein schmales, vom Computer angestrahltes Gesicht unter dem weißen Haar. Die hellblauen, kühlen Augen wanderten kurz zu ihr, er lächelte flüchtig. »Schönen Tag gehabt? Wie war's bei Gloria?«

»Nett. Entspannend. Schöne Grüße von ihr. Wir haben die ganze Zeit gefaulenzt und getratscht. Kataloge durchgeblättert und bestellt – Gloria braucht einen neuen Wintermantel, findet sie. Der, den sie sich ausgesucht hat, ist der exklusivste von allen.«

»Der arme Joschi. Der muss bezahlen. War er auch da?«

»Wo denkst du hin? Der hat in seiner Firma gesessen. Wer so eine Villa hat…«

»Und so eine teure Frau wie Gloria, der muss schuften. Wie du siehst, sitze ich auch noch an der Arbeit.«

»Aber doch nicht, weil ich so eine teure Frau bin?«

»Nicht nur deshalb. Auch wegen der Patientinnen. Das war ein fürchterlicher Tag, vielleicht wegen der Hitze. Lauter durchgedrehte Weiber. Der Himmel stehe den Kindern bei. Und den Ehemännern ebenfalls, nebenbei bemerkt. Mütter und vor allem werdende Mütter sind so besonders anstrengend… Wobei mir einfällt, Elisabeth hat angerufen. Ich bin nicht drangegangen, man möge mir verzeihen…« Er drückte den Knopf des Anrufbeantworters, und die Stimme von Lillys Mutter, gereizt, etwas brüchig, etwas beleidigt, erklang:

»Lilly? Wo bist du denn, Kind? Nie bist du da, wenn ich anrufe! Bitte, melde dich doch, sobald du zu Hause bist. Also, ich warte...«

Lilly stand seufzend auf: »Ich ruf sie gleich vom Handy aus an, dann hast du hier Ruhe.«

Norbert nickte. Als sie an ihm vorbei ging, schnupperte er leicht und zog die Augenbrauen zusammen: »Du riechst etwas nach Rauch? Sag nicht, Gloria hat mit dem Qualmen wieder angefangen – oder raucht ihr viel versprechender Sohn?«

Lillys Herz klopfte viel zu schnell. Sie antwortete nebenbei: »Nein, wir waren nachmittags in einem Café bei ihr in der Nähe, da wurde an den Nebentischen natürlich geraucht.«

Norbert nickte, zufrieden mit dieser Auskunft, und wandte sich wieder seinem Computer zu.

Lilly ging in ihr Zimmer, holte das kleine Mobiltelefon aus der Handtasche und wählte Elisabeths Nummer. Die Stimmung ihrer Mutter hatte sich inzwischen nicht gebessert. Sie klagte, ewig nichts von Lilly gehört zu haben.

»Ach, Mutti, wir haben doch erst vor zwei Tagen miteinander geredet und seitdem ist nichts Besonderes passiert!«

»Vor drei Tagen, Lillybelle. Außerdem, woher weißt du, dass seitdem bei mir nichts passiert ist? Und wieso war dein Mobiltelefon abgestellt? Wo warst du heute Nachmittag? Deine Haushälterin, diese Frau Dietrich, wusste es nicht. Ich verstehe einfach nicht, dass du eine Haushälterin brauchst, wenn du sowieso keinen Beruf ausübst. Das könntest du doch alles selber machen, wenn du dir ein bisschen Mühe gibst und deine Faulheit überwindest! Immer ein fremder Mensch im Haus, das muss Norbert doch auch stören...«

»Norbert hat Frau Dietrich selbst eingestellt, Mutti, und er schwört auf sie. Heute Nachmittag war ich bei Gloria Bischof. War mein Handy abgestellt? Tut mir Leid. Vielleicht ist der Akku schon wieder leer. Der ist nicht ganz in Ordnung. Nun sag mal, was ist denn passiert?«

»Nichts, Kind. Mir fällt nur die Decke auf den Kopf. Zu Hause bin ich so alleine, und tagsüber mit zu vielen Menschen zusammen. Es war so heiß in der Firma... Bei diesem Wetter ist es kaum auszuhalten. Mir dröhnt der Schädel.«

»Arme Mutti. Es sind ja nur noch ein paar Jahre...«

»Hoffentlich halte ich so lange aus. Du hast es gut, dass du nicht arbeiten musst und immer tun kannst, was du willst. Du weißt gar nicht, wie gut du es hast. Wie geht es denn Norbert? Seid ihr gestern Abend bei diesem Essen gewesen?«

»Ja, natürlich.«

»War es schön? Was hattest du an? Hast du traumhaft ausgesehen?«

»Ich hatte das schwarze Seidenkleid an, das mit den Spagettiträgern.«

»Das ist elegant. Und deine schlanke Figur... Hattest du die Haare hochgesteckt?«

»Nein. Einfach ausgebürstet und offen getragen.«

»Du hast bestimmt traumhaft ausgesehen. Du warst die Schönste, stimmt's?«

»Kann schon sein.«

»Dein Mann war bestimmt stolz auf dich. So ein erfolgreicher Mann und dann die schöne junge Frau an seiner Seite. Ihr seid so glücklich. Wenn ich traurig bin über mein eigenes Leben, dann denk ich dran, wie glücklich du bist. Das baut mich wieder auf. Ich gönne es dir so, Kind. Sei bitte ganz lieb zu Norbert, hörst du, das ist so wichtig. Du bist oft launisch, du musst dich mehr zusammenreißen. Ein Mann muss ein sauberes, harmonisches Zuhause haben. Denk daran, du musst fürsorglich sein. Was machst du jetzt noch? Ist diese Frau Dietrich bereits weg?«

»Die geht doch normalerweise schon um sechs. Was ich jetzt mache? Ich geh in die Küche. Es ist noch kalter Braten da...«

»Mach das! Du kannst es dir leisten, du bist ja so mäkelig, das ist gut für die Figur. Ich muss mich dauernd bremsen, damit meine Hüften nicht ausufern. Ja, und dann setzt du dich nett mit Norbert zusammen und ihr plaudert ein bisschen in eurem schönen Haus.«

»Norbert hat noch zu tun, der sitzt bereits wieder im Arbeitszimmer.«

»Ach – um diese Zeit? Es ist doch gleich neun. Na, ihr macht es euch später gemütlich, was?«

»Ich glaube, wenn ich was gegessen hab, geh ich bald ins Bett. Ich bin sehr müde.«

»Wovon denn? Gut, vielleicht von der Hitze. Dann hat Norbert heute wohl nicht mehr viel von dir? Dass ihr getrennte Schlafzimmer haben müsst... Muss das eigentlich sein?«

»Das fragst du immer wieder. Ich kann einfach nicht schlafen, wenn jemand anders im Zimmer ist. Ich wache dauernd auf, durch das kleinste Geräusch, durch Norberts Atmen. Das weißt du doch.«

»Du bist so eine richtige kleine Prinzessin auf der Erbse, Lillybelle. Aber wenn er damit einverstanden ist...«

»Ich versichere dir zum siebenundsechzigsten Mal, dass er damit einverstanden ist. Übrigens schließe ich ja auch nicht ab.«

Lillys Mutter lachte. »Na, das wär ja was! Wenn du auch noch abschließen würdest!«

»Mutti, mein Magen knurrt. War sonst noch etwas?«

»Entschuldige, dass ich ab und zu mal mit dir sprechen möchte.«

»Ich ruf dich morgen an. Oder übermorgen. In Ordnung?«

»Gut, mein Kind. Grüß Norbert von mir. Schlaf schön.«

Lilly wollte das Handy ausschalten und bekam im selben Moment gemeldet, dass eine Nachricht eingetroffen sei. Eine schriftliche Mitteilung: ICH LIEBE DICH ohne Unterschrift. Aber das war ja auch unnötig.

Lilly löschte die SMS, beantwortete die Botschaft auf der Stelle ähnlich inhaltsreich, ging an der Tür des Arbeitszimmers vorbei in die Küche und schnitt sich ein wenig Braten ab, wobei sie sorgfältig alles Fett entfernte. Dabei dachte sie über die Worte ihrer Mutter nach: Du musst fürsorglich sein! Im Prinzip stimmte das natürlich. Beispielsweise hatte sie vergessen, Norbert zu fragen, ob er Abendbrot bekommen hatte. Wahrscheinlich war er mit einem seiner Freunde – Pieter oder Ferdi – in irgendein Restaurant gegangen. Er war schließlich ein erwachsener Mensch und konnte selbst darauf achten, nicht zu verhungern.

Gloria Bischof war Lillys Alibi und ihre beste Freundin. Sie wusste von Claudio (sie hatte sogar mal ein Foto von ihm gesehen) und sie würde notfalls behaupten, Lilly habe den Tag/Abend/Nachmittag bei ihr verbracht. Sie lachte viel darüber, nannte Lilly ›kleine Sünderin‹ und wollte am liebsten alles ganz genau wissen, bis auf den letzten Zentimeter.

Gloria war humorvoll und empfindlich, großzügig und neidisch, hilfsbereit und überkritisch. Lilly wusste nie genau, ob sie ihr wirklich trauen sollte. Andererseits kannte sie sonst niemanden, der ihr bei ihrem Ehebruch behilflich sein konnte.

Gloria hatte als Innenarchitektin gearbeitet, bevor Joschi Bischof sie eroberte, der es vom einfachen Pharma-Vertreter zu einer eigenen Arzneimittelfirma geschafft hatte. Sie galt als Schönheit und das war bei Licht betrachtet seltsam, denn sie besaß eine auffallend spitze Nase und ungewöhnlich eng beieinander stehende Augen. Wahrscheinlich machten ihre Eleganz, ihr sicherer Geschmack und ihr Selbstbewusstsein sie so attraktiv. Ihr Sohn Jannik hingegen verschandelte sein eigenes gutes Aussehen durch die gängige Mode für Fünfzehnjährige, indem er sein helles Haar stumpf, verdreht und verklebt in alle Himmelsrichtungen stehen ließ, während ihm die Hosen grundsätzlich in den Kniekehlen hingen, was den Eindruck vermittelte, er hätte extrem kurze Beine.

Wenn er auftauchte, rief Gloria nicht ohne Stolz: »Schaut ihn euch an, den kleinen Dandy! Ist das nicht widerlich? Als ich jung war, trugen die Jungens ganz enge Hosen und gepflegtes langes Haar, es sah so appetitlich aus und mein Vater fand das damals ekelhaft. Gut, dass er ins Grab gestiegen ist, bevor ihm sein Enkel zugemutet werden konnte mit dem, was jetzt der letzte Schrei ist. Als hätte man die Bengels kopfüber in eine Pfütze gesteckt, ein paar Mal mit ihnen umgerührt und dann alles trocknen lassen. Und noch dazu, als hätten sie die Hosen gestrichen voll. Janniks Freund trägt einen Ring durch die Nase und so zerfetzte Hosen, dass es ans Unsittliche grenzt. Ihr glaubt nicht, was dem alles raushängt. Hauptsache, hässlich, dreckig, ärmlich und ein bisschen asozial!«

Dann sagte Jannik abwehrend, aber mit charmantem Lächeln:

»Ach, Mooom…«, küsste seine Mutter öffentlich (was alle anderen Mütter zum Seufzen brachte, weil ihre eigenen pubertierenden Söhne eher gestorben wären), flüsterte ihr etwas ins Ohr und bekam, was er wollte: ein bisschen Zwischendurch-Taschengeld oder die Erlaubnis, auf einer Party mitten in der Woche bis zwölf zu bleiben, um nicht als Einziger wie ein Baby zu wirken.

Wenn er mit seiner Beute verschwunden war, triumphierte Gloria: »Das ist ein Verführer, was? Dem kann keiner widerstehen. Vor allen Dingen keine. Ich ja auch nicht. Der Kerl ist einfach smart. Einen göttlichen kleinen Taugenichts hab ich da ausgebrütet. Findet ihr nicht auch, dass er immer hübscher wird?« Worauf natürlich niemand widersprach.

Falls Lilly direkt gefragt wurde, bestätigte sie das sofort: »Unbedingt! Er sieht wirklich gut aus.« Tatsächlich konnte sie weder Janniks glatter blonder Schönheit noch seinem verklebten Styling viel abgewinnen.

Einstweilen wurde Gloria als Alibi nur noch selten benötigt. Claudio schrieb Lilly SMS oder rief manchmal auch an – hin und wieder im falschen Augenblick, dann nannte sie ihn ›Gloria‹ und beantwortete seine Fragen recht zweideutig – und hinterher, sobald es möglich war, informierte sie ihre Freundin darüber, dass sie sich gerade unterhalten hätten. Denn wenn Gloria das *nicht* gewusst und gleich darauf angerufen hätte und Norbert womöglich erzählt, dass sie Lilly dringend sprechen müsste – !

Da Gloria so viel wusste, durfte sie sich auch eine Meinung erlauben. Es lag durchaus in ihrem Naturell, die auszusprechen: »Was soll das nun eigentlich werden, Liebling? Eine kurze, heiße Affäre – oder mehr? Muss Norbert fürchten, abserviert zu werden?«

»Das weiß ich auch noch nicht genau. Aber seit ich Claudio kenne, bin ich mir sicher, dass ich Norbert nicht mehr liebe.«

»Na, daraus ergeben sich ja noch nicht unbedingt Konsequenzen, oder? Denk daran, was du aufgeben würdest. Bedenke, ein kleiner Reporter verdient mit einiger Sicherheit nicht so viel wie ein Psychotherapeut, vor allem einer von Norberts Kaliber. Dein Mann ist ein gerissener Hund.«

»Ich weiß gar nicht, ob ich so viel Geld wirklich brauche.«

»Tja, das weißt du gar nicht. Und vielleicht stellt sich eines Tages raus, dass du's ganz gern warm und trocken hast, und dann ist Norbert bereits verloren für dich. Du hast ihn auch mal geliebt, stimmt's?«

»Natürlich.«

»Na, und das ist vorbei. Wer garantiert dir, dass die Liebe zum Reporter ewig hält? Oder, was noch wichtiger ist, dass er dich ewig wiederliebt? Der ist jung – sogar jünger als du, nicht? Noch siehst du blendend aus, Süße, gar keine Frage, aber irgendwann blättert bei uns allen der erste Lack ab. Norbert gegenüber würdest du dein Leben lang ein Küken bleiben, stets beträchtlich jünger, daran ändert sich nichts. Aber wenn der junge Mann eines Tages findet, er sollte dich gegen zwei Zwanzigjährige umtauschen? Spätestens dann fällt dir schlagartig auf, wie gut du's bei deinem ersten Mann hattest, das garantiere ich dir. Und selbst, falls das nie passiert, zu Reichtümern wird der Junge durch seine Schreiberei kaum kommen. Weißt du, Geld ist so ein nettes Bollwerk gegen das harte Leben. Ehe du dich besinnst, heißt es plötzlich: ›Liebste, du musst mitverdienen.‹ Schluss mit Ausschlafen, wenn der Morgen trübe ist und du keine Lust verspürst, dich in den Tag zu stürzen. Keine Frau Dietrich mehr, die deinen Haushalt schmeißt, du kannst die Maschinen selbst aus- und einräumen und dir dabei die Nägel abbrechen. Kein Tennis vormittags mit deiner guten Freundin Gloria, weil die Sonne scheint und du gerade Lust dazu hast. Du musst dir einige schlichte Kostüme anschaffen und wieder in den Job. Dabei fällt mir ein, ich kenne zwar all deine Geheimnisse, aber ich weiß nicht, welchen Beruf du eigentlich gelernt hast…?«

»Überhaupt keinen. Ich hab Kunstgeschichte studiert.«

»Kunstgeschichte?«

»Ja. Das hat mich eben interessiert.«

»Und was wolltest du damit anfangen?«

»Keine Ahnung. Vielleicht mal unterrichten, was weiß ich. Meine Mutter hat ja ständig behauptet, ich heirate sowieso bald, und zwar einen reichen Mann.«

»Welch antiker Standpunkt!«, meinte Gloria beeindruckt. »Lilly, umso schlimmer. Das bedeutet, du hast dein Lebensziel erreicht, du befindest dich auf dem Gipfel. Jede Änderung ist Abstieg. Liebling, stell dir bloß mal vor, ohne Beruf in diesen harten Zeiten! Nimm dir lieber noch ein paar Lover, aber bleib auf jeden Fall bei Norbert!«

Ohne Claudio und ihre heimlichen Treffen verlief der Juli ziemlich langweilig. Wolkenbrüche lösten die Hitze ab, standen als ›Jahrhundertregen‹ in der Zeitung, wurden als ›Unwetterwarnung‹ im Radio angekündigt und richteten in anderen Landesteilen wüste Überschwemmungen an.

Gloria erzählte eines Tages, dass sie ihr Hausmädchen entlassen musste, weil sie meinte, sie beim Stehlen erwischt zu haben: »Dabei war ich immer so gut zu ihr, dass es mich selbst gerührt hat. Essensreste hat sie dauernd mitgekriegt, vom Feinsten, vor allem nach den Festen, halbe Truthähne hat das Weib abgeschleppt. Hab mit ihr auf Augenhöhe gesprochen, nett und herzlich, ihr alles erzählt über Joschi und meine Probleme mit ihm. Was haben wir zusammen gelacht! Und nun beklaut die mich ...«

Lilly bemühte sich, beim Zuhören das Gähnen zu unterdrücken. Sie fühlte sich so schläfrig in letzter Zeit – ihre Mutter befürchtete schon, sie könnte blutarm sein. Außerdem hatte sie Unterleibsbeschwerden: ihre Regel kam einfach nicht durch, war längst überfällig, schien vor der Tür zu stehen, aber die Klinke nicht zu finden. Es ziepte und zog durchaus typisch, dauernd dachte sie: Jetzt ist es so weit! Aber nein ...

Sie erwähnte das Problem Nina gegenüber, als sie zu zweit im Damenklo eines Restaurants verschwanden, ihre Männer am Tisch zurücklassend. Ninas Mann war Gynäkologe – Norbert kannte natürlich Unmengen von Frauenärzten. »Wie lange warst du eigentlich schon mal in Verzug?«, fragte Lilly, die sich die Lippen nachzog, während Nina noch in der kleinen Kabine herumraschelte.

»Gar nicht. Ich nehme doch die Pille«, war die Antwort. »Sag mal, bist du vielleicht schwanger?«

»Ach du meine Güte, nein, bestimmt nicht! Mir ist nie übel«, sagte Lilly, unangenehm berührt. »Wir wollen auch gar keine Kinder«, fügte sie hinzu.

»Nicht wollen ist gut, verhüten ist besser«, klang es von drinnen. Nina schien mit ihrer Handtasche zu wirtschaften, verschiedene Verschlüsse – Portmonee? Puderdose? – klickten, und dann wechselte sie zu Lillys Erleichterung das Thema, indem sie laut zu fluchen begann.

»Was ist passiert?«

»Ich hab gerade für ungefähr zwei Hunderter Koks verstreut!«, war die wütende Antwort. Gleich darauf erschien sie, sich vorsichtig die Nüstern wischend und mit tränenden Augen, klopfte den weißen Staub von ihrem Kleid und puderte ihre Nase.

»Geh doch mal zu Gerd«, schlug sie abschließend vor. Das war regelmäßig das Einzige, was den Arztfrauen einfiel: potenzielle Patientinnen auf den Stuhl ihrer Männer zu scheuchen. Dabei hatte gerade Nina kürzlich eine Abendgesellschaft schockiert, als sie (schon etwas angetrunken) die Frage stellte, was wohl ganz allgemein von einem Kerl zu halten sei, der von früh bis spät fremden Frauen zwischen den Beinen herumkramte.

Als sie einige Stunden später das Restaurant verließen, heftete sich ihnen ein schwankender Bettler an die Fersen. Lilly zog ihr Geld heraus und gab ihm eine Münze. Nina protestierte: »Nein, lass das! Wie kannst du nur! Der kauft sich ja doch nur Schnaps. Das Geld ist sofort wieder versoffen.«

Lilly wünschte, sie hätte gewagt, zu sagen: ›Das sollte doch jemanden, der eben Koks für zwei Hunderter verstreut hat, nicht weiter beunruhigen.‹ Aber sie traute sich natürlich nicht.

Ende Juli bekam Lilly eine pornografische Botschaft per SMS: VIELE GRUESSE VON TIGER AN MYLADY. Sie löschte die Nachricht hastig und verschämt, sagte sich allerdings hinterher, dass kein Mensch wissen konnte, welche Körperteile damit gemeint waren.

Am nächsten Tag rief Claudio wieder einmal an. Die Leitung

war schlecht, er musste brüllen, damit sie ihn verstand. Er befand sich irgendwo in der Einöde, Trinkwasser war knapp, alles staubig. Er dachte viel an sie. Er war einer grandiosen Schweinerei auf der Spur, wenn er das schrieb, würde es einschlagen! Er hoffte, in wenigen Tagen alles Material beisammen zu haben, dann kam er nach Hause. Dann würde er sich gleich bei ihr melden. Wie sie sicher schon merkte, rief er von einem ›richtigen‹ Telefon aus an, denn sein Handy war ihm nachts bei einer halsbrecherischen gefährlichen Fahrt vom Lastwagen gefallen, er hätte das nicht bemerkt und nun sei es weg. Also, keine Angst, wenn keine SMS mehr kommen würden!

Was ihr viel mehr Angst machte, war der Hinweis auf nächtliche halsbrecherische gefährliche Fahrten. Das war der letzte Anruf, den sie von Claudio bekam.

Als Lilly im Kosmetiksalon, wie alle vierzehn Tage, ihre Haut pflegen ließ, wurde sie plötzlich gefragt, ob sie sich ein wenig Silikon hätte einarbeiten lassen.

»Wieso – wo?«, fragte sie begriffsstutzig. Die Kosmetikerin tippte zart mit ihren duftenden, eingecremten Fingerspitzen auf das Dekolletee der Kundin: »Na, hier… So üppig waren Sie doch früher nie ausgestattet…«

Lilly guckte erstaunt aus der entgegengesetzten Perspektive und musste zugeben: »Stimmt. Dabei hab ich abgenommen! Das sind bestimmt irgendwie die Hormone – bei mir ist alles durcheinander geraten.« Und sie dachte: kein Wunder. Wenn ich ein Hormon in meinem Körper wäre, würde mir auch auffallen, dass hier neuerdings völlig andere Zustände herrschen. Sobald sie nur an Claudio dachte, wurden in ihrem Inneren Östrogene ausgeschüttet wie aus einer großen Konfettibüchse.

Sie fing an, heiß zu baden und ganze Petersilieträußchen zu verschlingen, weil sie gelesen hatte, dass so etwas die Regel auf Trab brachte. Es nützte jedoch überhaupt nichts.

»Fällt dir noch irgendetwas ein?«, fragte sie Gloria. »Ich geh doch so ungern zum Arzt – ich kenne die alle zu genau durch Norbert. Meine nächste normale Vorsorgeuntersuchung ist erst im Herbst. Was kann das nur sein? Ich glaube, jetzt bin ich schon seit einigen Monaten nicht mehr dran gewesen, ist das noch normal? Ich kannte mal eine Frau, die war durch eine Luftveränderung so durcheinander geraten, da blieb es auch ein Vierteljahr aus. Ja, und ich hab gelesen, bei einer ist es durch einen Schock ein ganzes Jahr lang weg geblieben. Vielleicht ist das ja mein schlechtes Gewissen?«

»Vielleicht bekommst du ja ein Baby?«, schlug Gloria mit schelmischer Miene vor.

»Nein! Mit Sicherheit nicht. Dann müsste mir schließlich übel sein!«, erklärte Lilly. Sie war ganz überzeugt davon, das gehöre zu einer Schwangerschaft unabdingbar dazu: Wenn sich in einem Film oder einem Theaterstück eine Frau die Hand auf den Magen oder auf den Mund legte und in Richtung sanitäre Anlagen eilte, dann nickte der Zuschauer und wusste: Aha! Da ist was unterwegs! Sie fügte etwas ungeduldig hinzu: »Du weißt doch, dass ich keine Kinder bekommen kann. Das hab ich dir groß und breit erzählt.«

»Dass du nicht kannst – oder dass du nicht willst?«

»Beides. Bestimmt bin ich unfruchtbar. Sieh mal, ich bin bald neununddreißig und war noch nie das kleinste bisschen schwanger. Übrigens war das auch eine Abmachung zwischen Norbert und mir. Er hätte mich sonst nicht geheiratet.«

»Moment mal – er hätte dich nicht geheiratet, wenn du Kinder hättest haben wollen?«

»Genau das. Aus der Ehe mit seiner Esther hatte er doch schon zwei, die sind längst erwachsen, und bevor wir uns begegnet sind, hat noch eine Frau eine Tochter von ihm bekommen, aus Versehen sozusagen, das war eigentlich nur eine flüchtige Beziehung. Norbert zahlt für alle, aber er sieht sie praktisch nie. Als ich damals so verknallt in ihn war, da hat er gesagt: ›Nein, nein, du bist so jung und gerade junge Frauen wollen unbedingt Babys.‹ Ich wollte aber keine, nie. Das hat er mir zum Schluss geglaubt. Wir haben allerdings nie verhütet, merkwürdigerweise. Deshalb glaube ich ja, dass ich unfruchtbar bin. Gott sei Dank.«

»Was ist gegen Kinder einzuwenden?«

»Ich hab zu viel Nerven dafür. Außerdem habe ich weder Lust, schwanger zu sein, noch, mich auf eine Geburt einzulassen. Das ist doch eine entwürdigende, tierische Quälerei! Hinterher hast du Schwangerschaftsstreifen und einen Hängebusen. Ich war immer sehr froh, dass Norbert keinen Wert darauf legt.«

»Und dein Claudio? Hat der auch schon so viel Kinder, dass sie ihm bis obenhin stehen?«

»Darüber haben wir noch nie gesprochen. Ich bin immerhin schon achtunddreißig. Je älter ich werde, desto größer ist das Risiko. So was wird er mir ja wohl nicht zumuten wollen«, hoffte Lilly.

Gloria lachte. »Meine kleine Schwester Ginny ist auch schon sechsunddreißig, fällt mir ein. Hab ich dir das überhaupt erzählt? Ich werde ziemlich bald wieder Tante. Natürlich achtet Ginny auf Sicherheit. Pränatale Diagnostik hinten und vorne, die sieht ihren Gynäkologen zur Zeit öfter als ihren Mann. Jetzt hat sie gerade die Fruchtwasserprobe machen lassen. Das Kind ist im fünften oder sechsten Monat, glaube ich.«

»Da würde es als Frühgeburt doch schon überleben. Und dann treiben die das noch ab?«

»Sicher. Sogar noch später. Ich glaube, die warten den normalen Termin ab und geben ihm dann was, dass es nicht lebendig auf die Welt kommt. Irgendwie so.«

»Das ist ja grässlich!«

»Grässlich hin, grässlich her, wer will schon ein behindertes Kind? Ausgerechnet meine kleine Schwester Virginia, Frau Diplomat! Stell dir mal vor, all die feinen Leute, die sie kennt, von allen Seiten kommen Blumen und entzückende Geschenke, herzlichen Glückwunsch, ach wie süß, ganz der Vater. Und dann hat sie so was Sabberndes mit schiefen Augen und Wasserkopf auf dem Arm, so ein kleines Monster. Unmöglich!«

»Ich dachte, alle Babys sabbern«, murmelte Lilly. »Mehr oder weniger.«

Lillys Busen wurde immer größer und draller, ihr Haar immer dichter und glänzender. Übel war ihr zwar immer noch nicht, doch allmählich beschlichen sie selbst Zweifel, ob sie wirklich nur an einer Hormonstörung litt. Mitte August fuhr sie durch den Elbtunnel nach Niedersachsen. In einem kleinen Nest an der Bundesstraße suchte sie sich eine Apotheke und kaufte dort einen Baby-Test.

Am selben Nachmittag erschien sie unangemeldet, blass und ziemlich verstört bei ihrer Freundin Gloria, die alle Hände damit voll hatte, ein Familienfest zu arrangieren, denn die Lieblingsschwester ihres Mannes feierte ihren Sechzigsten bei ihr zu Hause. Die leinenbedeckte Tafel ging durchs ganze Wohnzimmer, aus einer Gärtnerei wurden gerade große Vasen mit Gladiolen und Lilien gebracht. Gloria deckte ihr bestes Porzellan, ihr neues Hausmädchen polierte die Gläser.

»Das ist aber nett!«, log Gloria, als sie den unerwarteten Besuch sah. Sie brachte es sogar fertig, breit zu lächeln.

»Ich muss mit dir sprechen!«, verlangte Lilly ohne jedes Lächeln und wurde ins Näh- und Bügelzimmer neben der Küche geschoben.

»Was ist denn passiert, Liebling? Du siehst ja schrecklich aus...«

»Ich bin schwanger.«

Gloria raufte sich vorsichtig mit beiden Händen das Haar, wodurch ihre Frisur eher aufgelockert als zerstört wurde. »Ach was? Du hast doch gesagt, das kannst du gar nicht?«

»Das dachte ich auch. Das dachte ich wirklich!«

»Warst du beim Arzt?«

»Nein, ich hab einen Test aus der Apotheke geholt. Anonym, weit weg von Hamburg. Der Test war eindeutig, kein Zweifel.«

»Du willst es natürlich nicht haben, nehme ich an?«

»Ich weiß nicht. Ich glaube, doch. Ich werd einen Haufen Probleme bekommen, aber trotzdem...«

»Du meinst, es ist von Claudio?«

»Ja. Ich bin ganz sicher. Das Schlimme ist – seit mehr als zwei Wochen ist mein Kontakt zu ihm abgerissen. Das ist nicht normal.

Vorher hat er sich mindestens jeden dritten Tag gemeldet. Zuletzt hab ich Ende Juli einen Anruf von ihm bekommen, da hatte er gerade sein Handy verloren. Eine Telefonnummer in Afghanistan hab ich natürlich nicht. Ich hab schon verschiedentlich in seiner Wohnung angerufen, da ist immer nur der Anrufbeantworter...«

»Hast du drauf gesprochen?«

»Natürlich. Wenn er das irgendwie abhören könnte, würde er sich sofort melden!«

»Hast du von dem Baby erzählt?«

»Sicher.«

»Hm-hm...«

»Gloria, du glaubst doch nicht, dass er sich davor drücken will?«

»Na ja, wer weiß das so genau?«

»Ich! So ist Claudio nicht.«

»Und wenn ihm... was Schlimmes passiert ist?«

»Hör bloß auf. Nicht dran denken. Nicht drüber reden. Er war schon mal in so einer entsetzlichen Gefangenschaft irgendwo im Dschungel...«

»Und was soll jetzt werden?«

Lilly sank auf den Klappstuhl vor der Nähmaschine und schüttelte verzagt den Kopf. »Ich weiß es nicht.«

»Liebling, du musst unbedingt zum Arzt. Du wirst deine erste Geburt mit neununddreißig haben, da kannst du nicht einfach auf die Untersuchungen verzichten, das ist lebensgefährlich.«

»Mach mir keine Angst, die hab ich sowieso schon. Zu wem soll ich denn gehen? Zu Udo? Zu Ferdi? Zu Pieter? Glaub doch nicht, dass die dichthalten! Ich trau keinem von denen. Norbert ist schließlich mit jedem lebenden Gynäkologen im Umkreis von hundert Kilometern per Du – und den Rest kennt er zumindest. Er würde es auch über die Krankenkasse merken, natürlich. Wir sind ja privat versichert, aber das geht alles über seinen Schreibtisch.«

»Wie fühlst du dich denn überhaupt? Ist dir morgens übel?«

»Nein. Aber ich hab Zahnweh. Schon seit Wochen. So ein Embryo frisst Kalk, nicht? Ich hab seit gestern eine Menge darüber gelesen. Ich glaube, es frisst einen meiner Backenzähne an.«

»Na, zum Zahnarzt kannst du ja immerhin gehen. Das ist völlig unverdächtig. Nur abgesehen davon kannst du nicht einfach immer dicker werden und abwarten, dass dein Claudio mal aus der Wüste zurückkehrt und anruft. Es würde Norbert über kurz oder lang auffallen, wenn ein Baby im Haus ist.«

»Ich weiß! Das ist ja das Schlimme! Ich muss es ihm sagen!«

Gloria seufzte. »Lilly, wenn du deinem Mann beichtest, was wirklich passiert ist, dann zahlt er vielleicht keine Puseratze für dich. Ich weiß nicht, wie das juristisch aussieht. Wie willst du weiterkommen, allein und mit einem Baby? Einen Beruf hast du doch nicht. Soo jung bist du auch nicht mehr... Ich würde dir raten, bei ihm zu bleiben.«

»Ich sag dir doch, ich will das Kind behalten. Vielleicht... wenn Claudio wirklich was passiert ist... Dann hab ich doch nur das Baby!«

»Lillyschatz, hör mal zu. Es gibt auf der Welt viele, viele Väter, die ahnen nicht, dass sie keine Väter sind. Wenn du es klug machst...«

»Norbert kann Kinder bekanntlich nicht ausstehen.«

»Und hat trotzdem drei. Da verkraftet er auch noch ein viertes. Du musst es charmant servieren, Liebling. Sehen deine beiden Männer sehr unterschiedlich aus?«

»Sehr. Claudio ist groß und derb und schwarzhaarig.«

»Ups. Kennt Norbert deinen Vater? Den geschiedenen Verschwundenen?«

»Nein.«

»Dann rede ihm doch ein, dass der groß, derb und schwarzhaarig war. Immer, wenn du das Baby betrachtest, musst du sagen: ›Also nein, es sieht genau aus wie mein Papa!‹ Wer weiß, wenn Norbert glaubt, es wäre seins, ist er zum Schluss womöglich ganz vernarrt. So was kommt vor: dass Männer ihre ersten Kinder alle nicht interessant finden und sich dann in so einen kleinen Nachzügler verknallen, weil er ihnen das Gefühl gibt, noch mal jung zu sein. Zum Schluss studiert der Nachwuchs von deinem Lover Psychologie und übernimmt Norberts Praxis.«

»Ich weiß nicht, ob er mir das glaubt. Er schläft doch höchstens noch zweimal im Monat mit mir. Das hab ich davon, dass ich früher immer gesagt hab, ich mach mir nichts aus den jungen Kerlen, ich will einen reifen Mann.«

»Schwanger kannst du werden von einmal im Jahr. Hauptsache, der Termin kommt einigermaßen hin«, behauptete Gloria und stand abschließend auf. In anderthalb Stunden kamen ihre Gäste, und sie hatte noch kein vernünftiges Make-up aufgelegt – von allem anderen abgesehen.

Lilly umarmte ihre Freundin geistesabwesend und fuhr zurück nach Hause.

Gloria deckte weiter ihre Festtafel, während sie hin und wieder den Kopf schüttelte. Die eigenen Sorgen wurden gleich viel kleiner, wenn man so hörte, was andere Leute für Probleme hatten.

Im 2. Kapitel

geraten mehrere Personen in eine akute
Schwangerschaftspsychose – bleibt nichts als die Flucht –
vertrauen wir umsonst auf Mutterinstinkte –
und hören eine wichtige Radiomeldung

An diesem Abend machte Lilly sich besonders schön: eine weiße Seidenhose mit weiten Beinen im Marlene-Dietrich-Stil und ein tiefblaues ärmelloses Hemdchen, genau in der Farbe ihrer Augen. Sie hatte verschiedene Delikatessen gekauft, gekochten Hummer, Meterbrot und Artischockensalat. Da sie eigentlich überhaupt nicht kochen konnte (das machte ja immer Frau Dietrich), kaufte sie gern erlesene fertige Gerichte ein. Sie stellte einen weißen Blumenstrauß in die Tischmitte und schlanke weiße Kerzen in silberne Halter. Mittags hatte sie in der Praxis angerufen und ihren Mann gebeten, pünktlich um acht nach Hause zu kommen, und er versprach, es zu versuchen. Lilly rechnete aus Erfahrung damit, dass es nicht klappte; deshalb stand auch nur kaltes Essen auf dem Tisch.

Um zwanzig nach acht rief sie, weil es ihr plötzlich in den Sinn kam, noch einmal in Claudios Wohnung an, nur, um erneut seine etwas heisere, muntere Stimme zu hören, die versicherte, er würde so bald wie möglich zurückrufen. Bevor sie etwas sagen konnte, schloss es an der Tür, und Lilly schaltete erschrocken ihr kleines silbernes Handy aus und ließ es in die Hosentasche gleiten.

Da stand ihr Mann in der Wohnzimmertür, betrachtete den Tisch ein wenig erstaunt und gelinde erwartungsvoll: »Was ist denn passiert? Haben wir etwas zu feiern?«

Lilly nickte und setzte sich ihm gegenüber. »Also, ich muss dir etwas sagen. Aber ich glaube, wir essen erst mal?«

Norbert öffnete den Sekt und schenkte ein. »Etwas Gutes oder etwas Schlechtes?«

»Das kommt darauf an, wie du es auffasst. Soll ich dir ein bisschen Salat auftun?«

Norbert schüttelte den Kopf: »Ich kann nicht essen, wenn ich so gespannt bin. Komm, sag es mir bitte zuerst. Was ist los?«

Sie hätte sich gern noch eine Weile gedrückt.

Norbert stand auf. »Komm her, Lillykind, komm her zu mir. Was hast du angestellt?«

Lilly kam in seine Arme und drückte die Stirn auf seine Schulter. So musste sie ihn nicht direkt ansehen, während sie sprach. »Gut, aber du darfst nicht böse werden, ja? Ich kann ja eigentlich nichts dafür. Also jedenfalls nicht mehr als du. Und vielleicht wird es ja sehr schön mit ihm, wenn es da ist...«

»Wenn was da ist?«

Im Grunde, dachte Lilly, war es doch sehr idyllisch. Da standen sie in ihrem hübschen großen Wohnzimmer, Arm in Arm, hinter ihnen schien die Abendsonne, durch die Gardine gefiltert, auf den geschmückten Tisch mit dem Sekt und den Kerzen und dem rosigen Hummer. Wenn dies ein Film wäre, würde ihr Mann sie gleich nach dem Geständnis ganz übermütig vor Glück hochheben und um sich herum schleudern, um sie dann leidenschaftlich zu küssen. Zu dumm, dass sie nur Lust hatte, von Claudio geküsst zu werden.

»Wenn was da ist?« Norbert griff reichlich fest ihre Oberarme und versuchte, sie ein Stück weg zu schieben, um ihr Gesicht zu sehen.

»Unser Baby...«, flüsterte Lilly und schloss die Wimpern. Sie musste ihm ja nicht direkt in die Augen lügen.

Norbert erstarrte. Sie blinzelte vorsichtig hoch. Er sah nicht im Geringsten übermütig vor Glück aus.

»Willst du damit sagen, du bekommst ein Kind?«, fragte er leise und es klang am ehesten drohend. Ihre Arme hielt er immer noch umklammert.

»*Wir* bekommen ein...«, fing Lilly an. Bevor sie den Satz beendet hatte, schlug er zu, erst auf ihren Mund, dann links und rechts in ihr Gesicht. Lilly schrie auf, weniger vor Schmerz als vor Schreck.

34

»Du verlogenes Stück Dreck. Holt sich woanders ein Wechselbalg und will es mir unterschieben!«, sagte er, immer noch leise. Er gab ihr einen Stoß und sie landete auf dem Teppichboden.

Lilly fühlte, wie Empörung in ihr aufwallte. So hätte er reagieren können, wenn sie ihm die Wahrheit gesagt hätte. Da sie jedoch behauptet hatte, das Kind sei von ihm – was fiel ihm ein, gleich so einen hässlichen Verdacht zu hegen?

Genau in diesem dramatischen Moment klingelte es an der Tür. Beide zuckten zusammen, und Norberts Gesicht verfinsterte sich noch mehr: »Ist er das?!«, fragte er wütend.

Lilly stand vom Boden auf. »Wer –? Was meinst du?«

»Der Kerl, der dir das Balg angedreht hat! Soll es eine Aussprache zu dritt geben?«

Bevor sie antworten konnte, rannte er zur Tür und öffnete. Lilly blieb mit rasendem Herzen stehen und lauschte. Jetzt, nachdem Norbert es ausgesprochen hatte, erwartete sie halbwegs schon selbst, Claudio wäre da und würde sie hier weg holen.

Was sie indessen hörte, war die Stimme ihrer Schwiegermutter, und gleich darauf trat die auch hinter ihrem Sohn ein. Wie fast immer steckten Evitas kleine Füße in besonders schicken Schuhen mit erstaunlich hohen Absätzen für eine Frau von Mitte siebzig. Sie sammelte Schuhe und warf nie ein Paar weg. Völlig unmoderne standen in Kartons zu Dutzenden auf ihrem Dachboden.

Evita Lohmann war kaum mehr als anderthalb Meter groß und zierlich wie eine Puppe, was sie ihr Leben lang zu ihrem Vorteil genutzt hatte. Ihren Kopf bedeckten kastanienbraun gefärbte Ringellöckchen, sie hatte ihren kleinen, dünnlippigen Mund sorgfältig geschminkt und die etwas wässrigen Augen mit türkisfarbenem Kajal umrandet. Als Norberts Vater sie geheiratet hatte, galt sie als exotische Schönheit, weil sie einige Jahre in Brasilien gelebt hatte. Dass sie in Höxter geboren war und eigentlich Eva-Maria Fleischer hieß, tat nichts zur Sache. Jeder glaubte, sie sei eine geheimnisvolle Tropenpflanze. Evita selbst am meisten.

»Was feiert ihr?«, wollte sie wissen, als sie den Tisch mit den Blumen, dem Hummer und den Kerzen bemerkte.

Norbert steckte beide Hände tief in seine Hosentaschen und verkündete mit höhnischer Miene: »Wir feiern, dass meine kleine Frau schwanger ist, Mutter. Ist das nicht ein Grund zur Freude?«

Evita fuhr zu Lilly herum, das zerknitterte Gesichtchen glänzte plötzlich vor Hass. »Du Hure!«, sagte sie, viel akzentuierter als sonst; für gewöhnlich nuschelte sie ein wenig um ihr Gebiss herum.

»Was soll denn das? Warum seid ihr eigentlich so sicher?«, schrie Lilly wütend zurück. »Wer sagt euch denn, dass dieses Baby nicht von Norbert ist?«

Ihr Mann bohrte die Fäuste noch tiefer in seine Taschen. »Sie hat natürlich versucht, mir weiszumachen, es sei von mir!«, erklärte er seiner Mutter. Und zu Lilly: »Blöde Gans. Ich hab mich gleich nach der Schwangerschaft von Roberta sterilisieren lassen, noch bevor du Miststück mir über den Weg gelaufen bist.«

»Und warum hast du mir das nie gesagt?«, fragte Lilly empört.

»Dann hättest du wohl besser aufgepasst, was? Dann hättest du bei deiner Hurerei wohl verhütet?«, giftete Evita.

Norbert trat an den Tisch, griff sein Glas und trank den Sekt mit großen, durstigen Schlucken. Dann blickte er auf die Uhr, und als sei da irgendein Zusammenhang, fragte er sachlich: »Wie weit ist die Schwangerschaft? Im wievielten Monat?«

Das geht dich gar nichts an, dachte Lilly. Wenn du sowieso weißt, dass es nicht deins ist, brauch ich dir auch nichts über mein Baby zu sagen.

Evita trippelte zu ihr und betastete ihren Bauch, bevor Lilly überhaupt begriff, was die alte Frau vorhatte. »Höchstens im vierten!«, teilte sie ihrem Sohn mit.

»Dann wird abgetrieben, so bald wie möglich!«, bestimmte er.

»Nein! Ich denke ja nicht daran! Ich will mein Kind behalten! Ich geh und lass mich scheiden, du brauchst nichts zu bezahlen…«, schrie Lilly, inzwischen unter Tränen. Sie wünschte, sie hätte gar nicht erst den Versuch gemacht, Norbert anzulügen. Sie spürte jetzt deutlich, dass sie unbedingt weg von ihm wollte. Auf die so genannte Sicherheit konnte sie pfeifen. Sie hätte ausziehen sollen und ihm in einem Brief mitteilen, was passiert war…

»Ich ziehe aus!«, fasste Lilly zusammen, am Ende ihres Gedankengangs.

»Du hältst den Mund! Du bleibst hier und du lässt dich auch nicht scheiden. Das könnte dir so passen. Wo ist denn dein Kerl, was? Wo ist er denn?«, tobte Norbert.

In so einem Zustand hatte Lilly ihn noch nie gesehen. Auf seiner Stirn beulten sich hervorstehende Adern. Seine hellen Augen wirkten geradezu durchsichtig, kaum menschlich.

»Weg ist er natürlich. Hat sie im Stich gelassen, so wie sie es verdient. Sonst hätte sie doch nicht versucht, es dir unterzuschieben. Oder waren es vielleicht so viele, dass du nicht weißt, von wem es ist?«, fragte Evita boshaft.

Lilly legte, lauter weinend, beide Hände über ihren Bauch. Sie fand keine Worte mehr, um sich zu verteidigen. Wenn doch nur Claudio hier wäre! Er war groß und frech und selbstbewusst, er hätte die Feindseligkeiten bestimmt gut parieren können. Sie suchte nach einem Taschentuch, zum Schluss ganz verzweifelt, weil ihr die Nase lief. Norbert hielt ihr, wahrscheinlich aus Gewohnheit, seins hin.

»Danke!«, sagte Lilly leise und putzte sich die Nase. Sie wünschte, Evita würde gehen. Vielleicht konnte sie sich doch irgendwie mit Norbert einigen. Vielleicht könnte sie ihm von Claudio und seinem Verschwinden erzählen. Vielleicht würde ihm sogar einfallen, was da zu machen sei. Wenn er sich wieder beruhigte, könnte es doch sein, dass er sich darauf einließ, ihr etwas Geld zu leihen für einen Umzug. Oder sie im Haus wohnen zu lassen, bis Claudio wieder auftauchte. Getrennte Schlafzimmer hatten sie ja sowieso schon…

Sie sah auf und in seine Augen und ihr wurde klar, dass keine Einigung möglich sein würde. Er war zu tief getroffen, seine übliche ruhige Vernunft ganz und gar verschwunden. Offenbar, dachte sie erstaunt, habe ich ihm das Schlimmstmögliche angetan. Das, was er mehr als alles andere gefürchtet hat. Das hab ich nicht gewusst. Im Augenblick ist ihm alles egal, wenn er mich nur tief genug verletzen kann.

Und dann summte das Handy in ihrer Hosentasche. Norbert hatte schneller als sie selbst erfasst, woher das Geräusch kam. Er suchte und wühlte rücksichtslos, riss das kleine Telefon an sich, brüllte:»Ist er das, ja? Hallo?! – Wer ist da?! Melde dich gefälligst, du feiger Hund!« Gleich darauf schleuderte er das Handy von sich, so vehement, dass es an der Kante der Fensterbank mit einem trockenen Geräusch in zwei Stücke brach und sein Innenleben von sich spuckte.

Lilly, die ein weiteres Mal auf den Verdacht ihres Mannes hereinfiel, hier müsste es sich um ihren Geliebten gehandelt haben, stürzte jammernd hin und hob die Einzelteile auf.

Evita, ebenfalls in Wallung, voll gekränktem Mutterstolz und noch dazu im Bewusstsein ihres feurigen Temperaments, trippelte zu ihr und trat ihr mit den feinen Pumps aus rotem und schwarzem Leder recht geschickt die kaputten Telefonteile aus der Hand. Lilly schubste, blind vor Tränen, die Beine ihrer Schwiegermutter weg, bekam nun von dieser einige Ohrfeigen verpasst und wurde sogar empfindlich am Haar gerissen. Sie versuchte, die alten, mit vielen Ringen geschmückten Hände fest zu halten, dabei kam Evita ins Stolpern und landete mit hartem Plumps halb auf, halb neben ihrer Schwiegertochter auf dem Teppichboden. Sie schlug immer hemmungsloser um sich, zum Teil vielleicht auch, um wieder hoch zu kommen. Bevor Norbert zur Stelle sein konnte, um seiner Mutter auf die Beine zu helfen, wurde Lilly plötzlich eine der kleinen Hände samt harter Ringe vor den Mund geschlagen. Sie merkte, wie ihr dabei die Oberlippe platzte, schmeckte salziges Blut und brüllte vor Wut und Schmerz laut auf. Evita kam es, genau wie ihrem Sohn, immer sehr darauf an, was die Leute dachten. Deshalb bemühte sie sich nun, ihrer Schwiegertochter den Mund zuzuhalten. Doch erstens drückte sie damit genau auf die verletzte Stelle, zweitens nahm sie Lilly die Luft, denn sie klemmte ihr auch die Nasenlöcher ab. Lilly versuchte, sich von der klammernden Hand zu befreien, bekam den Daumenballen zwischen die Zähne und biss kräftig zu.

Evita kreischte ausgesprochen exotisch, es klang durchaus nach

38

Dschungel. Norbert entriss die Hand mitsamt dem Rest seiner Mutter seiner beißenden Frau, setzte die eine aufs Sofa und riss die andere auf die Füße: »Bist du wahnsinnig geworden? Du hast Mutter tief in die Hand gebissen! Du weißt ja nicht mehr, was du tust!«

Vom Sofa kam die geschluchzte Diagnose: »Die hat eine Schwangerschaftspsychose, sage ich dir! Wenn sie nicht überhaupt komplett übergeschnappt ist. Die muss ruhig gestellt werden! Die ist eine Gefährdung für alle Mitmenschen. Die muss in eine Anstalt!«

Norberts hellblaue Augen funkelten Lilly an. Sie dachte erschrocken: Das kann er doch nicht ernst nehmen?

Er drehte sich um, verließ den Raum und eilte in sein Arbeitszimmer. Lilly blieb benommen stehen, wischte sich die Feuchtigkeit vom Mund und starrte ihre blutigen Finger an. War das ihr Blut? Oder das ihrer Schwiegermutter?

Norbert kam sehr schnell zurück, irgendeinen Gegenstand in den Händen, den er zunächst zu verbergen versuchte, bis er dicht vor ihr stand. Plötzlich sah sie im Sonnenlicht, wie eine feine Fontaine in die Luft sprühte. Dann spürte sie schon den Stich im Arm.

»Nein!«, schrie Lilly entsetzt und versuchte, der Spritze zu entkommen. »Was ist das?!«

Norbert hatte den Kolben ganz nach unten gedrückt und riss die Kanüle wieder heraus. »Das wird dich beruhigen. Du bist ja gemeingefährlich«, murmelte er.

Lilly wurde auf der Stelle schwindelig. Entweder wirkte das Medikament enorm schnell, oder sie wurde vor lauter Aufregung gleich ohnmächtig. Norbert legte ihr einen Arm um die Schultern, packte mit der anderen Hand ihre Hüfte und zog und schob sie die Treppe hinauf. Die letzten Stufen bereiteten Lilly einige Schwierigkeiten, aber sie schaffte es bis in ihr Zimmer und auf ihr Bett.

Sie hörte noch, wie Norbert ungeduldig den Schlüssel aus der Tür zerrte, die Tür zuknallte und von außen den Schlüssel umdrehte. Dann schloss sie die Augen und ließ sich fallen, ganz tief, ins Dunkle.

Lilly schwamm in der Finsternis umher, merkte, wie unsichtbare Mäuler nach ihr schnappten, versuchte zu entkommen und wusste nicht, wohin. Sie stieß mit dem Gesicht hart gegen etwas Scharfes, Felsen vielleicht, und wachte davon auf. Sie lag auf ihrem Bett, ihre geplatzte Oberlippe pochte und tobte. Sie betastete ihren Mund vorsichtig mit den Fingerspitzen und fühlte, wie geschwollen er war.

Sie öffnete mit einiger Anstrengung die Augen – es fühlte sich an, als seien ihre Augäpfel inzwischen gewachsen und passten nur noch mühsam hinter die Lider. Die Sonne schien untergegangen zu sein, es dämmerte stark.

Dann hörte sie etwas. Eine Stimme, die von draußen kam. Norberts Stimme?

Lilly schob sich ans Fußende ihres Bettes, stemmte sich mit äußerster Kraft hoch – eine große Schwindelwelle ergriff sie und stellte das Zimmer auf den Kopf, sie biss die Zähne zusammen, bis sich alles wieder beruhigte – und öffnete (langsam, langsam, leise, leise) das Fenster.

Norbert schien auf der Terrasse mit jemandem zu sprechen. Da er nicht dauernd unterbrochen wurde, sondern fließend redete, konnte Evita nicht sein Gesprächspartner sein. Lilly kniff die Augen zusammen und blinzelte in die Dämmerung. Ach so, er hielt das schnurlose Telefon in der Hand. Im Übrigen sprach er sehr gedämpft, sie musste sich anstrengen, ihn zu verstehen.

»Ja, praktisch völlig durchgebissen, du kannst es dir nicht vorstellen… Ich hab's zunächst desinfiziert und verbunden, aber ich werde natürlich nachher noch mal mit meiner Mutter ins Krankenhaus fahren, das muss sicher genäht werden. Ich will nur warten, bis Lilly aus dem Haus ist, ich kann sie nicht alleine lassen, wer weiß, was… Ja, natürlich. Das ist mir klar. Niemand weiß besser als ich, was Hormone anrichten können… Sie ist eine Gefahr für sich selbst und für andere. Selbstverständlich sind auch Komplikationen zu erwarten unter diesen Umständen. Kein Gedanke, dass sie das Kind behalten könnte… Also, Pieter, ich wäre dir dankbar, wenn du zusehen würdest, dass du schnell hier bist… Gut. Bis nachher!«

Er ging zurück ins Wohnzimmer. Warum hatte er im Garten telefoniert? Sollte seine Mutter nicht hören, was er abmachte? Oder schlief auch sie, und er wollte sie nicht stören?

Was hatte er gesagt? ›Ich will warten, bis Lilly aus dem Haus ist.‹ Was bedeutete das? Er hatte mit Pieter gesprochen, dem gehörte die kleine Privatklinik in Hochkamp. Lilly hatte schon einmal dort gelegen, als ihr ein Myom entfernt worden war. Sie erinnerte sich mit einer gewissen Sehnsucht daran. Ein geschmackvolles Einzelzimmer mit eigenem Bad, fürsorgliche Schwestern, Ruhe und Pflege. Das würde ihr und dem Baby gut tun. Dann fiel ihr ein, was Pieter ihr diesmal entfernen sollte. O nein. Hände weg von ihrem Kind!

Lilly setzte sich auf und sah sich im Halbdunkel des Zimmers um. Wenn sie sich langsam bewegte, war ihr weniger schwindelig. Schade, denn Eile war geboten. Sie bemerkte mit Genugtuung, dass ihr Körper zwar durch das Medikament behindert wurde, ihr Verstand jedoch klar arbeitete.

Was tun? Sie musste verschwinden, bevor Pieter kam. Am besten sogar, bevor Norbert vielleicht noch mal nach ihr sah und ihr eine weitere Spritze verpasste. Er würde ja selbst wissen, dass die Wirkung nicht sehr lange anhielt. Also weg hier, so schnell wie möglich.

Wohin? Wenn sie doch zu Claudio gehen könnte! Aber nach Afghanistan war ein bisschen weit unter diesen Umständen. Und zu seiner Wohnung besaß sie leider keinen Schlüssel.

Bei Gloria? Wo sollte die sie verstecken? Da würde Norbert sicher als Erstes suchen.

Lilly saß auf der Bettkante und grübelte. Endlich fiel ihr ein: zu ihrer Mutter! Die war zwar immer ganz hingerissen von ihrem lieben Schwiegersohn, aber wenn der plante, Lilly einzusperren und unter Drogen zu setzen, dann würde ja wohl ihr Mutterinstinkt die Oberhand gewinnen. Hoffentlich.

Sie suchte ungeschickt und taumelnd nach ihrer aktuellen Handtasche. An der Wand neben ihrem Schrank hingen ungefähr zwanzig Taschen, große und kleine, in allen Farben. Welche hatte sie denn heute benutzt? Wo waren ihr Geld, ihre Papiere?

41

Endlich fand sie auf einem Stuhl das Täschchen, ein flaches kleines Ding mit Reptilprägung. Sie hängte es sich schräg über den Oberkörper, zog weiße Leinenschuhe an (die eleganten Sandaletten, die sie am Abend getragen hatte, eigneten sich wirklich nicht für eine Flucht), nahm eine dünne braune Baumwolljacke aus dem Schrank (Vorsicht, die Schranktür knarrte! Und der Fußboden übrigens auch hier und da, sie musste sich ganz behutsam bewegen) und zog sie über die Handtasche.

Lilly schob die Gardine leise zur Seite und öffnete das Fenster weit. Sie stand schwankend da und lauschte nach unten, in den Garten, ins Haus. Es klang so, als hätte Norbert den Fernseher angeschaltet, sie vernahm mehrere Stimmen und Geräusche. Offenbar schlief Evita wirklich irgendwo, vielleicht in seinem Schlafzimmer.

Lilly schob sich auf die Fensterbank, ignorierte es, dass die Welt sich merklich schneller drehte als sonst, ließ die Beine nach außen baumeln und holte tief Luft. Wenn sie jetzt herunter fiel, dann gab es wahrscheinlich mindestens ein Problem weniger. Sie legte eine Hand auf ihren Bauch und flüsterte dem Problem zu: »Keine Angst! Mami schafft das!«

Eigentlich war es nicht sehr kompliziert. Sie musste einige Schritte auf einem schmalen Sims balancieren, wobei sie sich am Efeu festkrallen konnte oder vielmehr an den Eisenhaken, die dem Efeu als Stütze dienten, dann hatte sie schon den Balkon unter den Füßen. Dort konnte sie sich am Gitter festhalten, auf die Knie gehen, ein Bein nach unten strecken und seitlich auf die Befestigung der Regenrinne stellen. Das zweite Bein irgendwie hinterher holen, ein Stückchen tiefer rutschen und auf der Regentonne landen. Von da war es nur noch ein kleiner Sprung ins Gras. Das alles natürlich völlig lautlos.

Wie gut, dachte Lilly, dass ich noch nicht im neunten Monat bin. Dann würde die Regenrinne uns vielleicht nicht mehr halten...

Einige Minuten später lief sie geduckt durch den Garten. Den Lärm, der entstand, wenn sie die Garagentür öffnete, konnte sie nicht riskieren. Sie musste zu Fuß los, hinaus auf die Straße und um die nächste Ecke. Die Laternen gingen schon an.

Ob jetzt noch ein Bus fuhr, oder war es schon zu spät am Abend? Sie versuchte, das auf dem Fahrplan zu ergründen, aber leider verschwammen ihr die Zahlen und Buchstaben vor den Augen. Während sie noch damit beschäftigt war, kam der Bus – gesegnet sollte er sein! –, hielt schnaufend neben ihr an und öffnete zischend seine Tür.

Lilly hatte trotz Haltegriff Probleme damit, die kurze Treppe hinauf zu steigen und vor dem Fahrer, der kassieren wollte, stehen zu bleiben, ohne stark zu schwanken. Jetzt, da sie zum ersten Mal reden musste, seit sie die Injektion bekommen hatte, stellte sie fest, dass auch ihre Zunge Lähmungserscheinungen zeigte. Sie hörte sich fast so nuschelig an wie Evita. Sie suchte in ihrem Täschchen hektisch nach dem Portmonee und dann nach passenden Münzen, griff aber immer daneben. Der Busfahrer musterte sie teilnahmsvoll und meinte: »Das letzte Gläschen war zu viel, was?«

Lilly sank erschöpft auf den nächsten Ledersitz, dankbar, dass der Bus fast leer war.

Sie öffnete noch einmal die kleine Handtasche, um zu untersuchen, was sie alles bei sich hatte. Im Portmonee: siebenundfünfzig Euro und vierzehn Cent, eine Eurocheckkarte ihrer Bank und eine American-Express-Karte. In der Brieftasche: einen kleinen goldenen Kugelschreiber, einen Kalender mit Adressbuch, den Personalausweis und den Führerschein, ein Foto von Norbert und in einem Geheimfach eins von Claudio. Außerdem einen kleinen Kamm, ein halbes Päckchen Papiertaschentücher, eine Puderdose und einen rosa Lippenstift. Darüber hinaus ihr Schlüsselbund mit dem Haustürschlüssel, dem Garagenschlüssel, dem Briefkastenschlüssel und dem Autoschlüssel. Mehr war nicht in der Handtasche. Mehr hätte auch nicht hinein gepasst.

Der Bus fuhr so gleichmäßig und wiegend. Es fiel ihr unendlich schwer, wach zu bleiben. Sie durfte nicht einschlafen, bis sie beim Schlump ankam! Nicht einschlafen, und wenn sie sich noch so benommen fühlte – und wenn ihre Augen auch immer wieder zufallen wollten… Sie kniff sich selbst in die Hände, zwang sich, hinaus zu sehen. Viel war einstweilen nicht zu erkennen. Es wurde immer dunkler, die Scheibe spiegelte das Businnere und ihr eigenes Bild. Nicht zu fassen, dachte Lilly, ich habe eine Oberlippe wie Margarete Maultasch oder die Herzogin aus Alice im Wunderland, was wahrscheinlich dasselbe ist...

Je mehr der Bus sich der Innenstadt näherte, desto öfter konnte sie Geschäfte betrachten, Autos von oben, Leuchtreklamen. Dadurch war es jetzt leichter, wach zu bleiben. Am Schlump stieg sie aus und lief einige Straßen entlang bis zu dem alten Gründerzeitkasten, in dem ihre Mutter wohnte.

Sie atmete tief auf und klingelte neben dem Schild »Elisabeth Jahnke«. Bald darauf ging im Treppenhaus Licht an, aha, jetzt bewegte sich die Mutter die Treppen hinunter. Bald darauf erschien sie, mit erstaunter, aber erfreuter Miene, in Jeans und Schlabberbluse, das Haar feierabendlich verwuschelt, abgeschminkt und mit Nachtcreme auf der glänzenden Stirn, schloss die Tür auf, umarmte ihre Tochter: »Lillybelle! Das ist ja vielleicht eine Überraschung! Ist etwas passiert? Wie siehst du denn aus, Kind? Hast du dir wehgetan? Um Gottes willen, ist was mit Norbert?«

Das traf zwar eigentlich den Nagel auf den Kopf, doch Lilly antwortete langsam und akzentuiert: »Norbert geht es gut.« (Na ja, auf jeden Fall war er wohl noch am Leben und bei Gesundheit.) »Lass uns raufgehen, Mutti. Ich erzähl dir alles...«

Elisabeth musterte Lillys Oberlippe und runzelte besorgt die Stirn. »Was ist denn bloß passiert, Kind? Du machst mir ja Angst! Sag mal, bist du betrunken? Du schwankst so und du sprichst so komisch...«

»Nein, ich bin ganz nüchtern, wirklich«, nuschelte Lilly und taumelte schon voraus, die Treppen hoch, durch die geöffnete Wohnungstür. Ihre Mutter kam kopfschüttelnd hinterher. Es stand ihr leider überhaupt nicht, wenn sie sich Sorgen machte, es zerknüllte und verdarb ganz ihr hübsches Gesicht. Da sie sich ständig Sorgen machte, war das vielleicht einer der Gründe gewesen, warum Lillys Vater so früh verschwand.

Abgesehen von dieser Mimik konnte man leicht erkennen, was für eine reizvolle Frau Elisabeth Jahnke einmal gewesen war. Sie hatte große Ähnlichkeit mit Lilly, dieselben großen tiefblauen Augen, die gleiche feine Nase, nur saß ihr Haaransatz niedriger, ein wenig so, als hätte ihr jemand eine Perücke zu tief in die Stirn gedrückt, und ihre Kinn- und Kiefernlinie sah derber und knochiger aus als die ihrer Tochter.

Lilly war auf einen Sessel gerutscht. Elisabeth setzte sich ihr gegenüber aufs Bett, die Hände zwischen den Knien, in einer Haltung gespannter, fast vorwurfsvoller Aufmerksamkeit.

»Also, ich bekomme ein Baby«, fing Lilly an. Sie merkte selbst, dass sie redete wie eine Betrunkene, die nüchtern spielt.

»Nein!«, rief ihre Mutter und machte eine Bewegung, als wollte sie in die Hände klatschen.

»Ja. Aber Norbert will, dass ich es abtreiben lasse.«

»Was? Warum denn das?«

»Unter anderem, weil's nicht von ihm ist.«

Elisabeth starrte. »Nicht von ...? Aber – ? Wieso? Von wem denn dann?«

»Kennst du nicht.«

Lillys Mutter legte eine Hand über die Augen. »Du machst mich wahnsinnig. Was redest du denn da bloß?«

Lilly bemühte sich, die ganze Geschichte so deutlich wie möglich zu erklären, ohne etwas Genaueres über Claudio zu sagen. Doch genau das ärgerte Elisabeth.

»Wer ist dieser Mann? Wie alt ist er? Was macht er beruflich? Hat er Vermögen? Kann er dir deinen Standard bieten?«

Lilly zuckte mit den Schultern. »Was ist denn mein Standard? Ich brauch nicht so viel ...«

»Ausgerechnet du!«, rief Elisabeth böse. »Du weißt ja nicht, wovon du sprichst! Damit du zufrieden bist, braucht ein Mann ein Vermögen, sage ich dir. Du bist das reinste Luxusgeschöpf, in jeder Beziehung. So bist du schon als Kind gewesen. Wenn ich dich in irgendeinem Laden gefragt habe, was du haben willst, hast du auf das Teuerste gezeigt, jedes Mal, mit schlafwandlerischer Sicherheit. Ah, also ist dieser Mann ein Habenichts, sonst würdest du ja nicht so reden. Du, ich warne dich! Du rennst in dein Unglück. Du wirst dich noch verfluchen, dass du so einen wunderbaren Partner wie Norbert weggeworfen hast.«

»Jetzt ist es sowieso zu spät«, nuschelte Lilly.

»Ist es das denn wirklich? Überlege doch, ob du ihn nicht versöhnen kannst. Kriech zu Kreuze, Lillybelle, rechtzeitig. Warum willst du das Kind behalten? Zeig Norbert, wie viel dir an ihm liegt, indem du darauf verzichtest.«

»Das hast du aber vornehm ausgedrückt. Du meinst, indem ich es abmurksen lasse.«

Elisabeths wütender Gesichtsausdruck war noch viel schlimmer als ihr besorgter: Er machte ihr Gesicht unangenehm hexenhaft. »Das ist doch der reine Trotz, weiter nichts! Du wolltest nie Kinder haben, das hast du selbst immer gesagt. Und ich habe dir innerlich Recht gegeben. Du bist viel zu zart, du bist einer Belastung wie einer Schwangerschaft gar nicht gewachsen und bei einer Geburt stirbst du sowieso, das hältst du niemals aus. Ich hab mich immer gefreut, dass Norbert so rücksichtsvoll darauf verzichtet hat. Und dann kommt irgend so ein Kerl und tut dir das an und macht dein ganzes Leben kaputt...«

Sie brach in Tränen aus und sprach mühsam weiter: »Ich hab die ganze Zeit gedacht, du sitzt gut und trocken, dir kann nichts passieren. Dein Mann vergöttert dich, der läuft dir nicht wegen einer anderen weg, so wie Viktor mir. Und dann ruinierst du selbst alles, aus einer Laune heraus! Gehst mit irgendeinem gewissenlosen Menschen ins Bett, der nicht darauf achtet, ob er dich schwängert. Prügel verdienst du...« Sie weinte in beide Hände.

»Die hab ich ja schon gekriegt«, räumte Lilly ein. »Das mit meinem Mund war übrigens Evita, nicht Norbert.«

Elisabeth sah auf. »Mit der Oberlippe musst du zum Arzt, Lillybelle. Das gibt vielleicht eine Narbe, das wäre schrecklich. Du warst immer so eine vollkommene Schönheit. Wie soll es denn nun mit dir weitergehen? Wo ist der denn jetzt, dein Liebhaber? Warum lässt er dich im Stich?«

»Er lässt mich nicht im Stich«, erwiderte Lilly, mühsam beherrscht.

»Warum bist du dann bei mir und nicht bei ihm?«

»Weil er zur Zeit nicht kann… Er ist nicht in Deutschland… Ich weiß nicht genau, wo er ist. Ich weiß nicht mal genau, ob er noch lebt!«, rief Lilly verzweifelt. Mit ihrer undeutlichen Stimme klang es, als heulte sie alles heraus.

»O Gott, das ist ja entsetzlich! Und auf der Basis wirfst du deine schöne Sicherheit weg?!«

Das altmodische graue Telefon neben dem Bett klingelte, und Elisabeth nahm den Hörer ab: »Jahnke?« Während sie zuhörte, wanderten ihre Augen im Zimmer umher und blieben zum Schluss auf Lilly hängen.

»Ja, sie ist bei mir… Ja, das hat sie mir erzählt. Und ich kann deine Wut gut verstehen, sie hat dir sehr wehgetan. Ich glaube, ihr solltet in Ruhe noch mal über alles reden. Es gibt bestimmt noch eine Möglichkeit… Ach, Unsinn! Warum denn auf einmal? Sie hat doch nie Kinder gewollt, das weißt du doch… Siehst du, genau das sage ich auch. Bei ihrer zarten Figur und ihrem Alter ist das doch ein totgeborenes Kind, im wahrsten Sinne des Wortes… Wie geht es Evita?… Das tut mir so Leid. Aber Lillybelles Oberlippe sieht auch nicht gut aus, da ist deine Mutter wohl mit einem Ring drauf gekommen, das hat sicher wehgetan, und deshalb… Ja, ihr habt alle überreagiert… Natürlich, ich weiß doch, dass ihr euch lieb habt. Vierzehn Jahre wirft man nicht so weg… Also, ich könnte mir denken, dass Lillybelle sich das alles noch mal überlegt. Und dass sie sich nicht vertrotzt. Sie ist doch eine erwachsene Frau und weiß, was sie an dir hat. Du kennst so viele gute Ärzte… Natürlich, komm sofort her. Ich mach ihr inzwischen was zu essen, dann holst du sie ab und ihr redet vernünftig miteinander. Bis gleich! Tschüs, Norbert.«

Elisabeth legte den Hörer auf und lächelte ihre Tochter an. »Er kommt und holt dich nach Hause. Sei doch bitte klug und verzichte auf… auf dieses…«

»Hättest du auf mich verzichtet?«, fragte Lilly.

»Ich bin ein ganz anderer Mensch als du. Ich bin ein hartes Leben gewöhnt«, antwortete ihre Mutter schnell.

Lilly nickte. Sie stand auf und ging zur Tür. Dabei kam sie am ›Altar‹ vorbei. Sie hatte die hohe Kirschbaumkommode selbst einmal so getauft, weil ihre Mutter hier einen Wald von Lillybildern aufgestellt hatte – in der Mitte ein Starfoto im Silberrahmen, Lilly perfekt geschminkt und ausgeleuchtet, Reflexe im Haar, das Kinn sinnend in die Hand gestützt – daneben Klein Lillybelle in der Badewanne, das Haar zum Puschel hochgebunden – Lilly mit Schultüte und Engelsblick – Lilly mit dreizehn im Bikini und ohne erwähnenswerten Busen – Lilly und Norbert bei der Hochzeit (da hatte er wirklich noch recht gut ausgesehen) – Elisabeth zwischen Lilly und Norbert in einem Ruderboot, und alle drei lachten sich kaputt – Lilly in ihrem ersten kleinen Auto, einem Cabrio, das Norbert ihr gleich nach der bestandenen Führerscheinprüfung geschenkt hatte. Dazwischen Dinge wie ein Tontierchen, das Lilly in der Schule gebastelt, oder die winzige Flamencotänzerin, die sie ihrer Mutter vor einigen Jahren aus dem Spanienurlaub mitgebracht hatte.

Ich bin ihr Leben, dachte Lilly. Sie ist so außer sich, weil ich nicht *mein* Leben, sondern *ihres* kaputtgemacht habe. Andererseits – was fällt ihr ein, mein Leben zu leben?

»Wo willst du hin, Kind?«

»Nur eben ins Bad.«

Im Flur nahm sie leise das Schlüsselbund vom Haken, öffnete vorsichtig die Wohnungstür und lief so schnell wie möglich viele Treppenstufen hinunter, die währenddessen zu tanzen schienen und die Perspektive wechselten. Sie schloss die Haustür auf, ließ das Schlüsselbund von innen stecken und torkelte eilig die Straße entlang.

Am Taxistand sprang Lilly in den ersten Wagen und bat darum, sie zu einem kleinen Mittelklasse-Hotel zu fahren. Irgendetwas Ruhiges, Unauffälliges, vielleicht in Eppendorf oder Winterhude...

Der Fahrer verstand genau, was sie meinte. Sie bekam ein geschmackvoll eingerichtetes Zimmer mit Fenster zum Hof, ohne Minibar oder Fernseher. Die Tatsache, dass sie ihr Gepäck erst am nächsten Tag vom Bahnhof holen würde, dass sie jetzt nur noch ins

Bett gehen wollte, wurde sofort akzeptiert, weil Lilly das entsprechende untadelige Auftreten hatte und Trinkgelder in der Handtasche. Dass sie nicht ganz nüchtern zu sein schien – dass ihr Gesicht sonderbar aussah –, in Hotels war man einiges gewöhnt. Sie wirkte trotz allem zahlungsfähig und wie eine Dame, darauf kam es an.

Im Bad und vor dem Spiegel wurde Lilly erst klar, was für eine Zumutung ihr Anblick darstellte. Nicht nur die dicke, seitlich blutverkrustete Schnute fiel auf. Sie hatte auch im Lauf des Abends ein paar Mal geweint und die Wimperntuschestreifen klebten noch unter ihren Augen.

Lilly wusch ihr Gesicht und rief in der Rezeption an. Sie bat um Eiswürfel, suchte das nächste Trinkgeld aus ihrer Handtasche und fragte das nette Mädchen, das ihr die Eiswürfel brachte, ob sie noch etwas essen könnte. Inzwischen war sie sehr hungrig. Der arme Hummer lag vermutlich immer noch neben dem Artischockensalat auf dem Wohnzimmertisch, falls Norbert und Evita sich nicht inzwischen mit ihm beschäftigt hatten.

Die Hotelküche, erfuhr sie, sei leider schon zu. Das nette Mädchen erbot sich jedoch, ihr schnell selbst ein paar belegte Brote zu machen und etwas Tee, doch, doch, das ging schon.

Diese Trinkgelder ruinieren mich, dachte Lilly, als sie am Brot herumkaute. Ich muss morgen früh sofort Geld besorgen. Übrigens war Knoblauch in der Wurst. Sie wickelte das Brot, in Stückchen gerissen, in Klopapier ein und spülte es im Klo runter, weil sie das Zimmermädchen nicht verletzen wollte.

Sie zog sich aus, legte sich ins Bett und kühlte ihre Oberlippe mit dem Eis, während sie über die Frage nachgrübelte, die ihre Mutter aufgeworfen hatte: wie es mit ihr jetzt weitergehen sollte. Bevor sie auch nur ansatzweise eine Lösung fand, schlief sie ein.

Am nächsten Morgen war ihr Mund erstaunlicherweise bereits ganz gewaltig abgeschwollen. Lilly frühstückte in ihrem Zimmer, machte auf dem Hotel-Briefpapier eine Liste der Sachen, die sie am dringendsten benötigte und ließ sich dann ein Taxi bestellen. Sie hatte einiges zu erledigen.

Nicht nur in ihrem Gesicht sah es inzwischen weniger dramatisch aus, sondern auch in ihrem Gemüt. Sie sagte sich: Es kann nicht sein, dass in diesem Land ein Mensch gezwungen wird, sein Kind abzutreiben, wenn er das selbst nicht will. Das war nur Norberts erster Impuls, aus Wut und gekränkter Eitelkeit. Auch er würde wieder zu sich kommen und sich beruhigen, und dann konnte sie sicher vernünftig mit ihm reden.

Sie nahm sich allerdings vor, damit noch etwas zu warten. Je weiter ihre Schwangerschaft fortgeschritten war, desto schwerer würde es ihm vermutlich fallen, seine Frauenarzt-Freunde zu überreden, ihr das Baby gegen ihren Willen zu nehmen. Darüber hinaus erwartete sie, dass Norbert sich Sorgen um sie machen würde, wenn sie ein oder zwei Wochen verschwunden blieb. Dadurch wäre er sicher eher bereit, eine Lösung in ihrem Sinne zu finden.

In den nächsten Tagen wollte sie sich nach einem guten Anwalt umsehen und sich beraten lassen. Nach vierzehn Ehejahren musste Norbert sie doch irgendwie unterstützen, und sei es nur für den Übergang, bis sie irgendeinen Job gefunden hatte. Sie verspürte eigentlich durchaus Lust, mal eigenes Geld zu verdienen. Was für eine Arbeit mochte es geben, die gut bezahlt wurde, ihr Spaß machte, sie nicht überforderte und genug Zeit für das Baby ließ?

Und überhaupt, müsste sie nicht auch vom Staat Geld bekommen, damit sie zu Hause bleiben und sich um ihr Kind kümmern konnte?

Wir leben ja weiß Gott in einem Sozialstaat, dachte Lilly, das hat Norbert oft genug beklagt. Er meinte immer, in Deutschland schuften die Tüchtigen, damit die Untüchtigen faul bleiben dürfen.

Sehr tüchtig, stufte sie sich selbst ein, bin ich ja nicht unbedingt. Aber auch nicht richtig untüchtig. Wahrscheinlich bin ich so mitteltüchtig.

Zuallererst ließ sie sich zu einer Bank fahren und hob fünfhundert Euro ab. Dann machte sie einen ausführlichen Einkaufsbummel. Dabei wurde ihr bewusst, wie Recht ihre Mutter gehabt hatte; sie hatte sich daran gewöhnt, das Beste zu besitzen und zu benutzen. Ihr Make-up war normalerweise nicht von L'Oréal (weil ich es mir wert bin), sondern von Dior (weil sie es sich wert war.) Wenn sie in einem Pyjamaetikett las: Polyacryl, dann legte sie das Stück angeekelt beiseite.

Aber so ging es ja nicht. Lilly sah ein, dass sie sparen musste. Sie wollte Norbert nicht dadurch verärgern, dass sie während ihrer Abwesenheit hemmungslos sein Konto plünderte – das konnte als Aggression gewertet werden. Also, schön bescheiden bleiben!

Zunächst kaufte sie eine ganz billige Reisetasche aus dünnem Plastikmaterial und füllte die allmählich auf. Zum Beispiel mit einer gelben Hose und einem gelbgrau geringelten Pulli, flachen grauen Slippern, preiswerter Unterwäsche und Billig-Make-up.

Außerdem legte sie sich noch eine leider ziemlich teure Sonnenbrille zu – die von ihr heiß geliebte befand sich in ihrem Wagen und zu Hause in der Garage, bewacht von mehreren feuerspeienden Drachen. Vorhin war ihr erst wieder aufgefallen, wie sie in der Sonne die Augen zusammenkniff, das gab Fältchen. Also brauchte sie wirklich dringend eine Sonnenbrille. Eine billige konnte ungesund sein. Und von den beiden, die in Frage kamen, stand ihr die um zwanzig Euro teurere nun mal so viel besser…

Ich bin es meinem Kind schuldig, guter Laune zu sein! dachte Lilly, als sie das Optikergeschäft verließ.

Um ihre Laune weiter zu heben, leistete sie sich mehrere Knäuel pastellfarbene Babywolle samt einer Rundnadel und einem Nadelspiel.

Im Lauf des Tages wählte sie mehrmals von öffentlichen Telefonen aus Claudios Nummer und lauschte traurig seiner Stimme auf dem Anrufbeantworter. Sie versuchte auch, Gloria anzurufen, aber bei der war immer nur besetzt.

Am frühen Abend nahm Lilly ein Taxi zu ihrem Hotel. Das Radio im Wagen lief, sie hörte interessiert die Nachrichten und den Wetterbericht.

Zum Schluss fügte der Sprecher hinzu: »Und hier noch eine

Suchmeldung. Gesucht wird die achtunddreißigjährige Elisabeth Lohmann. Sie ist einen Meter sechsundsechzig groß und schlank und hat überschulterlanges dunkles Haar. Sie ist vermutlich mit einer weißen Hose und einem blauen Oberteil bekleidet. Elisabeth Lohmann irrt orientierungslos umher und benötigt dringend ärztliche Hilfe. Wer sie gesehen hat, verständige bitte die Polizei!«

Das 3. Kapitel

zeigt Lillys Bereitschaft, sich zu ändern –
beweist, dass Harry genau im richtigen Moment
verschwunden ist – während von Claudio eher das
Gegenteil zutrifft – und zerschmettert endgültig eine Hoffnung

Lilly saß mit großen Augen hinten im Taxi und versuchte zu schlucken, was nicht funktionierte, weil ihr Mund ganz ausgetrocknet war. Als der Fahrer ihrem Blick im Rückspiegel kurz begegnete, drehte sich ihr der Magen um. Erkannte er sie? Doch wohl hoffentlich nicht. Selbst wenn sie immer noch die weiße Hose und das blaue Top trug, wirkte sie ja wohl in keiner Weise orientierungslos …

Sie huschte mit ihrer vollen Reisetasche und den Tüten durch die Rezeption zum Fahrstuhl und kam im Hotelzimmer an wie gehetzt und gejagt. Was hatte die Radiomeldung zu bedeuten?

Glaubte Norbert wirklich, dass sie verrückt geworden war? Oder gab er das nur vor, um sie zu erwischen?

Lilly begriff, dass sie ihre Situation falsch eingeschätzt hatte. Sicherlich konnte niemand einer Frau ihr Kind wegnehmen, wenn sie es behalten wollte. Aber nur, solange diese Frau bei Verstand war. Norbert war Psychotherapeut, spezialisiert auf Frauen, die während der Schwangerschaft durchdrehten, und er galt als anerkannte Kapazität. Wenn er behauptete, dass sie nicht ganz dicht war, dann klang das vermutlich für die meisten Menschen glaubwürdig.

Sie hatte seine Mutter gebissen; das wirkte doch so, als sei bei ihr einfach eine Schraube locker. Falls beide gemeinsam behaupteten, sie hätte das aus heiterem Himmel gemacht …

Möglicherweise behielt Norbert es für sich, dass ihr Kind nicht von ihm war. Vielleicht würde er vorgeben, sie phantasiere da nur etwas von einem anderen Mann? (Falls er von Elisabeth wusste, dass der wirkliche Vater des Babys im Moment nicht greifbar war, eventuell sogar nicht mehr am Leben, könnte er umso eher etwas Derartiges erfinden. Warum hatte sie ihrer Mutter das bloß verraten?!)

Wenn Lilly versuchen würde, ihre Sicht der Dinge zu erklären, würde keiner sie ernst nehmen oder ihr zuhören. Wenn sie verlangte, dass ein Vaterschaftstest gemacht würde, bekam sie einfach wieder eine Spritze verpasst, die sie benommen machte. Oder viele davon. Dann war es ihr vielleicht egal, ob sie ihr das Baby wegnahmen. Dann war ihr vielleicht ein für alle Mal alles egal.

Gloria wusste zwar, wie es sich wirklich verhielt, aber war die Kämpferin genug, sich für Lilly einzusetzen? Wohl kaum.

Warum tut Norbert das?, grübelte Lilly. Warum stellt er sich selbst und seine Familie derart bloß? Gerade ihm kam es immer so darauf an, was die Leute sagten. Nun macht er öffentlich, dass die Frau des großen Psychologen selbst einen Schwangerschaftsklaps hatte. War ihm das nicht peinlich? Offenbar nicht genug. Und das wollte etwas heißen.

Lilly saß auf dem Hotelbett, zwischen ihren unausgepackten Einkäufen. Obwohl es im Zimmer sehr warm war, fröstelte sie. Ihr wurde nach und nach klar: Mein Mann ist so voll Hass auf mich, dass er mich vor allem vernichten will, ohne Rücksicht auf die Konsequenzen. Er will das Kind umbringen, weil es seinen persönlichen Stolz verletzt, und er will mich in eine Anstalt stecken, in der ich hilfloser bin und schlimmer feststecke als in einem Gefängnis. Und natürlich wird er selbst als Experte auch noch darüber entscheiden, wie lange ich da feststecke. Vielleicht für immer...

Das Wichtigste war: Sie musste anders aussehen! Sie packte energisch ihre Einkäufe aus, zog die neuen Sachen an, kämmte ihr Haar straff zurück und band es mit einem der weißen Schnürsenkel aus ihren Leinenschuhen zusammen. Den Rest ihres Besitzes klemmte sie in die billige Reisetasche. Dann ging sie nach unten, checkte aus und bezahlte die Rechnung.

Würde Norbert nicht ihr Konto sperren lassen? Geisteskranke dürfen bestimmt kein Geld haben... Lilly ging zum nächsten Geldautomaten und hob – diesmal mit ihrer American-Express-Karte – weitere fünfhundert Euro ab.

Dann erkundigte sie sich bei einer Passantin, wo es in der Gegend einen Friseur gab. ›Tinis Salon‹ wirkte dürftig, war nur für sechs Kunden eingerichtet und verfügte noch über altmodische Trockenhauben. Eine rotblonde junge Frau im türkisfarbenen Kittel fegte abgeschnittenes Haar beiseite und lächelte sie an. »Was kann ich für Sie tun?«

»Ich weiß, es ist schon spät, aber ich möchte mir noch die Haare blondieren und schneiden lassen«, erklärte Lilly.

Die Friseurin blickte auf die große runde Uhr an der Wand, besprach sich kurz mit der wohlfrisierten, molligen Chefin – offenbar ›Tini‹ – und setzte Lilly auch schon auf einen Stuhl.

»Das ist ja eine große Veränderung, die Sie da vorhaben!«, plauderte sie, während sie Lilly ein Plastiktuch umband und den Schnürsenkel aus ihrem Haar löste. Sie kämmte und verteilte die dunkle Pracht. »Also, ganz ehrlich gesagt, das ist ja richtig schade drum! Sie sehen so wunderschön aus – so perfekt – also, gerade so brünette Schönheiten sind ja total in! Wenn Boris Becker Sie sehen würde… Sind Sie ganz sicher?«

»Ja, absolut. Ich möchte mal völlig anders aussehen!«

Sie lächelten sich im Spiegel zu. Lilly betrachtete das schmale Gesicht der Rotblonden. Hübsch war die, ungefähr in ihrem Alter. Die schrägen, schmalen hellblauen Augen und der breite Mund kamen Lilly seltsam vertraut vor. Wen hatte sie gekannt, der so ähnlich aussah?

Die Friseurin studierte ihr Gesicht im Spiegel genauso nachdenklich. Und dann plötzlich strahlte sie auf und zeigte dabei spitze Eckzähne wie ein kleiner Vampir: »Nein, ich glaub das nicht! Das ist doch Lillybelle, kann das sein? Die Lillybelle Jahnke!«

Lilly lag zur Zeit wenig daran, erkannt zu werden. Sie schwieg bestürzt. Die Friseurin schüttelte sie leicht an den Schultern: »Lillybelle, das schönste Mädchen in der Klasse. Mensch, ich bin Petra! Püppi! Du erinnerst dich doch noch an Püppi Lüders?«

Lilly wurde vor Erleichterung ganz schwindelig. Sie kam hoch und umarmte Püppi – immerhin eine ihrer besten Freundinnen in der Grundschule. Für einen kurzen Augenblick glaubte sie das

Schul-Aroma von Bananen und Wurstbrot, Tafelkreide und Bohnerwachs zu riechen.

»Püppi! So was…!«

Tini, die Chefin, beobachtete ihren gemeinsamen Ausbruch etwas befremdet im Spiegel, lächelte jedoch wohlwollend, als sie bemerkte, dass beide sie ansahen.

Püppi sprach jetzt leiser mit Lilly. »Wohnst du hier in der Gegend?«

Lilly flüsterte fast, und Püppi musste sich dicht zu ihr hinunter beugen, um gegen Fönen, Trockenhauben und Radiomusik noch etwas zu verstehen: »Ich wohne eigentlich überhaupt nirgends. Die letzte Nacht war ich in einem Hotel, aber das ist zu teuer auf die Dauer.« Sie überlegte kurz, ob sie Püppi vertrauen durfte und erinnerte sich: Auf die war immer Verlass gewesen. »Ich bin nämlich meinem Mann weggelaufen…«

»Nö, ne? Einfach weggelaufen? Wauwissimo! Ist ja cool. So muss man's machen. Hat er dich verprügelt?« Püppi guckte aus nächster Nähe auf die verkrustete, noch etwas geschwollene Stelle an Lillys Mund.

Lilly nickte. »Er und seine Mutter. Eine Betäubungsspritze hat er mir auch gegeben, er ist Arzt. Dann hat er mich in meinem Zimmer eingesperrt und ich bin aus dem Fenster an der Regenrinne runter geklettert. Dabei war mir von dem Medikament, was er mir gespritzt hatte, ganz schwindelig. Ich konnte weder richtig gucken noch richtig reden.«

Püppis mandelförmige Augen wurden beim Zuhören fast rechteckig. »Das halt ich nicht aus! Und jetzt sucht er dich und du musst dich ganz und gar verändern, richtig?«

»Stimmt.«

»Keine Sorge, das kriegen wir hin!«, versicherte Püppi.

Zunächst schnitt sie das glänzende dunkle Haar ohrläppchenkurz ab, und Lilly bekam eine schadenfrohe Anwandlung: Seit sie ihn kannte, hatte Norbert sie angefleht, sich bloß nie ihr Haar schneiden zu lassen. So, nun war es ab!

Der Rest wurde blondiert, in einem ziemlich hellen, aschigen

Ton, und mit einer Kur gewaschen. Schließlich schnippelte Püppi kunstvoll daran herum. »Also, ganz ehrlich gesagt, das muss fedrig werden. Wie feine Vogelfedern.«

»Und Ponyfransen!«, wünschte sich Lilly. »Ich hatte mein Leben lang eine freie Stirn. Ach ja, und einen Seitenscheitel, den hatte ich auch nie...«

Püppi zeigte ihr die fertige Frisur mit einem großen runden Handspiegel von allen Seiten.

Es sah wirklich nicht gut aus. Das ›fedrig‹ geschnittene Haar wirkte dünn und fusselig, ein Wirbel auf Lillys Kopf wehrte sich gegen den Seitenscheitel, und die Haarfarbe machte sie blass. Die Farben, die sie trug – die gelbe Hose und der gelbgrau geringelte Pulli – passten nicht zu einer Blondine.

Trotzdem war sie zufrieden. Sie wühlte in ihrer Reisetasche, bis sie die neue Sonnenbrille fand und setzte sie auf. Jetzt brauchte sie nur noch eine andere Lippenstiftfarbe, nicht ihr gewöhnliches Rosa, und Norbert würde auf der Straße an ihr vorbei rennen.

»Schön!«, fand Püppi. »Hätte ich nicht gedacht. Du siehst eben einfach immer schön aus.«

»Danke. Wie lange musst du noch hier bleiben?«

Püppi blickte auf die Wanduhr, auf die letzte Kundin, die gerade von ihrer Chefin mit flüssigem Haarnetz eingenebelt wurde, auf den gähnenden Lehrling.

»Gar nicht. Ich hab Feierabend. Wollen wir noch irgendwo einen trinken? Ich hab Zeit. Mein Süßer ist abgehauen. Der Kerl, du! Der war echt eine Zumutung. Dem hätte ich man auch weglaufen sollen...«

Lilly bezahlte, wartete, bis Püppi sich umgezogen hatte und ihre Tasche holte und hakte ihre alte Freundin unter. »Ich hab dir kein Trinkgeld gegeben, weil ich dich gern zum Essen einladen möchte!«

»Och, das brauchst du nicht.«

Sie gingen zu einem Griechen, aßen Gemüse mit heißem Schafskäse und erzählten sich, was in den letzten achtundzwanzig Jahren so passiert war. Püppi schlug sich schon seit fast sechs Jahren mit Harry herum. Harry war manchmal Lastwagenfahrer und manchmal Bauarbeiter und sah eigentlich supertoll aus, ein bisschen wie Dieter Bohlen.

»Und er sieht nicht nur so aus – er hat auch sonst noch was mit dem gemeinsam…«, verriet Püppi, wobei sie sich schelmisch über die Unterlippe leckte.

»Viel Geld?«, hoffte Lilly.

»Nee, das nicht. Aber er hat sich auch schon mal sein Ding gebrochen!«

Darüber freuten sie sich beide geraume Zeit. Dann berichtete Püppi weiter: »Er ist oft schwierig, vor allem, wenn er 'n Lütten in der Krone hat. Seine Eifersucht vor allem, die bringt mich noch mal um. Oder nein, jetzt nicht mehr, jetzt bin ich ihn ja los. Gott sei Dank.«

Davor war sie verheiratet gewesen, zuerst wurde der Mann schwer krank, dann hatte Püppi eine Fehlgeburt nach der anderen, dreimal! Und dann ließen sie sich scheiden.

»Das Leben ist nicht so witzig«, fasste Püppi zusammen und drückte ihre Zigarette aus. »Sag mal, magst du das alles nicht mehr essen? Kann ich das noch haben? Jetzt erzähl mal von dir!«

Und Lilly erzählte die Geschichte ihrer Sünde: »Claudio und ich sind in einem Delikatessengeschäft in Eppendorf zusammengeknallt. Mir ist alles runtergefallen und er hat alles wieder aufgehoben und mir dabei tief in die Augen gesehen. Er hatte süße kleine dunkle Augen hinter einer randlosen Brille. Warte, ich kann dir ein Bild von ihm zeigen, hab ich in meiner Handtasche – hier. Er war unglaublich witzig und charmant. Ich bin mit Herzklopfen nach Hause gefahren und hab gedacht, das war's. Aber nein, am nächsten Tag rief er mich an! Er hat um tausend Ecken herum rausgekriegt, wer ich war und wie er mich erreichen konnte. Er hat nicht lockergelassen, es war so, als ob er richtig gebrannt hat, und dann hat er mich mit angezündet. Diese Art von Romantik und Leidenschaft hab ich vorher nie kennen gelernt. Ich hatte Angst davor, aber es hat mich trotzdem so sehr angezogen… So, als wäre er das wirkliche Leben, als würde ich sonst still und kalt in einem Schaufenster stehen. Und dann fing unser Verhältnis an, das war schrecklich aufregend und gefährlich und beängstigend, weil ich dauernd dachte, nun kommt alles raus. Und das ist ja jetzt auch passiert…«

Püppi fand Lillys Geschichte wahnsinnig romantisch, erklärte, während sie die Fotos studierte, sowohl Norbert als auch Claudio für ›supercoole Männer‹ und freute sich über die Schwangerschaft. »Ich sag mal einfach so: Darf ich Patentante sein?«

»Gerne!«, versprach Lilly großzügig.

»Und was hast du nun so vor?«

Lilly knabberte an einer Peperoni, zuckte mit den Schultern und gab zu: »Ich habe keine Ahnung. Mich irgendwo verstecken. Notfalls, bis mein Baby da ist. Solange es in meinem Bauch ist, bin ich verwundbar. Danach kann ich kämpfen.«

Püppi guckte wie im Kino. »Echt bewundernswert. Möchtest du nicht zu mir ziehen? Ganz ehrlich gesagt, ich hab die Wohnung jetzt für mich allein, ein großes Wohnzimmer mit Kochnische und ein kleineres Schlafzimmer, Duschbad ist auch dabei. Was meinst du?«

»Das wäre schön!«

Sie umarmten sich im Sitzen, was gar nicht einfach war.

»Was für ein Glück, dass Harry weg ist! Pass auf, nach dem, was du erzählst, schwimmst du ja nicht gerade im Geld, Lillybelle. Also, das ist ja ganz lieb, dass du mich zum Essen einladen wolltest, aber ich denke mal, andersrum wird 'n Schuh draus. Ich lade dich ein, keine Widerrede!«

Lilly widersprach nicht.

Vom Friseursalon zum Griechen ging man ungefähr zehn Minuten zu Fuß, und noch einmal fünf Minuten entfernt wohnte Petra Lüders, geschiedene Havel, genannt Püppi.

Nur zwei Straßen weiter lebte übrigens ihre Mutter und am folgenden Abend besuchten Püppi und Lilly die alte Frau Lüders.

Genau wie Elisabeth Jahnke war Püppis Mutter früh von einem verantwortungslosen Ehemann geschieden worden – das hatte die beiden Mädchen damals sehr miteinander verbunden. Sie schimpften auf ihre Väter und hatten Sehnsucht nach ihnen.

Das Gesicht von Herma Lüders sah allerdings noch viel verbitterter und vergrämter aus als das von Lillys Mutter. Sie saß trotz der Wärme in einer dicken Strickjacke da, weil sie ständig fror, ließ sich Lillys Geschichte von ihrer Tochter erzählen (»Lass man, Lillybelle, meine Mutter hält dicht!«) und schüttelte den Kopf: »Deern, wie leichsinnig! Wenn du so abhaust, machst du dich doch verdächtig. Hättest man da bleiben sollen, anstatt deinen Mann zu betrügen. Da hattest du das sicher und schön. Eigenes Haus und eigenes Auto, und geerbt hättest du bestimmt auch mal. Nee, das war nicht klug. Ihr jungen Deerns denkt nie an später. Wo ist der denn nun geblieben, der Vater von deinem Kind?«

»Ich erreiche ihn leider nie«, gab Lilly zu, dem Weinen nahe, wenn sie nur daran dachte.

»Ja, siehst du. Hast du denn irgendwas gearbeitet? Kriegst du irgend 'ne Art von Rente? Aha, kriegst du nicht. Dein Ehemann wär deine Rente gewesen, deine Sicherheit im Alter. Wenn du krank wirst... Ich will mal sagen, wenn du 'n Unfall hast, und du wirst Invalide, denn stehst du da!«

Sie kochte Tee, bot pappige Kekse an, fragte Püppi, ob Harry sie denn nun endlich heiraten wollte (offenbar hatte Püppi ihrer Mutter verschwiegen, dass Harry ein für alle Mal verschwunden war) und erinnerte sich: »Du warst immer so hübsch angezogen, Lillybelle. Deine Mutter hatte ja auch nicht so viel Geld, die hat immer genäht und gestrickt für dich. Sag mal, hattest du früher nicht schwarzes Haar?«

»Mama, ich hab dir doch eben erzählt, Lillybelle ist in unser Geschäft gekommen und hat sich blondieren lassen. Weil die Polizei sie sucht. Damit sie keiner erkennt.«

»Ich hab sie ja auch erkannt«, wandte Frau Lüders ein, wobei sie außer Acht ließ, dass Lilly ihr telefonisch angekündigt worden war.

Püppis Mutter vertraute Lilly an, dass seit einiger Zeit ein ehemaliger Polizist Wand an Wand mit ihr wohnte: »'n netter Mann auch so, also stattlich, will ich mal sagen. Der war mal Kriminalkommissar! Da wohnt man doch gerne neben. Das gibt einem so 'n sicheres Gefühl. Polizei und so – da fühlt man sich doch geborgen.«

Sie sprach überhaupt viel über Sicherheit und ausführlich über die Versicherungen und Zusatzversicherungen, die sie alle abgeschlossen hatte, kürzlich noch ein paar mehr.

»Meine Mutter ist so einem jungen Kerl in die Hände gefallen«, bedauerte Püppi auf dem Rückweg, »der schwatzt ihr dauernd noch 'ne neue Versicherung auf und noch eine und noch eine. Jedes Mal fällt sie darauf rein und der streicht wieder 'ne neue Provision ein. Also mal ganz ehrlich gesagt, so viel kann meiner Mutter in einem einzigen Leben gar nicht passieren, wie die versichert ist. Allmählich ruiniert sie das, alle viertel oder halbe Jahre die ganzen Versicherungen zu bezahlen. Dafür spart sie echt wie eine Blöde. Im Winter stellt sie die Heizung superklein und zieht sich warm an, Mantel und Handschuhe im Zimmer, sie isst nur das Billigste und ganz bescheiden. Alles für ihre blöden Versicherungen. Mir hat sie ihren Versicherungsmichel auch schon auf den Hals geschickt. Den hab ich aber abfahren lassen!«

»Ich weiß nicht, ich finde, Versicherungen sind schon wichtig …«, widersprach Lilly. »Norbert hatte auch ganz schön viele, so ungefähr für jede Lebenslage.«

»Und ist er jetzt vielleicht glücklich? Ich sag mal, gegen alles kannst du dich eben doch nicht versichern lassen. Zum Beispiel, dass dir deine Frau wegläuft. Ich glaub sowieso, wenn mal wirklich was passiert, dann stellt sich raus, genau da nützt dir deine so und so viele Zusatzversicherung auch nichts, weil irgendwas dagegen spricht. Die sind doch so raffiniert, die rücken nie was raus. Die kassieren bloß, weil die Leute Angst haben, und dann machen sie ihnen noch mehr Angst, damit sie noch mehr Versicherungen abschließen …«

Püppis nette kleine Wohnung lag im zweiten Stock, alle Fenster zur Straße und insofern ganz schön laut. Aber sie meinte: »Daran gewöhnt man sich!«

Lilly war ja dankbar, einen Unterschlupf gefunden zu haben, noch dazu bei einem so netten und verträglichen Menschen wie Püppi. Heimlich jedoch sehnte sie sich nach der Ruhe in ihrem Haus mit dem großen Garten, weit weg von der Straße – auf der sowieso nur alle zehn Minuten mal ein Wagen vorbei fuhr. Oder nach dem Haus bei Schleswig, in dem man allenfalls Brummer oder Wespen oder, weit weg, einen beleidigten Hahn hören konnte.

Eine halbe Nacht hatte Lilly es auf dem Sofa in Püppis großem Wohnzimmer ausgehalten, dann tat ihr derart der Rücken weh, dass sie aufstehen und herumlaufen musste. Davon war Püppi aufgewacht, und nach einigem Hin und Her tauschten sie: Püppi schlief auf dem Sofa, das machte ihr nicht das Geringste aus, und Lilly bekam das Bett im Schlafzimmer, auf dem sie in der Tat bedeutend angenehmer lag.

»Und so bleibt das auch!«, verkündete Püppi beim Frühstück. »Du bist schwanger, du musst es gut haben. Ich bin nicht so empfindlich. Ich sag mal, ich wünsch mir, dass bei dir alles gut geht mit dem Baby. Ich werd nun nie wieder Kinder kriegen können, meine Unterleibsorgane sind im Eimer. Aber Tante kann ich noch werden, und das will ich unbedingt!«

Morgens machte Püppi in ihrer Eigenschaft als Gastgeberin Tee und Marmeladentoast, und dann musste sie rennen, dass sie nicht zu spät in den Salon kam.

Lilly vertrieb sich die Zeit, indem sie Radio hörte (auch, um ihre Such-Durchsage eventuell noch einmal zu erwischen, aber die war anscheinend nie wieder gesendet worden), Püppis Romane las (leider ziemlich seichtes Zeug, Helden und Heldinnen aus vergangenen Zeiten, die sich leidenschaftlich liebten und verloren und zum Happy End wiederfanden, dabei redeten und dachten wie Menschen aus dem späten zwanzigsten Jahrhundert, einschließlich des sexuellen Verhaltens) oder indem sie strickte. Püppi sah das mit Bewunderung und wünschte sich einen schicken Herbstpullover in Grün mit Jacquard- oder Norwegermuster. Den versprach ihr Lilly. Aber zuerst wollte sie etwas für ihr Kind stricken, dafür hatte sie ja auch die Wolle gekauft.

Mittags machte Lilly sich Brote, abends kochte Püppi dies und das, anspruchslose Sachen wie Bratwurst mit Salzkartoffeln und Rotkohl aus der Dose. Oder sie gingen in ein preiswertes Restaurant – Lilly mit ihrer Sonnenbrille, als hätte sie ständig Bindehautentzündung, und ihrem neuen dunkelroten Lippenstift – und Püppi lud sie ein. Weil sie verstand, wie sehr Lilly in ihrer Situation sparen musste.

Auch von Püppis Telefon aus rief Lilly täglich bei Claudio an, um sich seine Stimme anzuhören, die versicherte, er würde so bald wie möglich zurückrufen. Leider konnte sie ihm nichts mehr auf Band sprechen, weder, was inzwischen passiert war, noch die Telefonnummer von Püppi. Denn immer, wenn sie dazu ansetzte, piepste es, und Claudios Stimme bedankte sich für den Anruf. Worauf aufgelegt wurde. Vermutlich war das Band voll.

Der Gedanke, dass ihr kleines Mobiltelefon bei Norbert geblieben war – zwar kaputt, doch das konnte ein Experte sicher schnell wieder zusammensetzen – und dass eventuelle Anrufe Claudios also bei ihrem Mann landen würden, machte sie ganz verrückt.

Inzwischen wohnte sie seit fast drei Wochen bei Püppi und langweilte sich durch die Tage hindurch. Obwohl sie wirklich geizte, wurde ihr Geld mit der Zeit weniger. Sie gab ein bisschen Kostgeld dazu, sie brauchte Zeitschriften (Alle Bücher in der Wohnung hatte sie durchgeschmökert), Obst (Vitamine fürs Baby) und noch mehr Wolle. Einmal hatte sie Püppi ins Kino eingeladen und einmal deren Mutter einen Blumenstrauß gekauft, als die erkältet war. Das fraß Löcher in ihren Haushalt.

Wo bekomme ich nur Geld her?, fragte Lilly sich ratlos.

Schließlich verfiel sie darauf, ihren Vater um Hilfe zu bitten. Viktor Jahnke wohnte, soviel sie wusste, mit seiner neuen Familie in Berlin. Nach der Scheidung, damals, als Lilly noch klein war, hatte er einige halbherzige Versuche unternommen, seine Tochter mal zu sprechen oder zu sehen. Dagegen hatte Elisabeth sich vehement gestemmt. Lilly erinnerte sich, wie sie ganz erschrocken die Mutter am Telefon schreien hörte: »Deine Tochter will nichts mehr von dir wissen! Deiner Tochter hast du das Herz gebrochen! Sie hat Tag und Nacht geweint, aber jetzt bist du ihr egal. Für deine Tochter bist du gestorben, Viktor! Also, lass sie in Ruhe!«

Das war absolut gelogen. Weder hatte Lilly Tag und Nacht geweint, noch war ihr Vater ihr egal. Sie hätte ihn gern gesehen und gefragt, ob er sie trotz allem noch lieb hatte.

Im Übrigen, das hatte sie später erfahren, schickte Elisabeth alles Geld, das ihr geschiedener Mann für sie und die Tochter auf ihr Konto überwies, wieder zurück. Sie wollte es allein schaffen.

Sie hatte es ja auch geschafft.

Aber was war mit Lilly? Jetzt, in dieser Situation, könnte sie doch ihren Vater vielleicht mal um ein bisschen Beistand bitten?

Sie bekam die private Telefonnummer von Viktor Jahnke über die Auskunft und rief, ziemlich aufgeregt, bei ihm an.

Wieder – es war entsetzlich frustrierend – erreichte sie nur einen Anrufbeantworter: »Hier ist die Familie Jahnke. Wenn Sie uns sagen, was Sie auf dem Herzen haben, rufen wir bestimmt an!«

Lilly schluckte nervös, wartete auf den Piepser und sprach drauflos: »Papi? Hier ist Lilly, deine Tochter. Papi, ich bin in einer Notlage, sonst würde ich dich nicht belästigen. Ich kann nicht alles auf einmal erzählen, aber auf jeden Fall weiß ich nicht, wohin, also, ich hab überhaupt kein Geld und weiß nicht, wo ich wohnen soll… Im Moment bin ich bei einer Freundin, Petra Lüders, ich sag dir mal ihre Adresse, sie wohnt im Blaueichenweg achtundzwanzig in zweizweizweineunneun Hamburg…« Sie hätte ihm ja Püppis Telefonnummer geben können. Aber dann würde er vielleicht anrufen und Fragen stellen und ihr auch noch Vorwürfe machen, weil sie ihren Mann betrogen hatte und ihm weggelaufen war. Brieflich war das alles leichter zu erklären – oder auch weg zu lassen. »Papi, bitte, hilf mir, ich weiß wirklich nicht, wie es weitergehen soll…« sagte sie stattdessen noch, und zum Schluss musste sie weinen und legte schnell den Hörer auf. Ein bisschen Weinen war wahrscheinlich noch auf dem Band gelandet. Es schadete ja auch nichts, wenn ihr Vater hörte, wie verzweifelt sie war.

Sie wartete den ganzen Nachmittag und den folgenden Tag,

aber Viktor Jahnke meldete sich nicht. Prima, Mutti!, dachte Lilly wütend. Das hast du mir kaputtgemacht mit deinem blöden Stolz.

Als sie einige Tage später Claudios Nummer wählte, geschah etwas Neues: Nachdem es dreimal geklingelt hatte, sprang nicht der Anrufbeantworter an, sondern der Hörer wurde abgenommen! Lillys Herz überschlug sich vor Schreck – und vor Freude. Sie rief hektisch: »Hallo? Hallo? Claudio?«

Es war jedoch nicht seine, sondern eine andere Männerstimme, die ihr antwortete: »Wer ist denn da?«

Lilly schwieg erschrocken. Sie hielt es für ausgeschlossen, dass sie sich verwählt hatte. Ihre Finger kannten die Tastenkombination schließlich im Schlaf!

»Hier ist der Anschluss von Claudio Wetzlaff. Mit wem spreche ich?«, fragte die fremde Stimme. Norbert war das bestimmt nicht.

»Ähm, hallo. Ich bin eine Bekannte von Claudio. Wo ist er denn?«, fragte Lilly so selbstsicher wie möglich.

»Sind Sie Lilly?«, fragte der Mann.

Lilly traute sich nicht, darauf zu antworten.

»Moment mal, sind Sie nicht diese Lilly, die er manchmal in meinem Haus getroffen hat?«

»Björk?«, fragte sie erstaunt.

»Ja. Ja, natürlich, wir haben uns mal kurz kennen gelernt. Lilly – ich weiß gar nicht, wie Sie mit Nachnamen heißen?«

»Einfach Lilly. Wir können ja Du sagen«, schlug sie vor. Ihr lag wenig daran, Norberts Nachnamen breit zu treten. »Hast du was von Claudio gehört? Ist er wieder in Hamburg?«

»Nein. Noch nicht. Ich möchte das alles ungern am Telefon besprechen. Könnten wir uns irgendwo sehen? Ich muss gleich nach Flensburg, aber morgen Nachmittag bin ich wieder da. Wollen wir uns irgendwo in der Innenstadt treffen?«

»Warum nicht in Claudios Wohnung? Da bist du doch gerade?«

»Ach so, ja stimmt. Okay, das geht natürlich auch.« Und dann fügte er plötzlich hinzu: »Wenn du Lilly bist, dann bist du das ja, die das Kind bekommt?«

65

»Hat Claudio dir das erzählt?« Wenn das so war, musste er eine
Möglichkeit gehabt haben, seinen Anrufbeantworter abzuhören.
»Wir sprechen morgen Nachmittag miteinander. So um vier?«
»Gut. Bis dann!«
Lilly legte auf und atmete tief durch.

Was auch immer passiert sein mochte – jedenfalls gab es Claudio noch! Selbst wenn er noch nicht in Hamburg war, würde sie
sich bestimmt mit ihm in Verbindung setzen können. Er würde
wissen, wohin sie sich wenden konnte. Vielleicht kannte er einen
energischen Anwalt, der Norbert einschüchtern würde, so dass sie
sich nicht mehr verstecken müsste. Vielleicht könnte sie, bis er
wieder da war (und natürlich auch, *wenn* er wieder da war) in seiner Wohnung bleiben? Nichts gegen die gute Püppi, aber sie ging
Lilly inzwischen reichlich auf die Nerven…

Als die gute Püppi abends nach Hause kam, einige volle Ein-
kaufstüten auf den Tisch stellte und verkündete: »Heute gibt es
Sauerkraut mit Kassler! Magst du das?«, antwortete Lilly, weniger
gereizt als sonst: »Nicht sehr. Aber das macht nichts. Ich zieh wahrscheinlich sowieso bald bei dir aus.«

Püppi plumpste in ihrem Mäntelchen auf einen Stuhl und
blickte verdutzt aus hellblauen Mandelaugen: »Nö, ne? Das halt
ich ja nicht aus! Hast du deinen Claudio erreicht?«

»Ihn selbst noch nicht. Aber seinen besten Freund Björk. Er
sagt, Claudio kommt bald nach Hamburg. So direkt konnte er
nicht drüber sprechen, er war auch in Eile. Morgen treffen wir uns
in Claudios Wohnung, Björk scheint einen Schlüssel zu haben…«

»Wauwissimo! Ist ja Wahnsinn«, sagte Püppi langsam, zog ihren
Mantel aus und begann, Kartoffeln zu schälen. »Also, ganz ehrlich
gesagt, ich werd dich total vermissen.«

»Du wirst mir auch fehlen«, sagte Lilly, denn so was sagte man,
wenn man nett sein wollte.

»Na ja. Du mochtest nie so gern, was ich gekocht hab.«

»Das hat mit mögen nicht viel zu tun. Ich fand es nur manchmal
etwas… unbekömmlich. Ich glaube, in der Schwangerschaft sollte
man leichtere Sachen essen.«

»Einmal hab ich dir Hühnerfrikassee gemacht.«

»Ja, das war auch sehr lecker.«

»Und dich hat mein Rauchen gestört. Dabei hab ich ganz ehrlich gesagt nur noch aus dem Fenster geraucht in der letzten Woche.« Lilly verdrehte die Augen. »Püppi, du warst ein Märtyrer unserer Wohngemeinschaft. Und ich war nur zickig.«

»Nein, das sag ich ja gar nicht...«

»Aber ich sag es. Du hast dich aufgeopfert. Das ist bloß nicht meine Schuld. Das ist deine eigene Schuld. Du jammerst gern, und wenn du dir von anderen Menschen nicht alles Mögliche gefallen lässt, hast du keinen Grund zum Jammern. So war das früher mit deiner Mutter und wahrscheinlich auch mit Harry und ganz bestimmt mit mir.«

»Ich jammere doch überhaupt nicht!«, widersprach Püppi leise.

»Doch. Dauernd. Du merkst es selbst gar nicht mehr. Alleine, was du mir alles über deinen Harry vorgejammert hast. Eine Leidensgeschichte in vierundzwanzig Bänden.«

»Ich dachte, das interessiert dich«, wandte Püppi ein. Sie saß ganz blass am Tisch und schob die Kartoffelschalen hin und her.

»Ich hab zugehört. Aber ich fand es eigentlich nur deprimierend, zuzuhören, wie du fertig gemacht worden bist...«

Püppi ließ den Kopf auf die Kartoffelschalen sinken, und Lilly sprang auf und umarmte sie. »Es tut mir Leid!«, heulte Püppi. Wenn sie weinte, zeigte sie genau so ihre kleinen spitzen Eckzähne wie beim Lachen.

»Ist ja schon gut!«, sagte Lilly. »Komm, bring diese blöden Kartoffeln in einen Topf und auf den Herd. Ich hab Hunger...«

Am nächsten Tag versuchte Lilly, das flusige (inzwischen noch einmal blondierte) Haar so attraktiv wie möglich zu bändigen. Püppi lieh ihr einen schwarzen Leinenanzug und ein paar schwarze Schuhe, die Lilly zu groß waren und deshalb vorn mit Papiertaschentüchern ausgestopft wurden.

Sie wäre gern mit einem Taxi zu Claudios Wohnung gefahren, aber sie traute sich nicht – sie besaß kaum noch dreißig Euro, alles in allem. Mit der U-Bahn waren es vier Stationen, doch Lilly pflegte eine Art ganz spezieller U-Bahn-Phobie: Sie hatte sich schon als Kind gefürchtet in diesem Behälter, der rasend und ruckelnd durch einen schwarzen Schlauch rauschte. Sie entschied sich, zu Fuß zu gehen, das Wetter war angenehm und sie hatte ja Zeit. Um Viertel vor vier stand sie schon vor Claudios Wohnung. Sie klingelte an der Tür – doch Björk schien noch nicht da zu sein.

Da die Haustür geöffnet und festgehakt war, ging Lilly ins Treppenhaus, stieg in den ersten Stock, vor Claudios Wohnungstür, versuchte auf Zehenspitzen durch den Spion hineinzugucken, was nicht sehr zufrieden stellend war und setzte sich dann vorsichtig auf die oberste Treppenstufe.

Um zehn nach vier kam Björk die Treppe hinauf. Er war größer und dicker als in Lillys Erinnerung. Allerdings hatte sie ihm damals wenige Minuten gegenüber gestanden und dabei nur Augen für Claudio gehabt. Doch, das war er schon, sie erkannte das dünne blonde Haar und die Stupsnase.

Er schien noch viel mehr im Zweifel, als er sie sah. Erst, als Lilly die Sonnenbrille abnahm, nickte er: »Natürlich, diese schönen großen Augen. Komm rein, Lilly!«

Björk schloss die Tür auf und steckte das Schlüsselbund gleich wieder in die Jackentasche. Lilly guckte den Schlüsseln sehnsuchtsvoll hinterher.

Im Flur befand sich eine große Styroporplatte, die Claudio als Pinnwand benutzt hatte. Notizen und Telefonnummern in seiner eckigen Schrift, ausgedruckte Fotos, teilweise sehr blass und körnig, eins zeigte mehrere Soldaten mit schrägsitzenden Mützen neben einem Panzer, ein anderes, ganz in der Mitte, Lilly. Das hatte er vor ungefähr sechs Wochen von ihr gemacht, sie waren in der Nähe von Björks Haus auf einer Wiese herumgelaufen und er hatte sie fotografiert: Ihr Gesicht strahlte, ihr Haar flog, sie sah sehr schön aus.

»Bist du das hier?«, fragte Björk und zeigte auf das Bild.

Lilly nickte betrübt. Er brauchte nicht hinzuzufügen, dass sie inzwischen optisch sehr verloren hatte.

68

Sie sah sich neugierig um. Sie war nur ein einziges Mal hier gewesen, ganz am Anfang ihrer Romanze, als sie Claudio gerade kennen gelernt hatte. Danach hatten sie sich immer nur in Björks Haus getroffen, oder, wenn es nicht anders ging, kurz außerhalb der Stadt, im Auto.

Die Wohnung war eher kleiner als die von Püppi, aber ungleich attraktiver, mit großen Fenstern und einer Bettnische mit Podest. Es gab eine richtige kleine Küche mit den neuesten Geräten und ein Bad mit winzigem Balkon, auf dem sich viele Bäumchen und Grünpflanzen in Tontöpfen drängten.

Die Einrichtung war japanisch-karg, Klappsessel, Sitzkissen und niedrige Tischchen, alles schwarz oder weiß. Der große schwarze Fernseher befand sich auf dem Boden, daneben vier übereinander gestapelte Video-Geräte und die Stereo-Anlage. Auf einer Art Tapeziertisch stand der Computer, daneben türmten sich Zeitungen, Zeitschriften und Fotos. An einer Wand lagen viele Bücher – vor allem Taschenbücher – neben- und übereinander. Auf einige dieser Bücherstapel hatte Claudio, als wären sie Regale, noch mehr Tontöpfe mit Grünpflanzen gestellt.

»Ich bin jede Woche zum Gießen hergekommen«, erklärte Björk. Er ließ sich in einen niedrigen, mit Segeltuch bespannten Sessel fallen. Er schien es zu vermeiden, Lilly anzusehen. Ihre Hoffnung schrumpfte in sich zusammen.

»Wo ist denn nun bitte Claudio?«, fragte sie mit unsicherer Stimme.

»Tot. Er ist tot«, erwiderte Björk. Er rieb sich seine Stupsnase und zuckte mit den Schultern. »Erschossen, mit einem anderen Journalisten zusammen, glaube ich. Wann es genau passiert ist, wissen wir noch nicht. Seine Eltern wollen, dass die ... dass er nach Hamburg transportiert wird. Sie wollen ihn hier beerdigen.«

Lilly schüttelte den Kopf, steckte beide Hände in die Hosentaschen und begann, laut zu weinen. Björk sah sie nicht an. Er stand nicht auf, um ihr einen Arm um die Schulter zu legen. Er sagte nichts Beruhigendes. Er gab ihr kein Taschentuch. Er saß nur da und hörte ihrem Gejammer zu, und einmal, als sie leiser wurde, sagte er: »Tja. So viel zu unserem Claudio. Er war ein guter Freund.« Daraufhin weinte Lilly wieder lauter.

Ungefähr eine halbe Stunde später hockte sie mit verquollenem Gesicht auf dem Sitzkissen und schluchzte noch nach. Björk hatte die Kaffeemaschine angeworfen, kam aus der Küche und reichte ihr einen Becher. »Milch ist nicht da – beziehungsweise sauer geworden. Kann man ihr nicht verdenken«, sagte er.

Lilly trank den bitteren schwarzen Kaffee, sehr stark. Genau so hatte Claudio ihn gekocht.

»So, und du bist schwanger? Dumme Situation. Ich hab den Anrufbeantworter abgehört, bitte um Entschuldigung, deshalb weiß ich das. Ob du nicht unter diesen Umständen zu deinem Mann zurück gehst?«

Lilly schüttelte stumm den Kopf.

»Verstehe. Ich muss dich leider noch mit einigen unangenehmen Tatsachen vertraut machen. Man könnte ja denken, Claudios Eltern wären ganz happy, einen Enkel zu bekommen, wenn der Sohn schon weg ist. Ich fürchte nur, da gibt es mehrere Haken. Claudio war ja verlobt, wie du sicherlich weißt?«

Lilly schaute ihn ungläubig aus ihren rotgeäderten Augen an.

»Doch, war er. Ich dachte, damit hätte er dich vertraut gemacht. Seit einigen Jahren, ein Mädchen, das er seit seiner Kindheit kannte, die Nachbarstochter irgendwie. Beide Eltern fanden 's toll, dabei hat er das nicht sehr ernst gemeint. Eigentlich, glaube ich, hat er das Mädchen sogar irgendwie verkohlt damit – ich meine so eine erzbürgerliche Sitte wie eine Verlobung und dann Claudio! Dafür hat sie das wohl umso ernster genommen. Als das mit euch anfing, hat er mal zu mir gesagt: ›Ich muss mit Vicky sprechen! Ich muss das klären‹, aber er hat's nicht mehr gemacht vor seiner Reise. Und wenn ich's richtig verstanden hab, dann fühlt die Dame sich als trauernde Witwe und wird auch so behandelt und hat den Ehrenplatz auf der Beerdigung. Also, wenn *die* mit einem Baby käme, das wär top. Aber wenn du jetzt aufkreuzen würdest, weißt du – keiner weiß von dir oder kennt dich … Ich könnte mich ja hinstellen und bezeugen, dass ich euch zusammen gesehen habe und dass er mir von dir erzählt hat... Nur ich glaube, richtig gut kommt das immer noch nicht. Verheiratet bist du auch noch... Oder läuft die Scheidung?«

Lilly schüttelte den Kopf.

»Tja, so ist das. Was die Wohnung hier angeht, in zwei Wochen muss alles draußen und sauber sein, dann will der nächste Mieter einziehen. Darum werd ich mich noch kümmern, bevor ich auswandere. Ich geh nach Sydney, weißt du. Hab da die Frau meines Lebens gefunden. Mein Haus bei Schleswig übernimmt mein Bruder. Tja...«

Björk trank seinen Kaffee, wieder in dem tiefen Sessel, saugte an seinen Zähnen und hatte wohl nichts mehr zu sagen.

Lilly wischte mit Püppis schwarzem Leinenärmel in ihrem Gesicht herum, stand auf und sagte: »Danke, Björk. Ich geh dann mal...«

Er guckte melancholisch von unten her zu ihr hoch. »Willst du dir nicht irgendwas von ihm mitnehmen? Als Erinnerung?«

Lilly sah sich mit schwimmenden Augen um. Dann ging sie zu der Pinnwand im Flur und machte das Bild der glücklichen Lilly auf der Wiese, fotografiert von einem lebendigen Claudio, ab. »Das hier.«

Der Ausdruck war ungefähr so groß wie eine DIN-A4-Seite. Sie faltete ihn zweimal und steckte ihn in ihre Handtasche. »Tschüs, Björk. Danke fürs Aufschließen und dass du es mir gesagt hast und dass wir in deinem Haus sein durften...« Da schwamm ihr schon wieder die Stimme weg.

»Ja, du – alles Gute für dich. Vielleicht hören wir ja mal voneinander...«

Lilly nickte Björk kurz zu und verließ die Wohnung. Sie dachte: Warum sollten wir voneinander hören? Wir kennen beide nicht unsere Nachnamen, er geht ans andere Ende der Welt und ich bin sowieso erledigt...

Sie marschierte eine Weile mechanisch vor sich hin, dann schlüpfte sie in irgendeinen Hauseingang und puderte sich das Gesicht.

71

Wohin jetzt? Auf ein Hochhausdach? Unter ein Auto? Oder zurück zu Püppi? Sie fühlte sich matt und kraftlos, sie hatte sich rich-
tiggehend schlapp geheult. Da vorn war eine U-Bahn-Station. Lilly
beschloss, ihre Phobie zu überwinden und suchte nach Münzen
für den Fahrkartenautomaten.

Im 4. Kapitel

kümmern die Leute sich mal zu wenig und mal zu viel
um andere Menschen – wodurch die Gesellschaft manch
einen zwingt, kriminell zu werden – bekommen zwei
Frauen ganz unerwartet kernige Gesellschaft –
und Lilly als Geburtstagsüberraschung einen Tritt

Nö, ne!«, entsetzte sich Püppi, als sie öffnete und Lillys Gesicht erblickte. »Was ist denn nun wieder passiert? Hat der Freund von deinem Claudio dich verhauen?«

Lilly trat langsam in den Flur und betrachtete sich im Garderobenspiegel. Sie hatte eine dicke Beule seitlich auf der Stirn, das Auge darunter schwoll langsam zu. Auf ihrer Wange saßen zwei Kratzer, aus einem sickerte etwas Blut. Außerdem hinkte sie, aber das konnte man zumindest im Spiegel nicht erkennen.

»Der Freund von ... ? Nein«, erwiderte sie geistesabwesend und drehte sich zu ihrer Freundin um. »Püppi, Claudio ist tot...« Ihr nächstes Atemholen war schon ein Schluchzen.

»Ach, meine arme Süße!«, sagte Püppi mitleidsvoll und zog Lilly in die Arme, die nun über ihre Schulter sprach, atemlos und weinend erzählte, was alles passiert war. Von ihrem Besuch in Claudios Wohnung, von dem, was Björk berichtet hatte, einschließlich der Nachbars-Verlobten-Witwe.

Zum Schluss kam Püppi trotzdem auf ihre Frage zurück (denn all diese traurigen Dinge erhellten in keiner Weise, weshalb Lilly so ramponiert aussah): »Aber wo hast du dir denn so wehgetan? Hast du versucht ... Wolltest du dich ...«

Lilly machte sich ungeduldig aus Püppis Armen frei. »Nein. Ich bin gegen meine innere Überzeugung U-Bahn gefahren. Immer hatte ich Angst davor und heute hab ich mir gesagt, so ein Unsinn, geh mal dagegen an ...« Lilly schaute Püppi anklagend ins Gesicht, als hätte die sie dazu überredet. »Und prompt ist es passiert! Ich sage dir, du kannst ohne weiteres in der U-Bahn oder auf dem

Bahnsteig massakriert werden, das interessiert niemanden. Man ist so alleine... als ich zuletzt U-Bahn gefahren bin, als kleines Mädchen, da gab's noch solche Leute in Uniform, die sagten ›Zurückbleiben bitte‹ und haben geguckt, was passiert. Heute bist du völlig im Stich gelassen, so 'n Fahrkartenautomat kann dir nicht helfen. Ich denke, es herrscht so eine fürchterliche Arbeitslosigkeit? Warum stellen die denn nicht ein paar Leute in Uniform hin, die aufpassen? Wenn dieser Ausländer nicht zufällig dabei gewesen wäre! So gesehen haben wir viel zu wenig Ausländer in der Stadt...«

»Ein Ausländer hat dich verhauen?«

»Nein! Hörst du nicht zu? Im Gegenteil, der hat mir geholfen. Da waren zwei riesige Bengels mit grünen und rosa Haaren – einer hatte den halben Kopf rasiert... Die wollten Geld von mir, als ich die Fahrkarte gezogen hab. Einen Euro! Das sind zwei Mark! Das ist doch viel Geld, wenn man sowieso keins hat! Ich hab also Nein gesagt. Da haben sie mich zuerst mit dem Kopf an den Automaten gestoßen, davon ist die Beule hier... Dann sind sie mit in meinen U-Bahn-Wagen gestiegen und haben die ganze Zeit widerlich auf mich eingeschimpft und mir so Klapse an den Kopf gegeben... Die ganze Bahn war voller Leute, praktisch jeder Sitzplatz besetzt, aber kein Mensch hat was mitgekriegt. Die haben alle so getan, als ob sie sich in einer anderen Welt befinden. Ich hab gesagt: ›Bitte, helfen Sie mir!‹ zu dem neben mir. Der hat seine Zeitung einfach höher vor sein Gesicht gehalten. Und die Frau gegenüber hat immer nur aus dem Fenster auf die Tunnelkacheln geguckt. Aber einer eben, ein Türke oder so, der hat den Kerlen gesagt, sie sollen mich in Ruhe lassen. Da haben sie den auch bepöbelt, ›Knoblauch-Ali, halt dein Maul‹ und so etwas. Dann kam endlich Lattenkamp und ich bin ausgestiegen, und die gleich hinterher und haben mir ein Bein gestellt – ich bin so auf mein rechtes Knie geknallt! Und dann hat mir der eine ins Auge gehauen, ich bin noch mal hingefallen und hab mir das Gesicht aufgeschürft...« Lilly kamen beim Schildern schon wieder die Tränen.

Püppi führte sie in die Küche, setzte sie auf einen Stuhl, machte Küchenpapier nass und tupfte Lilly das Blut von der Wange. Dann nahm sie ein silbernes Messer aus der Schublade und presste es gegen die Beule. »Meine arme Lillybelle...«

Lilly nahm das Küchenpapier vom Tisch und schnäuzte sich leise und anklagend in die trockene Ecke. »Ja. Aber dieser Türke oder irgendwie Orientale ist auch ausgestiegen und hat die beiden in die Flucht gehauen. Dabei war der eigentlich viel älter, bestimmt schon Ende vierzig oder so. Den einen hat er verkloppt, der andere ist gleich so weggerannt. Da stand noch jemand neben uns auf dem Bahnsteig und hat den Fahrplan gelesen, der ist fast in den Kasten reingekrochen, um bloß so zu tun, als ob er nichts mitgekriegt hat. Ich hab mich bei dem Türken bedankt. Der hat gesagt, wir sind ein komisches Volk. Lauter Ichs und keine Wirs. Er hat ja Recht! Wie können die alle so feige sein? Ich hab doch um Hilfe gebeten, laut und deutlich. Wenn man hört, dass jemand Hilfe braucht, muss man doch was tun...«

Püppi nickte. »Eigentlich schon. Vielleicht haben die Leute auch Angst, wenn sie was tun und helfen, dann macht die Justiz sie fertig. Sie geraten in ein Handgemenge mit solchen Kerlen und brechen denen aus Versehen irgendwas, dann nehmen die sich einen guten Anwalt und derjenige, der hilfsbereit sein wollte, muss sein Leben lang zahlen...«

»Ich weiß nicht. Ich finde es trotzdem feige. Ja, und dann ist mir eingefallen, dass es für mich natürlich ein großes Unglück wäre, wenn beispielsweise ein Polizist die Prügelei gesehen hätte und eingeschritten wäre!«

»Wieso?«

»Na, weil ich doch auf der Flucht bin! Ich bin über Radio gesucht worden, wahrscheinlich stehe ich in irgendwelchen Akten oder Fahndungslisten oder so. Norbert hat meine Vermisstenmeldung in Gang gebracht, dem würden sie dann sagen, wo ich bin. Und wenn er das weiß, dann geht es wieder von vorne los. Dann sperren sie mich ein und nehmen mir mein Kind weg. Außerdem, wenn ich bei einer Prügelei ertappt werde, kann ich noch so sehr im Recht sein, die werden immer denken, ich hab angefangen, weil ich doch auch meine Schwiegermutter angefallen habe...«

Lilly konnte nicht weitersprechen, weil ihr Mund durch das Weinen so auseinander gezogen wurde.

Püppi weinte mit, die Tränen kullerten aus ihren schmalen hellblauen Augen über ihren Pullover und über ihren schwarzen Anzug, in dem Lilly steckte.

»Und jetzt bin ich schlimmer dran als je zuvor!«, jammerte Lilly weiter. »Vorher hab ich nur befürchtet, dass Claudio *vielleicht* tot ist. Jetzt weiß ich's. Ich dachte doch immer noch ein bisschen, er kommt zurück und kümmert sich um mich, dann wird alles gut. Jetzt hab ich niemanden mehr auf der Welt ...«

»Doch, mich!«, protestierte Püppi. »Und dein Baby hast du auch!«

Lilly blickte mit großen, verweinten Augen zu ihrer Freundin auf, zog die Nase hoch und wiederholte leise: »Ja. Dich hab ich noch. Und mein Baby.«

Es klang völlig hoffnungslos.

Claudios Tod und ihr Erlebnis in der U-Bahn hatten Lilly nicht verträglicher gemacht. Vielleicht lag es auch an der fortschreitenden Schwangerschaft, dass sie so gereizt und ungeduldig mit Püppi umging. Die machte einfach alles falsch, dachte falsch und redete falsch. Und sie war noch nicht einmal wirklich dankbar, wenn sie jemand darauf aufmerksam machte: »Jetzt wirst du gleich wieder böse, Lillybelle. Ganz ehrlich gesagt ...«

»Ich wünschte, du würdest das nicht dauernd wiederholen!«, unterbrach Lilly gereizt.

»Was?«

»Dass du etwas ›ganz ehrlich‹ sagen willst. Das kündigst du dauernd an, merkst du das gar nicht? Und dadurch wirkt das, was du hinterher zu sagen hast, noch viel bedeutungsloser. Oder, was noch schlimmer ist, es wirkt so, als würdest du wirklich nur nach so einer Ankündigung mal die Wahrheit sagen und sonst permanent lügen.«

»Immer kritisierst du mich! Ich trau mich manchmal überhaupt nicht mehr, zu reden, wenn du das hören kannst!«

»Dann schmeiß mich doch raus – dann kannst du wieder reden,

was du willst und so viel du willst. Dann hast du endlich wieder deine Ruhe. Und dann lieg ich dir nicht mehr auf der Tasche.«

»Ach, hör auf, sag doch nicht so was…«

»Warum nicht, wenn es wahr ist? Ich mach dir nur Kosten. Seit einer Woche bin ich richtig pleite. Ich kann mir gar nichts mehr kaufen.«

»Wieso, was brauchst du denn?«, fragte Püppi sofort hilfsbereit.

»Mensch, versteh doch – ich lebe überhaupt nur noch von deinem Geld. Wenn das so weitergeht und du dich nicht wehrst, dann leben eines Tages mein Kind und ich von deinem Geld. Weißt du, was so 'n Baby kostet?«

Püppi stand ganz unglücklich da. »Und was soll ich jetzt tun?«

»Du? Nichts. Ich muss was tun. Ich muss irgendwie Geld auftreiben«, kündigte Lilly an, stand auf, zog Püppis Kunstlederjacke über, griff nach ihrer kleinen Handtasche und tarnte sich mit Sonnenbrille und einer dicken Schicht dunkelrotem Lippenstift. Dann verließ sie die Wohnung.

Nach zwanzig Minuten war sie wieder da, mit hängenden Schultern und zitternden Mundwinkeln.

»Dieser dämliche Geldautomat hat meine Karte geschluckt. War ja zu erwarten. Hast du schon mal erlebt, dass ein Automat deine Karte kassiert, während lauter Leute um dich rum stehen und zugucken und denken, du bist superpleite oder ein Verbrecher? Es ist so entsetzlich peinlich. Wenn du in dieser Stadt verdroschen wirst, dann kriegt das keiner mit, niemand guckt hin, und wenn sie millimeterdicht davor stehen. Aber wenn deine Kreditkarte von so einem blöden Automaten eingelutscht wird, dann glotzen alle, dass du ihre Augäpfel knarren hören kannst, die genieren sich überhaupt nicht! Das sind wahrscheinlich dieselben, die ins Auto springen, wenn sie von einem Massenunfall hören, und die dann ganz langsam dran vorbei fahren, um bloß jeden Blutstropfen mitzukriegen! Claudio hatte ganz Recht mit seiner Gesellschaftskritik. Die Menschen sind so kalt und gemein. Na, dann ist es jetzt eben so weit. Dann hat die Gesellschaft mich endlich da, wo sie mich haben will. Jetzt werde ich kriminell!«

Püppi bekam Angst. »Nee, sag mal. Wie denn?«

»Ich werde einbrechen. Ich werde klauen, Schmuck auf jeden Fall, vielleicht auch Kleidung, mal sehen. Ja, und Parfüm.«

»Parfüm?«

»Allerdings. Ich will endlich wieder mein schönes Parfüm haben. Auf meiner Kommode steht noch eine dreiviertel volle Flasche!«

Püppi fing an, zu begreifen. »Du meinst jetzt, du willst bei dir selbst einbrechen?«

Lilly nickte. »Warum nicht? Ich bin da immerhin auch schon ausgebrochen. Ich hab doch noch meinen Hausschlüssel.«

»Wauwissimo! Das traust du dich? Ich hätte viel zu viel Schiss. Und wenn dein Mann inzwischen das Türschloss ausgetauscht hat? Er weiß doch, dass du den Schlüssel mitgenommen hast?«

Lilly zog Püppis Jacke aus und hängte sie auf den Bügel. »Du, wenn er das getan hat – dann geh ich zu Mord über, glaube ich…«

Zuerst plante Lilly, tagsüber in ihr Haus zu gehen, wenn Norbert in der Praxis war. Doch dann befürchtete sie, Nachbarn könnten sie sehen und eventuell die Polizei rufen. Ihrer Erfahrung nach taten Menschen genau dann etwas, wenn sie es nicht sollten, während sie dann nichts taten, wenn sie es sollten.

Also kam sie mitten in der Nacht, genauer gesagt: kurz vor drei. Inzwischen wusste sie, dass der Nachtbus jede Stunde fuhr.

Sie trug Püppis dunkelblaue Turnschuhe (etwas zu groß und ausgestopft), eine dunkle Jeans und einen dunklen Pullover, darüber Püppis schwarze Regenjacke mit Kapuze, um ihr helles Haar zu verdecken.

Lilly schlich über den Gartenweg. Ein sonderbares Gefühl, nach fast fünf Wochen wieder hier herumzulaufen.

Das Haus war dunkel, Norbert hatte auch nicht die Außenbeleuchtung eingeschaltet. Das hatte er früher schon immer gern vergessen. Jetzt kam der abnehmende Halbmond zwischen den Wolken hervor und sorgte für ein wenig Beleuchtung.

Lilly schloss unendlich behutsam die Tür auf. Niemand hatte das Schloss ausgewechselt! Sie schnupperte den vertrauten Duft des Hauses und tappte katzenweich die Treppe hinauf. Ihre Zimmertür stand offen, und für einen Moment befürchtete sie, Norbert hätte ihre Sachen weggeworfen oder verkauft oder jedenfalls weggeräumt, und sie würde nichts von dem finden, weswegen sie gekommen war.

Der Mond gab genug Licht, um Lilly erkennen zu lassen, dass alles noch am Platze war. Sie steckte zuallererst die kleine Parfümflasche in ihre Hosentasche, dann öffnete sie ganz vorsichtig und langsam die unterste Kommodentür, zog den hölzernen Schmuckkasten heraus, tastete hinten links im Fach herum, fand den kleinen Schlüssel in der Ritze unter dem Schrankpapier und öffnete die Schatulle. Um den Hals, unter dem Pullover, trug Lilly einen Schuhbeutel und in den packte sie nun ihre zwei Perlenketten, die weiße, doppelte, und die graue, einfache; das breite Türkisarmband; alle Ohrringe, die sie greifen konnte; und vor allem das wertvollste Stück, den Brillantring.

Norbert hatte oft darüber nachgedacht, im Wohnzimmer einen Safe in die Wand einarbeiten zu lassen. Das war ihm dann aber erfreulicherweise doch immer zu teuer gewesen…

Lilly schloss den Schmuckkasten wieder ab, versteckte den Schlüssel und machte die Kommodentür zu. Sie griff neben den Schrank, wo ihre Handtaschen hingen, und holte sich die breite Wildledertasche mit den vielen Innenfächern hervor. Sie zog die oberste Schublade der Kommode auf und packte voll innerer Begeisterung ein: ihr teures Make-up, die gute Wimperntusche, mehrere Kajal- und Lipliner-Stifte, das Rouge-Töpfchen und die Wimpernzange. Sie sah nicht viel, denn der Mond hatte sich wieder verkrümelt, aber sie wusste noch genau, wo was lag.

Wenn sie sich nur getraut hätte, ins Bad zu gehen, um ihre Pflegeserie einzupacken! Aber das war aufwendig, dort schien der Mond nicht ins Fenster, und es war darüber hinaus fraglich, ob Norbert nicht ihre Kosmetik beiseite geräumt hatte, um selbst mehr Platz zu haben.

Also steckte sie nur schnell noch einige Hände voll Unterwäsche ein, zwei Strumpfhosen und ein T-Shirt. Sie sah sich hektisch um.

Noch etwas, woran sie nicht gedacht hatte? Dies war garantiert die letzte Chance...

Dann erblickte sie ihr Handy. Es lag auf ihrem Nachtschrank, wieder heil und ganz, und blinkte silbern im Mondlicht, wie ein Lockmittel, wie ein Köder. Lilly hatte die Hand schon ausgestreckt gehabt und zog sie schnell wieder zurück.

Alles, was sie eben genommen hatte, würde Norbert wahrscheinlich nicht auffallen. Wenn allerdings das Handy verschwunden war, würde er das sofort merken. Außerdem, was sollte sie jetzt noch mit dem kleinen Telefon? Claudio rief sowieso nie mehr an.

Auf dem Rückweg zur Haustür blieb Lilly vor Norberts Tür stehen und lauschte: Waren Atemzüge zu hören oder ein bisschen Bettknarren, wenn er sich umdrehte? Sie legte sogar ihr Ohr ans Schlüsselloch, doch sie konnte keinerlei Geräusch wahrnehmen. Vielleicht war er überhaupt nicht zu Hause?

Wie grotesk, dass sie hier heimlich stand, mitten in der Nacht, anstatt hinein zu gehen und mit ihm zu sprechen. Dass sie ihre eigenen Sachen klauen musste, um zu überleben. Dass ihr eigener Mann, dieser friedliche, etwas betuliche Mensch, plötzlich ein gefährlicher Verfolger war...

Bei diesem Gedanken bekam sie auf einmal Angst und sie verließ das Haus schneller und weniger leise als geplant. Sie rannte geradezu über den Gartenweg und keuchte noch, als sie schon an der Bushaltestelle stand.

»Ich sag mal so, du kannst die Sachen ins Pfandhaus bringen, aber das bringt, glaube ich, nicht so sehr viel, weil es ja eigentlich nur geliehen sein soll. Vielleicht kauft ein Schmuckladen so was?«, überlegte Püppi.

Lilly ging zu verschiedenen kleinen Juwelierläden in Winterhude, legte ihren Schmuck auf den Ladentisch und bot ihn an.

In einem Geschäft wollte man die Sachen dabehalten und überprüfen – »Nein, danke!«, sagte Lilly und marschierte eilig unter der bimmelnden Tür hindurch hinaus, wohl wissend, dass man sie für eine Diebin hielt.

Die anderen wirkten auf jeden Fall misstrauisch, sobald die Gegenstände vor ihnen ausgekippt wurden.

Endlich kam Lilly, nach längerem Nachdenken, die zündende Idee: »Weißt du was, Püppi? Wenn ich alle Sachen auf einmal bringe, dann sieht das aus wie Beute. Ich muss nach und nach damit anrücken ...«

Sie suchte sich dafür das kleine Geschäft ›Glotz-Gold-Silber-Uhren‹ aus, ein wenig weiter weg, denn da war sie noch nicht gewesen.

Lilly frisierte und schminkte sich so seriös wie irgend möglich, sie ließ sogar ihre Tarnbrille weg, pumpte sich mit Vornehmheit voll, bevor sie eintrat, und verlangte von der kleinen pummeligen Verkäuferin mit blasierter Miene: »Ich würde gern den Besitzer oder den Geschäftsführer sprechen ...«

Die Verkäuferin begriff durchaus, dass es um etwas Wichtiges ging, sie hauchte mit Ehrfurcht, sie hole mal eben Herrn Glotz junior und verschwand durch den Plüschvorhang in den hinteren Kulissen.

Herr Glotz junior sah nicht ganz so göttlich aus, wie er glaubte, aber immerhin ziemlich hübsch.

Lilly vertraute ihm herablassend, aber nicht unfreundlich an, sie sei durch einen momentanen Engpass gezwungen, sich von einem geliebten Stück zu trennen. Herr Glotz junior war ganz Ohr – und auch ganz Auge. Zunächst begutachtete er Lillys Gesicht, dann den Brillantring, den sie vor ihn auf den schwarzen Samt legte. Er klemmte sich eine Lupe ins Auge, drehte den Ring hierhin und dahin, fragte zerstreut, ob Lilly etwas wie eine Quittung besitze? Worauf sie mit gelinder Entrüstung den Kopf schüttelte: »Gott, so ein Stück kauft man sich ja nicht selbst, Herr Glotz. Das war ein Geschenk meines verstorbenen Mannes ...« Ihre Stimme verrutschte zum Schluss ein bisschen, sie wandte kurz, wie erschüttert, den Kopf ab und versuchte, sich Norbert still und bleich vorzustellen, die Hände friedlich über der Brust gefaltet. Stattdessen sah sie Claudio vor sich, der totgeschossen am Wegesrand lag, blutig und schmutzig. Sofort stiegen ihr Tränen in die Augen und kullerten, als sie etwas blinzelte, über ihr Gesicht.

Herr Glotz junior verhielt sich wie erwartet taktvoll, fragte nie wieder nach Quittungen und erwarb nach und nach, innerhalb von zwei bis drei Wochen, Lillys gesamte Beute. Er musste sie darauf aufmerksam machen, dass er natürlich nur einen Bruchteil der ursprünglichen Kaufsumme zahlen konnte. Sie erklärte tapfer, das sei ihr von vornherein klar gewesen. Alles in allem bekam sie für zwei Perlenketten, ein silbernes Türkisarmband, einen Brillantring und fünf Paar Ohrstecker mit Perlen, Rosenquarz oder Turmalinen etwas mehr als siebenhundert Euro. Vermutlich machte Herr Glotz damit ein prächtiges Geschäft. Er lächelte jedes Mal strahlender, wenn Lilly den Laden betrat.

Andererseits: Siebenhundert Euro konnte sie ausgezeichnet gebrauchen, während der Schmuck ihr im Augenblick wenig genützt hätte.

In der zweiten Oktoberwoche wurde es winterlich kalt, sie hörten am Morgen, wie die Autofahrer auf der Straße an ihren Scheiben herumkratzten.

»Machst du mir jetzt bald den warmen Pullover mit dem Norwegermuster, Lillybelle? Das wäre echt cool«, bat Püppi, sich ihren Schal fest um den Hals wickelnd.

Lilly seufzte. »Dabei soll es doch warm sein«, wandte sie ein.

Tatsache war, sie hatte keine Lust dazu. Ein Erwachsenenpullover dauerte unendlich lange. Es machte Spaß, Babysachen zu stricken, unter anderem, weil es so schnell ging.

Püppi fummelte zwei Zwanziger-Scheine aus ihrem Portmonee und ließ sie auf das Sofa flattern. »Hier – du sollst deswegen natürlich keine Kosten haben...«

Lilly wurde ungern an ihren neuen Geiz erinnert. »Lass das!«, schnappte sie ärgerlich. »Die Wolle kann ich selbst bezahlen. Ich will dir den Pullover schließlich schenken.«

Schon hatte Püppi ein schlechtes Gewissen. »Dann schenk ihn mir doch nicht einfach so, sondern, ich sag mal, zu Weihnachten, okay?«

Lilly schämte sich ihrerseits. Schließlich verdankte sie Püppi ziemlich viel. »Ja, mal sehen… Heute Nachmittag geh ich auf jeden Fall Wolle kaufen. Versprochen.«

Das tat sie auch. Nachdem sie geduscht hatte, zog sie mit großer Befriedigung ihre neue grüne Cordhose an, ein Schnäppchen aus einem großen Warenhaus.

Püppi hielt das für Verschwendung; sie meinte, Lilly könnte doch gern alles aus ihrem Kleiderschrank anziehen, solange es noch passte. Beide hatten recht ähnliche Figuren und trugen Größe 38. Püppi verstand nicht, wie nötig Lilly es hatte, mal ein Kleidungsstück ganz für sich allein zu besitzen.

›Solange es noch passt‹, das wurde im Übrigen gerade zur Problematik. Lilly wuchs in den letzten Wochen ein deutlicher kleiner Bauch. Auch die neue Cordhose ließ sich nur noch mit Anstrengung schließen. Eigentlich brauchte sie jetzt ›Umstandsmode‹. Püppi hatte mal vorgeschlagen, sie sollte sich etwas aus einem Secondhand-Laden besorgen. Das entsetzte Lilly. Sie war sicher, sich vor Kleidern zu ekeln, die eine wildfremde Frau angehabt hatte, und wenn sie noch so sehr gereinigt wären. Es machte ihr ja schon etwas aus, ständig Püppis Sachen zu tragen, die nach Püppi rochen; nicht schlecht natürlich, aber irgendwie fremd. Sie übersprühte sich dann gern großzügig mit ihrem Parfüm.

Sie sammelte die Geldscheine vom Sofa und steckte sie ein. Immerhin, je mehr Geld sie dafür hatte, desto schönere Wolle konnte sie kaufen.

Allerdings fand sie nicht das Passende für einen Püppi-Norweger-Pullover in Grüntönen. Stattdessen kaufte sie Babywolle in besonders schönem zartem Türkis und Flieder.

Als sie zurückkam und die Wohnungstür aufschloss, war die nicht mehr zweimal abgesichert. Das bedeutete, Püppi war schon zu Hause.

Lilly trat aus dem Flur ins große Zimmer – und blieb mit offenem Mund stehen. Auf dem Sofa saß ein Mann, ein großer Kerl mit hellem Borstenschädel, zu kurzer Nase, zu viel Kinn und gemeinen kleinen Augen. Püppi stand daneben, die Schultern unbehaglich hochgezogen.

»Stell dir vor, Harry ist zu mir zurückgekommen!«, erklärte sie
zaghaft. »Aber das macht nichts. Du kannst natürlich bleiben. Wir
besprechen das gerade ...«

»Du kriegst 'n Kind, hör ich ...«, ließ sich Harry vernehmen.
Seine Stimme klang erstaunlich fiepsig und hoch. »Na ja. Kann
man nix machen. Also bleib von mir aus, bis es da ist. Dann müssen wir mal weiter sehen. Ich mach mir nicht viel aus Kindern.«
Nach diesem Bekenntnis klatschte er beide Hände auf seine Knie
und rief: »Ja, ich würd sagen, denn macht ihr Mädels mal wat zu
essen!«

»Geht ganz schnell!«, rief Püppi mit geheuchelter Heiterkeit
und stürzte schon in die Küchenecke. Lilly packte ihre neue Wolle
aus und wollte sie ins Schlafzimmer bringen.

»Nee, Moment, du, da schlafen wir jetzt mal wieder. Du kannst
hier auf 'm Sofa ratzen«, rief Harrys helle Stimme.

»Wenn ich darauf schlafe, tut mir der Rücken weh«, wandte
Lilly ein.

»Auf dem Mistdings tut jedem der Rücken weh. Also besser ein
Rücken als zwei. Dafür wohnst du hier ja wohl ganz billig und trocken. Petra sagt, viel zahlst du nicht?«

»Das hab ich ja nun echt nicht so gesagt«, widersprach Püppi
vom großen Tisch her, auf dem sie Gemüse putzte. Sie versuchte
immer noch, fröhlich zu klingen.

»Na, als ich gefragt hab', ob sie viel zahlt, hast du gesagt ›Nee‹!«
Lilly und Püppi wechselten einen kurzen Blick. Lilly fiel ein
französischer Film ein, in dem zwei Frauen gemeinsam auf ge-
schickte und pfiffige Art einen Mann ermordeten und in einem
Zugabteil verschwinden ließen, worauf jeder glaubte, der Kerl sei
dort gestorben. Das war ein schöner Film gewesen.

»Nu hilf doch mal Petra hier beim Essen machen!«, verlangte
Harry, dem es nicht gefiel, wie Lilly müßig herumstand.

»So was kann ich nicht.«

»Sieh so. Na, denn lernst du das. Macht mal 'n büschen hopp
hopp, ich hab nu Hunger!«

Seit Harry bei ihnen wohnte, war alles anders.

Lilly schlief inzwischen auf einer zusammengelegten Decke auf dem Teppich, das tat ihrem Rücken immer noch weniger weh als das Sofa.

Harry arbeitete manchmal tagsüber, dann trank er abends Bier, erwartete, von beiden Frauen bedient zu werden, guckte sich im Fernsehen Sport an und kratzte sich dabei ganz ungeniert an allen erdenklichen Stellen. Nachts hielt sich Lilly häufig die Ohren zu, weil das, was aus dem Schlafzimmer zu ihr drang, sich einfach entsetzlich anhörte. Sie war immer ganz erleichtert, wenn Püppi morgens lebendig wieder im Wohnzimmer erschien.

»Er ist eben 'n bisschen rau, muss ich ganz ehrlich sagen«, erläuterte Püppi das Liebesgebaren ihres Partners. »Er mag das echt gerne, wenn das alles richtig heftig abgeht.«

Zweimal innerhalb der ersten zehn Tage von Harrys Anwesenheit kamen neutrale Pakete aus Flensburg, und hinterher ging es offenbar noch heftiger ab, nach Püppis Gejammer zu urteilen. Sie lief allmählich mit dunklen Augenringen herum.

Manchmal jedoch arbeitete Harry irgendwo in der Nachtschicht, und Püppi durfte sich ausschlafen. Sie bot Lilly an, ihrerseits aufs Sofa zu ziehen und ihr so lange das Bett im Schlafzimmer zur Verfügung zu stellen, aber Lilly winkte großzügig ab. Das Bett war ihr verekelt, seit Harry darin lag.

Püppis Rauchen hatte Lilly wenig gestört, weil Püppi sich sehr rücksichtsvoll verhielt. Harry steckte sich eine Zigarette an der anderen an, hustete morgens schleimig, hatte an der rechten Hand gelbe Fingerspitzen und streute Asche um sich wie ein tatteriger Greis.

Das schadet mir und meinem Baby!, dachte Lilly wütend. Sie gewöhnte sich an, sehr viel mehr spazieren zu gehen als früher, um ihre Lungen auszulüften.

Am schlimmsten war, dass Harry sie nicht in Ruhe ließ. Sie ärgerte ihn, sie störte ihn und er sprach sie dauernd an. Püppi hatte ihm nichts über ihr Schicksal verraten, was nett von ihr war – doch umso mehr wunderte sich Harry, dass sie auch bei miesem Wetter mit dieser Sonnenbrille umher wandelte – dass sie sich keine eigene Wohnung nahm – dass sie nicht arbeitete – und überhaupt, wo war eigentlich ihr Kerl?

»Tot!«, antwortete Lilly, und darauf ließ sich ja nicht so viel sagen außer vielleicht ›Herzliches Beileid‹. Was Harry natürlich nicht tat.

Die anderen Fragen blieben im Raum stehen. Weshalb lag Lilly ihrer Freundin (und damit auch deren Besitzer) auf der Tasche und auf der Pelle?

»Du sollts mal 'n büschen mehr abgeben, finde ich«, verlangte Harry. »Guck mal, du kostest nicht gerade wenig. Du willst immer so spezielle Sachen haben, alles Mögliche magst du nicht und kannst du nicht essen. Denn zahl mal was! Warum tust du nix? Putzen tust du auch nicht. Das kann Petra alles alleine machen. Du bist doch nicht krank!«

Eines Tages entrollte die Zigarette seinen dösenden Fingern und machte es sich auf Lillys grüner Cordhose gemütlich, die zusammengelegt auf der Sofalehne ruhte. Als Lilly es roch und aufkreischte, war es schon zu spät. »Du hast mir ein Loch in meine neue Hose gebrannt!«

Harry wurde nicht gern durch lautes Geschrei geweckt. Wenn in seiner Wohnung einer Lärm machte, dann war er das.

»Halt bloß die Schnauze, du blödes Weibsstück! ›Du hast mir ein Loch in meine Hose gebrannt‹«, ahmte er Lillys Schrei nach, viel höher, als er gewesen war. »Na und? Wenn dich das stört, denn zieh doch aus! Ich halt dich nicht. Kauf dir 'ne neue Hose, Mensch! Denn hast du jedenfalls mal 'n Grund, zu arbeiten und nicht immer nur faul rumzusitzen!«

»*Was* soll ich denn arbeiten?«, fragte Lilly empört.

Harry erwiderte, das sei ihm doch egal. »Notfalls gehst du eben auf'n Strich, wenn du gar nix anderes kannst. Dass du die Beine breit machen kannst, hast du ja bewiesen.«

Püppi traute sich nicht, ihre Freundin zu verteidigen, obwohl sie es gern getan hätte. Aber sie bekam sowieso schon öfter mal was an die Ohren, wenn sie nach Harrys Ansicht zu langsam war oder zu frech.

Lilly hätte wirklich gern Arbeit gefunden und Geld verdient. Nicht, damit sie Harry etwas abliefern konnte, sondern, um dieser Wohnung und damit ihm zu entkommen.

Mitte Oktober wurde Lilly neununddreißig. Püppi wusste es wohl nicht, Harry hätte sich nicht darum gekümmert (obwohl er möglicherweise darauf bestanden hätte, dass sie einen ausgab) und Lilly redete auch nicht weiter darüber.

Sie lag morgens auf dem Fußboden im Wohnzimmer, starrte in die Dunkelheit, lauschte Harrys unregelmäßigem Schnarchen aus dem Schlafzimmer und dachte darüber nach, was sie sich normalerweise zu diesem Geburtstag gewünscht und auch bekommen hätte. Kleidung – neues Parfüm – Bücher – noch mehr Klassik-CDs. Sie liebte Barockmusik und Tschaikowsky. Blumen hätte es selbstverständlich von allen Seiten gegeben und ein erlesenes Essen am Abend, möglicherweise nach einem Opern- oder Konzertbesuch. Lilly versuchte auszurechnen, was das alles in allem wohl gekostet hätte und wünschte sich die Summe in bar.

Und da spürte sie plötzlich etwas Seltsames, ungefähr eine Handbreit unter ihrem Bauchnabel, tief innen: Da tippte kurz etwas an! Ihr stockte der Atem, sie fasste sofort nach ihrem Bauch und lauschte in sich hinein, ob noch mehr kam. Nein, nun blieb es erst mal ruhig.

Lilly rekonstruierte, was passiert sein mochte. Das Baby (wahrscheinlich immer noch in Puppenformat) war in der Flüssigkeit der Fruchtblase nach unten gesunken und hatte sich dann mit einem seiner winzigen Füße förmlich abgestoßen, um wieder höher zu schweben. Genau diesen zarten Tritt hatte sie deutlich empfunden, sie konnte sich immer noch genau daran erinnern, sie meinte geradezu, den kleinen rosa Fuß vor sich zu sehen.

Tränen sammelten sich in Lillys Augen und tropften ihr seitlich in die Ohren. Mein kleines Kerlchen, dachte sie, hast du Mami zum Geburtstag gratuliert!

Hin und wieder verschwand Harry für zwei oder drei Tage ›auf Montage‹. In dieser Zeit packte Püppi die Sachen, die diskret aus Flensburg gekommen waren, erleichtert in den Schrank. Lilly sah ihr zu und wunderte sich: »Was ist das denn?«

Püppi kicherte. »Das muss ich anziehen. Fühlt sich echt doof an. So kalt und hart. Stinken tut es auch. Außerdem scheuert es.«

»Bescheuert!«, urteilte Lilly, um Püppi noch mal zum Kichern zu bringen. »Und was ist *das* da?«

»Das zieht er sich über. Damit er länger kann.«

»Ach – hat er damit Probleme?«

»Überhaupt nicht! Aber, ganz ehrlich gesagt, er will eben noch länger. Er schluckt ja auch Viagra, dabei braucht er das nicht. Er sagt, das macht ihn noch geiler.«

Lilly schüttelte den Kopf. »Das ist doch alles teuer! Gerade Harry jammert dauernd, dass er zu wenig Geld hat.«

Püppi schloss die Schranktür hinter dem Latex und Leder ab. »Ich hab neulich mal gelesen, die einzigen, die zur Zeit in Deutschland nicht pleite machen, sondern immer noch zulegen, sind Beate Uhse und Wollgeschäfte.«

Lilly fühlte sich sofort angegriffen, weil Wolle das Einzige war, worin sie investierte: »Wollgeschäfte? Wieso denn?«

»Also, ich sag mal so: Wirtschaftsflaute, überall Pleiten, die Leute gehen nicht mehr aus. Die leisten sich immer weniger Spaß. Die sparen hier und sie sparen da... Tini, meine Chefin, macht sich auch Sorgen, ob sie den Laden noch lange halten kann. Ich krieg immer weniger Trinkgeld. Viele Kundinnen kommen echt überhaupt nicht mehr, die machen sich ihre Haare einfach selber. Die bleiben zu Hause, das ist am billigsten. Aber zu Hause müssen sie ja auch irgendwas machen. Und dafür brauchen sie eben Sachen aus dem Sex-Versand und aus dem Wolle-Laden.«

»Was kann man denn mit Wolle machen?«, fragte Lilly mit zusammengezogenen Augenbrauen. Sie konnte es sich durchaus nicht vorstellen. Sie war eben viel zu naiv.

Püppi kicherte schon wieder. »Einfach nur stricken, Lillybelle...«

Lilly wollte die Zeit nutzen, in der Harry weg war. Sie pickte einen Zettel an die Pinnwand vorn im Supermarkt. Da hingen oft solche Zettel, und sie hielt sich genau an den schlichten Wortlaut: ›JUNGE FRAU SUCHT ARBEIT IM HAUSHALT‹. Darunter Püppis Telefonnummer mehrmals nebeneinander, zum Abreißen.

Sie hoffte, dass die Anrufe schnell kommen würden, auf jeden Fall während Harrys Abwesenheit. Denn wenn er da war, ging immer er ans Telefon, sobald es klingelte – obwohl es doch eigentlich Püppis Telefon war. Püppi hatte ihr erklärt, das läge daran, dass Harry so eifersüchtig sei. Wo er doch gar keinen Grund dafür hätte.

Am zweiten Nachmittag kam ein Anruf. Lilly meldete sich: »Bei Lüders?« und eine hastige, schrille Frauenstimme verlangte: »Ich will die junge Frau sprechen, die für Hausarbeit. Oder ist die nicht da? Schüttauf hier. Mein Name ist Schüttauf. Machen *sie* das alles ab? Kann die gut putzen? Ist sie ehrlich? Putzt sie bei Ihnen? Was will sie die Stunde?«

Lilly antwortete einstweilen nur auf die letzte Frage: »Elf Euro.«

»Elf? Das ist viel. Meine Letzte hatte acht, und das war auch schon viel. Die werden immer unverschämter neuerdings. Meinen Sie, ich kann die auf neun oder zehn runterhandeln?«

Lilly überlegte. »Auf zehn vielleicht. Doch, das könnte sein.«

»Also. Sagen Sie ihr mal, sie soll morgen früh kommen – kann sie morgen früh? So um neun?«

»Ja, das ist möglich.«

Die schrille Frau Schüttauf verriet ihre Adresse, das war ganz in der Nähe, natürlich, sie kaufte ja im selben Supermarkt ein.

Lilly legte ganz erfreut den Hörer auf. Sie wollte Püppi nichts davon sagen. Nicht, bevor es nicht wirklich geklappt hatte…

Am nächsten Morgen zog sie ihre grüne Cordhose mit dem von innen zugezogenen Brandloch an, darüber Püppis helle Windjacke. Sie band ihr Haar im Nacken zu einem winzigen Schwänzchen, damit es sie bei der Arbeit nicht störte.

Anstatt ihren Mund dunkelrot anzumalen, schminkte sie sich

überhaupt nicht. Mit nacktem Gesicht würde sie auch niemand erkennen.

Sie klingelte bei Schüttauf, schnelle, stampfende Schritte erklangen, die Tür wurde aufgerissen und eine rundliche Frau guckte sie verdutzt an.

»Guten Morgen. Ich bin die Lilly. Ich soll bei Ihnen putzen«, sagte Lilly auf, was sie sich vorher zurechtgelegt hatte.

»Wieso?«, brachte Frau Schüttauf hervor.

»Sie hatten doch gestern mit Frau Lüders telefoniert?«

»Ja, ja schon. Aber...«

Lilly und Frau Schüttauf blickten sich gleichermaßen verständnislos an. Dann entrang sich der Frau mit einer gewissen Empörung: »Ja, aber – Sie sind ja weiß!«

Das konnte Lilly nicht bestreiten. »Was ist denn daran so schlimm? Weiße können auch putzen...«

Frau Schüttauf schüttelte ihre graublonden Locken und begann, die Tür wieder zu schließen: »Nö. Also nö. Wir hatten immer Schwarze...«

Lilly war kurz davor, den Fuß in die Tür zu schieben. Das hätte aber wehgetan: Sie trug nur ihre weichen Leinenschuhe. »Frau Schüttauf – Moment mal! Das verstehe ich nicht! Wieso muss ich denn unbedingt schwarz sein, wenn ich bei Ihnen putzen will?«

Die Tür war zu, und Lilly brüllte wütend dagegen: »Gibt es Ihnen nur was, wenn Sie sich einbilden können, dass ich Ihre Sklavin bin? Haben Sie einen Scarlett-O'Hara-Komplex?«

Die Tür blieb indessen zu, obwohl sich Frau Schüttaufs Schritte nicht entfernten. Lilly drehte sich um und verließ enttäuscht das Haus. Nachmittags entfernte sie ihren Zettel im Supermarkt.

Mitte November fand sie ganz plötzlich einen Job. Bei einem ihrer ›Auslüftungsspaziergänge‹ wurde sie von einem vorbeifahrenden Wagen bespritzt. Der Fahrer hielt an, stieg aus und entschuldigte sich charmant. Er stellte sich mit ›Haase‹ vor und machte darauf aufmerksam, dass er trotzdem weder lange Ohren noch lange Vorderzähne besäße. Er lud sein Opfer sogar zu Kaffee und Kuchen ein. So hatte sich lange niemand mehr für Lilly interessiert. Für einen Augenblick hoffte sie, hier vielleicht eine breite Schulter zum Anlehnen zu finden. Bedauerlicherweise gefiel er ihr nicht besonders, obwohl tatsächlich mit seinen Ohren und seinen Vorderzähnen alles stimmte. Dafür besaß er kaum so etwas wie ein Kinn – seine Unterlippe ging im Profil ohne wesentliche Zwischenerhebung in den Adamsapfel über, was energielos aussah.

Herr Haase, sehr neugierig auf Lillys Lebensgeschichte, bekam eine ausgesprochen zahme und langweilige Version serviert: Ehe zerrüttet – trotzdem schwanger – zur Zeit bei Freundin lebend.

»Kann ich noch etwas für Sie tun? Was wäre denn Ihr größter Wunsch?«, fragte er und zwinkerte ihr zu.

Geld, dachte Lilly. Aber so konnte man das nicht formulieren, deshalb sagte sie: »Arbeit. Ein Job.«

Und es stellte sich heraus, dass Ingo Haase als Manager der ›Bissquitt‹-Imbisskette fungierte. Am Montag darauf musste Lilly bei tiefster Dunkelheit aufstehen, noch vor Püppi und Harry, um durch die Kälte zum Winterhuder Marktplatz zu laufen (das war jedenfalls nicht weit) und einer netten Frau namens Inken dabei zu helfen, Kisten aufzuhebeln und Packungen aufzureißen und Büchsen aufzuschlitzen, Öl zu erhitzen, tiefgekühlte Kartoffelstäbchen darin zu schmurgeln, Würstchen zu braten und umzuwenden, bevor sie anbrannten, Preise zu nennen und Geld zu kassieren und zu wechseln und bei all dem fortgesetzt sonnig zu lächeln. Inken lächelte wirklich ununterbrochen, wobei ihre Oberlippe sich zu einem dünnen Strich zusammenzog.

Lilly machte alles Mögliche falsch. Sie schnitt sich an Büchsendeckeln, verschüttete Suppe, ließ Würstchen anbrennen und verrechnete sich am laufenden Band. Sie lächelte auch nicht. Endlich war ihr ständig übel. Das kam zwar nicht von der Schwangerschaft, sondern vom Geruch des alten, verdorbenen Öls, aber Inken reagierte trotzdem mitfühlend und gerührt und drängte Lilly immer wieder, sich wenigstens kurz hinzusetzen.

Zum Schluss saß Lilly quasi nur noch auf einem Stuhl, machte ein schmerzerfülltes Gesicht und beobachtete schwermütig und zu Tode gelangweilt Inken, die lächelnd alleine arbeitete, mit Stammkunden scherzte und zwischendurch lächelnd den Imbiss aufwischte. Dafür fuhr die nette Kollegin sie hinterher in ihrem winzigen, uralten Wagen nach Hause und versuchte, sie zu überreden, mal mit ihr und ihren Freunden auszugehen. »Wir sind 'ne total nette Clique, verschiedene Männchen und Weibchen, da fehlst du gerade noch...«

Zwölf Tage lang arbeitete Lilly im ›Bissquitt‹-Imbiss. Dann verlor sie den Job genau so plötzlich, wie sie ihn bekommen hatte. Herr Haase stand eines Abends vor der Tür, worauf Inken sich hastig verabschiedete und davon huschte. »Hier ist erst mal ein kleiner Abschlag, Sie brauchten doch dringend Geld, stimmt's?«, fragte Haase, schwenkte einen Briefumschlag und reichte ihn Lilly. Die hätte gerne reingeguckt und nachgezählt, wollte jedoch einen gierigen Eindruck vermeiden und bedankte sich aufs Geratewohl.

Der Imbiss-Manager bot ihr an, sie nach Hause zu fahren, was sie sehr freute, weil Inken ja nun schon weg war.

Er bog in eine kleine Nebenstraße, parkte da – ohne jede Erklärung – umständlich ein und begann anschließend, Lillys (oder eigentlich Püppis) Mantel aufzuknöpfen und ihren Busen zu befummeln. Ebenfalls ohne jede Erklärung. Lilly protestierte, wehrte sich, entfloh dem Wagen und hörte mit Entsetzen, wie der charmante Herr Haase hinter ihr herschimpfte. Er schien der Überzeugung zu sein, das Fehlverhalten läge bei ihr und gab dem in sehr vulgären Worten Ausdruck.

Lilly rannte, lief, ging keuchend den Weg zu Püppis Wohnung, empört und außer sich. Immerhin war ihr eins ganz klar: Für den ›Bissquitt‹-Imbiss hatte sie heute zuletzt gearbeitet. Am nächsten Morgen konnte sie ausschlafen und Inken würde wieder alleine lächeln und arbeiten müssen, ohne dass ihr jemand dabei zusah.

Lilly blieb neben einem erleuchteten kleinen Schaufenster stehen und angelte den Briefumschlag aus der Tasche. Vierhundert Euro befanden sich darin. Nicht übel für zwölf Tage. Sie steckte das Geld sofort in ihre Handtasche und zerriss den Umschlag in winzige Fetzchen. Sie konnte zu Hause genau so gut die widerwärtige Gier des Herrn Haase schildern, ohne zu erwähnen, dass er sie vorher bezahlt hatte. Sie wollte Püppi nicht übers Ohr hauen, und wenn sie allein gewesen wären wie früher, dann hätte sie bestimmt mit ihr geteilt. Es war jedoch nicht einzusehen, dass sie Harry seine Zigaretten und seine Sex-Spielsachen bezahlen sollte.

Die Handtasche enthielt ihr ganzes Geld. Sie trug sie ständig bei sich. Nachts schlief sie sogar darauf, denn sie traute Harry nicht...

Im 5. Kapitel

riecht es brenzlig – taucht ein Moloch auf –
sowie ein Polizist mit traurigen Augen –
und Lillys Situation verändert sich schon wieder
ganz entscheidend

Wie ist das nur möglich?«, entsetzte sich Püppi. »Also echt, so ein Schwein, dieser Haase! Wusste der nicht, dass du schwanger bist?«
»Doch! Das hatte ich ihm gleich am Anfang erzählt. Das wusste er genau. Deshalb versteh ich ja auch nicht, wie er überhaupt auf die Idee kommen konnte…«

Püppi beteuerte, dass sie es auch nicht verstünde. Harry blaffte beide zusammen, dass sie naiv wären und keine Ahnung hätten. Auf der Reeperbahn und in Porno-Shows gäbe es Mädels, die sich darauf spezialisiert hätten. Eben weil's Männer gäbe, die darauf stehen würden.

»Auf Schwangere?«, fragten Püppi und Lilly ungläubig im Chor, und Harry verdrehte die Augen.

Er fand natürlich, Lilly hätte es mit ihrem Boss machen sollen. Von Zimperlichkeit hielt er überhaupt nichts. Nun hockte sie schon wieder dauernd im Haus herum und war im Wege!

Eines Abends brachte er seinen Kumpel Hubert mit. Auf den allerersten Blick sah Hubert ungefähr genau so blond und dumpf und gefährlich aus wie Harry. In seinem Gesicht saßen jedoch erschrockene kleine Mauseaugen, und seine zu lange Oberlippe hing schmollend herunter.

»Hier – Hubert will mal 'n büschen mit dir ausgehen!«, rief Harry in drohendem Ton. Da er Lilly dabei anstarrte, war sie wohl gemeint. Hubert ruckte in seiner Jacke hin und her, rieb sich verlegen die Hände und gab mit jeder Silbe seiner Körpersprache zu verstehen, dass er nichts dafür konnte. Er lächelte Püppi schüchtern an. »Hallo, Petra!«

Püppi drehte nervös die überdimensionale Flasche mit Rosé-Sekt, die Harry ihr mitgebracht hatte. Es sollte wohl ein gemütlicher Abend werden.

Lilly zog schon einen von Püppis Mänteln an. Dieser Mensch, Hubert, hangelte zweifellos irgendwo tief unter ihrem Niveau herum. Er kam kaum als Schulter zum Anlehnen in Frage.

Er führte Lilly bei Wind, Regen und Dunkelheit zunächst halb um die Außenalster, weil auch er frische Luft liebte, vor allem, seit er sich das Rauchen abgewöhnt hatte. Dann aßen sie in einer netten, rustikalen Kneipe Makrele und Bratkartoffeln und Hubert erzählte eine Menge von seinen Schwestern und seiner Frau Thekla, die ihm leider weggelaufen war, worauf er mit den beiden Töchtern Jessica und Vanessa, drei und fünf, alleine blieb. Um die kümmerte sich jetzt werktags seine Mutter.

»Isst du gar nicht deine Makrele auf?«, erkundigte er sich zwischendrin.

»Ich mag nicht so gerne Fisch«, erklärte Lilly.

»Und was ist mit deinen Bratkartoffeln?«

»Die sind so fettig.« Lilly sagte nicht, dass sie schon viel mehr von diesem Zeug gegessen hatte, als sie es früher getan hätte. Seit einigen Wochen wurde sie nämlich zunehmend hungriger, vielleicht lag das an dem Kind in ihr, das von innen, wie eine kleine Raupe, mitnagte.

Hubert schüttelte den Kopf, trank noch ein Bier und einen Korn, fragte Lilly, ob sie eine *sehr* gute Freundin von Petra wäre und fügte hinzu, Petra sei eine besonders feine Frau. Eine, die man nicht jeden Tag trifft.

Das glaubte Lilly ihm sofort; sie war jetzt seit fast einem Vierteljahr bei Püppi und sah Hubert zum ersten Mal. Immerhin wurde allmählich klar, wem er eigentlich gern seine Schulter anbieten wollte.

Er bestellte ein weiteres Bier, kippte einen weiteren Korn und vertraute Lilly an, Petra sei genau sein Typ. Aber sie war nun mal mit Harry zusammen, kein Thema, Harry war zuerst da gewesen. Und sie liebte ihn ja wohl auch?

Lilly zuckte mit den Schultern. Sie persönlich konnte sich nicht vorstellen, dass irgendwer ein Tier wie Harry liebte; allerdings schien Püppi auf irgendeine vertrackte Art an ihm zu hängen.

Hubert nickte. »Er hat es mir ja immerhin schon mal angeboten«, äußerte er traurig.

»Was?«

»Mit ihr zu schlafen. Aber er wollte zugucken, und das mochte ich nicht. War kein Thema für mich. Da haben wir's bleiben lassen.«

Lilly fand das lobenswert.

Hubert wurde jetzt sehr müde. Er wollte gern nach Hause und ins Bett. Lilly sollte mitkommen, regte er an und lehnte seinen Kopf schwer auf ihre Schulter.

Sie lehnte dankend ab.

Hubert erklärte, sie müssten ja auch nicht... Also, sie könnte gern im Kinderzimmer schlafen, kein Thema. Die Mädchen wären nicht da.

Lilly war immer noch abgeneigt. Trotzdem fand sie Hubert ziemlich sympathisch. Es schien selbstverständlich, dass er die Rechnung allein bezahlte. Wieso war das ein Freund von Harry?

Kurz vor halb eins kam Lilly zurück in Püppis Wohnung. Sie hörte nichts, außer Harrys Schnarchen aus dem Schlafzimmer und sie sah erst recht nichts, denn die Wohnung war bereits dunkel.

Aber sie roch etwas, sie schnupperte erstaunt und sprach dann leise ins dunkle Wohnzimmer hinein: »Komisch! Das riecht so brenzlig. Hat hier was gekokelt?«

Sie fiel vor Schreck fast um, als ihr eine andere leise Stimme antwortete: »Ja, ich. Harry hat mich mit seiner Zigarette verbrannt.«

Lilly knipste das kleine Licht über dem Herd an.

Püppi hatte also im Dunkeln dagesessen, in ihrem rosa Kimono, und sich Salbe auf die kleinen runden Brandwunden an ihren Oberschenkeln aufgetragen.

Lilly sah sich die Flecken an. Die Haut rundherum war gerötet und geschwollen, aber die Wunden selbst sahen nicht viel anders aus als das Brandloch in ihrer Cordhose.

»Ich musste warten, bis er eingeschlafen war, weil er den Geruch von der Salbe nicht ab kann.«

»Siehst du, ich sag doch immer, Rauchen ist eine Unart! Warum macht er so was?!«

Püppi schüttelte müde den Kopf. »Ich weiß es echt auch nicht. Ganz am Anfang, als wir uns kennen gelernt haben, da hat er das noch nicht gemacht. Später war er mal ein paar Monate im Knast, und als er wieder kam, hat er solche Ideen mitgebracht.«

»Wieso will deine Mutter eigentlich unbedingt, dass du den heiratest?«

»Sie kennt ihn ja beinah nicht. So was hier weiß sie schon gar nicht. Ich sag mal so, das könnte sie sich nicht mal vorstellen.«

»Schmeiß ihn raus!«

Püppi lachte kurz und leise. »Supercoole Idee. Wie denn?«

Lilly biss die Zähne zusammen. Was sie am liebsten getan hätte: Harry bei der Polizei angezeigt, das konnte sie nicht machen, weil sie selbst sich vor der Polizei zu verstecken hatte. Ihr fiel wieder der französische Film ein. »Vielleicht bringen wir ihn gemeinsam um?«

»Ach, Lillybelle, bloß weil du in dein eigenes Haus eingebrochen bist, kannst du bestimmt noch nicht morden. Aber, ganz ehrlich gesagt, ich hab da manchmal schon selbst dran gedacht. Er nervt auch dauernd rum, dass ich bei Tini mal in die Kasse greifen soll, die merkt das gar nicht und so. Wer weiß, vielleicht hat er mich eines Tages mal so weit ...«, flüsterte Püppi. Sie verstrich die Salbe vorsichtig auf ihrer Haut – auf dem Dekolletee, bemerkte Lilly, saßen weitere Brandflecken –, stand auf und lächelte ihre Freundin an. »Ich bin froh, dass du auch bei mir wohnst. Auf die Art passiert es nicht so oft, weil er's nicht machen würde, wenn du da bist.« Sie umarmte Lilly und schlich sich zurück ins Schlafzimmer.

Lillys Bauch wuchs, er wurde immer runder, und dabei juckte die sich spannende Haut. Harry fragte manchmal schon beunruhigt, wann es denn so weit wäre: »Sieh man zu, dass du weißt, wo du das kriegst. Hier nicht, das sag ich dir, hier nicht! Ich mag nicht so 'n Schweinkram und solche Unruhe im Haus haben. Und hinterher ist sowieso Abschied angesagt. Also, ich teil bestimmt nicht die Wohnung mit so 'm Brüllwürfel! Ich brauch mein Schlaf!«

Sie fand einen neuen Job: Sie durfte für acht Euro die Stunde den Friseurladen reinigen. »Du musst verstehen, dass Tini dir nicht mehr Geld geben kann«, verteidigte Püppi ihre Chefin. »Das kommt, weil es so gefährlich ist. Du arbeitest ja schwarz, ohne Steuer und Versicherung und alles. Wenn meine Mutter das wüsste, die würde ausflippen. Aber auf die Art kriegt dein Mann das nicht mit!«

Lilly fand das Putzen (vom Scheuern der Klos abgesehen) angenehmer als den Imbiss-Job. Es roch gut in dem kleinen Salon, sie sah hier immer nur Frauen (es reichte, wenn sie zu Hause Harry sehen musste) und die Arbeit beschränkte sich auf einige Stunden am Abend.

Eigentlich sollte es so laufen: Wenn Püppi Feierabend machte und ihren Mantel anzog, dann sollte Lilly kommen. Aber jeder Abend gestaltete sich etwas anders. Manchmal war der Salon schon ganz leer, wenn Lilly erschien, die Friseurinnen tranken einen Kaffee, ließen sich ein weiteres Mal von Tini deren bemerkenswertes Leben erzählen, hörten Radio, machten sich gegenseitig die Haare oder gingen früh nach Hause. Manchmal saß noch eine Kundin da, der Fön dröhnte, Püppi oder eine ihrer Kolleginnen schnippelte und gelte und sprühte.

Nachdem das Baby sich an Lillys Geburtstag zum ersten Mal bemerkbar gemacht hatte, spürte sie es immer öfter. Manchmal hatte sie geradezu den Eindruck, das Kind schlage Purzelbäume. Am ruhigsten war es, wenn sie herumlief – wahrscheinlich wurde es dabei angenehm geschaukelt. Am heftigsten tobte es, wenn sie sich zu ihrer wohlverdienten Ruhe auf dem Fußboden ausstreckte. Lilly versuchte, zu schlafen, hundemüde, ganz kaputt, und in ihrem Bauch feierte jemand eine Party! »Hör auf, du Balg!«, schimpfte sie leise. »Es ist nach zwölf! Babys müssen jetzt schlafen!« Doch die kleine Raupe schien ein überzeugter Nachtmensch zu sein.

Eines Abends, Anfang Dezember, als Lilly den Salon betrat, saß Inken vor einem der Spiegel, ihre nette Kollegin aus dem Bissquitt. Auf ihrem Kopf blinkten viele silberne Stacheln, sie trank aus einer Kaffeetasse, bemerkte die Friseur-Putzfrau im Spiegel und freute sich so, dass ihre komplette Oberlippe verschwand.

Lilly stellte Inken und Püppi einander vor, erfuhr, dass Ingo Haase am Tag nach ihrer letzten Begegnung behauptet hatte, sie wäre sauer gewesen, weil ihr der Lohn zu niedrig sei und hätte gekündigt… Na!

»Ich wusste doch gleich, wie der Haase läuft!«, rief Inken ausgelassen. »So 'ne schöne Frau wie du, das hätte er wohl gern gehabt. Und auch noch in deinem Zustand, dass er sich nicht schämt! Im Übrigen hat er 's mit mir auch schon mal versucht. Mensch, das finde ich richtig schade, dass du nicht mehr da bist. Obzwar, verstehen kann ich das, so ist das nicht. Aber wir sollten uns unbedingt mal sehen, weißt du das? Du, komm doch am Samstagabend einfach mit auf den Dom! Du musst meine Clique jetzt endlich mal kennen lernen. Das wolltest du doch damals schon immer.«

»Ja, Lillybelle, mach das doch!«, redete Püppi ihr zu – was Lilly gar nicht lieb war. Ordinäre Vergnügungen dieser Art waren nicht ihre Sache. Sie hatte nicht die geringste Lust, noch dazu mit einer ›netten Clique‹. Püppi dachte sicher, so was müsste jedem Spaß machen. Sollte die doch mitgehen! Gerade diesen Samstag blieb Lilly ohnehin lieber zu Hause, denn das ganze Wochenende über fuhr Harry Fracht nach Holland, es würde himmlische Harmonie und Ruhe herrschen.

Andererseits war das natürlich auch Püppi zu gönnen. Die wusste ja schon nicht mehr, wie es war, ihre eigene Wohnung mal allein für sich zu haben.

»Ja, gut, ich komm mit!«, sagte Lilly heldenhaft, nur Püppi zuliebe.

»Klasse«, meinte Inken bloß, ohne es richtig zu würdigen. »Sag mal, wie hat sie dich eben genannt? Lilly-Bell?«

Püppi und Lilly erklärten ihre Kindernamen, von den Müttern erfunden, von den kleinen Mädchen benutzt, damals, wenn sie in der Handarbeitsstunde nebeneinander saßen und ihren Babypuppen Strampelhosen strickten.

»Und jetzt strickt sie für ein richtiges Baby! Und ich darf Patentante sein!«, freute Püppi sich. Ihre hellen Augen leuchteten, sie sah so heiter und froh aus, als gäbe es keinen Harry, der Lilly noch vor der Geburt davonjagen würde und Püppi sicher nie erlaubte, sich mit dem Kind abzugeben.

»Lillybelle! Das klingt ja süß!«, fand Inken. »Darf ich dich auch so nennen?«

Lilly nickte, zog ihren Kittel über (der musste inzwischen vorne offen stehen, ihr Bauch ließ es nicht anders zu) und griff zum weichen Besen, um abgeschnittene Locken beiseite zu fegen, während Püppi die silbernen Stacheln von Inkens Kopf entfernte und ihr Haar auswusch.

Am Samstag, dem 7. Dezember, war es eiskalt in Hamburg. Die Sonne hatte den ganzen Tag gestrahlt, das Thermometer zeigte mal eben zwei Grad über Null, und außerdem pfiff ein scharfer Wind.

»Also, ganz ehrlich gesagt, nun ist wirklich Winter!«, befand Püppi fröstelnd und drängte Lilly, ihre warme Steppjacke anzuziehen zum Dombummel und auch ihren dicken Schal umzuwickeln: »Da zieht das echt immer so, weil die Dom-Straßen so lang sind.«

Lilly zog ihre Cordhose an (deren Reißverschluss konnte sie jetzt nicht mehr schließen, weshalb sie eine Wollkordel durch die Gürtelschlaufen gezogen hatte), und Püppis gefütterte Stiefelchen. Als sie in den Flurspiegel guckte, gefiel sie sich ganz gut. Sogar der dunkle, nachwachsende Zentimeter an ihrem Haaransatz sah verwegen aus; manche Leute ließen sich das extra so färben.

Inkens nette Clique bestand aus ihrem Bruder Charly und seiner Freundin Sarah, deren Kollegin Moni und ihrem Freund Jupp. Inken besaß durchaus einen eigenen Freund, der sonst dabei war, aber an diesem kalten Abend lag er mit einem Schnupfen im Bett. Sie stellte Lilly den anderen vor: »Das ist Lillybelle, von der ich euch immer erzählt hab, diese ganz besondere Frau mit dem Traumgesicht, hinter der Ingo her war, ihr wisst schon…«

Ihre Clique guckte Lilly mit Stielaugen an und schien wirklich genau zu wissen, um wen es sich bei ihr handelte. Lilly lächelte verlegen. Sie fühlte sich doppelt so dick wie vor einer Minute.

Charly, Jupp und Moni hatten viel Spaß daran, mit den verschiedenen Gerätschaften zu fahren, zu fliegen, sich durchschütteln und über Kopf drehen zu lassen. Lilly, Inken und Sarah verzichteten darauf. Inken und Sarah guckten lachend zu, wie die andere Hälfte der netten Clique unter lautem Kreischen an ihnen vorbei bewegt wurde. Lilly bemühte sich, auch zu lachen, obwohl sie eigentlich seit einigen Monaten nichts mehr wirklich amüsierte.

Die Nicht-Fahrer holten sich ihr Vergnügen dabei, mit weichen Bällen nach Blechbüchsenpyramiden zu werfen oder zu schießen: Inken schoss, und zwar wirklich gut, während die anderen sie anfeuerten. Sie schoss verschiedene bunte Plastikblumen, einen winzigen Teddybär am Stiel, zwei gehäkelte Topflappen, einen bunten Kugelschreiber und einen Tischtennisschläger. Sarah, die für ihr Glück im Spiel berühmt war, gewann an den Losbuden ähnliche Utensilien und wurde nicht müde zu betonen, sie hätte so viel Glück im Spiel weil Pech in der Liebe, siehe Charly. Zumindest er konnte immer wieder darüber lachen.

Bald waren sie ganz beladen; außer ihren Gewinnen mussten sie auch noch Tüten mit gebrannten Mandeln tragen, Tüten mit Hamburger Speck (der keineswegs Speck war, sondern bunte Zuckerschaumwürfel) und Kokosnussstücke. Die Lebkuchenherzen zumindest konnten sie sich um den Hals hängen.

Der Dom war zweifellos teuer und Lilly geizte. Sie wurde deshalb zu allerlei eingeladen, zum Beispiel von Inken zu einer Fahrt mit dem Riesenrad: »Das musst du mitmachen, da wirst du nicht wild rumgeschüttelt oder so etwas, das geht ganz sanft. Ich liebe das Riesenrad!«

Lilly musste zugeben, dass der Blick auf die nächtliche, funkelnde Stadt bezaubernd war. Aber als die Gondel lange oben

101

hielt, weil unten Leute ein- und ausstiegen, merkten sie doch sehr
deutlich, wie eisig der Wind ihnen um die Ohren pfiff. Lillys kaputter Backenzahn meldete sich wieder.

»Das ist noch gar nichts!«, prahlte Inken. »Vor Jahren, als Moni
und ich noch Teenys waren, sind wir mal bei Schneesturm Riesenrad gefahren. Weißt du, dies hier ist ja das Winter-Riesenrad, das
ist das größte. Die auf dem Frühlings- und Sommerdom sind viel
kleiner. Wir waren die einzigen, die überhaupt fahren wollten, und
der Typ, der das Ding in Betrieb hatte, war wohl sauer, dass er das
Rad drehen musste. Er ließ uns hier oben halten, ganz lange, bis
wir richtig eingeschneit waren. Das war gemein. Obzwar, wir hatten eine kleine Flasche Whisky bei uns. Und gelacht haben wir
natürlich die ganze Zeit über. Blieb uns nichts anderes übrig, als es
mit Humor zu nehmen. Du kannst ja nicht weg...«

Die Gondel schaukelte im Wind, und das Baby strampelte vergnügt herum. Sieh an, das magst du also?, wunderte sich Lilly.

»Ich hab eigentlich etwas gestaunt«, fing Inken wieder an, »dass
du mit dieser kleinen Friseurin befreundet bist und mit ihr zusammen wohnst. Die ist ja lieb, aber eher einfach. Und du bist mir
immer irgendwie so wie erste Klasse vorgekommen, sehr gebildet
irgendwie...«

Ja, und jetzt geh ich mit dir und deiner netten Clique über den
Dom und sammele Plastikblumen und Zuckergummi, dachte Lilly.
Aber da Inken sie voll offensichtlicher Bewunderung von der Seite
anblickte, antwortete sie kurz: »Ich kenne Püppi eben noch aus der
Schulzeit. Sehr viel verbindet uns eigentlich nicht. Das ist mehr so
eine, wie soll ich sagen, Nutz- und Zweckbeziehung...«

Das Riesenrad ruckelte an, fuhr noch zweimal langsam herum
und brachte dann die Gondel mit Lilly und Inken wieder auf den
Boden zurück.

Es wurde auf den Domstraßen immer voller und drängeliger.
Lilly hakte sich fest bei Inken ein, um nicht verloren zu gehen.

Sie blieben bei einem Vergnügen stehen, bei dem die Menschen
in runden Gondeln festgeschnallt wurden. Die Gondeln fuhren im
Kreis und wurden dabei um sich selbst geschleudert, mal vorwärts

und mal rückwärts, während der Holzboden darunter wilde Wellen schlug. Eben hielten die Gondeln an, ein Pärchen stieg aus, schimpfend und gestikulierend und an sich herumwischend. Der Fahrgast ihnen direkt gegenüber hatte sich während der heiteren Fahrt übergeben. Er selbst kam steifbeinig und bleich hervor und kümmerte sich nicht im Geringsten um die Empörung seiner Mitfahrer. Er hatte ganz andere Sorgen und begab sich in den Hintergrund, zwischen die Wohnwagen. Der wuchtige Kerl am Mikrofon, der mit ausdrucksloser, leiernder Stimme Fahrgäste anlockte und das Vergnügen pries, machte dazu seine spöttischen Bemerkungen, in ganz demselben leiernden Tonfall, was besonders hämisch wirkte.

»Das ist doch Kalle, der Ausrufer da!«, rief in diesem Moment Jupp, und Moni stimmte zu: »Klar, Kalle, der Moloch, oder wie hieß er?«

Sie drängelten sich nach oben zu dem Gorilla in der kaputten Lederjacke. Er grinste ihnen erfreut entgegen und begrüßte sie über Mikrofon: »Da ham wir – meine gutn Freunde Jupp und Moni – wie sie leibn und leben – meine Herrschaffen – büschen älter wie letzes Mal – sehn sie ja aus, aber wen störtas – un nette Menschn – ham sie auch bei sich, wie ich sehe – meine Herrschaffen – un hier is 'ne besonners scheune Frau, dies 'n gefülltes Täubchen – aber wen störtas?«

Alle lachten. Lilly hielt es für das Günstigste, mitzulachen. Sie hätte dem Kerl sonst wohin treten mögen. Er hatte jeden Dombesucher in Hörweite auf ihren dicken Bauch aufmerksam gemacht.

Der Ausrufer sprach zwar mit Moni und Jupp, doch er schaute dabei immer nur Lilly an. Sie schnitt eine Grimasse, damit er aufhören sollte. Er lachte nur.

Kalle, der Moloch, war eigentlich nicht viel mehr als mittelgroß. Seine riesenhafte Wirkung entstand aus der kompakten Figur, einem breiten Kreuz, einem Stiernacken, der schwarzer Löwenmähne, die großzügig über die Schultern wallte, möglicherweise dicken Muskeln (wer ahnte das, unter dem Rollkragenpullover und der Lederjacke?) und ganz schön viel Wampe. Kalle beiseite zu schubsen würde schwierig werden.

103

Er leierte weiter seine Animationen, half teilweise auch, die Leute in die Gondeln zu stopfen, verlor dabei jedoch weder Lilly aus den Augen noch das Grinsen aus dem Gesicht. Ein verwüstetes Gesicht: Der Nase, inzwischen zu einer kleinen Kartoffel zusammen gehauen, konnte keiner mehr ansehen, wie sie ursprünglich gebaut gewesen sein mochte. Wangen, Stirn und Doppelkinn zeigten grobe Narben; entweder litt Kalle, der Moloch, in seiner Jugend an schwerer Akne, oder er war mal in Schotter gefallen. Der Mund nahm viel Platz ein, vor allem die gierige Unterlippe. Und in all dem leuchteten große Kinderaugen, so schwarz, dass sie fast violett schimmerten wie polierte Herzkirschen.

Lilly erfuhr, dass es sich bei Kalle um ›eine Art Stadtstreicher‹ handelte, der jedoch einige der Schausteller von früher kannte und deshalb jedes Mal einen Job beim Dom bekam. Moni und Jupp, versierte Domgänger, hatten mit ihm und anderen Bekannten vor einigen Jahren in einem der Bierzelte gesessen. Da gab es eine Prügelei: »Der hat vielleicht einen Wumms!«, berichtete Jupp, »wie eine Zeichentrickfigur, sag ich dir. Der haut einmal hin und drei Mann fliegen um.«

»Wo ist denn sein putziger kleiner Köter? Eigentlich ist der Kalle lieb«, behauptete Moni.

»Solange ihm keiner widerspricht!« Jupp lachte und zog sich die Pudelmütze fester über die Ohren.

Sobald Kalle einen Augenblick Zeit hatte, trat er zu Inkens netter Clique, zeigte mit dem Doppelkinn auf Lilly und verlangte zu wissen: »Un wer is sie hier, die Schöne?«

Sie wurde ihm von Inken als Lillybelle vorgestellt. Kalle stopfte beide Hände in die Jackentaschen, ohne das Mikrofon dabei loszulassen.

Er fragte nun, nachdem man das Zeremoniell des offiziellen Vorstellens hinter sich hatte, Lilly direkt: »Un wo hasdu dein Mann?«

Lilly zuckte mit den Schultern.

Diese Antwort schien ihn immens zu befriedigen. Er grinste noch breiter und nuschelte, wenn Lilly jemals jemanden brauche:

»Ich mach sie alle platt für dich, ne, du, Libelle!« Kalle zwinkerte heftig mit einem seiner blanken schwarzen Augen, riss das Mikro hervor und redete monoton hinein, hier gehe der Spaß ab – hier steppe der Bär mit dem Papst…

Sie wanderten weiter, von lauter Musik zu lauter Musik. Lilly wurde schläfrig, und ihr Rücken begann, wehzutun. Ihr Backenzahn pochte aufdringlich. Sie wollte gerade zu Inken sagen, dass sie gern bald nach Hause fahren würde – als sie mit einem Ruck stehen blieb, die Augen weit aufgerissen.

Inken blickte sie erschrocken an: »Was ist los? Kommt dein Baby?!«

Lilly musste zweimal schlucken, bevor sie sprechen konnte: »Inken, um Gottes willen – meine Handtasche ist weg!«

Die nette Clique war ganz bestürzt. Sie suchten – auf dem Boden, im Gedränge, in dunklen Ecken. Sie fragten immer wieder: »Wann hast du sie denn zuletzt gehabt?« und: »Wie sah sie genau aus? Braun? Groß? Wildleder?« oder: »Was war denn drin?«

»Alles«, erwiderte Lilly tonlos. Sie bekam so weiche Knie, dass sie sich auf die Stufen zum Irrgarten setzen musste. »Einfach alles…«

Der Personalausweis. Der Führerschein. Die Puderdose und das übrige Schminkzeug. Ihr letzter Rest Parfüm. Das Schlüsselbund zu ihrem Haus – die Schlüssel zu Püppis Wohnung. Ihr Adressbuch. Ein Foto von Norbert und eins von Claudio, das einzige, was sie je besessen hatte. Und all ihr Geld, so mühsam erarbeitet, ergaunert und zusammengespart. Das ließ sie ja nie zu Hause, weil sie doch Harry nicht traute. Dabei war der gerade in Holland…

Lilly starrte mit riesigen Augen vor sich hin. Jupp, Charly und Sarah schimpften auf die Taschendiebe, die natürlich auf Volksfesten fette Beute machten. Inken saß neben ihr und hielt ihre Hand, als hätte sie Schmerzen. Vielleicht hatte sie immer noch nicht begriffen, dass es sich gar nicht um die Geburt handelte.

»Sie sind gleich da!«, verkündete Charly wichtig.

»Wer?«

»Die Polizei. Hab sie über Handy angerufen. Gehen sowieso immer mal welche auf dem Dom Streife.«

»Nein«, sagte Lilly unglücklich, »das ist nicht nötig…« Sie wollte aufstehen und weggehen, aber sie hatte zu wenig Kraft dazu.

Es dauerte wirklich nur wenige Minuten, dann standen zwei Uniformierte vor ihnen und ließen sich vom eifrig schnatternden Charly erklären, was vermisst wurde, wo zum letzten Mal bemerkt und so weiter. Lilly schaute zu den beiden Männern auf. Der eine war blond und nahm sich selbst sehr ernst, ein junger Mann mit Schnauzbart und scharfem hellem Blick.

Der größere Polizist, jetzt im Profil, besaß ein gutgeformtes Kinn sowie eine stolz gebogene Nase. Dann wandte er den Kopf und sah Lilly aus Augen an, die vielleicht deshalb so traurig wirkten, weil sie sich zum Teil hinter Schlupflidern versteckten. Olivbraune Augen, die sich nett machten zu seinem grünen Polizeipullover.

Sie dachte benommen: Wie albern diese Mützen im Grunde aussehen. Wie Häuser mit viel zu großen Fassaden. Aber nun musste sie sich konzentrieren, denn ihr wurde eine entsetzliche Frage gestellt.

»Wie heißen Sie, bitte?« Der blonde Polizist beschäftigte sich mit einem Block und einem Stift.

Lilly räusperte sich mit einem wimmernden kleinen Geräusch, das in dem Lärm ringsum völlig unterging, öffnete den Mund ein paar Mal und sagte gar nichts.

Inken schüttelte ein wenig ihren Arm. »Wie du heißt, Lillybelle! Sie heißt Lilly«, wandte sie sich an die Polizeibeamten. »Lilly auf jeden Fall – und wie weiter?«

Alle glotzten sie an. Lilly schaute auf ihren Bauch.

Der blonde Polizist, der sie vielleicht für taub oder schwer von Begriff hielt, neigte sich zu ihr und bellte ihr ins Ohr: »Nachname?!« Lilly zuckte zusammen.

»Wie du hinten heißt?«, dolmetschte Charly hilfsbereit.

»Dietrich.« Ihr fiel in der Eile nur der Name ihrer Haushälterin ein. Inken konnte es nicht besser wissen. Nicht einmal Ingo Haase hatte sie damals ihren Nachnamen verraten.

Sie musste es zweimal wiederholen, weil sie so leise sprach: »Dietrich.«

»Ihre Adresse??«

Lilly begann, sich nach einem Fluchtweg umzusehen. Wenn sie unerwartet aufsprang und sich durch diese Leute da hindurchschlängelte und dann hinter der Zuckerwatte-Bude verschwand...

Sie bemerkte, dass die traurigen olivfarbenen Augen sie beobachteten. Der dunkelhaarige Polizist beugte sich jetzt auch zu ihr und sagte bedeutend leiser: »Wollen Sie überhaupt eine Anzeige stellen?«

Lilly schüttelte sofort den Kopf.

Er richtete sich wieder auf und zog seinem Kollegen den Block weg, schaute jedoch gleichzeitig weiter Lilly an und sprach mit ihr: »Sie sind nicht ganz sicher, ob die Handtasche entwendet worden ist? Sie haben die Tasche vielleicht selbst verloren oder verlegt? Wollen Sie sich darüber erst mal Gewissheit verschaffen?«

Lilly nickte, unendlich erleichtert.

Der blonde Polizist war damit nicht im Mindesten zufrieden. Er zerrte an seinem Block, erklärte seinem Kollegen, der Tatbestand sei doch... beschwerte sich bei Charly, er habe ja immerhin telefonisch... und wurde langsam ins bunte Gedränge gezogen.

Lilly stand mit zittrigen Knien auf. Eine Frau in einer rosa Jacke mit Pelzkapuze, dicht neben ihr, fragte sie mitleidig: »Haben Sie Ihre Tasche verloren?«

»Ja.« Darauf hatten sie sich schließlich gerade geeinigt: verloren, nicht gestohlen. »Und da war eigentlich alles drin, was ich habe und was wichtig ist...«, fügte sie mit zitternder Stimme hinzu. Nachdem der Polizisten-Schock vorbei war, kam der Verlust-Schock zurück.

Die Frau gab Lilly etwas Kleines in die Hand: »Hier!«

Lilly schaute erschrocken nach, in der Befürchtung, es könnte Geld sein. Doch der Gegenstand war kleiner und dünner als eine Münze.

»Was ist das?«

»Ein Glücksbringer. Eine geweihte Marienmedaille. Sie beschützt ein bisschen, auch, wenn Sie nicht dran glauben. Und wenn Sie dran glauben, dann beschützt sie ganz enorm.«

»Eine geweihte – ?« Lilly hielt das kleine, silbern schimmernde Oval hoch. Eine winzige Madonna mit segnenden Händen war aufgeprägt und rundherum Schrift, die man bestimmt nur mit der Lupe erkennen konnte. Die Rückseite zeigte ein M mit einem Kreuz darüber und zwei Herzen darunter. »Aber das kann ich doch nicht annehmen!«

»Doch, können Sie. Das Metall selbst ist überhaupt nichts wert, das ist Alpaka!«, erklärte die Frau. Sie lächelte Lilly zu, drehte sich um und war auch schon weg.

»Siehst du, da hast du gleich wieder was Schönes!«, munterte Sarah sie auf.

Die nette Clique wirkte im Übrigen nicht ganz unbefangen. Lillys Verhalten den Polizisten gegenüber war so sonderbar gewesen. Der Gedanke, dass sie etwas zu verbergen hatte, lag leider allzu nahe.

Lilly griff nach ihrer schmerzenden Gesichtshälfte, auf einmal tobte der Zahn richtig wütend. »Ich möchte gern nach Hause.«

Sie stieg vor Püppis Haus aus Jupps Auto, bedankte und verabschiedete sich und stellte sich vor, wie Inken den anderen alles erzählen würde, was sie von ihr wusste (nicht viel) plus aller Vermutungen, die sie hegte (massenhaft).

Lilly versuchte zu bilanzieren. Dass ihre Papiere weg waren – na gut, die benutzte sie seit einigen Monaten sowieso nicht mehr. Ihr eigenes Schlüsselbund hatte nach dem ›Einbruch‹ eigentlich auch ausgedient. Die Schminksachen würde sie empfindlich vermissen, sie musste neue anschaffen – und das betraf den wirklich schrecklichen Verlust, das ganze Geld. Ob sie Tini überreden könnte, ihr einen kleinen Vorschuss zu geben?

Lilly schaute auf die Uhr, als sie schwerfällig die Treppe hinaufging. Ihr Rücken schmerzte so, dass er fast das Zahnweh übertönte. Kurz nach elf, da war Püppi sicher noch wach …

Sie klingelte kurz und wartete.

108

Gleich darauf hörte sie Harrys helle, quäkende Stimme: »Was soll das denn, hier so spät zu klingeln, oder was?«

Lilly biss sich vor Entsetzen in den Daumen. Wieso steckte Harry nicht in einem LKW in Holland? Da war irgendwas schief gelaufen, und nun hatte er besonders schlechte Laune!

Püppi erwiderte etwas, zaghaft und piepsig.

Harry dröhnte: »Wieso? Hat das Frauensmensch 'n Schlüssel oder nich? Ich glaub, ich spinne hier, du. Wenn die ihr 'n Schlüssel verschlampt hat, soll sie draußen bleiben. Soll sie sowieso. Nervt nur, die Tante. Denn wird das Schloss ausgetauscht.«

Gepiepse von Püppi.

»Sollst! Du! Mir! Widersprechen!« mit kleinen, scharfen Klapsen dazwischen.

Weinen von Püppi.

»Hörst du sofort auf mit dem Geheule? Hörst du auf, sag ich!«

Gewimmer von Püppi: »Aua! Au, bitte nicht, Harry! Harry, aua, das tut... Harry... Hilfe...! Hilfe!«

Das klang laut und dringlich. Was mochte dieser miese Kerl mit ihr anstellen? Hoffentlich hörte sie einer der Nachbarn und kam an die Tür. Oder holte die Polizei.

Lilly konnte leider nicht die Polizei holen. Sie war ja froh, dass sie die Polizisten auf dem Dom wieder losgeworden war.

Sie drehte sich so leise wie möglich um und schlich die nächsten drei Stockwerke hinauf, bis zum Dachboden.

Hier hörte sie Püppis Gejammer nur noch ganz gedämpft. Jedenfalls wurde es nicht schlimmer. Nach einer Weile verstummte es ganz. Weil er sie umgebracht hatte? Sicher nicht.

Lilly ließ sich stöhnend auf den Holzboden nieder, legte ihren Kram – ein Lebkuchenherz, ein winziger Teddybär, ein Rest gebrannter Mandeln in einer spitzen Tüte – neben sich und lehnte ihren schmerzenden Rücken an die Wand. Übertrieben warm hatte sie es hier nicht, aber auch nicht richtig kalt; es wurde ja im ganzen Haus geheizt.

Das Loch im Zahn spielte auf ihren Nerven Klavier. Mal schmerzte es crescendo, dann wieder pianissimo.

109

Hier heulte und winselte der Wind unter dem Türspalt hervor. Ein Geräusch, das Lilly eigentlich seit jeher liebte, weil es vermittelte, wie gemütlich es doch im Hause war...

Sie streckte sich seitlich lang aus. Wie gut, dass sie inzwischen trainiert hatte, auf hartem Boden zu schlafen.

Im 6. Kapitel

läuten Kirchenglocken auf dem Weg zur Elbe –
wohnt Anna im Iglu und Maria gleich nebenan –
stellt Kalle uns seinen Kalli vor – während Lilly erfährt,
dass es die Wirklichkeit in Wirklichkeit gar nicht gibt

In dieser Nacht schlief Lilly so gut wie gar nicht. Was sie daran hinderte, waren ihr schmerzender Zahn, ihr schmerzender Rücken, ihr zappelndes Baby (dieser Nachtmensch), das unbequeme Lager – und ihre Gedanken. In den letzten Monaten, vor allem, nachdem sie von Claudios Tod erfahren hatte, vermied sie es ganz bewusst, nachzudenken. Jetzt konnte sie es absolut nicht mehr unterdrücken.

Stundenlang grübelte sie darüber nach, wie es weitergehen sollte, ohne zu irgendeinem Ergebnis zu kommen. Genau so wenig fand sie eine Antwort auf die Frage, womit sie eigentlich alle diese Schicksalsschläge verdient haben mochte. War sie ein böser Mensch? Hatte sie mehr gesündigt als alle anderen? Doch wohl nicht. Das Einzige, was ihr regelmäßig einfiel, wie ein Refrain am Ende jedes Gedankenganges, war: Ich geh in die Elbe! Im Augenblick schien es der einzige Ausweg.

Darüber musste sie weinen. Ihr tat ihre Mutter so Leid, die würde ganz verzweifelt sein. Norbert vielleicht sogar auch – wenn sie tot angespült wurde, mochte ihm trotz allem das Gewissen schlagen. Nun, das geschah ihm recht. Wohin hatte er sie getrieben! Übrigens könnte er anschließend seine Praxis dichtmachen. Welche schwangere Frau ließ sich denn noch von einem Psychotherapeuten behandeln, dessen schwangere Frau sich ersäuft hatte? Geheim halten könnte er das kaum; das kam in die Zeitung!

Püppi wäre bestimmt entsetzlich traurig. Harry natürlich nicht, der freute sich höchstens noch, kaltschnäuzig und gemein, wie er war ...

111

Lilly weinte noch mehr. Wie altmodisch, dass sie hier nachts einsam unter Tränen saß und am nächsten Morgen, das Kind im Leib, in die eisigen Fluten steigen würde. So was hatten viele arme Frauen jahrhundertelang getan (und es auch nötig gehabt). Jetzt, in Zeiten der Emanzipation und Toleranz, durfte sich eigentlich jede Frau nahezu alles erlauben. Nach Herzenslust sündigen. Ohne jede Strafe.

Nur sie hatte es natürlich wieder mal so blöde und am falschen Ende angefangen, dass sie in der Tinte saß wie ihre Mitschwestern damals in Rüsche und Korsett.

Gleich zu Anfang ihrer Romanze hatte Claudio recht deutlich verlangt, sie sollte Norbert verlassen. Aber nein, sie hatte gezögert. Weil er nicht von Heirat sprach? Das war ihr so unsicher vorgekommen.

Darüber hinaus konnte sie sich schwer trennen von dem schönen Haus, dem bequemen Leben, der guten Frau Dietrich, die ihr jeden Griff abnahm: »Geben Sie her, Frau Lohmannchen, Sie mit Ihren kleinen zarten Händchen!«

Eigentlich hatte sie selbst, genau wie Gloria und ihre Mutter, sich nicht zugetraut, außerhalb des Luxus-Treibhauses zu existieren. Nun lag sie in einem Treppenhaus auf dem Fußboden vor der Bodentür...

Als es hell wurde, gegen acht, schlief sie endlich ein. Und wurde kurze Zeit später von einer keifenden Nachbarin geweckt, die in dieser Herrgottsfrühe am Sonntag mit einem großen Korb feuchter Wäsche hier erschien, um das Zeug zum Trocknen aufzuhängen.

»Hau bloß ab, ich ruf die Behörde an!«, schimpfte die Frau auf die am Boden liegende Lilly herunter. Die dachte benommen, welche Behörde denn?, kam aber schon mühsam hoch. Welche Behörde auch immer, für sie bestimmt die falsche.

Sie humpelte, steif und mit verzerrten Muskeln, die Treppen hinunter, nickte Püppis geschlossener Wohnungstür kurz zu – es hatte wohl wenig Zweck, noch mal zu probieren, was Harry gerade für eine Laune im Busen barg, vor allem, da er sonntags gern lange schlief – und verschwand aus dem Haus.

Hier rekelte sich die Sonne aus einigen kleinen, rosigen Wolken. Die Kälte biss nach Lilly. Die fühlte Hunger (hätte sie doch das Lebkuchenherz nicht liegen lassen!) und Durst auf heißen Kaffee. Außerdem hätte sie gern kurz irgendein möglichst geheiztes Badezimmer benutzt. Ganz kurz nur.

Sie steckte beide Hände in die Taschen, fühlte die kleine Marienmedaille und holte sie heraus. »Ich denke, du bringst Glück?«, erkundigte sie sich.

War es nicht schlimmer geworden, seit sie das Ding bei sich trug? Erst der Rausschmiss von Harry – und dann noch einer von der Nachbarin. »Bringst du mehr Glück, wenn ich an dich glaube?«

Lilly steckte die Plakette wieder ein. Es war sicherlich frivol, mit der Muttergottes zu plaudern, wenn man in Begriff stand, sich umzubringen. Sie konnte platterdings nicht erwarten, dass ausgerechnet *die* dabei Hilfestellung leistete.

Wie kam sie am schnellsten zur Elbe? Klar, nach Süden. Natürlich konnte sie es kürzer machen und in die Alster springen. Es gab Leute, die ertranken sogar in der Badewanne oder in einer Pfütze. Doch das kam ihr jämmerlich vor. Außerdem war es schon seit einer Weile so kalt – vielleicht begann die Alster bereits, zuzufrieren? Wie unpraktisch, in ein Gewässer zu springen, das man vorher aufhacken musste.

Lilly kniff die Augen gegen all die pastellfarbene Helligkeit zusammen. Ihre teure Sonnebrille, die war übrigens auch in ihrer Handtasche gewesen ...

An einer Hauswand lehnte ein Rad. Ein großes, schwarzes Damenrad mit niedrigem Sattel und geschwungenem Lenker. Ein richtiges Omirad. Lilly blieb stehen und guckte. Abgeschlossen schien es nicht zu sein. Wem mochte dieses Rad gehören, das so an der Seitenwand lehnte, weit weg von irgendwelchen Türen? Sehr wahrscheinlich hatte jemand es gestohlen, irgendwo anders, und hier, als er es nicht mehr brauchte, abgestellt.

Sie fragte sich, ob sie mit dem dicken Bauch eigentlich noch

113

Rad fahren konnte. Andererseits sah man doch ständig Bilder von radelnden, heiter lachenden Schwangeren mit womöglich noch dickeren Bäuchen. Nur, dass die Latzhosen trugen.

Also fuhr Lilly, bedächtig strampelnd, ihrem nassen Tod entgegen, die Himmelsstraße entlang und den Leinpfad hinunter, über die Maria-Louisen-Straße ins Jungfrauenthal. Sie plante, über St. Pauli zum Fischmarkt zu gelangen und da irgendwo neben dem Elbtunnel die richtige Stelle für ihre letzte Tat zu finden.

Einige Gegebenheiten stellten sich diesen Plänen hindernd in den Weg.

Dazu gehörte, dass es ihrem Baby offenbar glänzend ging. Lilly war inzwischen vertraut genug mit dem unterschiedlichen Gehopse und Geboxe in ihrem Bauch, um recht deutlich zu verstehen, was Ärger und was Wohlbehagen ausdrückte. Wurden deshalb immer Schwangere auf Fahrrädern gezeigt? Liebten es alle Embryos, so transportiert zu werden?

Sie würde selber, wenn sie nicht aufpasste, den kalten, aber frischen Sonntagmorgen bezaubernd finden. Hier und da erklangen Kirchenglocken, friedlich und melodisch. Wenn sie noch größeren Hunger gehabt hätte oder noch schlimmeren Durst! Aber so schrecklich, dass sie das Bedürfnis verspürte, der Qual ein Ende zu machen, war es eigentlich nicht. Und nachdem sie praktisch die ganze Nacht damit zugebracht hatte, alles grauenhaft und hoffnungslos zu finden, kam es ihr nun, bei Tageslicht, gar nicht mehr ganz so schlimm vor.

Etwas anderes irritierte zusätzlich ihre tragischen Pläne. Lilly musste wirklich, also wirklich *dringend* aufs Klo. Ihr Kind drückte ihr auf die Blase, das war nun mal so, im Gehen genau so wie im Fahren. Oft schien es mehrere Minuten lang ganz gut zu gehen, dann wieder so, als dürfte sie keine Sekunde mehr warten.

Lilly bemerkte, dass sie sich jetzt in Richtung Schlump bewegte, und sie fuhr langsamer und bediente den Rücktritt. Das musste ja nicht sein, dass sie womöglich kurz vor ihrem Tod noch mal ihrer Mutter Elisabeth in die Arme fuhr und sich mit ihr auseinander zu setzen hatte.

Sie wählte einige ihr unbekannte Seitenstraßen, landete in der Schröderstiftstraße und erblickte plötzlich eine Art Schloss, drei-flügelig, aus gelben Klinkersteinen, rot abgesetzt, mit einer anmu-tigen grünen Dachkuppel samt Türmchen in der Mitte. Dieses Gebäude war ihr noch nie aufgefallen, obwohl es immerhin mitten in ihrer Heimatstadt lag und dazu noch in der Nähe der Gegend, in der sie aufgewachsen war.

Vielleicht ein Museum? Lilly empfand undeutlich, Museen müssten auch am Sonntag geöffnet sein und fuhr vor den Eingang – in dem es bedauerlicherweise keine Tür gab, nur eine zugemau-erte Wand hinter einer kleinen Arkade.

Lilly trat zurück und las über den Bögen der Arkade auf einem Schild: EMOLUMENTO PUBLICO. Sie kratzte ihr Latein zu-sammen und übersetzte: zum öffentlichen Nutzen. Genau, was sie suchte. Wenn auch das Fehlen einer Tür nicht unbedingt dazu passte. Und wo war nun das Klo?

Lilly wandte sich nach rechts, schob ihr Rad und ihren Bauch durch einen weiteren kleinen Torbogen, an einem Seitengebäude des Schlosses vorbei – und befand sich in so etwas wie einem Park! Hier war ein nettes Plätzchen für ihr dringendstes Bedürfnis...

Das Rad wurde an einen hölzernen Schuppen gelehnt, sie lief auf einige dichtere Büsche zu – und erblickte staunend eine Frau, die dort bereits hockte, derselben Tätigkeit hingegeben, die Lilly anstrebte.

Die Frau trug sehr langes, dickes schwarzes Haar – nein, sie hatte wohl eine Perücke auf dem Kopf. Sie sah Lilly mit scharfen, unfreundlichen Augen an, raffte ihre weiten Röcke, kam hoch und brachte energisch ihre Unterwäsche wieder an ihren Platz.

Lilly wandte verlegen die Augen ab und wurde trotzdem ange-blafft: »Was glotzt du so?! Was willst du hier?!«

»Ich... Entschuldigung. Ich wollte hier nur...« Lilly brach sehr verlegen ab. Die Frau sah aggressiv aus, richtig gefährlich. Sie hatte sich mit signalrotem Lippenstift einen künstlichen Mund über die eigenen schmalen Lippen gemalt, und dieser Mund sah bedrohlich aus. Wenn sie der anvertraute, was sie hier gewollt hatte, fühlte die sich womöglich veralbert, weil sie schließlich selbst gerade...

»Was ist denn das hier?«, fragte Lilly sanftmütig und wies hinter sich, auf das Schloss. Die Frau antwortete nicht. Sie grunzte ärgerlich, bewegte sich rückwärts und stapfte auf eine Art Iglu zu, aus Lumpen und Material jeder Art zusammengepappt, der auf einer winzigen Lichtung zwischen hohen Bäumen stand, umgeben von allerlei Müll. Bevor die Frau im Iglu untertauchte, warf sie Lilly noch einen scharfen Blick zu – und entspannte ein wenig ihre böse Miene. »Ach, du bist das!«, sagte sie, deutlich freundlicher. »Du gehörst ja hierher...«

Na ja, dachte Lilly, jetzt verwechselt sie mich. Oder sie ist nicht ganz richtig im Kopf...

Die Frau lächelte – allerdings nicht in Lillys Richtung, sondern auf zwei Ratten hinunter, die ihr um die Beine huschten. Es waren wirklich echte Ratten, große, fette, gemeine Ratten. »Hier, komm zu Anna...«, murmelte die Frau und warf irgendein Bröckchen in Richtung der Tiere, die danach schnappten.

Lilly vergaß vor lauter Staunen vorübergehend ihr dringendstes Bedürfnis. Also hier war ein Schloss – mitten in Hamburg. Und im Schlosspark wohnte eine Art Zigeunerin in einem Iglu, umgeben von Müll, mit Ratten dekoriert? Sie bemerkte nun, unter anderem von ihrer Nase darauf hingewiesen, dass diese Anna offenbar grundsätzlich die Hecken rund um ihren Wohnplatz als geräumige Toilette benutzte. Und sie erkannte auch noch einige weitere Ratten, die dort überall herumturnten. Hier, dachte sie entschlossen, hocke ich mich nicht hin!

Sie ließ ihr Rad erst mal, wo es war, und stolperte zurück zur Schlossvorderseite. Es konnte doch nicht sein, dass ein so schönes Gebäude keinen Eingang besaß.

Dann fand sie endlich die hohe, runde Tür, links neben der Arkade. Öffnen ließ sie sich auch. Lilly stürmte hinein, prallte fast gegen einen würdevollen Herrn in wallenden Gewändern mit schwarzen Krissellocken, keuchte: »Toilette?!« und bekam einen entsprechenden Fingerzeig.

Sechs Sekunden später atmete sie tief auf.

Trinken konnte sie hier natürlich auch, direkt aus der Hand, über dem Waschbecken. Nachdem der Durst gestillt war, drängelte sich der Hunger nach vorn.

Lilly ordnete ein wenig ihr Haar und wischte an ihrem Gesicht herum. So, nun würde sie zurück in den Park gehen, das Rad besteigen und zum Fischereihafen fahren. Ihr Fuß stieß etwas beiseite, das klimperte. Lilly bückte sich – immer etwas mühsam inzwischen – und griff eine blanke Zweieuromünze.

Sie blieb nachdenklich stehen. Was bedeutet Geld für einen Menschen, der sowieso nur noch wenige Stunden lebt? Andererseits: Was bedeutete Geld für eine Schwangere und ihr Baby, die noch kein Frühstück gehabt hatten? Sonntagmorgens waren die Bäckereien geöffnet.

Als sie die Toilette verließ, fiel ihr Blick durch eine hohe Tür auf der linken Seite, und plötzlich wurde ihr klar, dass sie sich im Haus der Muttergottes befand. Eine Kirche war das hier! Oben, über dem Altar, flitzte ein Verkündigungsengel in grünen und rosa Gewändern auf unendlich rührenden nackten Füßen der Maria entgegen, die auf einem Hocker saß und beruhigend die rechte Hand hob, als wollte sie sagen: Vorsichtig, langsam, mein Lieber, tu dir nicht weh!

Gleich hinter dem Eingang wurden Kerzen verkauft. Lilly hielt ihren Doppeleuro hin, bekam eine schlanke, spiralig gedrehte gelbe Wachskerze – sowie einen Euro zurück. Von dem würde sie sich nachher ein Frühstück besorgen.

Sie betrat den Andachtsraum, bezaubert von so viel Schönheit. Überall Gold, Marmor, verschwenderische Schnitzereien und naive, ein wenig starre Heiligenbilder in leuchtenden Farben, Portraits von Engeln oder dem Zaren oder Szenen aus der Bibel: Ikonen. Während ihres Studiums hatte sie sich viel mit denen beschäftigt. Also eine orthodoxe Kirche, russisch oder griechisch vermutlich. Es duftete nach Weihrauch und Bienenwachs.

Sie mochte die schöne Atmosphäre noch nicht verlassen. Ihr ganzes Elend, das Gefühl, überall verjagt zu werden, schien hier nichts zu bedeuten, im Gegenteil, sie fühlte sich willkommen. Viele der unbekannten Menschen um sie herum musterten sie durchaus freundlich, einige lächelten sogar. Lilly merkte: Das galt ihrem Bauch.

Sie wanderte voll Wohlbehagen über den schönen Marmorboden zu einem Altar der Maria unter einem Baldachin aus Schnitzereien. In weißem Sand steckten einige brennende Kerzen. Lilly zündete ihre eigene bedächtig an einer der Flammen an und bohrte sie daneben. Dann blickte sie auf, in die Augen der zarten Madonna, deren Ikone über dem Kerzen-Sandkasten hing. ›Was willst du?‹, fragten die Augen. ›Was kann ich für dich tun?‹

›Hilf mir!‹, dachte Lilly. ›Irgendwie. Beschütze mich und mein Kind!‹ Und dachte weiter: Damit kann ich dann ja wohl meine Elbe-Versenkpläne versenken.

Da die Madonna stumm blieb, insistierte Lilly: ›Was soll ich denn tun?‹

Sie empfand irgendwo in ihrem Kopf die Worte: ›Geh nach Süden.‹

›Doch in die Elbe?‹, dachte sie verblüfft.

Die Antwort war eine Art stummes, ernstes Kopfschütteln. Sie sah kurz die bunten Türme und Blinklichter und das Gewimmel des Hamburger Doms vor sich und glaubte zu hören: ›Da findest du ...‹

›Da finde ich was ...?‹

Lillys Magen mischte sich ein und grummelte ziemlich laut. Das Baby, vielleicht durch diesen Lärm geweckt, vollführte ein paar heftige Drehungen.

›Wir hätten auch gern etwas zu essen‹, knüpfte Lilly an und bekam die Antwort: ›Bleib!‹

Also setzte sie sich auf einen der erstaunlich schlichten (um nicht zu sagen schäbigen) Holzstühle in dem prunkvollen Raum.

Die meisten Kirchenbesucher küssten, bevor sie sich setzten, die Wände ab – oder vielmehr die Ikonen, die überall hingen. Inzwischen hatten sich drei Männer auf der rechten Seite in sonderbare Stühle gestellt, die zwar hohe, geschnitzte Rücken- und Armlehnen besaßen, jedoch keinen Sitz. Alle drei begannen, zu singen, und sie hörten damit in den nächsten drei Stunden nicht wieder auf.

In dieser Zeit erschienen immer neue Kirchenbesucher (ohne dass die anderen gingen.) Die Kirche, nicht sonderlich groß, wurde also immer voller. Etliche der Besucher brachten etwas mit, was sie vorn links auf einem flachen Tisch abstellen – Lilly konnte ihren Blick gar nicht davon abwenden: Torten und Kuchen waren das sowie flache Schüsseln mit einer Art heller Paste, die sehr viel versprechend aussah! Die kleine Raupe in ihrem Bauch strampelte aufgeregt.

Für wen mochten diese Köstlichkeiten sein? Eine Opfergabe? Für die Sänger, wenn sie endlich ausgesungen hatten? Für den Priester? Der wandelte ab und zu in einem rosenbestickten Gewand vor dem Altar umher, murmelte oder sang auch ein wenig, schwenkte eine Ampel mit Weihrauch und segnete die Menschen.

So gegen halb zwölf freute Lilly sich, dass sie auf einem Stuhl saß, denn das konnte inzwischen durchaus nicht mehr jeder Kirchgänger von sich behaupten. Seit einer knappen halben Stunde wurden die Besucher immer eleganter. Was jetzt noch eintrat, war offenbar die Creme der Gesellschaft, Frauen in teuren Mänteln, mit teuren Uhren, in teuren Schuhen, dezent geschminkt und erlesen gestylt. Schliefen reiche Leute länger? Waren arme Leute frommer?

Zum Schluss erschienen Männer mit Klingelbeuteln. Lilly spendete ihren restlichen Euro. Es war etwas wie Mutwillen dabei: Wenn ich der Maria alles gebe, was ich habe, dann ist sie doch verpflichtet, im Gegenzug für mich zu sorgen? Gegen zwölf war der Gottesdienst vorbei. Die drei Sänger hörten auf zu singen, die Besucher verließen langsam die Kirche, Lilly unter ihnen.

Und da geschah es: Jetzt wurden all die Kuchen und süßen Pasten untereinander verteilt! Lilly hatte bald den Mund zu voll, um sich noch zu bedanken.

Am Ein- beziehungsweise Ausgang standen weitere freundliche Menschen mit Körben voller Gebäck, süßen, verschlungenen Brötchen. Lilly stopfte sie in beide Jackentaschen, bis nichts mehr hineinpasste.

Sie wanderte durch den rechten Torbogen vor der Kirche, um nach ihrem Rad zu sehen und war nicht besonders überrascht, als sie es nicht mehr vorfand. Der Nächste, der es brauchen konnte, benutzte es nun.

Sie hatte sich ausgeruht und aufgewärmt, den Gesang genossen und die wunderschönen Kunstwerke. Man hatte sie freundlich behandelt und gefüttert. Sogar ihr Zahnweh war weg. Sie fühlte sich reich beschenkt.

Bevor sie die Anlage verließ, drehte Lilly sich noch einmal zu der Kirche um, sagte laut: »Danke!« und verschwand kauend am Horizont.

Von der Schröderstiftstraße zum Heiligengeistfeld, auf dem der Dom stand, ist es nicht besonders weit. Lilly kam noch vor ein Uhr dort an, obwohl sie gemächlich gewandelt war, denn ihre Füße taten ihr weh; es fühlte sich an, als würde sie Blasen bekommen. Püppis Stiefel saßen eben doch etwas zu weit und schlappten.

Um drei Uhr nachmittags wurde der Dom erst wieder angeknipst; dann ging es los mit Zuckerbuden und Geisterbahn und Schießbuden, und dann drehte sich das große Winter-Riesenrad.

Das war Lilly sehr recht. *Finden* würde sie hier etwas – jedenfalls hatte sie die Maria so verstanden. Was sonst als ihre Handtasche sollte das sein? Wahrscheinlich ja ohne Geld – so naiv war sie auch wieder nicht, etwas anderes zu erwarten. Aber eventuell mit den Papieren und Schlüsseln?

Sie stöberte zwischen den noch geschlossenen und teilweise zugehängten Buden und Gerätschaften herum. Wenn sich praktisch überhaupt keine Menschen auf den Domstraßen befanden, pfiff der Wind noch hundertmal schlimmer.

In der Nähe der Achterbahn begegnete sie Kalle, dem Moloch. Sein Gesicht barst in einem enormen Grinsen auseinander. Am äußersten Ende des Grinsens klebte eine Zigarette. »Die Libelle! Na, sachma! Was machs du denn jetz hia? Suchs du mich?«

Lilly stellte richtig, dass sie vielmehr ihre Handtasche suchte.

Darin unterstützte Kalle sie ein bisschen, nicht übertrieben engagiert, beide Hände in den Jackentaschen.

»Nee, du, das könn wir bleim lassn. Die is wech. Ich mein, wen störtas schon groß? Kauf dir man 'ne neue.«

Kalle schien sie für eine begüterte Dame zu halten.

Lilly klärte ihn darüber auf, dass sie sich überhaupt nichts kaufen könne, solange die Tasche mit all ihrem Geld verschwunden blieb. Und dass sie keine Bleibe besaß, solange die Tasche mit ihren Schlüsseln verloren blieb. Kalle sah allmählich die Notwendigkeit der Tasche ein. Sie suchten weiter, ohne zu finden.

Ab drei hatte Kalle wieder ›Dienst‹. Vorher wollte er Lilly gern warm und trocken hinsetzen. Hatte sie denn wirklich keinen Wohnplatz? Und ihre Freunde von gestern Abend?

Lilly erläuterte, das seien nur entfernte Bekannte gewesen. »Ich hab wirklich im Moment kein Zuhause.« Und blickte, unbewusst Mitleid heischend, auf ihren Bauch.

Kalle schüttelte seinen großen Kopf und meinte: »Wies das möchlich, sonne hübsche, seute Deern!«

Er gab ihr einen Schlüssel und die Anweisung: »Guck ma da hintn, hinter dieses blaue Schild mit Fischbrötchen da steht 'n Wohnwagn, 'n dunkelbrauner, ne. Da geh man bei und schließ auf, hia is der Schlüssel. Da kannsu dich lang machen. Ich bring dir nachher was zu essen. Du muss nur die Tür auflassn, ne. Nich abschließn. Schlaf man soviel du kannst, ganz früh an Morgen müssn wir da wieder raus, denn is der Dom vorbei, ne.«

»Der kleine rotbraune Wagen? Wem gehört der denn?«

»Mein Froind. Is egal. Der is grade nich da. Weiß er ebn nich bescheid, wen störtas?«

Lilly nickte unsicher. Eigentlich störte es sie schon. »Und wenn der plötzlich kommt und sieht mich da drin?«

»Denn sachs du, du bis Kalle sein Mädchen.«

Lilly war zu müde, um jetzt darüber zu diskutieren, wessen Mädchen sie war. Ein Weilchen ausruhen, schlafen, weg aus diesem eisigen Wind, das klang schon verlockend… »Und du bringst mir was zu essen?«

»Nachher, ne. Denn komm ich zu dir un stell dir auch ma mein klein Kalli vor. Den kannsu bestimmt gut leiden…«

So was hab ich schon fast erwartet, dachte Lilly daraufhin grimmig. Sie nahm sich vor, nur zwei, drei Stunden zu schlafen und dann zu verschwinden (bevor Kalle ihr irgendetwas vorstellen konnte).

Lilly verschlief ihren Fluchtplan. Sie wurde von einem grinsenden Kalle geweckt, der für sie Verschiedenes aus einer großen Tüte holte: drei glänzende, heiße Bockwürstchen, die sich im Senf wälzten, drei kleine trockene Brötchen, eine etwas feuchte Laugenbrezel, eine Dose Cola, die er gleich für sie öffnete, zwei Fischbrötchen, einen Rollmops, von Zwiebelgeringel gekrönt und, in einer fettigen Extratüte, zwei warme, duftende Berliner, frisch in Schmalz ausgebacken.

Lilly streckte sich und setzte sich auf. Sie fühlte sich wunderbar ausgeschlafen, obwohl sie auf ausgeleierten Sprungfedern gelegen hatte und um den Wohnwagen herum Lärm und Radau jeder Art tobten, doch sie schaute recht kritisch auf die ausgebreiteten Lebensmittel. Was für ordinäres, ungesundes Zeug!

Ein Blick durch das mit Rüschengardinen verbarrikadierte Fenster zeigte, dass draußen Dunkelheit herrschte, völlig überdeckt vom grellen bunten Lichtergefunkel und -gezucke.

»Was für ein schönes Frühstück!«, bemerkte Lilly lobend. (Es hatte ja keinen Zweck, den Mann zu verärgern.) »Aber du musst mir bitte helfen. Das schaff ich niemals alleine…«

»Jo. Und mein Kalli müssn wir auch was abgehm…«, erklärte Kalle. »Komma her, ne!«

Aus dem Hintergrund erschien nach dieser Ermutigung seines Herrn ein schmächtiger, bemerkenswert hässlicher Hund, schwarzbraun mit gelben Flecken, weißen Beinen und Pfoten und magerer, länglicher Schnauze. Seine Nasenlöcher schnupperten, unabhängig voneinander, wie Fühler in Lillys Richtung.

»Hier, dass' Kalli. Mein bester Freund, ne. Kalli Gulla. Kalli, dass' die Libelle«, stellte Kalle vor, während er für sich selbst eine Bierbüchse aus seiner Jackentasche angelte.

»Lillybelle«, verbesserte Lilly, die vorsichtig in ein Bockwürst-chen biss.

»Jo!«, bestätigte Kalle vergnügt. Wie viele aktive Menschen hörte er selten gründlich zu.

Kalli Gulla betrachtete Lilly mit höflicher Skepsis aus kleinen, schlauen Knopfaugen und aß erstaunlich gesittet Wurstenden, Brötchenstücke und Fischteilchen, wie er's bekam.

Mitten im Essen guckte Kalle auf seine billige gelbe Plastik-Arm-banduhr und verkündete: »Ich muss gleich wieder auffe Arbeit. Noch was tun. In eine Stunde is Schluss mit'm Dom, denn is Feier-abend. Denn helf ich gleich noch mit abbaun. Also so zwei, drei Stunn kannstu hier noch bleim, denn müssn wir los. Aber denn is ja auch schon bald Morgen.«

»Wohin müssen wir denn?«

Kalle lachte. »Das könn wir bestimm. Egal. Nur wech hier, weil ja kein Dom mehr is. Denn fährt der Wohnwagn wech.«

Der Hund, Kalli Gulla, hüpfte plötzlich mit dem falschen Ende in die Höhe; er machte gewissermaßen Männchen, aber mit den Hinterbeinen.

Lilly starrte ihn verblüfft an. »Ist das ein Zirkushund?«

»Nee! Der gib nur an, guck ga nich hin. Das hatter sich ma selbs beigebracht, wie er kaputte Hinterpfotn hatte und konnte nich laufn. Da läuft er plötzlich auffe Vorderpfotn. Einfach so. Ich denk, mich trifft er Schlach. Un weil das die Leute gefällt und alle sagn immer Huch un Guck der Hund macht er das nu immer noch. Mussu ga nichs auf gebn.«

»Warum heißt er eigentlich mit Nachnamen Gulla?«

»Ich weissas auch nich!«, gab Kalle zu. »Mussu den Professer fragen, von den hab ich den Hund un der hat ihn sein Nam gegebn. Weiler so weiße Pfotn hat, hatter gesacht.«

Lilly studierte die vier weißbepelzten Beine und plötzlich be-griff sie: »Caligula! Stiefelchen! Der heißt nach einem römischen Kaiser, also, der wurde nur so genannt, weil er als Kind die Solda-tenstiefel angezogen hat...«

»Jo, kann sein«, meinte Kalle uninteressiert.

Einige Stunden später wartete Lilly im Wohnwagen darauf, dass Kalle fertig war und sie abholte. Der Hund saß in gehörigem Abstand neben ihr und tat so, als nehme er sie nicht zur Kenntnis. Dagegen sprach, dass er mit den Ohren zuckte, sobald sie sich bewegte.

Eigentlich mochte Lilly Hunde gern. Sie hatte am Anfang ihrer Ehe von Norbert eine kleine King-Charles-Spanielhündin geschenkt bekommen (als Ersatz für ein Kind?). Einen hübschen, eigenwilligen Hund, der nur neun Jahre alt wurde und an dem sie viel Freude gehabt hatte.

»Hallo, Caligula!«, sagte sie schließlich etwas patzig. »Hast du was gegen mich? Magst du keine Blondinen? Ich bin in Wirklichkeit eine Brünette, weißt du...«

Caligula warf ihr einen kurzen Blick zu und gähnte weggedrückt. Dann fing er an zu hecheln.

»Du bist eigentlich ein netter Hund, glaube ich«, schmeichelte Lilly. »Das sieht man so auf den zweiten Blick. Du hast kluge Augen.«

Caligula drehte nun den Kopf und musterte Lilly etwas gründlicher. Bevor er wieder wegsah, wedelte er zweimal gemäßigt.

»Danke. Ich bin ungeschminkt, weißt du. Und ein bisschen übernächtigt, obwohl ich vorhin geschlafen habe. Außerdem bekomme ich ein Junges, wie du vielleicht gemerkt hast. Noch vor einem halben Jahr sah ich ziemlich...«

Caligula sprang auf und wedelte ungestüm, die Tür anschauend. Die wurde gleich darauf nach innen gestoßen und Kalle, der Moloch, trat ein. Er wuschelte seinem Hund über den Kopf, grinste Lilly an und stellte fest: »So. Nu müssn wir los. Sach ma tschüs zu den Wohnwagn, Libelle, und denn komm.«

Lilly zog Püppis Steppjacke an, wickelte sich den Schal um den Hals und fragte: »Wohin gehen wir denn?«

Kalle grinste sie an. In seinem wüsten Gesicht saßen auffallend weiße, gesunde Zähne. »In die weite Welt hinein... Ich weissas auch nich. Aber wen störtas?«

Sie liefen zu dritt über die Domstraßen. Viele der Attraktionen

124

und Buden waren schon verschwunden und hatten Löcher hinterlassen. Andere wurden im grellen Licht der Scheinwerfer noch
abmontiert, unter Geschrei, Geschimpfe und Gefluche: »Warte
mal, warte mal, warte mal, hier nicht – Oh, Mann du! Zieh mal da,
Dösbattel!«

Kalle, Lilly und der Hund verschwanden aus dem Licht und
Lärm in die stille Dunkelheit der schlafenden Stadt.

Lilly fror. Sie zitterte, sie klapperte sogar mit den Zähnen. Darüber
hinaus war sie nun sicher, Blasen an den Füßen zu haben, links eine,
rechts zwei. Sie begann, ausdrucksvoll zu humpeln. Kalle legte ihr
einen Arm fest um die Schultern. Er rieb ihre Hände und hauchte
sie an. Dann holte er sein kleines Plastikportmonee hervor, blickte
sorgenvoll hinein, zählte und sortierte die Münzen und nickte zufrieden. Er nahm Lilly fest an der Hand und marschierte los, sie
hinter sich herziehend. An einer Bushaltestelle warteten sie nur
kurze Zeit, dann kam der Nachtbus und öffnete sich zischend.

Kalle bezahlte – die müde Lilly guckte gar nicht hin. Sie war sehr
einverstanden damit, dass endlich wieder eine breite Schulter da
war und jemand die Verantwortung für sie übernahm.

Sie ließ sich mit nach hinten ziehen und auf den Sitz drücken,
legte den Kopf an Kalles Brust, schloss die Augen und atmete tief
durch. Danach öffnete sie die Augen weit und entschloss sich
spontan, das nie wieder zu tun. Er roch ziemlich intensiv nach
Wildschweinbraten – so ungefähr jedenfalls. Sie atmete also fla-
cher und machte die Augen wieder zu. Warm war es und bequem,
das Ruckeln und die weiche Federung wirkten einschläfernd. Lilly
zog vorsichtig ihre schmerzenden Füße auf den Sitz – das konnte
der Fahrer wohl nicht sehen, von seinem Platz aus – und entspannte sich. Sie schlief durch den dunklen Rest der Nacht.

Als Kalle sie weckte, waren sie wieder in der Innenstadt. Sie stiegen alle drei aus und begaben sich in die Toilette des Hauptbahn-
hofes. Lilly versuchte, sich mit Klopapier zu waschen, aber das
funktionierte nicht, es gab nur feuchte Röllchen in ihrem Gesicht.

In der großen Halle traf sie sich mit Kalle und Caligula, die aus der Männertoilette kamen. Hier wurde klassische Musik gespielt. Lilly blieb lauschend stehen und murmelte: »Das ist ja die Jupiter-Sinfonie!«

Kalle blickte sie beeindruckt an. »Kennst du da was von? Machst du so was leidn?«

Lilly nickte.

Kalle gab sich ebenfalls einen lauschenden Ausdruck und wiegte leicht sein großes Haupt im Takt hin und her. »Das mach ich auch leidn. Wer war das, der Jupiter da? Oder lebter noch?«

»Wie? Ach – die Musik ist von Mozart.«

Kalle zog verwirrt seine Augenbrauen zusammen, schien etwas fragen zu wollen und klappte den Mund wieder zu. Stattdessen zog er Lilly hinter sich her zum Ausgang des Bahnhofs. Zusammen traten sie in den eisigen Morgen. Ein Thermometer neben einer Drogerie zeigte fünf Grad minus. Am zartrosa Himmel im Osten stand riesig, zwinkernd, die Venus, der Morgenstern.

Rund um die Petrikirche und die umgebenden Straßen entlang befanden sich Weihnachtsmarktbuden, so früh am Morgen noch nicht geöffnet.

Kalle und sein Hund trafen hier ständig Freunde und Bekannte, grüßten herzlich und wurden gegrüßt, alle schienen vergnügt und lachten viel. Lilly fiel an diesen Freunden von Kalle auf, dass sie zweierlei gemeinsam hatten: Sie waren weder richtig nüchtern, noch besaßen sie besonders viele Zähne.

»Da drübn«, zeigte Kalle, »da vor das HEW-Zentrum, an Mönckebrunn, da is in Sommer mein Wohnzimmer, sozusagn. Denn sitzn wir da alle inne Sonne un ham das gut. Nu issas zu kalt. Komm, ich bring dich zu gute Freunde von mir, die sitzn da morgns immer un trinken Kaffee un sin am Snacken...«

In einer Passage neben einem Kaffeeausschank mit hohen Tischen (eigentlich zum Stehen gedacht) saßen drei Männer beisammen auf einer niedrigen Mauer. Ein kleiner Dicker mit stark gelocktem braunem Vollbart, Rollkragenpullover und Gummistiefeln, der wie ein Fischer aussah, ein Schmächtiger mit unglaublich

126

dicken Brillengläsern (das linke war gesprungen), fast kahlem Schädel, dünnem Fusselbart und einer bunten Wolldecke um die Schultern, und ein langer Dünner mit großen braunen Augen, strähnigem Haar und schwarz-weiß-grau geflecktem Bart.

»Das sin Kuat, Goofy un der Professer, von den Mann hab ich mein Hund. Hallo ihr!«

Die drei grüßten, polternd und erfreut. Caligula trabte zutraulich zu dem Professor und ließ sich zwischen den Ohren kraulen.

»Dass Libelle hia. Passt ihr ma auf sie auf? Un Kalli kann auch ma hia bleim, ne? Kann ja mit auf Sitzung. Abens komm ich wieder her. Ich muss nu los un Arbeit suchn. Muss dringd Geld inne Kasse!«, erklärte Kalle.

Jetzt begriff Lilly erst, dass er sie alleine lassen wollte, und sie geriet ganz außer sich. Ständig verschwand jede Sicherheit aus ihrem Leben, und nun wollten diese breiten Schultern auch schon wieder weg!

Sie klammerte sich an seinem Ärmel fest: »Nein, bleib hier! Oder nimm mich mit!«

»Dass' unmöchlich. Ich wer den ganzen Tach rumrenn wie son Blöder, um' Schob zu findn. Da kannstu nich mit. Nich so wie du drauf bis...« Kalle blickte taktvoll auf ihren Bauch. »Mit Blasn anne Füße. Un wir brauchn nu ma Knete.«

»Aber du hast doch gerade eine Weile auf dem Dom gearbeitet?«, wandte Lilly ein. Sie krallte sich immer noch an seinem Ärmel fest.

Kalle zog eine Grimasse gegen die aufgehende Sonne, drückte die breiten Schultern an die Ohren, schüttelte den Kopf und benahm sich in jeder Weise so, als sei er Lilly tatsächlich Rechenschaft schuldig.

»Joo... Dass' schon wech. Das hab ich allemeist vorher gekricht un vorher ausgegem. Zuletz für unser Essen un für das Fahrgeld mimm Nachtbus. Nu is da nix mehr von über.« Er sah fast aus, als erwarte er, ausgeschimpft zu werden. »Guck ma, Kalli Gulla bleibt doch bei dir. Un ich komm doch abens wieder...«

127

Er versuchte, ihre Hände vom Kunstleder abzulösen und blickte hilfesuchend die Männer auf der Mauer an.

»Setz dich ruhig zu uns. Ich spendier' dir'n Kaffee!«, sagte der Mann mit den schönen dunklen Augen – der ›Professor‹. Und der Braunbärtige: »Brauchs keine Angst vor uns haben. Wir beißen nicht.«

Lilly ließ verlegen Kalles Jacke los. Er wackelte erleichtert davon und winkte aus einiger Entfernung. Die drei Männer, Lilly und der Hund sahen ihm hinterher.

»So, hat er mal wieder alles versoffen?«, fragte Kurt.

»Du bist doch nur neidisch«, wies ihn der Professor zurecht und lächelte Lilly an. »Du hättest auch gern so einen drolligen kleinen Hund.«

Dazu sagte Kurt nichts, er zog nur die Mundwinkel herunter.

Der Mann mit den dicken Brillengläsern aber sprach – und enthüllte dabei zwei gewaltige gelbe Schneidezähne mit faustgroßer Lücke dazwischen: »Setz dich doch hin, du Kind Gottes. Vom Stehen kriegst du kurze Beine. Du musst dich nicht fürchten – wir sind doch alle eine einzige große Familie, eine Familie im Herrn, alle miteinander verwandt, sind wir doch.«

Lilly setzte sich dazu, wenn sie auch innerlich ihre Röcke um sich raffte. So verwandt war sie ja hoffentlich nicht mit diesen Leuten. Ihr wurde langsam klar, dass sie sich unter Pennern befand und dass all die anderen Bekannten von Kalle zu derselben Sorte gehörte.

Es schien hier übrigens von Asozialen zu wimmeln. Weshalb war ihr das früher nie aufgefallen? Sie war doch mit Gloria zusammen auf der Mönckebergstraße shoppen gegangen, elegant und sorglos, und hatte nur andere elegante und sorglose Menschen bemerkt – keinen einzigen Obdachlosen! Oder doch, ja, vielleicht mal einen vereinzelten Menschen, der vor einem Schaufenster auf dem Boden saß und bettelte, womöglich mit einem netten Hund neben sich. Norbert gab solchen Leuten nie etwas, er glaubte, die führen am Abend im Mercedes zu ihrer Villa am Stadtrand: »Gauner sind das, die machen ein Wahnsinnsgeld!«

Lilly bekam tatsächlich einen Kaffee und Caligula einen Aschenbecher voll Kaffeesahne.

Sie wärmte beide Hände am Becher – froh über den Hund, der sich eng an ihre Beine schmiegte – und hörte zu, wie Kurt mit dem Fischerbart und der strähnige Professor über den Nahen Osten und die amerikanische Außenpolitik debattierten.

Eigentlich sprachen sie wie ganz gewöhnliche, normale, erfolgreiche Menschen miteinander, die im Büro saßen und sich über ihre Schreibtische hinweg unterhielten. Sie waren auch, soviel Lilly verstand, gut informiert, kannten Politiker und ihre Funktionen und hinterfragten sie kritisch. Viel anders hatte Claudio auch nicht geschimpft, wenn er sich aufregte. Sogar die Wirtschaftslage und die Wirkung auf die Börse wurde von ihnen beurteilt, als ob sie Aktien hätten.

Der Professor vor allem klang ungewöhnlich kultiviert, fast wie ein Nachrichtensprecher, er benutzte Fremdworte völlig richtig und gebrauchte einen korrekten Genitiv. Er war, da gab's keinen Zweifel, ein schöner Mann. Oder vielmehr, er war bestimmt mal einer gewesen. Er hatte ein schmales, fein geschnittenes Gesicht mit runder Stirn und hohen Wangenknochen, verschandelt durch dicke Tränensäcke, scharfe Falten und Schmutz, der die Falten gnadenlos nachzeichnete. Soweit sie seine Zähne sehen konnte, waren sie braun, zu lang und lückenhaft.

Kurt besaß ein biederes Gesicht mit rissigen roten Wangen, wie von zu viel frischer Luft. Er redete derber und mit mehr Hamburger Klangfarbe, fiel sogar manchmal ins Plattdeutsche. Doch er gab auf keinen Fall dummes Gefasel von sich.

Goofy mit dem kahlen Kopf hörte zu, mischte sich jedoch wenig ins Gespräch. Wenn er sich äußerte, dann hatte es was mit dem Allmächtigen und seiner Gnade zu tun, oder er fügte dem, was einer der beiden anderen ausführte, ein ›Amen!‹ hinzu. Er schwankte im Sitzen ganz leicht, als ob der Wind ihn bewegte. Richtig nüchtern war keiner von den dreien, das konnte Lilly auf jeden Fall riechen.

Der Professor beugte sich zu ihr vor und fragte, wobei ihm

gleichzeitig grauer Rauch aus dem Mund sprudelte: »Wann ist es denn so weit?«

Lilly umfasste ihren Bauch. »Ich weiß nicht genau. So ungefähr in zwei, drei, vier Monaten, glaube ich.«

Daraufhin begann der Professor zu zucken. Lilly begriff nach einer Weile, dass er in sich hinein lachte. »Du bist ja köstlich!«, meinte er schließlich mit ganz schwacher Stimme. »Köstliche Libelle, libella odonata, Wasserjungfer, kleine Waage...«

»Waage? Wieso?«, fragte Lilly erstaunt. »Das ist mein Sternzeichen!«, fügte sie hinzu.

»Libella bedeutet auf lateinisch einfach kleine Waage.«

»Oh, stimmt ja!«

»Ach, du hattest Latein in der Schule? Na, und diese Tiere sind der Metamorphose fähig, der vollständigen Umwandlung. Vom Ei über die Larve zum Insekt. Die Larve im letzten Stadium heißt auch Nymphe. Die lebt nahrungslos.«

Beide schauten auf Lillys Bauch und sie schüttelte den Kopf: »Nein. Erstens ist es keine Larve, sondern eine Raupe. Und zweitens hat es eigentlich dauernd Hunger.«

Darüber musste der Professor wieder zucken.

Nach und nach erschienen immer mehr Menschen in der Innenstadt, die Weihnachtsmarktbuden wurden geöffnet, es begann, nach gebrannten Mandeln und Rotweinpunsch zu duften.

Nun zerstreute sich der Debattierclub; Kurt und Goofy mussten ›auf Amt‹ und verschwanden geschäftig. Der Professor erklärte, er wollte ›Sitzung machen‹.

Lilly hatte keine Ahnung, was er damit meinte. Sie schwankte zwischen sehr seriösen und äußerst intimen Deutungen. Der Professor sah ihr das wohl an und erläuterte: »Ich setz mich an den Straßenrand. Betteln. Ich würde mir dazu gern den Hund ausleihen – es sei denn, du hast gerade dasselbe vor und brauchst ihn dafür selbst.«

Lilly schüttelte heftig den Kopf: »Ich bettele nicht.« Gleich darauf fiel ihr ein, dass sie beleidigend wurde, deshalb fügte sie schnell hinzu: »Hier würden mich... also da könnten mich Leute erkennen…« Obwohl sie im Grunde daran zweifelte, dass sie inzwischen noch jemand aus ihrem früheren Leben erkennen würde.

Der Professor nickte. »Versteh ich. Deshalb sitze ich auch hier und nicht in Kiel. Da stamme ich nämlich her. Und da gibt es auch eine Menge Leute, die mich ganz anders kennen…« Er blickte versonnen mit seinen schönen Augen ganz weit weg, in die Vergangenheit. Dann kam er wieder zurück: »Also – darf ich den Caligula mitnehmen? Ich könnte dann mittags die Beute mit dir teilen.«

Lilly freute sich. »Das ist ja nett.« Sie übergab dem Mann die Hundeleine. »Ach, könnten Sie… würdest du mir sagen… Ich weiß nämlich nicht…«

»Ja?«

»Na ja, wo ich hin soll inzwischen. Es ist ja ziemlich kalt… Lange laufen kann ich nicht, ich hab kaputte Füße. Und lange stehen kann ich auch nicht, dann tut mir der Rücken weh…«

Der Professor hatte sofort einen Tipp parat. »Geh doch auch auf ein Amt, wie Kurt und Erxleben. Du musst dir nur keine Nummer ziehen, wenn du nicht dran kommen willst. Setz dich hin und mach ein nachdenkliches Gesicht. Wechsle ab und zu das Stockwerk. Auf die Toilette kann man da auch gehen.«

»Ja. Gute Idee. Wo ist denn hier ein Amt?«

Er lächelte sie mit seinen restlichen braunen Zähnen an. »Komm mit mir mit, du Insekt, ich bring dich eben hin…«

Lilly merkte, wie die Blicke mancher Passanten sie streiften und schnell wieder beiseite glitten. Ich bin eine Asoziale, dachte sie. Ich seh jedenfalls so aus. Nein, ich seh nicht nur so aus, ich bin's ja. Ich besitze keine Bleibe mehr, keine Papiere, nicht das kleinste bisschen Geld…

Andererseits war sie doch nach wie vor dieselbe Elisabeth Lohmann wie vor zwei Wochen? Sogar dieselbe wie vor fünf Monaten… Sie blinzelte in den heiteren Wintermorgen, humpelte zwischen dem schmutzigen Penner und dem mageren Köter dahin und fragte sich, ob sie vielleicht nur träumte.

»Was ist los mit dir?«, erkundigte sich der Professor, der stehen geblieben war, um sich eine neue Zigarette zu drehen.

»Ich weiß nicht – mir kommt das alles so wenig real vor.«

»Was – alles?«

»Ich selber. Du. Die Stadt. Dass ich... dass ich hier so... Das kann doch nicht die Wirklichkeit sein?«

Der Professor lachte unkleidsamerweise, das heißt, er zuckte mit dem Oberkörper und bleckte sein trauriges Gebiss. »Was ist denn die Wirklichkeit, Libelle? Ich will dir was verraten: Es gibt keine.«

Lilly warf ihm einen schiefen Blick zu. »Ach nein?«

»Ach nein. Keine allgemeingültige. Jeder Mensch pappt sich seine eigene kleine Wirklichkeit zusammen, aus seinen eigenen schiefen und einseitigen Erfahrungen, übertüncht und eingekocht durch seine grundeigenen Emotionen, und dann hält er das in den Händen und meint, es wäre die Realität.«

»Aber wie soll man sonst – ?«

»Ich gebe zu, es geht nicht ohne so ein Hilfsmittel. Wenn sie nur einsehen wollten, dass es ein Hilfsmittel ist, nichts weiter. Aber nein, sie glauben, sie hätten es mit Tatsachen zu tun, die für jeden gelten. Kein Wunder, dass sich alle missverstehen, von Politikern bis zu Liebenden. Sie sprechen von der Wirklichkeit und der Wahrheit und der Realität und den Tatsachen und merken nicht, dass sie nur ihre ganz eigene Welt ausdrücken. Sie prallen mit ihren Subjektivitäten aufeinander und sind zutiefst davon durchdrungen, alles objektiv zu sehen.« Er unterbrach sich und streifte Lilly mit einem kurzen, forschenden Blick. »Du hattest Latein, sagst du, du weißt, was subjektiv und objektiv bedeutet, Libelle?«

Lilly verzog den Mund. »Ich hab studiert.«

»Tatsächlich? Naturwissenschaftliches Fach?«

»Kunstgeschichte.«

»Ah. Trotzdem – wenn du Abitur hast, kannst du wissenschaftlich denken. Du weißt zum Beispiel, dass etwas da nicht sein kann, wo schon etwas anderes ist?«

»Klar.«

»Nun, das ist der Beweis für meine These. Es kann keine objektive Wirklichkeit geben, weil wir alle verschiedene Augen in verschiedenen Köpfen auf verschiedenen Standpunkten haben. Nimm mal dies Gebäude hier…« Der Professor hielt sie am Ärmel fest und wies auf ein kantiges dunkelrotes Haus. »Stell zwei Menschen davor und sag ihnen, sie sollen dir schildern, wie es wirklich aussieht. Sie können noch so aufrichtig und nüchtern antworten – zwischen ihren Blickwinkeln liegen immer etliche Zentimeter. Von ihren Vorurteilen ganz zu schweigen. Oder noch unbestechlicher: Nimm zwei Fotoapparate! Stell sie nebeneinander auf, richte sie auf vollkommenste Schärfe ein und fotografier den alten Kasten. Wenn du die Bilder betrachtest, wirst du bemerken, dass die Perspektive ein wenig variiert. Du hast in der Tat durch das Objektiv gelinst, doch die Wirklichkeit ist subjektiv geworden. Und dann stell eine dritte Kamera dort hinten hin und fotografiere dasselbe Haus. Das sieht dann völlig anders aus. Und ist trotzdem dasselbe. Ist es deshalb die Realität des Hauses? Nein. Immer nur eine Ansicht. Immer nur eine ganz private Wirklichkeit.«

Lilly fühlte sich unbehaglich beim Zuhören. »Aber da verliert man ja jeden Boden unter den Füßen«, protestierte sie. »Woran soll man sich denn da noch halten?

»Immer nur an deine eigene Realität. Indem du anerkennst, dass sie nichts anderes als subjektiv sein kann. Dass sie niemals jemand – auch nicht deine größte Liebe – ganz mit dir teilen wird. Übrigens solltest du in dieses unwirkliche Gebäude reingehen. Das ist ein Amt. Amüsier dich da drinnen. Und sei vorsichtig beim Paternosterfahren, in deinem Zustand. Wir treffen uns um eins wieder vor der Petri-Kirche«, verkündete der Professor, winkte kurz, rief Caligula und ging mit ihm weiter.

Lilly humpelte in das Amt und suchte eine Weile vergeblich nach dem Paternoster – der schien allein in der Realität des Professors zu existieren. Sie erblickte bloß Treppen und Fahrstühle.

Das 7. *Kapitel*

*bringt uns in einen Kleingartenverein – und in Steffis Kneipe –
hat eine Menge Action auf Lager – sowie die glückliche Lösung
für eine dringliche Angelegenheit*

Am frühen Abend kam Kalle, um sein Mädchen und seinen Hund
einzusammeln. Er hatte keine Arbeit gefunden und deshalb auch
kein Geld bei sich. Kalle war schlechter Laune. Er gab Kurt, dem
Professor und Goofy patzige Antworten, er brüllte Caligula an, als
der an ihm hoch sprang. Und er schimpfte: »Gegn früher is das so
komplezeirt gewordn! Keinein gibt dir mehr 'n Schob! Arbeit gibt
das nich mehr...«

Lilly gegenüber jedoch schlug er zu ihrer Erleichterung einen
liebevollen, nahezu höflichen Ton an. Sie fühlte sich ziemlich angegriffen, weil sie am Nachmittag auf dem ›Amt‹ von einer Sozial-
arbeiterin bedrängt worden war, die beteuerte, sie genau beobachtet zu haben: »Den ganzen Tag sitzen Sie schon hier und warten –
ja, worauf denn? Sie finden nicht den Mut, sich uns anzuvertrauen.
Dabei wollen wir Ihnen doch wirklich nur helfen. Jetzt erzählen Sie
mir mal, was Ihr Problem ist... von wem sind Sie denn überhaupt
schwanger?«

Lilly war geflüchtet, was nur funktioniert hatte, weil die Beam-
tin noch dicker war als sie selbst zur Zeit.

Diesmal bezahlte Kalle keine Fahrkarten, sie fuhren schwarz mit
der U-Bahn (ohne entdeckt zu werden) bis zu einem Stadtteil mit
Kleingartenanlagen. Hier suchte Kalle im Dunkeln das richtige
Häuschen aus und brach mit großer Sachkenntnis und wenig
Mühe die Tür auf.

Lilly stand teilnahmslos, ohne das kleinste schlechte Gewissen
dabei und hoffte nur, dass es schnell ginge.

Sie zogen überall die Gardinen zu und trauten sich, Licht an zu machen. Ein kleines Schlafkämmerchen, eine Art Wohnzimmer mit Ofen, ein Klo mit Ziehkette (in einem derart engen Raum, dass ein langbeiniger Mensch die Tür nicht hinter sich zu bekommen hätte), eine kleine Küche mit Tischchen und zwei Stühlen.

In den Küchenschränken suchten sie nach Lebensmitteln und fanden Haferflocken, Rosinen und ein Päckchen mit Knäckebrot. Das Knäckebrot aßen sie sofort auf, auch der Hund. Wirklich satt machte es nicht, die kleine Raupe in Lilly wollte mehr. Zwar hatte der Professor mittags einen Döner gebracht, doch der war längst verdaut. Das Baby kickte ungezogen um sich. Lilly kam es so vor, als wollte es zu verstehen geben, wie unzufrieden es war.

»Wennu schläfs, merks du nich, dass du Hunger has«, versprach Kalle. Er umarmte Lilly und flüsterte an ihrem Hals: »Nu kenn wir uns schon so lange, nu kannas auch ma abgehn, ne?«

»O nein!«, sagte Lilly erschrocken. Irgendwie hatte sie inzwischen gehofft, Kalle hätte keine derartigen Bedürfnisse. Sie mochte ihn ganz gern – zu ihr war er ja wirklich nett –, aber das bedeutete doch nicht... »Das geht leider nicht.« Sie flickte schnell noch das ›leider‹ ein, taktvollerweise.

»Wieso nich?«, Kalle klang einstweilen noch nicht ärgerlich, nur erstaunt.

»Weil... Dann verlier ich mein Baby!«

Kalle lachte. »Das' doch Quatsch. Das verliers du nich. Wie komms du da auf?«

»Das hat mir der Arzt gesagt«, behauptete Lilly. Schließlich wusste Kalle ja nicht, dass kein Arzt (außer, im weitesten Sinne, Norbert) sich je mit ihrem Kind oder ihrer Schwangerschaft befasst hatte. »Also, es gibt da Komplikationen – weil ich so zart bin – und ich darf jedenfalls bestimmt nicht... Also, das nicht. Bis ich das Kind bekommen habe. Sonst kann ich sterben!«, fügte sie um der Dramatik willen hinzu.

Kalle ließ sie vor Schreck gleich ganz los. »Das' ja doof. So was«, meinte er enttäuscht.

Lilly senkte den Kopf und sagte leise und demütig: »Wenn du

willst, kann ich ja gehen…« Ihre Augen füllten sich sofort mühelos mit Tränen. Sie tat sich richtig selber Leid.

Kalle umarmte sie gleich wieder, wenn auch bedeutend vorsichtiger: »Nee, Quatsch! Sachma! Bleib ma schön hier bei mir.«

Lilly schnupperte mühsam über seine Schulter hinweg und bei der Gelegenheit fiel ihr ein: »Wir könnten uns hier vielleicht waschen?«

»Waschn – ?!«, wiederholte Kalle. »Ja, könn wir…« Er schien das nicht als vollwertigen Ersatz für seine ursprünglichen Pläne zu betrachten. »Wenn die nich ihr Wasser abgestellt ham, heiß das…«

Aber die freundlichen Besitzer des Gartenhäuschens hatten das vergessen oder hielten es für unnötig – was Kalle rügte: »Grade jetz wennas friert kann deen die Leitung platzn!«

Über dem Küchenwaschbecken hing ein kleiner, altmodischer Boiler. Lilly füllte sich das gesamte Becken nach und nach mit heißem Wasser an, nahm die kleine, knubbelige, rissige Seife und ein Geschirrtuch als Seiflappen und wusch ihr Gesicht, ihren Oberkörper, ihre Beine und vor allem ihre armen Füße. Sie hätte gern noch mehr gewaschen, traute sich jedoch nicht, denn Kalle saß direkt hinter ihr am Küchentisch, rauchte und betrachtete laut atmend alles, was es zu betrachten gab.

Sie musste sich sehr überwinden, ihm so viel Anblick zu bieten. Als das Waschbecken voll gewesen war, hatte sie verschämt bemerkt: »Ja, dann will ich mich mal waschen«, und er erwiderte: »Ja, man los.«

»Na ja, dazu würde ich mich gern ausziehen!«, setzte Lilly nach. Kalle, der sich eine Zigarette drehte, grunzte: »Wen störtas?«

Ihn zumindest störte es nicht.

Als Lilly fertig war und wieder angezogen, fühlte sie sich wirklich etwas frischer. Sie hätte sich zu gern die Haare gewaschen – aber mit Handwaschseife? Oder mit Geschirrspülmittel? Sie ließ das Wasser ab, spülte das Waschbecken aus und pumpte den Boiler schon wieder voll: »Jetzt musst du dich waschen, Kalle!«

Der grummelte: »Wieso? Ich denk, mit uns kannas nix wern?«

Lilly schaute ihn nur vorwurfsvoll an und Kalle stöhnte. Dann zog er seine kaputte Lederjacke, seinen kaputten Pullover, sein kaputtes, langärmeliges Unterhemd und sein schmutziges ärmelloses Unterhemd aus, schauderte anklagend, schritt zum Waschbecken und rieb sich unlustig ein wenig mit dem nassen Handtuch ab. Lilly nahm es ihm weg, seifte es tüchtig ein und reichte es ihm: »Hier. Unter den Armen und um den Hals rum und hinter den Ohren!«

Kalle lachte. »Du bis wie meine Mutter!«

Er schabte sich sogar mit einem kleinen Nassrasierer, der neben der Seifenschale lag, das Gesicht ab. Den Rücken wusch Lilly ihm eigenhändig, das ließ er sich gerne gefallen. Was für ein Kreuz!, dachte sie erschrocken. Trotz Bierbauch und vieler Doppelkinne besaß der Mann eisenharte Muskeln unter der Polsterung. Auf der linken Schulter und über dem Herzen konnte man Tätowierungen bewundern, einen Indianer im Profil und einen etwas verunglückten springenden Tiger, alles laienhaft und unbeholfen dargestellt.

Sie legten sich schließlich zusammen in das Bett, dessen Kissen schimmelig rochen; Kalle an die Wand, Lilly an der äußeren Kante und Caligula über ihren Füßen. Vorher hatte Kalle zu Lillys Überraschung sein weißes Raubtiergebiss aus dem Mund genommen und in ein Glas mit Wasser geworfen. Nach dieser Tat sprach er viel undeutlicher.

Sie deckten sich mit jeder Decke zu, die sie finden konnten, einschließlich des bestickten Tischtuchs vom Wohnzimmertisch.

Lilly erzählte ein wenig von sich, nicht zu ausführlich. Ihrem Mann sei sie weggelaufen, weil er sie im Irrenhaus einsperren lassen wollte. Sie sagte nicht, wann genau das gewesen war, um das Argument von dem Arzt, der ihr Sex verboten hatte, nicht zu kippen.

Kalle zeigte sich erschüttert. »Aber wie kanner das tun?«

»Ich glaube, er ist selber verrückt«, sprach Lilly boshaft in die Dunkelheit hinein.

Sie fragte Kalles Geschichte aus ihm heraus: eine kranke Mutter, ein bitterböser, prügelnder Stiefvater, der eines Tages, als Kalle schon vierzehn war, wieder einmal versuchte, den Jungen zu verhauen. Kalle warf ihn vom Balkon – na ja, im ersten Stock nur, aber

137

trotzdem. Das ergab einen Schlüsselbeinbruch beim Alten, Tränen bei der Mutter und das erste Heim für Kalle.

»Wenn du in Heim bis, denn is das leicht, in' Knast zu komm. Das eine führt zun annern, ich weiß nich, warum, aber das is so. Triffs praktisch auch immer dieselbn Leute wieder.«

Wenig Schule, eine abgebrochene Schlosserlehre, Beteiligung an einem Einbruch, das erste Mal Gefängnis: »Das ging ja alls noch. Ich mein, wen störtas schon. Aber denn kam Edith…«

Lilly versuchte, sich Edith vorzustellen. Blond und drall und ›mit ganz große bleiche Augn, wie son Geist‹… War das schön? Kalle musste sie gefallen haben. Edith hatte alles, was an ihm noch gläubig und gut gewesen war, in den Würgegriff genommen und ausgepresst. Und untreu war sie obendrein.

»Denn wills du dich nur noch zuballern un alles vergessn. So hattas bei mir angefangn mimm Saufn. Da hatte ich lange mit zu tun. Aber nu bin ich da über wech. Jenfalls is das viel besser geworn«, behauptete Kalle.

Er schlang einen Arm um Lilly und zog sie näher zu sich heran. Das war zwar weniger bequem, aber gleichzeitig wärmer. Außerdem erinnerte sie sich daran, was für Kraft in diesen Armen saß: So ein Kerl konnte einen jedenfalls gut verteidigen. Sie kuschelte ihren Kopf auf seiner Schulter zurecht und sprach träumerisch vor sich hin: »Früher hab ich immer Weidenkätzchen in kleine Kammern aus weichem Moos gelegt und dann eine Glasscherbe oben drüber in die Erde gebaut. Da lagen sie ganz geborgen…«

Kalle gab ihr einen Kuss auf die Schläfe – ziemlich feucht – und stimmte zu: »Wie kuschelich! Wenn ich ma Geld hab, denn kauf ich für dich 'n grün Teppich un denn soll's du 'n Glasdach da oben über ham, ne? Sach ma noch was von dir, Libelle. Du hattes das auch schön in dein Lehm, ne? Viel Geld un so? Hattes du so lange Kleider wie 'ne Königin?«

»Abendkleider? Ja, drei Stück. Eins in Dunkelblau mit silbernem Besatz und ein weißes und eins in Zartgelb mit schwarzer Spitze.«

Kalle zündete sich noch eine Zigarette an und hörte ganz andächtig zu. Lilly betrachtete verwundert sein zerklüftetes Profil,

kurz vom Streichholz beleuchtet. Sie hätte ihm alles Mögliche zugetraut, nur keine Leidenschaft für Abendkleider.

Er pustete den Rauch von sich und flüsterte: »Kann ich mir vor-
stelln. Du in son Kleid. Und denn wars du tanzen? Wo denn so?«

Lilly schilderte Bälle und Silvesterveranstaltungen bis hin zum
Damenklo im Hotel Dolphin: »Smaragdgrüne Kacheln haben die
da, die sind so glasiert, dass sie wie Bonbons aussehen. Man möchte
dran lecken. Und alles ist absolut sauber und duftet...« Hier seufz-
ten sie gemeinsam, möglicherweise aus verschiedenen Gründen.

»Un was has du getanzt? So an liebssn?«

»Walzer! Das ist altmodisch, aber am allerschönsten. Ein bisschen wie Schweben.«

»Wie das für 'ne Libelle pass. Ich kann nich tanzn. Schade. Na,
wen störtas. Weiß du was? In ein von den Lagerschuppen im Frei-
hafn fliecht auch eine rum. Jetz in Winter! Verrückt, ne?«

Lilly gähnte. »Was fliegt?«

»'ne Libelle. Also 'ne echte. Son Viech mit sonne Hubschrau-
berflügels.«

Was für einen Unsinn der redet, dachte Lilly, während sie ein-
schlief. Eine Libelle im Winter... die kann doch gar nicht überleben...

Sie träumte, dass sie neben Claudio lag. Es war Sommer, das
Fenster stand leicht geöffnet. Ein Insekt hatte sich in der Gardine verfangen und verursachte unangenehme Geräusche. Lilly
schaute in Claudios schlafendes Gesicht und streichelte ganz sanft
seine Wangen und sein Kinn. Dann stand sie vorsichtig auf und
schlich zum Fenster, um die Fliege oder was immer es war frei zu
lassen. Sofort wurde ihr entsetzlich kalt, denn durch den Fensterspalt drang plötzlich ein eisiger, scharfer Wind, und sie hatte ja
nichts an. Sie sah erstaunt, dass draußen dicker Schnee auf kahlen
Bäumen und Büschen lag. Der Himmel hing schwefeldüster darüber. Sie suchte das Insekt und fand etwas wie ein Püppchen in
blauem Abendkleid, mit durchsichtigen Flügeln am Rücken, das
durch den Fensterspalt davon schwirrte in die Winterlandschaft.

Sie drehte sich zu Claudio um. Er lag auf dem Bett wie aufgebahrt, die Hände über der Brust gefaltet. Sie wusste, dass er tot war und sie fror erbärmlich.

Lilly wachte laut jammernd auf. Sie fror wirklich, und sie klammerte sich an Kalle fest. Er bemühte sich, die dünnen Decken höher und fester um sie zu ziehen und ihren Kopf an sich zu drücken. Lilly war so erpicht auf Wärme, dass ihr der Geruch nichts mehr ausmachte, den seine Kleidung ausströmte. Nur ihr Bauch wurde allmählich hinderlich – dazu hatte er ja auch einen, das gab noch mehr Gedrängel.

Nach und nach fühlte sie sich etwas wärmer und getröstet, sie weinte nicht mehr so laut und nicht mehr so entsetzt – nur furchtbar traurig, dass sie hier mit einem dicken, stinkenden Penner lag und immer noch nicht wusste, was werden sollte. Nachts, wenn sie nicht schlafen konnte, fiel es ihr am schwersten, die Gedanken wegzudrängen und tot zu hauen, die doch immer wieder kamen und ihr keine Ruhe ließen. Die schlimmste Sorge, der sie tagsüber nie erlaubte, sich zu melden, war: Wann würde das Kind kommen? Wo würde sie dann sein? Wer würde ihr helfen? Das machte Lilly eine derartige Angst, dass sie jedes Mal zu zittern anfing und mit aufsteigender Übelkeit kämpfen musste.

Morgens aßen sie Haferflocken in warmem Wasser mit Rosinen und tranken löslichen Kaffee, der jedes Aroma verloren hatte. Im dämmerigen Tageslicht fand Lilly auf einem Regal in dem kleinen Kloraum einen wahren Schatz: einen Nylonkamm! Sie hatte sich immerhin drei Tage lang nicht gekämmt, das machte sich bemerkbar: Sie riss eine kleine Hand voll blonder Haare mit dunklem Ansatz aus. Dann steckte sie den Kamm einfach ein. Ihr erster echter Diebstahl: ein Kamm für ungefähr einen Euro. Wie fettig ihr Haar war, konnte sie fühlen. Sie schaute nach Möglichkeit an dem sommersprossigen Spiegel in der Küche vorbei, erhaschte aber doch ihren eigenen Anblick und schauderte. Wenn sie wenigstens getönte Tagescreme hätte und etwas Rouge. Ein Königreich für ein Bürstchen voll Wimperntusche!

»Ich bin so leichenblass. Ich seh' einfach fürchterlich aus...«, sagte sie leise zu Kalle, in der Hoffnung, er würde trotz allem widersprechen.

Aber als er prompt antwortete: »Soll ich dir ma was sagn? Du bis die schönste Frau, die wo ich je gesehn hab! Sogar schöner wie Edith!«, freute sie sich nicht darüber. Er war ja leider so dumm und so primitiv – wie sollte er so was beurteilen?

Am späten Vormittag fuhren sie nach Altona. Kalle wollte weiter nach Arbeit suchen. Lilly setzte er so lange in eine Kneipe. Die Kneipenwirtin strahlte kurz auf, als sie ihn sah, und verfinsterte sich auf der Stelle beim Anblick der bauchigen Lilly in seinem Schlepptau.

»Steffi, das' meine Libelle hia. Ich lassie ma hia un den Hund, ne? Sei ma nett, sie is 'ne Liebe. Vielleicht gibs ihr was zu essn, sie kriecht was Lüttes, siehs du ja. Ich komm abens wieder...«

Kalle gab Lilly einen Kuss auf die Nase (was sie für sehr unklug hielt, diese Steffi hatte sowieso schon ganz rote Augen) und tapste aus der Kneipe.

Lilly wischte sich die Feuchtigkeit von der Nase und drehte sich zögernd zu Steffi um. Eigentlich eine hübsche Frau: ein angenehmes Gesicht mit großzügigem Mund und wachen Augen, das dunkelblonde Haar kringelte eine starke Dauerwelle, der Schnitt stammte allerdings von vor-vorgestern – so was hätte nicht mal Püppi empfohlen. Unter Pulli und Schürze wölbte sich ein großer Busen. Lilly bemerkte voller Neid, dass Steffi frisch gewaschenes Haar hatte und perfekt geschminkt war.

Wie schlampig und unappetitlich sie selbst wirken musste!

Steffi hob einmal kurz die Augenbrauen und machte sich dann daran, den Tresen abzuwischen.

Lilly blieb mitten im Raum stehen, unsicher, was sie jetzt tun sollte. Caligula sah sie zweifelnd an und nahm vorläufig zu ihren Füßen Platz. Er hatte Steffi bemerkenswerterweise nicht begrüßt.

»Du kannst dich da hinten hinsetzen, in die Ecke«, rief Steffi ihr zu, ohne sie anzusehen. »Aber glaub man nicht, dass ich dir was zu essen geb. Warum denn? Oder hast du Geld und kannst was bezahlen?« Jetzt warf sie Lilly doch einen kurzen, scharfen Blick zu. Die schüttelte mutlos den Kopf.

»Hätte mich auch gewundert. Wenn du zu unserm Kalle gehörst, denn hast du nix. O Mann, du!«, rief Steffi kopfschüttelnd aus und schrubbte wütend das Holz vor sich.

Lilly ging unsicher in die Ecke, die ihr zugewiesen worden war und setzte sich, in der Steppjacke, dort hin. Caligula folgte ihr und verschwand unter dem Tisch.

»Sag mal, ist dir kalt hier drinne? Denn zieh doch mal die Jacke aus, oder hast du nix unter?« Und als Lilly das getan hatte: »Wird das Kalle sein Kind, oder was?«

»Nein.«

»Hätte mich auch gewundert!«, rief Steffi wieder und schien noch zorniger zu werden. »Immer muss er Verantwortung für Sachen übernehmen, mit den er nix zu tun hat. Statt dass er mal *einmal* Verantwortung für sich selbst übernehmen würde! Aber nee, er muss sich ja um andere kümmern!« Sie pfefferte den nassen Lappen in die Spüle, dass es spritzte.

Lilly wäre gern aufgestanden und gegangen. Doch dann hätte sie irgendwo draußen bleiben müssen, in der Kälte, um auf Kalle zu warten. Was sollte sie ohne ihn tun?

»Und wieso heißt du wie 'ne Haarspange?«, schnappte Steffi weiter nach ihr.

»Er hat das falsch verstanden. Eigentlich heiße ich Lilly...«, erklärte sie ungern.

Darauf warf Steffi ihr nur einen vernichtenden Blick zu. Sie kam energisch angestöckelt, eine Zigarettenpackung, ein Feuerzeug und einen sauberen Aschenbecher in den Händen und setzte sich mit an den Ecktisch. Sie schien davon auszugehen, dass Lilly nicht rauchte, denn sie hielt ihr die Packung gar nicht erst hin, zog sich nur selbst eine Zigarette heraus und zündete sie an, mit tadellos gepflegten Händen: Die Nägel stammten ohne Frage aus einem Nagelstudio. So ähnliche hatte Lilly vor einigen Monaten noch selbst gehabt.

»So, nun sag mal – was hast du mit Kalle vor?«

»Ich? Nichts!«

»Ach ja. Was er von dir will, ist ja klar...«

»Das kriegt er aber nicht«, unterbrach Lilly schnell. Der Gedanke war ihr entsetzlich, dass jemand auch nur vermuten könnte, sie und dieser Kerl...

»Guck an, das kriegt er noch nicht mal? Sauber. Du bist ja ein Herzchen. Warum bist du dann überhaupt mit ihm zusammen?«

Lilly senkte den Kopf. »Ich hab sonst niemanden.«

»Was ist mit dem Vater von deinem Kind?«

»Der ist tot.«

»War das dein Mann? Du trägst 'n Ehering...«

Darauf antwortete Lilly lieber nicht.

»Warum arbeitest du nicht? Ja, schon gut, und falls du das nicht kannst – wieso gehst du nicht auf 'n Amt? Vielleicht bekommst du Unterstützung?«

»Das geht nicht. Das ist unmöglich. Das kann ich nicht.«

»Wirst du gesucht? Hast was auf dem Kerbholz? Du, ich sag dir – wenn du Kalle wieder reinreißt...«

»Wenn du ihn so gern magst, warum kann er dann nicht hier bei dir arbeiten?«, fragte Lilly, allmählich selbst aggressiv.

»Kalle? Ich lach mich tot. Der war schon mal halber Teilhaber, war der. Sein Gebiss, das hab ich ihm gekauft. Wir sind sogar...na ja. Egal. Das bedeutet ihm wohl nix. Und denn läuft ihm dieses Schlammschwein, diese Edith übern Weg, genau so 'ne Tante wie du, bloß ohne Bauch, macht ihn fertig mit Jack und Büx und er fängt an und säuft unsere ganze Ware selber aus und randaliert und verhaut die Kundschaft. Nee, danke, mit Kalle nix mehr, bis er mir nachweisen kann, dass er absolut trocken ist und nicht mehr anfällig für feine kleine Märchentanten, die seine Hilfe brauchen. Wenn du 'n anständiger Mensch wärst, denn würdest du ihn in Ruhe lassen.«

Lilly stiegen die Tränen in den Hals. Sie brachte mit gepresster Stimme hervor: »Was soll ich denn machen? Wenn mir sonst keiner hilft?«

»Hast du den Spruch schon mal gehört: Hilf dir selbst, denn hilft dir Gott? Da solltest du vielleicht mal über nachdenken. Was hast du dich denn in so 'ne Situation reinmanövriert, in der du drinne steckst?«

»Ich kann doch nichts dafür«, protestierte Lilly, noch gequetschter.

»Wieso? War das 'ne Vergewaltigung?« Steffi zeigte mit dem Kinn auf ihren Bauch. Als Lilly schwieg, lachte sie einmal kurz auf, nahm ihre Zigarette, das Feuerzeug und den Aschenbecher wieder vom Tisch und ließ Lilly alleine in ihrer Ecke sitzen.

Nachmittags kamen Stammgäste, nur Männer, die sich mit Steffi unterhielten und auch mit ihr flirteten. Sie fühlte sich offensichtlich wohl dabei, lachte viel und reagierte schlagfertig. Kaum jemand schien Lilly in ihrer Ecke überhaupt zu bemerken. Sie hatte sich ein paar Illustrierte von einem Seitentisch geangelt und blätterte die durch. Einmal zog sie ihre Jacke wieder an und ging mit dem Hund hinaus, die Straße auf und ab. Einmal ging sie auf die Toilette und betrachtete sich deprimiert im Spiegel unter der funzeligen Glühbirne. Sie begriff sehr gut, dass Steffi sie so behandelte. Sie hätte sich selbst nicht anders behandelt...

Als sie wieder am Tisch saß, knallte Steffi ihr ein Fläschchen Mineralwasser samt Glas hin: »Hier. Sollst jedenfalls trinken, das ist wichtig«, sagte sie unfreundlich. Und dann stellte sie, ähnlich hart und unfreundlich, ein Tellerchen mit abgenagten Kotelettknochen auf den Fußboden. Lilly hörte Caligula knacken und schmatzen und sie roch die Knochen bis über den Tisch – ausgesprochen lecker. Sie kippte kaltes Mineralwasser in ihren leeren Magen und hoffte, Kalle würde abends Geld mitbringen.

Das tat er wirklich. Er kam in allerbester Laune an, nicht mehr vollkommen nüchtern, wie es schien, laut lachend und mit den Armen fuchtelnd, und er fragte Lilly als Erstes: »Hassu was zu essen gekricht?« Als sie den Kopf schüttelte, lachte er wieder. »Diese Steffi! Aber nu ham wir Knete, ich sach dir! Was wills du essn?«

Kalle war sehr enttäuscht, dass Lilly sich klare Fleischbrühe und Toast wünschte statt Schweinebacke und Grünkohl. »Das bringt doch nix!«

Erstaunlicherweise pflichtete Steffi ihr bei: »Hat sie Recht, Dicker. Das ist doch viel bekömmlicher für sie als so fettes Zeugs.«

144

»Du has doch keine Fleischbrühe auffe Speisekarte?«, wunderte
sich Kalle.

Steffi, schon auf dem Weg zur Küche, erläuterte: »Da schmeiß
ich einfach 'n Brühwürfel in'n Glas heißes Wasser und fertig.«

Lilly trank diese so genannte Fleischbrühe in kleinen Schlück-
chen, aß den trockenen Toast dazu und gab sich Mühe, nicht zu
viel Schweinefleischdunst von Kalles Teller einzuatmen. Ihr war
leider ziemlich übel, aber das kam nicht mehr durch die Schwangerschaft; ihr Magen, zu lange leer, tat nun beleidigt.

Kalle aß nicht nur wie ein Berserker, er trank auch. Erst ein paar
Bierchen zum Grünkohl, dann ein paar Schnäpschen hinterher zur
Verdauung und schließlich noch ein paar aus Spaß.

Steffi versuchte, ihn davon abzubringen. Lilly stimmte ihr innerlich zu. Sie wurde ganz gereizt beim Zugucken. Jetzt hatten sie mal
ein bisschen Geld, und nun musste er das gleich wieder für den
teuren Alkohol ausgeben! Morgen war womöglich schon wieder
nichts mehr da. Sie hätte Kalle zu gern gebeten, ihr ein wenig Bar-
geld zu geben. Wahrscheinlich hätte er das sogar getan – sie
brachte es nur nicht über sich, das vor Steffis Augen abzuwickeln.

»Noch 'n Lüttn, Steffi. Man los hia.«

»Noch ein? Das warn schon acht Stück!«, gab Steffi zu bedenken.

Kalle wurde böse. »So lange ich bezahl, kanns du ausschenkn!«,
verlangte er. »Ich kann sons auch woanners hin gehen. Wen störtas?«

Leider störte es einen Gast, der vor dem Zapfhahn saß, immer
wieder versuchte, Steffi in ein Gespräch zu verwickeln und immer
wieder durch ihre Dispute mit Kalle unterbrochen wurde.

»Du, mein Freund, sprich ma nich so mit Steffi, in den Ton
hier!«, bat er sich aus.

Kalles Gesicht bekam gleich viel frischere Farbe. »Halt du dich
da ma raus, ne!«

Von hinten erklang eine heisere Grölstimme: »Sei ma voasichtig,
Gunnar, das' der Moloch, der macht Brei aus deine Fresse!«

Doch Gunnar hatte das Bedürfnis, dem Schicksal in den Rachen
zu langen. Er rutschte vom Hocker, packte Kalle vorn am Pullover

und riss ihn hoch, wobei zutage kam, dass er nicht nur zarter, sondern auch kleiner war. Kalle schlug ihm mit einer gemächlichen Bewegung der rechten Hand seitlich gegen den Kopf und seinem Angreifer sackten bereits die Füße weg.

»Öi, öi, öi, Kalle, gib ma Ruhe hier, du hassi wohl nich mehr alle!«, regte sich weiter hinten jemand auf, ein Stuhl wurde misstönend beiseite geschoben und der nächste Angreifer tappte näher. Der war sogar größer als Kalle, bekam aber sofort einen Faustschlag in den Magen und übergab sich im plätschernden Bogen auf den Fußboden.

»Schweinkram! Ihr Saubande! Hört ihr wohl auf!«, kreischte Steffi. »Haut alle ab, auf der Stelle, oder ich ruf die Polizei!« Sie hatte schon den Telefonhörer in der Hand.

Doch Gunnar hatte sich wieder zusammen gerafft und sprang Kalle an, gerade als der Freund des Mannes, dem so spontan übel geworden war, ihn ebenfalls erreichte und versuchte, ihm Kinnhaken zu versetzen, was jedes Mal an Kalles hochgezogenen Unterarmen scheiterte. Kalle brauchte einen Arm, um Gunnar beiseite zu fegen. Dadurch brach seine Deckung ein, er fing tatsächlich einen Hieb am Kinn, schüttelte ein paar Mal den Kopf und schlug dann krachend zurück. Inzwischen hatte sich auch sein dritter Gegner erholt, er ging vorsichtig auf seinen Cowboystiefeln um die von ihm produzierte Lache herum und begann, Kalle auf den Rücken zu boxen.

Als die Polizei eintraf, schlug der Moloch sich mit fünf Männern, ohne überwunden zu sein. Caligula stand mit in den Boden gestemmten Vorderpfoten und nach oben gerecktem Hinterteil daneben und kläffte sich heiser. Lilly kaute hysterisch an ihren Fingern und wusste bis zuletzt nicht, ob sie weglaufen sollte. Inzwischen war es zu spät: Ein Polizist legte ihr Handschellen an. Als sie entgeistert fragte, warum denn das, bekam sie zur Antwort, die Wirtin hätte sie angezeigt: Sie hätte durch freche Reden provoziert. »Die hier doch?«, rief er gleich darauf Steffi zu, und die nickte finster, ohne Lilly direkt anzusehen.

Also wurde sie zusammen mit Kalle ›abgeführt‹ und in den Peterwagen gesetzt. Kalle blieb ganz ruhig, außer dass er schwer atmete, kein Wunder nach seiner sportlichen Leistung. Sein Alkoholdunst füllte schnell das Polizeiauto.

»Seid ma vorsichtich hier mit Libelle, ne, die kriecht was Lüttes!«, machte er die Beamten aufmerksam, dann ergab er sich in sein Schicksal. Er wisperte Lilly nur noch kurz zu, das sei ›nichs Schlimmes‹, da wären sie bald wieder draußen.

Die Polizeiwache lag ganz in der Nähe, deshalb war es nicht besonders seltsam, dass der Hund ihnen gefolgt war und vor dem Eingang umhertrippelte, als sein Herrchen und sein nagelneues Frauchen aus dem Wagen geholt wurden. Niemand schien Notiz von ihm zu nehmen, als er der Menschengruppe in das Gebäude folgte, nur Kalle bat Lilly halblaut: »Kümmers du dich um mein Hund?«

Die Wache wurde von unangenehmen Neonlampen beleuchtet, die jedes Gesicht tot aussehen ließen. Eine der Lampen zitterte und zuckte noch dazu unregelmäßig vor sich hin. Hinter dem hohen Holztisch erblickte Lilly überrascht den Polizisten vom Dom mit den traurigen Augen unter Schlupflidern. Sie sah, dass auch er sie wieder erkannte, obwohl seine einzige Reaktion darin bestand, den Kopf in eine Hand zu stützen und zu seufzen.

Lilly wurde auf eine Holzbank gesetzt mit dem Befehl, zu warten. Caligula huschte unter diese Bank, bis tief an die Wand. Sie konnte ihn von dort leise hecheln hören.

Mit Kalle verschwanden die beiden Polizisten irgendwo im Hintergrund, Schlüssel rasselten und eine Tür quietschte. Der eine von beiden kam gleich darauf wieder, fragte, auf Lilly deutend: »Machst du das hier eben, Helge?« und verließ die Wache wieder.

Der andere kam kurz in den Raum, holte etwas aus einer Schublade und verschwand wieder nach hinten. Gleich darauf hörte Lilly ungläubig erneut Geräusche einer Prügelei, aber diesmal anders: Kalle schien sich nicht zu wehren. Er stieß nur ab und zu Schmerzenslaute aus oder er stöhnte. Der Hund unter der Bank knurrte ganz leise.

Lilly blickte anklagend den traurigen Polizisten, Helge, an. Der

147

wich ihrem Blick aus, schüttelte verhalten den Kopf, drehte sich um und tippte auf die Tastatur eines Computers ein.

Als sein Kollege wieder erschien, nachdem er die Tür hinter sich zugeschlagen und verschlossen hatte, sagte Helge leise: »Du ödest mich an, Ralf!« Das schien Ralf nichts weiter aus zu machen. Er warf Was-auch-immer zurück in die Schublade und ging durch den Vordereingang davon, ohne auf die Kritik zu reagieren oder sich zu verabschieden.

Eine Weile war es still, nur die kaputte Neonröhre knisterte. Dann drehte sich der Polizist zu ihr um und sagte: »Ich muss Ihre Personalien aufnehmen. Sie gehören zu dem... zu Karlheinz Dröger?«

»Ein bisschen«, sagte Lilly vorsichtig.

»Würden Sie bitte mal herkommen?«, fragte der Polizist. Er sprach nie besonders laut oder energisch.

Lilly stand auf und trat dicht vor den Holztresen. Falls ihre Nase sie nicht täuschte, strömte der traurige Polizist fast genau so viel Alkoholdunst aus wie Kalle oder seine Pennerfreunde. In was für eine Welt war sie eigentlich geraten?

Sie hielt ihm ihre zusammengeketteten Hände hin: »Wozu muss das sein? Ich tu doch keinem was!«

Er griff in dieselbe Schublade wie vorher sein Kollege, holte kleine Schlüsselchen heraus und befreite Lilly. Die Handschellen sammelte er ein und ließ sie hinter dem Tresen verschwinden.

»Ich glaube, Sie können auch gleich wieder gehen«, sagte er in beinah tröstendem Ton. »Ich muss nur eben Ihren Namen und Ihre Adresse wissen. Haben Sie Papiere bei sich?«

»Die sind mir doch Samstag auf dem Dom geklaut worden, erinnern Sie sich?«

Er lächelte mit geschlossenen Lippen, obwohl seine Augen melancholisch blieben. Er hatte einen hübschen kleinen Mund mit stark geschwungener Oberlippe. »Stimmt ja. Dann müssen wir...«

Das Telefon neben ihm klingelte, und er nahm den Hörer ab und meldete sich. Lilly drehte sich um und eilte aus der Wache in die Dunkelheit hinaus. Richtig rennen konnte sie sowieso nicht mehr, da war der Bauch im Wege, es handelte sich nur noch um ein schnelleres Watscheln.

Ein kurzer Blick zurück über die Schulter belehrte sie, dass der Polizist sowieso nicht versuchte, hinterher zu rennen. Er stand nur einsam da, den Hörer am Ohr, und guckte völlig trostlos.

Erst zwei Straßen weiter bemerkte sie, dass der Hund in einigem Abstand hinter ihr her trippelte.

In Altona gab es riesige Altbau-Wohnblocks. Lilly fand eine offene Haustür, drehte sich zu Caligula um, der ihr folgen wollte, und rief leise: »Hau ab, Hund! Geh weg! Ich kann mich nicht um dich kümmern. Ich brauch selber jemanden, der sich um mich kümmert. Geh zu dieser Tante in der Kneipe, zu dieser Steffi, die gibt dir bestimmt Knochen...« Sie ließ die Tür vor seiner Nase zufallen und stieg die Stufen hinauf, fünf Stockwerke hoch, bis zum Ende. Ein Bodenraum war hier wohl nicht, eher noch eine Wohnung, aber ohne Namensschild.

Lilly setzte sich auf den Boden, den Rücken an die Wand gelehnt, und bemühte sich, zu Atem zu kommen. Für ihre figürlichen Verhältnisse war sie recht schnell gegangen, dann die vielen Treppen, und schließlich flog sie immer noch am ganzen Körper vor Aufregung.

Sie war verhaftet und in Handschellen abgeführt worden! Weil dieses gemeine, eifersüchtige Biest von Kneipenbesitzerin sie angezeigt hatte! Schön, wer sie wirklich war, hatte sie noch einmal verheimlichen können, aber wenn sie einer der Beamten von heute Abend irgendwo wieder erkannte, dann wäre es bestimmt vorbei mit ihrer Freiheit. Selbst wenn sie sich weigerte, zuzugeben, wer sie war... Selbst wenn sie einen Gedächtnisverlust vortäuschen würde... Die brauchten doch nur ihr Foto in die Zeitung zu setzen: Wer kennt diese Frau? Und schon würde Norbert herbeieilen und dafür sorgen, dass sie ein für alle Mal hinter Gittern verschwand.

Sie dachte an Kalle und merkte, wie wütend sie auf ihn war. Erst ließ er sie den ganzen Tag bei diesem gehässigen Weib allein, und wenn er endlich aufkreuzte und Geld mitbrachte, dann

149

musste er so herumtoben und Streit machen, dass er eingesperrt wurde, mitsamt seinem restlichen Geld. Was hatte sie davon gehabt? Eine Tasse heißes Wasser und einen Brühwürfel! Der Mann hatte keine Ahnung von Verantwortung. Sie schloss ihre brennenden Augen, bevor das Treppenhauslicht ausging, und versuchte, zu schlafen.

Am Morgen merkte sie, dass sie wirklich geschlafen hatte, denn sie wurde geweckt: durch ihren knurrenden Magen, durch einen verzerrten Nacken und das gnadenlose Bedürfnis nach einer Toilette. Das war schon im Sitzen fatal, sie durfte gar nicht dran denken, was passierte, wenn sie aufstand und das Baby von oben drückte.

Sie spielte kurz mit dem Gedanken, sich einfach in die linke, dunkle Ecke zurück zu ziehen und das Treppenhaus schnell zu verlassen, aber sie brachte es nicht über sich.

Direkt unter ihr tobte das Leben in einer der Wohnungen; viele laute, fröhliche Stimmen, Gelächter, sogar Gekreisch – dabei war es ganz früh am Morgen, kurz nach sieben!

Die Tür flog auf, eine Mädchenstimme rief: »Also zweimal Mohn, oder wie jetzt? Einmal Baguette, zweimal Roggen und sechs Rundstücke, richtig? Bin sofort wieder da – ich lass eben die Tür auf, okay? Bobby hat meinen Schlüssel…«

Leichte Schritte hüpften die Treppe hinunter. Lilly blickte übers Geländer. Wirklich, die große Wohnungstür mit der geriffelten Milchglasscheibe im oberen Drittel stand halb offen.

Sie huschte die Stufen hinunter, schlüpfte nahezu lautlos in die Wohnung – weiter hinten, in der Küche offenbar, wurde immer noch gelacht und geschnattert – und suchte die richtige Tür. Das hier sah aus wie ein Gästeklo – oder?

Stockfinster war es, und Lilly knipste einfach das Licht an. Sie schloss von innen ab und stürzte sich auf die altmodische Toilette mit dem dunklen Holzdeckel.

Jemand versuchte, die Tür aufzuklinken. »Sonja? Wer ist denn da? Sonja, bist du das? Ich denk, du bist zum Bäcker?«

»Bin ja gleich fertig…«, rief Lilly in beruhigendem Ton.

»Okay, lass dir Zeit!«, rief der Mensch vor der Tür und wanderte davon, den langen Flur entlang zur Küche.

Auf dem Weg nach unten und aus dem Haus begegnete Lilly Sonja, die mit zwei vollen Brötchentüten nach oben hastete. Sie lächelten sich an und wünschten sich herzlich einen guten Morgen.

Lilly verließ das Haus, bog um die Ecke – und stand Caligula gegenüber, der sich frierend an eine Hauswand presste und sie vorwurfsvoll anblickte, während er gleichzeitig beschwichtigend wedelte.

Lilly bekam sofort ein entsetzlich schlechtes Gewissen. Was will er denn bloß von mir?, dachte sie empört. Er kennt alle möglichen anderen Leute besser als mich. Er könnte vor lauter Treue an der Polizeiwache herumlungern. Vielleicht kommt sein Herrchen ja schon bald wieder da raus. Oder er könnte sich vor lauter Gier bei Steffi anbiedern …

»Ich hab dir doch gesagt, du sollst abhauen!«, schnauzte sie.

Der Hund zog den Kopf ein und sah beiseite, blieb aber stehen. Als Lilly losging, folgte er ihr in einigem Abstand.

Das 8. Kapitel

*nimmt uns mit auf eine Besichtigungstour durchs
Schlaraffenland – lässt Lillys Probleme zusammenschrumpfen –
zeigt uns, wie unvernünftig ein Backenzahn sein kann –
und dass nicht jeder hilfsbereite Mensch harmlose
Absichten haben muss*

Der Morgen war eisig und Lilly konnte den Kopf durch ihren verzerrten Nacken nur schwer bewegen.

Sie wanderte durch die weihnachtlich geschmückten Straßen Ottensens und versuchte, den Hunger zu ignorieren, der rücksichtslos in ihrem Magen herumbohrte. Ihre Füße schmerzten – die Blase am rechten Fuß hatte sich inzwischen aufgescheuert. Trotzdem ging sie weiter, langsam, schlurfend. Stehen bleiben hatte auch keinen Sinn, und setzen konnte sie sich bei der Kälte schon gar nicht.

Undeutlich nahm sie in den Schaufenstern orientalischen Schmuck und Porzellan wahr, daneben Stiefel, Pumps und türkisfarbene Mokassins. Türkisfarbene? Tatsächlich.

Vor dem nächsten Fenster blieb sie mit einem Ruck stehen. Hier wurden zwischen Kaffeedosen Schokoladenweihnachtsmänner und Marzipanengel präsentiert sowie etliche geöffnete Konfektschachteln. Die Pralinen spreizten sich prahlerisch in ihren Rüschenkleidchen und schienen durch die Scheibe zu duften nach Marc de Campagne und Nougat. Lilly konnte kaum so schnell schlucken, wie ihr die Spucke im Mund zusammen lief.

Sie riss sich gewaltsam los und landete vor der Scheibe eines Delikatessengeschäftes, in der ein Fasan im vollen Federschmuck neben einem rosigen, angeschnittenen Schinken lagerte. Daneben stapelten sich geräucherte Würste und halbierte Pasteten und Terrinen. Man konnte sehr gut schwarze Morcheln oder hellbraune Champignons in ihrem Inneren erkennen. Lilly presste die Stirn gegen das Glas und rollte ihre Augen von hier nach dort. Die ungenierte Zurschaustellung dieser Genüsse kam ihr schamlos vor, geradezu obszön. Warum mussten die Geschäfte mit Sachen protzen, die sich durchaus nicht jeder leisten konnte?

Vor dem Mercado-Einkaufszentrum war eine Art kleiner Weihnachtsmarkt aufgebaut mit allen möglichen Buden. Jetzt sah sie die leckeren Dinge nicht nur, sie musste sie auch riechen: gebrannte Mandeln, Schmalzgebäck, Bratwürstchen.

Lilly rettete sich ins Mercado. Caligula fiel wieder einmal die Tür vor der Nase zu. Er passte aber gut auf und schlüpfte mit einigen anderen Passanten hinterher.

Hier war es angenehm windstill und viel wärmer als draußen. Gleich neben dem Eingang bemerkte Lilly eine kleine Blumenhandlung ohne Vorderwände oder Tür – einige Geschäfte saßen offenbar nur in offenen Nischen. Die einzige Verkäuferin, eine sehr attraktive junge Frau mit langem, glänzendem nussbraunem Haar, in dem sie gedankenvoll wühlte, saß zwischen gefüllten Vasen und telefonierte konzentriert. »Du, kein Gedanke!«, sagte sie (durchaus nicht leise) in ihr kleines Mobiltelefon, »Und er glaubt wohl auch noch, dass sich das so gehört! Dazu fällt mir überhaupt nichts mehr ein. Männer, weißt du… …Von daher… …Ja, genau…«

Eine ältere Frau, die mit Lilly zusammen das Mercado betreten hatte und gleich in den Blumenladen eingebogen war, musterte die verschiedenen Sträuße in den verschiedenen Vasen und stellte sich dann direkt vor die Verkäuferin. Das schöne Mädchen gab zu erkennen, dass es sich dessen bewusst war, indem es die Brauen ungeduldig zusammenzog, ohne die Kundin anzusehen, und sich halb zur Seite drehte, um ungestört und unbeobachtet weitersprechen zu können.

Lilly dachte an ihre Erfahrung im Bissquitt-Imbiss und an Inken, die immer gepredigt hatte: »Es ist ganz wichtig, Kunden anzuschauen und zu lächeln! Wenn du gerade alle Hände voll zu tun hast und bist mit drei anderen Kunden zugange, dann lächelst du den vierten an und sagst zu ihm: ›Kleinen Augenblick, bitte!‹ – dann weiß er, du hast ihn bemerkt, und er geht nicht wieder.«

Genau das tat die potenzielle Blumen-Kundin nun. Sie seufzte einmal auf und marschierte davon. Nachdem sie verschwunden war, setzte sich die telefonierende Verkäuferin wieder bequem hin. Es schien ihr völlig gleichgültig zu sein, ob sie viele, wenige oder gar keine Blumen verkaufte. Vielleicht war ihr Job bombensicher.

Lilly humpelte langsam weiter. Aus der großen, ebenfalls offenen Parfümerie trat eine Dame, in tausend Düfte gehüllt, warf einen beklommenen Blick auf die schwangere, ungekämmte Frau mit den Augenringen und dem elenden Gesicht und griff instinktiv ihre Tasche fester, bevor sie vorbeieilte.

Sehe ich aus, als ob ich klauen würde?, fragte sich Lilly erschrocken.

Zwei Mädchen vor ihr unterhielten sich lebhaft: »Ich hab überhaupt kein Geld mehr! Pleite, pleite, pleite, wie die ganze Nation. Überhaupt nichts mehr kann man sich leisten«, klagte die eine. Die andere antwortete: »Ich sage nur der verdammte Kanzler und der Scheiß-Euro...« Damit stiefelten sie in die Parfümerie. Was wollten sie da, wenn sie ›Pleite, pleite, pleite‹ waren? Lilly konnte, weil es keine Außenwände gab, gut beobachten, wie die beiden Lippenstifte anschauten und auf ihren Handrücken ausprobierten.

Sie erinnerte sich an einen Nachmittag bei Gloria im vergangenen Sommer. »Kannst du den gebrauchen? Sah im Laden und auf der Haut toll aus, aber bei Tageslicht und in meinem Gesicht – unmöglich!«, hatte die Freundin erzählt und ihr einen Lippenstift in goldener Hülle hingehalten. Lilly hatte die Hülse abgenommen und entschieden: »Viel zu dunkel für mich. Ich trage doch eigentlich nur Rosa...« – und Gloria, wütend und ungeduldig, hatte ihr den Stift weggenommen, wieder zugeschraubt und mit Schwung in ihren Gartenteich geworfen: Plotsch! Die Fische waren neugierig von allen Seiten herbeigeschwommen, um zu gucken, was da bei ihnen gelandet war.

»Aber der hat doch bestimmt viel gekostet? Das war ja ein Helena Rubinstein!«, hatte Lilly protestiert, in der ab und zu ihre magere Kindheit hoch kam.

»Klar. Dreiundzwanzig Euro. Ich kaufe keine billigen Lippenstifte«, hatte Gloria missgestimmt erwidert. Am selben Nachmittag klagte sie darüber, wie schlecht die Zeiten seien und dass man sich einfach nichts mehr leisten könnte. Joschi musste in seinem Betrieb schon immer Entlassungen vornehmen, schrecklich.

Die haben alle Probleme!, dachte Lilly. Während sie weiterschlurfte, versuchte sie sich zu erinnern, was sie selbst eigentlich früher für Probleme gehabt hatte.

Na, zum Beispiel, was sie zu dieser oder jener Gelegenheit anziehen sollte – Fältchen um ihre Augen – das Genörgel ihrer Mutter und wie sie dem am besten auswich – Norbert zu verbergen, dass es Claudio gab – den einen Mann zu verlassen und mit dem anderen zusammen zu ziehen und all die Unruhe, die dabei womöglich entstehen würde – außerdem vielleicht noch die Sorge, ob sich der eine eben so gut um den Finger wickeln ließ wie der andere.

Inzwischen hatten sich ihre Probleme im Wesentlichen auf drei Punkte reduziert:

Erstens Nahrung, zweitens Toilette, drittens Schlafplatz.

Ihr Blick fiel auf Caligula, der in einer Ecke stand und hastig etwas in sich hinein kaute. Was mochte er gefunden haben? Irgendein weggeworfener Essensrest vermutlich. Wie praktisch, ein Hund zu sein und das ohne Ekel oder Angst vor Ansteckung verschlingen zu können.

Im Mittelpunkt des Einkaufszentrums befanden sich Lebensmittelstände und dazwischen die verschiedensten Mini-Restaurants.

Lilly wanderte an einem Obst- und Gemüsestand vorbei. Auf flachen Körben leuchteten, glänzten, schimmerten Früchte jeder Art und Farbe in verschwenderischer, sorgloser Fülle. Lilly glitt mit den Fingerspitzen über Apfelsinen, Kiwis, Maronen, Walnüsse, Äpfel, Weintrauben, Avocados, Auberginen, Bundmöhren und helle, saubere Kartoffeln, die vor lauter Perfektion ganz unecht aussahen. Sie starrte kleine Päckchen mit reifen Erdbeeren oder Spargel an, las die dazugehörigen Preise und keuchte vor Entrüstung. Als sie anfing, die Tomaten zu liebkosen, begegnete sie dem drohenden Blick des Gemüsehändlers. Sie humpelte hastig weiter.

Sie kam an einer Bäckerei vorbei, es duftete nach knusprigem Brot verschiedener Sorten, nach Kuchen und Keksen. Einige Meter weiter: fertige Salate, grüne und schwarze Oliven, getrocknete Tomaten, Käse, Peperoni, Knoblauch, alles strömte Wohlgeruch aus.

Daneben: Süßigkeiten, Lakritze, bunte Lutscher jeder Größe, Zucker- und Karamell-Schwaden. Sogar das Aroma aus dem Teeladen lockte und reizte, weil die parfümierten Tees an Früchte und Süßigkeiten erinnerten. Zwischen den Geschäften wurden den auf Hockern sitzenden Gästen Essen angeboten: Pasta beispielsweise oder Sushi.

Lilly wanderte näher und guckte unauffällig, was mit den Resten passierte. Es musste doch Reste geben? Sie selbst hatte immer und überall so viel übrig gelassen, ein Grund der Sorge für ihre Mutter und später für Norbert: »Lillybelle, magst du das denn schon wieder nicht? Das schmeckt doch so gut!« – »Lilly, warum bestellst du dir etwas, wenn du kaum ein Viertel davon zu dir nimmst? Das ist unhöflich dem Koch gegenüber.« – und ein Grund des Neides für Gloria: »Bei deiner Appetitlosigkeit ist es kein Kunststück, schlank zu bleiben, Schätzchen. Überfällt dich denn niemals die wilde Gier?«

Weshalb war sie eigentlich, bei so wenig Futter, früher nicht auch dauernd hungrig gewesen?

Sie war nicht so viel umher gelaufen.

Sie hatte noch keine eingebaute Raupe mit sich herum getragen.

Und sie hatte nicht ständig an Essen gedacht, so wie jetzt. Wenn sie etwas hätte haben wollen, wäre es ja jederzeit da gewesen...

Sie sah bald ein, dass es ziemlich unmöglich war, etwas zu ergattern. Was die Gäste verschmähten, wurde von den Budenbesitzern ziemlich schnell nach innen entfernt. Sie hätte einen Anlauf nehmen, sich wie ein Habicht auf einen der Teller stürzen und damit fliehen müssen. (Und das auch noch mit dem hinderlichen Babybauch.) Sicherlich würde sie irgendjemand festhalten, schimpfen, ihr die Beute wieder wegnehmen und vielleicht sogar die Polizei rufen...

Die Reste, mit denen sie so viel hätte anfangen können, wurden in Mülleimer gefegt, die Teller abgewaschen. So gehörte sich das. Das war normal. Selbst wenn sie leise und höflich darum gebeten hätte – es hätte nichts genützt. Sie würde zumindest Befremden erregen. Bettler waren unerfreulich und unangenehm, die hatten an so einem Ort des Wohlbehagens nichts zu suchen.

Lilly trieb sich den ganzen Tag im Mercado herum, manchmal ging sie auch wieder kurz hinaus an die frische Luft. Sie beobachtete die Suchenden und die Kaufenden und die Telefonierenden (von zehn Menschen, die an ihr vorbeigingen, hatten mindestens drei oder vier ein Handy am Ohr), die Streitenden (Weihnachtsstress machte gereizt), die frisch verliebt Herumknutschenden, die eiligen Zielstrebigen, die trödelnden Verträumten.

Bettelnde gab es innerhalb des Einkaufszentrums wirklich nicht. Die trieben sich vor der Tür herum, auf der Fußgängerstraße, zwischen den Weihnachtsbuden.

Auf dem Boden hockte ein älterer Mann mit Geigenkasten (ohne Geige), dem im Lauf des Tages sicherlich ungefähr fünf Euro in kleinen Münzen zugeworfen wurden. Zwei jüngere, vergnügte Männer spielten ausgesprochen gekonnt auf Querflöten, ein weiterer, am anderen Ende der Straße, begleitete sich selbst auf einem Akkordeon und sang Seemannsweisen oder Operettenmelodien.

Darüber hinaus wanderte hier ein sommersprossiger Punker umher, der den Leuten in den Weg trat und keineswegs besonders höflich nach einem Euro fragte (man konnte nicht sagen, dass er darum bat). Mindestens zweimal, als Lilly in der Nähe stand, erhielt er, was er wollte. Vor zwei Jahren hatte er bestimmt noch eine Mark verlangt und nun, der Einfachheit halber, wie alle anderen seine Preise verdoppelt.

Unter den Bettelnden gab es keine Frau. War das Männerarbeit?

Lilly versuchte es selbst mehrfach, aber es schien unmöglich. Statt der Frage um Geld stieg ihr ein spontaner Brechreiz in den Hals, sie fürchtete schon, den armen Passanten die Schuhe voll zu spucken und trat schnell beiseite. Einmal gelang ihr ein zaghaftes: »Ach, entschuldigen Sie bitte...« Doch als sie fragend und etwas ungeduldig angeblickt wurde, sprach sie schnell weiter: »Wie spät ist es denn?« Sie erhielt die Auskunft und dankte, stellte zum Schein an ihrer eigenen Armbanduhr herum und ging hastig weiter, womit sie der Lösung von Problem Nummer eins nicht sehr viel näher kam.

Problem Nummer zwei wurde nach wenigen Stunden auch wieder dringlich. Lilly erkundigte sich bei einer Verkäuferin in der schönen großen Buchhandlung: »Bitte, wo ist denn hier die Toilette?«

Die musterte ganz kurz und diskret die verklebte Frisur, das glänzende, ungeschminkte Gesicht, und erwiderte ausgesprochen höflich: »Wir haben keine eigene. Die Kundentoiletten sind im ersten Stock, die Rolltreppe rauf und neben dem Schuhgeschäft.«

Lilly folgte den WC-Schildern durch scheinbar endlose Flure, zwischen klappenden Türen hindurch, und fand schließlich bemerkenswert saubere Klos, hell, mit großen Fenstern und viel frischer Luft. Mindestens drei weißbekittelte Menschen lebten in einer Art Glaskasten zwischen dem Herren- und dem Damenbereich. Lilly huschte an ihnen vorbei, den Blickkontakt meidend, enterte eine kleine Kabine neben dem Fenster, erleichterte sich und setzte sich anschließend zum Ausruhen so bequem wie möglich auf den weißen Klodeckel, mindestens eine Viertelstunde lang. Dann wusch sie ihre Hände gründlich und benutzte sie anschließend als Gefäße, um Wasser aus der Leitung zu trinken. Leider wurde sie dabei immer wieder von anderen müssenden Damen unterbrochen und trocknete sich pro forma die Hände jedes Mal wieder ab.

Sobald sie wieder mal alleine war, wusch sie ihr Gesicht mit warmem Wasser, ordnete ihr fettiges Haar so gut es ging mit dem geklauten Kamm aus dem Schrebergartenhaus und versuchte, ihre Zähne mit den Fingerkuppen und warmem Wasser zu reinigen.

158

Als sie am Glaskasten entlang die sympathische Zone verließ, suchte sie mit angestrengter Miene in ihren Jackentaschen herum, als fände sie kein Kleingeld. (Und sie besuchte die Kundentoilette noch drei weitere Male. Beim dritten Mal, am Abend, hatte sie das Gefühl, von den Weißkitteln sehr kritisch beobachtet zu werden, weshalb sie sich an diesem Tag nicht mehr hierhin traute.)

Weder ihr Rücken noch ihre Füße wollten akzeptieren, dass nun schon wieder weitergelaufen wurde. Lilly sagte sich, außer ihren drei Hauptproblemen gäbe es schon noch ein kleines Unterproblem, sozusagen drei a, und das betraf einen Platz zum Ausruhen, vor allem in ihrem Zustand.

Die Natur hatte sich nicht gedacht, dass eine Schwangere derart viel herumrennen sollte, wie sie es zur Zeit tat. Nahezu ihr gesamter Körper protestierte. Der Einzige, der es erfreulich fand, war die kleine Raupe, weil sie dabei hin und her geschaukelt wurde.

Auf dem Weg vom Einkaufszentrum zu den Kundentoiletten kam man an einer breiten, sauberen Treppe vorbei, die in irgendwelche Büros zu führen schien. Hier saß Lilly im Lauf des Tages hin und wieder, so bequem wie möglich an das Geländer gelehnt. Sobald sie Schritte hörte, stand sie auf und betrachtete etwas Imaginäres in ihrer Handfläche. Manchmal blickte sie auch kurz lächelnd auf, bis der Vorbeigehende durch die nächste Pendeltür entschwand.

Im ersten Stock des Mercado breitete sich ein Restaurant oder Café mit ledergepolsterten Sitzen aus. Als es am frühen Nachmittag vorübergehend ein wenig leerer wurde, setzte Lilly sich auf einen der bequemen Plätze, ganz seitlich und etwas versteckt. Natürlich entdeckte sie nach einiger Zeit trotzdem ein Kellner, der sich vor ihr aufbaute: »Was darf ich Ihnen bringen?«

Und sie blickte ihn so jämmerlich an, sie sah so schwach und zart und erschöpft und so schwanger aus, sie hauchte so Mitleid erregend: »Ich möchte bitte nur ein ganz kleines bisschen hier sitzen, ja?« – dass er väterlich nickte: »Natürlich. Kein Problem!«

Er stellte ihr sogar gleich darauf ein Glas Wasser hin und nickte ihr zu.

159

Lilly überlegte, ob sie um irgendetwas zu essen bitten sollte, wollte andererseits den Bogen nicht überspannen und trank einfach, dankbar, das Wasser.

Während sie saß, in diesem Restaurant oder auf dem Klodeckel oder auf der Treppe, wanderten ihre Gedanken lebhaft umher. Solange sie selbst wanderte, geschah das viel weniger, obwohl sie manchmal so müde wurde, dass sie beim Laufen zu träumen begann. Diese nicht zu bremsenden Gedanken waren es, die sie schließlich immer wieder hoch trieben. Es war so schmerzhaft, herumzugrübeln.

Wie sollte es weitergehen? Wer würde ihr helfen? Sollte sie ganz aus der Stadt verschwinden, und wenn ja, wie, ohne Geld? Vielleicht würde ihr Gloria finanziell helfen, falls es gelang, sie zu erreichen. Womöglich hatte Norbert jedoch inzwischen mit der Freundin gesprochen und sie davon überzeugt, dass seine Frau verrückt war? Ganz und gar hatte Lilly Gloria nie getraut. Weniger als ihrer eigenen Mutter auf jeden Fall – und die hatte sie auch im Stich gelassen.

Als sie merkte, dass sie gleich zu heulen anfangen würde, stand sie schnell auf und lief weiter.

Am frühen Abend fiel ihr ein kleines Mädchen von drei oder vier Jahren auf, das hinter seinen Eltern herlief und sich neugierig umsah, ein hübsches Kind mit großen dunklen Augen und dunklen Locken, vielleicht orientalisch oder südländisch. Als sie Lillys Blick bemerkte, lachte sie mit winzigen, gleichmäßigen Milchzähnen und tiefen Grübchen in den Wangen.

Lilly lachte zurück. Vielleicht würde sie selbst demnächst so ein niedliches kleines Mädchen haben.

Das Kind hopste auf sie zu, reckte sich hoch und drückte ihr etwas in die Hand. Dann drehte es sich um und lief wieder hinter den Erwachsenen her, die es jetzt zwischen sich an den Händen fassten.

Lilly betrachtete erstaunt ihr Geschenk: ein Weihnachtsmann, in Stanniolpapier eingewickelt bis zum Hals, der Kopf der Schokoladenfigur war ausgewickelt, ein Teil der Mütze abgebissen.

Sie sah mit offenem Mund der Familie hinterher. Wie kam das kleine Mädchen dazu –? Hatte sie Lillys Hunger irgendwie erkannt? Schmeckte ihr der Weihnachtsmann nicht und sie wollte ihn einfach gern loswerden?

Lilly ging verschämt etwas beiseite, biss der Figur den ganzen Kopf ab, entfernte den Rest der Folie und verschlang die Schokolade, viel zu hastig, viel zu gierig, obwohl sie sich sagte, sie sollte langsam essen. Schon meldete sich ihr defekter Backenzahn und protestierte. Der Rest ihres Körpers akzeptierte jede Art der Nahrung zum Überleben, doch der Zahn für sich hatte eine ganz eigene Meinung darüber, was es sein durfte, als lebe er noch in vergangenen Zeiten, in denen eine Auswahl möglich war.

Zwischen sieben und acht Uhr wurde es im Einkaufszentrum zuerst noch einmal viel voller – und schließlich leerer. Die Kunden verschwanden tütenschleppend, dann erschienen die Verkäufer, von denen Lilly inzwischen einige wieder erkannte, in Mänteln, mit Jacken und Mützen. Die letzten schlossen die Geschäfte ab.

Auch Lilly torkelte langsam davon, als wüsste sie, wohin. Ihr tat nahezu alles weh: der verzerrte Nacken, die Füße von aufgescheuerten Blasen, Beine und Rücken vom Aufrechthalten den ganzen Tag, der Zahn, weil er nun nicht mehr aufhören wollte, der Kopf und der Magen vor Hunger, der Bauch, weil die wütende, ebenfalls hungrige Raupe darin herumboxte, und die Nieren, weil sie schon wieder seit Stunden musste und nirgends durfte. Darüber hinaus fühlte sie sich müde, zu Tode erschöpft.

Diesmal hockte sie sich in einen dunklen Winkel in einer Nebenstraße und ließ es einfach plätschern. Als sie sich umsah, ob sie auch niemand beobachtete, bemerkte sie den Hund, zitternd an eine Wand gedrückt, taktvoll beiseite blickend. Sie hatte ihn seit dem Nachmittag aus den Augen verloren und schon geglaubt, er wäre inzwischen eigene Wege gegangen.

Ohne ihn zu beachten, zog sie langsam weiter. Sie suchte jetzt ein Treppenhaus für die Nacht. Das hatte immerhin schon zweimal geklappt.

»Du bleibst draußen!«, bekam Caligula zu hören, wenn Lilly eine unverschlossene Haustür gefunden hatte. Doch eine Weile später tauchte sie wieder auf, schlecht gelaunt und ungeduldig, und humpelte weiter. Es klappte einfach nicht; es gab keine Bodentüren oder jedenfalls kein abgelegenes oberstes Stockwerk; Leute liefen herum und auf und ab und klingelten und unterhielten sich und bombardierten sie mit misstrauischen Blicken.

Mit Kellertreppen hatte sie eben so wenig Glück, meist war der Kellerbereich sowieso abgeschlossen, oder sie gruselte sich da im Dunkeln, im Geruch der Mülltonnen. Vielleicht gab es hier Ratten?

Lilly schleppte sich weiter, bis sie plötzlich auf der Elbchaussee stand, vor einem hohen, gut beleuchteten Haus neben einem kleinen Park. Das sah recht teuer aus. Sie zog am Türknopf in der Erwartung, die würde sich nicht öffnen lassen, doch gleich darauf befand sie sich in einer kleinen Marmorhalle. Ein Treppenhaus konnte sie gar nicht erst entdecken, stattdessen einen vornehmen Fahrstuhl mit zwei Türen. Von irgendwoher roch es leise nach Chlor. Vielleicht existierte im Haus ein Pool für die Mieter oder Wohnungsbesitzer. Gegenüber gab es eine Wand komplett aus Spiegeln, die ihr zeigte, wie sie aussah. Lilly kniff entsetzt die Augen zusammen. Sie hatte sich zwar den ganzen Tag in Warenhausspiegeln betrachten können, das hatte jedoch bei weitem nicht so schockierend gewirkt wie ihr elender, dickbäuchiger Anblick vor zartgrauem Marmor.

Sie griff nach dem Türknopf, um aus diesem Haus zu kommen und prallte gegen eine Frau, die gerade hinein wollte. Eine zierliche Frau mit schulterlangem, glattem graugesträhntem Haar und einer Nase wie ein kleiner, scharfer Schnabel, auf der eine randlose Brille saß.

»Entschuldigung«, murmelte Lilly. Ihre Zunge schien angeschwollen von dem Zahn.

»Kann ich Ihnen helfen? Zu wem wollen Sie denn?«, zwitscherte die Frau lebhaft.

Lilly lehnte sich gegen die Wand, zu schlapp, um sich irgendeine Lüge auszudenken.

»Armes Mädchen – Sie sind im siebten Monat ungefähr, nicht? Haben Sie Probleme? Kommen Sie, kommen Sie, nicht weglaufen… Sie sehen ja ganz erschöpft aus. Sie kommen jetzt mit mir nach oben, nehmen ein schönes heißes Bad, und dann essen Sie etwas Feines und erzählen mir Ihre Geschichte, hören Sie? Kommen Sie, kommen Sie…«

Die Frau schob Lilly in den Fahrstuhl und schnatterte auf sie ein. Sie hieß Frau Visier, französisch ausgesprochen, aber Lilly sollte ruhig Regine zu ihr sagen. Sie arbeitete als Fotografin und sie liebte das Exotische und machte oft weite Reisen in die dritte Welt, obwohl das heutzutage alles andere als ungefährlich sei, doch das schreckte sie niemals ab: »Angstschweiß ist ein reizvolles Parfüm!«, behauptete Regine Visier und zog Lilly aus dem Fahrstuhl in ihre Wohnung, die ganz oben lag, im siebten Stock.

»Penthouse, gucken Sie mal, der Blick…« Sie schob Lilly in ihr hallenartiges, elegant möbliertes Wohnzimmer und wies aus dem Fenster. Da lag die Elbe, Werften, Kräne und Schiffe beleuchtet, ein großer Dampfer zog langsam vorbei wie bestellt.

»Ich liebe das! Das ist mir die ganze Miete wert. Und wo haben Sie schon mitten in der Stadt gleichzeitig Blick auf den Fluss und so einen riesigen Garten?«

Der Garten, den sie meinte, bestand aus dem gesamten Hausdach, das sich vor dem Wohnzimmerfenster ausbreitete wie ein Hubschrauberlandeplatz. Lilly bemerkte in dem Licht, das aus dem Fenster fiel, undeutlich Bäume in Kübeln und irgendwelche Rabatten, mit Tanne abgedeckt.

»Wie auf dem Lande, finden Sie nicht?«, fragte Frau Visier.

Lilly räusperte sich mühsam, um zu antworten. Leider fiel ihr keine Antwort ein. Schließlich murmelte sie mühsam: »Ja, aber wenn das Haus mal brennt?«

Frau Visier lachte zirpig. »Wenn es brennt! Gott, wie süß! Sind Sie so eine kleine Ängstliche? Wenn es brennt oder wenn der Fahrstuhl mal versagt, gibt es eine Feuertreppe vom Dach runter. Nun ist sie beruhigt, was?«

Lilly fühlte sich allerdings fast schläfrig vor Beruhigung. So eine

hübsche, gepflegte Umgebung. Wärme. Schöne Möbel. Sie wollte
gern auf das große helle Sofa sinken und sich von dieser aufgereg-
ten kleinen Frau bemuttern lassen. Vielleicht könnte sie in den
nächsten Monaten hier bleiben? Vielleicht könnte diese Regine
sich um Lilly kümmern, eine Freundin sein wie Püppi, nur niveauvoller?

»Kommen Sie, ich zeig Ihnen das Bad, Sie wollen doch baden...«, behauptete die Fotografin und eilte voran. Lilly stampfte
hinterher. Das Bad war eine Sensation, kein Wunder, dass Frau Visier es gern zeigte. Die weiße Wanne stand auf goldenen Löwen-
füßen, die Wasserhähne über Waschbecken und Badewanne bestanden aus goldenen (oder zumindest goldfarbenen) Delphinen.

»Wenn Sie fertig sind, hüllen Sie sich hier in den Bademantel,
Ihre Sachen müssen doch auch gewaschen werden, die tun wir
gleich in die Maschine, morgen können Sie die wieder anziehen!«,
bestimmte die Gastgeberin und hakte mit einiger Mühe und auf
Zehenspitzen einen umfangreichen dunkelbraunen Herrenbademantel vom Haken. »Wollen Sie Ihr Haar waschen? Hier ist Shampoo und vielleicht eine kleine Kur, bedienen Sie sich bitte mit
allem, was Sie brauchen, es steht zu Ihrer Verfügung...« Sie fing an,
Lilly die Steppjacke aufzuknöpfen und von den Schultern zu ziehen, strich ihr das Haar aus dem Gesicht und schaute sie prüfend
an, im milchigen Licht der Badezimmerdeckenlampe: »Mädchen,
wissen Sie eigentlich, dass Sie ein Gesicht haben wie eine kleine
Madonna? Dieses perfekte Oval... Ihre hochgeschwungenen Augenbrauen – die großen, tiefblauen Augen... Sogar die dunklen
Schatten unter den Augen sind attraktiv, das sieht so morbide aus...
Gott, die Wimpern sind ja nicht mal getuscht, die sind von Natur so
dunkel! Was sind Sie für eine Schönheit – wenn man Sie richtig
schminkt...« Sie ließ eine Hand tiefer gleiten, auf Lillys Bauch.
»Und dazu nun auch noch der hohe Leib! Die gebenedeite Jung-
frau, total! Ich möchte Sie unbedingt fotografieren, Mädchen.«

Lilly trat zwei Schritte zurück. Sie sah nicht ein, dass sie sich befummeln lassen musste, nur weil: »Entschuldigen Sie, Frau Visier,
Sie hatten etwas von Essen gesagt?«

Die Fotografin zirpte amüsiert. »Hat sie solchen Hunger? Gut, meine Schöne, ich verschwinde gleich in der Küche, und wenn Sie hier fertig sind…« Sie eilte zur Tür, eilte zurück und fragte aufgeregt: »Würden Sie sich nackt fotografieren lassen? Nicht jetzt natürlich… ich muss das ausleuchten… Und wir brauchen eine Perücke, langes Haar muss wallen… Ach, das wird phantastisch!« Sie schlug die Tür hinter sich zu und Lilly schloss sofort ab. Komisch, im Badezimmerspiegel, in diesem sanften Licht und nachdem die merkwürdige Tante sie so mit Komplimenten überschüttet hatte, gefiel sie sich wieder ganz gut.

Sie kämmte vorsichtig ihr Haar aus – das ging mit dem dicken weißen Kamm der Frau Visier wahrhaftig besser als mit ihrem winzigen, geklauten – und versuchte herauszufinden, was die Frau von ihr wollte. War sie eine Art freundliche Fee? Ein mitfühlender Mensch, der einfach nur helfen wollte?

Zuerst stürzte Lilly sich auf die formschöne Toilette, nicht, weil es diesmal besonders dringlich gewesen wäre, sondern aus Prinzip. Dann untersuchte sie den Berg flauschiger Handtücher, alle weiß und makellos, die auf einem Regal gestapelt lagen, prüfte den Kosmetikbestand – Estée Lauder und Shiseido – und bemerkte Rasierwasser, eine zweite Zahnbürste, ein Deo mit Herrenduft. Gehörte das, zusammen mit dem Bademantel, zu Regines Teilzeit-Romeo, oder wohnte ein Herr Visier ganz offiziell und immer hier? Sie hatte nicht auf das Türschild geachtet. Schade, dachte Lilly. Mit ihr allein könnte ich mir das gut vorstellen. Aber nicht noch mal so ein Harry mit an Bord! Das geht ja doch nie gut.

Sie stöpselte die Wanne zu, um heißes Wasser einlaufen zu lassen und verzichtete auf Schaum oder Badesalz, weil sie vor allem ihr Haar waschen wollte. Das Wasser schoss in dickem Schwall laut rauschend aus dem goldenen Delphin. Bevor die Wanne noch gefüllt war, zog Lilly alles aus, warf es auf den weißen Fliesenboden, stieg in das heiße Wasser – zuerst tat es ihren wunden Füßen weh, gleich darauf gut – und drehte schließlich den Hahn ab. In die plötzliche Stille drang leise die Stimme der Visier von irgendwo nebenan: »…bildschön, du glaubst es nicht. Eine richtige Madonna, nein, nicht wie *die* Madonna ... viel hübscher, trotzdem ihr Haar auch blond gefärbt ist und ausgefranst irgendwie, also da muss was getan werden. Sie scheint mir durch den Wind zu sein, wer weiß, was da passiert ist ... ... Mitte dreißig würde ich schätzen. Im Moment hab ich sie in der Badewanne. Komm doch schnell vorbei und bring Rudi mit, das ist ein Leckerbissen für euch ... ... Natürlich. Also, bis nachher ...«

Dampf trübte den Spiegel, das heiße Wasser schwappte leise an Lillys Kinn, die mit weit geöffneten Augen da saß, alles andere als entspannt. Was sollte das heißen: Das ist ein Leckerbissen für euch –? Waren das auch Fotografen – oder Wüstlinge?

Ihr fiel ein, was Harry über Männer gesagt hatte, die besonders scharf auf Schwangere waren. Lilly legte vorsichtig den Kopf an den Wannenrand und schloss die Augen. Ihr verzerrter Nacken zeigte sich dankbar für die Wärme. Egal, sie musste sofort aus diesem Bad verschwinden. Gleich. So schnell wie möglich.

»Ich nehme nur eben Ihre Sachen mit, um sie in die Waschmaschine zu stopfen ...«, schnatterte Regine Visier plötzlich dicht neben ihr, und Lilly zuckte derart hoch, dass sie mit einer heftigen Armbewegung ihre Gastgeberin durchnässte. Die randlose Brille sah aus wie voll geregnet.

Frau Visier lachte hell und zitternd und verschwand, den Arm voll mit Lillys gesamter Kleidung. Sie verschwand keineswegs durch die Tür, die Lilly ja abgeschlossen hatte, sondern durch einen der weißen Lamellenschränke, offenbar eine Art Hintereingang zum Bad – und ganz schön niederträchtig!, dachte Lilly wütend.

Sie traute sich nicht, jetzt noch ihr Haar zu waschen (bloß nicht in der Wanne bleiben wie im Präsentiernapf), kletterte mit einiger Mühe aus dem ablaufenden Wasser, trocknete sich ab und zog hastig den braunen Herrenbademantel an, wobei sie die Ärmel umkrempeln musste und sofort auf den Saum trat. Der dazugehörige Mann konnte kein Zwerg sein.

Sie war wütend auf die unverschämte Frau und wütend auf sich selbst, weil sie sich in diese Situation begeben hatte. Was sollte sie jetzt tun – im Bademantel? Barfuß die Flucht ergreifen?

Lilly schlich zu den weißen Lamellenschränken und drückte versuchsweise dagegen. Der mittlere ließ sich aufstoßen und schwang herum wie eine dicke Tür. Lilly schaute vorsichtig um die Ecke. Ein Schlafzimmer, das Bett mit dunkelrotem Satin bezogen. Auf dem Nachttisch brannte ein Lämpchen mit rotem Schirm, daneben stand ein kleines Antik-Telefon. Lilly konnte Frau Visier nirgends entdecken und trat zögernd ein. An der Wand dem Bett gegenüber hingen mehrere große, gerahmte Fotografien, die alle Frauenakte zeigten. Lilly kam noch näher und betrachtete die Bilder. Eins der Modelle war ein Mädchen von zwölf, höchstens dreizehn Jahren mit kaum entwickeltem Körper. Es trug an den langen, dünnen Beinen weiße Strümpfe mit gerüschten Strumpfbändern, eine Flut rotblonder Locken über den Schultern und einen mürrischen, schmollenden Ausdruck im Gesicht. Der kindlich aufgeworfene Mund war mit dunkelrotem Lippenstift übermalt und verschmiert, den Stift hielt das Mädchen noch in der Hand.

Ein anderes Bild zeigte zwei Frauen, die dicke Blumenkränze aus Pfingstrosen und Lilien im Haar trugen, sich in ungefähr einem Meter Entfernung zwischen Büschen und Gräsern gegenüber standen, vorgebeugt, und sich mit gespitzten Lippen küssten.

Auf dem dritten Bild lag eine sehr hübsche junge Frau halb zusammengekauert auf der Seite, die Arme weit hinter den Rücken gezogen, als sei sie gefesselt. Sie war hochschwanger, ihr Leib stand wie ein Schiffsbug vor. Neben ihrer rasierten Scham, auf dem Oberschenkel, saß eine dicke Kröte.

Noch ein Tier war zu sehen, auf dem größten der Bilder: Eine der Frauen von dem Kuss-Bild, den Blumenkranz im Haar, saß rittlings auf einem besonders großen, bärtigen Ziegenbock, der mit bösen gelben Augen in die Kamera blickte.

Lilly fummelte nervös am Gürtel des Bademantels herum und bemerkte dabei, wie ihre Hände flogen. Sie zitterte schon seit einer Weile, wahrscheinlich, seit Regine Visier sie beim Baden aufgescheucht hatte.

Diese Fotos gefielen ihr nicht, obwohl sie zugeben musste, dass

167

sie technisch gut und ästhetisch schön waren. Die ganze Situation gefiel ihr nicht...

Lilly hastete zurück ins Bad, verhedderte sich im Bademantelsaum und wäre fast hingefallen. Sie sah ihr gerötetes, aufgeregtes Gesicht im fleckigen, bedampften Spiegel und brüllte sich innerlich voller Wut an: Du blöde Kuh, jetzt reiß dich gefälligst zusammen! Du hast uns hier reingeritten, mich und die kleine Raupe, jetzt sieh zu, dass wir hier wieder heil weg kommen und das Beste dabei rausholen!

Eigenartigerweise beruhigte sie ihr eigenes Geschimpfe. Sie würde dieser Frau jetzt so energisch wie möglich erklären, dass sie sofort ihre Kleider wieder haben wollte, um auf der Stelle zu gehen. Im Notfall wollte sie mit der Polizei drohen, die Visier konnte ja nicht wissen, dass sie nur bluffte.

Aber um ihr das zu sagen, musste sie die Fotografin erst mal finden. Sie presste entschlossen die Lippen zusammen, huschte zurück ins Schlafzimmer, öffnete die Zimmertür und befand sich in einem kleineren Raum, in dem Waschmaschine und Trockner standen. Hier begegnete Lilly ihrer grünen Cordhose wieder: Die drehte sich gemächlich im Seifenschaum der Maschine und zwinkerte durch das Bullauge, umschlungen von ihrer braunen Strumpfhose, dem dicken Pullover von Püppi, den Lilly in den letzten Tagen getragen hatte, Unterhemd und Schlüpfer. Lilly stand mit offenem Mund davor. War die Frau verrückt, die Cordhose in die Maschine zu stopfen – ? Oder wollte sie einfach nur mit allen Mitteln verhindern, dass ihr Gast entkommen konnte?

Lilly patschte auf ihren nackten Füßen zornig weiter, den Bademantel vorn gelüpft wie ein Burgfräulein das Gewand.

Die nächste Tür brachte sie in die Küche. Hier dampften verschiedene Töpfe auf dem Herd, es duftete nach Hühnchen und nach geschmorter Paprika, und Lilly fuhr ganz kurz durch den Kopf, dass sie sich eigentlich auch auf schmutzige Dinge einlassen könnte, wenn es dafür etwas zu essen gab. Doch sie wies das gleich wieder von sich.

Von der Küche aus gelangte sie zurück in die Diele: Die Penthauswohnung war offenbar kreisförmig angelegt. Hier hing ihre Steppjacke ganz ordentlich an der Garderobe. Mit der allein über dem nackten Pürzel konnte sie ja wohl auch kaum entkommen!

Lilly rief ein paar Mal laut und forsch: »Frau Visier? Frau Visier!«, bevor sie die offene Wohnungstür bemerkte.

War die Frau gerade nicht in der Wohnung? Holte sie irgendetwas irgendwoher – eine Perücke? Besondere Folterwerkzeuge? Vielleicht aus ihrem Auto?

Lilly schlug die Tür sofort zu. So. Wenn sie richtig Glück hatte, dann ließ Frau Visier ihre Wohnungstür offen, weil sie keinen Schlüssel mitgenommen hatte. (Oder eben nur den Autoschlüssel.)

Lilly watschelte schleunigst zurück in das Schlafzimmer, klappte den großen schwarzen Schrank auf und fuhr hastig mit einer Hand durch die Kleider der kleinen Frau: Größe 34 womöglich. Nichts für einen schwangeren Elefanten.

Sie öffnete, eigentlich schon resigniert, die nächste Schranktür. Aha, hier hingen Männerklamotten. Lilly schnappte sich ein schottisches Flanelloberhemd, warf es auf das rote Bett und suchte weiter. Sie hielt sich verschiedene Jeans vor den Körper. Der Kerl, der hier wohnte, war nicht nur groß, sondern offenbar auch recht wampig. Wie günstig. Viele schöne Pullover besaß er auch. Ah, und fast das Beste: weiche, graue, lange Unterhosen mit knöpfbarem Schlitz. Aus den Schrankfächern nebenan suchte sie sich ein Baumwollunterhemd, ein blaues T-Shirt, eine gerippte Männerunterhose und Socken – die warf sie allerdings gleich wieder auf den Teppich. Bei aller Schwangerschaft, Schuhgröße 46 hatte sie nun mal nicht.

Lilly fluchte leise vor sich hin. Wenn sie nur nicht so in Eile gewesen wäre! Dabei hatte sie die ganze Zeit das undeutliche Gefühl, die gesamte Situation schon mal erlebt zu haben, déjà-vu, das machte sie zusätzlich ganz zappelig.

In den Schubladen einer Kommode zerwühlte sie ungeduldig Regines Reizwäsche in Schwarz und flammendem Rot, Netzstrümpfe und Mieder. Dann fand sie: »Na endlich!« – Baumwollsöckchen, die ihr mit etwas Ziehen und Zerren passten.

Lilly zog alles an, was sie sich herausgesucht hatte. Die rot-braune Jeans des Hausherrn musste sie viermal um die Knöchel krempeln, und der Reißverschluss ließ sich nicht zuziehen. Sie zerrte einen schmalen Gürtel aus einem Rock der Visier, zog ihn links und rechts durch die vorderen Gürtelschlaufen der Jeans und schnallte ihn zu. So, sehr gut.

Darüber das Männerunterhemd, das T-Shirt, das Flanellhemd und einen kuscheligen hellbraunen Pullover, der ihr fast bis auf die Knie ging.

Lilly fand, bis jetzt hatte sie einen exzellenten Tausch gemacht. Ihr wurde nur beim Herumrennen warm – Zeit, dass sie wieder raus kam.

Aus dem immer noch dampfenden Bad holte sie ihre Schuhe und stellte fest, dass die nun, in den dünneren Söckchen, noch viel mehr schlappten und sofort an den schon vorhandenen offenen Blasen scheuerten.

Sie schleuderte die Schuhe von sich und blieb nachdenklich einen Augenblick stehen. Wenn ihr die Socken der Visier passten, dann sollte sie sich mal deren Schuhe angucken...

Die standen, zumindest teilweise, unten im Kleiderschrank. Lilly entschied sich für ein paar gefütterte Halbstiefelchen mit kleinem Absatz. Eine Spur zu eng und zu spitz, aber im Moment bequemer als die von Püppi.

Sie rannte durch die Küche in die Diele, um ihre Jacke zu holen – und hörte die Stimme der Wohnungsbesitzerin durch die Tür, nur sehr halblaut übrigens, beinah flüsternd: »Mädchen, machen Sie doch keinen Quatsch! Lassen Sie mich rein, Mensch! Das gibt doch Ärger!«, sowie ein halbherziges Klopfen. »Mädchen, mein Mann kommt sowieso jede Sekunde, der hat natürlich einen Schlüssel... wir wollen doch keinen Zoff miteinander...«

Interessant, dachte Lilly. Regine bemüht sich, die Nachbarn nichts hören zu lassen. Und ihr ging kurz durch den Kopf, dass es nicht nur dumm von ihr selbst gewesen war, in diese Falle zu laufen. Nein, es war zweifellos auch dumm von Regine gewesen, sich einen wildfremden Menschen aufzugabeln und dann auch noch in ihrer Wohnung allein zu lassen! Gut, sie hatte wohl geglaubt, Lilly würde viel länger baden. Aber trotzdem…

Wie kam sie denn nun raus hier? Durch die Terrassentür selbstverständlich. Und dann sollte da ja auch eine Feuerleiter sein. Hoffentlich stimmte das…

Lilly zerrte die Jacke über den dicken Pulli und rannte schwitzend ein letztes Mal in die Küche. Aus den Töpfen vom Herd konnte sie nichts nehmen, das kochte alles.

Sie klappte den Brotkasten auf und fauchte vor Enttäuschung, weil er leer war. Aus dem Kühlschrank schnappte sie sich drei Wiener Würstchen und einen dicken Kanten Käse sowie eine halbe Teewurst. Sie brach die Würstchen in der Mitte durch, steckte alles in ihre Jackentaschen, lief dann ins Wohnzimmer und suchte hektisch in den Vorhängen nach der Terrassentür.

Sie glaubte zu hören, wie die Wohnungstür aufgeschlossen wurde und wimmerte leise vor Angst, noch geschnappt und festgehalten zu werden – mit all dem Diebesgut am Körper! Da fand sie die Tür und auch den Riegel, öffnete sie mit Leichtigkeit, war fast schon auf dem Dachgarten – als sie, bei einem letzten Blick über die Schulter, auf dem Wohnzimmertisch den Glasbehälter mit Salzstangen und Erdnussflips bemerkte.

Lilly machte drei Sätze zurück – jetzt drangen schon Stimmen zu ihr, die Wohnungstür war auf jeden Fall geöffnet worden –, packte die Salzstangen allesamt mit einer Hand und stopfte sie in die Tasche, über den Käsekanten, bevor sie davon trampelte, in schneidenden Wind (der pfiff hier oben heftig) und erfrischende Kälte und Dunkelheit.

Wo um Himmels willen befand sich die Feuerleiter?! Lilly hatte großes Glück; noch bevor sich ihre Augen wirklich an die Dunkelheit gewöhnt hatten, stolperte sie über eine Art Eisenplatte am Boden, die den Beginn der Leiter markierte. Die wendelte sich nach unten, es machte Lärm, auf den Metallstufen zu laufen. Wie, wenn Regine und ihr Mann mit dem Fahrstuhl runter fuhren und Lilly unten erwarteten?

Am Fuß der Treppe war jedoch nichts und niemand, Dunkelheit

und Wind. Lilly befand sich in wenigen Sekunden schon wieder auf der Elbchaussee.

Hier erwartete sie allerdings doch jemand – Caligula trippelte ihr wedelnd entgegen. Lilly bückte sich und streichelte ihn, von plötzlicher Sympathie erfüllt. Er gehörte immerhin mehr zu ihr als diese merkwürdigen Leute da oben im Penthouse!

Während sie eilig davon trabte, steckte sie die Hände in ihre Vorräte, biss vom Käse ab und kaute die aromatischen Salzstangen.

Ich werde mich nicht wundern dürfen, dachte sie bekümmert, wenn die Raupe sich später nie vernünftig ernähren will. Was hab ich ihr heute geboten? Schokoweihnachtsmann, Salzstangen und Würstchen...

Sie konnte einstweilen in den neuen Schuhen besser humpeln als in den alten, der dicke Pullover und die Männerunterhose unter den Jeans wärmten zufrieden stellend. Sie fühlte sich im Ganzen erfrischt und gestärkt, die Müdigkeit erst einmal durch Adrenalin in die Flucht geschlagen.

Lilly lutschte die Teewurst aus der Plastikhülle, als ihr Blick auf den kleinen Hund an ihrer Seite fiel. Sie brach ein Stück vom Würstchen in ihrer Tasche ab und reichte es ihm. Er biss beim Zuschnappen fast ihren Finger ab, wedelte aber emsig.

»Na gut, dann bleiben wir eben zusammen. Wir beide suchen uns jetzt zusammen ein Plätzchen zum Schlafen, ja?«, sagte sie halblaut. »Vielleicht haben wir ja gemeinsam mehr Glück...«

Im 9. Kapitel

schnuppern wir ein wenig Bahnhofsatmosphäre –
verpassen den Mitternachtsbus – bewundern eine patente Idee –
und lernen Baba kennen

Lilly und der Hund fanden in dieser Nacht zwei Treppenhäuser für jeweils einige Stunden Ruhe, bevor sie weggejagt wurden. Morgens trotteten sie unausgeschlafen in den Altonaer Bahnhof, in der Hoffnung auf irgendein Frühstück. Immer noch schien eine strahlende Sonne, winselte ein eisiger Wind, stand das Thermometer mehrere Grade unter Null.

Lilly wurde mit einem neuen Problem konfrontiert: Es sah so aus, als ob sie sich erkältet hatte. Ihr Hals kratzte, das Schlucken tat weh, sie musste jedes Mal die Zähne zusammenbeißen.

Sie kannte den Bahnhof nicht. Eigentlich kannte sie überhaupt wenige Bahnhöfe. Wenn sie mal verreist war, dann mit dem Wagen – ihrem eigenen oder dem großen von Norbert – oder mit dem Flieger. Doch, richtig, am Dammtorbahnhof hatte sie mal Elisabeth in den Zug gesetzt, als die zu einer Krankenkassenkur wollte. Das war auch im Winter gewesen und Lilly erinnerte sich noch, wie sie beide gefroren hatten, ganz schutzlos auf dem Bahnsteig Kälte und Wind ausgesetzt.

Sie stellte erstaunt fest, dass in diesem Bahnhof neben den Gleisen ein kleiner, gläserner Warteraum stand. Riss sofort die Tür auf und sank auf einen der Stühle, den Hund zwischen den Beinen. Zwei weitere Personen saßen schon hier, eine elegante junge Frau mit schickem Rollkoffer und steilen hohen Absätzen – keine Schuhe zum Reisen – und ein alter Herr mit Hut und Aktentasche, der in einer Zeitung las.

Ich gehöre ins Bett, dachte Lilly benommen. Ich hab bloß keins. Hier kann ich auch wieder nicht ewig sitzen, bestimmt kommt irgendwann jemand und fragt, wohin ich denn will. Dann muss ich weiter laufen, laufen, laufen. Und ich bin so entsetzlich müde. Renne seit Tagen nur umher, hab nachts viel zu wenig Schlaf. Dabei war ich doch nie besonders kräftig.

Sie suchte in ihren Jackentaschen nach Salzresten. Die Würstchen, den Käsekanten und die Salzstangen hatte sie in der Nacht bis auf den letzten Krümel verspeist, die Plastikhülle der Teewurst zum Schluss umgekrempelt, abgeleckt und schließlich sogar ausgekaut. Hätte sie doch die paar Sekunden riskiert und noch etwas mehr aus dem Kühlschrank geklaut!

Sie wunderte sich ein bisschen darüber, wie kriminell sie inzwischen geworden war, ausgerechnet sie.

Elisabeths Predigt lautete: Wer keinen Ärger haben will, tut nichts Verbotenes! Lilly hatte sich so lange daran gehalten. Nie etwas Verbotenes getan und nie Ärger gekriegt. Bis Claudio in ihr artiges Leben geplatzt war und alle Prophezeiungen sich sofort erfüllten. Jetzt saß sie mittendrin im schlimmsten Ärger, und irgendwie konnte sie gar nicht umhin, dauernd weiter Verbotenes zu tun. Was bedeutete, es würde noch mehr Ärger geben.

Ob Regine und ihr geheimnisvoller Partner sie doch angezeigt hatten, nachdem sie merkten, was alles fehlte? Auf jeden Fall war der Herrenpullover, den sie jetzt trug, teuer gewesen. Womöglich der Lieblingspullover des Herrn Visier…?

Brachte die Polizei so eine Anzeige – ›Hochschwangere blondgescheckte Frau um Ende dreißig entwendet verschiedene, zum Teil hochwertige Kleidungsstücke aus Penthouse‹ – eigentlich in Verbindung mit der hochschwangeren Blondgescheckten, die wegen Provozierens in einer Kneipe verhaftet worden war und vor Aufnahme der Personalien entlaufen? Ließ Norbert immer noch nach ihr suchen? Dass sie im Radio nie wieder so etwas gehört hatte, wollte ja nichts heißen.

Eventuell gab es Steckbriefe von ihr. Vielleicht lebte sie in der ständigen Gefahr, geschnappt und eingesperrt oder ihrem Mann ausgeliefert zu werden. Und selbst wenn das alles nicht zutraf: Spätestens, wenn das Kind kam, würde es Probleme geben.

Sie könnte von der Geburt auf der Straße überrascht werden, an einem ihrer Treppenhaus-Schlafplätze, in einem Bahnhof, so wie hier. Was dann? Es konnte immerhin passieren, dass sie – ohne irgendwelche Hilfe – dabei starb. Und falls die kleine Raupe es nicht schaffte (oder womöglich neben ihr in der Kälte liegen blieb), dann starb die auch. Der Gedanke war so traurig, dass er Lilly regelmäßig die Tränen in die Augen trieb. Hoffentlich erfuhr in diesem Fall wenigstens Norbert davon, damit ihn für den Rest seines Lebens ein schlechtes Gewissen quälte!

Eine andere Möglichkeit wäre, dass rechtzeitig irgendwer dafür sorgte, Lilly (oder Lilly & Raupe) in ein Krankenhaus zu schaffen. Verriet sie dort, wer sie war, dann würde über kurz oder lang Norbert auftauchen und seine entsetzlichen Pläne doch noch verwirklichen: Lilly in eine Anstalt, die Raupe in ein Waisenhaus. Das bedeutete, sie musste auf jeden Fall eine falsche Identität angeben und ein weiteres Mal fliehen – natürlich mit Kind. Bloß: wohin? Mit einem Neugeborenen in der Stadt umherlaufen, sich ab und zu auf Toiletten und Treppen ausruhen, vor der Polizei wegrennen? Woher nahm sie Windeln und Schnuller und Fencheltee und all diese Dinge, die ein Baby brauchte? Woher nahm sie allein Kleidung für so ein winziges Würmchen? Wenn Lilly an die süßen Sachen dachte, die sie bereits für die Raupe gestrickt hatte und die nun unnütz bei Püppi herumlagen kamen ihr ein weiteres Mal die Tränen.

Irgendwo musste es doch irgendeinen Ausweg geben? Aber es kam ihr vor, als bestünde das Labyrinth ihrer Gedanken nur aus Sackgassen und tote Enden. Lilly schauderte, teils auch durch ihre beginnende Erkältung. Sie beschloss, an etwas Netteres zu denken. Wie wäre das früher gewesen, wenn sie sich so mies fühlte?

Norbert hätte sich verabschiedet, glattrasiert und morgenfrisch, und ihr geraten, einfach im Bett zu bleiben. Frau Dietrich hätte ihr Frühstück auf einem kleinen Tablett gebracht, ein herrliches, weichgekochtes Ei, ein frisches, knuspriges Brötchen (an beidem hätte Lilly, zur Enttäuschung ihrer Haushälterin, nur herumgenascht) und, wegen des Halswehs, keinen Kaffee, sondern Tee mit

175

Zitronensaft. Frau Dietrich hätte sie bedauert, im Zimmer ein wenig aufgeräumt und geputzt, die Post geholt und geraten, sich ›gesund zu schlafen‹. Dann konnte Lilly sich im Bett zurecht kuscheln, lesen, vielleicht wirklich schlafen, aus dem Fenster in den kalten Tag gucken und ihre Erkältung genießen.

Die Dietrich liebte es, sie zu bemuttern, deshalb sah sie es gar nicht ungern, wenn Lilly sich ein wenig krank fühlte. ›Legen Sie sich man bloß etwas hin!‹ war einer ihrer häufigsten Sätze gewesen. Als Lilly damals nach der Unterleibsoperation aus der Klinik kam, hatte die Haushälterin ihr aus eigenen Stücken noch eine Woche Bettruhe verordnet und sie am Anfang mit einer Art Babykost gefüttert, Grießbrei vor allem, denn Lilly hatte Frau Dietrich mal erzählt, dass Elisabeth ihr den immer kochte, wenn sie krank war.

Lilly schluckte gewaltsam. Grießbrei. Sie konnte ihn geradezu riechen und schmecken – mit etwas Vanille oder Zitronenschale…

»Das wär auch was für dich, meine kleine Raupe«, flüsterte sie vor sich hin. Die Raupe verhielt sich still heute Morgen. Vielleicht schlief sie noch. Oder vielleicht – Lilly schluchzte unbewusst einmal leise auf – war das Kind in ihrem Bauch bereits verhungert…

Das brachte sie wieder auf das Thema Frühstück. Caligula machte gerade seinen Vorderpfotenstand vor dem Zeitung lesenden Mann, der ein Blätterteiggebäck aus einer Tüte gewickelt hatte und daran kaute.

Der Hund wurde angeschmunzelt und bekam den großen Restkanten des Kuchenstücks. Schluckend und sich die Schnauze leckend schlich er zu Lilly zurück. Auf die wirkte sein Nachschmatzen triumphierend, und sie murmelte: »Angeber!«

Sie hätte gern seine Fähigkeiten für sich selbst zum Betteln genutzt, aber sie wusste nicht, wie. Wenn er turnte und sie dabei stand, bekam sie höchstens ein anerkennendes Nicken und der Hund den Kuchen. Auf den nackten Boden konnte sie sich unmöglich setzen und sie besaß weder eine Decke noch ein Kissen, noch nicht mal Zeitungen.

Darüber hinaus fehlte ihr ein Hut oder ein Blechnapf oder sonst

176

etwas, das deutlich machte, wo die Leute ihre Münzen hinwerfen sollten. Mehr als alles andere jedoch fürchtete sie, wenn sie so da saß und die Blicke auf sich lenkte, könnten sie die falschen Mitmenschen erkennen.

Es hatte keinen Sinn.

Lilly beobachtete durch die gläserne Wand des Warteraums das große Restaurant im Bauch des Bahnhofes. Ein Schnellrestaurant: An den verschiedenen Büfetts holten die Leute sich Pommes frites oder Würstchen oder Gebäckstücke, bezahlten gleich und gingen mit ihrem Essen zu einem der Tische. Eine Frau in einem goldbraunen Pelzmantel zerrte gereizt ihren dicken Koffer, dessen Rollen nicht richtig funktionierten, hinter sich her, während sie in der anderen Hand einen Teller mit einem pizzaartigen Ding balancierte. Sie hatte sich gerade an einen Tisch gesetzt und zweimal geziert in das heiße Gebäck gebissen (wobei sie ihre engen dunklen Lederhandschuhe anbehielt, die sie gegen das Fett mit einer Papierserviette schützte), als eine Lautsprecherdurchsage sie hochscheuchte. Sie tupfte sich den Mund ab, ließ das Essen liegen, warf beim Aufstehen fast ihren Stuhl um, streifte sich den Handtaschenriemen über die Schulter und zerrte den ungehorsamen Koffer in Richtung Bahnsteige.

Auch der freundliche alte Herr im Warteraum verabschiedete sich von Caligula mit einem Nicken, nahm seine dicke Aktentasche und wanderte dem einfahrenden Zug entgegen.

Lilly stand auf, mied den Blick der eleganten Dame mit den hohen Absätzen, versuchte überhaupt, niemanden zu sehen, von niemandem gesehen zu werden, völlig unsichtbar zu sein, und ging weder langsam noch schnell auf den frisch verwaisten Restauranttisch zu. Hier setzte sie sich vor die Pizza, packte sie ebenfalls mit der Serviette (bemüht, die roten Lippenstiftflecke nicht zu berühren) und biss am entgegengesetzten Ende ab. Die Pizza war noch warm und kam ihr unglaublich köstlich vor. Sie aß zwar schnell, doch mit großem Wohlbehagen, denn ihre Erkältung war noch nicht so weit fortgeschritten, dass ihr der Geschmackssinn fehlte.

Das letzte Stückchen um die Einbissstellen der fremden Frau herum reichte sie unter dem Tisch an den Hund weiter, wischte sich abschließend die Finger an der Serviette ab, tippte ein paar letzte Krümel vom Teller und überlegte, ob so etwas hier öfter passierte oder ein ungewöhnlicher Glücksfall gewesen war.

Nun wurde sie durstig, und auch Problem Nummer zwei meldete sich wieder. Zeit, sich die Bahnhofstoiletten anzuschauen. Die befanden sich eine Rolltreppe tiefer, waren viel schneller zu erreichen und viel enttäuschender als die im Einkaufszentrum, fensterlos und eher schummrig. Im Vorraum las Lilly auf einem Schild noch mit innigem Einverständnis etwa Folgendes:

Liebe Gäste, hier reinigt die Firma Frisch und Firm.
Sollten Sie das Bedürfnis haben, den Angestellten der Firma
ein Trinkgeld zukommen zu lassen, dann bitte auf diesen Teller.
Danke.

Der Teller war leer. Entweder war noch niemand hier gewesen. Oder derjenige verspürte kein Bedürfnis *dieser* Art. Oder die Firma Frisch und Firm hatte den Teller bereits einmal geleert.

Wie weit entfernt, dachte Lilly, ist dies von einer strickenden, duttgekrönten Toilettenfrau, die jedes Mal die Klobrille abwischt und sich breit lächelnd über einen Groschen freute. Auf jeden Fall schien daraus hervorzugehen, dass die Toilettenbenutzung hier ›nach Belieben‹ kostete.

Sie bog um die Ecke und blieb ernüchtert stehen. Jede Toilettentür war mit einem Auswuchs geschmückt, einem eckigen Bauch sozusagen, in den 20-Cent-Münzen zu werfen waren, damit die Tür sich öffnen ließ. Schwangere Türen.

Lilly ging ärgerlich zurück in den Vorraum. Vielleicht war eine Frau mit einem sehr dringlichen Anliegen in diese Toilette gerannt? Vielleicht bemerkte sie, dass sie die entsprechenden Münzen zum Öffnen nicht besaß und entnahm sie schnell dem Teller für Frisch und Firm? Das hätte sie selbst auf jeden Fall getan.

Caligula stupste mehrmals mit der Schnauze gegen ihre Waden und musterte ausdrucksvoll das Waschbecken. Natürlich, das Tier hatte Durst. Wo er wohl etwas zu trinken herbekam, wenn er allein war?

Lilly ließ kaltes Wasser laufen, formte aus ihren Handflächen einen Becher, presste die Hände so fest wie möglich zusammen, füllte sie und beugte sich damit nach unten. Der Hund schlabberte sofort drauflos, als wäre er's gewöhnt. Nach fünf Handfüllungen war er zufrieden und trat zurück.

Während sie ihre Finger einseifte, überlegte Lilly, ob sie selbst auch aus dem wenig einladenden Waschbecken Wasser trinken sollte. Ganz nebenbei beneidete sie alle Männer, da sie in der Lage waren, zum Trotz in so ein Waschbecken zu pinkeln, wenn man ihnen schwangere Türen vorsetzte.

Sie hatte sich gerade entschieden, in diesem Bahnhofsklo lieber nicht zu trinken – als ein Mann das Klo betrat.

»Hier ist die Damentoilette!«, wies Lilly ihn zurecht. Vorübergehend vergaß sie immer noch, wer sie inzwischen war.

Der Mann grinste matt, wischte sich mit der flachen Hand über Mund und Kinn, bog um die Ecke den Toiletten zu und ließ sich hier einfach auf den Boden fallen, mit lang ausgestreckten Beinen.

Lilly und der Hund trabten hinter ihm her, um ihn neugierig zu betrachten. Ein noch junger Kerl, schmal und elend, bartstoppelig, mit grünblauen Ringen unter den Augen. Caligula wedelte schüchtern.

»Ist Ihnen nicht gut?«, erkundigte sich Lilly.

»Nee, dat kamma nu wiaklich nich sagn, dat mia gut wäa«, bekam sie zur Antwort.

»Haben Sie Hunger?«, fuhr Lilly fort – obwohl sie ja keine Möglichkeit gehabt hätte, dem abzuhelfen.

Er warf ihr nur einen schiefen Blick zu, wurstelte eine Reihe von Gegenständen aus verschiedenen Hosen- und Jackentaschen, darunter ein Feuerzeug, einen Suppenlöffel, einen alten Cola-Plastikbecher und eine Spritze und fragte schließlich: »Wisse nich'n Fotto machen, für wenne was vergessen tus? Wäa ja schade.« Und bevor Lilly darauf etwas sagen konnte: »Wenne da schonn rumstehen tus, denn mach dich doch ma nützlich un hilf mia ausse Jacke, Ker!«

Lilly watschelte herbei und schälte den jungen Mann aus seiner zu engen, stinkenden Jacke. Er krempelte den ebenfalls zu engen, verfilzten Pulloverärmel hoch und versuchte, einen Lederriemen mit Hilfe seiner Zähne um den linken Oberarm zu binden – was misslang. Lilly wartete diesmal nicht auf eine Aufforderung. Sie schnürte schön fest den Oberarm ab. Dabei erwähnte sie: »Ich dachte, Süchtige gibt es vor allem im Hauptbahnhof?«

»Die gibbt dat niagens mea«, wurde sie belehrt. »Disse Stadt is sauber. So, un nu mach ma voll hia!« Damit bekam Lilly den Plastikbecher in die Hand gedrückt, den sie ratlos anstarrte. Sie sollte doch wohl nicht – ?

Der magere Jüngling seufzte. »Mit Wasser. Mensch, Ker. Krichse dat hin? Un mach ma hinne, ja?«

Lilly lief zum Waschbecken, kam mit wassergefülltem Becher zurück und beobachtete schaudernd, wie der arme Kerl mit der Nadel seiner Spritze das im Löffel aufgekochte Gemisch hochzog und in seinem sowieso ramponierten Arm herumpiekte (als gehöre der jemand anderem), um die Vene zu finden. Warum tut der sich so was an?, fragte sich Lilly. Der zieht sich selber ins Elend, ganz freiwillig. Wenn er das lassen würde, ginge es ihm wahrscheinlich gut. Ich, ich kann ja nichts dafür, dass ich hier gelandet bin…

Gleich darauf lehnte der Mann sich aufatmend gegen die Klotür, mit halbgeschlossenen Augen, beinah lächelnd. Lilly und der Hund standen unschlüssig davor. Wurden sie noch gebraucht?

»Wat kann ich denn nu füa dich tun, Mädchen?«, fragte der Süchtige, inzwischen in recht aufgeräumtem Ton.

Sie zuckte mit den Schultern.

»Hasse Hunga, wat? Kannich auch nix bei machen. Mein Bein kannich dia anbieten, wenne wills. Oder ich kann dia noch wat anbieten, den kannse auch ham, den brauch ich sowieso nich mea, aussea zun Pullern…« Der Mann kicherte in sich hinein und schien mehr und mehr in einem Traumland zu verschwinden.

»Alles Gute jedenfalls«, wünschte Lilly verabschiedend und verließ mit dem Hund das Altonaer Damen-Bahnhofsklo. Sie würde wieder ins Mercado gehen. Da gefiel es ihr besser.

180

Wenn sie schon mal im Einkaufszentrum war, wollte sie auch noch einmal den netten Kellner besuchen. Sie setzte sich an denselben Platz wie am Vortag, ungefähr zur selben Zeit, als es leer war, und hoffte, dass er auch wieder da sein würde.

Doch, da kam er. Er war allerdings nicht übertrieben erfreut, sie wieder zu sehen. Eigentlich sah er eher etwas erschrocken aus. Er musterte sie besorgt und äußerte teilnahmsvoll: »Mit Ihnen stimmt doch irgendwas nicht? Kann ich Ihnen irgendwie helfen?«

»Ich habe Hunger!«, hauchte Lilly großäugig, hinfällig, ziemlich erkältet und sehr schwanger. Leider sagte er dazu keineswegs, sie möge mit in die Küche kommen. Er blickte vielmehr gedankenvoll in die Ferne, während er sich am Kinn kratzte, und meinte schließlich: »Kennen Sie den Mitternachtsbus?«

Lilly schüttelte den Kopf.

»Also, der fährt Essen rum in ganz Hamburg. Für Bedürftige. Nachts, wie der Name schon sagt, nicht wahr? Man muss nur wissen, wann er wo ist. Moment, das kriege ich raus für Sie. Ich weiß schon, wen ich da anrufe...« Der Kellner ging entschlossen davon. Lilly schluckte mit zusammengebissenen Zähnen. Ihr Hals schwoll immer mehr zu. Immerhin lebte ihr Baby noch: Es tobte ausgelassen herum unter dem teuren Herrenpullover.

Nach einer guten Viertelstunde kam der Kellner wieder. Er schwenkte einen Zettel und sah stolz und zufrieden aus.

»So. Hier haben wir's! Also, der Mitternachtsbus kommt Freitagabend zum Gerhard-Hauptmann-Platz, Sie wissen schon, in der Innenstadt, Mönckebergstraße. So gegen neun oder halb neun, glaube ich. Heiße Suppe haben die bestimmt auch, obwohl, das weiß ich jetzt nicht so genau...«

»So spät?«, fragte Lilly kläglich, »erst abends?«

»Natürlich. Es heißt ja ›Mitternachtsbus‹, nicht wahr? Da gehen Sie man mal hin!«, empfahl der Kellner. »Denn hier«, fuhr er freundlich, aber energisch fort, »können Sie ja nicht bleiben, nicht wahr? Das geht nicht!« Und er wischte entschieden den Tisch ab, sodass Lilly die Ellbogen wegnehmen musste.

»Danke«, sagte sie halbherzig, stand auf und humpelte langsam davon. Caligula trippelte hinterher. Es war bestimmt nett gemeint und der Mann hatte sich die Mühe gemacht, herum zu telefonieren. Sie fand jedoch trotzdem, er hätte sie ruhig mit in die Küche nehmen können. Oder ihr eine nette kleine Suppe oder einen Pudding hinstellen. Das kostete schließlich auch nicht alle Welt.

Lilly trat aus dem Mercado in die frühe Dämmerung und Kälte. Sie hinkte ungefähr fünf Schritte in Richtung Innenstadt (inzwischen merkte sie recht schmerzlich, dass ihr die Schuhe der Fotografin zu klein waren), blieb stehen und dachte an die unendlich vielen Schritte, die sie noch zu gehen hatte, bis sie bei der Mönckebergstraße war. Das konnte sie eigentlich auch dem Hund nicht zumuten, der besaß ja nur ganz dünne Beinchen.

»Wir nehmen die Bahn!«, teilte sie ihm mit und bog ab Richtung Bahnhof. Sie umklammerte die Medaille der Maria in ihrer Jackentasche (gut, dass Regine Visier nicht auch noch darauf verfallen war, die Steppjacke in ihre Waschmaschine zu stecken!) und bat innerlich: Hilf bitte, dass wir nicht erwischt werden!

Blieb zu hoffen, dass die Maria voller Gnaden verbotenen Dingen gegenüber eine grundlegend andere Einstellung hegte als Elisabeth. Was sie offenbar tat: Lilly und Caligula erreichten den Hauptbahnhof ohne jede Fahrkartenkontrolle oder andere Belästigung. Hier erklang gerade eine französische Suite von Bach, und Lilly humpelte ganz langsam, um die schöne Musik zu genießen.

Sie hatte inzwischen die Weihnachtsmarktbuden vergessen, die über die Mönckebergstraße und ihre Umgebung gesprenkelt waren. Hier herrschte enormes Gedränge durch Menschen, die es eilig hatten und die sich rücksichtslos oder verbindlich hindurchschlängelten und andere, denen der Rotweinpunsch schon in den Knien saß und die es überhaupt nicht eilig hatten.

Penner gab es auch überall. Lilly schaute sie nach Möglichkeit gar nicht an. Sie hoffte, am Essen des Mitternachtsbusses teilnehmen zu können, ohne dabei aufzufallen. Hinderlich war dabei der Hund, der schlichtweg jeden Asozialen Hamburgs zu kennen schien und aus dem Wedeln und Hochspringen gar nicht mehr heraus kam.

»Lass das!«, schnauzte Lilly ihn wütend an. Caligula duckte sich und legte die Ohren an, ahnte jedoch nicht, was sie verdross und begrüßte den nächsten abenteuerlichen Typen wieder hocherfreut.

Ihr Hals fühlte sich inzwischen noch viel dicker und rauer an als am Morgen und ihr Magen krampfte ganz fürchterlich vor Hunger. Sie musste dauernd an die heiße Suppe denken. Was das wohl für eine sein mochte? Kartoffelsuppe wäre schön. Oder Hühnersuppe! Ob es so etwas Teures gab? Letztendlich wäre sie genau so froh und glücklich über Linsensuppe oder Bohnensuppe oder sonst was Rustikales. Hauptsache, warm und zu essen! Ob die Brot dazu austeilten?

Sie begab sich schon mal zum Gerhard-Hauptmann-Platz, obwohl es noch nicht halb neun war. Außer ihr stand hier niemand. Zwei Personen eilten über den Platz und wirkten nicht im Geringsten wartend.

Lilly blickte sich um und überlegte, wo sie sich ausruhen könnte. Bänke gab es ja genug, doch um sich hinzusetzen war es eigentlich viel zu kalt. Sie tat es trotzdem, parkte ihr Hinterteil in der geklauten, umgekrempelten Jeans ein Weilchen seitlich auf einer Bank, bekam jedoch schnell das Gefühl, dass ihre Nieren Raureif ansetzten.

Rechts leuchtete so freundlich der Eingang zur Landesbank-Galerie, und Lilly ging dort hinein und wandelte in ihren zu engen Schuhen an den Schaufenstern entlang, den hässlichen kleinen Hund dicht hinter sich. Schließlich wagte sie es, sich auf die zweitunterste Stufe der mittleren Treppe zu hocken. Sie streichelte Caligula, als sei er der Grund dafür, dass sie sich niedergelassen hatte.

Sie saß noch keine fünf Minuten, da tauchte ein Männchen in Uniform auf, das ein Funkgerät in der Hand hielt und in völlig höflichem Ton anmerkte: »Tut mir Leid, hier können Sie nicht sitzen.«

Lilly war zu erschöpft, um sofort aufzuspringen. Sie hob nur den Kopf und erklärte ebenso höflich: »Ich muss einfach einen Augenblick sitzen, verstehen Sie? Ich bin im achten Monat...« Sie unterdrückte den Zusatz: ›Glaube ich wenigstens.‹

»Ich verstehe, dass Sie sitzen müssen. Aber *hier* können Sie nicht sitzen«, wiederholte der Uniformierte.

»Wo kann ich denn dann sitzen?«

»In jedem beliebigen Restaurant hier in der Galerie!«, versicherte der Mann ohne jeden Hohn. Lilly zog sich am Treppengeländer hoch und verließ die warme, windgeschützte Galerie, um sich draußen auf einer Bank wieder die Nieren zu vereisen.

Sie philosophierte darüber, wie viel einfacher das alles im Sommer sein musste. Da konnte man sich jedenfalls in aller Ruhe hinsetzen, wo man wollte, notfalls auf den Boden. Im Winter und auch noch bei so einer ungewöhnlichen Kälte war man gezwungen, immer in Bewegung zu bleiben, wie ein Hamster im Laufrad.

Warum ist es überhaupt so kalt?, wunderte sich Lilly. In den letzten Jahren gab es doch immer nur ganz läppische, milde Winter. Gloria hat noch im August gesagt, sie hat gar keine Lust, den Gärtner im Herbst zu bestellen, um ihren Garten winterfest machen zu lassen, da kommt ja doch kein richtiger Winter und alle Insekten überleben regelmäßig. Wieso herrscht eigentlich ausgerechnet und betont *jetzt* Dauerfrost, wo ich mal obdachlos bin?

Aus einem Restaurant über ihr erklangen gedämpfte Rhythmen, sang eine weiche Männerstimme. Spanisch? Nein, diese Miau-Laute waren portugiesisch. Vermutlich brasilianische Musik. Lilly stellte sich vor, wie die Leute in dem warmen, gemütlichen Restaurant saßen, gedämpft miteinander plauderten, die Musik im Hintergrund kaum bemerkten und ohne besonderen Enthusiasmus brasilianisches Essen zu sich nahmen. Was mochte das sein? Schwarze Bohnen mit scharfgewürztem Rindfleisch?

Sofort sprudelten alle Speichelquellen in ihrem Mund. Dabei hatte sie sich nie etwas aus schwarzen Bohnen gemacht.

Sie bekam einen kurzen Niesanfall und wischte sich mit dem Ärmel die Nase. Na prima, jetzt fingen ihre Ohren auch schon an, wehzutun. Kein Wunder, wenn sie hier im Gefrierfach kauerte. Wann kam dieser Bus denn endlich?

Immer noch wartete niemand außer ihr und dem Hund. Ob der Tipp überhaupt stimmte? Hatte der Kellner sie nur loswerden wollen und schickte sie dazu in die Innenstadt? Am Freitagabend kommt der Mitternachtsbus zum Gerhard-Hauptmann-Platz, hatte er gesagt.

Ist denn überhaupt Freitag?, fragte sich Lilly plötzlich erschrocken. Sie versuchte, nachzurechnen: Am Samstag, dem siebten Dezember, war sie mit Inken und der ›netten Clique‹ auf dem Dom gewesen. Am Sonntag in der griechischen Kirche, nachmittags wieder auf dem Dom und mitten in der Nacht mit Kalle weg. Am Montag hatte sie den Professor und Goofy kennen gelernt, nachts im Schrebergarten geschlafen. Am Tag darauf, Dienstag, hockte sie in Steffis Kneipe, wurde verhaftet und schlief in einem Treppenhaus. Den Mittwoch verbrachte sie tagsüber im Mercado und abends bei der verrückten Fotografin.

Lilly brach unwillkürlich in Tränen aus, sie konnte es nicht verhindern. Heute war erst Donnerstag, der zwölfte! Freitag, der dreizehnte, kam erst noch und warf bereits seine Schatten voraus. Sie saß hier völlig umsonst, vierundzwanzig Stunden zu früh!

Sie weinte ziemlich laut, und Caligula drängte sich gegen ihre Beine und tippte ihr immer wieder eine Vorderpfote aufs Knie. Vielleicht dachte er, sie heulte seinetwegen.

»Wat weenste denn? Wat haste denn?«, fragte eine Männerstimme so dicht neben ihrem Ohr, dass Lilly vor Schreck fast ohnmächtig wurde. Sie fuhr zurück und erblickte einen fusselbärtigen, graugesträhnten Penner mit Rucksack und zusammengerolltem Schlafsack auf dem Rücken, der sich mitleidig über sie beugte. Caligula begrüßte ihn mit kleinen Freudesprüngen.

»Sare ma, is det nich die kleene Töle von Moloch-Kalle?«

»Ja. Im Moment hab ich ihn aber.«

»Ick vastehe. Na jut, un wat haste nu?«

»Ich hab den Mitternachtsbus verpasst«, brachte Lilly klagend hervor, »beziehungsweise der kommt erst morgen. Bis dahin bin ich verhungert.«

»Hast'et mit Schließfächa vasucht?«, fragte der Penner nach einigem Nachdenken.

»Ist da was zu essen drin?«

Er musterte sie kritisch, ob sie ihn verschaukeln wollte, merkte dann jedoch, dass sie offenbar wirklich so blöd war. »Nee, zu essen natürlich nüscht. Obwohl, man weeß et nie. Aba manchma is da Jeld drin. Muste ma kieken.«

»Im Hauptbahnhof?«

»Na sicha.«

»Danke!«

Lilly zog los. Im Moment machte ihr das Laufen geradezu Freude, weil es besser war als das Dasitzen und frieren. Wenn ihr nur nicht ständig auch die Nase gelaufen wäre...

Was die Schließfächer anging: Mit denen beschäftigte sich gerade ein mageres kleines Wesen mit schwarzen Zöpfen, Stülpnase und großen dunklen Augen, behängt mit Schlafsack und Tüten. Sie untersuchte schnell und geschickt die offenen Fächer und rüttelte versuchsweise an den geschlossenen. Offensichtlich machte sie dabei irgendeine Beute, denn sie steckte etwas in die Tasche. Dann bemerkte sie Lilly, die sich im Hintergrund herumdrückte, und sie rief mit böser, quäkender Stimme: »Veäpiss dich mo, Tante, odä ich dresch diä dein Balch aussem Köpä!«

Lilly floh entsetzt. Es gab ja noch mehr Schließfächer. Doch leider ohne irgendeinen ergiebigen Inhalt für sie.

Genau so erfolglos blieb diesmal ihr Herumlungern um Schnellrestaurants und Imbisse. Niemand ließ etwas liegen. Allerdings warf vor ihren Augen jemand im Vorbeigehen lässig ein halbes Blätterteighörnchen in eine Mülltonne – aber Lilly traute sich nicht, es da herauszuholen. Weniger, weil sie sich ekelte, als vielmehr, weil sie fürchtete, dabei beobachtet zu werden. Sie war kaum drei Schritte weiter gegangen, als sie überrascht sah, wie ein schmales Mannsbild schnell und unauffällig in die kleine Tonne griff, das Hörnchen herausholte und im Weitergehen davon abbiss, so selbstverständlich und nebenbei, dass es überhaupt nicht auffiel. Ein Mann mit dunklem Schlapphut war das, auf den ersten Blick nicht einmal sonderlich abgerissen oder schmutzig, sein Gesicht war sogar glattrasiert. Allerdings fiel beim zweiten Blick auf, dass er den Mantel auf eine Weise bis oben hin zugeknöpft hatte, die vermuten ließ, er wollte verbergen, was er darunter trug (nichts?!) und dass seine hellen Turnstiefel ziemlich zerfetzt aussahen und überhaupt nicht zu dem grauen Tuchmantel passen wollten. Lilly begegnete ganz kurz seinen Augen, und sie empfand, dass er Gelassenheit und Kälte nur vorgab und vor allem trotzig zu sein schien. Nebenbei registrierte sie, dass Kalles Hund diesen Menschen ausnahmsweise mal nicht begrüßt hatte.

Gegen halb zehn schlenderten zwei abenteuerliche Typen – Bekannte Caligulas – an ihr vorbei, die jeweils in beiden Händen belegte Brote trugen, mit dicken Backen kauten und sich dabei noch unterhielten. Lilly schnappte etwas auf von: »Lecker, mein Lieber!« und »Bloß Kaffee? Ich hab Kaffee *und* Tee genommen *und* Suppe...«

Lilly stellte sich den beiden in den Weg und flehte: »Wo gibt's denn was, bitte?«

Der mit den Rastalocken schien nicht geneigt, zu antworten, aber sein Kumpel hatte weniger Hemmungen. Er schluckte einmal kurz hinunter, biss wieder ab und wies mit dem Kopf in Richtung Ausgang: »Da hinten, irgendwo beim Hachmannplatz. Aber mach zu, die wollten gleich weiter!«

Sie machte zu, sie rannte los, so schnell es nur irgend ging, mit den kaputten Füßen und dem dicken Bauch. Caligulas Pfoten prasselten hinter ihr her. Lilly wusste nicht so genau, wo der Hachmannplatz lag. Menschen, die sie fragte, wussten es auch nicht so genau. Als sie ihn endlich fand, war da nichts. Auch keine anderen essenden Leute. Sie ließ keuchend die Schultern hängen und wischte sich – inzwischen schon mechanisch – die Nase mit dem Ärmel ab.

Aber – die hatten doch wirkliche, echte Brote gehabt?

Sie begann, alle möglichen Vorübergehenden damit zu belästigen: War hier irgendwo eine Art Essensausgabe?

Einige antworteten vergleichsweise freundlich, höflich, bedauernd.

Andere wurden frech oder obszön.

Manche schoben sie einfach ungeduldig beiseite.

Ein netter Grenzschutzbeamter, der aus seinem am Hauptbahnhof klebenden Schuppen kam, gab ihr den Tipp: »Flitz mal da um die Ecke rechts, Kleine. Ich glaub, da waren sie vorhin…«

Lilly und der Hund flitzten.

Und wirklich, auf der anderen Straßenseite, in der Nähe des Saturn, stand ein kleiner Bus am Straßenrand (›Jesus lebt‹ stand darauf), davor so was wie eine Theke, dahinter Menschen, die austeilten, davor Menschen, die entgegennahmen!

Lilly drückte sich schüchtern am Rand herum, bis sie herangewinkt wurde. Eine Frau mit lockigem Haar und mildem Gesicht rief mit mütterlicher Fürsorge: »Möchten Sie auch etwas essen?«

Lilly nickte und fragte hoffnungsvoll: »Suppe?«

Das Gesicht der Frau wurde richtig traurig. »Tut mir so Leid, Suppe ist alle. Die heißen Getränke auch. Wollen Sie vielleicht ein belegtes Brot?« – und sie hielt Lilly eine Plastiktüte hin, aus der es nach Leberwurst duftete. Lillys Hand schlüpfte in die Tüte und griff nach einem Brot, spürte es schon mit den Fingerspitzen – doch die Frau schüttelte den Kopf, zog ihr die Tüte wieder weg (Lilly hätte vor Enttäuschung fast geschrien), wickelte sie zusammen und reichte sie im Ganzen hinüber: »Nehmen Sie doch alles, da sind noch vier Scheiben drin!«, erklärte sie.

Lilly umklammerte das Paket und humpelte damit los. Sie suchte eine Nische, irgendein Plätzchen, um in Ruhe zu essen. Schließlich prallte sie fast gegen einen Widder aus Metall, der, gemeinsam mit zwei Schafen, auf einem Sockel stand. Wenige Meter entfernt befand sich ein anderer Sockel mit derselben Tiergruppe. Lilly hockte sich zwischen die Tiere auf den Boden, riss die Tüte auf und wickelte das erste Brot aus. Ein wenig verspürte sie noch vom Aroma der feinen Leberwurst, so voll ihre Nase auch war. Vollkommen frisches Brot mit weichem Kern und knuspriger Kante, großzügig mit Butter und Leberwurst bestrichen. Lilly stopfte sich den Mund übervoll, sie selbst bildete für einen Moment nur noch die dünne Hülle für das köstliche Leberwurstbrot. Sie schmatzte laut, mit geöffnetem Mund, und achtete nicht darauf, dass ihr schon wieder die Nase lief.

Caligula stellte sich kurz auf seine zitternden Vorderpfoten, direkt vor ihrer Nase. »Ist ja schon gut – komm runter – natürlich kriegst du was ab!«, beschwichtigte Lilly ihn beschämt. (Denn tatsächlich hatte sie ihn vergessen.)

Sie teilte auf: »Guck, hier – eins für mich und noch eins für mich und eins für die kleine Raupe... Und noch ein halbes für mich, in Ordnung? Dieses halbe bekommst du. Aber erst zum Schluss, sonst bettelst du weiter und lässt mich nicht in Ruhe essen...«

Das Brot war viel zu schnell verspeist. Der Hund schleckte sorgfältig alle Krümel aus seinem Brustfell, Lilly leckte das Papier ab, an dem noch Leberwurstspuren klebten. Sie blieb müde am Platz hocken, im weitesten Sinne so etwas wie satt. Sie begann, sich an die Wand zu lehnen. Ob sie hier nicht ein bisschen schlafen konnte?

Ein wenig funktionierte ihr Geruchssinn ja noch, und nach und nach nahm sie etwas wahr, eine sonderbares Aroma, das sie irgendwie dunkel an ihre Kindheit erinnerte, und zwar an etwas Unerfreuliches – was war das bloß? Sie glaubte, Elisabeths schimpfende Stimme undeutlich zu hören: »Dabei sind die wirklich gesund, du stellst dich immer an, wir sind nun mal keine reichen Leute und können nicht immer die teuersten Sachen essen...«

Nieren! Damit hatte ihre Mutter sie hin und wieder in ihrer Kindheit gequält, mit diesem grünlich braunen, ziemlich glatten Fleisch, das so einen unangenehmen Beigeschmack besaß, und wenn Elisabeth es noch so lange gewässert oder in Milch eingelegt hatte, es erinnerte trotzdem immer noch an das, wozu Niere mal da gewesen waren – an Pipi!

Lilly fuhr so plötzlich hoch, dass Caligula erschrocken zurückprallte. Sie lief hastig mehrere Schritte beiseite. Der Hund schaute sie zweifelnd an.

»Wir haben in einer Pinkelstätte gesessen!«, teilte sie ihm angeekelt mit. Und sie lief los, wie der Hamster in seinem Laufrad, diesmal wieder auf den Hauptbahnhof zu.

Hier traf sie den schwerbepackten, fusselbärtigen Penner wieder, der ihr den Tipp mit den Schließfächern erteilt hatte. Er gab schon wieder einen guten Ratschlag: »Hia rum is heute nich jut füa üba Nacht, weeste. Heute nich. Vapiesel dia ma lieba.«

»Wohin denn?« fragte Lilly klagend, müde, wie sie war.

Sein Blick fuhr sinnend an ihr rauf und runter, und er fasste schließlich zusammen: »Du hast ooch jaanüscht, waa?«

»Das kann man wohl sagen«, stimmte Lilly zu.

»Keen Schlafsack, keene Decke, keen jaanüscht – nich mal 'ne Tüte!«

Lilly gab das zu und zuckte hilflos die Schultern.

»Ja, willste denn nich inne Mission? Oder Piek As oda so wat... so, wiede bist, kannste doch nich draußn schlafn!«

Missionen? Die wollten bestimmt Personalien wissen.

Sie schüttelte den Kopf. »Das geht leider nicht«, sagte sie, als erteile sie eine Absage, die vor allem ihn anging.

»Ja, aber so mit dein Bauch...« Er schüttelte den Kopf. »Denn kannste nua kiekn, det de in' Jeschäftseinjank unterkomm tust. Pass uff, det da keen Jitter inne Decke is, det kommt denn uff eenma runterjeprasselt und tut dia weh oder sperrt dia in – da musste auf achtn, waa. Det machen manche Jeschäftebesitza, damit keen Aas vor ihre Türe pennt.«

»Aber weshalb denn nicht?«, fragte Lilly, sozial empört. »Was tut ihnen denn das? Da kann doch ruhig nachts jemand liegen, das schadet doch keinem...«

»Na jaaa. Manchma ehmt doch. Wenn die morjens aus ihre Türe kieken hamse da 'n Haufn als Suwenia, waa... Oda eena hat det Kotzen jekricht, kannste allet ham. Manche randalian ooch und denn jeht wat zu Bruch. Also, 'n bisken vastehn kannste det schon«, verteidigte der Penner die Ladenbesitzer. »Anderaseits – et jibt ooch welche, die ham da nischt dajejen. Im Jejenteil. Die finden det jut, wenn 'n Tippelbruda in ihre Türe pennt, so wie 'n Wachhund, vastehste. Damit keen andera da 'n Bruch machen tut. Aba *die* Einjänge sind natirlich besetzt, vasteht sich. Det sind Stammplätze.«

Lilly und Caligula wanderten lange umher und suchten nach einem passenden Ladeneingang. Einer war zu hell, einer zu finster, einer zu abschüssig – da rutschte man im Schlaf bestimmt auf den Bürgersteig. Bei mehreren entdeckte Lilly das bewusste Gitter, manchmal sowieso schon geschlossen. In den wenigen wirklich versteckten, geschützten Eingängen lag natürlich jemand, beneidenswert im Schlafsack und zusätzlich auf einer Isomatte.

Dabei fühlte sie sich immer elender. So schlimm erkältet war sie noch nie gewesen. Wenn sie sich früher mal einen Virus aufschnappte, dann legte sie sich eben sofort hin, oder sie nahm ein heißes Bad mit Eukalyptusöl und sie trank Zitronensaft und schluckte Vitamin-Tabletten, und ja: Propolis! Das war ein Tipp von Frau Dietrich, die einen anthroposophischen Malkurs mitmachte und ein Heft namens Esotera las und zum Heilpraktiker ging statt zum Arzt, obwohl ihre Kasse dafür nicht zahlte. Propolis – das waren große Kapseln, die irgendeinen virenfeindlichen Wirkstoff von Bienen für Bienenköniginnen enthielten. In der Gebrauchsanweisung stand nur, es stärke die Abwehrkräfte und man sollte es zwei- bis dreimal täglich schlucken. Aber Frau Dietrich hatte gehört, wenn man gleich am Anfang einer Erkältung, bei den allerersten Symptomen, sechs bis zehn dieser Kapseln auf einmal schlucke, dann könnte man die Viren noch vertreiben. Und dreimal täglich drei bis vier der Kapseln erleichterten eine Grippe und machten sie klein und harmlos. Propolis hatte Lilly immer im Hause gehabt. (Norbert wusste nichts davon; der war sowieso schulmedizinisch orientiert.) Wenn sie davon doch welche nehmen könnte – sie würde sich sofort viel besser fühlen! Doch sie erinnerte sich auch, wie teuer das Zeug gewesen war...

Gegen halb zwölf hätte Lilly auch im Stehen schlafen können, ungeachtet der Kälte. Sie zitterte sowieso gewohnheitsmäßig.

Da fand sie den sauberen, adretten Eingang zu einem großen, renommierten alten Modehaus. Völlig leer, obwohl er so gut aussah!

Hier hatte sie mal eine seidene Krawatte für Norbert ausgesucht, hier sollte sie Gloria beraten, als die sich ein schickes Cape zulegte, hier hatte Elisabeth ihr vor unendlich langer Zeit ein Konfirmationskleid gekauft, denn es sollte doch etwas wirklich Schönes sein, und ein kirchengläubiger Pate hatte damals auch noch was dazu gegeben.

Lilly kauerte sich lächelnd in die Ecke des Eingangs, lehnte den Kopf an die Wand, schloss die Augen und schlief in derselben Sekunde ein. Sie merkte kaum noch, wie der Hund sich seitlich an sie kuschelte.

Dann wurde sie wieder aus diesem Schlaf gerissen, weil irgendeine Katastrophe passierte. Der Hund kläffte wild, schrill und böse, während er sich zwischendurch wie verrückt schüttelte, sie selbst taumelte instinktiv hoch und blindlings davon, um sich zu retten, zu retten – wovor eigentlich? Vor dem Ersäuftwerden.

Denn aus der Wand, neben der sie gelegen hatte, aus einem runden, klingelknopfartigem Gebilde, das ihr vorher gar nicht aufgefallen war, sprudelte kaltes Wasser, hatte sie und den Hund durchnässt, fast weggespült, und lief noch weiter, um ihre Füße herum.

Lilly trat beiseite und drückte benommen, schnatternd, die Nässe aus ihren Hosenbeinen, während sie fassungslos auf diesen Sturzbach starrte. Wie konnte denn das bloß passieren?

Hinter ihr lachte eine bösartige, quäkende Stimme.

Lilly fuhr herum. Da stand die Kleine mit den schwarzen Zöpfen, die sie von den Schließfächern verjagt hatte, stand da, behängt mit ihrem Schlafsack und mehreren vollen Tüten, und lachte, dass man ihren Gaumen sehen konnte. Besonders kaputte Zähne hatte sie übrigens nicht, sie war wohl noch sehr jung. Caligula erkannte sie und trabte wedelnd auf sie zu. Dann schüttelte er sich ein weiteres Mal, und das Mädchen sprang schnell beiseite.

»Wolls du mo 'n büschn duschn?«

Lilly fand keine Antwort. Sie konnte auch nichts dagegen machen, dass ihr die Tränen übers Gesicht liefen. Die Nase lief gleich wieder mit.

»Sach mo, is das nicht den Kalle sein Ködä? Ooooch, nu wein man nich. Du has auf 'm Pennermeldä gepooft. Kommt ja vor.« Und auf Lillys verwirrten Blick erklärte sie ausführlicher: »Was 'n

Feuämeldä is, weiss ja wohl? Der lässt Wassä, wenn er Rauch mit-
kricht. Und das Ding da anne Seidde lässt eem Wassä bei Köber-
wäame von 'n Menschen. Da wern Gäste wechgespüelt wie in Klo.
Issas nicht praktisch? Mussu zugem.«

Lilly gab zu, dass es ungeheuer patent sei. Sie trat ein paar
Schritte zurück, um an der Fassade des großen alten Modehauses
hoch zu blicken und erheiterte die kleine Göre ganz fürchterlich,
indem sie verkündete, wenn sie mal wieder reich sei, würde sie
niemals mehr hier kaufen. Im Grunde hätten die sowieso nur spie-
ßige Tantchen-Mode.

»Du machst deen ja schlaflose Nächte! Komm, zeich mo – bist
du doll nass? Ach so, ich bin Baba...«, stellte das Mädchen sich
nebenbei vor. Es untersuchte Lillys Klamotten und fand: »Füä 'ne
Erkäldung reicht das.«

»Da hab ich ja Glück. Erkältet bin ich schon.«

Baba lachte noch einmal meckernd und zog Lilly am nassen
Ärmel hinter sich her: »Komm mo mit, dassas einzichse, was miä
einfällt...«

Sie trabten die jetzt völlig leere und einsame Mönckebergstraße
hinunter, fast bis zum Rathausmarkt. Kurz vorher blieb Baba stehen, direkt in Front der Hamburger-Abendblatt-Zentrale, zerrte
Lilly noch ein Stückchen dichter an die Hauswand, auf einen läng-
lichen Rost, und machte triumphierend: »Wa!?«

Lilly spürte aufs Angenehmste, wie sanfte Wärme aus der Tiefe
zu ihr aufstieg, verbunden mit leichtem Dröhnen und Vibrieren.
Es war der umgekehrte Effekt zu Marilyn Monroe, die in der
nächtlichen Großstadthitze einen kalten Luftzug von unten ge-
nießt, wobei ihr Kleidchen hochfliegt.

»Kannst dich auch eem hinsetzn, du und dein Ködä, bis ihr 'n
büschen trocken seid. Ich pass auf!«, versprach Baba großzügig.
»Issas nich gut?«

»Es ist wunderbar. Wenn ich mal wieder viel Geld habe, werde
ich das Abendblatt abonnieren.«

»Mach ma ruhich. Ja, un wenu troggn bis, kommsu mit zu mein
Platz, wo ich schlaf. Ich geb dir eem eine von mein Deggen, gut,

wie ich bin, und 'n Haufn Zeiddung besorch ich dir auch. Is nicht schwer hier, rundum sind viele Zeiddungshäuser. Ja, was gucksu so groß? Lesen soss die nicht, du soss da auf penn, Manno.« Sie begann, eine Zigarette zu drehen und bot sie, als sie fertig war, Lilly an.

Die lehnte ab: »Danke, ich rauche nicht. Wäre auch nicht gut für mein Baby.« Was Baba nicht wenig zu verblüffen schien. Sie zündete sich die Zigarette also selbst an, zog gleich darauf ein flaches Fläschchen aus einer hinteren Hosentasche und offerierte sie: »Hier, aber 'n kräfdign Schluck nimms ma, schon weilu so nass bis.«

»Lass mal. Das tut dem Baby bestimmt auch nicht gut«, erwiderte Lilly höflich und wechselte die Haltung, um auch an anderen Stellen zu trocknen.

Ihre neue Freundin riss ihre großen schwarzen Augen überweit auf. »Du nimms kein einzichsen Schluck und keine Zigaredde wegn dein Göa? Wo komms du denn heä, sach mo? Außen Klostä oder außen Himmel?«

Im 10. Kapitel

stoßen wir auf eine traurige Mitteilung –
beraten Fachleute, was nun geschehen soll –
begegnen wir Gloria wieder –
und erleben das Gefühl von echtem Reichtum

Als Lilly Goofy, Kurt und dem Professor am nächsten Morgen wieder begegnete, weinte sie. Nicht vor Glück über das Wiedersehen, sondern vor Kummer.

Baba versorgte sie ab und zu mit abgerissenen Blättern einer Klorolle und schimpfte: »Nu höa doch ma auf, Manno! Denk doch da mo an, dassas nich gut is füa dein Göa! Un wo diä *schon* immer die Nase wechläuft. Erkäldet is sie nämmlich auch noch«, erklärte sie den anderen Pennern. Sie saßen alle auf dem Mäuerchen beim Kaffee-Stehausschank, an dem Kalle Lilly Anfang der Woche seine Freunde vorgestellt hatte.

Lilly rieb sich die Augen trocken, schnupfte ihre bereits wundgeriebene Oberlippe in einem Stück Klopapier, blickte starr vor sich hin und ließ das Wasser von unten her wieder in ihre geröteten Augen steigen, bis sie überliefen.

»Das ist doch unsere Libelle, hallo! Was ist denn passiert?«, wollte der Professor wissen.

»Heissi Libelle?«, staunte Baba. »Ich denk, sie heiß Lilly.«

»Du siehst doch, dass sie Flügel hat. Warum weinest du denn so, du kleines schwangeres Insekt?«

Da Lilly nicht antwortete, musste Baba es ihm sagen: »Sie hat Zeiddung gelesn.«

»Da kannst auch das Heulen von kriegen«, stimmte Kurt zu.

»Neee… Jaaa… Wir ham Zeiddung besorcht, damit sie das warm hat unnern Aasch so ohne Isomadde un alles, un das warn nu alde Blädder, von letzn Heabst, un da mussi nu patu in schmöggern un denn steht da ausgerechned 'ne Schtorri übä ian Keal, hiä den Vaddä vonnas Göa. Wie sie ihn dotgeschossn ham un alles. Mit Bildä! Mannomann. Auch'n aldes Bild, wo er noch auf lebt. Nu heuelt sie in eim wech. Ich weiß nich, wo ich sie abstelln soll. Un denn...« Baba konnte nicht umhin, das Aufregendste an Lilly zu verraten: »Und denn will sie kein Schnaps un keine Zigaredden. Keine Einzichse!«

Die anderen Penner, alle leicht angeduselt und von Rauch umwölkt, blickten Lilly befremdet an.

Die weinte weiter ins Klopapier und betrachtete zwischendurch das schwarz-weiß-gerasterte Bild von Claudio, auf dem er unter seinen dunklen Wuschellocken fröhlich strahlte. Sie hatte es aus der Zeitung gerissen, denn es war viel schöner als ihr altes von ihm, das mit der Handtasche verloren gegangen war. Nun würde sie der Raupe vielleicht eines Tages doch mal zeigen können, wie Papi ausgesehen hatte.

Baba, Kurt, Goofy und der Professor guckten immer noch etwas hilflos auf die trostlose Libelle in ihrer Mitte. Dann sagte Goofy: »Da kommt Heike!« Es klang wie ›da kommt Rettung‹.

Eine große, breite Frau von unbestimmtem Alter mit einem Krückstock humpelte würdevoll auf die Gesellschaft zu, musterte die Anwesenden aus klaren hellen Augen und tätschelte den Hund, der ihr entgegengesprungen war. »Ihr seht so aus, als hättet ihr Probleme!«, stellte sie fest. Als niemand antwortete, sondern alle nur ratlose Gesichter machten, lachte sie, heiser gurgelnd, aber sehr vergnügt.

Die Libelle wurde ihr vorgestellt, und sie lachte wieder. »Jetzt haben wir schon Motte, Spinne und Brummer, dazu also noch eine Libelle. Hoffentlich kommt nicht mal einer vom Senat auf die Idee, Insektenvertilgungsmittel anzuwenden!«

So, wie die anderen sich mit Heike unterhielten, musste sie dazu gehören zur großen Familie der Hamburger Stadtstreicher, obwohl sie Lilly auf irgendeine Art anders vorkam. Sie redeten über gemeinsame Bekannte, über eventuelle Sozialhilfe für irgendeinen ›Brummer‹, über die Obdachlosenzeitung Hinz & Kunzt, die Heike offenbar verkaufte (sie trug einen Packen der Dezember-

Ausgabe bei sich). Ihre Kleidung war ohne Eleganz, warm und zweckmäßig, ihr Gesicht wettergegerbt, die runden Bäckchen von rote Adern durchzogen.

Baba schilderte Heike Lillys Tragödie, zeigte ihr den Zeitungsausschnitt mit dem lachenden Claudio und erwähnte die aufsehenerregende Tatsache von Lillys Abstinenz.

»Na und?«, meinte Heike. »Ich trink bekanntlich auch nicht. Jeder hat seine eigenen Gründe für so was. Du bist aber auch nicht ganz gesund, was?«, wandte sie sich an Lilly.

Die nickte. »Ich bin erkältet, seit gestern. Und ich glaub, ich hab Fieber. Ich friere auf so eine ganz neue Art...«

Heikes kluge helle Augen fixierten sie scharf, während ihre Hände eine Zigarette drehten. »Solltest du nicht am besten zum Arzt, in deinem Zustand?«

»Nein! Nein, auf keinen Fall. Zum Arzt ist ganz schlecht. Vor Ärzten in Hamburg muss ich mich in Acht nehmen. Die sind für mich gefährlich«, regte Lilly sich auf.

»Ist in Ordnung. Wenn's nicht geht, geht's nicht. Was würdest du denn am liebsten machen?«

»Liegen!«, antwortete Lilly prompt. »Nur irgendwo in Ruhe still liegen. Nicht stehen oder laufen müssen...«

»Tja«, meinte Heike, die Zigarette anzündend, und Lilly dachte schon, es gäbe wirklich eine Möglichkeit dieser Art. Sie wurde jedoch enttäuscht: »Liegen geht leider nicht, Libelle. Nicht tagsüber und nicht um diese Jahreszeit, weißt du, das kommt nicht so prall. Na, du könntest in die Kemenate gehen, aber ich weiß nicht... Da sind nur Frauen, also das ist allerliebst. Lass mal lieber. Sitzen kannst du, das ist doch immerhin was. Du kannst Sitzung machen, das wäre auch sinnvoll... Mit so einem schönen Bauch, das bringt ordentlich was.«

»Wenn sie schon den Bauch hat, denn kannich doch den Hund ham?«, fragte Baba. »Da kriechs auch viel bei.«

Heike sammelte sich Tabak von der Zunge und lachte. »Da hat der Professor glaube ich ältere Rechte. Ich würde sagen, wir setzen die Libelle an den guten Platz in der Spitaler Straße...«

»Aber wenn mich jemand erkennt!«, wandte Lilly kläglich ein.
»Ich komm ins Gefängnis oder in eine Anstalt...«

Die anderen blickten sie halb sorgenvoll, halb skeptisch an.

»Mit Sicherheit?«, fragte Heike. »Kannst du mal eben rauslassen, woran das liegt?«

»Also, mein Mann hat mich vor einigen Monaten über Radio suchen lassen, ich sollte angeblich orientierungslos umherirren und dringend ärztliche Hilfe brauchen.«

»Und dabei warst du bestens orientiert?«, vermutete der Professor.

»So orientiert war ich überhaupt noch nie. Ich war so klar im Kopf, dass ich endlich meiner Familie weggelaufen bin!«, rief Lilly – und erntete auch mal Gelächter.

»Meinst du wirklich, die lauern nun Tag und Nacht auf dich? Wie lange ist denn das her?«

»Anfang September war das.«

»Villicht hebbt de sik dat al längst ut'n Kopp slaan un kümmern sich jetzt um annern Krom«, schlug Kurt vor.

»Amen!«, bekräftigte Goofy.

Lilly zweifelte immer noch, möglicherweise, weil sie sich so elend fühlte. »Außerdem ist die Polizei hinter mir her.«

»Weshalb? Was hast du ausgefressen?«

»Ich soll in einer Kneipe eine Schlägerei mit provoziert haben – Kalle hat sich da geprügelt. Da wollten sie meine Personalien aufnehmen, und ich bin vorher weggerannt. Weil mein Mann mich doch nicht kriegen soll. Im Sommer wollte er noch, dass ich abtreibe. Das kann er ja wohl inzwischen nicht mehr, aber er würde dafür sorgen, dass man mir das Baby wegnimmt...« Dabei kamen ihr schon wieder die Tränen.

»Hast du heute eigentlich schon was gegessen?«, wollte Heike wissen. Lilly biss sich auf die Unterlippe und schüttelte den Kopf. »Und ihr Torfköpfe habt ihr außer Zigaretten und Schnaps nichts angeboten, was? Finde ich ja auch nicht so prall. Mensch, Baba, tob doch mal los und hol Milch und guck in der Bäckerei, ob sie Brötchen von gestern haben...«

»Miich!«, schauderte Baba, die großen Augen zusammengekniffen. Aber sie lief trotzdem los.

Ein junger Mann mit dicker weißer Wollmütze torkelte langsam auf die sitzende Gruppe zu. Seine Oberlippe war so dick aufgeschwollen, dass sie seine Nase überragte. Heike rief ihn an: »Na, Conny, was ist dir denn passiert? Hast du auf'm Tarzan-Comic geschlafen?« – und lachte ihr sprudelndes, mitreißendes Lachen.

Conny, der geschwollene, lachte selber mit und betastete vorsichtig mit den Fingerspitzen seine Lippe. »Nee. Das nu nich«, nuschelte er.

»Hast dich mit eim angelegt?« tippte Kurt.

»Nee. In keine Weise.«

»Ja, was ist denn dann mit deinem Gesicht geschehen, du Kind Gottes?«, rief Goofy ungeduldig.

»Ich bin da raufgeknallt. Wumm. Einfach vorne über...« Conny machte mit der Hand vor, wie er umgekippt war.

Heike lachte. »'n Tröpfchen zu viel?«

»Ja, muss wohl«, gab Conny ohne weiteres zu. Er sprach furchtbar nuschelig, nicht nur, weil er betrunken war, deshalb fragte nun auch Lilly: »Hast du dabei deine Vorderzähne verloren?«

Conny gab weiter sanftmütig Auskunft: »Nee. Die warn vorher schon wech.«

»Um Gottes willen!«, sagte Lilly. »Die ganzen Vorderzähne? Da beklag ich mich, wenn mir ab und zu mein einer Backenzahn wehtut...«

Heike nickte versonnen. »Na ja. Nimm mal mich – ich hab überhaupt keine Zähne mehr...«

Lilly schaute die Frau erschrocken an. Plötzlich wurde ihr auch klar, wieso die sie dauernd an eine ihrer ersten Puppen erinnert hatte; der kleine Mund, der sich zwischen den Wangen nach innen zog, sah so ähnlich – und gleichzeitig irgendwie besonders lieb – aus.

»Aber – bei dir hört man das überhaupt nicht?«

»Ich hab gelernt, damit zu leben, normal zu reden und zu essen«, erklärte Heike gleichmütig. »So, noch mal zu deinem Ver-

199

folgungsproblem, Libelle. Wenn dich keiner erkennen darf, müssen wir dich 'n bisschen tarnen. Goofy, gib ihr mal deine Brille!«

»Dann sieht er doch nichts mehr?«, staunte Lilly.

»Durch das Ding sieht er auch so nichts«, wusste Heike. Sie bekam das Utensil ohne weiteres ausgeliefert – da Goofy sich bei Kurt einhaken konnte, als sie zusammen ›aufs Amt‹ gingen. Der Professor verabschiedete sich auch und zog mit Caligula Richtung Petri-Kirche ab.

»Conny, brauchst du heute deine Mütze?«

Der angeschwollene Junge schlief gerade im Sitzen und musste angestoßen und noch einmal gefragt werden.

»Jo. Wieso?«

»Das ist die Libelle, die ist neu hier und hat Probleme. Die braucht deine Mütze dringender!«

»Jo?«

»Jo. Kannst du heute Abend wieder haben.«

Conny zog langsam die weiße Wolle vom Kopf und reichte sie Heike. Wahrscheinlich lächelte er dabei, das war schwer festzustellen. Nach dieser guten Tat nickte er Heike und Lilly zu und torkelte gemächlich von dannen.

»Hoffentlich weiß er heute Abend noch, wo seine Mütze ist«, murmelte Heike hinter ihm her. »Kümmerst du dich darum? Du musst dir im Prinzip sowieso irgendwo 'ne richtige, eigene Mütze besorgen. Einmal als Tarnung und dann für die Ohren, wenn du sowieso schon erkältet bist, bei diesem eisigen Wind! So, jetzt lass uns noch mal überlegen, was du machst, wenn dich wirklich jemand erkennt. Also, soviel ich weiß, ist Kalle schon wieder auf freiem Fuß, ich glaub, ich hab den gestern Abend kurz gesehen. Da werden sie kaum nach dir fahnden, bloß, weil du 'n bisschen mitprovoziert hast. Da würde ich mir nicht so viel Sorgen machen. Wenn dein Gatte vorbeischleicht oder jemand, der ihn kennt, dann musst du auf deine Tarnung vertrauen und dich unsichtbar machen. Guck denjenigen nicht besonders an, sprich gar nicht oder mit verstellter Stimme... kannst du andere Sprachen?«

»Englisch und Französisch und ein bisschen Italienisch...«

Heike gluckerte vor Lachen. »Dann sprichst du eben ein bisschen Italienisch. Du musst dir denken, du bist es nicht, und du musst notfalls *behaupten*, du bist es nicht. Im schlimmsten Fall läufst du weg. Aber es wär doch ganz gut, wenn du etwas Geld hättest, nicht?«

Lilly nickte heftig. Sie putzte sich ein weiteres Mal mit Klopapier die Nase und betrachtete die Rolle, die schon ganz dünn war. »Ich brauch bald eine neue Rolle, mit der hier komm ich nicht über den Tag«, stellte sie fest. »Ich werd Baba nachher bitten, noch eine für mich zu klauen.«

»Ach, du klaust nicht selber, du lässt klauen?«, amüsierte sich Heike. »Pass auf, wenn das gar nicht klappt mit Sitzung machen, dann solltest du gucken, wie du sonst an Mäuse rankommst. Essen an sich gibt es viel in Hamburg, also soziale Einrichtungen, die was verteilen, das ist nicht das Problem. Ich sag immer, wer in dieser Stadt verhungert, ist zu faul zum Kauen. Aber du brauchst ja auch Bares. Jetzt haben wir doch hier gleich den Weihnachtsmarkt. Bei den Glühweinständen geben sie Becherpfand, wusstest du das?«

»Becherpfand?«

»Früher hatten sie einfach weiße Plastikbecher, aber das kam nicht so prall, sah so billig aus, und darüber hinaus haben sich die Leute die Pfoten verbrannt. Jetzt werden extra Becher mit Henkel hergestellt, manchmal steht noch drauf ›Weihnachtsmarkt Hamburg‹ oder so was. Die kosten ein bis zwei Euro und müssen zurückgegeben werden. Tun trotzdem nicht alle. Viele nehmen die natürlich als Andenken mit. Aber viele sind auch zu faul oder zu blau oder sie haben das mit dem Pfand nicht geschnallt, und dann stellen sie die Becher irgendwo ab und verschwinden. Und jeder, der so einen Becher findet und dem richtigen Glühweinstand zurückbringt, kriegt einen oder zwei Euro.«

»Nein?!«, rief Lilly ganz entzückt.

»Doch, doch. Du musst dir mal von den anderen zeigen lassen, welche Becher wo hin gehören.«

»Und wenn ich jemand frage und der nimmt mir den weg und

bringt ihn selbst hin?«, fragte Lilly, so traurig, als sei es bereits passiert.

Heike zog ihre runden dunkelblonden Augenbrauen streng zusammen. »Ich weiß ja nicht, mit was für Leuten du früher so zu tun hattest. Die Leute hier in der Szene sind jedenfalls nicht so. Die halten zusammen. Wenn einer wenig hat, kriegt er was ab. Und wenn einer *viel* hat...« Heike sah Lilly noch strenger an, als zweifele sie an ihr, »dann gibt er natürlich den anderen was ab. So gehört sich das und so wird das hier gemacht. Siehst du den da hinten?« Sie deutete mit dem Kopf auf einen schlanken blonden Mann mit Schnauzbart, der finster vor sich hin starrte und ganz allein in der Morgensonne stand, an eine Hauswand gelehnt. »Der hat sich was zuschulden kommen lassen. Der hat die Gesetze gebrochen. Mit dem redet keiner von uns, dem hilft keiner, und oft genug bekommt er noch was an die Ohren. Ich könnte mir denken, dass er bald mal die Stadt wechselt. Hier kriegt er nie wieder 'n Fuß auf den Boden.«

»Was hat er gemacht?«

»Einen armen Kerl verhauen, der ihm nichts getan hat, einfach so aus Laune, aus Bock, weil er stärker war. So was geht nicht!«, versicherte Heike nachdrücklich. »Geprügelt wird natürlich dauernd, ganz klar, meist im Suff. Aber es kommt eben drauf an, was dahinter steht...«

Lilly war beeindruckt durch diese strenge Moralauffassung, die sie unter den Asozialen nicht vermutet hätte. Ihr kam unwillkürlich in den Sinn, dass sie selbst auch lieber versuchen sollte, sich anständig zu verhalten. Was insofern Unsinn war, als sie sich ja sowieso immer anständig verhielt...

»Bevor du dich in der Spitaler Straße hinsetzt, solltest du noch sehen, dass du einen Schlafsack auftreibst für die kommende Nacht«, kam Heike wieder auf praktische Belange zurück. »Sieh zu, dass du Schwester Leberwurst bittest, mal rumzuhorchen, manchmal weiß die so was. Oder sie hat wenigstens Decken.«

»Schwester Leberwurst? Ist die bei ›Jesus lebt‹?«

»Nein. Das ist eine Nonne – eigentlich heißt sie Schwester

Petra, aber sie bringt meistens Leberwurstbrote mit, deshalb wird die so genannt. Die kommt mit ihrem eigenen Auto zum Gerhard-Hauptmann-Platz, frag nachher mal Baba, die kann dich mitnehmen. Das ist Schwachsinn, in dieser Schweinekälte in Zeitungen zu schlafen, weißt du, vor allem, wenn du sowieso schon erkältet bist. Da kann schnell eine Lungenentzündung draus werden. Den Gefallen willst du deinem Mann ja wohl nicht tun, mit deinem Baby gemeinsam abzukratzen, oder?«

So hatte Lilly es noch gar nicht betrachtet. Nein, den Gefallen wollte sie Norbert allerdings nicht tun.

»Warum ist er denn so sauer auf dich? Ach so, das Kind ist nicht von ihm, das ist von dem Mann auf deinem Zeitungsschnipsel, und der ist tot, war das nicht so?«

»Ja. Ich hab versucht, so zu tun, als wäre es von meinem Mann. Aber er wusste, dass ich gelogen hab.«

Heike nickte vor sich hin. »Na ja, da wolltest du ihn ja auch ganz schön linken. Wahrscheinlich hat er dir bis dahin vertraut, sonst hätte es ihn nicht so hart getroffen. Eigentlich wirklich etwas mies von dir. Hat er dich gemein behandelt, ich meine vorher?«

»Gemein?« Lilly dachte ungern an Norbert. Sie hatte sich inzwischen angewöhnt, in ihm den dunklen Schatten zu sehen, der über ihr Leben gefallen war. Und vor der Schattenzeit? »Eigentlich hat er mich verwöhnt. Er war immer ziemlich gut zu mir. Im Grunde...«, fügte Lilly hinzu, plötzlich in Beichtlaune, »war ich der schwierigere Teil. Ich war oft krötig, glaube ich.«

»Soso«, sagte Heike dazu. Sie sah Lilly mit gesenktem Kopf an, lächelte mit ihrem seltsam eingefallenen Mündchen in dem eigentlich recht grob geschnittenen Gesicht und zwinkerte so verschmitzt mit den Augen, dass sie bei allem ausgesprochen attraktiv aussah.

»Ich glaube, du weißt ziemlich viel«, bemerkte Lilly ehrfürchtig.

Das bestritt Heike nicht, aber sie bezog Lillys gute Meinung weniger auf ihre Lebensweisheit als vielmehr auf ihre Stadtstreichererfahrung. »Ich kann dir eine Menge sagen, so viel steht fest. Inzwischen hab ich ja 'ne eigene Wohnung. Aber ich hab über einen längeren Zeitraum Platte gemacht...«

»Was gemacht –?!«

»Platte. Auf der Straße geschlafen. Ich bin wirklich Profi. 'n eigenen Bauwagen hatte ich auch mal, da war ich sehr stolz drauf. Den haben freundliche Mitmenschen mir angezündet.«

»Was? Warum?«

Heike drehte sich eine neue Zigarette. Sie besaß lange, elegante Hände, gepflegt und mit vielen merkwürdigen silbernen Ringen geschmückt.

»Warum? Weil das so Sitte ist, vermute ich. Wusstest du nicht, dass Obdachlose hierzulande gern in Brand gesetzt werden? Dass immer mal wieder jemand kommt und einen Penner mit Benzin anfeuchtet und 'n Streichholz dran hält?« Heike hielt zur Illustration eins an ihre Zigarette.

Lilly schüttelte den Kopf.

»Nein? Das liest man doch in der Zeitung. Na, vielleicht fällt es einem mehr auf, wenn es einen was angeht. Wenn du Platte machst, dann legst du dich am besten auf einen größeren Rost, hörst du? Das ist wie eine Alarmanlage, wenn sich jemand ranschleicht, um dich zu beklauen oder Schlimmeres, dann wachst du vorher auf, weil deine Unterlage ins Schwingen kommt. Das hab ich nur so gemacht. Und noch was: Aus demselben Grund solltest du deinen Schlafsack offen lassen. Nicht den Reißverschluss zuziehen, du bist so lange unbeweglich, bis du den endlich aufgekriegt hast, und das ist dann nicht so prall!«

»Hast du viel Schreckliches erlebt?«, fragte Lilly, plötzlich so voller Mitleid, dass sie vorübergehend ihr eigenes Drama vergaß.

»Du meinst, in meiner Obdachlosenzeit? Nicht so sehr. Das wirklich Schreckliche hab ich in meiner Kindheit erlebt, weißt du. Das war die absolute Hölle, alles, was später passiert ist, waren dagegen Kleinigkeiten. Wenn du einmal durch die Hölle durch bist, kann dir nichts mehr wirklich Angst machen.«

»Warum passiert so etwas? Warum ist dir das passiert? Und warum passiert mir das jetzt?«

Darauf wusste Heike sofort eine Antwort: »Weil wir was lernen sollen natürlich. Ich hab gelernt, mich zu behaupten. Ich hab gelernt, mit gutem Gewissen ich selbst zu sein. Und wäre ich nicht so tief runter gekommen, dann könnte ich das immer noch nicht. Ich war auf dem Weg dahin schwere Alkoholikerin. Ich bin morgens aufgewacht und hab am ganzen Körper gezittert und musste mich erst mal zur nächsten Tankstelle schleppen, um irgendeinen Schnaps aufzutreiben, damit ich mich aufrecht halten und atmen konnte. Das hat mir eines Tages so gestunken, dass ich mich mit einer Ration Alkohol in einem Abbruchhaus selbst eingeschlossen hab und nach und nach immer weniger getrunken. Zum Schluss war ich trocken und irgendwann war ich wieder 'n Mensch. Warum *du* hier angekommen bist und was du lernen sollst, musst du natürlich selbst herausfinden.«

Jetzt lief Baba auf sie zu, in einer Hand einen weißen Henkelbecher, den sie sehr vorsichtig trug, in der anderen eine Papiertüte. Sie hockte sich neben Lilly und packte stolz aus: »Manno, weiß, wassas is? Heiße Miich, ich sach dir! Hat die Bäckersche heiß gemacht, wie ich ihr von diä erzählt hab un wie schwangä du bis un obenauf auch noch erkäldet. Los, trink mo, tut dein Hals gut! Guck, un hiä hab ich zwei Brötchen von heudde füä dich. Mitn schön Gruß von die Bäckersche. Nu iss!!«

»Möchtet ihr nicht etwas davon haben?«, fragte Lilly mit ungewohnter Achtsamkeit für ihre Umgebung. (Heike sollte ja keinen schlechten Eindruck von ihr bekommen.)

Aber nein, Heike hatte schon gefrühstückt und Baba wollte lieber eine rauchen. Lilly tunkte eins der knusprigen Brötchen in die heiße Milch und lutschte es mit Wonne ab.

»Ich muss auch nach Wandsbeck, die Arbeit ruft«, erklärte Heike. Sie lächelte Lilly und Baba an, stemmte sich hoch, sammelte ihr Gepäck um sich und humpelte majestätisch, auf ihren Krückstock gestützt, in den sonnigen Wintermorgen.

Baba und Lilly schauten ihr hinterher.

»Dies kluuch!«, urteilte Baba. »Weissu, dassi mo selbä Soziolabeiderin woä? Schodä, dassi das nich meä is. Zu so eine wüäde man geän gehen, wa?«

Lilly nickte. Sie hatte inzwischen herausgefunden, was an Heike so anders war: Sie wirkte – und damit unterschied sie sich nicht nur von anderen Obdachlosen, sondern auch von den meisten Leuten, die Lilly früher gekannt hatte – sie wirkte wie ein Mensch, der mit sich selbst ziemlich im Reinen ist.

Schwester Leberwurst, oder vielmehr Schwester Petra, betrachtete Lilly mit herzlichem Blick durch ihre Brille und meinte: »Ach, ein neues Gesicht!« Von ihr gab es schon wieder etwas zu essen, und sie glaubte sich zu erinnern, dass in der Bahnhofsmission ein gespendeter Bundeswehrschlafsack auf einen neuen Besitzer wartete. Aber vielleicht war der schon weg... Sie gab Lilly auf jeden Fall zwei feste Wolldecken und wünschte Gottes Segen und viel Glück.

Die Bahnhofsmission lag seitlich neben der Spitaler Straße, und ihre Mitarbeiter schienen furchtbar überlastet zu sein. Zumindest hätte das ihre grobe Art erklärt. Vielleicht reagierten sie auch einfach auf Baba, die nur herum spektakelte und es für völlig unter ihrer Würde hielt, Bitte oder Danke auszusprechen. Lilly übernahm die Verhandlung: Schließlich ging es ja auch um ihr Nachtlager. Nachdem sie erfahren hatte, eigentlich gebe es Listen, sie sei ja überhaupt nicht angemeldet und sie solle lieber nach Altona gehen, bekam sie wirklich den kostbaren Schlafsack ausgeliefert, mit einem hingeknurrten: »So, das war jetzt aber alles. Seht nun zu!«

Die beiden Decken wollte Lilly mitnehmen, um darauf zu sitzen, während sie bettelte und überhaupt. Den wunderbaren, dicken Schlafsack und Babas eigenes Gepäck bewahrten sie gemeinsam in einem Schließfach im Hauptbahnhof auf. Baba spendierte die Münze dafür, und Lilly versprach: »Wenn ich wirklich was kriege beim Betteln, dann kann ich morgen das Schließfach bezahlen.«

»Wennu wüaklich was kriechs? Heudde Obend bistu Milljonärin!«, versprach Baba, von Lillys guter Laune angesteckt. Gleich darauf geriet sie allerdings fast in eine Prügelei mit einer Kofferträgerin, die sie ihrer Ansicht nach frech angeglotzt hatte. Baba spuckte vor Wut und schimpfte bestialisch. Lilly zog sie einigermaßen energisch am Zopf hinter sich her.

»Bekackde Pisskuh, dreggige!«, wütete Baba. »So issas immä. Alle sin sie so zu miä.«

»Wenn du ein bisschen höflicher wärest«, versuchte Lilly sich pädagogisch, »und wenn du nicht alle fremden Menschen so aggressiv angucken würdest, sondern mal lächeln…«

»Sollich voä mich hingrinsn, odä was?!«

»Lächeln ist nicht Grinsen. Wenn du die Menschen freundlich anlächelst, dann lächeln sie normalerweise freundlich zurück und man kann sich über alles im Guten einigen!«, behauptete Lilly.

Baba rollte ihre großen dunklen Augen und glaubte kein Wort. Dann zeigte sie im Vorbeigehen einem Jungen mit ellbogenlangen Locken in einem zerfetzten Parka ihren Mittelfinger.

Und als Lilly fragte, was der ihr denn nun wieder getan hätte, murmelte Baba, das sei privat.

Lilly verspürte gewaltiges Herzklopfen, als sie zum ersten Mal antrat, sich hinzusetzen und um Geld zu betteln. Sie trug Connys dicke weiße Wollmütze, die ihr gesamtes Haar verdeckte, tief in die Stirn gezogen, sie trug Goofys verschmierte, dicke Brille mit dem kaputten Glas (eine phantastische Tarnung. Zumindest sie selbst sah dadurch überhaupt nichts). Ihren Bauch konnte sie allerdings nicht tarnen.

Sie fragte sich, ob es möglich sei, einem derart verschandelten, hässlichen Menschen wie ihr etwas zu spenden, und wenn sie noch so rührend schwanger war. Baba hatte sie mit einem runden Plastikschälchen versehen, das sie vor sich aufstellte. Dann ließ sie sich mit einem Seufzer so bequem wie möglich nieder, im Windschatten, in der Sonne, an eine Häuserwand gelehnt, und harrte des Vermögens, das da kommen sollte.

In der Plastikschale machten die Münzen zunächst kein Geräusch, das geschah erst, als eine auf die andere prallte. Lilly schielte erstaunt über ihre Brille: Da lagen bereits fünfzig, zwei mal zwanzig und einmal fünf Cent!

Sie rechnete es begeistert im Kopf in Mark um, dadurch wurde es gleich doppelt so viel. Dafür gab es schon Kaffee oder Brötchen oder… Ping! Das war ein blankes, gold-silbernes 2-Euro-Stück! Lilly murmelte hastig einen Dank hinter dem Spender her und fischte die Münze aus dem Schälchen. Nicht zu viel drin liegen lassen und nicht die großen Sachen, hatte Baba erklärt, sonst denken die, mehr brauchst du nicht.

Lilly steckte die große Münze in ihre Jackentasche.

Ein älterer Mann ging vorbei und fragte nur, ob ihr in ihrem Zustand nichts Besseres einfiele. Lilly verkniff sich die Antwort.

Eine bildhübsche junge Frau im Jeans-Falten-Minirock und pelzgefütterten Stiefelchen fummelte endlos in ihrer Tasche herum, bis sie das Portmonee fand, brach sich beim Öffnen desselben einen ihrer langen Fingernägel ab, warf das Nagelstück von sich, steckte den Finger in den Mund, fluchte gotteslästerlich und stampfte wütend weiter, ohne etwas gegeben zu haben.

Ein intellektuell aussehendes Freundinnenpaar stritt sich mindestens zehn Minuten lang, ob es sinnvoll sei, etwas zu geben, was Lilly wohl damit anfangen würde, wie sie überhaupt in diese Situation geraten sein mochte und so weiter. Schließlich gelangten sie zu der Überzeugung, das Ganze sei zweifellos die Schuld eines brutalen und gewissenlosen Mannes, und sie legten nacheinander jeder einen 5-Euro-Schein in Lillys Plastikbecher, indem sie bereits darin liegende Münzen obenauf schichteten, um die Scheine am Wegfliegen zu hindern.

»Danke! Vielen Dank!«, brummelte Lilly mit immer heiserer werdender Schnupfenstimme. Die brauchte sie nicht erst zu verstellen.

Ein schmieriger Typ mit gegeltem Haar und Schlafzimmerblick hockte sich neben Lilly und raunte ihr zu: »Ey, ich weiß man, was du gemacht hast!« – worauf er kichernd wieder hochkam und weiterging. Lilly erschrak ernsthaft und durchdachte alle ihre Sünden (oder Gründe, aus denen sie verfolgt werden konnte). Nach einer Weile begriff sie, dass der Kerl einfach nur ihren dicken Bauch gemeint hatte.

Ein Mann warf eine kleine Münze in die Schale, sein neben ihm herlaufendes Söhnchen pfefferte einen Schokoladenriegel hinterher.

Eine Frau warnte ihren Mann mit schriller Stimme: »Du tust das nicht! Du tust das nicht! Du wirfst da nicht schon wieder was hin! Du musst nicht jeden Schnorrer in dieser Stadt ernähren!« – aber er tat es doch.

Lilly hatte die Brille auf ihrer Nase etwas tiefer geschoben, um die Leute beobachten zu können. Es war interessant, zu raten, wer etwas spenden würde und wer nicht.

Geschäftsleute, dicke Hausfrauen, Schulkinder, Beamtentypen, Karrierefrauen, Punker und Touristen gaben nichts. Und Geschäftsleute, dicke Hausfrauen, Schulkinder, Beamtentypen, Karrierefrauen, Punker und Touristen gaben etwas. Von Ausländern bekam Lilly an diesem Vormittag kein Geld. Aber vielleicht war das Zufall.

Nach kaum drei Stunden hatte sie beinah einundzwanzig Euro eingenommen. Immerhin ein Stundenlohn von sieben Euro. Sie begann, Norberts Geschichten von den superreichen Bettlern mit Villa am Stadtrand ernster zu nehmen. Wie erfolgreich würde das erst werden, dachte sie, mit dem Bauch *und* dem Hund!

Sie wollte eigentlich schon seit einigen Minuten aufstehen, um etwas zu essen (das würde sie sich ohne alle Umstände einfach selber kaufen können!), als Gloria vorbeiging.

Gloria, perfekt geschminkt und frisiert – sie trug die Haare neuerdings länger und glatter – in einem hellblau eingefärbten, geschorenen Pelz und hellblauen Wildlederstiefeln, schleppend an mindestens acht vollen Plastiktüten sowie einer Edeltüte aus einer Parfümerie.

Lilly vergaß alles, was Heike ihr beigebracht hatte. Sie tarnte sich nicht und sie tat auch nicht so, als sei sie's nicht. Sie blieb keineswegs unauffällig sitzen. Warum auch? Schließlich war Gloria ihre Freundin gewesen. Sie zuckte vielmehr hoch, riss Goofys Brille ab und stieß ein kurzes, überraschtes: »Ha!« aus. Dadurch blickte Gloria dann endlich in ihre Richtung.

Hätten sie sich nicht so gut gekannt, dann wäre ihr vielleicht noch nicht einmal eine gewisse Ähnlichkeit ihrer alten Freundin Lilly Lohmann mit der dickbäuchigen Bettlerin unter der weißen

Mütze aufgefallen. Und hätte Lilly sie nicht derart perplex angestarrt, mit weit aufgerissenen Augen, hätte sie's eventuell noch für einen Irrtum gehalten.

So blieb sie stehen, trippelte ein paar Mal auf dem Fleck hin und her, musterte die Frau auf dem Boden mit immer bestürzterem Gesicht, raffte ihre vielen vollen Tüten, drehte sich um und floh den Weg zurück, den sie gerade gekommen war.

Lilly griff hektisch in ihren Plastiknapf, schüttete das Geld in ihre Jackentasche, fasste die Bettelschale und ihre beiden Wolldecken und hastete in ihren zu engen Schuhen hinterher.

»Gloria! Gloria! Warte doch mal...«, gellte sie mit ihrer heiseren Schnupfenstimme.

Gloria blieb zwar stehen, jedoch nur, um so schnell wie möglich die Tür ihres kleinen schwarzen Porsches aufzuschließen, der am Straßenrand parkte, den Zettel der Parkuhr brav sichtbar unter der Windschutzscheibe. Vielleicht, weil sie Handschuhe trug, vielleicht, weil sie zu nervös agierte: Sie bekam die Tür nicht auf, bis Lilly keuchend neben ihr stand.

Gloria hob langsam und ungern ihre entsetzten Augen zu Lillys Gesicht.

»Gloria! Hallo...«, sagte Lilly hilflos, die gerade anfing, zu bereuen, dass sie vor einer halben Minute weder Italienisch gesprochen noch fremd geguckt hatte.

Gloria fummelte verbissen am Schloss herum, ohne hinzugucken. Lilly streckte eine Hand aus, um ihre alte Freundin an der Schulter zu fassen – worauf die derart zurückzuckte, dass mehrere ihrer Tüten zu Boden fielen.

Lilly machte einen Schritt rückwärts und sah zu, dass sie wieder zu Atem kam. Glorias Panik begann, ihr peinlich zu werden. »Ich stecke nicht an, keine Sorge!«, bemerkte sie sarkastisch, und ihr wurde bewusst, wie rau und ordinär ihre Stimme durch die Erkältung klang. »Komisch, ich hatte dich geschwätziger in Erinnerung...«

Nun hatte Gloria die Tür endlich geöffnet, pfefferte ihre Tüten auf den Beifahrersitz und bückte sich, um die heruntergefallenen mit bebenden Händen aufzuheben. Sie sah im Gesicht schneeweiß aus, als ob ihr übel wäre. Sie hielt sich an der Wagentür fest und schluckte krampfhaft.

»Am besten atmest du tief durch«, empfahl Lilly. »Tu mir bitte einen Gefallen, ja? Erzähl Norbert nicht, dass du mich gesehen hast.«

Gloria schwieg. Ihre Augen flackerten wild hin und her, links und rechts an der asozialen Person vorbei. Lilly verstand, dass die Dame fürchtete, jemand Wichtiges könnte sie beobachten, während sie sich mit diesem Albtraum unterhielt.

»Hast du mich verstanden?!«, schnauzte der Albtraum heiser.

Gloria nickte hastig.

Lilly drehte sich um und ging langsam davon. Sie war so gerührt über Glorias spontanes Mitgefühl und ihre Hilfsbereitschaft, dass ihr schon wieder die Tränen in die Augen stiegen.

Musste sie jetzt befürchten, dass Norbert demnächst in der Spitaler Straße auftauchte, auf sie zeigte und zwei Männer in weißen Kitteln befahl, ihr eine Zwangsjacke anzulegen?

Irgendwie konnte sie sich nicht vorstellen, dass Gloria mit jemandem über diese Begegnung der entsetzlichen Art reden wollte. Es schien eher denkbar, dass ihre alte Freundin das Erlebnis sofort vollständig verdrängen würde.

Am Abend brachte Lilly dem geschwollenen Conny seine Mütze wieder, zusammen mit dem Schokoriegel des kleinen Jungen als Dankeschön, und das tat sie ohne Bedauern, denn sie hatte sich für wenig Geld eine hübsche, kleidsame dunkle Wollmütze bei Karstadt gekauft.

Sie lud Baba, den Professor, Goofy und Kurt zu heißer Bratwurst mit Bierdosen ein (sie selbst trank natürlich Mineralwasser) und sie kaufte mitten im Hauptbahnhof, assistiert von Kurt, eine gute Isomatte für sechs Euro von einem Mann mit völlig kahlem Schädel und sehr schlechtem Atem.

Jetzt besaß sie eine Isomatte, einen Schlafsack und zwei Decken! Obendrein noch Caligula als Wärmflasche. Lilly freute sich geradezu aufs Zubettgehen. Zwar kämpfte sie, als es wirklich so weit war, eine Weile einen wilden Kampf mit dem Bundeswehrschlafsack, der bereits Schwierigkeiten machte, seine Haken auseinander zu lösen, ganz zu schweigen vom Reißverschluss.

»Die haben den gespendet, weil er kaputt ist!«, heulte Lilly, der die Tränen noch lockerer saßen, seit die Erkältungsviren in ihr hausten.

»Sabbel nich! Komm mal her…« Kurt half ihr und der Reißverschluss ging auf. Lilly zog Regine Visiers Schuhe aus, wobei sie vor Erleichterung stöhnte, versuchte, sich in den Schlauch zu schlängeln und blieb stecken.

»Manno! Nimm doch mo deine blödn Beine da auße Äamel! Denn kommssu schon weitä!«, assistierte Baba.

Endlich saß Lilly mitsamt ihrer Raupe in der graugrünen Hülle, weigerte sich, nach Heikes Warnung, den Reißverschluss zuzuziehen, packte stattdessen ihre beiden anderen Decken darüber, bettete ihren Kopf genießerisch auf die gesteppte Kapuze und zog den Hund in ihre Arme. Der war ihr augenblicklich besonders zugetan, denn er hatte ein eigenes, ganzes Wiener Würstchen zum Abendbrot bekommen. Sein Bart duftete noch danach.

Jetzt fror nur noch ihr Gesicht, und daran merkte sie, wie warm sie es sonst überall hatte.

Die Schuhe stellte sie säuberlich nebeneinander auf den Boden vor ihr Nachtlager und sorgte damit schon wieder für Heiterkeit: »Waddes du da auf, dass diä ein da was reintut? Niggolaus wor an sechsten! Wennu deine Tretä morgn noch wiedäfinn wills, denn tu die man libä unner dein Kopp, sons sinn die wech! Schuhzeuch kann manch einä brauchn.«

Eine fast neue (selbst geklaute) Klopapierrolle beherbergte Lillys Schlafsack außerdem. Darüber hinaus besaß sie inzwischen zwei eigene Plastiktüten für ihr Hab und Gut, eine neutrale weiße und eine weihnachtlich bedruckte. Sie war satt, sie hatte immer noch Geld übrig und sie würde höchstwahrscheinlich am kommenden Tag noch mehr bekommen, durch betteln oder Becherpfand oder was auch sonst.

In all den Jahren, in denen ihr Scheckkarten, Konto und Portmonee ihres Mannes zur Verfügung gestanden hatten, war Lilly sich nie annähernd so reich vorgekommen wie an diesem Abend.

Ganz zum Schluss, als sie noch mal schnell zur Toilette im Burger-King lief, um nicht mitten in der Nacht raus zu müssen, konnte sie ohne weiteres den Schlafsack mit Decken liegen lassen, weil er von Baba und Caligula bewacht wurde.

Lilly fühlte sich geborgen.

Das 11. Kapitel

*bringt Kalle, den Moloch, zurück – erzählt uns Babas Geschichte –
lässt Weihnachten herbeischlittern –
und damit Frieden und Besinnlichkeit*

Heike hatte Recht gehabt: Kalle war wieder draußen.

Am nächsten Tag brüllte er: »Mein Schaaaatz! Mein Schaaaatz!«
– womit Lilly gemeint war – und kam mit weit ausgebreiteten
Armen auf sie zu.

Caligula überschlug sich vor Glück: »Mein Kalli Gulla! Da bissu
ja!« – und Lilly freute sich eigentlich auch. Sie zeigte Kalle mit einigem Stolz ihre neue Ausrüstung und war erstaunt, dass er darauf
eher negativ reagierte. »'ne Frau wie du sollte nich betteln un nich
auffe Straße schlafn. Jenfalls nich auffi Dauer!«, sprach er streng.

»Ich besteh ja nicht darauf, dass es ewig dauert«, erwiderte Lilly
schnippisch.

Kalle bettelte niemals, das stellte er sofort klar. Im Übrigen hatte
er gerade wieder einen Job: Er lud im Hafen verschiedene Fracht
von Schiffen in Schuppen und aus Schuppen in LKWs. »Dass' gut
für die Figur!«, sagte er zufrieden und spannte die Muskeln an, bis
sie drohten, seine Lederjacke zu sprengen.

Platte machen wollte Kalle trotzdem. Wenn Lilly das nun mal
tat, konnte er auch genau so gut auf sie aufpassen. Als sie fragte,
wo er denn in den vergangenen Nächten geschlafen hatte, brummelte er undeutlich und verlegen vor sich hin. Worauf Lilly sofort
das Thema wechselte; im Gegensatz zu ihm selber fand sie, das
gehe sie gar nichts an.

Man sah ihm noch ein wenig die Spuren der Schlägerei an, eine
Stelle über der linken Augenbraue heilte nur langsam.

»War das in der Kneipe – oder hat dich da der Polizist gehauen?«, wollte Lilly wissen.

214

Kalle zuckte mit den schweren Schultern und grinste. »Weissich auch nich. Is doch auch egal. Ich glaub, der Uddel hat 'n Piek auf mich von früher irgenwie. Wen störtas?«

Er holte seinen Schlafsack und die Isomatte aus einem Schließfach, als es Abend wurde, und baute alles unter einem Torweg neben zwei kleinen Geschäften auf, neben sich Lilly, zwischen ihnen den Hund.

Lilly hatte an diesem Tag nicht Sitzung gemacht, weil es Kalle so missfiel. Stattdessen hatte sie zwei Weihnachtsmarkt-Glühweinbecher zu dem Besitzer zurückgebracht und das Pfand kassiert.

»Wo tust du denn hier über Nacht deine Zähne hin?«, wollte sie neugierig wissen, als sie sich zum Schlafen hinlegten.

»Die lassich in mein Mund. Wie spät issas nu eben, sach ma?«

Lilly schob sämtliche Ärmel zurück und schaute im Licht des Schaufensters auf ihre Uhr. Sie antwortete nicht – sie blickte nur immerzu auf die Uhr.

»Was nu los –?«, wollte Kalle schließlich wissen.

Lilly hielt ihm ihre Uhr unter die Nase.

»'n büschen nach elf. Wen störtas? Was' da so besonners dran?«

»Guck dir mal die Uhr an!«

»Ja. Ja, die 's hübsch. Aber wieso – « Kalle unterbrach sich und packte Lillys Handgelenk so heftig, dass sie jammerte. »'schulligung. Mann, die war wo ma teuer, ne?«

Sie blickten sich gegenseitig groß ins Gesicht. Lilly nickte triumphierend. »Ja, die war mal teuer. Und hier, mein Ehering auch. Da ist noch 'n kleiner Brillant drin, siehst du?«

»Ja, seh ich.«

»Wieso hat das bisher niemand gesehen? Wieso ist uns beiden das noch nie aufgefallen?«

»Ja. Un wieso is dir das Zeuch noch nich geklaut worn? Sach ma, wills du das wirklich los wern? Hängs du da nich an?«

»Überhaupt nicht. Ich brauche bloß irgendeine Art von Armbanduhr, verstehst du, eine ganz billige. Damit ich weiß, wie spät es ist. Und den Ehering brauche ich wirklich überhaupt nicht mehr!«

Lilly zerrte ihn von ihrem Ringfinger und las kurz auf der Innen-

215

seite ihr Hochzeitsdatum und den Namen Norbert. Es gab eine Zeit, da hatte der Ring ihr viel bedeutet. Jetzt ließ sie ihn ohne Bedauern in Kalles große Hand plumpsen.

»Ich weiß ein, der gibt uns da was Gutes für. Der 's ganz feer. Da geh ich morgen ma hin«, versprach Kalle gähnend.

Lilly schlief ganz erfreut ein und erwachte mit Grausen, weil offenbar in nächster Nähe ein Mord geschah. Sie fuhr hoch und krallte sich in Kalles Arm: »Was ist das?!«

»Das nur Goofy. Du mussu dir nix bei denkn. Das hatter manchma nachts. Denn träumt er schlecht un is böse mimm lieben Gott. Ich mein, wen störtas?«

Wen stört das nicht?, dachte Lilly entsetzt. Sie lauschte dem wüsten Gebrüll und Umhergestampfe. »Herr, du willst mich strafen, aber du bist nicht gerecht! Ich sage dir, du bist nicht gerecht! Lasst mich doch in Ruhe – haut alle ab – was wollt ihr von mir? Weg mit dem Geklüngel der himmlischen Heerscharen und weg mit dem Teufelszeug, sag ich! Herr, sag ihnen, sie sollen verschwinden…!«

Dann heulte Goofy schrecklich auf, vielleicht, weil er sich irgendwo gestoßen hatte. Lilly hörte, wie irgendjemand – vielleicht Kurt oder der Professor? – beruhigend auf ihn einredete. Bald darauf war es wieder ruhig in der weihnachtlich geschmückten Innenstadt.

Leider weilte der faire Mann, den Kalle kannte, augenblicklich nicht in Hamburg, und jemand anderem wollte er den Schmuck erst mal lieber nicht anbieten. So trug er ihn einstweilen mit sich herum, für den Fall, dass er diesem Schmuck-Menschen plötzlich begegnen sollte. Und er kaufte von seinem Hafen-Schlepp-Geld für Lilly eine niedliche kleine Plastikuhr mit Plastikarmband und Schmetterlingen auf dem Zifferblatt: »Libelln hattn sie nich.«

Am sechzehnten Dezember wurde es glatt, dann fiel ein wenig Schnee, der liegen blieb, jedenfalls auf den Dächern. Am nächsten Tag kam noch etwas Schnee dazu. Zusammen mit der Weihnachtsbeleuchtung in der Innenstadt sah das ungemein stimmungsvoll und romantisch aus.

Die einkaufenden Menschen hatten Spendierhosen an. Da Kalle tagsüber im Hafen schuftete, machte Lilly vormittags Sitzung. Sie musste es ihm ja nicht verraten. Und Baba hielt dicht.

Am 20. Dezember wurde es etwas wärmer, so um null Grad herum, es nebelte und dadurch entstand an allen Zweigen und feinen Ästchen Raureif. Kalle hatte Nachtschicht, Lilly und Caligula schliefen auf einem Rost, sicher ist sicher.

Und dann wachte Lilly davon auf, dass ihre Unterlage schwankte! Sie riss die Augen auf und hielt den Atem an, ihr Herz raste. Wollte sie jetzt einer anzünden oder vergewaltigen oder beides? Und warum knurrte dieser blöde Hund nicht?

Der blöde Hund wedelte stattdessen, und es stellte sich heraus, dass Baba auf einen nächtlichen Besuch gekommen war, übrigens mit einem Kopf, der hin und her schwankte wie eine welke Blüte auf dem Stängel und ziemlich blau. Lilly fragte mehrmals, was denn los sei, dann brach Baba ihrerseits mal in Tränen aus. Lilly war ganz erschrocken. Sie schlug ihre Decken um das dünne Mädchen und umarmte sie. »Baba! Hat dir jemand was getan?«

Die geriet durch diese Frage erst mal ins Lachen. Dann nickte sie heftig. Und dann kroch sie an Lillys Schulter zusammen.

»Wer denn? Was ist passiert?«

»Heudde«, rückte Baba heraus, »is nuä mein Gebuatstach. Un denn bin ich immä so trauerich.«

»Herzlichen Glückwunsch, Baba. Wie alt bist du denn geworden?«

»Noinzenn.«

»Das ist jung.«

»Dass' aaalt! Dass' viel zu alt. Inne letzn noinzenn Johre is viel zu viel passiät. Ich hab kein Bock mea. Ich habbi Schnauze so voll von' Leem...«

»Ach, Babachen, jetzt bist du ein bisschen besoffen und hast einfach die Jammerei...«

»Nee, nee, nee...«, seufzte Baba. »Denkn tu ich das immä. Bloß, wennich ein gezwitschät hab, denn sach ich das auch.«

»Was ist dir denn Schlimmes passiert?«

»Das wissu doch go nich wissen.«

Stimmt, dachte Lilly. Ich will's wirklich nicht wissen. Aber sie will es wohl unbedingt loswerden. »Na, sag mal. Ich hör zu.«

Zunächst holte Baba mehrfach tief Luft, dann bat sie: »Wadde mo!«, dann wurstelte sie sich aus Lillys Armen und Decken und lief ein Stück die Straße hinunter und um die Ecke und Lilly konnte hören, wie sie sich übergab.

Bald darauf erschien das Mädchen wieder. Es schwankte immer noch gewaltig, setzte sich mit verschränkten Beinen wieder auf Lillys Isomatte, holte Tabak hervor, drehte und leckte und klebte zusammen, zündete an und nahm einen Zug bis in die Zehenspitzen.

Dann erzählte sie Lilly, was ihr Vater und seine Freunde immer mit ihr gemacht hatten, solange sie sich erinnern konnte und wahrscheinlich schon vorher. »Denn binnich mo kaputt gegang, das höate nich auf, zu blutn, das wa auch an mein Gebuatstach, do wa ich acht. Vaddä hat mich in Krangenhaus gebracht un da gesacht, das weä ürgen son Schwein aufn Spielplatz gewesn. Er hat voahea gesacht, wennich was veroode, hauter mich dot, un das habbich ihn geglaubt, so, wie dea immä hingelangt hat. In Krangenhaus ham sie mia Löchä in Bauch gefroocht, ober ich hab nix veroodn.«

»Und deine Mutter? Konnte die dir nicht helfen?«

»Meine Muddä?« Baba zog heftig an der Zigarette, Lilly sah ihr schmales kleines Gesicht mit den großen Augen, der Mund war nur ein harter Strich. »Meine Muddä hat gesocht, ich will das jo.«

»Hat sie das wirklich geglaubt?«

Baba nickte heftig. »Un weiss, wassas Schlimmste is? Wenn der Alde das mit miä gemacht hat, denn hatter immer in mein Oär gezischeld: Das machs doch leidn, ne? Das machsu doch, du kleine Sau.«

Lilly fiel dazu nichts ein. Sie schüttelte nur den Kopf.

»Und weiss was?« Jetzt kippte Babas Stimme um, sie sprach weinend weiter, »Dass' die Wohrheid. Ich habbas gemocht. Manchmol jenfalls. Ich bin echt 'ne Sau. Dass' der Beweis.« Baba warf die kostbare Zigarette von sich und heulte in Lillys Jacke.

»Blödsinn. Das zeigt höchstens, dass du immer noch einigermaßen normal reagiert hast, rein körperlich. Dass er dich nicht ganz verdorben hat. Deshalb kannst du auch noch mal mit einem netten Mann…«

»Nee!«, kreischte Baba, ganz außer sich. »Höa bloß auf! Nie! Ich nich! Ich bin die Dome ohne Unnerleib, sach ich diä. Ich will mit den ganzn Schweinkrom nie wiedä was zu tun ham!«

»Ist ja gut, Baba. Von mir aus kannst du gern die Dame ohne Unterleib sein!«, versicherte Lilly. »Wenn du mir gesagt hättest, dass du Geburtstag hast, hätte ich dir was geschenkt, jetzt, wo ich so viel Geld hab. Ich kauf dir morgen was, ja?«

»Wassen?«, murrte Baba.

»Vielleicht eine Schachtel Filterzigaretten?«

»Du spinns. Denn liebä drei Pakedde Tabak.«

Lilly wiegte Baba sanft hin und her, und die seufzte tief auf, offenbar schon erleichtert, dass sie alles erzählt hatte.

Um die Ecke des nächsten Hochhauses schob sich gerade langsam der Vollmond, beschien bleich und kühl die raureifbestäubten Bäume, die schlafende Stadt und die beiden obdachlosen Frauen mit dem hässlichen Hund, die sich alle drei eng aneinander drückten.

Wenn Lilly durch ihre Schicksalsschläge, wie Heike meinte, zum Lernen gebracht werden sollte, dann funktionierte das gut. Sie lernte in sehr kurzer Zeit sehr viel; sie lernte, welche Toiletten in Parkhäusern oder Restaurants von wann bis wann geöffnet waren; welche davon nettes oder weniger nettes Personal hatte; wo es Steckdosen gab (Baba hatte einen Fön in ihrem Schließfach!) und wo bis in den späten Abend kochend heißes Wasser aus der Leitung kam. Sie lernte, dass manche Dixi-Klos bei Baustellen nachts nicht abgeschlossen wurden; und dass es wirklich am klügsten war (wenn auch nicht so bequem), auf seinem gesamten Besitz zu schlafen, nicht nur auf den Schuhen.

Sie lernte, dass es verkehrt war, beim Betteln zu lächeln; vielmehr empfahl sich eine melancholische, heimatlose Miene. Dass sie jedoch ungleich mehr einheimste (wenn sie beispielsweise im Bäckerladen nach Brötchen von gestern fragte), sobald sie ein strahlendes Lächeln aufsetzte und nicht mit Höflichkeiten knauserte. Sie versuchte immer wieder, diese Weisheit Baba weiterzugeben: »Wenn du lächelst, dann mögen dich die Leute lieber, als wenn du so böse guckst!«

Sie lernte, wie gut sie dran war, weil sie keinen Alkohol trank, denn alle ihre neuen Freunde wurden dadurch beeinträchtigt, mehr oder weniger ständig ein bisschen duhn zu sein.

»Wenn du im Müll lebst und selber ein Stück Dreck bist, dann musst du dir einen antüdeln, um das ertragen zu können«, hatte ihr der Professor erklärt, bevor er einen weiteren Schluck aus der Bierbüchse nahm.

Das hielt Lilly für einen Irrtum. Vielleicht, dachte sie, erträgt es sich ja angetüdelt leichter. Aber wieder raus kommt man garantiert nur stocknüchtern.

Sie war erkältet, hochschwanger und ziemlich zart, aber klar im Kopf, und sie bemerkte, wie die anderen alles Mögliche übersahen, nicht bemerkten, verpennten. Wie sie sich häufig stritten um irgendwelche Nichtigkeiten, anstatt sich ruhig zu einigen. Wie sie ihre Gesundheit, die sowieso nicht blühte, dauernd zusätzlich strapazierten durch Bier, Schnaps und Tabak. Teuer war das Zeug auch noch. Lilly kaufte sich stattdessen Obst und wurde angestaunt, als sei sie nicht ganz zurechnungsfähig.

Viele der Stadtstreicher gerieten allein durch den Alkohol in ihre Situation. Andere tranken, weil sie nun mal in der Situation steckten und weil's offenbar so Sitte zu sein schien.

Kalle tapste hin und wieder auf vollkommen unsicheren Beinen von seiner Arbeit im Hafen ›nach Hause‹, kaum in der Lage, seinen Schlafsack zu holen oder hinein zu kriechen; dabei halfen ihm ganz selbstverständlich die anderen.

»Warum tust du das?«, fragte Lilly. Sie wollte es wirklich einfach gern wissen, sie machte ihm keinen Vorwurf. Aber Kalle buchte alle Fragen dieser Art als Strafpredigt, verteidigte sich sofort, meistens, indem er leugnete, ohne Aggression, jedoch beharrlich. Noch

mit Schluckauf behauptete er: »Keineinssignschlugg. Hupp.« Dass
Lilly meckerte und er sie anlügen musste, schien zu seinem Welt-
bild zu gehören.

Am Sonntag, dem 22. Dezember, regnete es, und mit Einbruch
der Dunkelheit bildete sich ganz außergewöhnlich starkes Glatteis. Jeder Gegenstand überzog sich mit einer funkelnden, schim-
mernden Kruste, die Straße wurde zum polierten Spiegel.
Lilly hatte riesige Angst, auszurutschen und der Raupe zu schaden. Sie bewegte sich nach Möglichkeit überhaupt nicht mehr und
verbrachte den Tag mehr oder weniger im Schlafsack. Das ging
ausnahmsweise, weil sich kaum eine Menschenseele in der Stadt
aufhielt, zum Teil wegen des Feiertags und zum Teil wegen des
Wetters.
Am nächsten Tag taute es ein wenig, über Mittag schien sogar
die Sonne. Kalle arbeitete und Lilly machte Sitzung, mit Bauch
und Hund, wie sie sich's erträumt hatte. (Denn der Professor hatte
Nierenschmerzen, die er mit einer Flasche Springer Urvater ku-
rieren wollte, einer vorgezogenen Weihnachtsgabe, und Baba war
unterwegs, um Geschenke zu kaufen.)
An diesem Tag wurde Lilly und Caligula siebenundzwanzig
Euro in bar gespendet, eine Tafel Nussschokolade, eine Schachtel
Marlboro, ein paar gestrickte Wollhandschuhe (viel zu groß), ein
kleines Glas mit Pulverkaffee, drei Büchsen Rinti-Hundefutter,
ein eingepackter Christstollen, zwei Tüten mit Weihnachtskeksen,
ein hellblauer Babyschnuller, ein bunter Gummiball, ein Kugelschreiber, ein Hartwürstchen und ein getrocknetes Schweinsohr.
Frohes Fest.
Die Schwangere und der Zirkushund machten den Passanten
die Freude, das Schweinsohr und das Hartwürstchen sofort am
Platze zu verspeisen.
Die Dinge, die Lilly selber nicht brauchen konnte, eigneten sich
immer noch wunderbar als Geschenke für ihre Freunde. Sie zog
jedoch nachmittags noch einmal los, um für Kalle ein hübsches
Feuerzeug zu kaufen, das viel teurer aussah, als es war, und für sich

selbst endlich bequeme, weiche, gefütterte Halbstiefel, eine Zahnbürste, ein Shampoo und einen Deostift. Nachdem ihr Schnupfen
langsam nachließ, begann sie, sich selber zu riechen.

Am späten Abend brachte ein Mitarbeiter des Burger-King den
Obdachlosen in ihren Schlafsäcken warme Essensreste und kalte
Cola, er servierte gewissermaßen ans Bett. Und er wünschte
schöne Weihnachten.

Am Vormittag des 24. Dezember wimmelte die City von Menschen. Alle vernünftige und planende Leute hatten inzwischen ihre
Geschenke gekauft, nun stürmten die Unsortierten Parfümerien
und Warenhäuser, befanden sich in Eile und in gereizter Stimmung
und bemerkten irgendwelche Penner nicht oder wollten sie nicht
bemerken. Die Weihnachtsmarktbuden wurden abgebaut. Dazwischen erschienen auch noch Trupps von Männern, die begannen,
die Festbeleuchtung über den Straßen abzumontieren.

»Die sprechen so komisch – wo kommen die her?«, fragte Lilly
Baba.

»Das' russisch odä so. Glaub ich.«

»Nee, polnisch!«, verbesserte Kurt.

»Also, ich höre immer nur sächsische Laute«, meinte Goofy.

»Na, jenfalls Osten«, fasste Kalle zusammen.

Schon am Vormittag regnete es wieder und gleichzeitig fror es.
Das Ergebnis war Blitzeis, gigantische Glätte, noch schlimmer als
die vom Sonntag. Die letzten Käufer sahen sich auf einmal auch
noch gezwungen zu schleichen, zu trippeln, zu gleiten und zu
rutschen. Etliche stürzten und standen entweder fluchend wieder
auf oder fielen bei diesem Versuch gleich noch mal hin. Eine alte
Frau schlitterte, kreischte, knallte zu Boden und blieb regungslos
liegen. Aus der Apotheke glitten und rutschten Helfer herbei, bedeckten die Liegende mit einer silbernen Folie und halfen, sie in
den bald darauf heranschleichenden Unfallwagen zu schaffen. Die
Sirenen anderer Unfallwagen hörte man bis zum Mittag von überall
her. Danach wurde es ziemlich plötzlich viel ruhiger, und am frühen
Nachmittag hatten die Obdachlosen ihre Innenstadt ganz für sich.

Kalle und seine Freunde waren für den Heiligen Abend zu einem
Wally eingeladen, denn dieser Wally hatte seit einiger Zeit eine eigene Wohnung bei der Amsinckstraße. Oder vielmehr, Wally hatte
seit einiger Zeit eine Ruth, und die hatte eine Wohnung bei der
Amsinckstraße. Gänsebraten wollte sie auch machen, sogar zwei,
wenn Kalle das richtig verstanden hatte. Und alle waren herzlich
willkommen. Sollte man nun wegen Glatteis auf etwas so Herrliches wie zwei Gänsebraten verzichten?

Lilly wusste nicht so recht, doch sie wurde überstimmt. Man
würde sie schieben und halten und stützen, alle wollten auf sie aufpassen.

Sie bewegten sich mit äußerster Vorsicht an Kollegen vorbei, die
mit Vorbereitungen für ein Weihnachtsfest auf Platte beschäftigt
waren und eine heimelige Dekoration aus einigen Tannenzweigen
und Teelichtern schufen.

Um bei der Glätte heil und gesund zu Wally und Ruth zu gelangen, leisteten Kalle und seine Freunde sich eine U-Bahnfahrt von
der Mönckebergstraße mit Umsteigen über Hauptbahnhof zur
Steinstraße. Sie bezahlten sämtlich ihre Fahrkarten, weil Weihnachten war, obwohl Baba darauf hinwies, dass heute bestimmt
keine Kontrolle käme – eben, weil Weihnachten war.

Von der Steinstraße aus musste immer noch weiter geglitscht
werden, sehr zu Lillys Missbehagen. Da sie als Einzige noch nie
bei Wally gewesen war, kam ihr der Weg ungewöhnlich lang vor,
während die anderen ständig beteuerten, nun wären sie gleich da.
Vor allem Kalle wusste hier enorm Bescheid, sein derzeitiger Arbeitsplatz lag ganz in der Nähe.

Endlich erreichten sie wirklich das Haus. Wally und Ruth wohnten im Souterrain. Wally umarmte alle seine Gäste, grölte ihre Namen und lachte brüllend. Er trug einen Ohrring und einen Na-
senring und hatte blaugrün tätowierte Handrücken. Er klopfte
Caligula derart auf den Rücken, dass es Lilly beim Zusehen wehtat. Den Rest des Abends versteckte der kluge Hund sich vor dem
Hausherrn hinter Sofas und unter Stühlen.

Wally bekam von seinem alten Freund Kalle Lilly vorgestellt, da nahm er ganz andächtig ihre Hand in seinen beiden Hände und blickte sie aus wasserblauen Augen zärtlich an. »Dass mein Froind Kalle Vadder wird, dass' 'ne große Froide für mich«, versicherte er. Kalle und Lilly wechselten einen kurzen Blick. Sie klärten Wally beide nicht auf.

Ruth kam kurz aus der Küche, mit einem wunderbaren Bratenduft im Haar, vielen goldenen Backenzähnen, die beim Lachen aufblitzten und im tiefausgeschnittenen Glitzerjersey, allerdings abgedeckt durch eine knallbunte Küchenschürze.

Außer Kalle, Lilly, Baba, dem Professor, Goofy und Kurt waren noch drei Personen anwesend: Artur, silberweißer Bart und lustige Augen, Tore, mit einer ähnlichen Figur wie Kalle, und der langhaarige junge Kerl, dem Baba im Hauptbahnhof mal aus privaten Gründen den Mittelfinger gezeigt hatte. Benno hieß der.

Baba begann, sobald sie Benno sah, deutlich zu machen, wie entsetzlich ihr seine Anwesenheit zu schaffen machte. Sie stöhnte laut und verdrehte die Augen und versicherte jedem, der gerade neben ihr stand, sie überlege, ob sie nicht gehen sollte, weil Benno auch da sei.

»Was tut er dir denn?«, erkundigte sich der Professor.

»Deä brauch nix tun. Dass' schon zu viel, wennä do is!«

Meine Güte, dachte Lilly, so hab ich mich in der frühen Vorpubertät aufgeführt, wenn ich verknallt war und das vertuschen wollte. Sie flüsterte Baba ins Ohr: »Du musst nicht so deutlich merken lassen, dass du ihn interessant findest!«

Dadurch wurde Baba dann ziemlich ruhig und umgänglich.

Lilly tauchte in der Küche auf und fragte bescheiden nach einem Büchsenöffner, denn sie wollte Caligula eins seiner Geschenke gern sofort servieren. Es handelte sich um Putenfleisch und duftete köstlich. Lilly verteilte den Doseninhalt mit einer Gabel in der kleinen Porzellanschüssel, die Ruth ihr für diesen Zweck gegeben hatte und stellte dem Hund sein Weihnachtsessen auf die Fliesen. Caligula schlabberte zuerst den Glibber herunter, bevor er anfing, sich große Brocken in den Rachen zu schleudern. Weil er so schnell aß, verschluckte er sich jämmerlich, und Ruth blickte besorgt über die

Schulter, nahm eine weitere Schüssel aus dem Schrank, ließ kaltes Wasser hineinlaufen und stellte sie vor den Hund. Der spülte sich gründlich die Kehle aus und machte ein grollendes Bäuerchen, bevor er den Rest Putenfleisch fraß und erst die Schüssel und dann seinen Bart sorgfältig völlig sauber leckte. Dann wedelte er viermal kurz und verließ die Küche.

Lilly fragte, ob sie helfen könnte, und Ruth rief: »Gottes willen, Schätzeken, setz dich ma nett hin, Essen kommt gleich!«

Im großen Wohnzimmer hatte man zwei Tische zusammengeschoben, mit einem weißen Bettlaken abgedeckt und viele verschiedene Teller und Gläser darauf verteilt. Aus dem Radio erklangen irgendwelche Sängerknaben mit besinnlichen Weihnachtsweisen. Eine dralle kleine Tanne, die irgendwie der Hausfrau ähnlich sah, trug hastig verteiltes dunkelrotes Lametta und rote elektrische Kerzen. Lilly schlich fasziniert näher. Seit ihrer Kindheit hatte sie kein Lametta mehr gesehen. Hinter der Tanne stand ein solider Plastikeimer, den Bauch voller Wasser. Warum das? Für elektrische Kerzen brauchte man doch keinen Wassereimer? Oder waren die Leitungen so defekt, dass man mit dem Schlimmsten rechnen musste? Auf jeden Fall wirkte der Eimer irgendwie beruhigend, und kurze Zeit später wusste Lilly ihn auch zu nutzen.

Wally lief mit der offenen Schnapsflasche umher und schenkte allen ein. Da nahm Lilly Kalle ein paar Mal ein volles Glas weg und kippte es unauffällig in den Löscheimer. Falls wirklich Feuer ausbrechen sollte und jemand diese Alkohol-Wasser-Mischung darauf goss, würde das die Flammen eher ermutigen.

»Wann ist denn Bescherung?«, fragte sie leise Kalle, der sich so gutmütig seine Schnäpse von ihr rauben ließ.

»Wann is was?«

»Na, wann geben wir uns unsere Geschenke?« Lilly trug die Päckchen in ihrer bedruckten Plastiktüte.

»Ach so. Könn wir gleich machen, ne. Ich hab meins schon Wally un Ruth gegehm.«

»Oh – ich dachte, das machen wir irgendwie alle zusammen?« Lilly fehlte das Ritual.

»Och, das macht jeder, wie er will, das stört doch kein!«, meinte Kalle.

Daraufhin beschäftigte Lilly sich eine Weile mit Geschenke verteilen. Erst wurde ihre Tüte leer, und dann wieder voll, denn sie bekam ja ihrerseits auch schöne Sachen: einen gebrauchten schwarzen Rucksack von Kalle, eine Tube mit Waschgel fürs Gesicht (von Baba, der sie verraten hatte, wie schrecklich ihre Haut inzwischen aussah, fettig und unsauber, mit verstopften, dunklen Poren). Eine Büchse mit Ananas. (Das war ein kleines Missverständnis; Goofy glaubte offenbar, dass sie jede Art von Obst gern mochte, auch totes.) Vom Professor Süßigkeiten und von Kurt ein nicht ganz neues Taschenbuch: ›Virginia und der Pirat‹ – weil sie wohl mal erwähnt hatte, dass sie gerne las. Auf dem Titel war Virginia abgebildet, der fast die Äpfelchen aus dem Dekolletee kullerten, weil der Pirat sie von hinten so heftig umklammerte.

Aus der Küche klang Getöse: Ruth war der Topf mit dem Bratenfett auf die Fliesen geknallt, vielleicht, weil Wally auch seine Liebste großzügig mit Schnaps versorgte. Nun dauerte das noch eine Weile mit der Sauce, und die Kartoffeln waren sowieso noch nicht weich.

Kalle diskutierte mit Tore über Vor- und Nachteile der Arbeit im Hafen, deshalb setzte Lilly sich zum Professor, der sich gerade eine geschenkte ›echte‹ Zigarette ansteckte, auf ein altes Sofa mit kaputten Sprungfedern. Sehr bequem war es nicht, aber dass man überhaupt sitzen konnte! Und dann noch drinnen! Obwohl es in dieser Wohnung wirklich nicht gut roch, halb nach Schimmel und halb nach altem Zigarettenrauch.

»Erinnerst du dich auch an vergangene Feste?«, fragte der Professor leise.

Durch diese Frage erst fiel Lilly auf, dass sie das durchaus nicht tat, schon gar nicht bedauernd.

An Weihnachten mit ihrem Vater konnte sie sich kaum noch erinnern. Die späteren Feste, mit Elisabeth allein, waren trostlos. Meistens weinte ihre Mutter, beklagte ihre Situation und den weggelaufenen Mann, wies darauf hin, wie sehr sie sich einschränken mussten und machte alles so düster und tränenschwer wie möglich.

Und noch später? Sicher, sie hatte in eleganterem Ambiente gefeiert und kostspielige Geschenke bekommen; trotzdem fand sie es selten wirklich amüsant, wenn Evita und Elisabeth feine Spitzen aufeinander abschossen und sich nur einig waren in der Abneigung gegen die arme Frau Dietrich, die für das köstliche Essen sorgte. Norbert rettete sich rechtzeitig zum Fest häufig in eine Grippe oder er holte sich einen Hexenschuss. Dann konnte er auf dem Sofa liegen und sogar Gespräche verweigern, weil's ihm ja nun mal nicht gut ging.

Was hatte eigentlich all diesen langweiligen, trübseligen Heiligabenden gefehlt? Vermutlich ein vergnügtes, gespanntes, aufgeregtes Kind. Das wird es im nächsten Jahr schon für mich geben, dachte Lilly, und plötzlich überrollte sie eine dicke Glückswelle.

»Meine Vergangenheit fehlt mir nicht besonders. Ich freu mich auf meine Zukunft«, teilte sie dem Professor mit, der ihr daraufhin einen bewundernden Blick zuwarf. »Jetzt muss ich dich aber mal was fragen. Warum nennen dich alle Professor? Weil du so viel weißt?«

Er lächelte schmerzlich, das schöne, verwüstete Gesicht mit den großen braunen Augen auf den dicken, geschmacklosen kleinen Tannenbaum gerichtet.

»Ja, also es verhält sich so, dass ich Professor bin. Oder jedenfalls gewesen bin. Das war mein Beruf. Ich war Dozent an der Uni in Kiel.«

Lilly staunte. »Du warst – ?!«

»Ja, ja. Du wirst manch edles Material im Kehricht finden. Unser Goofy zum Exempel war in jungen Jahren katholischer Geistlicher.«

»Und dann?«

»Dann kam ihm die Liebe in den Weg, er entschied sich für die Frau und hat den Beruf aufgegeben, den er eigentlich geliebt hatte. Die Frau hat er eben noch mehr geliebt. Er wurde irgendein langweiliger Verwaltungsangestellter. Am liebsten wäre er Priester geblieben und trotzdem mit seiner Frau zusammen, aber eines ging nur.«

»Und dann?«

»Und dann starb die Frau, vor zehn Jahren oder so. Nach kurzer, schwerer Krankheit. Da war er ohne Priesteramt und ohne Frau und das hat er dem Herrn ganz schön übel genommen. Von da ab hat er nichts mehr weggeworfen.«

»Wieso?«

»Das weiß ich auch nicht. Vielleicht fand er, er hätte genug Verluste erlitten, und alles, was er nun noch hatte, wollte er behalten, und wenn es leere Büchsen wären. Eines Tages haben sie seine Tür aufgebrochen und nach Leichen gesucht – die hatten sie, dem Geruch nach, vermutet. Sie fanden jedoch nur Müll und Fliegen und Maden und den armen Goofy dazwischen. Und weil die anderen Mieter im Haus sowie seine Hauswirtin etwas gegen diesen Gestank einzuwenden hatten, wurde er die Wohnung auch noch los.«

»Wie schrecklich!«, sagte Lilly leise. Sie blickte unauffällig zu Goofy hinüber, der sich gerade kichernd mit Kurt unterhielt, über seine verschmierte, kaputte Brille blinzelnd.

»Und du, Professor?«

»Was ich?«

»Wodurch bist du auf der Straße gelandet?«

»Das ist eine lange Geschichte.«

»Die Kartoffeln sind ja auch noch nicht weich.«

Der Professor zuckte in seiner sonderbaren Art, zu lachen, mit dem Oberkörper. »Du bist neugierig, Libelle. Also gut. Auch ich war zu Zeiten ein angesehener Mann. Ich war erfolgreich. Ich war prachtvoll. Glaubst du mir, dass ich gut ausgesehen habe?«

»Das tust du noch. Nur etwas verwildert. Aber ich hab Gregory Peck schon schlimmer geschminkt gesehen als dich.«

Der Professor zeigte grinsend seine braunen Zahnstummel. »Das war nett, danke. Also, ich hab relativ jung geheiratet, vielleicht war das ein Fehler. Wir hatten zwei wunderbare Kinder, einen braven Sohn, Bernd, und eine kluge, schöne Tochter, Laura.

Ich weiß nicht, wie es kam ... ich hätte zufrieden sein können, das weiß ich inzwischen, aber ich wollte mehr als das, was ich hatte. Ich hab mich gelangweilt. Ich hatte einige Affären, taktvoll versteckt, ganz im Geheimen. Dann kam eines Tages eine Studentin in mein Seminar, eine junge Frau mit Nixenaugen und einem Körper, wie ... Also, sie sah sehr gut aus. Maja. Jeder Mann hat sie atemlos angestarrt. Jeder Student war verliebt in sie. Sie hatte so etwas Unbestimmtes, Geheimnisvolles, dabei auch verhuscht und schüchtern, manchmal ungeschickt, sehr unordentlich. Überaus anziehend. Wenn ich gewusst hätte, was dahinter steckt, hätte ich die Finger davon gelassen. Ich glaube inzwischen, Maja war schwer neurotisch. Wie du dir denken kannst, begannen wir ein Verhältnis ...«

Lilly nickte. Das hatte sie schon vermutet.

»Es war schmeichelhaft, dass sie sich für mich entschieden hatte. Meine Eitelkeit hat getanzt. Sonst war es nicht sehr befriedigend. Sie hatte kein Talent für die körperliche Liebe. Vielleicht gehörte das ja mit zu ihrem sonderbaren Reiz: Sie machte nie satt, weißt du. Man war nie zufrieden. Außerdem war sie kompliziert, überempfindlich. Wir begannen, uns zu streiten, über die blödesten Sachen. Welche Jahreszeit die angenehmste wäre oder so. Albern und überflüssig. Sie begann, eine Belastung zu werden, und ich leitete möglichst taktvoll unsere Trennung ein. Am nächsten Tag saß Maja, als ich nach Hause kam, bei meiner Frau. Sie hatte ihr alles erzählt, noch dazu auf ihre seltsam düstere Art. Ich bekam einen Wutanfall und hab sie rausgeschmissen ...« Der Professor zerdrückte seine Zigarette in einem Aschenbecher, auf dem noch ein ramponiertes kleines Etikett klebte: Echt Kristall.

»Und dann?«

»Und dann. Als hätten sie sich verabredet, haben drei Leute auf einmal versucht, sich umzubringen. Mein sensibler Sohn – denn meine Frau hat unseren Kindern alles weitergegeben –, meine chaotische Geliebte und meine schockierte Frau. Maja und Bernd konnten gerettet werden, meine Frau hatte zu gründlich gearbeitet. Siehst du, ich hatte mir immer gewünscht, dass mein Leben nicht mehr so langweilig wäre, und dieser Wunsch ist mir erfüllt worden. In Maja hat sich der Arzt verliebt, der sie gerettet hat. Zur Strafe hat sie ihn geheiratet. Mein Sohn hat nie wieder ein Wort mit mir gesprochen. Damals war er siebzehn. Mein Gott, das ist mehr als vierzehn Jahre her! Meine Tochter hat versucht, mir zu erklären, warum ich nichts dafür konnte. Laura wollte auf Biegen und Brechen zu mir halten. Aber ich wollte nicht zu mir halten. Ich hab mich angewidert. Eigentlich ist die Sache nie an die große Glocke gehängt worden, ich hätte im Prinzip, wenn ich kaltschnäuzig genug gewesen wäre, weitermachen können. Das konnte ich aber nicht. Ich hab das Saufen angefangen. Ich bin vollkommen abgerutscht. Ich leide an einem Gewissen, das hat auch nicht jeder...« Der Professor strich nachdenklich mit einem seiner nikotinverfärbten Finger über seine edle Nase.

Wally verkündete, nun sei das Essen fertig, er brachte selbst eine der braunen Gänse, in deren Brust Messer und Gabel steckten. Ruth kam mit dem zweiten Braten an. Die Gäste setzten sich, Stühle rückend. Caligulas Schnauze streckte sich interessiert schnuppernd unter dem Bettlaken-Tischtuch hervor.

Lilly merkte, dass sie bei weitem nicht mehr so ausgehungert war wie am Anfang ihrer Karriere als Pennerin, weil ihr auffiel, dass die Gänse etwas zu braun und zu scharf gepfeffert und die Sauce viel zu fett war.

Trotzdem genoss sie das Weihnachtsessen. Sie nahm sich dreimal von dem Rotkohl, der wunderbar schmeckte, und machte der geschmeichelten Ruth deswegen Komplimente.

Zum Nachtisch brachte Ruth Ananas aus der Dose (ein Geheimtipp in diesem Verein?), mit Vanillesauce übergossen. Nun ja.

Alle stießen miteinander an und wünschten sich ein frohes Fest. Lilly fiel auf, wie heiter einige Gäste inzwischen geworden waren. Das lag sicher daran, dass sie so lange ihre Schnäpse in einen leeren Magen gekippt hatten beim Warten auf die Kartoffeln. Kalle wirkte erfreulich nüchtern und zwinkerte ihr aus seinen großen schwarzen Augen vergnügt zu.

Tore jedoch sprach schon recht undeutlich, wenn auch laut. Er vertrat die Ansicht, Wally hätte ihm Ruth entwendet, eigentlich und im Grunde gehöre sie ihm – und damit auch diese Wohnung, der Weihnachtsbaum und die zwei verspeisten Gänse. Wally war verständlicherweise vollkommen anderer Meinung.

Ruth ließ lächelnd ihre Goldzähne sehen, spielte mit einer Tischtuchecke und fühlte sich nicht unwohl in ihrer Rolle.

Kurt versuchte, zu vermitteln und schaffte es irgendwie, dass Wally nun seinen Stuhl zurückstieß und Tore mal zeigen wollte, was er mit seinem dummen kleinen Schädel machen konnte.

Ruth bemühte sich, jedenfalls ihre Gläser aus echtem Kristall zu retten, bevor es ungemütlich wurde.

Baba benutzte die aufgelockerte Stimmung, um dem langhaarigen Benno quer über den Tisch zuzuquäken, er sei ein ›Aaschloch, un was füä ein!‹ und empfahl ihm, er möge sie nicht so anglotzen.

Lilly begann gerade sich Gedanken zu machen, ob bei einer Prügelei ihr Bauch in Gefahr sein könnte, als Kalle ihr auf die Schulter tippte und ihr ins Ohr raunte, er hätte noch ein Geschenk für sie. »Da mussu aber für mitkomm.«

Sie verabschiedeten sich nicht groß, schlichen sich bei dem stärker werdenden Getöse hinaus (keiner achtete darauf außer dem Hund, der mitschlich), zogen im Flur ihre Jacken an und standen gleich darauf alle drei in der stillen, schwarz spiegelnden Glätte, den Atem als Rauchwölkchen vor dem Mund.

Im 12. Kapitel

erleben wir den Walzer der Libelle –
erfahren, weshalb ein joggender Greis die Wirtschaft ruiniert –
sehen zu, wie eine dicke Dame aufgefangen wird –
und finden es sehr praktisch, dass sie so dick ist

Da hinten in den Schuppen mach ich immea mein Schop«, erläuterte Kalle, als er mit Lilly im Hafengelände herum rutschte. »Nu komma, Kalli, nu ma los!«, rief er sodann, rückwärts gewandt. Der Hund folgte nur langsam und ungern, seit ihm beide Vorderpfoten auseinander geglitscht waren und er sich die Nase gestoßen hatte.

Lilly freute sich ja, nun zu wissen, wo Kalle immer arbeitete. Sie bezweifelte jedoch, dass diese brisante Information es wirklich wert war, am Heiligen Abend beim Glatteis des Jahrhunderts eine so gefährliche Schlitterpartie zu veranstalten. Das konnte doch wohl nicht sein zusätzliches Geschenk sein?

Drei Lagerhallen weiter holte Kalle mit geheimnisvollem Gesicht einen Schlüssel aus der Tasche, öffnete eine hohe Schiebetür, zog Lilly hinter sich her in die Halle und knipste an einem Lichtschalter. Caligula trippelte eilig mit in den Raum, froh, soliden, trockenen Betonboden unter den Pfoten zu spüren. Kalt war es auch hier drin, aber jedenfalls nicht windig.

Eine große Lagerhalle mit gestapelten Säcken und Kisten; in der Mitte viel freier Raum, da lag kein Beton, sondern, aus welchen Gründen auch immer, buntgetüpfelte Linoleumfliesen. In einer Ecke mehrere Gabelstapler. Auf einer großen Kiste ein altmodischer Kofferplattenspieler aus den sechziger Jahren des gerade vergangenen Jahrhunderts.

»Du muss deine Schue ausziehn!«, verlangte Kalle nun, er fummelte bereits an seinen eigenen Schnürsenkeln herum.

»Warum denn das??« Lilly hatte sowieso schon kalte Füße. So dick gefüttert waren ihre neuen Schuhe nun auch wieder nicht.

232

»Bidde!« Er blickte sie so flehend aus seinen großen schwarzen Augen an, dass Lilly sich seufzend daranmachte, die Stiefel auszuziehen.

Kalle marschierte auf Ringelsocken zu dem Plattenspieler. Er ging knacksend in die Knie und hantierte mit einer dicken schwarzen Schallplatte herum. Lilly zuckte zusammen, als aus der gegenüberliegenden Ecke die Geräusche der Nadel erklangen, die auf die Schallplatte auftippte. Nun flitzte Kalle zu ihr zurück, zog sie auf den Linoleumboden, nahm ganz schrecklich exakt Tanzhaltung an, indem er ihre rechte Hand auf merkwürdig schnörkelige Art hielt und zog ihren Bauch mit einem Ruck dicht an seinen.

Inzwischen erklangen die ersten, einleitenden Takte zu einem Walzer. Was war denn das – ? Das kannte sie, natürlich, das war doch…

Kalle schloss vor lauter Konzentration die Augen, verbesserte noch einmal die Handhaltung, straffte den Rücken, schien innerlich zu zählen wie ein Maikäfer vor dem Abflug – und segelte mit Lilly los, rechtsherum, eins-zweidrei, eins-zweidrei, eins-zweidrei – genau, als das Hauptthema zu Tschaikowskys Walzer aus Eugen Onegin richtig begann.

Er hat doch gesagt, er kann nicht tanzen –?, wunderte sich Lilly. Ich weiß genau, dass er das gesagt hat!

Aber Kalle konnte tanzen, akribisch, etwas hölzern, dann zunehmend gelöster. Vielleicht war er ein Naturtalent. Vielleicht verstand er sich prinzipiell gut mit seinem drallen, muskulösen Körper. Vielleicht hatte er ein angeborenes Gefühl für Rhythmus und Bewegung.

Nachdem er zuerst ganz verinnerlicht und konzentriert offenbar nur gezählt hatte, warf er irgendwann einen Blick in ihr Gesicht und bemerkte entzückt, wie glücklich sie aussah.

Lilly lächelte, ihre Augen schwammen, jederzeit vom Überlaufen bedroht. Da begann Kalle, seinerseits zu strahlen, und nun steigerte er das Tempo und den Schwung, hüpfte auch mal auf den Zehenspitzen, immer rasanter, wobei er seine Partnerin die ganze Zeit fest und sicher hielt. Ihre Haare flogen ordentlich, und Lillys

Tränen schwappten über – was nichts ausmachte, sie lächelte nur noch breiter.

Was für ein Geschenk!, dachte sie, tief beeindruckt. Allein diese Idee! Sich zu erinnern, dass ich so gerne tanze, am liebsten Walzer! Dies hier zu arrangieren!

Als die Musik zum großen Finale ausholte, zum pompösen, endlos ausgedehnten Schluss, wurden ihre Umdrehungen immer schneller, immer schneller.

Dann löste sich die Nadel mit einem deutlichen Knacks von der Schallplatte, und es war still – bis auf das Keuchen der Tänzer und das leise Hecheln von Caligula, der in der Gabelstaplerecke saß und alles genau beobachtet hatte.

Kalle hielt Lilly fest, die sich, das war deutlich, ein wenig taumelig fühlte. Er atmete schwer, stand jedoch wie ein Fels, möglicherweise, weil er daran gewöhnt war, so oft betrunken zu sein.

»Hast du nicht gesagt, du kannst nicht tanzen?«

»Nee, stimmt auch. Aber ich hab ein Kumpel, der kennt da was von. Der hattas ma annere Leute gelernt inne Tanzschule. Un denn hat er mia inne letzen Tage immer gezeicht, wie das geht. Immer, wenn ich mitte Aabeit fertich war, ham wir geübt. Der hat auch die Musik besorcht.«

»Ach, Kalle, Kalle! Wie *unendlich* lieb von dir!«, sagte Lilly aus tiefstem Herzen, wobei sie beide Arme um seinen Hals warf und ihm einen Kuss auf seinen großen, breiten Mund gab. Kalle war geistesgegenwärtig genug, bei dieser Gelegenheit schnell einen echten Weihnachtskuss zu ergattern, und Lilly hatte gar nichts dagegen. Sie lehnte ihren Kopf an seine Schulter und war, für einige Minuten wenigstens, einfach nur glücklich.

»Guck ma, da fliecht sie, da is sie – ich hab dir doch von dea Libelle hia erzählt?«, rief Kalle plötzlich lebhaft in die verträumte Romantik hinein.

Er zeigte aufgeregt zur Decke. Lilly kniff die Augen zusammen. Nein, das glaub ich einfach nicht!, dachte sie. Da schwirrte allen Ernstes eine offenbar echte Libelle herum, ziemlich groß, blau schimmernd.

»Das geht doch gar nicht!«, protestierte Lilly. »Die kann doch in so einer Kälte unmöglich leben? Das ist doch ein Sommerinsekt... Wo kommt die denn überhaupt her?«

»Weissich auch nich. Die is schon 'ne Weile hia. Ich hab vor'n paar Wochen ma in den Schuppen hia gearbeitet, da hab ich sie schon imme gesehn. Hab ich dia doch erzählt.«

Lilly nickte, ja, daran konnte sie sich erinnern. Aber... »Die müsste doch längst eingegangen sein, Kalle?«

Sie blickten beide nach oben, folgten mit den Augen dem blauen Zitterflug.

»Meins, weil die so fein un dünn is? Ich glaub, so'n Viech is ganz schön zäh. Die hält viel aus, wennas sein muss«, sagte Kalle nachdenklich.

Am zweiten Weihnachtsfeiertag trabte Kalle noch einmal los, um den Mann zu finden, der den Schmuck kaufen sollte.

Lilly gönnte sich einen heißen Kaffee am Stehausschank und ignorierte einen Herrn in Lackstiefeln, der sich empörte, weil Caligula ein winziges, trockenes Kringelchen neben eine Hauswand drapiert hatte. »Ihr Scheißpenner, müsst ihr mit euern Kötern die ganze Stadt versauen? Ich verlange, dass die Schweinerei entfernt wird! Hol dir gefälligst 'n Plastikbeutel und mach das weg!«

»Ich geh mit dem Hund mal eben zur Alster. Hast du Lust, mitzukommen?«, bot sie dem Professor an. Der murmelte, wenn es nicht in Sport ausarte...

Es wurde ein längerer Gang, den Holzdamm hoch bis zur Außenalster. Hier setzten sie sich auf eine Bank und blickten auf das vernebelte Gewässer. Inzwischen war es trübe geworden, wärmer und nicht mehr so glatt, von einzelnen vereisten Stellen abgesehen, zum Sitzen jedoch eigentlich immer noch viel zu kalt. Caligula kauerte neben der Bank und zitterte vorwurfsvoll.

Lilly war schlechter Laune. Nachdem sie sich erleichtert und froh gefühlt hatte, weil sie nicht mehr allein umherirrte, ohne Schlafstelle, ohne Essen, nachdem sie dankbar gewesen war für die Gesellschaft der anderen Stadtstreicher, den Schlafsack und die Mög-

235

lichkeiten, täglich ein paar Euro zu ergattern, kam ihr nun plötzlich wieder in den Sinn, wie hoffnungslos ihre Situation aussah.

Na schön, ihr Leben wurde nicht mehr direkt durch den Hungertod bedroht, sie hatte eine Möglichkeit gefunden, sich nachts lang zu machen. War das vielleicht ein Grund zur Freude? Sollte sie etwa glücklich darüber sein, sich mitten unter versoffenen Asozialen zu befinden, die alle miteinander keine vernünftige Zukunft vor sich sahen? Sollte sie dem Schicksal dafür danken, dass sie nun gewohnheitsmäßig auf der Straße schlief und sich mit Betteln durchschlug? Und das auch noch in ihrem Zustand?

Sie trug diese Ansichten, hier und da taktvoll etwas abgemildert, dem geduldig zuhörenden Professor vor. »Und die Vorbeigehenden pöbeln einen an und dürfen das auch. Sag doch mal, kann man überhaupt noch tiefer rutschen?«

»Och, da fiele mir auf der Stelle einiges ein«, erwiderte der. »Soviel ich weiß, hast du's noch nicht mit Prostitution versucht. Außerdem bist du, soweit ich das beobachten konnte, nicht im Geringsten süchtig, außer vielleicht nach Vitaminen, und das gilt nicht, weil eine echte Sucht ungesund sein muss. Was ist los mit dir? Kürzlich hast du dich doch noch auf deine Zukunft gefreut?«

»Jaaa – ich freu mich natürlich auf die Raupe. Andererseits hab ich Angst, sie mitten auf der Straße zu bekommen. Und ich habe keine Ahnung, wie es weitergehen soll, wenn das Kind da ist. Ich glaube zum Beispiel nicht, dass die Behörden mit gutmütigem Lächeln zugucken, wenn ich anfange, mit einem Neugeborenen auf dem Arm zu betteln ...«

»Hattest du das vor? Wolltest du dem Baby beibringen, auf den Vorderpfoten zu stehen?«, fragte der Professor, der gerade am Papier einer neuen Zigarette leckte und dabei mit seinen braunen Zähnen grinste.

Ein Jogger eilte vorbei, ein Greislein mit silbernen Locken, die unter seiner Mütze hervorkringelten. Er stieß kleine, regelmäßige Atemwolken aus und war gut in Fahrt. Der Professor schaute ihm hinterher. »Siehst du – hier ist wieder einer, der daran arbeitet, unser Staatsgefüge und unsere Wirtschaft kaputtzumachen.«

»Der alte Knabe da? Wieso meinst du?«

»Er stählt seinen Körper an der frischen Luft, anstatt hinter dem Ofen zu rosten und morsch und brüchig zu werden. Zu allem Elend wird er auch noch Körner und Sprossen einfahren statt fetter Wurst, Vollkornbrot und linksdrehenden Joghurt statt Eisbein, Sojamilch und Früchtetee statt Bier. So machen es immer mehr Leute. Das hat Frau Künast von ihrem verantwortungslosen Tun. Immer mehr Menschen werden immer gesünder, immer älter und benötigen immer länger ihre Rente. Das kann doch kein Staat bezahlen! Wahrscheinlich hat er auch noch ›Interessen‹. Früher hatte kein alter Mensch Interessen. Er saß da, fühlte sich unnütz, grämte sich und ist brav gestorben.«

Lilly kicherte.

»Ja, lach mal. Du siehst so hübsch aus, wenn du lachst, Libelle. Woran glaubst du eigentlich?«

»Na hör mal, ich sitze hier doch nicht mit Goofy?«

»Der glaubt nicht. Aber du solltest glauben.«

»An was? An Wunder?«

»An dich selbst vor allem. Ja, und an Wunder, warum nicht?«

»Gut, wenn eins passiert, glaub ich dran.«

»Falsch rum, Libelle. Erst musst du glauben, dann kann das Wunder passieren. Das ist das ewige Gesetz des Universums. Wenn du glaubst, setzt du damit Wunder in Gang. Das hat mir jedenfalls mal ein Priester in Assisi erklärt, als ich noch ein reicher, Urlaub machender Mann war.«

Lilly zog die kleine Marienmedaille aus der Jackentasche. »Eigentlich hab ich so einige kleinere Wunder durchaus schon erlebt. Ich bin ein paar Mal gerettet worden. Natürlich kann das auch jeweils purer Zufall gewesen sein. Also, wenn jetzt noch mal irgendein Wunder passiert, dann glaube ich.«

»Was zählst du denn dazu? Was gilt für dich als Wunder?«

Lilly dachte nach. »Ich wünsche mir eine *etwas* noblere Arbeit als Betteln. Und ich möchte nicht mehr auf der Straße schlafen, sondern in einem normalen Bett. Damit meine ich jetzt keine Obdachlosenunterkunft. Ich hätte gern einen kleinen Raum für mich – der kann ganz winzig sein. Weißt du, ich finde, mit das Schlimmste an dem Leben auf der Straße ist, dass man niemals für sich sein kann. Ständig zum Anstarren parat, wie im Zoo oder im Aquarium. Kein privates Fleckchen. Da hat's ja mein Schlafsack besser, der ist ab und zu mal im Schließfach alleine!«

Darüber musste der Professor eine Weile zucken.

»Meinem oberen Rücken ist warm durch den Rucksack, aber mein unterer Rücken fängt an, zu frieren, ich geh zurück...«, verkündete Lilly und stand auf. Caligula stand ebenfalls auf und schüttelte sein Fell.

In diesem Augenblick ging eine sehr beleibte Dame in einem bildschönen, weitschwingenden hellgrauen Wintermantel mit silbergrauem Pelzhut an ihnen vorbei, geriet auf einige der wenigen vereisten Stellen, die es noch gab, rutschte, ruderte mit den Armen, quiekte und wurde von Lilly aufgefangen, einfach, weil sie direkt daneben stand. Die Dame klammerte sich an Lillys Oberarmen fest und starrte ihr mit kleinen braunen Äuglein erschrocken ins Gesicht.

»Halten Sie mich bloß fest, Herzle, nicht loslassen!«

»Ich lass Sie nicht los«, versicherte Lilly.

»Auwei, mir ist noch ganz schwummrig. So, jetzt geht es, glaube ich. Menschenskind, vielen Dank, Herzle!«

»Gern geschehen.«

»Wenn Sie da eben nicht gestanden hätten... sagen Sie mal, wäre das zu viel verlangt... Ich hab wirklich noch Puddingknie, ich fühl mich richtig unsicher auf meinen Kartoffelstampferchen, puh, also, würden Sie mich eben zu meinem Auto begleiten? Darf ich Sie einhaken, ja? Ach, danke, das ist ein sicheres Gefühl. Sie erwarten was Kleines, oder? Wie süß. Wie beneidenswert. Ich hab leider keine Kinder. Hätte ich gern gehabt. Ich wäre eine gute Mutter geworden. Nun bin ich zwar verlobt und nächstes Jahr wird geheiratet, aber für Kinder ist es wohl zu spät. Man kann nicht alles haben. Mein Wagen steht da drüben, da hinten, der dunkelgrüne Mercedes da – sehen Sie? Würden Sie mich da hinbringen? Stehle ich Ihnen auch nicht Ihre Zeit? Wenn Sie dringend irgendwo hin müssen, Herzle, sagen Sie es. Soll ich Sie vielleicht irgendwo absetzen? Ich muss nur sitzen, dann ist mir besser.«

»Ich muss nirgends hin. Und ich hab ganz viel Zeit.«

»Ach? Das klingt etwas traurig? Ach Gottle, wir haben alle so verschiedene Sorgen, wir Menschen, das ist ja das Spannende… Sie müssen nirgendwo hin und haben ganz viel Zeit? Ja, dürfte ich Sie dann vielleicht sogar bitten, mit mir nach Haus zu kommen und mir die Treppe rauf zu helfen? Ich hab immer noch ganz weiche… Ich wohne im vierten Stock, immerhin, ohne Fahrstuhl. Und ich bin sowieso nicht gerade der sportliche Typ. Passen Sie auf, Herzle, es soll Ihr Schaden nicht sein, ich gebe Ihnen ein dickes Trinkgeld und wenn wir da sind, rufen wir ein Taxi für Sie, das Sie zurückbringt, abgemacht?«

»Gerne, Moment mal, bitte!« Lilly drehte sich zum Professor um, der immer noch auf der Bank saß und neugierig zuhörte. »Bist du so lieb und behältst den Hund bei dir? Du kannst ihn ja nachher wieder mitnehmen, ich komm gleich zurück.«

»Und wenn du nicht so bald zurückkommst?«, fragte der Professor leise und angespannt.

»Meinst du, die will was Böses von mir?«, flüsterte Lilly hastig.

»Nein, im Gegenteil. Vielleicht ist das dein bestelltes Wunder«, flüsterte er zurück.

»Ach so. Also, wenn ich nicht zurückkomme, dann erklärst du Kalle, was passiert ist und gibst ihm heute Abend Caligula. Warte, hier ist mein Schließfachschlüssel, 245, gib dem Hund bitte mittags eine von seinen Büchsen, Büchsenöffner ist auch im Fach und die Plastikschüssel, so 'ne alte blaue Tupper, das siehst du schon…«

Lilly drehte sich um und wandte sich zu der dicken Dame, die mit gerunzelter Stirn am Fleck stehen geblieben war und leise schwankte. Ihr Gesicht hellte sich auf, als Lilly zurückkam.

»Danke, Herzle. Ich hak mich mal ein, ja? Der Herr auf der Bank sieht ja, wie soll ich sagen, wildromantisch aus. Aber schöner Kopf, auf jeden Fall. Ist das Ihr Freund?«

»Na ja, sagen wir, ein entfernter Bekannter«, antwortete Lilly leichthin.

239

Die dicke Dame war nicht besonders wortkarg. Sie stellte sich als Ilse Scheible vor, der Name käme aus Schwaben, und da sei auch ihr Väterle hergekommen. Demnächst würde sie allerdings einen viel hübscheren Namen tragen: Hartenstein! Klang das nicht beinah adelig? Also, es passierte schon hin und wieder, dass jemand ihren Verlobten aus Versehen mit ›Herr von Hartenstein‹ ansprach. Das berichtige der dann selbstverständlich sofort...

Frau noch Scheible und beinah schon von Hartenstein wohnte in Eppendorf, nicht weit vom großen Krankenhaus, in einem edlen weißen Häuserblock, gepflegter Altbau. Lilly zog alle die Treppen hinauf, Frau Scheible, sich selbst und die Raupe. Im vierten Stock war sie ganz aus der Puste. Frau Scheible keuchte auch.

Sie half sich erst mal, bevor sie noch den Pelzhut abnahm, mit einem Schnäpschen – »Wollen Sie auch einen, Herzle? Nein?« –, dann nötigte sie Lilly auf einen bequemen Sessel und kochte Tee. »Kaffee ist vielleicht nicht gut für Ihr Kleines, Gottle, wie weit sind Sie denn, das kommt wohl bald?«

»Nicht vor Februar!«, behauptete Lilly.

Frau Scheible lächelte und sah dabei nett aus. Durch ihr Übergewicht wirkte ihr Gesicht glatt und deshalb sicher jünger, als sie war. Außerdem zeigte sie niedliche Grübchen in den Wangen.

Lilly schaute sich in der Wohnung um, die war hell und angenehm. Großzügige Räume mit hohen Sprossenfenstern und Erkern, alles in Creme- und Rosétönen eingerichtet, antike Möbel (oder jedenfalls Möbel, die vorgaben, antik zu sein), helle Teppiche, Kronleuchter mit Wasserfällen von Kristallprismen. Hier oben rauschte der Verkehrslärm nur ganz leise vorbei. In einer Ecke des größten der drei Wohnzimmer stand eine sehr blaue Blautanne, ganz in Gold und Cremeweiß geschmückt.

»Ist das nicht eine Traumwohnung? Und stellen Sie sich vor, die ist nicht gemietet, das ist mein Eigentum!«

Zum Tee gab es Keksröllchen, mit Schokolade überzogen und die Lebensgeschichte von Ilse Scheible. Sekretärin war sie gewesen in einer Firma für Sanitäts- und Ärztebedarf, vierundzwanzig Jahre lang, davon beinah zwölf Jahre Chefsekretärin.

»Und um es ganz ehrlich auszusprechen, ich hatte mit meinem Chef, mit dem Firmenbesitzer, ein Verhältnis die ganze Zeit. Von Anfang an – ich war ein dralles kleines Ding von kaum zwanzig, als ich da begann, einfach nur hübsch und naiv. War immer klar, dass er sich nie scheiden lassen würde, seine Frau saß nämlich selber im Rollstuhl, und so was macht man einfach nicht, einen Menschen dann im Stich zu lassen. Kinder waren keine da. Das ist manchmal ganz schön einsam, wenn die Feste stattfinden und der Geliebte ist immer bei der Frau zu Hause, können Sie sich das vorstellen?«

Lilly konnte es sich vorstellen. Sie nahm noch einen Keks und machte ein aufmerksames Gesicht.

»Dann stirbt die Frau, war ihr zu gönnen, die hatte sich lange gequält. Mein Siegfried – also mein Chef – sagt, nun warten wir noch ein Anstandsjahr, und dann heiraten wir. Und stellen Sie sich vor – ein paar Monate später erleidet er einen Schlaganfall und gleich darauf, wenige Tage später, hier nebenan in der Klinik, den zweiten, und dann war ich Witwe, bevor ich geheiratet hatte! Ich hatte nie über Geld nachgedacht, also ich wusste ja, da war einiges vorhanden, auch von Seiten der Frau, aber das war wirklich nie mein Motiv gewesen, ich hab meinen Siegfried lieb gehabt. Na, und dann stellt sich heraus, er hat doch vorgesorgt. Gleich nach dem Tod seiner Frau alles notariell festgelegt, als hätte er geahnt, dass er's nicht mehr lange macht – andererseits, wie konnte er das ahnen? Er schien so vital, gerade knapp sechzig, war im Golfclub, ist immer im eigenen Pool rumgeschwommen – da krieg ich einen Brief und erfahre, ich bin Alleinerbin, wie finden Sie das?«

Lilly fand das ganz interessant. Andererseits wollte sie zurück zu Caligula und ihren Freunden. Vielleicht würde sie noch ein bisschen Sitzung machen, obwohl die anderen sie gewarnt hatten: immer noch Feiertag, niemand in der Innenstadt, und gleich nach Weihnachten trugen die Leute zugenähte Taschen, da waren sie sauer, weil sie sich fürs Fest finanziell echauffiert hatten.

»Denken Sie sich, eben noch so traurig und plötzlich in einer an sich beneidenswerten Situation. Die Firma hab ich verkauft, eventuell mit Verlust, das weiß ich nicht genau. Wissen Sie, ich hab genug gearbeitet in meinem Leben, und hart gearbeitet. Nun ist mal Erholungszeit. Ich hab mir diese schöne Wohnung hier angeschafft, ein Haus wollte ich nicht, das macht zu viel Arbeit und man fühlt sich so alleine, nicht? Alleine hätte ich Angst, auch vor Einbrechern. Dann würde ich einen großen Hund brauchen, vielleicht, aber vor dem hätte ich auch Angst. Außerdem bin ich eine Stadtpflanze, also ich könnte weiter draußen nicht leben. Na, und dann bin ich so seit einem Jahr alleine und arrangiere mich gerade und mache Urlaub in der Karibik, also in Port-au-Prince – kennen Sie – ? Nein, natürlich nicht...«

»Doch. Auf Haiti war ich zweimal mit meinem Mann. Vorletztes Jahr erst«, gab Lilly Auskunft. »Aber viel schöner fand ich es auf den Seychellen. Da waren wir auch mal.«

»Ach«, machte Ilse Scheible, vorübergehend etwas aus dem Tritt gebracht. Sie nahm einen Schluck Tee, guckte verwirrt mit ihren braunen Äuglein aus dem Fenster und fand den Faden wieder: »Ja, und da im Urlaub, da bin ich meinem Verlobten begegnet, also meinem jetzigen Verlobten. Ich hab da so die Seele baumeln lassen, gar nichts erwartet, wässere gerade meinen Alabasterkörper, da stürmt er neben mir in die Wellen, Junge, Junge, also ein *wirklich* nett aussehender Mann. Das Witzige ist, wir kannten uns ein bisschen, er hat mal ganz kurz für Siegfried gearbeitet, als Vertreter. Inzwischen reist er in Pharmaartikeln. Wir haben uns praktisch die ganze Nacht unterhalten, und dann ging so hinter den Palmen ganz zart die Sonne auf, so in Gelb und Rosa...« Ilse Scheible zwinkerte in ihre romantische Erinnerung. »Ja, das ist alles so schicksalshaft, man weiß nie, wie es kommt. Das Leben ist doch sehr spannend. Vor knapp zwei Jahren, als Siegfried starb und ich nachts aus dem Krankenhaus gewankt bin, tieftraurig, wissen Sie, und dachte, nun ist alles aus, mein Leben ist vorbei – jetzt heirate ich bestimmt nie mehr, nachdem mein Siegfried weg ist! Jeder träumt doch mal vom Glück und ich dachte, meins ist nun endgültig kaputt. Ich weiß nicht, warum, ich hatte auf einmal Komplexe, trotz meines Aussehens. Und dann stellt sich das mit der Erbschaft heraus, und dann

242

mach ich den teuren Urlaub, so etwas melancholisch allein, und dann begegne ich dem Hanno, also Hans-Norbert heißt er richtig, Hanno Hartenstein.«

Um Gottes willen, *Hanno Hartenstein*, dachte Lilly, was für ein peinlicher Name, wie aus einem Kitschroman. »Hat der auf Haiti Pharmaartikel verkaufen wollen?«, hakte sie nach und bewies, dass sie gut zuhörte.

»Wie? Ach Gottle, nein! Nein, nein. Also, der war mit einer Frau da. Eine recht betuchte Dame, nicht unhübsch eigentlich, nur viel zu dünn. Die war seit Jahren hinter ihm her, Hanno sieht ja wirklich gut aus, und Charme hat er mehr als genug, ich kann mich kaputtlachen über ihn, er ist so witzig! Manchmal hab ich Muskelkater vor Lachen. Also, da hat er sich endlich mal breit schlagen lassen und ist mit ihr verreist, teilweise richtig aus Mitleid. Und sie haben sich gar nicht besonders gut verstanden, also keine Urlaubsstimmung. Sie war wohl entsetzlich anspruchsvoll und hat sich so verhalten, als hätte sie ihn gekauft oder gemietet. So was darf man nicht machen als Frau, Menschenskind, das verletzt doch den männlichen Stolz! In der letzten Urlaubswoche ist er zu mir übergesiedelt, ich hatte ein Appartement in meinem Hotel, sehr schick, alles in Dunkelbraun und Gold, ganz üppige Vorhänge, wir haben abends auf der Terrasse gesessen und Cocktails geschlürft und Backgammon gespielt. Sie ist dann alleine abgereist, das ist ja auch bitter gewesen für sie, ich hatte ein schlechtes Gewissen. Ich bin eigentlich keine Frau, die einer anderen den Mann wegschnappt, das widerstrebt mir. In Hamburg hat er mich bald darauf besucht, wir waren tanzen, er tanzt wie ein Gott! So etwas ist ja immer unwiderstehlich, nicht?«

Lilly nickte. »Mein jetziger Freund tanzt auch wie ein Gott«, steuerte sie zum Thema bei. Zumindest wie ein griechischer Naturgott, fügte sie in Gedanken hinzu.

»Ach?«, sagte Frau Scheible wieder. »Ja, Menschenskind, sagen Sie mal, Herzle – wie heißen Sie überhaupt?«

»Dietrich.« Lilly hätte fast behauptet, ihr Vorname sei Marlene, doch sie änderte das hastig in »Lena« um.

243

»Lena? Das klingt doch reizend. Und Sie müssen jetzt wieder in die City zurück? Das war aber nicht Ihr Freund, da neben Ihnen, haben Sie gesagt? Der sah so ein bisschen aus wie ein Stadtstreicher, um ehrlich zu sein...«

»Oh, der Herr Professor ist Schriftsteller, Künstler. Die sehen oft noch viel schlimmer aus.«

»Ja, das ist natürlich eine Erklärung. Also, da habe ich auch schon Leute kennen gelernt! Siegfried hat sich für Kunst interessiert. Wir kannten so einen Kunstwerkmacher, wissen Sie, der trug immer Schlapphüte. Aber Geld wie Heu! Und immer noch Preise vom Staat, da weiß man doch, wo die Steuergelder bleiben. Er hat Mäuse an die Wand genagelt.«

Lilly riss die Augen auf. »Wie gemein!«

»Nein, sie waren schon tot. Aber echte Mauseleichen. Bei der Ausstellungseröffnung ging es ja noch, aber wir waren einige Tage später da, und da begannen sie schon zu riechen. Dafür gab es einen Preis. Ja. So, Ihr Bekannter ist also auch Künstler. Das ist ja spannend. Wo arbeiten Sie denn, Herzle?«

»Zur Zeit gar nicht.«

»Haben Sie Mutterurlaub oder wie das heißt? Ja, natürlich...«

»Nein, ich bin arbeitslos.«

»Ach Gottle. Es trifft immer mehr Menschen, ich kenne jetzt schon so viele... Ach Gottle. Und Ihr Freund? Der so gut tanzt?«

»Mein Freund ist tot«, flüsterte Lilly, von Kalle zu Claudio wechselnd.

»Das ist ja furchtbar. Der Vater – ?« Frau Scheible wies auf Lillys Bauch, und die nickte. »Au weh. Das ist ja auch eine ganz tragische Situation. Sind Sie denn irgendwie abgesichert?«

»Nicht so sehr.«

»Ja, das geht doch nicht... Was machen wir denn da? Warten Sie mal... Im Februar kommt Ihr Baby erst, sagen Sie? Wie wär's denn, wenn Sie ein paar Wochen lang für mich arbeiten würden, Herzle? Kleine Lena? Keine Schwerstarbeit natürlich. Ein bisschen putzen und aufräumen, Betten machen und so weiter. Vor allem für die Einladungen könnte ich gut jemand gebrauchen.

Hanno und ich haben einen riesigen Freundeskreis, er ist sehr gesellig, war Siegfried ja weniger, außer zum Golf und ab und zu Ausstellungen ging der nicht aus dem Hause. Hanno und ich sind oft eingeladen und laden auch ein. Das ist eine ganze Menge Arbeit, da könnte ich Hilfe brauchen. Der Hanno ist jetzt sowieso viel unterwegs, der ist nämlich damit zugange, sich eine eigene kleine Firma zuzulegen. Da kauft er Sachen auf, augenblicklich ist er in Bielefeld, obwohl Weihnachten ist, das nützt gar nichts. Also, wäre das was für Sie? So als Übergangshaushaltshilfe?«

»Ich kann nicht kochen...«, wandte Lilly zögernd ein.

»Gottle, ich auch nicht besonders. Das macht aber nichts, meistens sind es nur kalte Büfetts, die lasse ich einfach kommen. Jetzt Silvester zum Beispiel, das wird ein großes Fest. Und vorher, am achtundzwanzigsten, huch, das ist ja schon übermorgen Abend, da kommen immerhin auch zehn Personen. Was meinen Sie, Lena? Nein, Moment, wir reden jetzt sofort über das Geld! Also, zunächst mal...« Ilse Scheible hüpfte aus ihrem Sessel hoch und klappte ihre Handtasche auf: »Hier! Das war ja so abgemacht, von allem anderen mal abgesehen...« Sie fasste zögernd in ihrem Portmonee herum, zog einige Scheine hervor und steckte sie wieder weg, dann reichte sie Lilly entschlossen einen Zwanziger- und einen Zehneuroschein: »Hier! Erst mal für Ihre Mühe, weil Sie mich aufgefangen haben und so lieb mitgekommen sind. Ein Taxi zahle ich Ihnen extra, in jedem Fall, auch, falls Sie sich entschließen, bei mir zu bleiben – hier wäre ein Kämmerchen für Sie, also wirklich nur ein Kämmerchen, das sage ich gleich. Ja, und ich möchte Ihnen gern für den Januar als Haushaltshilfe bei mir vierhundert Euro glatt zahlen. Essen können Sie selbstverständlich, was im Haus ist.«

Lilly stopfte die Scheine in ihre Hosentasche. »Ich bleibe gern, Frau Scheible. Das heißt, ich brauche kein Taxi«, sagte sie.

»Nicht? Aber wollen Sie denn nicht Ihre Sachen holen?«

»So viele Sachen hab ich nicht.« Lilly wollte das Schließfach nicht erwähnen und erfand: »Das meiste bewahrt eine Freundin bei sich auf. Was ich so am dringlichsten brauche, hab ich hier in meinem Rucksack!«

(Ihr Gesichts-Waschgel, ihre Zahnbürste und ihr Deo, ihr kleiner Kamm, eine halbe Klorolle zum Naseputzen, der Roman über die Piratenbraut, eine ihrer Wolldecken.)

»Ja, wenn Sie im Moment nicht mehr brauchen... Kommen Sie, Herzle, ich zeige Ihnen mal das Kämmerchen.«

Das war allerdings winzig, vier Wände um ein Bett herum, am Fußende ein Nachtschränkchen mit kleinem Fernsehgerät, oben in der Wand ein Klappfensterchen. Sicherlich hatte dieser Raum mal als Speise- oder Abstellkammer gedient. An der Wand hing das gerahmte Bild einer rosigen nackten Person, die ihr langes rotblondes Haar über dem Gesicht hängen hatte und versuchte, es mit einem Kamm zu bändigen.

»Ah, ein Pastell von Degas.«

Ihre neue Chefin musterte sie bewundernd. »Das sehen Sie? Die meisten Leute kennen von dem doch nur die Ballettbilder.«

»Ich hab Kunstgeschichte studiert«, erklärte Lilly, den Rucksack abnehmend.

Ilse Scheible kullerte mit ihren kleinen Augen. »So etwas! Und jetzt sind Sie meine Haushaltshilfe. Aber nur für den Übergang, was? Passen Sie auf, Ihr Schicksal kann sich ganz plötzlich wenden, das glaubt man gar nicht. Plötzlich trifft man doch noch den Mann fürs Leben und alle beneiden einen. Dies hier dient normalerweise als Gästezimmer. Meine Freundin Liselotte von der Pfalz – also, das ist so ein Witz, sie kommt wirklich aus der Pfalz und heißt Lilo – die schläft auch immer hier, wenn sie mich besucht. Ihre Kleider hängt sie dann in den großen Schrank im Flur. Hier sind nur ein paar Haken in der Wand, sehen Sie?«

Lilly hängte ihren Rucksack an einen dieser Haken. »Wunderbar.«

»Hier nebenan ist eine Gästetoilette, sehen Sie, in die hab ich eine Dusche einbauen lasse, die können Sie gern benutzen.«

Frau Scheible zeigte Lilly ein reizendes kleines Duschbad mit Toilette in Schwarz und Vanillegelb.

»Wollen Sie vielleicht gleich mal duschen? Nein, ich bitte Sie, das ist doch verständlich, im Moment ist sowieso nicht viel zu tun.

Ich bringe Ihnen mal ein Glas für Ihre Zahnbürste. Heute Nachmittag ruhen wir beide uns einfach etwas aus, ich zeige Ihnen alle Räume und erzähle so ein bisschen, was zu tun ist. Sie können nicht kochen, sagen Sie? Also, ich hab ja auch nie Lust dazu. Wir können abends zusammen in das kleine Restaurant hier in der Martinistraße gehen, wie heißt es noch... Und hinterher machen wir's uns zu Hause gemütlich. Wir stecken die Kerzen am Baum noch mal an... Können Sie eigentlich Backgammon spielen –?«

Es war also wirklich kein Traum, dachte Lilly, als sie am nächsten Morgen erwachte. Sie lag in dem düsteren Kämmerchen (das Fenster ging auf einen Lichthof) in Laura-Ashley-Bettwäsche und einem sehr gerüschten, tief ausgeschnittenen Nachthemd ihrer Chefin. Normalerweise wäre ihr das viel zu weit gewesen, aber mit der Raupe gemeinsam passte es perfekt. Sie musste nur aufpassen, dass ihr nicht, ähnlich wie dem Piratenliebchen Virginia, der Busen aus dem Dekolletee fiel.

Lilly dachte über den vergangenen Tag nach. Frau Scheible hatte ihr die ganze Wohnung gezeigt, die Maschinen erklärt, noch viele weitere Geschehnisse aus ihrem Leben geschildert und Fotos von Siegfried und Hanno gezeigt. Ihr alter Chef sah mollig und gutmütig aus, ihr zukünftiger Mann drahtig und sexy. Weniger jung und weniger Schönling, als Lilly sich vorgestellt hatte.

Ihr waren alle Klamotten der Hausherrin vorgestellt worden, und zwar mit Materialangabe: »Hier, gucken Sie mal, sechzig Prozent Leinen, dreißig Prozent Seide und zehn Prozent Kaschmir. Fassen Sie mal an! Ist das nicht ein herrliches Material, Herzle?« – sowie das gesamte Geschmeide: »Das ist aus 555er Gold, das hat Siegfried extra für mich anfertigen lassen – und das hier, sehn Sie mal, diesen Ring, das ist ein echter Saphir, von Brillantensplittern umgeben...«

Lilly waren allmählich die bewundernden Vokabeln ausgegangen. Sie hatte nur noch anerkennend geseufzt. Dabei fand sie den Schmuck eigentlich ziemlich hausbacken.

Als Frau Scheible sah, dass Lilly nach dem Duschen wieder in ihre derben Halbstiefel stieg, schenkte sie Lilly auf der Stelle ein Paar ältere braune Slipper mit Schleife: »Für hier zu Hause, Herzle. Sie können doch beim Putzen nicht in diesen Tretern über die Teppiche stolpern!«

Die Schuhe passten perfekt, zumal sie eine Spur ausgetreten waren.

Zwei paar dünne Socken erhielt Lilly obendrein, und weil Frau Scheible schon mal dabei war: »Hier, Herzle, was halten Sie von der Unterwäsche hier? Nicht so superelegant, aber reine Baumwolle. Die ist noch tadellos, aber ich trag inzwischen raffiniertere. Ich geb' Ihnen vier Höschen und drei Hemden, ja?« Die so genannten Höschen trugen ein Stoffschild mit der Nummer 52 im Genick und passten Lilly augenblicklich glänzend. Sie packte den Herrenschlüpfer aus dem Visier-Schrank in eine Plastiktüte und versenkte ihn diskret im Hausmüll.

Abends wurde sie tatsächlich im italienischen Restaurant zum Essen eingeladen. Vorher musste sie ein weites schwarzes Plüschkleid mit indischer Stickerei anziehen: »Das können Sie eigentlich auch gleich behalten, Lena, das hab ich mir übergeguckt.«

Nach dem Essen hatten sie Backgammon gespielt, nicht sehr konzentriert, den Frau Scheible musste ausführlich über die unterschiedlichen Liebhaberqualitäten ihrer beiden Männer sprechen, wobei Hanno Hartenstein klar als Champion hervorging: »Also, der Mann bringt mich zum Winseln, der bringt mich richtig zum Jammern, wissen Sie…«

Ich muss irgendwie Kalle und den anderen sagen, wo ich bin und was los ist, dachte Lilly. Damit die sich keine Sorgen machen.

Sie sprang aus dem Bett – sicher sollte sie Frühstück für Frau Scheible zubereiten? Doch die kochte bereits selber Tee und toastete Weißbrot, auch für ihr Hausmädchen: »Marmelade, Herzle? Nur zu, Sie können es nun wirklich vertragen, Sie sind viel zu mager, das sieht man jetzt im Hemd. Ja, das Kullerbäuchlein und die üppige Oberweite täuschen natürlich weibliche Fülle vor. Aber Ihre Ärmchen und hier diese Salznäpfe vor den Schultern!

Zum Jammern! Menschenskind, Männer mögen keine mageren Frauen. Und wir müssen mal sehen, dass Sie demnächst zu meiner Friseuse gehen und was mit Ihrem Haar machen lassen. Das muss ja dringend nachgebleicht werden, Sie sehen völlig gestreift aus…« Sie trat einen Schritt zurück, studierte Lillys Gesicht und fuhr fort: »Schminken sollten Sie sich vielleicht auch mal ein bisschen, Lenalein. Ich kann mir denken, Sie gehören so zu den Frauen, die sich da überhaupt nichts draus machen. Sie haben Kunstgeschichte studiert und sitzen mit einem Künstler auf der Bank, der wie ein Penner aussieht und, ehrlich gesagt, am Anfang war ich mir nicht sicher, ich meine, Sie sehen ja fast selbst so aus. Ich finde ja auch, dass es nur auf innere Werte ankommt, aber Ihr Aussehen ist Ihnen einfach *zu* gleichgültig. Ein bisschen Puder und Rouge, Sie glauben nicht, was das ausmacht. Sie müssen ja nicht Ihre Augen betonen, die sind einfach zu groß – Kuhaugen haben meine Schwester und ich immer zu solchen Guckern gesagt. Sie nehmen mir das nicht übel, Herzle?«

Kuhaugen sind braun, dachte Lilly. Sie erkannte verblüfft, dass Ilse Scheible die arme Lena mickrig fand. An der Art, wie ihre Chefin sich kämmte oder sich die Lippen nachzog, merkte Lilly, dass sie selbst sich – ihre Fettleibigkeit missachtend – für eine schöne Frau hielt. Das war amüsant. Vermutlich hatte es der raffinierte Vertreter geschafft, ihr das einzureden.

Lilly sollte ein bisschen sauber machen und die Feinwäsche in der Maschine waschen und aufhängen, wenn sie fertig war. Das Gästeklo vor allem sollte ›picobello‹ sein, weil ja am nächsten Tag Gäste kamen.

Frau Scheible hatte den ganzen Nachmittag zu tun, sie würde erst kurz vor dem Abendbrot nach Hause kommen. Heute Abend war Hanno zurück von der Reise und wollte mit seiner Ilse essen gehen.

Frau Scheible verabschiedete sich liebevoll von der gähnenden Lilly: »Lassen Sie es langsam angehen, Lena, hören Sie! Immer wieder zwischendurch hinsetzen. Und nehmen Sie sich alles aus dem Kühlschrank, was Sie mögen!« – dann zog sie eine bildschöne, rot-gold bestickte Steppjacke an und verließ die Wohnung.

Lilly, die noch nie richtig geputzt hatte, machte sich mit ihren neuen Aufgaben vertraut. Eigentlich sollte es doch ganz einfach sein: Überall, wo man Schmutz sah, musste man ihn entfernen.

Zuerst machte sie schön akkurat das Bett der Hausfrau und ihr eigenes, dann versorgte sie die Wäsche, nahm sich ein klebriges Putztuch, das Staub binden konnte und wischte damit in jedem Zimmer auf den Möbeln herum. Sie polierte das Waschbecken im Gästeklo, rieb den Spiegel glänzend, und scheuerte, mit gekrauster Nase und Gummihandschuhen bis zu den Ellbogen, die Kloschüssel. Sie räumte das Frühstücksgeschirr in die Spülmaschine und wischte den Küchentisch ab. Mittags war sie mit allem fertig und fühlte sich immer noch frisch, obwohl sie sich kein einziges Mal ›zwischendurch hingesetzt‹ hatte.

Ihr fiel ein, wie sehr es ihrer Mutter gefallen würde, dass sie nun endlich mal im Haushalt anpackte. Wenn auch nicht in ihrem eigenen.

Wieder kam ihr der Gedanke, sie müsste Kalle und den anderen Bescheid sagen, wo sie steckte. Dann fragte sie sich, ob das wirklich nötig sei. Du lieber Himmel, sie kannte diese Menschen ja kaum, sie gehörte doch nicht wirklich dazu! Nur, weil sie mal zwei Wochen lang ›Platte gemacht‹ hatte, war sie schließlich keine Stadtstreicherin. Wenn Frau Scheible mit ihr zufrieden war – und dafür wollte Lilly sorgen –, dann würde sie, mit ihrem weichen Herzen, sich vielleicht darum kümmern, dass Lilly in einem guten Krankenhaus ihr Baby bekam. Solange ihre Chefin sie für eine gebildete, ein wenig ins Unglück geratene Frau hielt, würde sie ihr helfen. Wenn Lilly jedoch darauf bestand, sich weiter mit den Obdachlosen zu verbrüdern, war das eher zu bezweifeln. Den Professor konnte sie gerade noch als Künstler verkaufen – Kalle oder Baba bestimmt nicht.

Lilly nahm sich ein wenig Brot und Aufschnitt und ein Glas Milch. Kalt war die Milch, direkt aus dem Kühlschrank, und Lillys kaputter Zahn meldete sich empört. Ist gut, beruhige dich, bat sie. Die Schmerzen wurden jedoch immer gemeiner, pochten und wühlten zum Verrücktwerden.

Nach einer Stunde begann sie, ganz verzweifelt nach Schmerz-
tabletten zu suchen. Aber entweder tat Frau Scheible nie etwas
weh, oder sie hatte ein ganz besonderes, geheimes Versteck für
Medikamente, das Lilly einfach nicht fand.

Nach einer weiteren Stunde kauerte sie weinend auf ihrem
schön bezogenen Bett in dem Kämmerchen und hielt sich mit
beide Händen den Kopf. Sie weinte vor Schmerz und vor Wut:
Jetzt waren endlich ihre dringlichsten Wünsche erfüllt worden, da
quälte sie schon wieder ein anderes Problem!

Sie musste zum Zahnarzt, kein Zweifel. Aber wenn sie ihre Kasse
angeben würde, musste sie doch auch ihren Namen angeben? Unbedingt; denn wenn der Name nicht stimmte, hatte sie keine
Chance. Niemand würde ihr, so, wie sie aussah, glauben, dass sie
privat versichert wäre. Sie müsste nobel und elegant wirken…

Lilly wischte sich aus Gewohnheit die Nase mit dem Ärmel ab,
lief zu den Telefonbüchern und schlug unter Zahnarzt auf. So,
diese Praxis hier lag ganz in der Nähe! Sie prägte sich die Adresse
ein, rannte in Frau Scheibles Schlafzimmer, riss den Schrank auf –
sie wusste ja inzwischen genau, was da hing – und wählte ein ele-
gantes blaues Hängerchen. (Wie günstig, dass die Scheible so fett
war.) Dazu passte die flanellgraue Strumpfhose, und hier die
schwarz-grau gemusterten Halbstiefel.

Lilly bediente sich am Schminktisch, legte Make-up und Puder
auf, tuschte die Wimpern und schminkte ihren Mund. Wer weiß,
vielleicht wäre Ilse Scheible mit dem Anblick ihres Hausmädchens
sogar richtig zufrieden gewesen. Obwohl Lilly, ihren Rat missachtend, auch die Kuhaugen betont hatte. Um ihr ›gestreiftes‹ Haar zu
verdecken, zog sie einen hellgrauen, turbanartigen Hut ihrer Chefin über den Kopf, das verdeckte sogar den Haaransatz.

Lillys Ohren waren schon in der Kindheit für Ohrringe durch-
stochen worden. Frau Scheible besaß leider nur Clips, wie sich am
Vortag herausgestellt hatte. Die taten weh, aber der kleine Schmerz
machte es jetzt auch nicht mehr viel schlimmer. Lilly klemmte links
und rechts zwei große Perlen fest. So.

Oben im Schrank lagen die Handtaschen; Lilly nahm sich eine

schwarze Wildledertasche mit Schulterriemen und stopfte in aller
Eile ihre halbe Klopapierrolle und Virginia mit ihrem Pirat hinein,
damit die Tasche nicht so hohl wirkte. Im Schrankfach darunter lag
übrigens ein ungeöffnetes Päckchen an Ilse Scheible. Absender:
eine Kosmetikfirma mit Sitz in Paderborn. Lilly las die Postleit-
zahl: 33100, sehr einprägsam.

Sie zog den hellgrauen, weit schwingenden Wintermantel an
und betrachtete sich kurz im Flurspiegel. Sie wirkte enorm nobel
und elegant. Hätte der Zahn nicht getobt, dann hätte sie lachen
müssen bei dem Gedanken, dass wahrscheinlich keiner ihrer Pennerfreunde sie auf den ersten Blick erkennen würde.

Vor der Wohnungstür blieb Lilly mit einem Ruck stehen. Sie besaß ja keinen Schlüssel! Verdammt noch mal, dachte sie, daran darf
es jetzt nicht scheitern. Ich muss notfalls meine Sachen mitnehmen, den Rucksack, die Decke... ich darf eben einfach nie wieder
kommen. Wenn sie mich anzeigt, wird mein Steckbrief natürlich
immer dicker...

Sie untersuchte die Schlüssel im kleinen, lackierten Schlüssel-
kasten neben der Tür und fand zwei, die eventuell in Frage kommen könnten. Der eine passte nicht einmal in die Tür, der andere
ließ sich drehen und bewegte das Schloss.

Sie steckte den Retter in die Manteltasche, zog die Tür hinter
sich zu und hastete die Treppe hinunter.

Im 13. Kapitel

geht es um Sekunden –
brandet die Sinnlichkeit am falschen Platz auf –
bemüht sich Baba, ihre Mitmenschen anzulächeln –
während die Polizei nun wirklich nach Lilly sucht

Im Wartezimmer saßen sechs Menschen. Die Sprechstundenhilfe erwiderte auf Lillys Zuruf, sie sei ein Notfall: »Das sind alles Notfälle. Die Festtage morden Plomben. Dr. Schweighard vertritt ja nur Herrn Dr. Wulf. Herr Dr. Wulf ist sowieso in Urlaub.«

»Aber ich bin ein besonders schlimmer Notfall!«, jammerte Lilly. Sie zog den Mantel über den Bauch stramm und verkündete: »Außerdem bin ich im neunten Monat.«

Daraufhin traten fünf der anderen Patienten freiwillig zurück, der sechste stöhnte nur. Der sah aber auch wirklich sehr geschwollen aus.

Lilly blätterte, ohne eigentlich hinzusehen, in Magazinen, während der geschwollene Patient zum Zahnarzt gerufen wurde.

Sie fragte das Mädchen im weißen Kittel, ob sie ihr nicht wenigstens schon ein Schmerzmittel geben könnte. Nein, war die Antwort: »Wenn Dr. Schweighard Ihnen vielleicht viel Betäubungsmittel spritzen muss, sollten Sie nicht schon Medikamente in sich haben, gerade in Ihrem Zustand nicht.«

Lilly durfte jedoch ihre Personalien angeben. Sie füllte ein Dokument aus, auf dem sie versicherte, sie heiße Klaudia Künstler, zur Zeit zu Besuch in Hamburg, privat versichert, wohnhaft in 33100 Paderborn. Sie fügte hinzu: Caligulastraße 24. Hoffentlich gab es hier im Moment niemanden, der sich in Paderborn auskannte.

Eine Viertelstunde später saß sie auf dem Behandlungsstuhl und öffnete den Mund bitte ganz weit. Nach einer knappen Stunde klappte sie ihn wieder zu. Sie fühlte sich unendlich dankbar und erleichtert. Sie hatte befürchtet, eine Wurzelbehandlung könnte

253

notwendig sein oder der Zahn müsste gezogen werden. Und dann stellte sich heraus: zwei Spritzen, ein bisschen Bohren, damit war die Sache erledigt.

Der Zahnarzt seinerseits blickte betrübt hinter ihr her. So ein gepflegtes Gebiss, nur Keramikfüllungen, und dann wollte diese Patientin plötzlich Amalgam, bloß, weil sie so in Eile war und angeblich nicht wieder kommen konnte! Er hatte sie zu einer weißen Kunststofffüllung überredet, das ging genau so schnell und sah nicht ganz so furchtbar aus. Was musste bloß der Kollege in Paderborn von ihm denken...

Die Patientin rannte fast zurück zur Wohnung der Frau Scheible. Was, wenn die schon wieder zu Hause war? Lilly fiel ein, wie Gloria auf ihre Hausangestellte geschimpft hatte: »Dabei war ich immer so gut zu ihr!«

Frau Scheible war auch gut zu ihr gewesen, ohne Zweifel.

Sie blickte von der Straße aus nach oben, zum vierten Stock. Brannte da schon Licht? Nein, es sah alles noch dunkel aus.

Die schwere Haustür ließ sich einfach aufdrücken und das war pures Glück; Lilly hatte ja nur den Wohnungsschlüssel bei sich. Sie stürmte keuchend die vier Treppen hinauf, vorher schon außer Atem, inzwischen nahezu erstickt, schloss die Tür auf, lauschte einen Augenblick – in der Wohnung schien es wirklich still zu sein –, knipste die prachtvollen Deckenlampen an, hängte den Schlüssel zurück in den Kasten und den Mantel auf seinen Bügel.

Sie polterte in das große Schlafzimmer, um alles wieder an seinen Platz zu hängen, zu legen, zu packen, sah sich noch einmal um, ob nichts zu bemerken war, flitzte halbnackt aus dem Raum, trabte in ihr kleines gelb-schwarzes Bad, um sich die Schminke abzuwaschen und das durch den Turban-Hut zerdrückte Haar auszubürsten. Hier hörte sie, dass an der Wohnungstür geschlossen wurde, trocknete sich in verzweifelter Eile halbwegs das Gesicht ab, flutschte aus dem Gästeklo in ihr Kämmerchen und zerrte sich das Plüschkleid über den Körper, als sie Frau Scheible schon rufen hörte: »Herzle, Lena, wo sind Sie denn?«

254

»Hier bin ich, Frau Scheible!« Lilly trat aus dem Kämmerchen.
»Da ist ja mein kleines Herzle. Was ist denn mit Ihrem Gesicht
passiert? Sie sehen irgendwie so unegal aus –?«
»Ich hab Zahnschmerzen. Vielleicht bin ich rechts etwas ge-
schwollen?«
»Ja, das wird es sein. Ach, armes Kind! Ist es schlimm?« Frau
Scheible blickte auf die Uhr. »Noch ist der Zahnarzt bestimmt da,
wollen Sie schnell hingehen?«
»Ich bin doch in keiner Krankenkasse.«
»Sind Sie nicht? Wie schrecklich. Wie soll denn das werden,
wenn das Kind kommt, Lenalein? Darüber müssen wir uns demnächst mal Gedanken machen. Passen Sie auf, was auch immer der
Zahnarzt kostet, das bezahle ich Ihnen, das schenke ich Ihnen
nachträglich zu Weihnachten, abgemacht?«
»Sie sind so gut!«, rief Lilly, übernervös und supergerührt, schon
wieder unter Tränen. (Wenn sie das gewusst hätte, wäre ihr das
ganze Theater erspart geblieben.) »Aber das ist nicht nötig, wirklich nicht. Es ist seit heute Nachmittag schon viel, viel besser geworden, ich merke kaum noch etwas.« (Die Betäubung lässt auch
schon nach.) »Aber ich danke Ihnen noch einmal. Sie sind eine
sehr großzügige Frau.«
Das hörte Ilse Scheible gerne. Sie lief ihrerseits durch die Wohnung und lobte alles, was Lilly gemacht hatte. »Also, Menschenskind, großartig, meine Liebe – für eine Kunstgeschichtsstudentin:
grandios!«

Später am Abend kam Hanno Hartenstein, kleiner und schmächtiger als erwartet und mit metallisch blondem, stark gewelltem
Haar. Er sah ausgesprochen männlich und ansprechend aus, viel
weniger albern, als sein Name klang. Er schwenkte einen mächti-
gen Rosenstrauß, umarmte seine Braut gleich an der Tür und
küsste ihren Nacken, was ihm Gelegenheit gab, Lilly gründlich ins
Auge zu fassen, die hinter Frau Scheible im Flur stand und erst
mal die Rosen übernommen hatte.
Herr Hartenstein schien das Hausmädchen weder für mickrig

noch für kuhäugig zu halten (es ist eben alles Geschmackssache), denn er schlug sofort, zwischen den Küsschen, ein sehr sündhaftes Lächeln an, das ganz sicher nicht seiner Braut galt. Seine länglich geschnittenen blauen Augen glitten am gesegneten Leib des Hausmädchens auf und ab, wobei er nicht aufhörte, seine Ilse zu beknabbern. Lilly machte gar nicht erst ein abweisendes Gesicht, ihre Chefin konnte es ja sowieso nicht sehen.

Die quiekte beim Abgeknutschtwerden leise. Dann stellte sie Hanno die neue Lena vor. Er nahm Lillys Hand, und sie bemerkte überrascht, was für riesige Pranken er besaß, plump und dickfingerig. Diese Schlägerpatschen passten weder zu seiner Figur noch zu seinem Auftreten. Ihr Blick schien ihm aufzufallen, denn er steckte sofort eine davon in die Hosentasche und verbarg die andere auf dem Rücken.

Im Übrigen wirkte er Lilly gegenüber jetzt ganz desinteressiert und wandte sich gleich wieder mit voller Aufmerksamkeit seiner Ilse zu.

Der macht seinen Job gut, dachte Lilly.

Frau Scheible aß mit Hanno in irgendeinem Restaurant und sprach, bevor sie gingen, zu Lilly: »Herzle, nehmen Sie sich aus dem Kühlschrank, was Sie wollen zum Abendessen und gehen Sie ruhig früh ins Bett. Ich brauch' Sie heute Abend nicht mehr.«

Dann rauschte sie mit ihrem Liebsten im Schlepptau die Treppe hinunter. Der drehte sich zu Lilly um, bevor sie die Wohnungstür schloss, und schoss kurz einen gierigen, eindeutigen Blick ab.

Ich hab's doch gewusst, dachte Lilly. Zwei Frauen in einer Wohnung verstehen sich prächtig und leben in Harmonie. Aber pack irgendeine Art Harry dazu, und alles wird sofort ungemütlich.

Lilly hatte nichts dagegen, früh ins Bett geschickt zu werden. Sie zog das gerüschte Hemd an, kuschelte sich in die hübsche Bettwäsche und dachte daran, wie trübe und kalt es draußen war. Wie herrlich, nicht auf der Straße liegen zu müssen! Dann guckte sie sich einen Kriminalfilm an und machte früh das Wandlämpchen über ihrem Kopf aus.

Sie wachte auf, als das junge Paar zurückkam, denn Frau Scheible hatte offenbar schon wieder Gründe, im Flur leise zu quieken. Lillys Kämmerchen lag ziemlich weit vom Schlafzimmer ihrer Chefin entfernt, doch die Laute der Leidenschaft erreichten ihr Ohr.

Könnte es sein, dachte Lilly, dass Ilse Scheible mich nicht nur braucht, um etwas Staub zu wischen, sondern auch als Publikum für ihr Glück?

Sie blieb am nächsten Morgen so lange in ihrem Zimmerchen, bis die Tür hinter Hanno zuklappte. Dann erschien sie in der Küche, ließ sich Toast rösten und Tee kochen und sah ihre eigentliche Aufgabe im Zuhören, als Ilse schilderte, wie wundervoll der Abend, und andeutete, wie rasant die Nacht verlaufen sei.

Sie hat schon so viel für mich getan, ich bin ihr was schuldig!, dachte Lilly. Weshalb sie beim Zuhören seufzend das Kinn auf die Hände stützte und träumerisch bemerkte: »Wissen Sie eigentlich, wie glücklich Sie sind, Frau Scheible? Was Sie so erleben, das wünscht sich doch eigentlich jede Frau. Und Herr von Hartenstein – ach nein, nur Hartenstein – ist wirklich so ein gutaussehender Mann...«

Ihre Chefin drohte ihr schelmisch und meinte: »Na, na, Finger weg!«, fügte aber gleich hinzu: »Nein, das meine ich nicht ernst, Herzle. Der Hanno ist so verrückt nach mir, da brauche ich mir, glaube ich, keine Sorgen zu machen. Ich seh das ja oft, was mein Verlobter für einen Sexappeal hat und wie die Frauen sich reihenweise in ihn vergucken, sei es nur, wenn wir mal zusammen einkaufen und die kleinen mageren Verkäuferinnen ihn anhimmeln und versuchen, mit ihm zu flirten. Die sind dann immer so bodenlos enttäuscht, ach Gottle, der Mann reagiert ja gar nicht!«

Lilly pflichtete ihr bei: »Der hat wirklich nur Augen für Sie, das merkt man sofort.«

»Nicht wahr? Ich weiß das auch, ich bin wirklich zu beneiden.«

Sie verbrachten den Tag mit Vorbereitungen auf den festlichen Abend in großer Harmonie. Frau Scheible badete ihren Alabasterkörper, legte eine Maske auf und rasierte ihre Kartoffelstampferchen, überlegte lange, welches Kleid ihr am besten stand und wie sie ihr Haar frisieren sollte.

Früh am Abend erschien wieder der Verlobte, und als es dann klingelte und die ersten Gäste kamen, wurde Lilly erneut in ihre Kammer geschickt.

Ihr fiel auf, dass zwischen Bedienten und Dienern grundsätzlich ein ungerechtes Verhältnis zu herrschen schien. Das machte ihr jedoch nicht weiter zu schaffen; Lilly konnte sich selbst als Hausmädchen eben so wenig ernst nehmen wie als Stadtstreicherin. Es schien nur eine Rolle zu sein, für einen begrenzten Zeitraum, so etwas wie eine Reise durch ein exotisches Land, in dem man natürlich nicht verweilen wollte.

Herr Hartenstein blieb wieder über Nacht, nachdem die Gäste gegangen waren. Da die Herrschaften lange schliefen, stand Lilly auf, duschte mit unendlichem Wohlbehagen und zog das geerbte Plüschkleid an. Sie machte sich selbst ein kleines Frühstück, wusch das Geschirr ab, räumte alles auf und versteckte sich rechtzeitig wieder in ihrem Kämmerchen, um dem Verlobten ihrer Chefin nicht über den Weg zu laufen, bis er die Wohnung verlassen hatte.

Wie sie später erfuhr, machte er schon wieder eine kleine geschäftliche Reise, würde jedoch selbstverständlich rechtzeitig zur großen Silvesterfeier zurück sein. Menschenskind, das wäre ja schrecklich, wenn nicht!

Insofern verliefen die beide Tage bis zum Jahreswechsel sehr nett. Am Nachmittag des Einunddreißigsten verbrachten Lilly und Ilse Scheible eine angeregte Stunde im Schlafzimmer mit dem Schmücken der Hausfrau, nachdem sie vorher schon gemeinsam die drei ineinandergehenden Wohnzimmer dekoriert und mit Luftschlangen verschönert hatten. Der Weihnachtsbaum vor allem war nicht wieder zu erkennen, völlig eingesponnen von bunten Papierlocken.

Frau Scheible ermunterte Lilly, sich von den Platten des gerade gelieferten kalten Büfetts zu nehmen, was sie wollte und so viel sie

258

wollte. Lilly lud sich einen Teller voll, bekam eine Flasche Mineralwasser mit, da sie den Sekt verweigerte und wurde wieder in ihr Kämmerchen geschickt: »Ich komm nach zwölf mal kurz zu Ihnen, Herzle, dann stoßen wir beide an! Dann trinken Sie einen Tropfen mit mir, nur einen Tropfen, ja?«

Lilly erinnerte sich daran, dass bei entsprechenden Gelegenheiten ihre gute Frau Dietrich keineswegs wie ein Reinigungsgerät in einem Kämmerchen aufbewahrt wurde (so wie man den Staubsauger wegräumte, bevor Besuch kam), sondern in einem schlichten schwarzen Kleid teilnahm, viele praktische Handgriffe erledigte und überhaupt ganz unentbehrlich war.

So gesehen, dachte Lilly, die mit großem Genuss in ein kleines Sandwich mit geräuchertem Forellenfilet, etwas Meerrettichcreme und einem Salatblatt biss, tut Ilse gut dran, mich beiseite zu schaffen. Ich würde die praktischen Handgriffe verpatzen. Aber vermutlich will sie ihren Gästen in erster Linie verheimlichen, wie ungewöhnlich bauchig ihr Personal aussieht.

Sie aß mit Sachkenntnis ihren vollen Teller leer und schaute ein wenig im gewöhnlichen Silvester-Fernsehprogramm herum. Hin und wieder tappte einer der Gäste an ihrer Tür vorbei ins daneben liegende Gästeklo – und hinterher wieder zurück. Mit zunehmender Fröhlichkeit wurden diese Schritte unsicherer und ungleichmäßiger. Lilly stand auf und schloss leise ihre Zimmertür ab, gut, dass es einen Schlüssel gab. Wenn Frau Scheible keinen Wert darauf legte, Lilly erscheinen zu lassen, war sie sicher auch dagegen, dass aus Versehen jemand in ihren Käfig eindrang und sie besichtigte.

Gegen zwölf lauschte sie dem allgemeinen Feuerwerk und dem lachenden, schreienden Vergnügen der Menschen im Haus, wartete ungefähr eine Stunde lang auf das Erscheinen ihrer Chefin mit dem versprochenen Tropfen Sekt, sah ein, dass sie vergessen worden war und grämte sich nicht im Geringsten. Sie tauschte das Plüschkleid mit dem Opernsängerinnen-Nachtgewand, löschte das Licht und wünschte sich selbst und der Raupe ein schönes neues Jahr.

Irgendwann später klopfte es dann allerdings doch noch an der

Kämmerchentür. Lilly kam aus tiefem Schlaf hoch, knipste das Wandlämpchen an, murmelte: »Herein!« – und musste, als sich dadurch nichts tat als erneutes leises Klopfen, aus dem Bett steigen und sich zur Tür bemühen. Natürlich, sie hatte ja abgeschlossen!

Sie öffnete und fand sich, höchst überrascht, nicht Frau Scheible gegenüber, sondern Herrn Hartenstein, lediglich mit einer gestreiften Pyjamahose bekleidet. Auf seinem Brustkorb wucherte ein goldener Zottelpelz, an den er jetzt Lilly zog – so eng, wie die Raupe in ihrem Bauch es zuließ. Er atmete stoßweise heißen Alkoholdunst aus und bemühte sich vergeblich um eine deutliche Aussprache: »Komerduheisesing...« Sollte wohl bedeuten: ›Komm her, du heißes Ding...‹

Lilly kam ins Kichern, was der Verlobte ihrer Chefin mit einem wilden, fordernden Kuss drosselte. Darauf versteht er sich, dachte Lilly, aber das nützt ja nichts, wir riskieren hier beide unsere Zukunft...

Sie krallte sich in den Zottelpelz und versuchte, Hanno wegzuschieben. Das schien ihn sehr zu ermutigen. Er schaufelte mit seiner rechten Riesenhand Lillys linke Brust aus dem Opernnachthemd und murmelte etwas, das wahrscheinlich ›strotzende Zitzen‹ heißen sollte und schon einer nüchternen Zunge zu schaffen machen konnte.

Das ging nun allerdings zu weit. Lilly versuchte, sich dem Mann zu entziehen und zurück in ihr Kämmerchen zu flüchten. Doch genau so, wie es einen Hund dazu anregt, hinterher zu laufen, wenn man davon rennt, wurde er nur immer eifriger in seinem Tun. Er versuchte, die Stoffmassen gleichzeitig nach oben und nach unten zu raffen, um möglichst viel Haut zu packen zu kriegen.

Lilly bekam Angst. Sie rief: »Frau Scheible! Frau Scheible!« Sofort wurde ihr mit einer der Riesenhände der Mund zugehalten. Jetzt blieb Hanno nur noch eine Hand, um sie zu überwältigen. Er drängte Lilly Richtung Bett, Lilly stemmte dagegen an, während sie versuchte, in die Hand zu beißen – das hatte doch bei Evita so gut geklappt! Sie bekam jedoch ihre Zähne nicht frei.

Hab ich dazu nur auf großen Rosten geschlafen aus Angst vor anderen Pennern, dachte sie wütend, dass ich jetzt hier in dieser Luxussuite vom windigen Pseudo-Hausherrn vernascht werden soll?

In diesem Augenblick wurde der schöne große Kristallleuchter an der Flurdecke angeknipst. Helles Licht brachte Hanno Hartenstein und Lilly dazu, ihre Augen zusammenzukneifen. Ilse Scheibles Stimme ließ sie dieselben wieder aufreißen: »Ich glaube das nicht! Ich glaube das einfach nicht! Ich weigere mich, das zu glauben! Lena, nach allem, was ich für Sie getan habe...«

Hanno ließ Lilly los und zupfte verlegen seine Schlafanzughose zurecht.

»Geh ins Bett, Schätzle«, sagte Ilse Scheible mit warmer, liebevoller Stimme zu ihm. »Du bist so beschwipst, du weißt ja gar nicht, was man mit dir macht...«

Hanno lächelte zustimmend (und ein wenig schuldbewusst) und wankte den Flur entlang Richtung Schlafzimmer.

Lilly lehnte schwer atmend im Türrahmen zum Kämmerchen und zog sich das Hemd über die Schultern nach oben.

»Also, Lena, eine Frau in Ihrem Zustand! Das ist aber doch wirklich schamlos. Es tut mir Leid, Sie müssen natürlich meine Wohnung verlassen, das sehen Sie sicher ein.«

»Sofort?«

»Nein. Menschenskind, ich bin doch kein Unmensch. Morgen früh rechnen wir ab – einen Prozentsatz des abgemachten Honorars bekommen Sie ja, Sie haben immerhin fünfeinhalb Tage für mich gearbeitet und mir sehr geholfen. Schade, Lena, schade! Ich hätte Sie gern behalten. Aber Sie werden einsehen, dass unter diesen Umständen...«

»Sie glauben, das war meine Schuld?«

»Ich weiß, was Hanno für eine Wirkung auf Frauen hat, Herzle. Ich bin ja selber eine. Natürlich ging das von Ihnen aus.«

»Er hat...«

»Er hat sich vielleicht nicht gewehrt. Er ist ziemlich betrunken. So, gute Nacht jetzt, Lena. Morgen früh trennen wir uns in aller

261

Ruhe und ohne uns böse zu sein.« Ilse Scheible drehte sich würdevoll um – sie trug ein ähnliches Nachthemd wie Lilly, nur nicht in Weiß, sondern in Rosa – und schritt den Flur entlang Richtung Schlafzimmer.

Lilly rief hinterher: »Ist Ihnen klar, dass Ihr Hanno mit seiner Wirkung auf Frauen noch oft in solche Situationen geraten wird? Sie müssen sehr aufpassen, dass ihn nicht wirklich mal eine schändet.«

»Oh, das weiß ich. Und ich *werde* aufpassen!«, versicherte Frau Scheible ruhig über die Schulter, bevor sie ihre Schlafzimmertür hinter sich schloss.

Am nächsten Morgen duschte Lilly schnell – sie wollte es einfach unbedingt noch einmal ausnutzen – und wurde dafür auch nicht getadelt. Sie packte alles, was sie nun besaß (es wurde ja auf jeden Fall immer mehr) in den schwarzen Rucksack, der sich inzwischen ähnlich ausbeulte wie seine Besitzerin, zog die hübsche Bettwäsche noch ab und legte sie ordentlich zusammen.

Ilse Scheible war von Anfang an nobel gewesen, und das blieb sie bis zum Schluss. Sie bestand darauf, dass Lilly das schwarze Plüschkleid und die Schuhe einsteckte, und schenkte ihr, weil der Rucksack dann geplatzt wäre, sogar noch einen großen Leinenbeutel dafür, sie rundete die fünfeinhalb Tage Arbeit zu einer glatten Woche auf und zahlte ein Viertel des abgemachten Monatslohns, also hundert Euro.

Sie blickte zum Schluss in Lillys blasses Gesicht, dem man ansah, dass sie nicht mehr viel geschlafen hatte. »Sie müssen nicht denken, dass ich Ihnen böse bin, Herzle. Ich kann Sie sogar gut verstehen, und ich empfinde tiefes Mitgefühl. Es muss sehr wehtun, sich so in einen Mann zu verlieben und dann erkennen zu müssen, dass es vergeblich ist. Das wird Ihnen noch viele schlaflose Nächte bereiten. Ich hoffe, dass Sie trotzdem bald darüber hinwegkommen. Menschenskind, am besten vergessen Sie alles, was Sie bei mir erlebt haben. Vergessen Sie mein Glück. Sie werden vielleicht mal Ihr eigenes finden ...«

Lilly dachte kurz daran, zu antworten: »Danke, ich glaube, ich werde mich ziemlich schnell erholen, eigentlich finde ich solche Schlachterhände, wie sie Ihr Liebster hat, doch reichlich unästhetisch …« Aber sie ließ es bleiben.

Auf dem Weg zur Sammelstelle der Obdachlosen vor dem HEW-Gebäude kam Lilly an einem Menschenknäuel vorbei. Sie erkannte auf den zweiten Blick, dass es sich um Baba handelte, die mit bemerkenswerter Hingabe auf eine nett und sauber angezogene junge Frau einschlug.

»Baba, um Himmels willen, hör auf, was machst du denn da, was soll denn das –?«

Baba ließ sich wirklich ein bisschen ablenken, und die Frau nutzte die Gelegenheit, um wegzurennen.

»Was ist denn passiert? Was hat die dir getan?«

»Libelle! Bissu wiedä da?«, rief Baba statt einer Antwort und fiel ihr um den Hals. »Sin Kalle un sein klein Kalli auch wiedä da?«

»Warum hast du denn bloß diese Frau so verprügelt?«, fragte Lilly zurück. Das wollte sie doch erst mal klären.

»Ach das … Du sachs doch immä, ich soll lächln. Lächel ich die blöde Kuh also an un fraach, ob sie ma 'n Euro hat. Sacht sie nee, aber mit 'n ganz böses Gesicht. Ich sach, wenn ich dich anlächel, denn mussu nich so kuckn. Wennu kein Euro has, das in Ordnung, ober kannsas auch nett sogen. Kuckt die immä noch fünsch! Ich sach: Wissu vielleich ma lächln, du blöde Kuh? Wenn ich dich anlächl, kanns du ma gefällichs zurücklächln! – Weiß, wassi sacht? Ich soll sie in Rue lassn! Ich sach nee, er's wird hiä ma zurückgelächlt. Zieh ich iä mit meine Finger die Mundwinkel hoch. Ich sach, hiä, so geht das! Da hat sie angefang mitte Klobberei.« Baba wischte sich mit dem Arm unter ihrer kleinen Stülpnase herum und grinste Lilly an.

»Mensch, Baba, wenn die dich anzeigt!«

»Ach watt, die doch nich. Schön, dassu wiedä do bis. Wo is Kalle?«

»Ich weiß nicht, Baba. Ist der denn weg?«

»Iä seid doch beide wech gewesn?«

»Aber nicht zusammen.«

»Nee? Ich dachte. Wo bissu denn gewesn?«

»Bei einer dicken Frau, die gern beneidet werden wollte.«

»Bena-idet?«, wiederholte Baba gedehnt. »Hatti dafüä bezohlt?«

»Ja. Und zwar sehr großzügig.«

»Ö!«, machte Baba kurz, um anzudeuten, dass sie nicht verstand, worum es ging. Sie marschierten währenddessen über die Mönckebergstraße, auf den Brunnen zu. »Professer füelt sich nich, weiß nich, wasser hat. Vielleich Gribbe.«

Tatsächlich, da hinten hing er, an eine Wand gelehnt, beide Hände in den Manteltaschen, den Kragen hochgeschlagen, und wirkte ziemlich angegriffen. Er schien zu zittern und zeigte deutlich, dass er fror. Sonst gab er sich immer cooler als das Wetter.

»Oh, ich werd nich wieder. Er hiä wieder!«, stieß Baba hervor, als sich ihr der langhaarige Benno in den Weg stellte. Lilly hatte den jungen Mann noch nie ein Wort sprechen hören. Eigentlich stimmte, was Baba ihm vorwarf: Er guckte immer nur. Allerdings hatte er einen netten Blick, wie ein bettelnder Welpe.

»Ich hab diä gesacht, du soss mich nich immä so anglotzn!«, eröffnete Baba den Flirt. Benno legte noch mehr Falten auf seine Stirn, blieb stehen und guckte weiter.

Lilly hatte das Gefühl, zu stören. Vielleicht wollte Baba den Jungen in Ruhe verhauen, dabei hatte sie nichts zu suchen. Sie wanderte weiter auf den Professor zu.

Der zog eine Augenbraue hoch. »Da bist du ja wieder. Schönes neues Jahr, Libelle. Das muss ein kurzes Wunder gewesen sein. Du hättest dich ruhig mal melden können. Oder hat die Tante dich gefesselt und geknebelt?«, fragte er. Seine Stimme klang betrunkener als gewöhnlich.

»Schönes neues Jahr, Professor. Du hast Recht. Dass ich euch keine Nachricht gegeben hab, liegt mir auch auf dem Gewissen.«

»Ja? Gut. Ich brauche dringend Unterstützung. Ich brauch noch jemand, dem sein Gewissen zu schaffen macht. Meins beißt mich dauernd, mit stinkenden Zähnen. Hast du denn nun alles bekom-

264

men, was du haben wolltest? Eine etwas noblere Arbeit als Betteln und ein kleiner Raum nur für dich?«

»Ist beides geliefert worden. Das Zimmerchen hatte sogar einen Fernseher. Und gratis dazu ein eigenes kleines Duschbad.«

»Klingt bezaubernd. Hast du gelernt, an Wunder zu glauben?«

»Unbedingt. Wie bist du eigentlich auf die Idee gekommen, mich dazu aufzufordern? Glaubst du selber an Wunder?«

»Nicht die Spur. Ich und glauben! Ich weiß auch nicht, wie ich darauf gekommen bin, Libelle. Sicherlich war ich besoffen. Warum hast du denn das Paradies wieder verlassen? Sehnsucht nach der Platte?«

Lilly schnallte ihren Rucksack ab und untersuchte den Verschluss, der ein wenig klapperte, eigentlich nur, um etwas zu tun zu haben. »Ich bin rausgeworfen worden.«

»Nanu? Schlecht geputzt?«

»Der reale Grund ist ziemlich unwichtig. Es geht um den Grund dahinter. Du hast doch selbst gesagt, es gibt keine objektive Realität! Heute morgen hab ich das zum ersten Mal richtig verstanden.«

»Du sprichst in Rätseln, kleine Waage.«

»Heute Nacht ist mir klar geworden, dass ich ein reichlich egoistischer Mensch bin.«

»Unsinn. Das ist mir noch nicht aufgefallen.«

»Es soll ja auch mir selber auffallen. Ich bin kein guter Kamerad!«, sagte Lilly. Beim letzten Wort kippte ihr die Stimme über.

»Und ich bin hochmütig.«

»Was allerdings eine Todsünde ist. Hat dich die dicke Lady deshalb gefeuert? Bist du ihr auch hochnäsig gekommen?«

Lilly blickte nachdenklich in den hellgrauen Himmel. »Stimmt eigentlich. Ich hab sie für kitschig und naiv gehalten und mich ihr sehr überlegen gefühlt.«

»Entschuldige, vermutlich warst du ihr überlegen.«

»Du meinst, objektiv?«

»Was drischst du denn heute ständig mit meinen eigenen Waffen auf mich ein, Libelle?«

265

»Weil ich, wie gesagt, jetzt endlich begreife, was du gemeint hast. Subjektiv, aus meiner persönlichen Sicht, kam ich mir schlauer vor. Ebenso subjektiv, aus ihrer Sicht, ist sie fest überzeugt davon, dass ich mich unterlegen gefühlt habe und nach ihrem Kerl schmachte.«

»Das bedeutet doch, sie hat deinen Hochmut nicht bemerkt? Also, was soll's dann?«

»Ich hätte sie lieb haben sollen und ihr einfach dankbar sein, weil sie wirklich viel für mich getan hat und noch mehr tun wollte. Ich war zwar dankbar, aber doch irgendwie von oben herab. Euch hätte ich auch lieb haben sollen und euch eine Nachricht schicken.«

»Heißt das etwa, du hast uns nicht lieb?«

»Doch. Aber nicht genug, wenn ich mich nicht bei euch melde. Ich war zu gleichgültig. Ich war nicht – achtsam. Achtsamkeit hat mit Liebe zu tun. Weißt du, wenn man etwas beachtet, fühlt es sich geliebt. Wenn man mit Pflanzen redet, gedeihen sie besser. Nicht, weil sie Gequassel so toll finden, sondern weil sie sich über die Beachtung freuen. In dem Wort steckt Achtung drin. Wenn man Achtung vor jemandem hat, ist man nicht hochmütig.«

»Libelle, ich weiß nicht, was mit dir passiert ist. Haben sie dich mit Philosophie-Brausetabletten gefüttert? Darf ich gerade daran teilnehmen, wie deine guten Vorsätze fürs neue Jahr entstehen?«

»Ja. Ich werde dran arbeiten, darauf kannst du dich verlassen.«

»Damit du ein guter Mensch wirst, was?«

»Damit ich nicht noch mal aus dem Paradies fliege. Professor, wo ist Kalle? Baba hat gesagt, er war genau so lange weg wie ich?«

»Ich weiß auch nicht, wo er steckt. Ich hab ihm abends den Hund übergeben und erzählt, was dir passiert ist und dass es sein könnte, du übernachtest da. Und…« Der Professor holte seinen Tabak hervor und fing an, sich eine Zigarette zu drehen – »Und dass wir schon von dir hören würden. Das hat er sich ganz ruhig angehört, war kein Problem für ihn. Ich hab ihm deinen Schließfachschlüssel gegeben, aber er hat ihn mir später wieder in die Tasche gesteckt und gesagt, falls du vor ihm zurückkommst, brauchst du ihn ja. Dann ist er am Abend mit Caligula noch mal weggegangen. Hat nicht gesagt, wohin. Also, was Kalle angeht, brauchst du jedenfalls kein schlechtes Gewissen zu haben. Selbst wenn du uns rosarote Brieftauben geschickt hättest, hätte er das nicht mitgekriegt, weil er ja seitdem nicht mehr hier war.«

»Wo kann er denn sein? Ob ihm was passiert ist?«

»Reg dich bloß nicht auf. Der ist oft mal wochenlang weg und dann plötzlich wieder da. Und Sorgen brauchst du dir auch nicht um ihn zu machen. Mach dir lieber Sorgen um die, die ihm was tun wollen…«

Er leckte am Zigarettenpapier und schauderte zusammen.

»Bist du krank, Professor?«

»Nein. Ich weiß auch nicht – ich hab das Gefühl, das Schicksal umschleicht mich und will zuschlagen«, sagte er und grinste kläglich.

»Zunächst mal ist das Schicksal gut zu dir. Ich hab mehr als hundert Euro in der Tasche und ich bin wild entschlossen, euch alle zu einem richtig schönen Essen im Burger King einzuladen!«

Am Abend öffnete Lilly ihr Schließfach, holte den Schlafsack heraus und entdeckte einen vollen, schmuddeligen Briefumschlag, auf den jemand – Kalle? – mit recht rustikalen Buchstaben: LIBELLE gekritzelt hatte. Sie riss den Umschlag auf und sah mit offenem Mund, dass er voller Geldscheine war. Lilly stopfte die Scheine sofort wieder zurück, nahm den Schlafsack, die Isomatte und was sie sonst so brauchte, aus dem Fach und verschwand mit allem auf dem Bahnhofsklo, um sich hier einzuschließen und in Ruhe das Geld nachzuzählen.

Es handelte sich um die runde Summe von tausend Euro.

Na, na, dachte Lilly, ist das nicht eine etwas übertriebene Belohnung dafür, dass ich überhaupt erst mal *beschlossen* habe, ein besserer Mensch zu werden?

Sie packte die Scheine mit zitternden Händen wieder zurück, setzte sich auf den Klodeckel und dachte nach.

Höchstwahrscheinlich hatte Kalle inzwischen den fairen Schmuckhändler getroffen und der schien ja wirklich fair zu sein.

Jetzt könnte ich natürlich alle Penner Hamburgs ins Burger

King einladen, dachte sie. Ich könnte aber auch das Geld irgendwo versteckt am Körper tragen und bis zur Geburt der Raupe aufheben. Wer weiß, ob ich es dann nicht sehr gut brauchen kann – für ein Hotelzimmer etwa. Oder vielleicht, wenn ich großes Glück habe, wirklich für einen Arzt, der mich nicht verpetzt. (Allerdings waren dafür wohl größere Summen nötig.)

Als sie zurückkam und daranging, ihre Schlafstelle zu bauen, tauchte Baba wieder auf.

»Na, hast du den armen Benno fertig gemacht?«, fragte Lilly.

»Ach, deä. Du, Libelle, ich muss diä ma was sagn. Du muss dich nich aufregn.«

»Um Gottes willen, was ist passiert?!«

»Du soss dich doch grode nich aufregn!«

»Weißt du, was mit Kalle ist?«

»Nee, habbich doch gesacht. Also, ich glaub, hindä diä is 'n Uddel heä.«

»Was ist hinter mir her – ?!«

»'n Bulle. Manno, 'n Polizist. Deä hat so nach diä gefrocht. Hiä so rum. Wiä ham alle gesacht, keine Ohnung, wo du bis. Wa ja auch die Wahheit. Obä deä wa zweimo da. So. Nu habbich diä das gesacht«, meinte Baba zufrieden und machte sich davon, während Lilly mit weit offenen Augen da lag und tausend Gründe dafür fand, weshalb sie verhaftet werden sollte.

Der neueste Grund war, dass sie den armen Kalle zur Hehlerei angestiftet hatte. Vermutlich saß der schon im Knast, mitsamt seinem Hund.

Im 14. Kapitel

wird Lilly nahezu verhaftet –
bekommt eine traurige Nachricht – sowie sehr viel Zuwendung –
und muss einsehen, dass breite Schultern dünn gesät sind

Am nächsten Tag war Lilly ausgesprochen nervös. Sie glaubte überall Uniformen zu sehen oder Männer in Zivil, die sie so fixierten, als ob sie sofort die Handschellen herausziehen und ihr anlegen würden.

»Den' gefällsu, das alles!«, beruhigte sie Baba. »O Manno, wenn ich man bloß nix gesacht hädde!«

Unter diesen Umständen wollte Lilly bestimmt nicht Sitzung machen. Sie hatte sowieso etwas Wichtiges zu tun: Sie kaufte in einem Warenhaus einen billigen, dünnen weichen Schal und etwas Nähzeug (das konnte sie sowieso immer wieder brauchen), schloss sich für eine Ewigkeit im Bahnhofsklo ein und nähte die Geldscheine, die in dem Umschlag gesteckt hatten, darin ein. Diesen gefüllten Schal band sie sich hinterher unter dem Pullover um die Schultern und den Brustkorb. Den würde sie jetzt so lange tragen, bis die Raupe kam.

Als sie wieder auftauchte, verbrachte sie den Rest des Tages damit, allen Obdachlosen, die sie auch nur entfernt kannte, Fragen nach Kalle und seinem Hund zu stellen. Hatte die denn wirklich niemand gesehen, niemand etwas von ihnen gehört? Manchmal, vor allem bei einigen, die ihr eigentlich fremd waren, hatte sie das Gefühl, dass sie schon etwas wüssten und nur nicht darüber reden wollten. Weil es so schlimm war, dass Lilly ihnen Leid tat? Oder weil sie meinten, dass Lilly eigentlich die Schuld an Was-auch-immer trug?

Aber vielleicht bildete sie sich das genau so ein wie all die drohenden Polizisten, die sie den ganzen Tag belauerten.

269

Morgen, dachte Lilly, geh ich einfach mal in Steffis Kneipe nach Altona. Sie wird mich sicher nicht gerade mit offenen Armen empfangen – aber vielleicht weiß sie ja, was passiert ist.

»Ihr kennt ihn doch schon so lange. Wo könnte er denn bloß stecken?«, fragte sie den Professor, Kurt und Goofy am Abend mindestens zum dritten Mal. Die versicherten geduldig, sie hätten keine Ahnung. Kurt stellte dann seinerseits eine Frage: »Hast du schon mal in dem Buch gelesen, was ich dir geschenkt hab?«

Lilly wollte antworten, riss plötzlich riesengroß die Augen auf und bekam einen kleinen, nervösen Lachanfall. Ihr war gerade klar geworden, dass Virginia und ihr Pirat in Gemeinschaft einer halben Klorolle immer noch in der edlen schwarzen Wildledertasche von Frau Scheible steckte. Was die sich wohl bei dieser seltsamen Zusammenstellung dachte, wenn sie es eines Tages bemerkte?

»Klar, das hab ich längst ausgelesen. Hat mir sehr gut gefallen!«, antwortete sie, als sie nicht mehr lachen musste, und Kurt freute sich.

Als sie abends ihr Schlafzimmermöbel holen wollte, den Schließfachschlüssel in der Hand, wurde sie am Arm festgehalten. Sie machte eine hastige Bewegung, um sich loszureißen, was jedoch überhaupt nichts nützte. Der Polizist mit den schwermütigen olivbraunen Augen, der immer so sanft und harmlos aussah, hatte einen eisernen Griff.

Lilly ließ ganz hoffnungslos die Schultern hängen. Jetzt war also alles aus. Jetzt kam sie ins Gefängnis, zumindest ja wohl in Untersuchungshaft. Wenn sie sich weigerte, ihre Identität anzugeben, erschien übermorgen ihr (sicher sehr unvorteilhaftes, aber klar zu erkennendes) Bild in der Zeitung mit der Frage: Wer kennt diese Frau? Gab sie eine falsche Identität an, würde man das in ziemlich kurzer Zeit herausfinden, mit demselben Ergebnis. Und wenn sie ehrlich sagte, wer sie war, erfuhr Norbert es auf der Stelle. Sie würden sie ausziehen und das Geld bei ihr finden und davon ausgehen, dass es nur aus einem Verbrechen stammen konnte. Wer sie wohl angezeigt hatte?

»Sind Sie die Frau, die Libelle genannt wird?«, fragte der Polizist sie leise. Wieder kam es ihr so vor, als ob er einen leichten Alkoholdunst um sich herum hätte. Er trug übrigens keine Uniform, sondern eine rotbraune Lederjacke über einem gelben Rollkragenpullover.

Lilly antwortete nicht. Sie wusste nicht, ob es richtig oder falsch wäre, das zuzugeben.

»Sie gehören doch zu Karlheinz Dröger?«, versuchte er jetzt. Lilly erinnerte sich, dass er sie das schon mal gefragt hatte. Und wie damals antwortete sie vorsichtig: »Ja, ein bisschen. Wieso?«

»Ich habe Ihnen Verschiedenes über ihn zu sagen.«

»Was??! Wo ist er?«, fragte Lilly, lebhafter als es jemandem zukam, der Kalle nur ›ein bisschen‹ kannte.

»Kommen Sie bitte mit? Ich bring Sie zu ihm ...«

Lilly ließ sich weder ziehen noch schieben, sie blieb bockbeinig stehen. »Was ist mit Kalle? Ist ihm was passiert?!«, fragte sie und blickte den Mann so eindringlich an, dass er seinerseits schnell woanders hin guckte. Er antwortete trotzdem: »Ja.«

»Was Schlimmes?!«

»Ja.«

»O nein ...«, sagte Lilly leise. Sie fing an zu weinen. Und sie hatte erneut das Gefühl – wie bei ihrer Flucht aus dem Penthouse –, dies alles schon einmal erlebt zu haben. Natürlich, es erinnerte sie daran, wie Björk ihr nicht schon am Telefon, sondern erst in Claudios Wohnung erzählt hatte, dass sein Freund tot war. Wo wollte dieser Polizist sie hinbringen, um zuzugeben, dass es keinen Kalle mehr gab?

Er ließ Lilly aus seinem festen Griff los, legte stattdessen einen Arm um sie und brachte sie aus dem Bahnhof heraus zu den Parkplätzen und in ein kleines japanisches Auto. Er fuhr los, schaltete das Radio ab und die Scheibenwischer an, um die hohe Luftfeuchtigkeit auf seiner Frontscheibe hin und her zu schieben.

Lilly weinte und stellte zwischendurch ab und zu Fragen, die der Mann mit ruhiger, leiser Stimme beantwortete.

»Ist er tot?«

»Nein.«

»O Gott sei Dank, Gott sei Dank! Ich dachte schon, das liegt an mir. Ich dachte schon, ich bring allen Männern Unglück. Weil Claudio doch auch... Bin ich jetzt eigentlich verhaftet?«

»Verhaftet? Nein.«

»Ist Kalle im Gefängnis?«

»Nein, im Krankenhaus. Ich bring Sie zu ihm.«

»War das eine Prügelei?«

»Nein. Jedenfalls nicht ursächlich. Andererseits hat es wohl damit angefangen.«

»Das versteh ich nicht. Wenn es damit angefangen hat, dann war es doch ursächlich?«

»Also, zunächst war Karlheinz Dröger in eine Schlägerei verwickelt, am Abend des sechsundzwanzigsten Dezember, in einer Gaststätte auf St. Pauli. Da hat er aber von allen Beteiligten am wenigsten abbekommen, soviel ich weiß. Dann hat er seinen Sieg an einem anderen Ort gefeiert und offenbar enorm viel getrunken.«

Lilly nickte düster. Das konnte sie sich vorstellen.

»Danach wollte er dann bei der Gaststättenbesitzerin übernachten...«

»Steffi.«

»Richtig. Stefanie Schmidtke. Ach, stimmt ja, da hat man Sie doch vor einigen Wochen auch festgenommen?«

»Ja. Haben Sie Ärger bekommen, weil ich weggelaufen bin, bevor...?«

»Ja, hab ich. Nun, er wollte also bei Frau Schmidtke übernachten, aber sie hat sich dem widersetzt. Auf gut Deutsch, sie hat ihn rausgeworfen. Daraufhin hat er sich Zugang zu einem nahegelegenen Kellerraum verschafft, um da zu schlafen. Man muss davon ausgehen, dass die anderen Teilnehmer der Schlägerei ihn bis dorthin observiert – also beobachtet – haben. Als er fest schlief, das ging ja mutmaßlich ziemlich schnell mit all dem Alkohol, den er genossen hatte, da sind einer oder mehrere ebenfalls in den Kellerraum eingedrungen, haben ihn mit einer brennbaren Flüssigkeit überschüttet und angezündet.«

»O nein!«

»Ja, doch, leider.«

Lilly weinte wieder eine Weile, schnupfte die Nase hoch und fragte: »Wird er überleben?«

Der Polizist antwortete auf seine distanzierte Art: »Das ist zu hoffen.«

Den Rest der Fahrt schwiegen sie, Lilly schluchzte manchmal.

Sie parkten hinter dem Krankenhaus, fuhren mit dem Fahrstuhl nach oben und marschierten einen langen Flur entlang. Vor Zimmer 22 blieb der Polizist stehen, klopfte an die Tür, öffnete sie einen Spalt, sodass er den Kopf ins Zimmer stecken konnte, und meldete in zurückhaltendem Ton: »Herr Dröger? Ich habe Ihre Libelle gefunden!«

Lilly, auf dem Flur, hörte ein dumpfes Gebrummel von Kalle und mittendrin eine scharfe Frauenstimme: »Nein! Die kommt hier auf keinen Fall rein! ›Deine‹ Libelle, was? So weit kommt das grade noch!«

Lilly glaubte, Steffis Stimme zu erkennen.

Kalle brummelte wieder. Lilly konnte auf dem Flur nicht verstehen, was er sagte. Es klang, als könne er den Mund nicht frei bewegen. Vielleicht behinderte ihn ein Verband.

Und wieder Steffi, hell und schneidend: »Nein, du musst ihr gar nix sagen! Wenn die was wissen muss, dann sag das Herrn Stumpe, der richtet ihr das aus. Ach, ich weiß, das ging um den Köter.«

Gebrummel von Kalle, der Polizist (das war also Herr Stumpe) erwiderte: »Werde ich ihr sagen. Und sie darf auch nicht für einen kurzen Augenblick hier rein, Frau Schmidtke?«

»Nein! Dies Weib ist doch geradezu Schuld an allem! Wenn er die nicht dauernd im Kopp gehabt hätte und von ihr gequasselt und mit ihr angegeben, er hat mit ihr Walzer getanzt und oha oha oha, dann hätte er doch gar nicht erst die anderen provoziert und es wäre auch nicht zu der Schlägerei gekommen und zu allem sonst, das ist meine feste Überzeugung. Ich hab ihn gewarnt! Ich hab dich gewarnt, Kalle! *Libelle* – ha! So 'ne Person, die sich immer an andere Leute dran hängt, weil sie alleine nix auf die Reihe kriegt. Verwöhnt und schmarotzerig, das ist die Tussi. Ich sag dir eins, Kalle Dröger: Wenn du mit der Frau noch jemals ein Wort redest, dann ist das aus zwischen uns, ein für alle Mal!«

Kalle brummelte nicht mehr.

Polizist Stumpe wünschte gedämpft noch einen schönen Abend und gute Besserung, zog seinen Kopf zurück in den Flur und schloss die Tür zu Zimmer 22. »Also leider…«

»Ja, ich bin ja nicht taub.« Sie wanderten zurück Richtung Fahrstuhl. »Was sollen Sie mir denn nun ausrichten?«

»Ach so, ja. Ob Sie sich bitte um den Hund kümmern wollen, lässt Herr Dröger fragen. Frau Schmidtke weigert sich, den Hund bei sich aufzunehmen.«

»Warum hat die eigentlich so viel zu sagen?«, wunderte sich Lilly.

»Nun, sie ist schließlich die Ehefrau.«

»Von wem?«

»Von Herrn Dröger.«

»Steffi?!«

»Ja.« Der Polizist verzog ein wenig seinen kleinen, geschwungenen Mund, er lächelte beinah. »Ich hab's auch nicht gewusst bis vor kurzem. Sie hat uns die Heiratsurkunde gezeigt. Die beiden haben vor fast drei Jahren geheiratet.«

»Warum heißt sie dann nicht Steffi Dröger, verdammt noch mal?«

»Dazu ist sie nach der neueren Gesetzgebung nicht verpflichtet. Jeder der Ehepartner kann seinen ursprünglichen Namen trotzdem behalten.«

»Und warum wohnen sie nicht zusammen? Und warum haben sie es allen Leuten verschwiegen?«

Stumpe zuckte mit den Schultern. »Ich habe keine Ahnung. Auf jeden Fall ist sie seine Frau. Er hat das auch nicht bestritten. Sie hat dafür gesorgt, dass er in dem Einzelzimmer liegt, und sie hat gesagt, wenn er es überlebt, nimmt sie ihn mit nach Hause. Aber den Hund auf keinen Fall. Weder, wenn Dröger lebt, noch, wenn er stirbt.«

»Versteh ich nicht. Sie war doch nett zu Caligula – hat ihm ein Knochentellerchen hingestellt...«

»Frau Schmidtke ist wohl recht emotional, würde ich sagen. Und offensichtlich sehr eifersüchtig. Das ist ja auch irgendwie verständlich.«

Sie fuhren mit dem Fahrstuhl wieder nach unten.

»Wenn Kalle stirbt, sagen Sie... geht es ihm wirklich so schlecht? So vom Flur her hörte es sich nicht so schlimm an. Er ist doch jedenfalls bei Bewusstsein...«

»Er sieht furchtbar aus. Vielleicht ganz gut, dass Sie ihn nicht gesehen haben. Er ist bei Bewusstsein, aber er bekommt, soviel ich weiß, schwere Schmerzmittel. Und es kann sein, dass seine Haut und einige seiner Organe derart geschädigt sind, dass er es nicht schafft. Das sagen die Ärzte. Frau... Wie heißen Sie eigentlich, außer Libelle?«

Lilly schwankte zwischen Lena Dietrich und Klaudia Künstler. »Lilly.«

»Aha. Nun, Lilly, ich würde Sie jetzt gern mit in meine Wohnung nehmen.«

»Weshalb denn das?«, fragte Lilly misstrauisch.

»Da ist der Hund. Hier im Krankenhaus konnte er schließlich nicht bleiben...« Er stieg in seinen Wagen und öffnete von innen die Tür für sie.

»Sagen Sie mal«, fragte Lilly nachdenklich, während sie sich anschnallte, »machen Sie das Ganze hier eigentlich dienstlich oder privat?«

Darauf bekam sie keine Antwort.

Der Polizist Stumpe wohnte in einer ausgesprochen hässlichen großen Wohnung in der Marienthaler Straße, und zwar so, dass die Bahn hin und wieder genau auf gleicher Höhe vorbeirasselte.

»Das ist ja apokalyptisch!«, protestierte Lilly beim ersten Mal. Sie saß gerade auf dem Laminatboden im Flur und wehrte Caligula ab, der sich vor Freude wie rasend aufführte und ihr das Gesicht und die Ohren abschleckte, und sie befürchtete, der Zug

würde gleich durch die Wand brechen und über sie hinwegschie-
ßen.

»Ach, daran gewöhnt man sich!«, erklärte Stumpe, genau wie damals Püppi über den Verkehrslärm vor ihrer Wohnung. Der Hund
schien sich wirklich bereits daran gewöhnt zu haben, er zuckte mit
keinem Ohr. »Ich hör's nicht mehr, ich bin nämlich in dieser Wohnung geboren und aufgewachsen. Ich kann sogar schlecht schlafen
ohne Bahn. Geben Sie mir mal Ihren Rucksack und die Jacke?«

»Wozu?«

»Ich will das nur hier aufhängen. Haben Sie Hunger? Ich hab
noch nichts gegessen«, fuhr der Mann fort. »Ich würde mir was in
der Mikrowelle erhitzen. Was wollen Sie gern essen?«

»Grießbrei!«, sagte Lilly leise. »Ich bin ziemlich aufgewühlt, und
immer, wenn ich krank war oder durcheinander, hat meine Mutter
mir Grießbrei gekocht.«

Das schien den Polizisten sprachlos zu machen. Er starrte Lilly
eine ganze Weile an, dann warf er sein Schlüsselbund, seine Brieftasche und was er sonst so aus den Taschen geholt hatte, auf eine
Kommode, hängte seine Lederjacke an einen Garderobenhaken
und begab sich in die Küche. Lilly folgte ihm. Caligula trippelte
hinterher.

Die Küche sah unangenehm aus. Hängeschränke mit knallbunt-
lackierten Türen und Kunststoffstühle mit knallbunten Bezügen.
Der Tisch war sauber, jedoch prähistorisch: die (wahrscheinlich
ehemals auch knallbunte) Farbe abgescheuert, die Arbeitsfläche
vor dem mittleren Stuhl voller Messernarben. Die Gardine wirkte
sauber, das Muster jedoch bis zur Unkenntlichkeit verblichen.

Lilly blickte sich um. Wer hier wohnte, hatte Sinn für Reinlich-
keit, war jedoch taub und blind für Schönheit.

»Putzen Sie selbst hier so gründlich?«

»Nein, das macht meine Schwester«, antwortete Stumpe, der
gerade im Küchenschrank untertauchte, um nach Grieß zu suchen.

»Sie sind nicht verheiratet?«

»Doch.«

»Und wo ist Ihre Frau?«

Als wäre das eine Antwort, unterbrach der Polizist plötzlich sein Forschen nach dem Grieß, holte eine halbvolle Flasche Rum aus der Speisekammer, goss sich ein Wasserglas voll und trank es zur Hälfte aus.

Lilly fragte erschrocken: »Ist ihr was passiert?«

Stumpe schwieg weiter. Er nahm ein Päckchen mit einem Fertiggericht aus dem Tiefkühlfach und stellte es in die Mikrowelle, füllte Milch in ein Stieltöpfchen, das er auf eine Herdplatte stellte, schaltete alle Geräte ein, setzte sich Lilly gegenüber an den unschönen Küchentisch und kippte den Rest Rum hinunter.

Sie schauten sich gegenseitig an. Eigentlich, dachte Lilly, sollte dies hier ein ausgesprochen gutaussehender Mann sein. Er hat dichtes, glänzendes dunkles Haar – die Augen sind ausgesprochen interessant – die Nase kräftig, aber gut geformt – der kleine, schnörkelige Mund sogar ganz reizend. Auch seine Hände sehen gut aus (vor allem, wenn man jemanden wie Hanno Hartenstein kennen gelernt hat). Schade, es liegt daran, wie er den Kopf hängen lässt, wie er guckt und wie er redet. Er wirkt wie der typische Verlierer …

Und er sagte kopfschüttelnd, in missbilligendem Ton: »Ich glaube, Sie sind die hübscheste Frau, die mir je begegnet ist!«, bevor er aufstand und Grieß in die aufkochende Milch schüttete.

Zu seinem Fertiggericht trank Stumpe alles, was noch in der Rumflasche war. Dann hielt er sich die leere Flasche vor die Augen und bemerkte nachdenklich: »Eigentlich sollte das zum Abschmecken sein.«

Der steckt im Training, dachte Lilly. Sonst würde man ihm schon was anmerken.

»Schmeckt Ihnen der Grießbrei?«

»Ja. Aber …« Lilly rührte ein bisschen herum. »Wo sind denn die Klümpchen?«

»Na, hoffentlich sind keine drin. Perfekter Grießbrei hat keine Klümpchen!«

»Mhm, wahrscheinlich. Sicher hat mir noch nie jemand perfek-

ten gekocht. Ich hab immer so gern auf den Klümpchen rumge-
kaut...«

Ihr Gastgeber betrachtete sie traurig unter seinen Schlupflidern
hervor. »Ich mach nichts richtig. Sogar, wenn ich was perfekt mache, ist es falsch.«

Lilly suchte noch nach tröstenden Worten, als er plötzlich
fragte: »Karlheinz Dröger war wohl nicht Ihre große Liebe, trotz
Ihrer Schwangerschaft? Sie haben sich ja doch ziemlich schnell davon erholt, dass es ihm so schlecht geht, dass er verheiratet ist und
dass Sie nicht zu ihm dürfen.«

»Erholt? Er tut mir wahnsinnig Leid und ich hoffe, dass ich
nicht wirklich schuld bin, wie Steffi sagt. Aber er war ja nie meine
Liebe, schon gar nicht große. Das Baby ist auch nicht von ihm. Wir
sind Freunde.«

»Warum regt sich Frau Schmidtke dann so auf?«

»Na ja, sie ist eben extrem eifersüchtig, das haben Sie doch vorhin selbst gesagt. Im Übrigen ist er bei ihr doch sehr gut aufgehoben. Sie macht sich eine ganze Menge aus ihm, und sie hat auch
die Möglichkeit, ihn zu unterstützen. Das kann ich ihm alles nicht
liefern. Er sollte wirklich bei ihr bleiben. Ich hoffe, dass er erkennt, was er an ihr hat. Und mich vergisst.«

»Aha. Und wer ist Claudio?«

Lilly fuhr hoch. »Woher... Wie kommen Sie auf den Namen?«

»Sie haben ihn vorhin selbst genannt. Sie sagten, Sie bringen allen
Männern Unglück, so wie auch Claudio – oder etwas Derartiges.«

»Wirklich? Das weiß ich gar nicht mehr. Also, Claudio ist der
Vater...« Lilly zeigte auf ihren Bauch. »Nein, er war der Vater.
Oder vielmehr, er wäre der Vater gewesen. Und nun ist er tot. Er
war als Reporter in Afghanistan, im Westen, Herat heißt das da. Da
haben Tadschiken und Paschtunen ein Gefecht gehabt Anfang
August – ich meine, die haben natürlich ständig Gefechte gehabt,
nehme ich an, aber am 2. August war Claudio dabei, er saß in
einem Jeep, zusammen mit einem englischen Reporter, und beide
dachten, sie wären da in relativer Sicherheit. Claudio war dauernd
in Gefahrenzonen, überall, und nie ist ihm was Schlimmes pas-

siert, außer dass sie ihn mal ins Gefängnis gesperrt haben für kurze Zeit. Er kannte Wüstenfürsten und war mit Banditen und Rebellen befreundet. Ja, und dann hat ihn eine Kugel getroffen, da im Jeep, mitten in den Kopf. Der Engländer ist gleich losgefahren, um ihn in ein Hospital zu bringen, aber es war zu spät…« Lilly schluckte hart und biss sich auf die Unterlippe. »Das weiß ich alles noch nicht lange. Ich hab's vor einiger Zeit in einer alten Zeitung gelesen. Damals, als es passiert ist, wusste ich noch nicht mal, dass ich ein Baby von ihm bekomme.«

»War der Ihre große Liebe?«

Lilly steckte sich erst mal einen Löffel voll Grießbrei in den Mund und überlegte sich die Antwort gut. »Ich weiß es nicht genau. Ich hab in den letzten Monaten selber viel darüber nachgedacht. Ich war verliebt in ihn. Ich hab gern… Also, es war eine sehr erotische Beziehung. Aber große Liebe – ? Ich weiß gar nicht, ob ich schon eine große Liebe hatte. Vielleicht kommt die erst noch. Ist denn Ihre Frau Ihre große Liebe?«, fragte sie gleich hinterher, um ihn zu überrumpeln.

Er blinzelte sie zweimal an. Allmählich machte sich der Rum doch bemerkbar: Er wurde langsamer. »Ich weiß nicht genau. Was ich mit Gewissheit sagen kann, ist: Ich war nicht ihre große Liebe. Denn die scheint sie jetzt gefunden zu haben. Ja, vielleicht würde ich für mich selbst so wie Sie sagen: Das kommt erst noch. Und *wenn* das so ist – mögen Sie nicht mehr?« Er stellte den Teller mit dem restlichen Brei auf die hässlichen orange-weiß-blauen Fliesen und Caligula stürzte herbei und schlabberte drauflos.

Stumpe sah ihm dabei zu und murmelte: »Kimberly-Maureen hat den immer gern gegessen.«

»Ihre Frau?«

»Meine Tochter. Fünf Jahre alt und weiß genau, was sie will. Bei Onkel Jochen sein, weil der so witzig ist und so schöne Geschenke macht.«

»Jochen ist die große Liebe Ihrer Frau?«

»Korrekt. Er wird meine Tochter adoptieren. Sobald er meine Frau geheiratet hat. Sobald wir geschieden sind.«

Die Bahn rauschte heran, rüttelte an sämtlichen knallbunten Hängeschränken in der Küche, sodass Geschirr und Gläser leise klirrten, und donnerte weiter.

»Gott!«, keuchte Lilly. »Ich hatte mal Angst vor der Bahn, früher. Das hab ich mir inzwischen abgewöhnt. Aber hier könnte ich mir das glatt wieder angewöhnen…«

»Ich glaube«, sagte Stumpe mit einem gewissen Stolz, »keine Wohnung in dieser Straße befindet sich so nahe an den Schienen wie meine. Wollen wir ins Wohnzimmer gehen?«

Das Wohnzimmer lag genau am anderen Ende des langen dünnen Flurs und sah noch schlimmer aus als die Küche. Möbel aus den siebziger und achtziger Jahren in Farben wie Brombeer und Aubergine zu Dunkelbraun. Eine klobige dunkle Schrankwand mit Beleuchtung hinter Glas. Da stand ein Familienfoto im Lederrahmen, Stumpe im Anzug, todernst und kerzengerade, eine leidlich hübsche Frau mit zu starker Dauerwelle oder bedauernswerter Naturkrause und frechen dunklen Augen, die fotografiermäßig strahlte und ein kleines Mädchen mit verschnittenem Pony, offenbar Kimberly-Maureen Stumpe. Mehrere geschmacklose Vasen, ein Pokal für irgendeine sportliche Leistung, ungefähr sieben Bücher. Lampen, die das Zimmer eher verdunkelten als erhellten. Ein riesiger, superneuer Fernsehapparat, der kein bisschen zu der übrigen Einrichtung passte. Vergilbte Vorhänge, aber schneeweiße, gestärkte Gardinen.

»Ihre Schwester kommt häufig zum Putzen und Waschen?«

»Jede Woche. Als meine Frau noch hier wohnte, lag der Staub zentimeterdick und in der Küche ist man kleben geblieben«, erwiderte er. »Sie hat sich nichts aus Hausarbeit gemacht.«

Er nahm aus der klobigen Schrankwand eine Flasche Rotwein, öffnete sie schnell und geschickt, bot Lilly auch ein Glas an und trank klaglos alleine, schnell und gründlich. Dadurch verlor sich mehr und mehr seine kühle Zurückhaltung. Zunächst wollte er ›jetzt endlich mal‹ wissen, wer Lilly war und wie sie in die Szene gerutscht sei.

»Ich wüsste niemand, dem ich das weniger gern erzählen würde als gerade einem Polizisten!«, behauptete sie einleitend, bevor sie mit ihrer Geschichte anfing. Sie empfand bereits unbegrenztes Vertrauen zu dem Mann – oder besser: Sie hielt ihn für absolut ungefährlich.

»So, jetzt wissen Sie alles«, versicherte sie zum Schluss. Er hatte die ganze Zeit nichts gesagt, nur ab und zu genickt und hin und wieder einen Schluck aus seinem Glas genommen. Caligula war auf dem spinatgrünen, schäbigen Teppichboden längst eingeschlafen.

»Jetzt sagen Sie mir mal: Steh ich auf einer Fahndungsliste oder so was?«

»Nicht dass ich wüsste. Nein. Was haben Sie denn schon verbrochen? Ihren eigenen Schmuck dürfen Sie verkaufen, natürlich hat der Juwelier Sie betrogen – wo Dröger die Uhr und den Ring losgeworden ist, will ich lieber nicht wissen, Sie brauchen ja wirklich dringend etwas Geld für die Geburt. Den Kleidertausch in der Elbchaussee haben die Leute selbst zu verantworten und der Mundraub ist nicht der Rede wert. Ich weiß nicht, wem Ihr Mann weismachen will, dass Sie geisteskrank sind, es sei denn, er schafft es, Sie vorher unter Drogen zu setzen. Das Einzige, was wirklich kriminell ist und weswegen Sie jahrelang eingesperrt gehören, ist, dass Sie mir auf der Wache weggelaufen sind…« Und er schmunzelte ein bisschen.

Na, dachte Lilly, das ist der erste Witz, den er sich leistet, seit wir uns kennen.

»Ich möchte mal sagen«, fügte er hinzu – er sprach inzwischen sehr langsam und etwas verwaschen – »Ich bewundere Ihren Mut. Wie Sie mit all diesen Situationen fertig geworden sind, alle Achtung.«

»Ich? Ich bin nicht im Geringsten mutig. Noch nie gewesen!«, protestierte Lilly. »Im Gegenteil. Ich bin ausgesprochen feige.«

»Unsinn. Sie haben ja keine Ahnung, was Feigheit ist. Sie sind in die tollsten Abenteuer geraten, weil Sie Ihr Kind behalten wollen, Sie haben sich ohne jede Hilfe tapfer durchgeschlagen…«

»Doch, Hilfe hatte ich schon. Sozusagen von ganz oben. Ich hab immer wieder kleine Wunder erlebt. Glauben Sie an Wunder?«

Er schüttelte den Kopf. »Nein. Ich glaube an überhaupt nichts. Ich würde es gern tun, aber ich kann mir nichts vormachen. Dazu kenne ich die Realität zu genau.«

»Aber das ist doch nur Ihre eigene, subjektive Realität«, wusste Lilly inzwischen. Sie lief in den Flur, holte die Marienmedaille aus ihrer Jacke und hielt sie Stumpe hin: »Hier, tragen Sie die mal eine Weile, bei mir hat es auch funktioniert!«

Er nahm die kleine Plakette, drehte sie eine Weile in den Fingern und gab sie Lilly zurück: »Nein. Behalten Sie Ihr Glück und Ihren Glauben. Ich würde mutmaßlich auf dieses Ding so wirken, dass es seinen Zauber verliert.«

Er stand aus seinem Sessel auf, nahm ihr Gesicht in beide Hände, kämmte sie mit den Fingern, schloss die Augen und lehnte seine Nase an ihre Nase. Im Gegensatz zu Kalle und seinesgleichen roch er sauber und angenehm, aber der Alkoholdunst war derselbe. Wenn ich ein paar Mal tief einatme, bin ich beschwipst, dachte Lilly.

»Du solltest mal baden«, murmelte der Mann.

Au, sie war diejenige, die stank! Obwohl sie bei Frau Scheible so oft geduscht hatte. Obwohl sie täglich ihr Deo benutzte. Klar, sie steckte natürlich Tag und Nacht in stets denselben Klamotten, von der Unterwäsche abgesehen...

Lilly schämte sich über alle Maßen.

Sie trottete hinter ihrem Gastgeber her ins hässliche, apfelgrün gekachelte Bad und nahm im Vorbeigehen ihren Rucksack vom Garderobenhaken. Stumpe drehte an den Wasserhähnen über der riesengroßen Wanne, prüfte die Temperatur mit der Hand, steckte den Stöpsel in den Ablauf, goss aus einer Plastikflasche eine aprikosenfarbene Flüssigkeit ins Wasser, worauf es sofort wild nach Blüten und Bonbons duftete, holte zwei große Badetücher in verblichenen Knallbuntfarben aus einem Schränkchen und legte sie auf den Hocker neben der Wanne.

»Guck mal, hier ist Haarwaschmittel. Da oben neben dem Waschbecken hängt der Föhn. Wenn du dir den Kopf abduschen willst, musst du diesen Hebel umstellen, er klemmt etwas...«

Er ging hinaus – immer noch gerade und ohne zu schwanken nach all den Spirituosen – und kehrte mit einem Pyjamaoberteil zurück: »Ich glaube, das reicht für dich. Ein Unterteil brauchst du nicht«, urteilte er. Dann ließ er Lilly allein.

Bevor sie sich auszog, betrachtete sie sich im zweigeteilten Spiegel des Hängeschränkchens über dem Waschbecken. Links und rechts neben dem Schränkchen guckten Strahler aus der Wand. Die Birne im linken war kaputt.

Abgesehen davon, dass der Spiegel verzerrte – stand sie mehr rechts, bekam sie ein längeres Kinn, stand sie mehr links, wurde ihre Stirn breiter –, fand sie sich blass, ein wenig aufgeschwemmt und furchtbar nichtssagend. Wenn sie das Schönste war, was übereinstimmend Kalle Dröger und Polizist Stumpe je zu Gesicht bekommen hatten – was liefen denn dann für Menschen herum? Der dunkle Nachwuchs auf ihrem Kopf wirkte grauenhaft schlampig, eine Frisur konnte man schon lange nicht mehr erkennen – die längsten Haarzipfel reichten inzwischen bis auf die Schultern, die ehemaligen Ponyfransen kämmte sie auf beiden Seiten hinter die Ohren. Wie günstig, dass schlampige, fettig aussehende, umherfransende und gestreifte Haare gerade in Mode waren!

Lilly zog sich seufzend aus, stieg vorsichtig ins heiße Wasser, drehte die Hähne ab und fragte sich, ob sie die Tür nun aus Versehen oder mit Absicht nicht abgeschlossen hatte.

Was auch immer ihr Motiv gewesen sein mochte: Polizist Stumpe ließ sie im Bad ganz ungestört.

Er saß, als Lilly mit nackten Beinen und noch etwas feuchtem Haar im Pyjamaoberteil (die drei untersten Knöpfe bekam sie über dem Bauch nicht zu) und einer sauberen Ilse-Scheible-Riesenunterhose erschien, wieder in seinem Sessel und guckte in das Prunkstück von Fernseher, in dem ein Boxkampf lief, schaltete jedoch sofort aus, als sie eintrat.

»Na, Lilly...«, sagte er in etwas schläfrigem Ton.

»Na, Herr Stumpe...«, erwiderte sie. »Oder muss ich irgendeinen Dienstgrad nennen, Oberhauptwachtmeister oder so?«

Er blickte sie völlig ernst an und erwiderte: »Nein. Mein Dienst-

grad ist nicht der Rede wert. Aber du kannst Helge zu mir sagen.«
Er rieb sich mit beiden Händen die Augen und die Stirn, tauchte
etwas zerknautscht wieder auf und meinte: »Wir sollten jetzt ins
Bett gehen.«

Wie erwartet sah das Schlafzimmer am schlimmsten aus. Das
Licht der Deckenlampe war sowohl trübe als auch kalt, das Dop-
pelbett trug eine Nylontagesdecke in kränklichem Rosa sowie ein
spitzengarniertes Prunkkissen. Oben drüber hing das Gemälde
einer Südseeschönheit, die zu frieren schien. Kein Wunder, dachte
Lilly. Das Licht des Nachtschranklämpchens war genau so schlimm
wie das Deckenlicht.

Trotzdem war sie bereit, Helge Stumpe die Geschmacklosigkeit
seiner Wohnung zu verzeihen, als er sich ohne jede Zimperlichkeit
auszog und in einen blauen Schlafanzug stieg. Seine Figur war
wirklich in Ordnung, und vielleicht trug ja seine Frau die Verantwortung für die Einrichtung.

Er legte sich auf die linke Bettseite, schlug die Decke zurück,
breitete einen Arm aus und verlangte: »Komm her!«

Lilly folgte seiner Aufforderung und wurde zugedeckt. Sie hatte
nicht die Absicht, zu erzählen, der Arzt hätte es verboten.

Als hätte er ihre Gedanken gehört, murmelte er: »Du gehst doch
zum Arzt? Du musst unbedingt zum Arzt gehen. Das ist so wichtig während der Schwangerschaft, diese Vorsorge, weißt du? Ich
war mit meiner Frau zu all diesen Kursen, glücklicherweise, denn
sie bekam eine Brustentzündung und ich musste Kimberly-Maureen wickeln und ihr die Flasche geben. Ich war natürlich auch
bei der Geburt dabei, das war ein unglaubliches Erlebnis...« Er
wandte den Blick an die Decke und seufzte. Dann knipste er das
kleine Lämpchen aus und sprach im Dunkeln weiter: »Es ist nicht
fair, dass Männer zunächst so mit einbezogen werden, wenn man
ihnen hinterher das Kind wieder vorenthält. In der guten alten Zeit
sind Väter nur auf dem Flur umhergewandert und haben geraucht
und waren etwas nervös, und dann kriegten sie zu hören, es ist ein
Junge oder ein Mädchen. Die hatten keine so intensive Beziehung
zu ihrem Kind, dabei hielten damals die Ehen ewig. Die waren

284

auch nicht so rücksichtsvoll. Ich hab dauernd Staub gesaugt und Essen gemacht, und ein Vierteljahr vor der Geburt und ein Vierteljahr nach der Geburt natürlich auf jede Sexualität verzichtet, weil Frauen das nun mal so wollen.«

»Ach?«, sagte Lilly.

»Ich hätte mich wahrscheinlich durchsetzen sollen. Ich bin zu feige. Weißt du, warum ich dich so dringend gesucht habe?«, fragte er und drückte sie bekräftigend an sich.

»Nein, weshalb?«

»Weil Dröger dich unbedingt sprechen wollte und weil ich ein schlechtes Gewissen ihm gegenüber hatte. Du hast das doch auch beobachtet oder gehört, wie mein Kollege ihn damals in der Zelle verprügelt hatte?«

»Ja.«

»Ich hätte etwas dagegen unternehmen sollen. Siehst du, *ich* bin zu feige. Ich war schon immer zu feige. Mein ganzes Leben lang. Mein Vater war Polizist und wollte, dass wir alle in seine Fußstapfen treten, meine Brüder und ich. Nun, Uwe ist Heizungsmonteur geworden und Volker Feinmechaniker. Das war genau das, wozu sie Lust hatten. Ich war der jüngste von uns Brüdern und mir tat Vater immer Leid, deshalb bin ich ihm zuliebe – und damit er nicht so böse auf die Älteren ist – zur Polizei gegangen. Oder damals, als meine Brüder meine Schwester nie in Ruhe ließen… Das ging wirklich zu weit, was die alles mit ihr gemacht haben. Sie ist ein Jahr jünger als ich, ich steckte immer so als Puffer dazwischen. Ich hätte sie verpetzen sollen, um meiner Schwester zu helfen. Aber – es waren doch meine Brüder! Genau so ist das jetzt immer. Ich kann doch meine Kollegen nicht verpfeifen! Ich bin immer zu feige, und damit tue ich immer allen Unrecht…«, klagte Helge. Er klang zunehmend tragischer. Möglicherweise begann er jetzt, im Schutz der Dunkelheit und der Entschuldigung des Alkohols, zu weinen.

Lilly suchte nach einer Ablenkung und sprach vor sich hin: »Als ich noch klein war, hab ich im Frühjahr Weidenkätzchen abgerissen und in kleine Erdhöhlen gepackt, die hatte ich vorher mit

Moos ausgelegt. Da drüber hab ich Glasscherben gesetzt, die ich vorher ganz sauber gerieben hab, damit meine Kätzchenkinder durchgucken konnten...«

Sie dachte schon, er wäre eingeschlafen. Doch nach einigen Minuten sagte er doch noch etwas dazu: »Und wenn jemand das nicht gesehen hat, dann ist er draufgetreten und das Glas war kaputt und deine Kätzchen platt.« Er seufzte tief auf. Bald darauf schlief er dann doch, das merkte sie an seinen gleichmäßigen Atemzügen.

Sie lag ganz still, warm und behaglich und merkwürdigerweise nicht besonders müde – dabei musste es inzwischen fast drei Uhr sein.

Er hat Recht, dachte sie. Es wäre wünschenswert, wenn er mehr Mut aufbringen würde. Komisch, als wir hierher gefahren sind, hab ich noch gedacht: Hier ist jetzt mal wirklich eine breite Schulter zum Anlehnen für mich! Sicherheit und Geborgenheit. Ich hab mich durch seinen Job täuschen lassen. Ein Polizist ist gar nicht immer stark und beschützend, wie Püppis Mutter denkt. Der eine verhaut Gefangene in der Zelle und der andere weint darüber, dass er es nicht fertig bekommt, dagegen einzuschreiten. Schade. Ich selbst bin tatsächlich irgendwie mutiger. Vielleicht sollte ich aufhören, nach breiten Schultern zu suchen. Meine eigenen sind eigentlich breit genug für mich und die Raupe...

Das 15. Kapitel

bringt ein Wiedersehen mit Heike sowie Hinz & Kunzt –
zeigt, dass das Unvorstellbare unsichtbar ist und
lässt die Vorahnungen des Professors wahr werden

Lilly erwachte, weil die Bahn derart am Bett vorbei donnerte, dass sie davon durchgeschüttelt wurde. Es duftete nach Kaffee. Sie stand auf und wanderte durch die ganze scheußliche Wohnung auf der Suche nach Polizist Stumpe, ohne ihn zu finden. Im Wohnzimmer begrüßte sie erfreut der Hund. In der Küche blubberte die Kaffeemaschine. Auf den Küchenfliesen stand ein Glasschälchen voll Wasser für Caligula sowie eine Untertasse, auf der noch einige winzige Brotkrümel lagen. Aha, der hatte schon gefrühstückt.

Lilly putzte sich im Bad die Zähne, band ihren Geldschal um und zog sich an. Sie wollte gern verschwinden, bevor Stumpe zurückkam. Was sollte sie bei ihm? Zuhören, wie er seiner Frau und seiner Tochter damals immer Frühstück gemacht und wie schlecht sie es ihm gedankt hatten?

Frau Scheible hatte jemanden benötigt, der ihr Glück sah. Stumpe brauchte Publikum für sein Unglück.

Sie zog im Flur ihre Jacke an und streifte die Rucksackträger über die Arme. Dann fiel ihr ein, dass ihre Marienplakette noch im Wohnzimmer liegen musste. Die hatte Helge Stumpe ja nicht haben wollen.

Die Plakette lag auf dem Tisch, und in der feinen Öse steckte ein silbernes Kettchen. Lilly hielt es erstaunt hoch. Ein Geschenk?

Sie band sich das Kettchen um den Hals, suchte nach Papier, fand einen kleinen Block und einen Stift neben dem Telefon und schrieb:

Danke für die Kette, den Grießbrei
und die Übernachtungsmöglichkeit.
Ach ja, und danke für das Bad.
Vielleicht sehen wir uns ja irgendwann
noch mal wieder.
Alles Liebe!   Lilly

Caligula blickte sie flehend an, als sie den Türgriff schon in der
Hand hatte.
»Willst du nicht hier bleiben? Findest du diese Wohnung auch
so geschmacklos? Oder stört es dich, dass er dauernd deprimiert
ist? Kalle wollte sowieso, dass du bei mir bleibst. Also komm!«
Sie liefen die Treppe hinunter.
Zu ihrer Überraschung schneite es draußen heftig, dicke, unre-
gelmäßige Flocken. Auf der Straße lag schon eine weiße Schicht.
Da kam ihnen Helge entgegen, eine Brötchentüte und eine Zeitung in den Händen. Er sah sie jedoch nicht, vielleicht wegen des
Schneetreibens, dass für ihn von vorne kam. Sie bogen schnell um
eine Ecke.
Lilly kaufte bei einem Bäcker zwei Brötchen. Ein halbes bekam
der Hund. Sie gerieten in belebtere Gegenden und guckten Schaufenster an. Dann beschloss Lilly, mit der U-Bahn zurück in die
Innenstadt zu fahren und vorher im Bahnhof noch einen Kaffee zu
trinken. Sie ging in die Station Wandsbeck-Markt hinunter – und
entdeckte hier unten plötzlich Heike, die ›Hinz & Kunzt‹ verkaufte.
Sie stand neben einer schwarzblauen, glänzenden Säule vor einer
rotbraunen, glänzenden Kachelwand und hielt sich einen Packen
der Obdachlosenzeitung vor die Brust. Das Titelbild zeigte eine
mollige ältere Dame mit nettem Lächeln. Daneben stand: »**Hei-
mat** – bei Wirtin Anni fühlen sich alle zu Hause«.
Gerade ließ eine ältere Frau die Einkaufstasche mit einem Knall
zu Boden gehen, wühlte darin nach ihrem Portmonee und sagte:
»Na, Heike, denn mal los, das erste Exemplar für dies Jahr!«
Lilly wartete, bis die Frau gegangen war, dann wandte sie sich
an Heike: »Weißt du noch, wer ich bin?«

»Ich hätte dich auf jeden Fall am Bauch erkannt. Hallo, Libelle.
Wie geht es dir? Was machst du hier?«

Sie gingen ein paar Meter weiter zum Kaffeestand und Lilly erzählte von Kalle. Heikes Gesicht wurde ganz ernst. »Ich hab's dir doch gesagt. Das ist so eine komische Gewohnheit der Sesshaften, die Obdachlosen anzuzünden. Ich weiß wirklich nicht, was die daran so prickelnd finden. Ach, er ist die ganze Zeit verheiratet und jetzt kümmert sich seine Frau um ihn? Was es so alles gibt...« Sie bückte sich und streichelte Caligula. »Jetzt gehörst du also der Libelle. Man kommt herum, was?«

Lilly las inzwischen in einem Exemplar von Hinz & Kunzt. Da gab es eine Menge Meldungen, die vor allem für Stadtstreicher interessant waren, aber auch Kulturelles aus Hamburg. Sie erfuhr unter anderem, dass der Hamburger Tierschutzverein in der Süderstraße während der Wintermonate kostenlos Hilfe für Obdachlosenhunde anbot, Impfen, Wurmkur, Entflöhen sowie Zwinger für Übernachtungen, weil ›Obdachlose in vielen Übernachtungsstätten ihre Vierbeiner nicht mitnehmen dürfen‹. Und sie amüsierte sich über die Glosse auf der vorletzten Seite: »Aber das ist ausgesprochen gut! Hervorragend geschrieben!«

»Was hast du denn gedacht?« Heike hatte sich über Kalles Unglück beruhigt und lachte schon wieder sprudelnd. »Das ist beste Literatur. Also jedenfalls intelligenter und niveauvoller als manches Tageblatt.«

»Lebst du eigentlich allein davon, dass du die Zeitung verkaufst? Oder bekommst du auch Sozialhilfe?«

Heikes Gesicht verdüsterte sich etwas. »Ich will nichts vom Sozialamt – weil dann meine Eltern zahlen müssten.« Sie fuhr sich mit einer Hand durch ihr kurzgeschnittenes, lockiges Haar. »Ich komm gut zurecht. Ich hab meinen Stammplatz mit vielen Stammkunden schon ganz schön lange. Ich bin gut eingearbeitet. Ich steh hier Tag für Tag zwischen sechs und acht Stunden.«

Lilly seufzte. »So lange könnte ich nicht stehen. Was verdienst du so ungefähr im Monat?«

Heike schüttelte den Kopf: »Das kann ich unmöglich sagen, weil es ganz unterschiedlich ausfällt. Hängt von so vielen Umständen ab – was für eine Jahreszeit, was für Wetter, wie sind die Leute drauf... Also, ich muss dreihundert Euro aufbringen für Miete und andere feste Kosten, essen muss ich, und, wie du weißt, rauche ich. Das krieg ich alles immer gebacken, bei allen Schwankungen. Ich will mal sagen: Ich hab noch nie, noch keinen einzigen Tag, 'ne Null-Runde gemacht. Irgendwas läuft immer. Man muss natürlich Ausdauer mitbringen, stehen bleiben, stehen bleiben, stehen bleiben.«

»Ich kann so schlecht lange stehen wegen der Schwangerschaft«, beklagte Lilly.

»Du willst doch wohl nicht Hinz & Kunzt verkaufen, in deinem Zustand?« fragte Heike erstaunt.

»Doch. Warum nicht? Gebettelt hab ich auch in meinem Zustand, und das ging sehr gut. Was spricht dagegen?«

»Tja. Einerseits wäre es vielleicht sogar verkaufsfördernd. Andererseits musst du einfach damit rechnen, dass es Idioten gibt, die dich anmachen. Die beispielsweise plärren: Ich weiß, was du gemacht hast! Das ist dann nicht so prall.«

»Das hat mir auch schon einer gesagt, als ich Sitzung gemacht hab.«

Heike nickte: »Das muss man einkalkulieren als Frau. Immer wieder mal blöde Sprüche jeder Preislage. Das ist wahrscheinlich einer der Gründe, warum es weniger Hinz & Kunzt-Verkäuferinnen gibt als Verkäufer. Viele Frauen trauen sich einfach nicht.«

Lilly dachte nach. »Soweit ich sehen konnte, gibt es eigentlich auch viel mehr männliche als weibliche Obdachlose. Wie kommt das eigentlich?«

»Frauen gehen eher Kompromisse ein, die halten mehr aus. Männer nehmen sich viel wichtiger, schmeißen alles hin und stehen auf der Straße«, erklärte Heike.

Ein uniformierter Polizist schlenderte vorbei, schmunzelte Heike an und grüßte mit zwei Fingern an der Mütze. Sie nickte ihm zu.

»Wenn ich vielleicht beim Zeitungsverkaufen sitzen könnte...«, überlegte Lilly.

»Das machen zwar einige, aber das ist meiner Meinung nach ungünstig. Dann bist du tiefer als der normale Passant. Du solltest die Zeitung in gut lesbarer Höhe halten.«

»Schön, dann brauche ich einen höheren Hocker.«

Heike lachte. »Jedenfalls gibst du nicht so schnell auf, das ist eine gute Voraussetzung.«

»Was muss ich tun, damit ich Verkäuferin werde?«

»Eigentlich nur nachweisen, dass du wirklich obdachlos bist.«

Lilly guckte traurig auf Caligula, der an einer seiner Pfoten knabberte.

»Wie soll ich das denn nachweisen? Ach Gott, und dann geht das bestimmt wieder los mit Personalien und Wo-sind-deine-Papiere? Und sie wollen mich zum Arzt schaffen und all so was...«

»Versuchen werden sie das, aber nicht drauf bestehen. Die sind eigentlich sehr vernünftig, gar nicht stur. Dass du obdachlos bist, kann ich bezeugen, und mir glauben sie auf jeden Fall.«

Lilly lächelte breit. »Wirklich? Wann können wir hin?«

Heike schaute auf ihre Uhr, verzog den Mund, fuhr sich durch die Haare und meinte schließlich: »Na gut, komm! Wir fahren sofort...«

Das Hamburger Straßenmagazin befand sich im Bauchnabel der Stadt, dicht beim Hauptbahnhof, nicht weit vom Hafen. Von der Altstädter Straße aus führten zwei ziemlich steile, gemauerte Treppen nach oben in eine Art Zwischenstock, das war die Altstädter Twiete, und hier lag die Redaktion. Beim Eintreten fühlte sich Lilly fast an ein kleines Café erinnert, denn da standen runde, helle Tische, an denen Wartende saßen und sich miteinander unterhielten.

Caligula wurde von zwei anderen Hunden begrüßt, der kleine Terrierpudel freute sich aufrichtig, der leicht schlappohrige Schäferhund knurrte leise und bekam eine Nackenbürste. Sie einigten sich aber im Guten: Lilly war schon öfter aufgefallen, dass Obdachlosenköter viel mehr Disziplin und guten Willen (oder gesunden Menschenverstand) besaßen als verwöhnte Wohlstandshunde.

Heike und Lilly wurden von Jonny begrüßt, der hinter dem Tresen zugange war. Oben auf dem Schädel trug er sein blondes Haar kurz geschoren, ab Ohrenkante wallte es wikingerhaft bis zum Bizeps. Die blauen Augen glänzten freundlich. Er gab Lilly sofort das Gefühl, herzlich willkommen zu sein. »Er hier, musst du wissen – «, stellte Heike ihn vor, »hat mich damals überredet, dies Blatt zu verkaufen. Jonny, das ist Libelle, die möchte es gern mal versuchen.«

»Verkaufen?«, fragte Jonny beunruhigt. »Bist du sicher? Du bist schwanger, weißt du.«

»Glaubst du wirklich?«, fragte Lilly.

»Nee, jetzt mal ohne Flachs. Stell dir vor, wenn du dein Baby plötzlich mitten auf der Straße bekommst! Also, du musst auf jeden Fall mit Karsten sprechen.«

»Wer ist das?«

»Unser Sozialarbeiter. Der weiß Bescheid. Der kennt Ärzte und Anwälte und so Leute…«

Gut, dachte Lilly. Anwälte kann ich eines Tages brauchen. Mit Ärzten will ich nichts zu tun haben.

Eine ganze Reihe anderer Menschen unterhielten sich mit ihr, nahmen sie herzlich auf und rieten ihr als Nächstes dringlich, mit Karsten zu sprechen. Lilly war kurz davor, wieder zu verschwinden.

Heike beugte sich zu ihr und sagte leise: »Du kannst ja mit ihm sprechen – du musst doch deshalb nicht alles sagen, verstehst du?«

Worauf Lilly seufzend an die Tür mit dem Schild: ›Sozialarbeiter‹ klopfte und eintrat.

Der da saß und sie leicht überrascht anschaute, sah nicht unbedingt so aus, wie Lilly sich einen typischen Sozialarbeiter vorgestellt hatte. (Obwohl: Wie hatte sie sich den eigentlich vorgestellt?) Er hätte eher der Gitarrist in einer Bluesgruppe sein können oder einer der Ritter aus dem Herrn der Ringe oder ein erfolgreicher TV-Talkmaster – wenn man davon absah, dass seine üppigen Locken altmodisch auf die Schultern tippten, anstatt trendy verklebt in alle Richtungen zu pieksen.

»Guten Tag!«, bemerkte Lilly steif. »Ich bin… ich bin die Libelle.«

292

»Hallo, Libelle. Ich bin der Karsten. Setz dich doch«, bot der Sozialarbeiter an. »Worum geht es?«

Lilly setzte sich. »Alle haben gesagt, ich soll mit dir reden. Ich will aber nicht«, teilte sie ihm mit.

Der Karsten grinste ein bisschen. »Ein für alle Mal nicht – oder gerade jetzt nicht?«

»Vor allen Dingen jetzt nicht. Später vielleicht schon. Ich brauch später einen Anwalt, denke ich. Aber ich werde jetzt ganz bestimmt nicht zum Arzt gehen! Keine zehn Pferde…«

»Wir haben hier kein einziges«, erwiderte Karsten sonnig.

»Kein was –?«

»Pferd. Und schon gar keine zehn. Du willst die Zeitung verkaufen?«

»Ja.«

»Du bist obdachlos? Kein fester Wohnsitz?«

»Ich mach Platte auf der Mönckebergstraße.«

»Gut. Versuch es. Wenn du darauf angesprochen wirst, was ich denn gesagt hätte, dann antwortest du: ›Karsten und ich sind im Gespräch‹. Ich werde das meinerseits bestätigen. Und irgendwann sind wir das dann ja auch. Wenn was ist – einfach anklopfen… Alles Gute, Libelle.«

Er lächelte abschließend und steckte seine kühn gebogene Nase in irgendeine Akte.

Lilly stand auf. »Danke«, sagte sie.

»Und pass gefälligst auf dich auf!«, murmelte er noch, ohne den Blick zu heben.

Es ging furchtbar unbürokratisch zu und sehr flink. Lilly musste einen Vertrag mit Verkäuferregeln unterschreiben, die Hinz & Kunzt-Leute machten mit einer Digitalkamera ein Foto von ihr, das schon kurze Zeit später fertig war und in ein Plastikschildchen praktiziert wurde, auf dem auch ihre fortlaufende Nummer stand. Das trug sie an der Brust, auf der dunkelblauen Hinz & Kunzt-Weste, die über alle anderen Klamotten gezogen wurde, gewissermaßen die Berufsuniform.

»Zehn Zeitungen bekommst du geschenkt, jede weitere kostet dich fünfundsechzig Cent«, erklärte Heike. »Lass dir in der Innenstadt einen Platz anweisen, der gerade frei ist. Du verkaufst das Blatt für einen Euro vierzig pro Stück, das heißt, du musst Wechselgeld bei dir haben. Am besten schaffst du dir so bald wie möglich eine Gürteltasche mit Portmonee an.«

»Warum gerade in der Innenstadt? Ich würde gern in einem anonymeren Stadtteil verkaufen. Du weißt doch, ich hab Angst, dass mich jemand erkennt...«

Doch das war nicht möglich. Die Hinz & Kunzt-Verkäufer der weitläufigeren Stadtteile hatten fast immer ihre Stammplätze, und die wurden wochenweise zugeteilt. Plätze in der City gab es tageweise, je nachdem, wie sie frei waren. Man musste ja darauf achten, dass die Verkäufer nicht zu eng beisammen standen.

»Aber hier rund um den Hauptbahnhof und das Rathaus herrscht schon ein reges Gedrängel!«, verriet Heike. »Wenn du Pech hast, kommen dir Leute entgegen mit einem frischgekauften Heft in der Hand. Hier ist Laufkundschaft, welche, die Einkaufsbummel machen oder Touristen. Die kaufen dir eine Zeitung ab – oder auch nicht. In Wandsbeck hab ich jede Menge Stammkunden, die sind mir treu.«

Lilly sah ein, dass sie in Anbetracht ihrer besonderen Umstände keinen der begehrteren Außenplätze beanspruchen konnte.

Heike verabschiedete sich, weil sie wieder an ihren Arbeitsplatz fahren wollte. Am Monatsanfang ging das Geschäft natürlich am besten.

Jonny gab Lilly ihre Zeitungen und ermahnte sie zum Schluss: »Und denk daran – auf keinen Fall Alkohol, während du verkaufst! Sonst bist du den Job los. Darauf achten wir ganz scharf.«

»Ich trinke sowieso nicht«, erklärte Lilly.

»Ja, ja...«, meinte Jonny mit gutmütigem Lächeln. »Das tut ihr ja alle nicht...«

Dann brachte sie ein netter Mensch, der einen Mond auf die Stirn tätowiert hatte und folgerichtig Mondmann hieß, an ihren heutigen Platz in den Großen Bleichen.

»Se ma zu, wie lange du das aushaltn tus. Un wenn dir ürgenwie komisch würd, denn abe Schluss, hörssu? Nich, dassu hie dein Kind auffe Straße kriechs! Hassu übehaup mit Kaassen geredet?« Sie sprach zum ersten Mal die Zauberworte: »Keine Sorge, Karsten und ich sind im Gespräch«, und beruhigte damit den Mondmann, der sich mit seinem Packen Zeitungen an seinen eigenen Platz begab.

Da stand Lilly unter einer Schaufensterüberdachung, hielt sich einige Exemplare der Obdachlosenzeitung vor die Brust – sie konnte den kleinen Packen ganz bequem auf ihrem Bauch abstützen – und wartete auf Käufer. Caligula saß neben ihr auf ihrem Rucksack und zitterte erbärmlich. »Morgen«, versprach ihm Lilly, »nehmen wir die Isomatte mit und eine der Decken, ja?« Der Hund wedelte ein bisschen, dankbar für den mitfühlenden Tonfall.

»Du muss imme rufn: ›*Hinz un Kunz – das Hamburger Straßenmagazin*‹!«, hatte ihr der Mondmann geraten.

Andererseits hatte Lilly beobachtet, dass Heike einfach ruhig da stand und ein freundliches Gesicht machte. Darauf beschränkte sie sich ebenfalls.

Die Menschen kämpften sich durchs Schneetreiben, ohne viel zu sehen. Trotzdem verkaufte Lilly noch am Vormittag drei Zeitungen. Einer der Käufer wollte tatsächlich sein Wechselgeld wieder haben, die beiden anderen ließen es großzügig bei zwei Euro.

Ein junges Mädchen mit verschreckten Augen reichte Lilly 10 Cent und flüsterte: »Es ist gut gemeint, mehr hab ich nicht!«

Zwei Passanten fragten im Vorbeigehen, wo denn Rödel wäre, was Lilly nicht beantworten konnte, zumal sie diesen Verkäufer noch nicht kannte.

Mittags ging sie mit ihrem Hund ins Hanseviertel, las die Speisekarte vom Mövenpick-Restaurant, gab zu, dass die Preise bestimmt dem Angebot entsprachen, passierte ohne Neid und Bedauern auch den Feinschmeckerstand, an dem Austern und Langusten verspeist wurden (hier hatte sie früher mit Norbert oder Gloria selber gestanden; na und? Zur Zeit verspürte sie sowieso keinen Appetit auf Austern oder Langusten) und marschierte weiter zum Imbiss bei der U-Bahn Jungfernstieg, um Caligula und sich selbst mit Pommes und Würstchen zu erfreuen.

Nachmittags hörte es auf zu schneien. Lilly verkaufte drei weitere Zeitungen und bekam zunehmend Rückenschmerzen. Sie stützte sich eine Hand ins Kreuz – und zog die gleich wieder zurück, als sie merkte, wie ein schnauzbärtiger Herr diese Geste beobachtete. Wenn der bloß nicht von irgendeinem Amt war! Wenn der bloß nicht wissen wollte, wer sie war oder wann das Baby denn kam oder so was …

Indessen kehrte er nach einigen Minuten zurück, einen Barhocker mit kleiner Rückenstütze in der Hand, schob ihn hinter Lilly und bemerkte: »Hier, Mütterchen, mit einem schönen Gruß vom Ohnsorg-Theater. Bitte vor Feierabend zurückbringen, okay?«

Lilly bedankte sich entzückt. Nun saß sie wie eine schwangere Prinzessin auf ihrem Thron.

Ein gepflegt aussehender Herr um vierzig im eleganten Tuchmantel blieb neben ihr stehen, und Lilly hoffte auf den siebenten Verkauf. Doch der Mann war kein Käufer, sondern ein Redner. Er berichtete, er sei vor Jahren selbst mal auf der Straße gewesen, das war hart. Ja, auch im Winter, nur viel kälter als die der letzten Jahre. Er wüsste noch genau, wie er sich da so gefühlt hatte.

Super, dann weißt du ja auch, wie fürchterlich ich mich freue, wenn du mir eine Zeitung abkaufst, dachte Lilly und sie sagte: »Möchten Sie ein Stadtmagazin?«

»Nein, ich hab schon eins …«, wehrte er ab. »Damals hab ich gehungert und gefroren. Inzwischen hab ich wieder Fuß gefasst …«

Gut, dann brauchst du ja nicht zu knausern, dachte Lilly. »Vielleicht kaufen Sie eins, um es zu verschenken?«

»Nein, nein. Und wie bist du dazu gekommen? Obdachlos?«

Was hast du denn gedacht, Dummkopf? »Ja.«

»Und machst du Platte?«

Lilly lächelte ihn flüchtig an und hielt angestrengt Ausschau nach vernünftigen Kunden. Dieser Kerl stand so da, dass er den Blick auf ihre Zeitungen versperrte. Nicht nur, dass er nichts kaufte, er hielt ihr auch noch Käufer vom Hals.

»Nein, sag mal – machst du Platte? Ich meine, du bist doch hochschwanger. Das ist ja furchtbar. Eine hoffnungslose Situation. In was Frauen so reingeraten können. Wahrscheinlich bist du irgendwie geschändet worden. Oder du hast als Prostituierte gearbeitet, und dann ist es passiert, was? Sag doch mal!«

Wie kann man so blöde sein?, dachte Lilly. Für fünfzig Cent würde ich ihm jede schmierige Geschichte erzählen, die er hören will. Aber so viel Geiz muss bestraft werden! Sie glitt lächelnd von ihrem Barhocker, murmelte: »Reden Sie ruhig weiter, wenn es Ihnen ein Bedürfnis ist. Mein Hund hört Ihnen bestimmt gerne zu, der ist geduldig. Platz, Caligula, bleib da, du musst den Rucksack und den Stuhl bewachen!« – und schritt eilig davon.

Der Herr, der auch schon schlechtere Zeiten gesehen hatte, sah ihr mit offenem Mund hinterher.

Wahnsinn, dachte Lilly. Gedacht hätte ich so was früher auch. Aber mich nie getraut, es auszusprechen. Sie kam nach einer Minute zurück, weil sie Angst um ihren Rucksack hatte. Doch auf dem saß der brave Hund, und der Schwätzer war verschwunden.

Gleich darauf verkaufte sie problemlos zwei weitere Zeitungen, eine davon für vier Euro!

Danach blieben zwei ältere, bieder aussehende Frauen stehen, die eine verschränkte ihre Arme vor der Brust und sagte zu der anderen: »Hier steht eine mit dickem Bauch und ohne Ehering! Was stecken da wohl für schmutzige Tatsachen dahinter?«

Obwohl Lilly selbst ja nicht angesprochen war, antwortete sie: »Das kann ich Ihnen gern erklären. Mein Mann ist tot, den Ehering hab ich verkauft, um nicht zu verhungern, und jetzt verkaufe ich diese Zeitung, um nichts Schlimmeres zu machen.«

Daraufhin bekam sie noch ein 2-Euro-Stück, und die beiden Frauen gingen weiter, ohne ein ›Hinz & Kunzt‹ mitzunehmen.

Und dann kam Ferdi, Dr. Ferdinand Sageseyl, Frauenarzt und einer von Norberts besten Freunden. Lilly erkannte ihn schon von weitem und überlegte, ob sie noch mal einfach fliehen sollte – doch er hatte sie schon entdeckt. Er sprach mit einem anderen, jüngeren Mann, der neben ihm her ging und den Lilly nicht kannte, wies mit dem Kinn auf die Zeitungsverkäuferin und schritt genau auf sie zu.

Lilly starrte ihm verzagt entgegen. Was würde er tun?

»...kaufe die immer, wenn ich sie sehe. Ich find's gut, dass die Leute nicht betteln, sondern was Vernünftiges tun. Saufen dürfen sie auch nicht beim Verkaufen, soviel ich weiß. Und das Blatt ist wirklich lesenswert...«, redete Ferdi auf seinen Begleiter ein. Der junge Mann lächelte Lilly zaghaft zu, Ferdi gab ihr, ohne sie wirklich anzusehen, ein 2-Euro-Stück, wehrte ihren Griff zum Wechselgeld ab, ließ sich ein Exemplar der Zeitung geben und schritt weiter: »Schön, und jetzt wollen wir noch mal Ihr Problem aufgreifen, mein Lieber!«

Lilly öffnete den Mund, um besser atmen zu können. Ihr Herz raste immer noch und beruhigte sich nur langsam. Dieser Mensch war an die zwanzig Mal bei ihr zum Essen und zu irgendwelchen Festen eingeladen gewesen – oder hatte sie seinerseits eingeladen. Er stand bei ihrer Hochzeit als Trauzeuge neben Norbert. Er sollte eigentlich wissen, dass sie ihrem Mann weggelaufen und zur Zeit mit größter Wahrscheinlichkeit hochschwanger war. Trotzdem hatte er ihr gar nicht erst ins Gesicht gesehen, weil er sich offenbar unter keinen Umständen vorstellen konnte, dass Lilly Lohmann auf den Großen Bleichen eine Obdachlosenzeitung verkaufte...

Am ersten Sonntag im Januar saß Lilly vor dem HEW-Gebäude auf der eisernen Baum-Bank, die sie mit ihrem Rucksack gepolstert hatte, und hielt Caligulas Tupper-Näpfchen fest, damit er noch die letzten Krümel Dosenfutter rauslecken konnte, als eine zarte, höfliche Stimme fragte: »Entschuldigen Sie bitte, kennen Sie Professor Böge?«

Vor ihr stand eine hübsche junge Frau im gefütterten Jeansmantel und Wildlederstiefeln, dazu passender Wildlederhandtasche und sorgfältig gestylter Frisur mit exaktem Zickzack-Scheitel. Sie duftete nach ›First‹ von Van Cleef & Arpels und blickte aus großen braunen Rehaugen unter getuschten Wimpern. Übrigens war sie gar nicht mehr so schrecklich jung. Lilly sah feine Linien um die Augen und neben den Mundwinkeln. »Ich suche Professor Böge. Er soll hier irgendwo sein …«

Lilly hatte keinen Schimmer, wie der Professor mit Nachnamen hieß. Sie ahnte ja noch nicht einmal, wie er mit Vornamen hieß. »Stammt der Herr, den Sie suchen, aus Kiel?« Sie merkte, wie ihre Sprechweise, die im Zusammensein mit ihren neuen Freunden ein wenig durchgehangen hatte, sich wieder straffte.

»Ja! Ja, genau. Professor Böge ist mein Vater. Ich suche schon seit ziemlich langer Zeit nach ihm.«

»Aber nicht seit vierzehn Jahren?«, fragte Lilly erschrocken.

»Nein; seit ungefähr zwei Jahren, mehr oder weniger. Und ich kann immer nur an den Wochenenden rumfahren. Er hat jetzt einen Enkel, wissen Sie. Mein kleiner Sohn sieht ihm so ähnlich. Ich dachte, mein Vater würde gern … Ich wusste ja überhaupt nicht, wo er hin ist. Wo ist er denn, bitte?«

Lilly schaute sich um, erblickte den Professor jedoch nirgends. »Ich kann ihn gerade nicht sehen. Sie sind Laura, oder?«

Die Frau nickte.

»Vielleicht wäre es besser, ihn darauf vorzubereiten, dass Sie hier sind. Er ist ja ziemlich sensibel …«

Die großen braunen Augen blickten sie ängstlich an. »Ja, ich weiß. Was, glauben Sie, würde er tun? Würde er weglaufen oder wütend werden? Er ist damals so wütend geworden … Wie geht es ihm überhaupt?«

Lilly suchte nach tröstenden Worten. »Also, für einen Penner gar nicht mal so schlecht …«, meinte sie schließlich, und diese Auskunft schien die Tochter des Professors nicht besonders zu beruhigen. »Haben Sie Bekannte in Hamburg oder wohnen Sie in einem Hotel?«

»Nein, nein, ich bin nur mit dem Wagen hier. Der steht im Parkhaus. Ich wusste ja nicht … Ich hab nur so ein Gerücht gehört, dass Papi … Dass mein Vater in Hamburg ist.«

Lilly schaute auf ihre Schmetterlingsuhr und dachte nach. »Abends wird er mit einiger Wahrscheinlichkeit hier sein. So in vier, fünf Stunden. Bis dahin könnte ich mit ihm reden.«

»O ja, gut. Schläft er in irgendeiner… Unterkunft?«

»Na ja, Ihr Vater hat da drüben seinen Schlafplatz, sehen Sie? Neben dem Eckschaufenster, aber ganz tief drinnen, da liegt er sehr geschützt.«

Laura versuchte, nicht allzu entsetzt auszusehen. »Bei dieser Kälte schläft er draußen?«

»Das tun einige. Ich auch. Und er ist noch nicht mal schwanger«, erklärte Lilly.

Professors Tochter klopfte ihr hilflos auf die Schulter und auf den Arm. »Sie sind sehr tapfer.«

Das hörte Lilly ungern. Sobald sie den Gedanken zuließ, dass sie tapfer war, kam ihr sofort die Gefährlichkeit ihrer Situation in den Sinn. Daran durfte sie jetzt aber nicht denken. Bloß nicht nach unten gucken, solange man über das Drahtseil geht. »Nein, gar nicht. Mir geht's prima. Ich hab bestimmt mehr frische Luft als Sie.«

»Und… bekommt er etwas zu essen?«

Lilly hielt es für richtiger, nicht zu erwähnen, dass der Professor Trinkbares wichtiger fand als Essbares. »Es gibt genug, wirklich. Öffentliche Einrichtungen und Spenden. Als ich vor einer Weile mit diesem Leben anfing, wusste ich das noch nicht und hab anfangs ein bisschen gehungert. Inzwischen hab ich schon wieder zugenommen – ich meine, nicht nur am Bauch…«

»Darf ich Ihnen –? Ich weiß nicht…« Die junge Frau holte ein kleines Portmonee heraus und klappte es auf und zu.

»Klar, jederzeit. Passen Sie nur auf, dass Sie genug behalten, um sich Benzin für die Rückfahrt zu kaufen!«

Lilly bekam einen 5-Euro-Schein, steckte ihn dankend weg und fragte: »Sie wollen Ihren Vater mit nach Kiel nehmen?«

»Ja. Wenn er sich darauf einlässt.«

»Gut. Ich glaube, auf jeden Fall haben Sie sich die richtige Jahreszeit und das richtige Wetter für Ihren Vorschlag ausgesucht. Also, ich rede mit ihm. Ich kann natürlich nicht versprechen, dass er wirklich mit nach Hause will, das muss er selbst entscheiden. Kommen Sie einfach gegen sieben Uhr wieder.«

Lilly blickte den hübschen Wildlederstiefeln nachdenklich hinterher. War dies eigentlich ein wünschenswertes Happy End? Wie würde sie selbst reagieren, falls ihre Mutter oder Norbert umherstrichen, um sie zu suchen und nach Hause zu holen, zurück in ihr altes Leben? Zu Frau Dietrich, die ihr das Baby aus dem Arm nehmen würde: »Geben Sie man her, Frau Lohmannchen, und ruhen Sie sich aus, das ist viel zu schwer für Ihre kleinen Händchen!« – Zurück zu ihrer Mutter: »Lillybelle, warum geht das Kind immer noch nicht auf den Topf? Du musst bei der Erziehung von Anfang an Konsequenz zeigen. Aber das hast du ja noch nie gekonnt!« – Zurück zu Norbert (mal angenommen, er könnte es verwinden, nicht der Vater zu sein): »Lilly, das Baby hat die ganze Nacht geschrien. Du weißt, wie dringend ich Ruhe brauche!«

Wie hab ich das eigentlich derart lange aushalten können? Ich wusste eben nicht, wie es ohne dieses ewige Bevormunden ist. Ja, ja, ja, kalt und hart und so weiter ist es hier draußen. Aber ich bin nur noch mir selbst gegenüber verantwortlich. Mir kann keiner mehr in mein Leben quatschen. Ich persönlich treffe die Entscheidungen, und niemand sonst.

Und zum ersten Mal seit Anfang Dezember empfand sie so etwas wie Dankbarkeit für ihre Situation. Gleichzeitig wurde ihr die Gefährlichkeit bewusst; immer, wenn sie im Sommer lange barfuß im Haus herumgelaufen war, taten ihr hinterher sämtliche Schuhe weh, engten sie ein, rieben ihr Blasen. Wenn sie wieder im wirklichen Leben Tritt fassen wollte (und das wollte sie natürlich, schon der Raupe zuliebe), musste sie sich zweifellos einengen lassen. Kompromisse eingehen. Wieder tun, was man von ihr erwartete. Das würde Blasen geben. Und dieses Problem musste eigentlich jeder kennen, der mal zu denen gehört hatte, die Platte machen...

An diesem Sonntagvormittag hatte Lilly versucht, das Obdachlosenmagazin zu verkaufen – ohne Erfolg. Kaum ein Mensch lief in der Stadt umher, es schneite schon wieder und wurde zunehmend kälter, das Thermometer vor der Drogerie zeigte tagsüber minus fünf Grad.

Nachmittags traf Lilly auf den Professor, der in letzter Zeit tatsächlich deutlich immer mehr trank und immer weniger aß. Er sah inzwischen recht durchgeistigt aus.

»Hallo, wie geht's dir?«

»Blendend. Bin sehr zufrieden. Könnte alles nicht besser sein...«, nuschelte er. Schade, dachte Lilly. Hätte er geklagt, wäre der Einstieg einfacher gewesen...

»Erzähl mir noch mal von deiner Tochter – Laura, glaube ich? Hübscher Name.«

»Weshalb denn das?«, fragte der Professor misstrauisch und nuckelte am Hals der Flasche Flens, die ihm jemand geschenkt hatte.

»Ich weiß nicht. Mir kam vorhin so in den Sinn, dass du nett von ihr gesprochen hast.«

»Nett? Ja, Laura ist nett. Ausgeglichen und ausgleichend und harmoniebedürftig. Ähnlich wie ihre Mutter. Einigermaßen anstrengend.«

Oh, Mist.

»Aber du hast sie doch lieb gehabt? Und sie ist klug und schön, das hast du selbst gesagt...«

»Ja, doch«, gab der Professor zu. Es klang so, als wollte er vor allem seine Ruhe haben.

»Ich hab vorhin so gedacht, Professor, was wohl wäre, wenn jemand aus meiner Familie hier plötzlich auftauchen würde und wollte mich zurück nach Hause holen. Was würdest du mir raten?«

»Mitzugehen. Und da zu bleiben bis nach der Geburt. Danach kannst du ja dein Kind einpacken und wieder abhauen.«

»Sofern sie's mir bis dahin nicht abgeknöpft haben.«

»Das wäre allerdings die Voraussetzung. Stimmt schon, Libelle, du solltest vielleicht doch nicht mitgehen, so, wie's aussieht. Wäre zu gefährlich für dich.«

»Für dich eigentlich nicht.«

»Was? Wieso? Ach so, ja. Andererseits, was sollte deine Familie mit mir?«, fragte der Professor, zeigte sein braunes Stummelgebiss und zuckte über seine Idee.

»Meine Familie könnte mit dir natürlich nichts anfangen. Wer will schon einen stinkenden, kratzbürstigen alten Säufer wie dich? Höchstens deine eigene Tochter.«

»Laura?«

»Laura.«

Der Professor schien einen steifen Hals zu haben, denn er drehte nicht nur den Kopf zu Lilly, sondern gleich den ganzen Oberkörper: »Was willst du damit sagen? Wovon redest du eigentlich die ganze Zeit?« – und als er ihr Gesicht sah: »Ich werde wahnsinnig! Sag bitte nicht, sie ist hier –?«

Also sagte Lilly nichts.

Der Professor sprang auf und schwenkte hilflos die Bierflasche hin und her, sodass der Verschluss klimperte. »Scheiße. Wieso –? Was soll denn das? Habt ihr euch irgendwie verschworen? Wo ist sie denn?«

»Ich weiß nicht, wo sie im Augenblick ist. In ungefähr einer Stunde kommt sie wieder her. Professor, deine Tochter sucht seit Jahren nach dir, fährt jedes Wochenende mit ihrem kleinen Auto rum...«

»Was für'n kleines Auto? Die Mistbiene fährt BMWs und solche Kaliber!«, rief der Professor weinend. »Die verdient doch hervorragend in ihrem Job in so 'ner verdammten Werbeagentur!«

»Trotzdem finde ich es rührend, dass sie ihre Wochenende damit verplempert, nach dir zu fahnden. Sie könnte auch was Lustigeres tun. Sie liebt dich bestimmt über alle Maßen. Findest du das etwa nicht rührend?«

Der Professor gab weinend zu, dass er es auch rührend fand. Dann weinte er eine Weile darüber, dass er nun Großvater war. Als Laura eine knappe Stunde später auftauchte, schluchzte er immer noch, mal an Goofys, mal an Kurts und mal an Lillys Hals. Zum Schluss sahen sie ihn, den Arm fest um seine Tochter geschlungen, mit sehr unsicheren Beinen Richtung Hauptbahnhof torkeln – er wollte, vor der Fahrt nach Kiel, seine karge Habe aus dem Schließfach holen. Er winkte über die Schulter mit der leeren Bierflasche zurück.

»Ich werd ihn vermissen!«, murmelte Kurt.

»Ich auch, und wie. Ja, übrigens, ich leg mich jetzt auf seinen Platz«, sagte Lilly. »Hat er mir vermacht, sozusagen.«

In der Nacht von Montag auf Dienstag fror es wie verrückt – minus vierzehn Grad oder noch schlimmer. Beim Atmen nähte die Kälte die Nasenlöcher zu. Der Schlafsack, die Decken und die Isomatte reichten nicht mehr aus, Baba und Kurt besorgten wieder alte Zeitungen für alle – nachdem Lilly abgelehnt hatte, ihr Obdachlosenblatt für diesen Zweck zu opfern.

In den folgenden Tagen und Nächten blieb es so kalt, aber am Donnerstag wölbte sich ein klarer blauer Himmel über Hamburg, und die Sonne strahlte verschwenderisch.

Lilly saß wieder auf einem anderen Hocker, diesmal einem, den sie sich in einer netten Kneipe besorgt hatte, am Großneumarkt. Neben ihr lag der in eine Decke gewickelte Hund, von dem gerade eben der Kopf hervorguckte. Caligula hustete seit einigen Tagen, hatte eine trockene, warme Nase und keinen Appetit. Das machte Lilly Sorgen. Wenn es doch nur nicht so entsetzlich kalt wäre!

Sollte sie mit ihm zum Tierasyl in der Süderstraße gehen? Hatten die da überhaupt einen Tierarzt? Und wer weiß, ob der sich auf kostspielige Behandlungen für Obdachlosenhunde einließ? Sollte sie lieber etwas von ihrem gebunkerten Geld im Schal nehmen und einem anderen Tierarzt in den Rachen werfen? Und wenn die Behandlung ewig dauerte? Wenn der Tierarzt nicht herausfand, was der Hund hatte? Dann war sie ihr Notgeld los und hatte womöglich immer noch einen kranken Hund.

Ein Mann im dunklen Wollmantel mit kurzgeschorenem Haar und extrem tiefliegenden schwarzen Augen drängte sich dicht an ihr vorbei und raunte, ohne sie anzusehen: »So ein schöne Frau wie du kann mehr Geld machen mit ganz andere Sachen. Musst du nicht hier sitzen. Kann ich dir besorgen leichte Job mit viel Geld für dein Kind.«

Lilly stellten sich die Nackenhaare auf. Sie konnte den Akzent nicht einordnen und erkannte auch nicht, wo der Mann herkommen mochte. Er sah weder speziell orientalisch noch östlich noch

304

südländisch aus. Er wirkte jedoch ausgesprochen unangenehm, vielleicht noch mehr durch seinen Ausdruck als durch die Gesichtszüge, und er hörte sich gefährlich an, eher durch den Ton als durch den Inhalt dessen, was er gesagt hatte.

Leider ging er nicht weiter. Er blieb stehen und schien auf eine Antwort zu warten. Er kam sogar noch einmal näher. Der kranke, aber tapfere Caligula knurrte leise. Das schien der Mann noch nicht einmal zu hören. Er wiederholte: »Kannst du verdien Menge Geld mit dein schöne Gesicht. Macht nichs, dass du schwanger…«

Urplötzlich besann Lilly sich auf das, was der Mondmann ihr geraten hatte, und sie legte los, in einer Art lautem Singsang: »Hinz und Kunzt! Das Hamburger Straßenmagazin! Hinz und Kunzt! Das Hamburger Straßenmagazin!« Vorbeigehende Menschen blickten unwillkürlich zu der rufenden Frau auf dem Hocker. Sie kauften nicht, aber sie guckten. Dabei gerieten auch der eingewickelte Hund und der seltsame Mann in ihr Blickfeld.

»Hinz und Kunzt! Das Hamburger Straßenmagazin…«

Der Mann verzog ärgerlich den Mund und schritt mit wehendem Mantel davon.

Als Lilly abends den Hocker abgeliefert hatte und mit Caligula eine Apotheke betrat, um für ein Irrsinnsgeld eine kleine Packung Propolis zu kaufen, sah sie den finsteren Kerl wieder, diesmal am Hauptbahnhof. Er zog ein halbwüchsiges Mädchen mit langem dunklem Haar hinter sich her, das ein wenig zu widerstreben schien. Seine Tochter? Seine kleine Schwester? Ein unschuldiges Opfer?

Lilly traute sich einfach nicht, das Mädchen fest zu halten und zu fragen, ob es freiwillig mitging. Beim Kämpfen braucht man Boden unter den Füßen, und das winzige Fleckchen, auf dem sie zur Zeit stand, reichte gerade zum Überleben. Sie sah den beiden hinterher, die bald im Gewühl verschwanden. Dann öffnete sie die Packung, entnahm ihr vier der teuren Kapseln und stopfte sie dem wenig begeisterten Hund seitlich ins Maul, das sie gleich darauf fest zuhielt, bis er geschluckt hatte.

Im 16. Kapitel

*wird geträumt – erfahren wir mehr über Anna und den
Schröderstift – und begegnen einer Schafsböckin –
während Lilly ihre Schultern in ganzer Breite zeigt*

Lilly hatte sich, seit sie immer bauchiger wurde, angewöhnt, auf
der Seite zu liegen, das oben befindliche Bein nach vorn abge-
stützt. Weil die Kälte sich so verschlimmert hatte und der Hund
krank zu sein schien, durfte er mit in den Schlafsack, statt nur zugedeckt obendrauf zu liegen.

In der Nische, die der Professor ihr vererbt hatte, schlief es sich
eigentlich angenehm – solange Goofy nicht, von einem seiner Alb-
träume geplagt, umhersprang und den Herrn anklagte.

Lilly erwachte in der Dunkelheit (was nichts heißen wollte, hell
wurde es zu dieser Jahreszeit ja erst gegen acht Uhr morgens) und
erinnerte sich, selbst geträumt zu haben. Sie drehte sich ächzend
auf den Rücken und dachte nach. Was war das gewesen?

Sie hatte an einem Tisch gesessen und mit einer Frau Tee getrunken und Kuchen gegessen. Eine zarte brünette Frau, die ein
blaues Tischtuch über den Kopf gezogen hatte. Moment mal, das
war die Ikonen-Maria aus der griechischen Kirche! Frau Dietrich
war gekommen und hatte ihre berühmte Biskuitrolle dazugestellt.
Und die Maria sagte: ›Besuch mich doch bald mal wieder‹ oder so
etwas.

Sollte ich noch einmal in die Kirche gehen?, überlegte Lilly.
Schon, wenn sie an den großen Raum mit der prunkvollen Schnit-
zerei, dem goldenen Geschnörkel und den vielen Bildern dachte,
bekam sie Lust dazu. Der Gesang der drei Männer war angenehm
gewesen. Und gegen die vielen Kuchen und süßen Cremes ließ
sich auch nichts einwenden. Aber selbst ohne Gesang und Frühstück... Wenn die Maria sie einlud, sollte sie hingehen.

306

Ob die Kirche wochentags geöffnet war, sodass man einfach hinein konnte? Das würde sich herausstellen.

Lilly packte ihren Schlafsack und den kleinen Stapel Hinz & Kunzt ins Schließfach, gab dem Hund noch einmal vier der Bienenkapseln mit einem halben Napf Wasser und ließ ihn bei Baba, die mit ihm Sitzung machen wollte: »Aber versprich mir, dass du ihn nicht Pfotenstand machen lässt! Er muss auf einer Decke sitzen und in eine eingewickelt sein! Das sieht jämmerlich genug aus, vor allem, wenn er zittert. Sieh bitte zu, dass er genug Wasser hat, er trinkt viel zur Zeit. Deshalb musst du natürlich auch aufpassen, dass er oft genug sein Bein heben kann, verstehst du? Gib ihm mittags, falls ich noch nicht zurück bin, den Inhalt von einer halben Dose Hundefutter. Stell den Rest wieder ins Schließfach, das hält sich gut bei der Kälte. Und...«

»Ja, ja, ja! Manno! Vielleich nimmsu ihn liebä mit, wa?«

»Nein. Dazu ist er mir zu krank. Sei lieb, Baba, du magst Caligula doch auch gern...«

»Schietti wat! Kloar mach ich ihn. An libssen mit Zibbeln!«, grummelte Baba, was wohl bedeuten sollte, sie würde den Hund am liebsten mit Zwiebeln verspeisen. Aber das war bestimmt nur ein Scherz.

Lilly schob also ihren riesigen Bauch vor sich her Richtung Schlump. Immer noch herrschte starker Frost, doch die Sonne strahlte. Lilly trug schon seit Tagen das schwarze Plüschkleid von Frau Scheible über der rotbraunen Jeans und unter dem hellbraunen Pullover von Herrn Visier, was sicher sonderbar aussah, aber ausgezeichnet wärmte. Sie hätte den Spaziergang genossen, wenn ihr Rücken nicht so wehgetan hätte.

Endlich, nach fast anderthalb Stunden, watschelte sie von der Schröderstiftstraße auf das dreiflügelige Schloss mit der Kirche in der Mitte zu – und plötzlich überkam sie eine Erleuchtung: Das Schloss war gar kein Schloss! Vielmehr musste es sich aller Wahrscheinlichkeit nach um das *Schröderstift* handeln – wenn die Straße nun schon mal so hieß.

Lilly durchforstete ihren Kopf: Was war doch gleich ein Stift?

307

Eine Stiftung ja wohl. Irgendein reicher, dicker, wohltätiger Mensch zeigte, wie wohltätig er war, indem er dafür sorgte, dass kleine magere ältliche Fräulein, die aus guter Familie stammten und trotzdem keinen Mann abgekriegt hatten, einen Wohnplatz erhielten. Das waren dann die Stiftsdamen. Die häkelten vor sich hin, sangen fromme Lieder und wandelten Lust.

Lilly blinzelte zu den rot-gelben Gebäuden hoch. Ganz schön alt muteten die an, etwa aus der Mitte des neunzehnten Jahrhunderts, Struwwelpeter, Hans Christian Andersen, Robert Schumann.

Lilly versuchte, sich vorzustellen, wie es im späten Biedermeier hier ausgesehen haben mochte. Der hohe Flieger, der da oben seinen Kondensstreifen malte, war noch nicht herumgeflogen, der Fernsehturm streckte nicht seinen langen Hals über die Bäume und die sechsspurige Straße vor dem Stift, auf dem die Autos vorbeifauchten, hatte es garantiert auch noch nicht gegeben. Gehörte dieses Gebiet damals überhaupt schon zur Stadt Hamburg? Damals vernahm man vermutlich nur ein wenig Muhen von Kühen, etwas Froschgequake und einiges Vogelgezwitscher.

Ob die Gebäude immer noch einem ähnlichen Zweck dienten wie ursprünglich? Zum Beispiel als Altenheim? Sie konnte nirgends irgendein Greislein oder etwa einen abgestellten Rollstuhl entdecken. Kein Wunder, bei der Kälte saßen die alten Herrschaften wohl eher direkt vor der Heizung…

Lilly trabte zum Eingang der Kirche und rüttelte vergeblich an der Klinke. Schön, sie war also zwei Tage zu früh.

Sie wanderte durch das rechte, gemauerte Tor in den Garten, um – vielleicht nur von weitem, die sonderbare Frau war doch sehr cholerisch gewesen – zu sehen, was Anna in ihrem Iglu machte. Je näher sie an die kleine Lichtung auf dem Hügel kam, desto deutlicher wurde, dass es keinen Iglu mehr gab. Ein großer schwarzer Brandfleck, verkohlte Ruinen, teilweise ebenfalls verkohlter, teilweise sortierter, geordneter Müll.

Was hatte Heike noch gesagt? Es ist eine komische Gewohnheit der Sesshaften, die Obdachlosen anzuzünden. Was die daran wohl so prickelnd finden?

Lilly merkte, dass ihr die Augen schwammen und gleich überliefen. Hatte die Frau das verdient – auch, wenn sie herumkeifte und andere Leute anschrie? Hatte Kalle das verdient? Lebte er eigentlich noch? Sie war Helge Stumpe doch dankbar, dass er ihr diesen Anblick erspart hatte.

Sie drehte sich um und prallte fast gegen einen älteren Mann, der gerade auf die Lichtung trabte. Ein langes, norddeutsches Gesicht, buschige Brauen über scharfen blauen Augen.

»Na?!«, sagte er, weder freundlich noch unfreundlich.

»Hallo. Entschuldigung, ich wollte nur... Was ist denn mit Anna passiert?«

»Sind Sie eine Bekannte von ihr?«

»Nein, ich hab sie nur einmal gesehen, vor einem Monat ungefähr. Erst hat sie mich beschimpft, aber dann hat sie gemeint, ich gehöre hierher. Hat jemand ihren... ihr Häuschen oder ihr Zelt oder was das war angezündet?«

Der Mann schüttelte den Kopf. »Gott sei Dank nicht. Wir haben das erst gedacht, es lag ja nahe. Anna hat sich ja nicht so sehr beliebt gemacht. Aber die Polizei hat zweifelsfrei festgestellt, dass ihr Biwak von innen her abgebrannt ist. Befürchtet hab ich das auch früher schon manchmal, weil Anna immer nur Kerzen als Licht hatte, da kann so was schon passieren.«

»Ist sie – hat sie –?«

»Sie hat das Feuer überlebt. Ich hab sie seitdem nicht mehr gesehen, aber verschiedene andere vom Schröderstift. Sie war noch mal hier und hat was von ihren Sachen weggeholt. Oder, nach Aussage von anderen, sogar noch mal irgendwas hergebracht. Sie war an einer Hand verletzt, sonst soll es ihr gut gehen.«

»Und wieso hat die hier hinten im Garten gelebt? Was ist das eigentlich für eine Frau?«

»Tjaaaa... Wer ist Anna? Das ist schwer zu sagen. Früher hat sie wohl irgendwo bei Hanne am Fools Garden in der Bornstraße gewohnt, glaube ich. Bei uns ist sie so ungefähr um fünfundneunzig aufgetaucht.«

»Acht Jahre hat sie hier gehaust? Sie hat ja doch in die Büsche...«

Der Mann grinste mit langen, kräftigen weißen Zähnen. »Ja, sie war ausgesprochen eigenwillig. Sie hat uns auch zu schaffen gemacht. Wir haben uns wirklich Mühe gegeben, das Zusammenleben mit ihr etwas angenehmer zu machen, aber sie war eben schwierig. Man hat ihr vorgeschlagen, einige der Toiletten in den Häusern hier hinten auf ihrer Seite zu benutzen – wollte sie nicht. Ich hab ihr angeboten, ihr ein kleines Holzhäuschen zu bauen, das hatte ich schon alles genau geplant. Die Hallengemeinschaft Kellerblick hat das Holz gespendet, die Zimmerleute wollten umsonst arbeiten. Sogar die Behörden haben das, na ja, geduldet. Ich hab mir das so vorgestellt: keine Fenster, die hatte sie ja auch nicht in ihrem Biwak, sie wollte wohl auf keinen Fall das Gefühl haben, beobachtet zu werden. Stattdessen wollte ich ein Oberlicht einbauen. Und vor allen Dingen einen Brandmelder, eben wegen ihrer Kerzen. Doch nein, sie wollte nicht.«

»Immerhin hat sie sich mit Ihnen unterhalten?«, fragte Lilly.

»Kann man so auch nicht sagen. Ich hab geredet und sie hat geredet, eine Unterhaltung war das weniger. Man kommt nicht an sie heran. Was sie nicht hören will, kriegt sie einfach nicht mit. Übrigens hat sie nicht getrunken, ungewöhnlicherweise. Manchmal hat sie davon erzählt, dass sie studiert hat, da fielen Worte wie Fakultät und Seminar, eigentlich ganz glaubwürdig. Dann hat sie wieder so Sachen behauptet wie: Der Präsident hat vorhin angerufen…«

»Welcher Präsident?«

»Das hätte ich auch gern gewusst. Und wie er sie anrufen konnte ohne Telefon. Anna lebt in einer Grenzwelt. Wer weiß, was sie so verletzt hat. Sie hat sich ja ständig gewehrt, ihr Mittel der Abgrenzung war, herumzuschreien. Das hat einige der Mieter hier sehr geärgert. Die Kinder wollten raus zum Spielen und Anna kam angelaufen und hat sie weggescheucht. Aber deswegen konnten wir jetzt ja nicht unsererseits einfach Anna wegscheuchen. Unser Projekt strebt schließlich soziale Problemlösung an, nicht nur untereinander, sondern auch in das Umfeld hinein.«

Ein Projekt? Und Kinder wohnten auch hier?

Lilly musterte den Mann noch einmal. Er war zwar nicht mehr

der Allerjüngste, doch bestimmt noch kein Fall für ein Altersheim. »Was ist das eigentlich für eine Einrichtung hier?«, fragte sie vorsichtig.

»Das Schröderstift?« Der Mann wuchs um zwei Zentimeter und lächelte stolz. »Wir sind eine Mieterselbstverwaltung. Ich gehöre mit zu den Gründern. Bei uns wird alles demokratisch entschieden. 1980 wurden die Gebäude hier wegen mangelnder Feuersicherheit und massiver Durchfeuchtung mit Hausschwammbefall für unbewohnbar erklärt. Das sollte den sofortigen Abriss ermöglichen. Durch ein kleines Wunder hat der Senat aber dann doch noch anders entschieden, und wir konnten das Stift übernehmen. Wir haben in den nächsten drei Jahren die gröbsten Schäden beseitigt, und seitdem sind wir ständig dabei, ohne finanzielle Unterstützung von außen. Dabei kommt auch noch erschwerend hinzu, dass wir den Denkmalschutz berücksichtigen müssen. Sie hätten es sehen sollen, als wir anfingen…« Der Mann schüttelte den Kopf und blickte glücklich an den Gebäuden rauf und runter. »Die Wohnungen waren mit Kohleöfen ausgestattet, je eine Gemeinschaftstoilette pro Haus befand sich im Keller. Die Waschbecken waren auf dem Flur. Es gab keine Duschmöglichkeiten. Es gab noch nicht mal Klingeln an den Türen. Inzwischen… Na, wir sind ganz schön weit gekommen.«

»Was sind das für Leute, die hier so wohnen?«

»Völlig unterschiedliche – aber auf jeden Fall irgendwo alternative. Viele Sozialhilfeempfänger. Andererseits auch Akademiker. Also, einfache Menschen und kompliziertere Menschen und alles zwischendrin. Ein Beispiel wäre Hacky: Der sammelt alte Fahrräder, um neue draus zu bauen, was er nur nie tut, und wenn man ihn besucht, staunt man über sein Bett, da sind keine Decken und Kissen drauf, sondern nur irgendwie so hippiemäßige Teppiche. Daneben steht dann so ein kleines altes Instrument, ein Spinett, glaube ich, und wenn er bei Laune ist, setzt er sich da dran und spielt plötzlich Etüden von Bach, aber in Perfektion… Übrigens, mein Name ist Mahler«, verkündete der Mann und schüttelte Lilly die Hand.

»Lohmann«, erwiderte Lilly, ohne nachzudenken. Dann verbes-

serte sie schnell: »Gerade noch. Ich heiße bald anders. Ich lasse
mich scheiden und dann werde ich meinen richtigen Namen wieder annehmen, dann heiße ich Jahnke.«

»Sie lassen sich scheiden? Aber...« Herr Mahler blickte diskret
auf Lillys Babybauch.

»Ja. Deswegen ja. Mein Mann kann Kinder nicht ausstehen«, erklärte Lilly, womit sie zwar die Wahrheit sagte, aber die Tatsachen
verdrehte.

Im selben Augenblick flog ihr ein bunter Gummiball an die
Wade. Lilly fuhr erschrocken herum. Drei Frauen und ein kleiner
blonder Junge kamen auf sie zu. Eine der Frauen predigte: »Stepan, du musst nicht auf Leute werfen. Das tut doch weh!«

Der Kleine trat dicht vor Lilly, lächelte sie an und sagte: »Das tut
mir Leid, du. Ich wollte dir nicht wehtun. Bestimmt nicht.« Er
sprach langsam und umständlich und Lilly bemerkte, dass er ein
wenig behindert war. Sie lächelte ihn an: »Das hat gar nicht wehgetan. Ich hab mich nur etwas erschrocken.«

Die drei Frauen begrüßten Herrn Mahler mit: »Hallo, Bibi!«,
und er stellte sie gleich vor: »Das hier ist Frau Jahnke – sag ich einfach schon mal, richtig?«

»Ach, ja, bitte!«, stimmte Lilly erleichtert zu.

»Und das sind drei Mieterinnen vom Schröderstift: Greta Pota-
jek, das ist die Mutter von unserem Stepan hier, Sara Waller, die
arbeitet als Hebamme und hat auch einen kleinen Jungen, und
Andrea Bock, gerade seit einer Woche bei uns.«

Greta sah zart und etwas verhärmt aus, Sara kräftig, patent und
brünett, Andrea, offenbar die Jüngste, auf altmodische Art gutaus-
sehend, mit langem Kinn und hochgeschwungenen Augenbrauen
unter krausen hellbraunen Locken. Nett und sympathisch waren
alle drei. Andrea gefiel Lilly am besten.

»So, Bibi, und du stehst hier mit Frau Jahnke und guckst dir
Sophies Ruine an, damit ihr festfriert?«, fragte Sara. »Ich will nicht
naseweis sein, Frau Jahnke, aber Sie sollten nicht im Frost Wur-
zeln schlagen. Das ist nicht gut für Ihre Blase, die ist zur Zeit sowieso empfindlich.«

312

Herr Mahler hob beide Hände, rief: »Sie hat ja Recht. Bestimmt hat sie Recht!«, und verließ den Garten.

Lilly lächelte verlegen. »Sie haben wirklich Recht. Die Kälte – und das Kind drückt von oben – und leider ist die Kirche zu. Ich hatte gehofft, ich könnte da drin auf die Toilette...«

»Dann komm doch bitte bloß mit!«, rief Andrea, Lilly herzlich am Arm packend, »Meine Toilette ist traumhaft, mein ganzer Stolz! Ich wäre sehr geehrt, wenn du das Teil benutzen würdest...«

Sie zog Lilly eilig zum linken Flügel – die konnte sich gerade noch schnell von den beiden anderen Frauen und dem kleinen Stepan verabschieden.

Sie gingen durch den Hausflur zur Wohnungstür im Erdgeschoss. Andrea öffnete und sah sich triumphierend um. An der Wand im Flur lehnte ein Stapel leerer, zusammengelegter Umzugskisten, und im kleinen Wohnzimmer standen noch drei oder vier volle Kisten nebeneinander. Davon abgesehen waren bereits alle Möbel aufgestellt und die meisten Regale gefüllt, an den Fenstern saßen sogar schon Gardinen, und Lilly konnte gut verstehen, weshalb Andrea so stolz auf ihre Wohnung war. Echte, knarrende alte Holzbohlen auf dem Boden; darauf verteilt lustige bunte Webteppiche; ein reizendes Sofa im Empire-Stil, wie echt auch immer, mit nur wenig abgeschabtem rotem Samt. Davor stand sogar ein passender Fußhocker.

Andrea öffnete eine weitere Tür und sagte stolz: »Hier, bitte!«

»Ach, ist das hübsch!«, bestätigte Lilly, einmal, um Andrea eine Freude zu machen, und außerdem, weil es einfach stimmte. In einem winzig kleinen Raum wurde der Platz bestmöglich ausgenutzt für eine Toilette, ein zierliches Waschbecken und eine Dusche mit gläserner Abtrennung, alles hell, sauber und gepflegt, weiße Wände, weiße Decke, gläserne Wandlampe über dem weiß gerahmten Spiegel am Waschbecken.

Als Lilly wieder in das Wohnzimmer trat, hatte Andrea schon Wasser für Tee aufgesetzt. Aus dem anderen Blickwinkel konnte Lilly in ein weiteres Zimmer gucken und entdeckte da seltsame graue Bündel, die an der Wand hingen.

»Was ist das denn da? Wolle?«

»Ja. Echte, rohe Schafswolle. Ich liebe Wolle. Bin ich ja auch irgendwie zu verpflichtet mit meinem Haar und meinem Nachnamen, nicht? Außerdem bin ich ein Schaf«, erzählte Andrea. »Also
wahrscheinlich ein Schafsbock. Oder eine Schafsböckin, für den,
der es genau nimmt. Setz dich doch, zieh deine Jacke aus. Ich hab
es sehr warm hier, du solltest noch mehr ausziehen, vielleicht das
dicke Kleid oder die Jeans? Also, eins von beidem. Möchtest du
Kekse, oder hast du sowieso noch nichts Vernünftiges gegessen?
Ich hätte auch Fladenbrot da und wunderbare Quarkcreme…«

Lilly entschied sich gerne für das Brot und Andrea aß gleich mit.

»Ja, also warum bin ich ein Schaf?«, redete sie mit vollem Mund
weiter. »Weil niemand sonst so doof sein kann. Und weil ich so ein
Schaf bin, ist es mit mir bergab gegangen, tief ins Elend. Na, das
ist übertrieben. Aber es war schon reichlich heavy. Ich hab mich
verliebt, weißt du? So was sollten sie Schafen verbieten. Helmut
hieß der Molch. Sah natürlich blendend aus und war immer so
interessant. Allein, bis ich gemerkt hab, dass dieses interessante
Benehmen kommt, weil er süchtig ist und mal voll drauf und mal
mit Entzugserscheinungen beschäftigt! Und dann muss Andrea
Schafsböckin natürlich loslegen und alles in Ordnung bringen wollen. Ist ja absolut einfach, 'n Junkie dazu zu kriegen, den Stoff bleiben zu lassen und wieder 'n vernünftiger Mensch zu werden.
Junge, hab ich mich reingekniet. Mir Nächte um die Ohren geschlagen, ununterbrochen mit ihm diskutiert, ihn zum Arzt ge-
schleppt und zum Psychologen. Er hat fast immer alles eingese-
hen, verstehst du, hat mir immer wieder Hoffnung gemacht. Und
dann hat seine Exfreundin Ingegerd, diese Schlange, ihm neues
Zeug besorgt. Ich bin zum Schluss krank geworden, es ging mir
buchstäblich an die Nieren, das wurde so schlimm, dass ich ope-
riert werden musste. Helmut hat mich im Krankenhaus besucht,
mit Blumen, verstehst du, und mit klitze-klitzekleinen Pupillen.
Und gerochen hat er nach dem Parfüm von Ingegerd. In dieser
Nacht im Krankenhaus war ich kurz davor, aus dem Fenster zu
hopsen. Ich hab nur geheult und geheult und gewimmert. Bis das

endlich eine Schwester gemerkt hat und mir auch mal 'ne Spritze verpasst. Ingegerd und Helmut mussten sich so anstrengen, um Geld für ihre Droge aufzutreiben, und ich hab die einfach so bekommen. Denkst du, dann hatte ich endlich genug? Nö, nicht Andrea Bock, das Schaf. Als ich wieder draußen war und gerade anfangen wollte, ihn zu vergessen, kam er wieder an mit seinem Dackelblick. Und ich bin voll wieder drauf reingefallen, als ob ich alles andere nicht erlebt hätte. Alles von vorn: Gequatsche, Geheule, Versprechen, schlaflose Nächte. Meine Niere fing schon wieder an, wehzutun. Was mir die ganze Zeit überhaupt nicht aufgefallen ist: Ich hab wahnsinnig viel Kohle in den Mann gesteckt. Das ist mir erst klar geworden, als ich bei all dem Getobe meinen Job verloren hab. Ich war in einem mittelgroßen Betrieb zugange, nicht der Traumjob, aber ganz nett und ganz gut bezahlt. Mein Chef hat schon ein paar Mal gesagt: Andrea, so geht es nicht! Er hatte absolut Recht. Ich kam zu spät, ich sah so verquollen aus, als wär ich selber süchtig – meine Niere hat eben nicht richtig gearbeitet. Ich hab mich vertan und Sachen verpennt und verschusselt und Kunden mit falschen Namen angesprochen und so. Ich hätte mich auch gefeuert. Und weißt du, was dann passiert ist? Dann sind Helmuts Gefühle mir gegenüber immer dünner geworden. Und ich Schaf bin immer noch 'ne satte Weile hinter ihm hergekrochen, bis er mir das dann mal ganz ehrlich gesagt hat. Dass er mich leider nicht mehr liebt. Er war ganz sachlich dabei, einer seiner nüchternen Momente. Was tut ein Schaf? Es kriecht zur Schlachtbank. Ich hab ihn erst in Ruhe gelassen, als er mir ganz derb gesagt hat, es reicht und er kann mich nicht mehr sehen und ich nerve total. Da hab ich dann versucht, mich selbst zu schlachten. Ich bin zu einem Bunker im Wald gefahren, wo wir mal vor Jahren unser erstes Schäferstündchen hatten, Helmut und ich. Da bin ich mühsam raufgekrabbelt und im Dunkeln runtergehüpft. Was ist passiert? Ich hab mir den Knöchel verstaucht. Ich lag da im Dunkeln im nassen Gras, und anstatt dass ich tot war, tat mir der Haxen weh. Nach einer Weile hab ich angefangen zu lachen. Ich lag im Wald im Finstern und hab gelacht. Ich glaube, ich hatte vorher jahrelang nicht mehr gelacht. Ich bin zu meinem Auto gehumpelt und nach Hause gefahren, und ich konnte die ganze Zeit lachen, mit etwas Weinen zwischendurch. Gut, ich konnte die Miete für meine Wohnung nicht mehr aufbringen und ich bin immer noch arbeitslos. Aber ich bekomme Stütze, ich hab diese süße Wohnung hier durch ein riesiges Glück bekommen und dazu die Gemeinschaft mit super Leuten. Das Schröderstift, das ist wirklich wie eine große Familie. In der Zeit mit Helmut war ich irgendwie völlig vereinsamt, weil ich auch immer Angst hatte, es kommt was raus. Ich hab mich auch um nichts gekümmert und um nichts gedreht als nur um ihn. Ich glaube, er hat Recht gehabt und ich hab wirklich total genervt. Ich muss mich immer kümmern, weißt du? Das ist auch eine Sucht. Da muss ich aufpassen. So, und jetzt möchte ich mich natürlich gern um *dich* kümmern. Wer bist du denn und warum stehst du in so komischen Klamotten superschwanger bei uns im Hof rum?«

Und Lilly schilderte, was mit ihr im letzten Dreivierteljahr passiert war. Nach zwei Stunden stand Andrea auf und kochte noch mehr Tee. Die Nachmittagssonne schien durchs Fenster, wurde orange und rötlich und schwächer und machte der Dunkelheit Platz.

»Du gehörst zu den Menschen, mit denen man ohne Ende reden kann, und es wird nie langweilig«, stellte Andrea fest.

»Dasselbe habe ich gerade über dich gedacht. Vielleicht stimmt das so gar nicht. Vielleicht kannst du gerade besonders gut mit mir reden und ich mit dir, und andere Leute würden finden, wir sind mäßige Gesprächspartner. Jeder hat doch seine ganz eigene Perspektive, wie der Professor sagt«, überlegte Lilly. Andrea wusste schließlich inzwischen genau, wer der Professor war.

»Auch gut. Dann haben wir eben Superdusel, dass wir uns begegnet sind, und wir sollten so oft miteinander reden, wie es geht!«

»Gerne. Jederzeit.«

»Wie soll es mit dir und deinem Baby denn nun weitergehen?«

»Das weiß ich immer noch nicht genau. Aber eins weiß ich: Wenn ich mich anständig benehme, dann hab ich Glück und alles geht gut.«

Andrea knabberte am Nagel ihres Zeigefingers und begriff nicht ganz: »Wie jetzt?«

»Das ist mir eingefallen, wenn ich nachts nicht schlafen konnte. Dann hab ich immer viel nachgedacht, und dabei ist mir so dies und das aufgegangen. Ich weiß nicht, ob das sozusagen die höhere Vorsehung ist oder Maria persönlich oder lauter Zufälle. Falls es Zufälle sind, kann ich mich jedenfalls drauf verlassen. Immer, wenn ich mich mies benommen hab, bin ich noch ein Stück tiefer gerutscht. Nimm mal die Art, wie ich mich Püppi gegenüber verhalten hab: Sie hat so viel für mich getan, und ich hab ihr noch nicht mal den grünen Pullover gestrickt, den sie sich so gewünscht hat. Und als diese Inken, meine Kollegin vom Grill, mich auf dem Dom fragt, wieso ich mit Püppi befreundet bin, dass die doch eher einfach ist, während ich gebildet und eine Klassefrau bin, da hätte ich sofort sagen müssen: ›Hör mal zu, Püppi ist eine großartige Freundin und ein feiner Kerl, ich verdanke ihr sehr viel!‹ Aber nein, ich war wer weiß wie geschmeichelt und hab nur ganz hochnäsig gesagt: ›Na ja, viel verbindet uns nicht, das ist so eine Nutz- und Zweckbeziehung…‹ Das war feige und hässlich, und sofort hinterher hab ich meine Handtasche verloren. Eigentlich hab ich bei Fehlverhalten immer eins übergezogen bekommen, seit ich auf Abwegen bin.«

»Seit wann bist du das denn?«, wollte Andrea wissen. »Wäre es besser gewesen, kein Verhältnis mit deinem Claudio anzufangen und bei deinem Mann zu bleiben?«

Lilly starrte nachdenklich aus dem Fenster in die Dunkelheit. »Ja, wäre es. Oder vielmehr: Ich hätte mich von Norbert trennen sollen, ihm ehrlich sagen, was los ist, und dann erst etwas mit Claudio anfangen. Oder überhaupt nicht. Ich hätte übrigens vielleicht noch nicht mal Norbert heiraten sollen. Ich hatte da so komische Motive: Sicherheit, das Geld, wie er allen imponiert. Ich glaube, ich war gar nicht in ihn selber verknallt, sondern in das, was er darstellt.«

»Deine Mutter wollte doch unbedingt, dass du ihn heiratest?«

»Für meine Mutter war er der perfekte Schwiegersohn, die Antwort auf ihre Gebete für mich. Aber ich hätte nicht auf sie hören sollen«, sagte Lilly kopfschüttelnd.

»Für so was braucht man wahnsinnig viel Mut, wenn man noch jung ist.«

»Stimmt. Anständig sein hat sowieso viel mit Mut zu tun.«

Andrea sah auf die Uhr. »Ich hab inzwischen wieder Hunger. Es ist auch fast schon sieben. Ich schlage vor, dass ich erstens jetzt Abendessen für uns mache und du zweitens einfach hier übernachtest. Draußen ist es schweinekalt...«

»Erstens nehme ich gerne an. Zweitens geht leider nicht. Ich kann Baba und den kleinen Caligula nicht alleine lassen. Als ich bei Frau Scheible war, hab ich noch gedacht, es kommt nicht so drauf an. Und das war auch nicht richtig. Es kommt darauf an«, erklärte Lilly.

Eine Stunde später wanderte sie durch die nächtliche Stadt zurück zum Mönckebrunnen. Sie hatte sich mit Andrea für Sonntag verabredet, denn den Samstag wollte sie unbedingt zum Verkaufen benutzen, nachdem sie schon den ganzen Freitag kein Geld verdient hatte.

Sie fand nur Goofy, als sie am Treffpunkt ankam. Neben ihm saß der Hund, der sich aus der Decke strampelte und Lilly entgegenlief, als er sie kommen sah. Sie bemerkte erfreut, dass seine Nase sich wieder kalt und nass anfühlte und seinen Augen viel blanker schimmerten als in den vergangenen Tagen.

»Wo ist denn Baba, Goofy?«

»Bin ich ein Prophet, Kind Gottes? Sie wollte die Nacht anderwärts verbringen...«

»Tatsächlich? Wo denn?«, murmelte Lilly misstrauisch vor sich hin. Es war kaum halb zehn und eigentlich zu früh, sich schlafen zu legen. Andererseits kannte diese Stadt kein Nachtleben, zumindest nicht hier; kein Kino, kaum ein Restaurant, man schlief als Obdachloser relativ unbehelligt, vor allem an etwas versteckteren Plätzen. Und sie fühlte sich richtig zerschlagen nach den nahezu drei Stunden Fußmarsch.

»Goofy, wir gehen mal unser Bett holen.«

»Wenn es euch glücklich macht.«

Lilly lief mit dem Hund zum Hauptbahnhof. Die Müdigkeit nahm mit jedem Schritt zu, ihr Rücken meckerte ununterbrochen. Sie dachte sehnsüchtig an Andreas warme kleine Wohnung. Die Kälte tat weh, vor allem der Wind schnitt so in die Augen, dass sie tränten.

Hätte ich doch nicht zurückkommen sollen?, dachte sie. Baba wäre das ja offenbar noch nicht mal aufgefallen. Caligula war bei Goofy doch in guten Händen…

Lilly hatte gerade den Schlüssel für das Schließfach herausgezogen, als sie glaubte, aus den Augenwinkeln Baba zu erkennen. Sie richtete sich auf und sah schärfer hin. Allerdings, da schwankte das Mädchen mit den schwarzen Zöpfen herum, gezogen von einem Mann – und dieser Mann, Lilly hielt vor Schreck den Atem an – war der unangenehme Mensch, der ihr am Vortag so gute Verdienste angeboten hatte!

Sie steckte den Schlüssel wieder in die Jackentasche und ging mit raschen Schritten hinter den beiden her. Ihre Müdigkeit war verschwunden, der Rücken sagte keinen Piep mehr.

»Baba? Baba, wo willst du hin?«, rief Lilly, als sie sich dicht neben den beiden befand. Der Mann erkannte sie und warf ihr einen drohenden, finsteren Blick aus seinen tiefliegenden Augen zu. Baba wollte stehen bleiben, wurde jedoch weiter gezogen. »He, wadde ma! Wadde ma em, da is Libelle!« Sie hörte sich ganz ungewöhnlich betrunken an.

Der Mann blieb stehen, wenn auch ungern, weil er wohl kein Aufsehen erregen wollte.

»Libelle, dass Rugoä, mein neuä Froind!«

»Toll!«, sagte Lilly. Sie und Babas neuer Freund blickten sich ohne jede Sympathie an. »Und wo wollt ihr hin?«

»In waames Zimmä un in gutes Bett. Finstas schlimm? Miä wa so kalt. Ich hab ja dein Kalli zu Goofy gegem. Oh, da isseä ja!«, freute sich Baba, die eben Caligula entdeckte.

Der Mann fand wohl, nun seien sie lange genug stehen geblieben. Er ging wieder los und zog Baba an der Hand hinter sich her.

319

Genau so hatte es am Vorabend ausgesehen, als er das andere Mädchen herumzerrte.

»Warte, Baba, bleib hier...«

»Was issn?« Baba drehte ihre kleine Stülpnase nach hinten und kam ins Stolpern. »Rugoä, nu wadde doch ma!«

Rugor war jedoch der Ansicht, er hätte lange genug gewartet. Außerdem verließ er nun mit seiner Beute den Hauptbahnhof und konnte gleich im Dunkeln untertauchen.

»Auä! Manno, das tutoch weh!«, protestierte Baba und stemmte mit unsicheren Beinen dagegen an. Lilly kam ihr sofort zu Hilfe. Sie versuchte, die behaarten braunen Finger von Babas Handgelenken zu lösen. Der Mann streckte eine Hand aus und stieß Lilly gegen die Brust, aber sie hielt weiter fest. Caligula brach in hektisches Gekläff aus. Lilly fand diese Idee gut und schrie ihrerseits: »Hilfe! Der will meine Freundin entführen! Hilfe!«

Plötzlich wurde Baba gegen sie geschleudert, krachte richtig gegen ihre Schulter, und schrie dabei vor Schmerz: »Auäää! Son Aasch, son veädammteä! Deä hat miä ein reingeballert!«

Der Kerl rannte davon, war mit fliegendem Mantel schon über die Straße.

»Zeig mal, Baba! Ach, du Schreck – warte, nicht bewegen... Deine Nase blutet so doll, ich muss mal eben schnell Klopapier aus meinem Rucksack holen...«

Die Schwester in der Notaufnahme blickte nicht ganz so finster wie Rugor, aber fast. Sie hatte zusammengewachsene Augenbrauen und chronisch resignierte Mundwinkel.

»Das ist Nasenbluten. Was soll ich da bei machen? Die Frau ist ja betrunken. Betrunkene fallen dauernd hin, da können wir uns nicht jedes Mal drum kümmern...«, bemerkte sie, zufrieden mit ihrer eigenen Autorität.

»Meine Freundin ist von einem Mann unter Alkohol gesetzt worden und sollte entführt werden. Als ich ihr helfen wollte, loszukommen, hat er ihr auf die Nase geschlagen. Ich glaube, die ist gebrochen oder mindestens angebrochen«, erklärte Lilly.

Die Schwester blickte müde und glaubte kein Wort. »Betrunkene...«, fing sie wieder an.

Lilly ließ die blutende Baba auf der Bank vor der Aufnahme sitzen und trat dichter an die Schwester heran. »Seien Sie vorsichtig«, hauchte sie ganz leise, »Sie sind schon fotografiert worden. Machen Sie sich nicht unglücklich, das ist eine große Reportage für eine Hamburger Zeitung, ich kann Ihnen natürlich den Namen nicht nennen, es geht darum, wie barmherzig die verschiedenen Notaufnahmen der Hamburger Kliniken in so einem Fall reagieren...« Sie trat wieder zurück und redete in normaler Lautstärke weiter: »Das ist ja nett von Ihnen – wie war noch Ihr Name?«

»Schwester Susanne...«

»Schwester Susanne, ich danke Ihnen. Sie holen gleich den Doktor?«

Schwester Susanne guckte immer noch misstrauisch und unlustig, drehte sich jedoch um, marschierte auf Gummisohlen durch eine selbst öffnende Tür und kam ziemlich schnell mit einem jungen Arzt zurück: »So, hier. Die Frau behauptet also, ihre Freundin wäre unter Alkohol gesetzt worden und sollte entführt werden oder so was. Und Sie möchten sich die Nase mal ansehen.«

»Ja, natürlich. Danke, Schwester Susanne!«, sagte der Arzt, und die Schwester sah zu, dass sie durch die sich öffnende Tür entschwand.

»Guten Abend, ich bin Doktor Breetz.«

»Jahnke!«, sagte Lilly, die sich freute, ihren richtigen Namen wiedergefunden zu haben. Im Moment hatte sie keine Angst vor Ärzten.

Dr. Breetz untersuchte Baba vorsichtig und geschickt, meinte, ›das Näslein‹ sei angebrochen und fabrizierte mit Hilfe einer anderen Schwester einen festgeklebten Verband, sodass Baba zum Schluss aussah, als hätte sie die weiße Motorhaube eines alten Opel-Kapitän im Gesicht.

Inzwischen sollte Lilly noch einmal erzählen, was passiert war.

»Und Sie sind einfach dazwischen gegangen? Ist Ihnen eigentlich bewusst, dass Sie nicht unbedingt in der Verfassung sind für Ringkämpfe? Sie stehen kurz vor der Entbindung, nicht wahr?«

»Na, was sollte ich denn machen? Ich musste ihr doch helfen. Es war ja sonst niemand da. Ich konnte die Kleine doch nicht mit so einem Kerl gehen lassen.«

Der Arzt schnippelte das letzte Stückchen Verbandgaze ab und lächelte Lilly an. »Sie sind eine gute Freundin, meine Liebe!«, sagte er.

Baba und Lilly wanderten zurück zum Hauptbahnhof. Baba murrte vor sich hin: »Nu schlaf ich doch widä auffe Straße!« Und mit einem Blick auf Lilly: »Na, wa wohl trozzem ganz gut, dassu voäbei gekomm bis…«

Das 17. Kapitel

denkt darüber nach, wie smart Söhne eigentlich sein sollten –
gibt Lilly eine sitzende Tätigkeit –
lässt uns über einen Hı kırık erschrecken –
und macht uns mit einer ganz neuen Maria bekannt

Ach wo, keine Zwillinge... Ich höre nur einen einzigen Herzschlag«, erklärte Sara, die Hebamme. »Das kommt den meisten Frauen zum Ende der Schwangerschaft so vor. Im Übrigen – so furchtbar dick bist du nun auch wieder nicht. Das wird noch mehr.«

»Wirklich?«, fragte Lilly schwach.

»Ich denke doch. Meiner Meinung nach bist du erst so Anfang oder Mitte des achten Monats. Das Kind liegt ja immer noch hoch. Ich würde mal so über den Daumen sagen, du bekommst dein Baby frühestens Ende Februar oder Anfang März, sofern es pünktlich ist.«

»Und du meinst, es ist alles in Ordnung?«

»Das kann ich dir so nicht beantworten. Da solltest du dich mal zum Arzt trauen. Ich weiß sowieso nicht, wie du dir das vorstellst... Willst du das Kleine ganz allein bekommen eines Tages? Was machst du, wenn es Komplikationen gibt?«

Andrea antwortete aus dem Nebenzimmer: »Dann bin ich ja auch noch da! Und vor allem bist *du* da. Lilly wird jetzt erst mal eine Weile bei mir wohnen, das haben wir vorhin in der Kirche besprochen...«

»So was besprecht ihr in der Kirche?«

»Ganz leise. Und wenn es losgeht mit dem Baby, dann sag ich dir schnell Bescheid und du kommst eben vorbei, Sara. Wo ist das Problem? Soviel ich weiß, gibt es doch dauernd Hausgeburten. So was machst du doch bestimmt auch manchmal?«

»O ja, das mache ich gar nicht mal so selten. Aber dann war das

323

vorher vernünftig geplant. Dann war die Frau immer beim Arzt und wir wissen, dass alles in Ordnung ist. Dann hat die Frau geburtsvorbereitende Kurse gemacht und weiß, wie sie atmen muss. Sie hat sich bewusst dazu entschlossen, ihr Kind zu Hause zu bekommen. Eine Hausgeburt heißt immer ›Ich weiß, was ich will‹, und nicht ›Huch, es geht los und was mach ich jetzt?‹«

»He, wir hatten abgemacht, dass du nicht rummeckerst«, erinnerte Andrea die Hebamme. Und das stimmte.

An diesem Sonntag war Lilly in der griechisch-orthodoxen Kirche zum Gottesdienst gewesen, um der Maria eine Kerze anzuzünden. Andrea hatte sie begleitet: »Also, ich bin nicht fromm, aber ich finde die Kirche schön, und wenn du schon hingehst, kann ich ja auch mitkommen. Und dein netter kleiner Hund bleibt so lange in meiner Wohnung. Er darf auch aufs Bett.«

Und Lilly hatte geantwortet: »Bloß nicht! Es taut überall, er hat ganz schlammige Pfoten. Der darf eigentlich noch nicht mal auf deine schönen Flickenteppiche…«

Auf dem Weg zurück zu Andreas Wohnung waren sie dann Sara begegnet und die setzte es freundlich und konsequent durch, dass sie die werdende Mutter ›mal kurz‹ untersuchen durfte.

»Aber nur, wenn du nicht schimpfst!«, hatte Andrea vorbeugend verlangt.

Worauf Sara antwortete: »Natürlich nicht. Warum sollte ich?«

Jetzt seufzte sie. »Ich meckere doch gar nicht rum. Ich finde bloß…«

»Ja, natürlich. Im Grunde hast du ja Recht. Ich glaube auch nicht, dass ich die Raupe in aller Einsamkeit bekommen werde. Wo arbeitest du denn?«, fragte Lilly.

»In Geesthacht«, antwortete Sara.

»Ach, du Schreck. Da bin ich nicht so oft.«

»Ja, das dachte ich mir schon.«

»Ist es schön da?«

»Ich arbeite gern dort, ja.«

»Mal sehen. Vielleicht bekomme ich die Raupe in Geesthacht«, antwortete Lilly versonnen. »Das ist dicht an der Elbe, nicht? Das gefällt mir. Ich hab mal gelesen, dicht am Wasser sind Geburten leichter. Und ist sonst alles mit mir in Ordnung?«

»Also... du bist weder zu dick noch zu dünn, du hast keine besonderen Wassereinlagerungen, soviel ich sehen kann. Kann sein, dass dein Bauch jetzt ab und zu mal hart wird, weil deine Gebärmutter gewissermaßen die Wehen übt. Das ist ganz normal. Das Baby scheint einstweilen richtig rum zu liegen, wenn es sich nicht noch mal völlig umentschließt, bleibt der Kopf unten, das wäre natürlich schön. Noch hat es etwas Bewegungsfreiheit, aber es kann natürlich nicht mehr so toben wie noch vor ein paar Wochen.«

»Ach, das ist Platzmangel? Ich dachte, es wird vernünftiger...«

Andrea lud Lilly und Caligula zum Mittagessen ein (sie hatte für den Hund Rinderherzstückchen mit Möhren, Petersilie und Reis gekocht und servierte ihm das warm, aber nicht zu heiß. Caligula aß voll Andacht) und sie lud beide wirklich wiederholt und dringlich ein, für die nächste Zeit ihre Gäste zu sein.

»Guck mal, es sind doch zwei Zimmer, in einem kann ich zur Zeit nur sein. Ich werd zwischendrin immer noch mal depressiv, sobald ich alleine bin, ich hocke schon viel zu viel hier bei den Nachbarinnen rum und geh ihnen auf den Keks. Wenn ihr bei mir wärt...«

»Wenn du ein Baby in deiner Wohnung hast, das Tag und Nacht blökt, dann wirst du erst recht depressiv.«

»Nein, warum? Außerdem, wie kommst du darauf, dass deine Raupe dauernd schreit? Sie wird süß schlafen und vor sich hin lächeln.«

»Wenn sie eine typische Raupe ist«, mutmaßte Lilly, »wird sie vor allem fressen und rülpsen...«

Nachmittags saßen sie alle bei Andreas anderer Nachbarin, Greta, und ihrem kleinen Stepan. Der war, wie Lilly erfuhr, acht Jahre alt, entsprach in seiner geistigen Entwicklung jedoch einem drei- bis vierjährigen Kind.

»Er hat theoretisch auch eine geringere Lebenserwartung als so genannte normale Menschen. Aber wer weiß? Keiner kann in die Zukunft gucken. Auf jeden Fall ist er unwahrscheinlich lieb«, erzählte Greta leise, »ein richtiges Engelchen. Ich war bei der Geburt schon sechsunddreißig, die haben furchtbar viel Voruntersuchungen mit mir gemacht und da kam es schon raus. Alle haben mir abgeraten, ihn zu bekommen. Wenn ich jetzt manchmal so denke: Beinah hätten sie mich dazu bekommen, Stepan umzubringen. Dabei ist es so ein Glück, ihn zu haben. Er ist etwas langsam und versteht manches nicht, vor allem so alltäglichen Kram. Aber die wirklich wichtigen Sachen versteht er immer. Und er ist ohne jede Aggression, nur voller Liebe.«

Stepan malte gern, er hockte auf den Knien vor dem Esstisch und schnaufte vor Anstrengung. Manchmal brachen die Stifte ab, dann brachte er sie seiner Mutter zum Anspitzen. Er hatte ein Bild für Lilly gemacht, das er stolz präsentierte, als es fertig war: »Hier. Für dein schönes neues Leben. Ich wünsche dir ein schönes neues Leben«, sagte er langsam zu ihr und lächelte sie an.

Auf dem Bild saß eine Pampelmuse mit Kopf, Armen und Beinen (vermutlich die schwangere Lilly) unter einem Baum, von dem Früchte neben sie ins Gras fielen. Über dem Gras schwebte ein schwarzbraunes Reh mit weißen Füßen und spitzer Nase, ein ausgesprochen treffendes Portrait des kleinen Caligula. Am Himmel befanden sich sowohl eine Mondsichel als auch die Sonne, ein Regenbogen und ein orangefarbenes Herz. Im Hintergrund war zwischen grünen Hügeln das Meer zu sehen, über dem schwarze und weiße Vögel umherflogen.

Lilly war ernsthaft beeindruckt. »Das ist ein wunderschönes Bild, Stepan. Wenn ich wieder irgendwo wohne, werde ich es rahmen und an die Wand hängen. Wie kommst du darauf, dass ich ein neues Leben habe?«

Stepan lächelte nur und ging zurück zu seinen Malsachen.

»Manchmal bringt er solche Sachen, ich weiß auch nicht, warum. Oft so richtig prophetisch«, erklärte Greta. Sie schaltete bald darauf den Fernseher ein, um die Regionalnachrichten zu sehen. Lilly unterhielt sich mit Andrea und unterbrach sich plötzlich mitten im Wort: »Moment mal – den jungen Mann kenne ich doch – ist das zu fassen?!«

Sie beobachtete mit aufgerissenen Augen, wie Jannik Bischof, Glorias Sohn, von zwei Männern aus einem großen Gebäude gebracht wurde, eine Grimasse in die Kamera schnitt und in einem Auto verschwand. Das war er zweifellos gewesen, hübsch und frech, mit seinem verkleisterten Haar und dem hängenden Hosenboden.

»Ach, *der* Kerl!«, sagten Andrea und Greta, die es schon aus der Zeitung wussten.

Lilly hatte keine Ahnung: »Was ist los? Was hat er getan?«

»Mitschüler erpresst, seit Jahren, so, wie's aussieht. Um Geld und Gefälligkeiten, und er hat die Kinder wohl auch gedemütigt. Total mies. Ein Sechzehnjähriger aus seiner Klasse hat sich die Waffe von seinem Vater geschnappt und versucht, diesen Jan oder wie er heißt...«

»Jannik.«

»Diesen Jannik umzulegen. Ging leider daneben, er hat die Lehrerin in die Schulter getroffen. Aber dadurch kam alles raus. Sie wollten den – diesen Jannik – zur Rede stellen, und er ist durchgedreht, im Wagen von seinem Vater abgehauen, satte Verfolgungsjagd die Autobahn lang, in einer Tankstelle hat er eine Viertelstunde lang eine Geisel genommen, also den alten Tankstellenpächter, und zwar mit seinem Taschenmesser! Das weißt du alles nicht? Das musst du dir mal vorstellen! Stand gestern groß und breit in der Zeitung und war auch in der Tagesschau. Der Tankstellenmann hat dem Knülch dann mit einem Kanister eins über die Rübe gehauen und ihn so außer Gefecht gesetzt. Eben hast du gesehen, wie sie ihn aus dem Krankenhaus geholt haben. Der ist gerade sechzehn oder so! Das Früchtchen hat gut angefangen...«

»Das ist der Sohn einer ehemaligen Freundin von mir«, erzählte Lilly. »Muss ihr das peinlich sein! Sie war immer so stolz auf ihn. Hat gemeint, aus dem wird mal ganz was Tolles. Weil er so smart ist.«

»Danke, smart ist er. Da kann sie echt nicht klagen«, bestätigte Andrea. »Nicht gerade klug vielleicht, aber höllisch smart.«

Und Greta meinte: »Wisst ihr was? Diese Art Kummer wird Stepan mir nie machen. Eben, weil er *nicht* smart ist...«

Andrea hatte einen großen Wunschtraum, eigentlich seit jeher: »Das Einzige in der Schule, worin ich wirklich total gut war, war immer Handarbeit. Und wenn ich im Sommer bei meiner Omi in der Heide die Ferien verbracht hab, dann waren da rundum überall Schafe. Ich hab die Wolle gesammelt, die sich in den Zäunen und im Gebüsch verfangen hat und hab versucht, sie zu spinnen. Wolle, das ist für mich das Größte. Ich möchte gern einen eigenen Wolle-Laden haben.«

»Da haben wir schon wieder was gemeinsam«, musste Lilly zugeben. »Die einzige Eins auf meinem Abschlusszeugnis war die in Handarbeit. Wenn ich was wirklich gut kann, dann stricken. Ein Wolle-Laden, doch, das müsste schön sein. Eine Freundin von mir hat mal gesagt, so was gehört zu den wenigen Sachen, mit denen noch Geschäfte zu machen sind. Vielleicht könnte ich deine Kundinnen beraten? Oder ihnen was nach Wunsch stricken...«

»In der Grindelallee wird demnächst ein Geschäft frei. Das könnte ich pachten, wenn ich Geld hätte. Ich hab leider nicht genug. Meine Eltern würden mir was vorstrecken, aber dann fehlt immer noch was. Vielleicht klappt es mit einer ›Ich-AG‹.«

Einstweilen lehnte Lilly es immer noch ab, zu Andrea zu ziehen und schlief weiter auf der Straße. Dafür gab es eine Reihe von Gründen.

Zunächst mal hatte sie die Befürchtung, Andrea auszunutzen. Die war schon wieder ein genau so lieber und rücksichtsvoller Mensch wie Püppi, neigte dazu, viel mehr zu geben als zu nehmen. Nie wieder, dachte Lilly.

Dann wollte sie ihre Freunde vom Mönckebrunnen nicht im Stich lassen. Babas Kühlervorbau (schon lange nicht mehr so schneeweiß wie am Anfang, zumal sie dauernd daran herumfummelte), links und rechts umrahmt von lila Blutergüssen unter den Augen, saß jetzt seit einer guten Woche auf ihrer Nase und machte sie gereizt und überempfindlich. Sofern Lilly in der Nähe war, konnte sie aufpassen, dass ihre Freundin sich in keine Auseinandersetzungen verwickelte, die sie vielleicht den Rest ihrer Nase kosten konnten.

Außerdem hatte die schlimmste Kälte nachgelassen, es fühlte sich nicht mehr so mörderisch an, im Freien zu schlafen. Warm war es nicht, aber mehrere Grade über dem Gefrierpunkt, wenn auch feucht und trübe.

Immerhin besuchte Lilly Andrea so oft wie möglich, weil beide immer noch und immer mehr fanden, dass sie sich prächtig verstanden.

Eines Tages wurde Lilly von einer älteren Mieterin angehalten, Frau Sonneberg, die im selben Haus des Schröderstifts wohnte wie Andrea: »Frau Jahnke? Die Andrea Bock hat mir erzählt, dass Sie im Moment in der Innenstadt kampieren. Mit der sind Sie doch befreundet? Ich wollte Ihnen nur mal sagen, ich habe eben gerade gehört, der Mieter direkt über der Andrea will schnellstmöglich ausziehen. Also, falls diese Wohnung Sie interessiert...«

Lilly war ganz erschrocken. »Ich und eine ganze Wohnung?«

»Na, so riesig sind die ja auch wieder nicht. Ich meine nur...«

»Woher soll ich denn die Miete nehmen?«

»Ich dachte, Sie verkaufen das Hinz & Kunzt?«

»Ja, im Augenblick. Aber das kann ich nicht mehr lange machen, glaube ich, wegen der Schwangerschaft. Ich kann jetzt schon nicht mehr so gut stehen. Und wenn das vorbei ist, dann weiß ich nicht, woher ich das Geld nehmen soll. Außerdem... Ich hab doch keine Möbel... keinen einzigen Stuhl, nichts!«

Frau Sonneberg lachte. »Das hört sich an, als wäre man gesetzlich verpflichtet, möbliert zu wohnen. Sie können sich doch alles nach und nach anschaffen. In irgendwas müssen Sie ja zur Zeit nachts auch liegen?«

»Ja. In einem Schlafsack auf einer Isomatte.«

»Na also. Das hätten Sie dann weiterhin, aber Ihre eigenen vier Wände rundum und eine Heizung, fließendes Wasser und ein eigenes Klo. Eine Dusche gibt's in der Wohnung nicht, das ist noch eine der wenigen ohne... Aber das könnten Sie ja auch eines Tages machen lassen. Bis dahin benutzen Sie unsere Gemeinschaftsduschen. Oder Andrea würde Ihnen doch wahrscheinlich gestatten, bei ihr zu duschen. Ich meine nur, wenn Sie das Baby erst haben...«

»Ich dachte, ich muss irgendwie feste Einnahmen nachweisen?«

»Im Prinzip ja. Es müsste eben gewährleistet sein, dass Sie die Miete immer aufbringen. Sehr hoch ist die wirklich nicht. Bekommen Sie nichts vom Staat?«

»Ich hab nie… Das ist schwer zu erklären. Also nein.«

»Gut, Sie können ja noch mal mit den anderen Mietern darüber sprechen. Entschieden wird das sowieso von den Einwohnern des betreffenden Hauses gemeinsam. Ich dachte nur…« Frau Sonneberg nickte ihr zu und wandte sich zum Gehen.

Lilly hielt sie fest: »Und der Hund? Den schaffe ich bestimmt nicht ab!«

Beide blickten hinunter zu Caligula. Er guckte mit seiner spitzen Mauseschnauze sorgenvoll hinauf.

»Hunde haben wir hier viele. Den könnten Sie gern behalten…«

Innerhalb weniger Tage änderte sich einiges am Mönckebrunnen. Goofy erlitt plötzlich einen Herzanfall und kam in ein Krankenhaus. Kurt erhielt ganz unerwartet über einen alten Bekannten eine feste Anstellung in Boberg als Hausmeister mit Wohnung – wenn auch im Keller.

Dann kam Baba am Abend zu Lilly, die gerade, auf ihrem Deckenknäuel sitzend, ihr Abendbrot mit Caligula teilte.

»Kanns miä ma 'n Tipp gem, wasssich machn soll?«

»Klar. Setz dich«, bot Lilly gastfreundlich an und zog ein Stück Decke für Babas dünnen kleinen Popo zurecht. »Worum geht es?«

Baba hatte an diesem Tag ihren Verband abmontiert. Noch sah ihre kleine Stülpnase etwas geschwollen aus, und nach wie vor bemerkte man grünbraune Blutergussreste unter den Augen.

»Ja, dass so. Pass ma auf…«

»Ich pass auf.«

»Du kenns doch Benno? Hass ihn jenfalls schon ma gesehn. Weissoch, deä immä so guckt…«

»Sicher. Sieht gut aus. Den finde ich sehr nett.«

»Ö?! Nee, ma ohne Flaks jetz?«

»Ohne jeden Flachs, Baba. Was ist mit dem?«

Es stellte sich heraus, dass Benno eine Chance hatte, in Marmstorf eine Lehre als Bäcker anzufangen. Er würde ein Dachbodenzimmer bewohnen dürfen. Unter dem Eindruck derart blühender Zukunftsaussichten hatte er sich offenbar ein Herz gefasst, dem puren Gucken das Reden hinzugefügt und Baba eine Art Antrag gemacht: Sie sollte mitkommen in das Dachbodenzimmer. Brötchen würden sie genug haben.

»Was sollich nu machn?«

»Komisch. Als dir neulich der Typ begegnet ist, der dir auf die Nase gehauen hat, da hast du nicht lange nachgedacht. Da bist du mitgegangen.«

»Vor den hattich auch keine Angs.«

»Hättest du aber haben sollen.«

»Nee. Da wusse ich, wo ich an bin und wassas füä ein is. Ich kannte den ja schon. Das 'n Schwein un Schluss. Abä nu Benno?«

»Ich glaub nicht, dass der ein Schwein ist.«

»Ich auch nich. Ich glaub, deä is ürgnwie anständich!«, stieß Baba hervor und knetete ihre schmutzigen kleinen Hände.

Lilly begriff nicht: »Was ist denn bloß dein Problem? Kannst du anständige Männer nicht leiden?«

»Ich weissas nich. Ich kann die ürgnwie nich glaubn. Un ich denk denn, ich bin schlauä. Un denn wer ich vielleich 'n Schwein. Ich weissas nich. Ich glaub, ich kannas nich in gut!«

»Bevor du es ganz bleiben lässt, solltest du es jedenfalls mal versuchen, finde ich. Vielleicht geht es einfacher, als du denkst. Vielleicht macht es Spaß, eine Partnerschaft in gut zu führen. Probier es doch mal aus. Hinschmeißen kannst du immer noch«, schlug Lilly vor.

Baba nickte so betrübt, als hätte sie sich gerade entschieden, sich einer schmerzhaften Operation zu unterziehen. »Un – sehn wiä uns ma?«

»Ganz bestimmt. Versprochen, Baba. Egal, wie das mit uns weitergeht, wir sehen uns immer wieder. Du musst doch die

Raupe kennen lernen, wenn sie endlich da ist! Hat Benno schon eure neue Adresse? Ja? Dann muss er sie mir geben. Und ich schreibe zuerst, auf jeden Fall. Marmstorf? Mensch, ihr geht alle nach Süden, scheint mir…«

Nicht immer bekam Lilly für den Zeitungsverkauf einen Hocker. Manchmal musste sie stundenlang stehen, zwar irgendwo an eine Hauswand gelehnt, aber trotzdem. Ihre Füße schwollen immer öfter schmerzhaft an dabei.

»Ich kann nicht mehr!«, sagte sie in der dritten Januarwoche zu Jonny von Hinz & Kunzt.

Der war richtig beruhigt: »Ist auch besser, Libelle. Kannst ja später wieder verkaufen, wenn dein Kind da ist. Hast du mit Karsten gesprochen?«

»Oh, wir sind im Gespräch«, versicherte Lilly.

Und wovon lebe ich inzwischen?, fragte sie sich, als sie müde die Treppe der Altstädter Twiete hinunterhumpelte, neben sich den Hund. Sie machte seit einigen Tagen ohne ihre engen Freunde Platte. Ja, die anderen waren eigentlich auch alle nett, aber nicht so vertraut.

Sie besuchte Andrea jetzt nicht mehr so oft, weil die immer sofort von der Wohnung über ihr anfing. Inzwischen war sie so weit, dass sie Lilly die Miete ›vorstrecken‹ wollte. So weit kam es gerade noch!

Lilly richtete sich mühsam auf und stützte eine Hand in ihren schmerzenden Rücken unter dem Rucksack. Da blieb ein Mann mit schwarzem, dickem Schnauzbart vor ihr stehen und blickte ihr interessiert ins Gesicht. Was wollen denn jetzt schon Türken von mir?, dachte Lilly erstaunt. Aber dann erkannte auch sie den Mann, und sie fiel ihm ganz spontan um den Hals – sehr von ihrem Bauch behindert.

»Sie sind das! Wie schön, Sie zu treffen! Wie geht es Ihnen?«

Der Mann freute sich auch, sie zu treffen. Dann fiel ihnen auf, dass sie noch nicht einmal ihre Namen kannten und sie stellten sich einander vor: Hasan Büyükisan hieß der Mann, der Lilly vor mehreren Monaten in der U-Bahn beigestanden hatte, als sie drangsaliert wurde.

»Ist Baby bald da? Vater freut sich schon?«, vermutete Hasan.

Lilly schüttelte den Kopf. »Dass der Vater von meinem Kind tot ist, hab ich erfahren, kurz bevor wir beide – Sie und ich – uns kennen gelernt haben.«

Daraufhin ließ Herr Büyükisan erschüttert seinen Schnauzbart hängen und beide gingen in die nächste Kneipe, um ein Mineralwasser zu trinken. Lilly musste so ein bisschen erzählen, wie es mit ihr aussah.

»Du brauchs Arbeit in Sitzen!«, teilte Hasan ihr streng mit. »Komm mal mit!«

Er packte sie in seinen Wagen, eine dicke, altmodische schwarze Limousine, ließ fast den Hund am Straßenrand stehen, weil er nicht realisierte, dass der zu Lilly gehörte, und fuhr anschließend mit ihr nach Ottensen. Hier parkte er in einem Hinterhof und zeigte Lilly nicht ohne Stolz seinen Betrieb: eine kleine Änderungsschneiderei, in der seine freundlich lächelnde dicke Frau, seine melancholisch lächelnde, sehr hübsche schlanke Tochter, seine weniger lächelnde, energische dicke Schwester sowie eine ganz besonders lieb aussehende kleine Oma arbeiteten.

Hasan erklärte kurz auf Türkisch, worum es ging. Die Tante stand schon auf und rückte einen Lederhocker zurecht, wies mit der Hand darauf, Lilly sollte sich setzen. Sie beäugte Caligula misstrauisch (er merkte das und setzte sich bescheiden in die Nähe der Tür) und reichte Lilly einen Rock, dessen Seitennähte aufgetrennt waren. »Hier – können Sie die Fäden herausziehen? Alle Fädchen in diesen kleinen Eimer werfen…« Sie sprach ein viel besseres Deutsch als Hasan selber, und das taten alle weiblichen Familienmitglieder bis auf die kleine Oma. Die sprach ausschließlich Türkisch, stand indessen auf und streichelte Lilly die Wangen, und damit sagte sie auch sehr viel.

Nach und nach verstand Lilly, dass sie offenbar mit sofortiger Wirkung einen festen Job in dieser Änderungsschneiderei innehatte. Herr Büyükisan nahm sich einen Zettel, murmelte und rechnete, tauschte sich mit seiner Frau, seiner Schwester und der Oma aus und teilte Lilly zum Schluss mit, sie würde monatlich vierhundert Euro erhalten. Sie sollte so lange in seiner Schneiderei arbeiten, wie das Schicksal es wollte, vielleicht, bis ihr Kind ein großer, erwachsener Mann sei. Vielleicht auch nicht so lange. Wie Allah es bestimmte...

Lilly legte los mit Fädchenabzupfen, so schnell und sauber wie möglich. Später fragten Frau Büyükisan und ihre Schwägerin, die Chadidscha hieß, ob Lilly mit dem Trennmesser umgehen könnte. Lilly wies zwar nicht auf ihre Eins in Handarbeit hin, zeigte sich jedoch so geschickt, dass ihr Familie Büyükisan getrost das Trennmesser überließ.

Es war warm in der Schneiderei, Lilly zog auf der Toilette ihre geklaute Herrenhose aus und trug nun – herrlich bequem – nur noch ihr Plüschkleid. Sie konnte bei der Arbeit sitzen! Sie durfte so oft aufs Klo, wie sie wollte! Und sie bekam ein festes Geld, so lange, wie Allah wollte!

Die weiblichen Büyükisans unterhielten sich bei der Arbeit leise – teilweise auf Türkisch, teilweise aber auch, vielleicht aus Höflichkeit Lilly gegenüber, auf Deutsch und mit der neuen Mitarbeiterin. Im Hintergrund dudelte fortgesetzt leise orientalische Musik, denn das liebte die kleine Oma. Die hieß, wie sich herausstellte, Fatima (wie übrigens auch die hübsche, traurige Tochter), besaß eine dunklere Haut als ihre Verwandtschaft und für eine so alte Dame unwahrscheinlich große dunkelbraune Augen. Ihr Vater war kein Türke, sondern Araber gewesen, Schiite, verriet ihre Tochter Chadidscha.

Lilly überlegte, was sie über Schiiten wusste. Religiöse Fanatiker? Vorsicht, sagte sie sich, Professors Lehre von der Realität der Perspektiven dürfte ganz besonders auf die Glaubensebene anzuwenden sein...

Oma Büyükisan erzählte ihr etwas auf Türkisch, ihre Schwiegertochter übersetzte: Fatima war der Name der jüngsten Tochter des Propheten Mohammed. Nur von ihr stammen die männlichen Nachkommen des Propheten, sie ist die Imamah, die Königin der

Frauen im Paradies. Und Oma Büyükisan, die ja selber so hieß, pflegte hin und wieder Träume von Fatima zu erhalten. So auch in der vergangenen Nacht. Was das für ein Traum gewesen war, sagte sie nur ihrem Sohn Hasan. Immerhin hatte es ihn offensichtlich dazu gebracht, sich für irgendwelche hilfsbedürftigen Lillys verantwortlich zu fühlen.

Gegen vier Uhr nachmittags verschwanden die Mutter und die Tante aus dem Arbeitsraum in irgendwelche anderen Räume, aus denen Geschirrgeklapper drang sowie der betörende Duft nach angebratenen Zwiebeln mit Fleisch und frischem, zerquetschtem Knoblauch. Lilly blieb mit den beiden Fatimas, der Oma und der Tochter, alleine und arbeitete emsig weiter. Sie würde für sich und Caligula abends ein schönes Essen besorgen...

Plötzlich stand Fatima, die jüngere, vor ihr, legte beschwörend einen Finger an die Lippen und reichte ihr einen dicken, zugeklebten Brief, auf dem eine neue, ungestempelte Marke klebte. Lilly sah irritiert auf und bekam den Brief ungeduldig in die Hand gedrückt. Dann huschte das Mädchen zurück.

Lilly warf einen schnellen Blick auf die Anschrift: Aha, der Brief ging an Marius Habekost in der Holländischen Reihe. Da hätte Fatima junior ihn eigentlich auch zu Fuß hinbringen können.

Sie steckte den Umschlag in ihr Kleid, unter den Geldschal. Sollte sie das überhaupt tun? Betrog sie jetzt bereits ihren neuen Arbeitgeber? Lilly starrte nachdenklich vor sich hin, begegnete den großen Gazellenaugen der Großmutter und sah, wie die nickte und lächelte. Es schien so, als sei sie eingeweiht in die Geheimnisse ihrer Enkelin und damit einverstanden. Lilly arbeitete erleichtert weiter.

Gegen fünf riefen Frau Büyükisan und Chadidscha die Familie zum Essen. Es dauerte geraume Zeit, bis Lilly endlich kapierte, dass sie mit eingeladen wurde. (Der Hund übrigens nicht. Der musste im Nähzimmer bleiben.)

Hasan saß am großen runden Esstisch im Kreise seiner Familie, die größer war, als Lilly geahnt hatte: noch zwei kleine Töchter von vielleicht sieben und zehn Jahren und ein Söhnchen von zwölf, hübsche und wohlerzogene Kinder, die Lilly höflich begrüßten. Der Papa glänzte vor guter Laune, zerteilte für die Anwesenden das riesige Fladenbrot und wünschte: »Bismillah!«

Das Gericht aus geschmortem Hackfleisch mit Auberginen, Zwiebeln und Bulgur in einer Art Joghurtsauce schmeckte köstlich. Auf einem großen flachen Teller in der Mitte befand sich ein Salat aus kleingehackten Tomaten, Krautsalat und vielen Peperoni, in den jeder mit der Gabel hinein durfte.

Lilly wurde von den erwachsenen Büyükisans angefeuert zu essen. Nur der hübschen jungen Fatima schien es absolut egal zu sein, ob der Gast aß oder den Mund zusammenklemmte. Sie hatte auch mit ihrem Vater einen kleinen Streit auf Türkisch auszufechten, bei der ihr die Oma zu Hilfe kam. Nach dem Essen gab es schwarzen Tee aus einer großen Metallkanne in kleine Glasbecher.

Lilly, so satt, dass sie sich kaum noch bewegen konnte, bedankte sich bei ihren Gastgebern und bekam von Hasan zu hören: »Wir danken dir für dein Gastsein!«

Danach war Feierabend. Lilly spendierte dem Hund und sich selbst eine Bahnfahrt zum Schlump und steckte am Bahnhof Altona Fatimas geheime Post in einen Briefkasten. Sie stürmte zu Andrea und rief: »Ist die Wohnung über dir noch zu haben? Dann würde ich die Hausbewohner gern abstimmen lassen… Ich hab nämlich einen sitzenden Job!«

Und Andrea erwiderte, nachdem sie einmal kurz an Lilly geschnuppert hatte: »In einem türkischen Grill?«

Die Hausbewohner im Schröderstift waren Engel. Sie stimmten völlig demokratisch darüber ab, dass Lilly die Wohnung haben durfte, und sie zog in der folgenden Woche bereits ein. (Der Vormieter hatte es aus verschiedenen Gründen wirklich überaus eilig, woanders hin zu ziehen.)

Andrea war, wie erwartet, auch ein Engel und wollte Caligula tagsüber bei sich behalten. (Lilly konnte sich des Gefühls nicht erwehren, dass ihre neuen Arbeitgeber eine kleine Abneigung gegen Hunde im Haus hegten.)

Am ersten Abend, nachdem Andrea die Treppe hinunter verschwunden war, ging Lilly mit ihrem Hund in der leeren Wohnung umher. Ganz leer war sie übrigens nicht, der Vormieter hatte einige Regale an den Wänden gelassen, im kleinen Flur stand eine Kommode, vor dem Fenster im Wohnzimmer ein sehr alter, schäbiger Ohrensessel, und die Küchenmöbel waren praktisch alle am Platz geblieben: Die Küche, in die der Mann nun zog, schien komplett zu sein.

Die Dielen knarrten unter ihren Füßen, als Lilly hin und her lief. Gut, die kleine Toilette mit dem Waschbecken ließ sich nicht mit der von Andrea vergleichen – aber trotzdem: ein eigenes Klo! Sie knipste an den Schaltern: und eigenes Licht!

Lilly legte sich endlich in ihren Schlafsack auf den Boden, kraulte Caligula hinter den Ohren und sagte: »Das gehört jetzt uns, mein Alter. Ist das nicht wundervoll?«

Er fand es bestimmt auch wundervoll, aber er drehte auf möglichst taktvolle Art den Kopf beiseite. Genau wie Andrea schätzte er es nicht, dass Lilly neuerdings dauernd nach Knoblauch roch…

Eines Tages im Februar saß Lilly an der Arbeit in der Schneiderei, als in ihrem Bauch plötzlich etwas Seltsames passierte: Es tickte. Es tickte mit relativ hoher Frequenz, vielleicht wie ein großer, alter Wecker oder wie eine schnelle Pendeluhr.

Lilly sprang auf, hielt ihren Bauch fest und starrte erschrocken um sich. Die weiblichen Mitglieder der Familie Büyükisan – bis auf die junge Fatima – sprangen ebenfalls auf und umringten Lilly, wobei sie lebhaft in zwei Sprachen schnatterten. Im Wesentlichen wollten sie natürlich wissen, was los sei. Lilly versuchte es, so gut sie es selbst verstand, zu erklären. Fing so die Geburt an? Waren das etwa Wehen? Dann schienen sie ihr weniger schmerzhaft und sehr viel ulkiger, als sie erwartet hatte.

Nacheinander legten Mama Büyükisan, Oma Büyükisan und die Schwägerin (die doch selbst gar keine Kinder hatte, aber wahrscheinlich Erfahrung mit anderer Leute Schwangerschaften) die Hände auf Lillys Bauch, eine nach der anderen fing an zu ki-

337

chern, und sie stimmten mit ihrem Urteil völlig überein: »Hütschkirik!«

Wie bitte?

»Hütschkirik!« – und noch mehr Gelächter.

Lilly verstand überhaupt nichts. Immerhin, besonders gefährlich schien es nicht zu sein bei so viel Heiterkeit.

Mama Büyükisan blätterte schon im kleinen gelben Wörterbuch
und hielt es ihrer Hilfskraft unter die Nase. **Hıçkırık,** las Lilly:
Schluckauf.

Und dann wurde ihr endlich klar, dass die kleine Raupe in ihrem
Leib sich offenbar zu schnell und zu sehr voll gefressen hatte mit
all dem köstlichen Zeug, das Mama neuerdings lieferte. Wenigstens ihr schien der Beigeschmack von Knoblauch nichts weiter
auszumachen.

Lilly bekam von den Mitgliedern der großen Familie des Schröderstifts nach und nach einige Möbel geschenkt oder vermittelt
(sogar ein Bett mit Matratze, wenn auch alt und quietschig, das
eignete sich wirklich nur zum allein darin schlafen) und schaffte
ein paar dringliche Babysachen für den Anfang an. Als Babybettchen musste zunächst mal eine Umzugskiste herhalten, die Andrea
mit einem Stück Schaffell ausgepolstert hatte.

Lilly strickte auch wieder, und zwar zunächst mal nicht für die
Raupe, obwohl es bitter nötig gewesen wäre. Sie strickte vielmehr
ihr Gewissen frei und fertigte einen bildschönen apfel-schilf-oliv-
grünen Pullover im Norwegermuster an, den sie an den Blaueichenweg achtundzwanzig schickte. Auf dem Absender vermerkte
sie ihre neue Adresse und den Namen Lilly Jahnke. Sie legte keinen Brief bei, weil sie nicht wusste, wie sie sich bei Püppi entschuldigen sollte.

Lilly wohnte gern im Schröderstift und sie arbeitete gern bei
Familie Büyükisan. Sie wusste, dass sie sich jetzt endlich konsequent um die Geburt der Raupe kümmern sollte – sich von Sara
den Weg zur Entbindungsklinik in Geesthacht zeigen lassen, bei-

spielsweise. Oder Karsten, dem Sozialarbeiter von Hinz & Kunzt, ihre Geschichte erzählen und fragen, was für Möglichkeiten ihm so vorschwebten.

Sie tat jedoch nichts in dieser Art. Sie schob es vor sich her, sie fand jeden Tag eine neue Entschuldigung. Im Übrigen sah es sowieso aus, als würde sie dieses Kind niemals zur Welt bringen.

Lilly hatte allmählich den Eindruck, seit mindestens dreizehn oder vierzehn Monaten schwanger zu sein – warum nicht noch länger? Sie hatte sich mit ihrem Bauch längst arrangiert, viele kleine Tricks und Kniffe gefunden, ihn zu umrunden. Und als Stütze für ein Buch oder ihre Teetasse würde er ihr einfach fehlen. Manchmal hatte sie den Verdacht, sie sei gar nicht wirklich schwanger, sondern hätte nur ein stetig wachsendes Geschwür im Bauch. Sie hatte mal das Bild einer Russin mit so einem Geschwür gesehen, die brauchte zum Schluss für ihren Bauch eine Schubkarre. Na, andererseits hatte Sara ja einen Herzschlag gehört. Und auch der ab und zu auftretende Hütschkirik sprach gegen die Geschwür-Theorie.

Am einundzwanzigsten März – die Tage wurden nun deutlich länger und heller – trabte Lilly abends von Familie Büyükisan zum Bahnhof Altona. Ausnahmsweise war Caligula an diesem Tag bei ihr, weil Andrea eine Verabredung mit dem Besitzer des Wolle-Ladens in der Grindelallee hatte, um noch einmal um den Preis zu feilschen. Lilly watschelte gerade über die Karl-Theodor-Straße, als ein heftiger, krampfartiger Schmerz sie völlig unerwartet zum Stehenbleiben zwang. Caligula fiel auf, dass etwas nicht stimmte. Er blieb auch stehen und guckte fragend.

»Ich weiß nicht ...«, murmelte Lilly. »Vielleicht ...«

Wo hatte das gesessen? Im Bauch – oder mehr im Rücken? Ein wenig hatte es sich angefühlt wie die fast vergessenen Krämpfe der Menstruation, nur hemmungsloser.

Falls das nun also die Geburt wird, dachte Lilly, weitergehend, dann hab ich, soviel ich weiß, sehr viel Zeit. Ich kann bestimmt noch nach Hause fahren. Nach allem, was ich gehört habe, dauert es beim ersten Mal ...

Aber sie konnte den Gedanken nicht zu Ende bringen, weil derselbe Schmerz sie schon wieder überfiel, nur heftiger. Sie umspannte ihren Bauch mit beiden Händen und winselte leise. Der Hund legte den Kopf schief und wedelte ermutigend.

Dieser Schmerz war noch nicht richtig verklungen, da kam der nächste, wieder mit einer Steigerung. »Aua!«, rief Lilly empört. »O Gott, o Gott...«, fügte sie ängstlich hinzu, denn sie begann gerade zu begreifen, dass sie die ganze Angelegenheit ein wenig unterschätzt hatte.

Nun passierte es also doch mitten auf der Straße und das durch ihre ganz persönliche Feigheit! Nötig wäre es längst nicht mehr gewesen.

Sie beschimpfte sich innerlich kräftig und eilte mit langen Schritten dem Bahnhof zu. Sie musste unter anderem wieder mal einen Brief für Fatimas geheime Romanze einwerfen. Vielleicht schaffte sie es ja doch noch – vielleicht gab es jetzt eine Pause...

Die nächste Wehe war so entsetzlich, dass sie einen Brechreiz verursachte und Lilly sich zusammengekrümmt an eine Hauswand lehnen musste. Das... dachte sie, während ihr die Tränen ganz von selbst über das Gesicht liefen, ist... aber... eine... ganz... besonders... scheußliche... Art... zu... sterben...

Sie wimmerte mit zusammengebissenen Zähnen. Sie war beinah bis auf den Boden gesackt, ihr war sehr heiß geworden, und Caligulas nasse, kalte kleine Nase, die er auf ihrer gesenkten Stirn umhertupfte, wirkte erfrischend.

Was soll ich tun?, fragte sie sich. Doch der Schmerz und die Angst benebelten ihr Denkvermögen, sodass sie innerlich immer nur den Satz wiederholen konnte: Was soll ich tun? Was soll ich tun?

Durch Haarsträhnen blinzelnd glaubte sie eine Frauengestalt zu erkennen, die in einem langen Mantel und mit einem Tuch um den Kopf an ihr vorbeischritt. Eine Türkin? Warum blieb sie nicht stehen und fragte, ob sie helfen könnte?

Lilly hob mit Anstrengung den Kopf und sah hinterher. Was da ging, war völlig unzeitgemäß in ein wallendes blaues Gewand gekleidet. Sollte es etwa die Maria persönlich sein?

Maria oder auch nicht verschwand durch einen Torweg in einem Hinterhof. Lilly raffte sich in der nächsten Schmerzpause hoch und stolperte hinterher. Im Hinterhof war niemand mehr. Irgendein Geschäft befand sich hier, ein Fahrradladen oder so ...

Lilly konnte sich nicht groß umsehen, weil ihr ein Grizzlybär mit seinen Pranken den Unterleib aufriss. Sie rutschte wieder zusammen, auf den Boden, stützte sich mit den Händen ab und stöhnte laut.

Nach einer Weile hörte sie hinter sich Schritte, da kam jemand – zwei Menschen betraten den Hinterhof. Zwei Frauenstimmen plauderten miteinander, verstummten plötzlich – jetzt hatten sie Lilly entdeckt.

»Was haben wir denn hier?«, meinte die eine.

»Ich glaube, die kenne ich nicht – halt mal fest hier, Annegret. Wer bist du denn?«, fragte die andere, während sie Lilly vorsichtig zurück auf die Füße half.

Lilly keuchte nur ihren Vornamen heraus, zu mehr fehlte ihr die Puste.

»Lilly also. Seit wann hast du Wehen?«, fragte jetzt wieder die erste. Sie hörte sich fast so an, als hätte sie seit Wochen auf diese Geburt und auf Lilly gewartet.

»Vielleicht ... Viertelstunde ...«

»Und es ist schon sehr schlimm? Tut sehr weh? Wie viele Wehen waren es in dieser Zeit?« Während sie fragten, schafften die beiden Frauen Lilly, halb tragend, durch eine Tür und eine Treppe hinauf.

Lilly musste sich furchtbar auf die Antwort konzentrieren. »Sechs oder sieben ...?«

»So viele starke Wehen schon gleich am Anfang? Dann sind dir bestimmt die leichteren Eröffnungswehen entgangen ...«

Lilly verstand, dass sie es mit Profis zu tun hatte. Wo schafften die sie hin? Gab es hier etwa so eine Art Krankenhaus? Sie flüsterte bittend: »Keine Ärzte! Bloß keine Ärzte ...«

Die größere der Frauen strich Lilly beruhigend über die Stirn: »Keine Sorge, hier sind keine Ärzte. Ein Arzt darf gesetzlich keine

Geburt ohne Hebamme leiten, aber Hebammen dürfen sehr wohl ohne Ärzte Geburtshilfe geben. Bis es Komplikationen gibt, jedenfalls.«

Der nächste Hieb traf Lilly, sie knickte weg, mitten auf der Treppe. Die Kleinere hielt sie geschickt mit beiden Händen an den Schultern, sodass Lilly gewissermaßen dagegen hängen konnte. »Atmen!«, sagte sie. »Atmen!«

Lilly schnappte nach Luft wie eine Flunder auf dem Fischmarkt.

»Sie hat nicht atmen gelernt!«, bemerkte die größere Frau kopfschüttelnd. »Hast du keine Geburtsvorbereitungen gemacht, Lilly?«

Die schüttelte den Kopf. Der Schmerz ließ nach, sie entkrampfte sich ein wenig.

»Na, wie auch immer. Dann wollen wir mal...« Sie zogen Lilly durch eine Wohnungstür. Im Treppenhaus davor standen Regale mit Filzpantoffeln in jeder Größe, wie am Museumseingang.

»Nein, Freundchen, du musst draußen bleiben!«, bekam Caligula wieder einmal zu hören. Er legte sich resigniert vor die Schuhregale, die Schnauze auf den Pfoten, die Tür wurde geschlossen.

»Wo bin ich hier?«, fragte Lilly verwirrt – denn eine normale Wohnung war das offensichtlich nicht.

»Im Geburtshaus natürlich. Nun sag bloß, da wolltest du nicht hin?«

»Was ist das...?«

Beide Frauen lachten leise. »Das Geburtshaus? Das ist genau das, was du gerade brauchst!«

Beim Ausziehen stießen die beiden Hebammen auf den Geldschal und den Brief. Beim ersten murmelte Lilly: »Trennen Sie das bitte auf. Da ist Geld drin für Sie. Also für die Geburt.« Und beim zweiten: »Der muss unbedingt heute noch in den Briefkasten, sonst macht Marius sich Sorgen um Fatima...«

Lilly kam in ein sehr schönes Zimmer mit gelben Gardinen und gelbem Bettüberwurf auf einem breiten Bett. Neben dem Bett hing eine große Stoffschlaufe von der Decke.

Die zierliche, dunkelhaarige Frau, Annegret, beschäftigte sich eine Weile mit Untersuchungen, teilte der anderen mit: »Ungefähr zwei Zentimeter Öffnung, also blinder Alarm war das nicht«, und wollte von Lilly wissen: »Wann ist denn dein Geburtstermin?«

»Ich weiß es nicht«, sagte Lilly erschöpft. »Ich war ja nie beim Arzt.«

Die Hebammen tauschten einen Blick. »Nie?!«

»Nein«, bestätigte Lilly schuldbewusst. Und dann fügte sie erstaunt hinzu: »Jetzt tut es nicht mehr weh. Seit dem Treppenhaus nicht mehr. Hat es aufgehört?«

»Das wollen wir doch nicht hoffen«, meinte die größere Hebamme, die Conny hieß, lachend. »Sag mal, bei dir scheint so dies und das nicht zu stimmen. Möchtest du denn das Baby überhaupt haben, Lilly?«

»O ja. Unbedingt. Gerade weil ich es haben möchte, stimmt ja so dies und das nicht.«

»Na, dann ist doch jedenfalls das Wichtigste in Ordnung!«, sagte Annegret zufrieden.

Lilly wurde eingeladen, in eine große Badewanne zu steigen, die von außen wunderhübsch mit einem Mosaik in verschiedenen Gelbtönen beklebt und von innen mit angenehm warmem Wasser gefüllt war.

Danach setzten die Wehen langsam wieder ein. Diesmal nicht so gewalttätig wie am Anfang, sondern mit einem rhythmische Ziehen, das sich ertragen ließ. Im Lauf der folgenden Stunden verstärkte sich dieses Ziehen ziemlich gleichmäßig. Conny und Annegret erklärten Lilly, wie sie atmen sollte, um am besten mit dem Schmerz fertig zu werden. »Wenn du es ganz richtig machst, dann fällst du nicht von der Welle, sondern du hebst dich mit ihr. Wir hatten mal eine Frau hier, die hat es geschafft, beinah jedes Mal mit dem Schmerz zu verschmelzen, das war ganz unglaublich zu beobachten. Die hat bei den Wehen wirklich gelächelt, das war kein Getue…«

So weit schaffte Lilly es nicht. Sie übte sich immerhin darin, auf der Welle zu reiten. Nun kam es angerauscht, näher, ganz nahe,

343

wollte über sie wegrollen, und sie atmete so tief und ruhig aus, dass sie gewissermaßen oben auf dem Schmerz blieb, nicht zu tief hineinfiel.

»Man braucht viel Konzentration dazu«, teilte sie Annegret in einer Wehenpause mit. Die nickte. »Ich weiß. Gestern hatten wir eine Frau hier, der hat ihr Mann beigestanden. Das ist bei uns ja meistens so, und eigentlich ist es für die ganze Familie immer ein großes Glück. Aber manchmal... Also der gestern... Meistens reden Männer ja zu wenig, und dann, wenn es ganz falsch ist, viel zu viel. Die Ärmste konnte nicht besonders auf sich selber achten.«

Lilly lachte ein bisschen und dann konzentrierte sie sich wieder auf die Arbeit. Denn so hatte Annegret es genannt: »Was du hier leisten sollst, ist Geburtsarbeit. Wir können nur behilflich sein.«

Noch am Anfang des Abends wurde Lilly gefragt, wer denn benachrichtigt werden sollte. Zuerst antwortete sie, niemand, doch dann kam ihr der Gedanke, darum zu bitten, dass man Andrea Bocks Nummer von der Auskunft erfragen sollte.

Später sagte Conny: »Also, viele Grüße von Frau Bock, sie findet es ganz prima, dass du bei uns bist. Wir sollen noch mal Bescheid sagen, wenn du uns verlassen willst, dann kommt sie dich abholen. So, und dann möchte ich dir noch mitteilen, deinem kleinen Partner vor der Tür haben wir zwei Toastbrote mit Mettwurst gegeben und ein Schälchen Wasser sowie eine Decke, ich glaube, er schläft jetzt. Spazieren war auch jemand mit ihm, damit hier im Treppenhaus kein Unglück passiert, und dabei ist der Brief eingeworfen worden, damit Fatima und Markus bloß nicht unglücklich werden!«

»Marius...«, verbesserte Lilly dankbar.

Nach vier Uhr morgens wurden die Wehen wieder heftiger, und nach einer Zeit des Übergangs kneteten sie Lilly durch wie riesige Haken einer Küchenmaschine. Annegret und Conny wurden durch zwei andere Hebammen abgelöst, Jana und Gaby.

Lilly hing inzwischen mit beiden Armen in der Stoffschlaufe neben dem Bett. Sie hätte nichts lieber getan, als zu liegen, weil sie sich vollkommen kraftlos fühlte.

Jana sagte: »Wenn du es möchtest, kannst du dich hinlegen, aber ich würde dir gern abraten. Es ist so ziemlich die albernste Haltung für eine Geburt, außer vielleicht Kopfstand, weil du der Schwerkraft dadurch nicht erlaubst, dir zu helfen.«

Dann kamen die Presswehen, dunkelrot, dröhnend und gnadenlos. Lilly konnte ihren Atem nicht mehr kontrollieren.

»Nicht pressen! Du darfst nicht pressen, wir brauchen noch einen Zentimeter mehr Öffnung, sonst wird der Kopf dagegen gepresst und du schwillst zu!«, erklärte Gaby.

»Ich presse doch gar nicht. Ich werde gepresst!«, stöhnte Lilly erschöpft.

»Hecheln!«, riefen die beiden Hebammen und machten es vor.

»Wenn du kurz und stoßweise atmest, dann kann ›es dich‹ nicht pressen. Denk doch mal an deinen kleinen Hund da draußen«, riet Jana. Das war eine gute Idee. Wie Caligula das machte, hatte Lilly oft genug beobachtet. Sie hechelte jetzt zufrieden stellend, bis auf eine Kleinigkeit: »Die Zunge darfst du dabei gern im Mund lassen.«

Gegen halb sieben dämmerte der Morgen durch die Fenster, und Lilly sollte nun endlich: »Pressen! Feste! Ordentlich!« Dabei hatte sie dafür doch überhaupt keine Kraft mehr. Armes Baby, dachte sie müde, für dich ist das alles bestimmt auch nicht gerade witzig…

Dann kam ein ganz entsetzlicher Schmerz, der alles Vorherige zu übertrumpfen versuchte. Lilly schrie, sie kreischte über diese Zumutung – und glaubte ein krähendes Echo zu hören.

»Na, da ist sie ja. Ein hübsches kleines Mädchen. Alles dran…«, sagte Gaby. »Herzlichen Glückwunsch, Lilly, schau mal, hier ist deine Tochter!«

»Hallo, Raupe!«, sagte Lilly leise. »Jetzt sieht man dich ja endlich mal…«

Das Baby schaute rot und verschwollen aus wie ein Boxer nach dem Kampf, die Augen ließ es lieber gleich zu. Klar, dich hat es hauptsächlich am Kopf getroffen, dachte Lilly. Sie begutachtete winzige rötliche Hände mit wohlmanikürten Fingernägeln – hattest du da drinnen eine Nagelfeile? –, die sich sofort besitzergreifend um ihren Finger schlossen, das Bäuchlein mit der gewundenen, bläulichen Nabelschnur, die drolligen kleinen Füße und schließlich das Gesicht der Raupe: Ein derbes Näschen schien das zu werden, der Mund war offenbar besonders breit angelegt – »Du siehst deinem Papi unheimlich ähnlich. Dich hätten wir den Lohmanns nie als ihresgleichen verkaufen können, auch ohne Sterilisation nicht.«

Die Raupe gähnte mit zahnlosem Gaumen und versuchte dann, Lillys streichelnde Hand zu ihrem Mund zu ziehen. Eine der Hebammen half Mutter und Tochter, den ersten Schluck zu nehmen: »Erstens ist es gesund für die Kleine, da ist Vitalstoff drin, und zweitens hilft es, die Nachgeburt auszustoßen, durch die Hormone, die sich dabei bilden... Wie soll sie denn heißen?«

Eigentlich heißt sie ja schon Raupe, dachte Lilly. Aber sie sagte: »Maria. Maria Fatima Jahnke. Ist das nicht ein schöner Name?«

Andrea holte Lilly, die kleine Maria und Caligula mit einem Taxi vom Geburtshaus ab. Es stellte sich heraus – nachdem sich der erste Schock der Hebammen gelegt hatte, weil Lilly selbst bezahlen wollte, anstatt das einer Krankenkasse zu überlassen –, dass sie weniger als die Hälfte ihres Schalgeldes bezahlen musste. Deshalb versprach sie auch ganz fest, bestimmt zur Nachsorge wieder zu kommen.

»Warum haben die dich eigentlich so total früh schon wieder rausgeschmissen?«, wunderte sich Andrea. »Bisschen heavy, oder?«

»Das machen die immer so. Sie sagen, so drei bis vier Stunden nach der Geburt haben die Mütter noch genug Adrenalin im Blut und sind wach und gut zu transportieren. Später setzt dann die Müdigkeit ein. Da hättest du mich die Treppe runtertragen müssen...«

»Hätte ich glatt gemacht. Wie bist du nur auf dieses Geburtshaus gekommen? Du hast nie was davon erzählt. Wenn ich das vorher gewusst hätte... Ich hab mir immer Sorgen gemacht...«

»Ich bin nicht auf das Geburtshaus gekommen. Das Geburtshaus ist irgendwie auf mich gekommen«, sagte Lilly.

Im 18. Kapitel

feiern wir ein Wiedersehen und einen Brief –
wundern uns über das sagenhafte Glück mancher Menschen –
machen uns juristisch schlau –
und genießen die Sonne am Mönckebrunnen

An einem stürmischen Apriltag lag Lilly auf ihrem quietschenden Bett, die kleine Raupe im Arm, Caligula auf den Füßen und Andrea auf der Bettkante, als es an der Tür klingelte.

Andrea ging öffnen, gefolgt vom Hund. Vor beiden stand eine schlanke junge Frau mit rotblondem Haar und schmalen hellblauen Augen, die einen kleinen Koffer trug. »Hallöchen, ich möchte zu Lilly. Also zu Frau Jahnke«, sagte sie und zeigte beim Lachen spitze Eckzähne.

»Da hast du Glück. Frau und Fräulein Jahnke sind beide zu Hause«, antwortete Andrea und ließ Püppi herein.

»Sie schläft!«, sagte Lilly leise und lächelte Püppi entgegen. »Sie hat gerade gefuttert und jetzt ist sie eingedöst. Na, du?«

»Nö, ne?«, sagte Püppi bewundernd – aber leise – zur Raupe. »Wauwissimo! Da ist sie ja, mein Patenkind. Oder hast du sie etwa schon ohne meine Beihilfe taufen lassen?«

»Nein, keine Sorge. Du bist fest angemeldet. Sie ist ja auch gerade erst – warte mal – fünfzehn Tage alt. Ist sie nicht süß?«

»Unwahrscheinlich niedlich. Obwohl, ganz ehrlich gesagt, dir sieht sie nicht so sehr ähnlich, also auf den ersten Blick. Aber trotzdem süß.«

»Sie sieht aus wie Claudio in winzig. Was hast du denn da für ein Köfferchen? Willst du bei mir einziehen? Hat Harry dich rausgeschmissen?«

»Im Gegenteil. Er ist gestorben. Am ersten Februar.«

»Harry lebt nicht mehr? Was ist passiert? Zieh doch mal den Mantel aus, Püppi, und setz dich – du hast doch hoffentlich etwas Zeit?«

Püppi erklärte, sie hätte einen freien Tag und sehr viel Zeit. Unter dem Mantel trug sie Lillys grünen Pullover: »Das Stück ist echt cool. Ganz herzlichen Dank, Lillybelle. Ich hab mich derart gefreut! Ja, also Harry. Er wurde immer schlimmer, nachdem du weggeblieben bist – na, das musst du mir sowieso noch mal alles erklären. Aber erst mal zu Harry. Erinnerst du dich noch an den Hubert? Du warst doch mal mit dem weg. 'n Freund von Harry, 'n ganz netter. Also, der hat mir gesteckt, dass der gute Harry neben mir noch 'ne Freundin hatte. Schon seit 'ner Weile. Eine Transportunternehmerin, flotte Frau, bisschen älter. Da ging dann wohl immer die Lucie ab bei den beiden, hat Hubert mir erzählt. Mit dem bin ich jetzt übrigens öfter zusammen. So, und am ersten Februar hat sie Harry mit einem ihrer LKWs überfahren. Im Rückwärtsgang.«

»Mit Absicht oder aus Versehen?«

»Darüber streiten die Gelehrten. Sie hatten wohl vorher Streit, das hat jemand gehört. Sie soll ihn ›Schweinsgesicht‹ genannt haben…«

»Ausgesprochen treffend.«

»Also die Frau sitzt im Gefängnis. Der Prozess kommt erst noch. Ich würde ja sagen, jeder, der Harry länger als 'n paar Stunden kannte, wollte ihn gern abmurksen. Ehrlich gesagt, ich bin ganz froh, dass sie's getan hat, mit oder ohne Absicht, auf die Art brauchte ich es nicht zu tun.«

»Soll ich mal Tee kochen?«, fragte Andrea, die interessiert zuhörte.

Lilly gab eine Kurzfassung ihrer Odyssee vom Verlust ihrer Handtasche an bis zur Geburt der Raupe.

»Ich fass das nicht! Du hast wirklich auf der Straße geschlafen? Und gebettelt? Mit Babybauch? Lillybelle, warum hast du mich denn nicht angerufen?«

»Um mich von Harry beschimpfen zu lassen? Zu der Zeit, als ich nicht wusste, wohin, hat der doch noch bei dir gewohnt. Außerdem hatte ich dich wirklich genügend ausgenutzt.«

»Quatsch! Du hast mich doch nicht – so ein Blödsinn!«, widersprach Püppi. Sie wurde richtig ärgerlich. Um sich zu beruhigen, holte sie ihren Koffer. »So, hier, guck mal, das sind alles deine Sachen. Unterwäsche, hier, zwei Pakete Strumpfhosen… dein ganzer Kosmetikkram, Harry wollte den ja wegschmeißen, ich hab ihn schön aufgehoben für dich. Die kleine Handtasche – 'ne graue Hose, 'ne blaue Hose, deine Stricknadeln alle und noch Wolle, sieh mal, ganz viele kleine Teile, die du für dein Baby gestrickt hast. Die kann sie jetzt genau tragen. Wie heißt die eigentlich?

»Maria Fatima.«

»Echt? Maria finde ich niedlich. Nennst du sie nur Maria oder Maria Fatima?«

»Ich nenne sie Raupe. Einstweilen noch. Und später sicher nur Maria. Ich hab sie nach der christlichen Maria so genannt.«

»Ich wusste gar nicht, dass du… Bist du fromm oder so was?«

»Ich bin vielleicht ein bisschen frömmer geworden. Die Maria hat mir von Anfang an sehr geholfen, sobald ich nicht mehr bei dir gewohnt hab. Sie ist ja auch hier gleich nebenan, also in der Kirche.«

Püppi starrte Lilly ein wenig ängstlich an. »Wie meinst du das?«

»Da sind Ikonen von ihr. Heiligenbilder.«

»Ganz ehrlich gesagt, ich wusste gar nicht, dass du in Kirchen gehst…«

»Bin ich früher auch nicht. Schau mal, was ich hier um den Hals trage. Das hat mir eine Frau auf dem Dom geschenkt, direkt, nachdem meine Handtasche weg war. Sie hat gesagt, das Medaillon würde mir Glück bringen und mich beschützen. Und das hat es wirklich getan.«

Püppi hob die Medaille mit spitzen Fingern hoch. »Echt? Das hat die dir einfach so geschenkt? Mit der Kette? Wie kam die denn dazu? Ich meine, was hat sie denn davon gehabt?«

»Das weiß ich auch nicht. Die Kette hab ich übrigens später bekommen, von jemand anderem.«

»Also die Maria hat dir geholfen. Kann ich verstehen, dass du dann deine Tochter so nennst. Außerdem ist das ja ein schöner Name sowieso. Aber warum ausgerechnet Fatima? Ach, wegen der türkischen Familie, bei der du gearbeitet hast?«

»Die sind so süß zu der Raupe, als wär' ich 'ne Verwandte von ihnen. Was sie jetzt hier anhat, diese roten Höschen, die sind von der Oma Büyükisan. Das ist so: Die Mutter von meinem Schneider heißt Fatima, und sie *glaubt* an Fatima – das war eine Tochter von Mohammed. Vielleicht versteh ich das ja alles falsch, aber mir kommt die ähnlich vor wie unsere Maria, in vielen Beziehungen. Und entweder hat Fatima mir auch geholfen, oder Maria als Fatima, verstehst du?«

»Weißt du, was mir dazu einfällt?«, mischte Andrea sich ein, die gerade Kekse auf einen Teller schüttete. »In Portugal gibt es einen Ort, der genau so heißt. Fatima. Und genau da hatten vor dem Ersten Weltkrieg drei Kinder eine Marienerscheinung. Seitdem ist das ein Wallfahrtsort. Ich könnte mir schon vorstellen, dass es da eine Verbindung gibt zwischen Maria und Fatima. Vielleicht denken sogar einige Leute, die das wissen, dein Kind heißt deshalb so.«

Püppi blickte verwirrt von einer zur anderen. »Ich glaube, ich nenne sie auch gern Raupe. Das klingt echt niedlich«, beschloss sie. Dann packte sie das letzte Stück aus, das noch im Koffer lag. »Hier, das ist ein Brief für dich. An meine Adresse. Der kam noch im Dezember. Ohne Absender. Ich hab ihn natürlich nicht aufgemacht, ich hab ja immer gehofft, du meldest dich noch mal...«

Lilly drehte den Brief in den Händen. Die Schrift war ihr unbekannt: Elisabeth Lohmann, c/o Petra Lüders... Sie schlitzte den Umschlag mit einem Fingernagel auf, nahm den Brief heraus und las. Und dann stieß sie ein lautes Gejodel aus, völlig ungeachtet der Tatsache, dass die Raupe doch schlafen sollte. Die verzog auch sofort schmerzlich das Gesicht und begann, kläglich zu quaken.

»Ach, Raupe, entschuldige – aber... Leute! Mädchen! Hund! Hört doch mal alle zu! Das ist von meinem Vater. Mein Vater schreibt... Also, ich hatte ihn damals von dir aus angerufen, Püppi, und er war nicht da, ich hab ihm was auf den Anrufbeantworter gesprochen, ich weiß gar nicht mehr genau, was... bestimmt hab ich gejammert. Und er schreibt, er war leider in Urlaub, er hofft, der Brief kommt nicht zu spät... Er dachte immer, ich will nichts von ihm wissen, das hatte meine Mutter ihm erfolgreich eingeredet.

Sie hat jede Art finanzieller Unterstützung von ihm immer zurückgeschickt, Unterhalt und Erziehungsgeld für mich und so was. Und stellt euch bitte vor – er hat mich trotzdem immer noch lieb behalten...«, Lilly quoll die Stimme vor Rührung, »er hat das ganze Geld beiseite gelegt und wollte es mir mal vererben, wenn er stirbt. Und er sagt, wenn ich es jetzt brauche, muss ich ihn nur anrufen, ich kann es sofort haben. Vierzigtausend Euro!« Lilly brach in Tränen aus. Die Raupe weinte immer wütender. Caligula kläffte. Andrea stürzte zum Bett und umarmte Lilly, die sofort rief: »Unser Wolle-Laden, Andrea! Unser Wolle-Laden!«

Püppi sah noch verwirrter von Lilly zu Andrea und bemerkte leise: »Na gut, die ist echt gar nicht so übel, deine Maria...«

Andrea lief sofort los, Sekt kaufen. Lilly rief ihren Vater an, um ihm zu danken und davon in Kenntnis zu setzen, dass er Großvater war. Als sie alle wieder beisammen saßen, tranken sie den Sekt aus zwei Senfgläsern und einem Plastikbecher; Lillys Geschirrschrank klang einstweilen noch recht hohl.

»Er hat sich so gefreut!«, wiederholte Lilly immer wieder. »Er hat sich so gefreut! Er will mich demnächst mal besuchen. Und ich soll mit der Raupe auch mal nach Berlin kommen...«

»Sag das bloß nicht deiner Mutter!«, warnte Püppi.

»Mit der hab ich seit acht Monaten nicht geredet. Wie geht es denn deiner Mutter?«, erkundigte sich Lilly.

»Meine Mutter? Ach, das ist ja überhaupt die tollste Geschichte – die wollte ich dir auch noch unbedingt erzählen. Also, ich sag mal, meine Mutter hat so ein sagenhaftes Glück gehabt, also so ein Glück – das hätte ich nie gedacht. Lillybelle, das hättest du auch nie gedacht!«

Lilly hatte der alten Frau Lüders tatsächlich nie besonders viel Glück zugetraut. »Hat sie den Kriminalkommissar a. D. von nebenan geheiratet?«

»Nö, der ist ja schon verheiratet mit so einer ganz seltsamen Spinatwachtel. Aber mit dem hat es schon zu tun. Ein Mann, den er mal ins Gefängnis gebracht hat, der war ausgebrochen, genau Weihnachten, als es so glatt war. Vorher ist meine Mutter nämlich noch auf der Straße ausgerutscht und hat sich den Knöchel angebrochen, tat echt gemein weh. Sie saß da und hat sich ausgerechnet, was sie von der Versicherung für den Knöchel bekommt. Ich hab mich um sie gekümmert, wenn ich nicht im Salon gearbeitet hab, also nach Feierabend. Aber der ausgebrochene Verbrecher ist schon um drei Uhr nachmittags gekommen, da war ich ja noch im Dienst, dafür konnte ich wirklich nichts, gerade Heiligabend hast du zu tun wie sonst das ganze Jahr nicht, weil natürlich alle Frauen Weihnachten besonders schick aussehen wollen, so schlimm ist das nicht mal zu Silvester oder zu Ostern oder zu irgendeinem anderen Fest… Also an sich können Friseure überhaupt nicht selber Weihnachten feiern, da kommen dann sogar noch Frauen an, die sich nicht mal angemeldet haben und halten das für selbstverständlich und meinen…«

»Und der ausgebrochene Verbrecher?«

»Ja, der wollte wohl den Kommissar und seine Frau alle machen. Aber er hat sich in der Wohnungsseite vertan. Kam über den Garten, also den Küchenbalkon. Und meine Mutter konnte nicht mal weglaufen, weil sie doch den kaputten Fuß hatte! Und da hat er mit einer Metallrute auf sie eingeprügelt… Als er dachte, sie ist tot, hat er wohl noch rumgesucht – er dachte immer noch, das war die Frau vom Kommissar – und als er niemand mehr fand, hat er vor Wut noch alles kurz und klein gehauen mit seinem Metallprügel, und dann ist er abgehauen. Der hat den Fernseher zerdeppert und eine Menge Möbel ruiniert und die Vitrine und die Vasen und das gute Geschirr und so weiter. Sie haben ihn inzwischen schon wieder geschnappt, der sitzt wieder im Gefängnis. Ja, und als ich zu meiner Mutter komme und klingele, macht sie nicht auf. Ich hatte einen Schlüssel und kam rein – die Wohnung sah aus! Alles kaputt und alles voller Blut! Und meine arme Mutter lag vier Tage lang im Koma. Das war vielleicht ein Weihnachten, kann ich euch sagen…« Püppi trank, in der Erinnerung schaudernd, einen großen Schluck Sekt.

Andrea und Lilly blickten sich an. »Und wo war nun das große Glück –?«

»Ach so, ja, das hat sich dann hinterher rausgestellt, und ich muss ganz ehrlich sagen, damit hatte ich in keiner Weise gerechnet. Also, als meine Mutter dann wieder zu sich kam und sie festgestellt hatten, was alles an ihr kaputt war – Wauwissimo! Das war leichter, die paar Teile aufzuzählen, die heil geblieben waren. Rollstuhl ist erst mal klar bis auf weiteres. Und einige Operationen folgen bestimmt noch. Aber jetzt kommt es: Alle ihre Versicherungen zahlen! Und echt großzügig! Ihre Wohnung wird seit Monaten umgebaut, alles behindertengerecht. Renoviert sowieso, weil ja überall ihr Blut hingespritzt war, sie hat sich derart süße Tapeten ausgesucht – die Wohnung sieht völlig anders aus. Und viele neue Möbel und neues Geschirr, alles viel schöner als vorher. Meine Mutter hat die besten Krankenhausaufenthalte, alles erster Klasse, sie hat Pflegerinnen rund um die Uhr, also ich besuch sie nur noch, um gepflegt mit ihr zu reden. Ihr Rollstuhl ist der modernste, den es gibt, mit kleinem Elektromotor und mit Joystick gesteuert, superleise und fährt wie auf Watte, sie hat mich das mal probieren lassen, ein einziger Genuss! Ist das nicht wie ein Wunder? Es hat sich alles gelohnt, ihr ganzes Darben und Geizen, um bloß immer die Versicherungen zu bezahlen. Meine Mutter ist restlos glücklich. Lillybelle, du kennst sie doch auch immer nur mit dieser Leidensmiene und ständig am Jammern, nicht? Du solltest sie jetzt mal sehen. Die Frau strahlt nur noch. Strahlt von morgens bis abends. So gut gelaunt war die ihr ganzes Leben lang nicht ...«

Und Andrea und Lilly stießen mit Püppi auf das sagenhafte Glück der alten Frau Lüders an.

Mit dem Geld von ihrem Vaters sah für Lilly alles ganz anders aus. Auf einmal konnte sie sinnvolle Pläne darüber machen, wie es mit ihr und ihrer Tochter weitergehen sollte.

Im Schröderstift wollte sie aus einer ganzen Reihe von Gründen wohnen bleiben: Ihr gefiel die nette, kameradschaftliche Atmosphäre der Wohnanlage. Sie hatte keine Lust, mit der Raupe irgendwo allein zu sein. Das Baby war bezaubernd und machte ihr unendlich viel Freude, aber es war anstrengender, als Lilly erwartet hatte und sie war glücklich, mit dem Kind nicht ganz auf sich gestellt zu sein. In der kurzen Zeit, die sie hier wohnte, hatte es sich schon ein paar Mal ergeben, dass Greta den kleinen Stepan zu ihrer neuen Nachbarin brachte, wenn sie plötzlich aus dem Haus musste, und an dem Tag, als Lilly endlich (gleich nach Ostern) zu einem richtigen Gespräch mit Karsten, dem Sozialarbeiter von Hinz & Kunzt, aufbrach, da übernahm Greta so lange das Baby.

Außerdem kam ihr das Stift vor wie eine kleine Oase in der Großstadt mit seinen Gärten und dem Teich, so, als hätte es sich ein wenig aus der Zeit erhalten, in der es sich noch vor den Toren befand und man hier nur das Muhen von Kühen, Froschgequake und Vogelgezwitscher gehört hatte. Gleichzeitig lag es angenehm zentral, wenige Schritte neben dem Schlump, etlichen Bushaltestellen und dem Sternschanzenpark, Planten un Blomen sowie die Außenalster konnte man mit dem Kinderwagen leicht erreichen.

Sogar der Wolle-Laden (ab dem achten Mai würde über dem Eingang der Namenszug *Die Wollraupe* stehen neben dem bunten Bild einer wuscheligen, grinsenden Raupe) lag nur wenige Minuten entfernt.

Wenn Lilly die Vorzüge des Stiftes aufzählte und so weit gekommen war, pflegte Andrea etwas ironisch einzuwerfen, sie sollte nicht vergessen zu erwähnen, dass auch das Unigelände sich in nächster Nähe befand, falls Maria Fatima Jahnke eines Tages studieren wollte.

Lilly konnte es sich jetzt leisten, eine kleine Dusche in ihre Toiletten einzubauen, wobei ihr natürlich andere, vor allem männliche Mieter, halfen. Sie schaffte einige wichtige Möbel an sowie Teppiche. Allerdings griff sie gern auf Gebrauchtes zurück, ihre Gardinen waren Sonderangebote, das Babybett mit angebautem Wickeltisch bestellte sie aus einem Billig-Katalog.

Lilly kaufte sich zwei lange Hosen, einige T-Shirts, zwei leichte Baumwollpullover und zwei Kleider, eins in Rosa, ihrer Lieblingsfarbe.

Es war erhebend, ein paar Kleidungsstücke mehr zu besitzen als das schwarze Plüschkleid von Frau Scheible und die geklauten

Stücke von der Visier. Sich neue Unterwäsche anzuschaffen und wieder vernünftige Kosmetik. Trotzdem sparte Lilly sehr. Es bestand einfach keine Notwendigkeit, sich in teuren Boutiquen einzukleiden, wenn es hübsche Mode aus reiner Baumwolle bei H&M gab. Ziemlich viel Geld floss in den Wolle-Laden, denn der sollte ja eines Tages dafür sorgen, dass es Andrea und ihr richtig gut ging.

Andrea kaufte das Geschäft und machte dann mit Lilly einen Teilhabervertrag mit Hilfe eines Notars. (Der war Onkel eines Schröderstift-Mitglieds und furchtbar nett, geduldig und preiswert.)

Lilly ließ sich von Püppi ihr Haar wieder gleichmäßig in die Naturfarbe zurückfärben und modisch nachschneiden und staunte, wie jung und frisch sie aussah. Danach gab es beinah einen ernsthaften Streit, als sie bezahlen wollte und Püppi das als Beleidigung betrachtete.

Das schon so lange während Gespräch zwischen ihr und dem Sozialarbeiter von Hinz & Kunzt hatte sich also endlich materialisiert. Lilly erzählte ungefähr anderthalb Stunden lang, und Karsten lauschte, indem er ab und zu eine Zwischenfrage stellte, sich einige Notizen machte, hin und wieder die Augen rollte und sich manchmal das Gesicht mit beiden Händen zuhielt.

»Du hast sehr viel Glück gehabt!«, sagte er zum Schluss streng.

»Ich weiß«, erwiderte Lilly knapp; das war ja nun wirklich nichts Neues.

Sie bekam viele Ratschläge und Tipps und die Adresse einer Anwältin, bei der sie sich auch gleich anmeldete.

Die Anwältin, Frau Meister-Nothrecht, wohnte ziemlich weit weg. Lilly musste mit der U-Bahn Richtung Niendorf fahren, und dann wurde sie ihre Schicksale ein weiteres Mal los.

Frau Meister-Nothrecht wirkte auf den ersten Blick energisch, ihre blaugrauen Augen hinter der Brille zeigten sich jedoch immer mitfühlender, je mehr Lilly dem Ende zusteuerte und schilderte, wie sie nahezu aus Versehen das Geburtshaus fand.

»Was«, fragte Lilly schließlich, »raten Sie mir, jetzt zu tun?«

»Das kommt darauf an, was Sie wollen«, erklärte die Anwältin.

»Also, ich möchte in Ruhe mein eigenes Leben mit meiner Tochter führen. Mit meiner Freundin zusammen im Wolle-Laden arbeiten – ich werde anfangs nicht so viel da sein wie Andrea, wegen des Babys, aber ich kann viel anfertigen und ich kann mindestens zweimal in der Woche hinkommen und Kundinnen in Strickfragen beraten. Ich möchte meinen Mädchennamen wieder annehmen. Ich will keinen Cent von meinem Mann, ich will nur, dass er mich in Frieden gehen lässt.«

Frau Meister-Nothrecht klopfte mit ihrem Bleistift gegen ihr Kinn. »Sie wissen, dass Ihr Kind als ehelich gilt?«

»Nein. Wie denn? Mein Mann hat selber gesagt, er hätte sich sterilisieren lassen. Sonst wäre die ganze Sache ja nicht so dramatisch geworden...«

»Das hab ich schon verstanden. Gleichwohl gilt Ihr Kind gesetzlich als Tochter Ihres Immer-noch-Ehemannes. Weil es während der Ehe gezeugt wurde – von wem auch immer – und sogar noch während der Ehe geboren ist.«

»Heißt das, er kann es mir immer noch wegnehmen?«, fragte Lilly entsetzt.

»Wenn er ganz besonders böswillig ist, kann er das zumindest versuchen. Gesetze drehen sich immer in erster Linie um Besitz und werden kompakt, wenn es um Geld geht. Hier ist das Erbrecht angesprochen. Gesetzlich lautet der Name Ihrer Tochter Maria Lohmann und sie hat einen Erbanspruch an Ihren Mann...«

»Aber das wollen wir doch gar nicht!«, beteuerte Lilly.

»Vielleicht will er das ja auch nicht. Dann könnte er eine Vaterschaftsanfechtung beantragen.«

»Warum? Wenn er das nicht will und ich das nicht will...«

»Was will er überhaupt?«, meinte die Anwältin nachdenklich. »Das ist doch die Frage. Ist er immer noch so racheschnaubend unterwegs wie damals, als er Sie übers Radio suchen ließ? Oder hat er sich inzwischen beruhigt, weil andere Probleme nachgewachsen sind? Das müssten wir zuerst mal klären und danach unseren Schlachtplan richten. Sonst kämpfen wir vielleicht in der ganz falschen Richtung. Sträubt er sich gegen eine Scheidung, oder wäre es für ihn vielleicht sogar inzwischen auch wünschenswert? Wann sind Sie weggelaufen?«

»Mitte August, am neunzehnten, glaube ich.«

»Also ziemlich genau vor neun Monaten. Zwölf Monate Trennungszeit müssen vorbei sein, damit Sie die Scheidung einreichen können. Und erst nach der Scheidung können Sie wieder Ihren Mädchennamen annehmen. Bis dahin müssen Sie amtlich weiter den Namen Lohmann angeben.«

Lilly stützte den Kopf in die Hand und betrachtete ihre hübschen neuen Schuhe aus pastellrosa Leder. »Ich glaube tatsächlich, am wichtigsten ist es, rauszukriegen, was Norbert sich zur Zeit so denkt. Und die beste Methode, das rauszukriegen, ist, wenn ich mich mit ihm treffe und mit ihm rede.«

»Das ist richtig – wenn Sie den Mut dazu haben? Dann wissen wir jedenfalls, woran wir sind. Vielleicht sollten wir vorher Prozesskostenhilfe beantragen, damit wir das sicher haben, falls er sofort um sich schlägt – juristisch, meine ich.«

»Prozesskostenhilfe?«

»Ja. Wir müssen nur nachweisen, dass Sie mittellos sind ...«

»Aber ich bin nicht mittellos. Mir gehört zur Hälfte ein Wollegeschäft plus Verkaufsware und dann hab ich immer noch was auf der hohen Kante!«, berichtigte Lilly. »Mein Vater war so nett und hat mir mein Erbteil schon ausgezahlt.«

»Ja, dann! Das ist ja erfreulich.«

Lilly richtete sich im Stuhl auf, ihr war plötzlich etwas Schreckliches eingefallen: »Kann Norbert mir vielleicht auch den Wolle-Laden wegnehmen, weil wir noch verheiratet sind?«

Die Anwältin lächelte. »Nein. Kann er nicht. Weil das Geld von Ihrem Vater kommt, damit hat er nichts zu tun. Gut, also versuchen Sie erst mal, rauszufinden, was sich auf der gegnerischen Seite tut, dann entscheiden wir entsprechend. Ich würde Ihnen raten, beim Treffen mit Ihrem Mann auf jeden Fall eine weitere Person mitzunehmen, damit er nicht etwa wieder behaupten kann, Sie wären irgendwie durchgedreht. Sie rufen mich an?«

»Sobald ich mit ihm geredet habe«, versprach Lilly.

Sie war am frühen Nachmittag wieder zu Hause und amüsierte sich damit, ein großes Blech voller Streuselkuchen zu backen. Seit einigen Wochen lernte sie von Andrea nicht nur zu kochen, sondern auch (was fast noch mehr Spaß machte) zu backen. Sie schnitt den Kuchen in Stücke, packte alles in Alufolie und in das Netz des Kinderwagens und fuhr mit ihrer Tochter zum Mönckebrunnen. Caligula trippelte hinterher oder voraus.

Der Tag war ungewöhnlich warm für April, und Lilly fühlte sich wohl. Sie fand es herrlich, nicht mehr so dick, unförmig und mit dem Rucksack geplagt in schlecht passenden Schuhen umherzulaufen. Sie war entzückt über ihr Baby, das rosig vor ihr lag und zufrieden am Daumen lutschte. Sie freute sich darüber, dass wieder ein wenig Ordnung in ihr Leben kam.

In den nächsten Tagen wollte sie sich endlich auf dem Ortsamt anmelden, bei der Gelegenheit den Verlust ihrer Papiere angeben und neue beantragen. Ja, und sie würde natürlich Norbert anrufen. Vielleicht schon morgen.

Den Zahnarzt, den sie als Frau Künstler aus Paderborn heimgesucht hatte, wollte sie gern bezahlen, obwohl ihr bereits aufging, wie schwierig das werden würde; sie hatte sich bei drei verschiedenen Zahnärzten nach den ungefähren Kosten ihrer Behandlung erkundigt und drei total verschiedene Summen erhalten; einer hatte noch hinzugefügt, bei seinem Neffen in Lüneburg würde das nur ungefähr die Hälfte kosten, aber das sei auch eine unbeschreibliche Seele von Mensch, der Asoziale manchmal umsonst behandele.

Das Erste, was Lilly unter all den Gestalten, die am Mönckebrunnen die Sonne genossen, entdeckte, war ein edler, länglicher Kopf mit strähnigem grau-schwarzem Haar und großen dunklen Augen, der sich gerade eine Zigarette drehte und dabei vor Lachen über irgendetwas mit dem Oberkörper zuckte. Der Hund schoss auf ihn zu und veranstaltete ein Riesentheater.

»Professor –!?«

Er grinste sie an, mit tadellosen weißen Zähnen, den ganzen

Mund voll. Sein Bart, unregelmäßig gescheckt, bedeckte höchstens einen Finger dick Wangen und Kinn.

Neben ihm saß noch jemand, den Lilly lange nicht gesehen hatte: »Mensch, Goofy!« Sie umarmte zuerst den Kirchenmann. »Bist du schon lange aus dem Krankenhaus raus?«

Mager war Goofy geworden und traurig sah er aus, trotz der Sonne. Er hustete einen vollkommen neuen Husten und kniff hinterher jedes Mal schmerzlich die Augen zusammen.

Der Professor stand extra von der Metallbank auf und umarmte sie, roch ein wenig nach Bier und noch relativ sauber.

»Libelle! So schlank um die Mitte kennt man dich ja gar nicht! Zeig mal – das ist deine kleine Raupe? Niedlich. Junge oder Mädchen?«

»Mädchen.«

»Dafür sieht sie aber sehr willensstark aus.« Der Professor blinzelte gegen die Sonne, nahm Goofy die angefangene Zigarette weg, die er ihm zu halten gegeben hatte, und drehte weiter. Nachdem er am Papier geleckt und es zugeklebt hatte, fragte er nebenbei: »Du bist nicht mehr hier, hab ich gehört?«

Lilly empfand sehr deutlich, dass er auf gar keinen Fall gefragt werden wollte, was er denn wieder hier täte, was seine Tochter dazu sagte oder wie es ihm in Kiel ergangen sei.

»Nein, ich wohne jetzt im Schröderstift. Weißt du, was das ist?«

Der Professor schüttelte den Kopf, und Lilly schilderte es ihm. Sie erzählte ein wenig von ihrer Arbeit bei der türkischen Schneiderfamilie, erwähnte den zweiten Vornamen ihrer Tochter – Professor hob nur kurz die Augenbrauen – und das Wollgeschäft ihrer neuen Freundin, in dem sie mitarbeiten durfte. (Sie hielt es im Moment für taktlos, von ihrem Vater und dem Geld zu reden.)

»Warum hast du bei der Zeitung aufgehört?«, fragte der Professor nachdenklich.

»Weil ich zum Schluss einfach zu schwanger war.«

»Hast du's gern gemacht? Würdest du es empfehlen?«

»Ja! Unbedingt.«

Er nickte vor sich hin. »Vielleicht versuch ich das wirklich mal.

359

Die reden mir seit Jahren zu, die anderen Verkäufer. Ich dachte immer…« Er versank erst mal in Schweigen, rieb seinen kurzen Bart und rauchte vor sich hin. »Ich hab nicht so viel davon gehalten. Aber inzwischen… Einige der Verkäufer von diesem Blatt haben es irgendwie geschafft, dass es ihnen besser geht. Nicht alle. Aber doch einige. Du bist jetzt einer mehr. Vielleicht…«, wiederholte er versonnen, »versuch ich das mal…«

Lilly verteilte den Streuselkuchen an ihre Freunde und deren Freunde, so lange er reichte, setzte sich zu den anderen in die Sonne und freute sich, dass kein Winter mehr herrschte, dass man sich jetzt ohne weiteres irgendwo hinsetzen konnte, ohne mindestens zwei Decken unterzulegen.

Dann erschien Heike mit ihrem Krückstock, beteuerte, sie mache sich nichts daraus, dass der Kuchen leider schon aufgegessen sei, bewunderte die Raupe und setzte sich zu den anderen.

Lilly wollte wissen, ob irgendjemand etwas von Kalle, dem Moloch, gehört hatte. In den letzten Monaten konnte ihr niemals jemand etwas sagen. Jetzt wusste Goofy: »Der lebt und wandelt auf Erden. Ist aus dem Krankenhaus raus. Genau wie ich. Auch noch nicht lange. Das weiß ich von einem Arzt, der kannte seinen Arzt. Die haben immer von ihm geredet, von wegen interessanter Fall. So viel Haut verbrannt und trotzdem überlebt…«

»Und wo steckt er jetzt?« Heike streichelte mit ihren schönen, beringten Händen den Hund.

»Weiß ich nicht. Der Geist der Prophezeiung hält sich fern von mir.«

Lilly setzte sich neben Heike und fragte sie ganz leise, als es gerade passte: »Seit wann ist der Professor schon wieder hier?«

»Seit etwa fünf Tagen, soviel ich weiß.«

»Und warum? Weißt du das auch?«

»Er fand das wohl nicht so prall, dass seine Tochter alles Mögliche von ihm wollte. Sie hatte irgendwie so die Idee, er könnte genau da wieder anknüpfen, wo er aufgehört hat. Das ist naiv. So was geht nicht…«

Lilly stimmte überein. Sie selbst hatte ja auch keineswegs da wieder angefangen, wo sie aufgehört hatte. Und sie würde auch niemals wieder dort hin kommen. Ihr Lebensweg, so, wie er war, hatte aufgehört, dann gab es eine kleine weiße Strecke, über die war sie hinweggeflogen, als Sommerinsekt, das den Winter überlebte. Dahinter fing eine ganz neue Straße an, um einiges verschoben und aus anderem Material.

»Immerhin, prächtige Zähne hat der Professor nun...«, fügte Heike leise hinzu und lachte ihr gurgelndes, ansteckendes Lachen.

»Er denkt gerade darüber nach, vielleicht auch mal Hinz & Kunzt zu verkaufen.«

»Ehrlich? Das wäre gut. Ich hab schon lange versucht... ja, das soll er mal machen, das hält ihn nämlich immer noch so etwas aufrecht, glaube ich!«, flüsterte Heike. Sie blinzelte in die Sonne und fügte hinzu: »Mir hat es sehr geholfen. Weißt du, wir hier haben ja das Glück der unbegrenzten Unabhängigkeit. Keiner kann uns was sagen. Wir haben nichts mehr zu verlieren. Aber das ist 'ne teuer erkaufte Freiheit letztlich. Und das Straßenmagazin – das gibt etwas Sicherheit in all dieser Ungebundenheit. So ist das.«

»Du meinst, weil man dann Geld hat?«

Heike lächelte mit ihrem kleinen, eingefallenen Mund. »Geld kannst du auf tausend Arten bekommen, auch als Obdachloser. Nein, ich meine vor allem durch die Regelmäßigkeit, durch die Verpflichtung. Du darfst nicht trinken, du musst abrechnen. Die Leute von der Zeitung vertrauen dir und du willst sie nicht enttäuschen. Du darfst die Käufer nicht anschnauzen, sonst kommen sie nicht wieder. Du bekommst nicht einfach was geschenkt. Du musst auch was dazu tun. Das ist doch die einzige richtige Sicherheit, die es gibt: das, was du *selber* tust...«

Lilly nickte. »Früher dachte ich, man kann Sicherheit kaufen oder festhalten. Als ob man Sachen annagelt, bevor Sturm kommt. Ich wollte, dass alles bleibt, wie es ist. Weißt du, es gab mal im Fernsehen 'ne Kaffeewerbung, in der sagt eine Dame auf einer Luxusyacht, als sie gefragt wird, was sie sich wünscht: ›Dass alles so bleibt, wie es ist.‹ Dabei ist das schon deshalb nicht möglich, weil sich sowieso alles ständig ändert. Alles. Die Jahreszeiten, das

Wetter, die Politik, dein eigenes Alter, die Krankheiten, die es gibt, die Gefahren und das Glück.«

Heike zupfte sich Tabakkrümel von der Zunge. »Sehr richtig. Die Erde dreht sich nun mal. Wenn du auf einer drehenden Kugel stehst, dann ist das Dümmste, was du tun kannst, auf dem Fleck stehen zu bleiben. Dann fliegst du nämlich über kurz oder lang auf die Fresse. Stattdessen ist es klug, zu tänzeln und zu dribbeln, beweglich zu bleiben und sich jeder neuen Situation und jeder neuen Herausforderung anzupassen, statt Angst davor zu haben.«

»Worüber redet ihr?«, fragte der Professor. Er klang jetzt sehr viel betrunkener als noch vor einer Stunde.

»Über das Leben«, antwortete Heike bereitwillig.

Der Professor winkte mit der Hand ab.

Lilly beugte sich über den Wagen und deckte die schlafende Raupe zu, denn jetzt wurde es doch kühler, weil die Sonne hinter den Dächern verschwand. Sie zog sich selbst eine Strickjacke über, setzte sich wieder neben Heike und setzte noch etwas hinzu: »Neulich, bei der Geburt, hab ich gelernt, dass es sogar möglich ist, sich Schmerzen anzupassen, zumindest zeitweilig und wenn man sich sehr konzentriert. Die Hebamme hat gesagt, die Wehen sind wie Wellen, und das stimmt auch. Ich mag das Meer sehr gern, aber ich hatte immer Angst vor hohen Wellen, die über mir zusammenkrachen. Ich möchte gern ein Korken sein. Ein netter kleiner Korken, der auf den Wellen schwimmt und der sich freut, oben auf dem Wellenkamm zu schwimmen und der es spannend findet, ins Wellental zu tauchen, weil er ja doch nie wirklich untergeht...«

»Ich hab ihn gesehen«, rief Andrea, noch bevor sie den Mantel ausgezogen hatte, »ich hab sogar mit ihm gesprochen. Ich hab ihn auch von dir gegrüßt. Und ich soll dich wieder grüßen. Er sagt, du bist immer sein Schatz, auch wenn ihr getrennt seid.«

»Wie sieht er aus?«, fragte Lilly ungeduldig, »Ist es schlimm?«

Andrea hängte ihren Mantel ganz sorgfältig auf einen Bügel und den Bügel ganz sorgfältig auf einen Haken. Dann drehte sie sich langsam zu Lilly um und flüsterte: »Grässlich. Der arme Kerl! Die ganze linke Seite, die Hand, der Arm … das war zu sehen, er hatte ein kurzärmeliges T-Shirt an, er geniert sich ja nicht – das linke Auge sieht aus wie verklebt, mit dem kann er wohl auch nicht mehr gucken. Und links fehlt ziemlich viel vom Ohr. Und das Haar natürlich…«

Lilly versuchte, es sich vorzustellen, und begann dabei zu weinen. Andrea umarmte sie.

»Er hat so schön mit mir Walzer getanzt!«

»Ich weiß.«

»Er hat es sich extra von einem alten Tanzlehrer beibringen lassen…«

»Ich weiß.«

»Erzähl bitte mal von Anfang an, ja?«, schluchzte Lilly.

»Ja. Ich bin also in diese Kneipe – Steffi hab ich sofort erkannt, ist ja kein Kunststück, erstens sieht sie genau so aus, wie du sie beschrieben hast, und zweitens ist sie das einzige weibliche Wesen hinterm Tresen. Er steht so etwas im Hintergrund und hilft. Poliert Gläser und so. Und ich könnte mir denken, er ist auch immer noch so was wie ein guter Rausschmeißer. Sieht wahnsinnig kräftig aus, der Kerl. Trotz allem echt imponierend, ja, so wie ein kaputtes Monster: der Terminator so ab Filmmitte. Ich hab mich an die Theke gesetzt und an einem Bierchen rumgetrunken und immer so getan, als ob ich nachdenke. Sie ist schon nach kurzer Zeit misstrauisch geworden und hat mich angestarrt und mit ihren Fingernägeln rumgeschnipst. Traumhafte Nägel übrigens hat die Frau, was?«

»Ja, fand ich auch. Solche hatte ich auch mal. Und dann?«

»Aber dann musste sie irgendwie mal raus, und da ist er sofort zu mir gekommen – er ist ja nicht saudämlich, kann man nicht sagen. Guckte mich so mit seinem großen schwarzen rechten Auge an, als ob er fragen wollte: Was ist denn? Und hab ihm sofort deine Grüße bestellt und alles Gute und dass du dich nicht traust, ihn selbst zu besuchen, weil Steffi das ja so verlangt hatte. Er hat sich riesig gefreut, das war ihm anzusehen. Ja, und er hat dann ganz schnell gesagt, das ist richtig und daran müsst ihr euch halten, weil er Steffi ganz viel verdankt. Dann hat er noch gefragt, ob dein Baby da ist, und ich wollte gerade von der Raupe erzählen, da kam sie schon zurück und er hat mein leeres Bierglas abgeräumt und ist wieder im Hintergrund verschwunden. Und sie hat mich buchstäblich mit den Augen durchbohrt, dass mein Blut nur so spritzte. Die macht sich das Leben auch nicht unbedingt leicht, die Gute, was? Vielleicht würde sie sich besser fühlen, wenn er überhaupt nichts mehr sehen und nicht mehr laufen könnte?«

»Ich hab sie mal für eine kurze Zeit beneidet«, sagte Lilly nachdenklich.

»Die?!«

»Ja. Ich glaube, in der Zeit hab ich fast jeden beneidet.«

Lilly ging zum Babybettchen und betrachtete ihre schlafende Tochter. »Hatten wir auch so einen bombenfesten Schlaf, als wir Säuglinge waren?«

»Sehr verschieden, glaube ich. Meine Mutter erzählt sowieso immer, ich hätte die ersten beiden Lebensjahre keine Minute geschlafen, sondern immer nur gebrüllt. So was ist natürlich heavy. Hast du ihr heute auch vorgelesen vor dem Einschlafen?«

»Ja. Ich lese ihr aus ›Pu, der Bär‹ vor, das hat Greta mir geliehen. Das ist bezaubernd.«

»Lilly, nimm es mir nicht übel, du hast 'n Sprung in der Schüssel. Das kann so ein winziger Säugling doch noch nicht verstehen!«

»Na und? Ich verstehe es und mir macht es Spaß. Und meine Stimme hört sie auf jeden Fall gern. Wenn empfohlen wird, Embryos im Mutterleib klassische Musik vorzuspielen, dann kann ich meinem Baby doch auch schon mit guter Literatur kommen!«

»Reg dich nicht auf. Ach so, was ich noch sagen wollte: Du hast seit einer Weile selber ein Telefon, Lilly.«

»Ja.«

»Und – hast du schon deinen Mann angerufen?«

»Heute nicht.«

»Und gestern nicht und vorgestern nicht. Du musst dich ran trauen.«

»Das ist mir schon klar.«

»Wann willst du 's tun?«

»Dauernd.«

»Gut, ich sag's mal anders: wann *wirst* du 's tun?«

Lilly blickte schweigend aus dem Fenster.

»Wie wär's mit jetzt, meine Liebe?«

»Ich weiß nicht – um diese Zeit?«

»Neun Uhr abends? Das ist hundertpro die passende Zeit. Nicht zu spät irgendwie, andererseits nicht während der Tagesschau…«

Lilly ging zum Telefon. »Ich weiß unsere Nummer gar nicht mehr. Doch, warte, jetzt fällt sie mir ein… Andrea? Würdest du bitte so lange rausgehen?«

»Absolut. Ich kann ja ein bisschen mit Caligula im Schanzenpark spazieren gehen. Soll ich den Schlüssel mitnehmen?«

»Danke!«

Lilly wählte und merkte, dass ihre Hände zitterten.

Ihr Herz klopfte schnell und schwer. Ich hab also noch Angst vor ihm, stellte sie fest.

Es klingelte auf der anderen Seite – einmal… zweimal…

Vielleicht hab ich Glück und er ist nicht da. Ich hätte erst mal einen kleinen Schnaps trinken sollen. Blödsinn, ich hab gar keinen Schnaps im Hause. Außerdem sollte ich keinen Alkohol zu mir nehmen, solange ich die Raupe stille. Sara hat neulich mit mir geschimpft, dass ich Sekt getrunken hab, vor allem die Kohlensäure macht dem Baby zu schaffen…

– dreimal… viermal…

Auf den Anrufbeantworter sprech ich natürlich nicht… – fünfmal… und am anderen Ende wurde der Hörer abgenommen: »Lohmann, guten Abend?«

Wie alt seine Stimme klang. Das war ihr früher nie aufgefallen. Sie holte tief Luft und sagte möglichst unbefangen und selbstsicher: »Hallo, Norbert. Hier ist Lilly…«

Im 19. Kapitel

kommt noch ein Brief an – macht Lilly einen Besuch –
was einen Gegenbesuch hervorruft –
und traut sich in die Höhle des alten Löwen

Lilly war gerade dabei, das Baby zu wickeln, als es an der Tür schloss und Andrea mit dem Hund zurückkam.

»Hast du ihn erreicht?«, wollte sie wissen.

Lilly warf die volle Windel mit Schwung in eine Plastiktüte.»Ja. Und meine Hinrichtung ist aufgeschoben. Wir sehen uns erst in frühestens zwei Wochen. Nein, Unsinn – seit ich mit ihm gesprochen habe, hab ich eigentlich keine Angst mehr. Er klang irgendwie hilflos. Giftig, aber hilflos. Halt mal still, Schätzchen…«

»Warum erst in zwei Wochen?«

»Weil er morgen viele Termine hat und übermorgen mit seinem Freund zu einem Gynäkologenkongress nach Mailand fliegt. Danach machen sie gemeinsam ein bisschen Urlaub im Tessin. Ha, soll ich dir was sagen? Dieser Freund, Ferdi heißt der, hat mir im Winter mal ein Hinz & Kunzt abgekauft, ohne mich zu erkennen. Zumindest glaube ich, dass er mich nicht erkannt hat. So taktvoll wäre der nicht, nur so zu tun. Wenn er begriffen hätte, dass ich das bin, hätte er ganz bestimmt ein Riesengetöse veranstaltet! Na schön, und nach diesem kleinen Urlaub mit dem guten Ferdi will Norbert sich melden und dann wollen wir uns verabreden.«

»Weiß er, warum?«

»Ich hab gesagt, ich möchte alles wegen der Scheidung regeln, und er hat gesagt, das war ja klar. Er meinte, er hätte praktisch darauf gewartet. Entweder, dass ich über kurz oder lang die Scheidung verlange oder dass ich wieder bei ihm einziehen wollte und so tue, als wäre nie was gewesen.«

»Idiot.«

Lilly schloss sorgfältig die neue, saubere Windel, beugte sich über die Raupe und küsste ihren kleinen rosa Bauch. »Sie sieht mir wirklich nicht die Spur ähnlich. Ihre Augen werden immer dunkler, ist dir das aufgefallen? Zuerst waren sie noch dunkelblau, aber jetzt sind sie schon richtig schokoladenbraun. Hübsch. Genau wie Claudios Augen. So ziemlich das erste, was Norbert sagte, war: ›Aha, du willst natürlich wieder heiraten!‹«

»Was hast du gesagt?«

»Nichts. Warum soll ich so was am Telefon klären? Ich weiß noch nicht mal, ob ich ihm darüber Auskunft gebe, wenn wir uns treffen. Am Schluss des Gesprächs ist die Raupe aufgewacht und hat ein bisschen gemeckert. Da ist Norbert am anderen Ende ganz stumm geworden und hat gelauscht, und dann hat er mit etwas anderer Stimme gesagt: ›Ist es das? Ist alles gut gegangen?‹ Und ich hab nur gesagt: ›Natürlich.‹ So, mein kleiner Raupenengel, jetzt packen wir dich zurück ins Bettchen und du schläfst wunderschön weiter, was?«

Lilly legte das Kind wieder hin, gab dem Mobile über dem Bett einen sanften Schubs und kam zurück zu ihrer kleinen Sofaecke, wo ihre Freundin saß, Caligula zu Füßen. Andrea hatte gerade eine Fototasche geöffnet, die auf dem Tisch gelegen hatte, und schaute sich die Fotos an. »Sind das die für deine neuen Papiere? Also, sei nicht böse, die sehen absolut fürchterlich aus. Wenn ich die Steffi zeigen würde, täte ihr die Galle eine Weile weniger weh. Ich hab dich noch nie so unansehnlich erlebt!«

Lilly guckte mit auf die Fotos und zuckte gleichmütig mit den Schultern. »Das ist vollkommen unwichtig. Diese Papiere werde ich nur ein paar Monate lang haben, weil ich sie für die Scheidung und so weiter brauche. Danach lass ich mir doch sowieso gleich wieder neue machen mit meinem richtigen Namen. Und dann gibt es schöne Fotos, verlass dich drauf!«

Baba schrieb aus Marmstorf:

Hallo Libelle

find ich gut das dein Kind jezt da ist.

War das Schlimm mit Bauchwe. Na jezt ist es da.

Ich will das auch mal seen. Benno läst Grüsen. In seine
Bäckerei hab ich auch gearbeidet. Da hab ich Abens gepuzt.
Da war ich oft gans schön fertig. Kanns du dir ja denken.
Jezt ist das forbei. Die Bäckerei-Olsch ist Frech geworn und
ich hab ihr eins reingemangelt. Was wird sie auch Frech? Ich
hab immer gelechelt. Also vorher. Kann sie auch mal zurück-
lecheln. Das war das denn mit Benno sein Ausbildeplaz.
Macht nichts. Wir finden bestimmt was neues. Jezt machen
wir ers Mal Urlaub bei ein Freund von Benno in der Heide.
Also Benno ist wizig so mitsamm, macht spas mit ihn. Er sagt
nicht viel aber wenn denn wizig. Hätt ich nicht gedach so.
Wenn einer immer Lib ist so auf dauer denn wirs du selber lib.
Ob du wils oder nicht. Ich bin jezt viel Liber als früer. Ich
würde dich gerne mal seen mit dein Kind. War doch ne
schöne zeit mit uns. Ich hoffe es geht dir gut. Mir geht es <u>seer</u>
gut. Ging mir noch nie so gut. Kann mich nicht erinern. Eines
tages haben ich und Benno eine kleine Wonung mit Telephon.
Denn ruf ich dich an.

Herzliche grüse von deine Barbara und Benno

Zur Eröffnung des Geschäftes *Die Wollraupe* am achten Mai gab
es Sonnenschein und Sekt (Lilly trank, dem Baby zuliebe, nicht
mit) und viele Kundinnen, die auch schon kauften. Vor allem der
große Korb mit den Sonderangeboten war abends praktisch leer.

Andrea sagte ganz entzückt: »Wenn sie um diese Jahreszeit
schon so satt kaufen – dann kann das traumhaft werden im Herbst
und im Winter!«

Der nächste Tag war ein Freitag, und er fing ebenfalls sonnig an.
Vormittags schnallte Lilly sich ihre Tochter im Tragesack vor die
Brust, stieg auf ihr neues Fahrrad, auf dem vorn und hinten Körbe
befestigt waren, und fuhr zum Isemarkt. Der lag nämlich auch in
akzeptabler Nähe zum Schröderstift.

Der Isemarkt findet dienstags und freitags unterhalb einer U-Bahn-Trasse statt, in ganzer Länge zwischen zwei Stationen, über fast einen Kilometer ausgedehnt. Während die U-Bahn über ihre Köpfe hinweg brauste, kaufte Lilly Zwiebeln und Möhren und Petersilie und Champignons und Alpenkäse. Die Raupe guckte jedes Mal erstaunt nach oben, wenn eine neue Bahn angedonnert kam, schien aber keine Angst zu haben.

Sie ist ein sehr mutiges Kind!, dachte Lilly stolz. Na ja, kein Wunder, nach allem, was sie schon hinter sich hat...

Das Geräusch der Bahn erinnerte sie an Helge Stumpe, den Polizisten mit den traurigen Augen. Was wohl aus ihm geworden war?

Der Gedanke wurde immer größer und lauter und am Nachmittag brachte sie die satte, müde Raupe und den Hund zu Greta, zog ihr neues rosa Kleid an, tuschte sich noch einmal die Wimpern und fuhr nach Altona, zu der Polizeistation, in der Kalle mal verprügelt worden war.

Ob jemand sie erkennen würde? Lilly bezweifelte das; sie hatte wieder dunkles Haar, ihre Taille sah inzwischen völlig anders aus, sie war gepflegt und modisch gekleidet und geschminkt.

Im Übrigen konnten sie die beiden Beamten, die gerade Dienst hatten, sowieso nicht erkennen, weil sie ihnen nie begegnet war.

»Guten Tag, ich möchte zu Herrn Stumpe – ist der da?«

»Wer sind Sie denn?«, fragte der dicke, vollbärtige Beamte hinter dem hohen Holztresen.

»Ich bin Lilly Lohmann.« Erleichternd, das so einfach zugeben zu können.

»So, Frau Lohmann. Und was wollen Sie von Herrn Stumpe?«

»Das ist privat.«

Er stierte sie streng an. »So. Na. Also, der Kollege ist nicht mehr hier.«

»Wo ist er denn dann?« (Und lass dir doch gefälligst nicht alles mit Gewalt aus der Nase ziehen!)

»Das darf ich Ihnen eigentlich nicht sagen«, meinte er zufrieden. Er mochte eine wackelige Ehe haben, Hämorriden und stän-

369

digen Ärger mit seinem Vorgesetzten – trotzdem verstand er sich als wichtigen, respekteinflößenden Vertreter der Staatsmacht.

»Ich danke Ihnen. Ich wünsche Ihnen noch einen recht schönen Tag!«, zwitscherte Lilly mit strahlendem Lächeln, so, als hätte er ihr wirklich sehr geholfen.

Sie fuhr zum Hasselbrook und ging in die Marienthaler Straße. Wenn sie Glück hatte, war Stumpe zu Hause. Wenn nicht, wollte sie ihm auf einem Zettel eine Nachricht mit ihrer Telefonnummer hinterlassen. Vielleicht hatte er ja Lust, sich zu melden.

Sie klingelte unten an der Tür. Schade, wenn er nicht da war, konnte sie allerdings keine Nachricht hinterlassen und hatte die Fahrt umsonst gemacht. In dem Fall könnte sie ihm natürlich immer noch einen Brief schreiben und mit der Post schicken. Oder nachsehen, ob er im Telefonbuch stand. Sie klingelte noch einmal und wartete einige Minuten. Bevor sie ging – immerhin war das ja eine ganz schön lange Fahrt gewesen –, klingelte sie zum dritten Mal. Sie drehte sich gerade zum Gehen, als der Türsummer erklang.

Lilly drückte auf den Knopf der Treppenhausbeleuchtung und begann, die Treppen hochzusteigen. Im Erdgeschoss funktionierte das Licht, im ersten Stock war es leider so dunkel, dass sie Helge kaum sah – und er sie auch nicht. Sie konnte jedoch riechen, dass er es war – er roch ziemlich stark nach Alkohol.

»Ja?«, sagte er verschlafen. Er schien ein wenig hin und her zu schwanken.

»Hallo, erinnerst du dich noch an mich? Ich bin die Libelle – Lilly. Also die, die ein bisschen zu Kalle Dröger gehört hat...«

»Ach...?«, sagte er und taumelte ein paar Schritte zurück.

Ich hätte das bleiben lassen sollen, dachte Lilly. Was will ich eigentlich hier?

Er öffnete die Tür weiter. »Komm doch bitte herein. Es ist etwas unordentlich, ich hab heute noch nicht aufgeräumt...«

Weil es im Flur noch finsterer war als im Treppenhaus, knipste Lilly einfach ihrerseits das Licht an. Na, so schlimm sah es nicht aus. Sie hatte ja schon fast erwartet, dass er anfing Müll zu sammeln wie der arme Goofy.

Polizist Stumpe tapste voraus in die Küche. Hier war es etwas heller, obwohl ein hellbraunes Rollo das Fenster bedeckte.

Er zog einen der Küchenstühle einladend für sie hervor und setzte sich auf den anderen. Auf dem Küchentisch lagen beschriebene, teils zerknüllte Zettel und ein Stift. Lilly strich einen Zettel glatt und las:

Haus verloren –

--------- verloren?

Irgendwas verloren –?

Freunde – verloren?

Hoffnung verloren…

»Versuchst du, Lyrik zu schreiben? Oder machst du eine Liste?«

Helge Stumpe spielte etwas verlegen mit dem Kugelschreiber. »Nun, ich hab versucht, mich an ein Gedicht oder so etwas zu erinnern. Mein Vater hat uns das manchmal aufgesagt. Mir fehlen einige Teile. Es ging darum, was man verliert. Ich glaube, es fing mit dem materiellen Besitz an: Haus verloren, etwas verloren – und dann etwas darüber, wie man sich eben ein neues baut. Dann kamen noch mindestens zwei andere Sachen, an die erinnere ich mich einfach nicht. Jedenfalls steigerte es sich und wurde immer schlimmer. Als vorletztes kam: ›Freunde verloren – viel verloren, musst rasch dich besinnen und neue gewinnen.‹ Nun, das fiel mir gestern so ein. Ich hab Freunde verloren in der letzten Zeit. Einige sind sozusagen bei meiner Frau geblieben. Und dann Kollegen…«

»Ralf? Der, der Kalle verhauen hat?«

»Nein, um Gottes willen. Das war kein Freund.« Er rieb sich mit beiden Händen die Stirn, dann schaute er auf, sah sie an und versuchte ein Lächeln. »Du siehst gut aus. Nein, wirklich, bildhübsch. Bist du wieder mit deinem Mann zusammen?«

»Nein! Im Gegenteil, ich lasse mich scheiden.« Lilly blickte an ihrem Kleid rauf und runter, musste zugeben, dass es nicht ihrer eigenen Tüchtigkeit entsprang und erläuterte: »Mein Vater hat mir geholfen.«

»Und wo ist das Baby?«

»Heute Nachmittag bei einer Freundin. Es ist ein Mädchen.«

Helge nickte trübe. »Mädchen sind kleine Biester.«

»Mädchen sind völlig verschieden«, wehrte Lilly ab. Sie wurde grantig, wenn jemand die Raupe entfernt kritisierte. Sie erkannte in dem gelblichen Dämmerlicht, wie schlecht er aussah. Sehr faltig (mehr durch die bekümmerte Mimik als durch schlaffe Haut) und unrasiert. Die schwarzen Bartstoppeln waren mindestens vier Tage alt. So konnte er doch nicht in Uniform rumlaufen? Ob er Urlaub hatte? Und plötzlich ging ihr etwas auf: »Du bist wohl bei der Polizei rausgeflogen?«

Er lächelte müde. »Das ist das Einzige, was man mir zutraut, was? Dass ich rausfliege. Nein, ich bin freiwillig gegangen. Ich hab quittiert. Ich konnte nicht mehr. Ich wollte nicht mehr. Ich mach jetzt irgendetwas anderes...«, flickte er zum Schluss noch dran, in einem Ton, der optimistisch sein sollte und völlig missglückte.

»Was denn?«, fragte sie taktlos.

Er zuckte mit den Schultern.

Lilly spielte mit den beschriebenen Zetteln. »Freunde verloren... Waren das gute Freunde?«

Wieder zuckte er mit den Schultern.

»Oder Gewohnheitsfreunde? Solche, die eben da sind und über die man nicht weiter nachdenkt? Ich hab im letzten Jahr einen Haufen Menschen verloren, von denen ich vielleicht früher gesagt hätte, sie wären meine Freunde. Dass ich die los bin, ist ein Segen. Eine Frau zum Beispiel ist mir begegnet, als ich ganz unten war, und sie ist einfach getürmt. Sie war angeekelt und erschrocken. Ich glaube, am meisten hat sie befürchtet, dass jemand sie mit so was wie mir sieht. Früher war ich selber diese Art Freundin, als es mir noch ›gut‹ ging.« Lilly sprach betont die Gänsefüßchen. »Kann sein, wenn's einem ›gut‹ geht, kriegt man Angst, das zu verlieren, was man hat. Und die Angst macht rücksichtslos und egoistisch. Vielleicht sind die, die nichts zu verlieren haben, die besseren Freunde. Ich hab Menschen kennen gelernt, die wirklich zusammenhalten. Vielleicht hat Jesus sich deshalb so viel mit Asozialen und Prostituierten abgegeben?«

»Ach stimmt ja, du bist fromm«, murmelte er.

Das ist schrecklich, dachte Lilly, dieser Mann versteht grundsätzlich alles falsch. »Nein, ich bin überhaupt nicht fromm! Diese Maria«, sie legte die Hand auf die kleine Plakette, die um ihren Hals hing, »die trage ich doch nur wie einen Talisman, das ist eher Aberglaube. Außer zu meiner Taufe und zu meiner Konfirmation war ich dreimal in einer Kirche – also zum Gottesdienst. Und ich bezweifle, dass ich wieder hingehe. Ich verstehe sowieso nichts. Nicht, weil es so kompliziert ist. Sondern weil es griechisch ist.«

Er zog die Augenbrauen zusammen: »Griechisch? Wieso denn das?«

»Im Schröderstift ist eine griechische Kirche. Ach so, das hatte ich nicht gesagt: Ich wohne jetzt im Schröderstift.«

»Aha, und nun willst du arm bleiben?«, fragte er spöttisch

»Ich will nicht arm bleiben. Ich will nur nie wieder auf die Art reich sein, dass es mir wichtiger ist als alles andere. Ich will nie wieder diese Art Angst haben.«

Er zog kurz die Nase hoch und sah sie skeptisch unter den hängenden Lidern hervor an. »Man sollte meinen, dass du eher Angst bekommen hättest durch das, was dir passiert ist im Pennermilieu. Dass du Angst hast, *da* wieder rein zu geraten.«

»Dann meint man falsch.« Lilly rollte einen der Zettel zu einem schmalen Röhrchen zusammen und suchte nach einem Vergleich, den er vielleicht verstehen würde. »Als ich klein war, hatten wir im Sommer kein Geld für die Badeanstalt, und für eine Reise schon gar nicht. Also fuhr meine Mutter mit mir an so einen Baggersee irgendwo in Schleswig-Holstein. Der war eigentlich schön, mit Schilf am Rand. Aber das Wasser war nicht sehr klar und es schwammen kleine grüne Pünkelchen darauf herum, sodass ich nicht den Grund sehen konnte. Deshalb hatte ich immer Angst, hinein zu gehen. Meine Mutter stand da, kaum bis zur Taille im Wasser, und sie sagte: ›Sieh mal, tiefer ist es nicht, erst ganz weit hinten wird es tiefer, du kannst ruhig hineinkommen …‹ Aber ich hab ihr nicht geglaubt. In gewisser Weise war das sogar ihre Schuld, sie hat mich dazu erzogen, immer besonders vorsichtig zu sein. Ich hatte einen ganzen

Sommer lang Angst, in diesen Baggersee zu steigen, dabei war es heiß und ich hab die Menschen beneidet, die im Wasser platschen konnten. Zum Schluss, als wir das letzte Mal da waren, hab ich mich dann doch getraut. Ich hab gefroren vor Angst, obwohl das Wasser nicht kalt war. Ich konnte schwimmen, darum ging es nicht. Ich dachte nur, wenn ich mich hinstelle, hab ich keinen Grund mehr und gehe unter – oder der Boden ist schlammig und schwammig – oder Schlangen und Molche schwimmen drin rum und wickeln sich mir um die Beine. Ich weiß auch nicht. Aber der Boden war durchaus fest, ein paar Steinchen konnte man fühlen. Das war's. Außerdem konnte ich wirklich bis weit hinten noch stehen. Im nächsten Sommer war ich aus dem See nicht mehr raus zu bekommen.«

»Was hat das jetzt mit Reichtum oder Armut zu tun?«

»Viel. Ich denke, dass Unbekanntes am meisten Angst macht. Ich dachte wohl, draußen im Leben ist es schlammig und schwammig und ich sinke unter. Aber dann war's einfach fester Boden mit ein paar Steinchen und Schluss.«

Er schüttelte den Kopf und murmelte: »Ich glaube nicht, dass das jeder so sehen würde.«

Lilly entrollte den Zettel in ihrer Hand und las: »Hoffnung? War das der Schluss des Gedichtes von deinem Vater?«

»Ja. Der Schluss hieß: ›Hoffnung verloren – alles verloren, da wäre es besser, nicht geboren.‹«

Die Bahn rauschte vor dem Fenster vorbei, so dicht, dass das Rollo sachte schwankte. Im Spülbecken klirrte leise das schmutzige Geschirr.

»Was wolltest du eigentlich? Warum bist du hier?«, fragte er, als sie sich wieder verstehen konnten.

Lilly suchte verzweifelt nach einer Ausrede, aber ihr fiel keine ein, deshalb sagte sie ungern: »Ich wollte dich fragen, ob du uns mal besuchen möchtest.«

Er blickte sie zweifelnd an, schob die Zettelchen auf dem Tisch zusammen, sah wieder auf, wartete die Bahn ab, die von der Gegenrichtung am Fenster vorbei schoss und sagte: »Das ist nett. Das mache ich gern mal.« Plötzlich wurde er lebhafter, er richtete sich auf dem Stuhl etwas auf und ihm fiel ein: »Darf ich dir etwas anbieten? Möchtest du was zu trinken?«

»Nein, vielen Dank. Ich muss auch gleich wieder los…«

»Das war ein kurzer Besuch«, sagte er enttäuscht. »Na, hätte ich mir ja denken können.«

Lilly legte den Kopf schief. »Du erinnerst mich an I-Ah.«

»An wen?«

»Den griesgrämigen alten Esel aus dem Buch ›Pu, der Bär‹. Kennst du das nicht? Der ist immer miesepetrig und befürchtet das Schlimmste, und wenn ihm aus Versehen was passiert, sagt er auch: Hätte ich mir ja denken können.«

»Bleibst du nur aus Versehen so kurz?«

»Ich bin schon lange unterwegs. Ich war ja zuerst an deinem alten Arbeitsplatz in Altona. Und jetzt merke ich gerade, dass mir bald die Milch überläuft, ich muss nach Hause. Ach so, ja, darf ich vielleicht erst noch mal in dein Bad?«

Da war noch immer die linke Lampe neben dem Hängeschränkchen kaputt, eine kleine Birne mit versilberter Kuppel. Oder war sie schon wieder kaputt? Nein, entschied Lilly, bestimmt noch immer. Es ist ihm egal. Hoffnung verloren, alles verloren…

Als sie wieder erschien, fragte er noch, was die auf dem Revier gesagt hätten, und sie schilderte den bärtigen Wachmann. »Ich wollte ja nur wissen, wo du bist, aber glaubst du, er hat einfach gesagt: Der ist nicht mehr bei uns? Im Gegenteil. Er hat lauter Gegenfragen gestellt, über Sachen, die ihn eigentlich nichts mehr angingen.«

»Er wollte korrekt sein«, vermutete Helge.

»Ach, ich glaube eher, das sitzt bei euch so drin, wie in alten deutschen Kriminalfilmen, wenn der Kommissar ganz überlegen sagt: ›Wir stellen hier die Fragen!‹.«

Sie standen sich zögernd im Flur gegenüber, nahezu im Finstern, und suchten nach Abschiedsworten. Die Dunkelheit machte Lilly nervös, sie fingerte neben der Wohnungstür nach dem Schalter und knipste wieder das Licht an. Richtig, grünlich braune Augen hatte er, daran hatte sie gar nicht mehr gedacht. Und einen wirklich schöner Mund, egal, wie viele Stoppeln drum herum saßen.

375

Er schaltete das Licht gleich wieder aus und umarmte sie. Viel zu krampfhaft übrigens, er krallte geradezu. Spätestens morgen hab ich vier blaue Flecke unter der Schulter und vier blaue Flecke auf der Hüfte, dachte Lilly. Sie tastete nach der Türklinke, entwand sich ihm und huschte hinaus.

Von oben rief er ihr durch das Treppenhaus hinterher: »Hast du den kleinen Hund noch?«

Und sie rief, auf dem Weg nach unten, zurück: »Ja. Hab ich. Tschüs, Helge, bis bald…«

Er antwortete nicht, und sie dachte, als sie das Haus verließ: Das wird er ja wohl nicht tun – mich besuchen. Dazu hat er nicht genug Initiative. Außerdem kennt er nicht die richtige Adresse. Keine Telefonnummer. Weiß nicht meinen Nachnamen – überhaupt keinen. Na, vielleicht würde er's mit Dietrich versuchen, das hatte ich doch damals auf dem Dom gesagt. Falls er sich noch erinnert. Aber ich glaube nicht, dass er 's überhaupt tut. Er sieht doch schon ziemlich kaputt aus. Der wird bis in alle Ewigkeit in dieser gruseligen Wohnung bleiben und der Bahn zuhören. Schade, er schafft es nicht…

Inzwischen hatte es sich bezogen, graue und braune Wolken waberten herum, und noch bevor Lilly den Bahnhof erreichte, begann es, zu tröpfeln.

Ganz genau eine Woche später hatte Lilly eine unangenehme Nacht hinter sich mit einer Raupe, die kaum schlief und nur brüllte. Etwa, weil Vollmond war? Koliken? Oder konnte das schon der erste Zahn sein, der sich anmeldete?

Sara, die sie konsultiert hatte, meinte dazu: »Möglich ist alles. Es gibt sogar Kinder, die werden mit Zähnen geboren.«

Die Sonne schien wieder, doch es war kühl und windig. »Wir fahren nicht zum Markt!«, entschied Lilly. »Ich werde versuchen, noch ein bisschen Schlaf zu bekommen, und wenn du eine brave Raupe bist, dann machst du das Gleiche.«

Sie legte das Baby hin, packte sich selbst auf ihr quietschendes Bett, den Hund zu ihren Füßen, beschloss, sich demnächst ein preiswertes, nicht quietschendes bei Ikea zu besorgen, schloss die Augen und spürte, wie sie ganz leise in den Schlaf hinübergespült wurde – als es an der Tür klingelte! Caligula seufzte.

Sie biss die Zähne zusammen und wartete auf das Protestgeschrei der kleinen Maria – aber da kam nichts. Schlief das Baby etwa schon? So tief und fest, dass es nichts mehr hörte?

Sie stand auf, huschte auf Zehenspitzen zum Kinderbett und sah, dass ihr kleiner Engel wirklich eingeschlafen war.

Dann raste sie im Galopp los, bevor Wer-auch-immer zum zweiten Mal klingeln konnte, riss die Tür auf – und stand Helge gegenüber. Caligula stürmte heran, um ihn zu begrüßen und wurde von Lilly niedergezischt: »Weck mir jetzt nicht die Raupe auf!«

Helge trug ein Blumensträußchen und ein kleines Paket in den Händen und bedeutend weniger Sorgenfalten als vor einer Woche im Gesicht. Tatsächlich schien er frisch rasiert. Er steckte in seiner rotbraunen Lederjacke, unter der er einen blauen Pullover trug, der überhaupt nicht dazu passte. Ursprünglich hatte er wohl gelächelt, doch das gab sich, als er Lilly ansah, die im breibekleckerten Morgenrock über dem Nachthemd, ungekämmt und ungeschminkt und mit Augenringen vor ihm stand.

»Könnte es sein, dass ich etwas ungelegen komme?«, fragte er, nicht ohne Ironie.

Lilly war sich nicht sicher, ob sie sich mehr ärgerte oder mehr freute. »Komm rein. Hallo, guten Tag. Danke für die schönen Blumen. Wie hast du uns gefunden?«

»Du hast doch gesagt, dass du hier im Stift wohnst.«

»Ja, aber nicht die Hausnummer. Und nicht meinen Nachnamen.«

»Ich war mal Polizist, ich hab mich durchgefragt. Du weißt doch, ›die Fragen stellen wir‹. Hier, das ist für deine Kleine.«

Lilly packte ein paar knallrosa Stoffschuhe aus, Samt mit Messingknöpfen, ziemlich kitschig. »Danke. Darf ich dir – ich würde dir gern was anbieten. Aber wie du siehst, ist der Herd nicht in Bestform. Ich hatte ganz vergessen, dass mir da gestern Abend die Milch übergekocht ist…«, sagte Lilly, sehr verlegen.

»Ist das Baby krank?«

»Ich weiß es nicht. Sie hat die ganze Nacht geschrien. Dafür schläft sie jetzt tief und fest. Sie hat nicht mal gemerkt, dass wir Besuch haben.«

Helge sah in das Bettchen. »Wenn sie die ganze Nacht geschrien hat, ist es ihr gutes Recht, sich jetzt davon auszuruhen. Musst du dir mal merken, wenn du nicht schlafen kannst: einfach die ganze Nacht schreien. Soll ich deinen Herd putzen?«

»Sollst du – ? Nein. Warum solltest du?«

»Weil du zu müde bist. Ich hab großartig geschlafen.«

»Warum? Streikt die Bahn?«

»Ich hab dir doch schon mal gesagt, ohne Bahn kann ich nicht schlafen. Wo ist Scheuerpulver?« Helge zog seinen Pullover aus. Darunter trug er ein braun-grün kariertes Hemd, dessen Ärmel er hochkrempelte. »Leg dich doch bitte noch mal hin, du siehst so aus, als hättest du es nötig…«

»Danke«, sagte Lilly. Sie rang ein Gähnen nieder, sah dem Mann, der ihren Herd schrubbte, eine Weile aus tränenden Augen zu und legte sich dann wirklich auf ihr Bett.

Sie wachte auf, weil es nach Vanille duftete. Nein, nach Grießbrei mit Vanille. Lilly kam langsam hoch. »Hast du gekocht?«

»Ich war so frei. Es ist nach eins. Ich hab das ganze ›Pu, der Bär‹ ausgelesen inzwischen und mich gelangweilt. Außerdem hab ich Hunger bekommen. Wie ist das mit dir?«

»Ach, so ein bisschen Grießbrei – gerne…«

Lilly stand auf und kam zum Tisch. Helge füllte gerade zwei tiefe Teller aus einem Töpfchen. »Vorsicht, er ist natürlich heiß…«

Lilly pustete gehorsam auf ihren Löffel und merkte aus den Augenwinkeln, dass er lächelte. »Was ist los?«

»Nichts. Du siehst niedlich aus, wenn du auf deinen Löffel pustest.«

»Ist die Raupe – ist das Kind die ganze Zeit nicht aufgewacht?«

»Nicht eine Sekunde. Der Hund auch nicht. Da auf dem Teppich liegt er. Dabei hab ich einigen Lärm gemacht – und dein Bett hört man bis zum Gänsemarkt.«

Lilly kicherte. »Das sind sie eben gewöhnt.« Sie kostete den Brei und lobte überrascht: »Der hat ja Klümpchen!«

»Ich hab geübt.«

Sie lächelten sich über den Tisch an. Dann fiel Lilly etwas ein, sie sprang auf und lief zu ihrer Kommode. »Ich hab hier was für dich. Das hab ich letzte Woche gekauft. Dabei war ich wirklich nicht sicher, ob wir uns je wieder sehen…« Sie reichte ihm eine Pappschachtel mit einer Glühbirne über den Tisch, einer kleinen Birne mit versilberter Kuppel.

Er drehte die Schachtel hin und her. »Licht von Lilly. Das ist ja lieb von dir. Gestern hab ich die gleiche gekauft und in meinem Bad ausgewechselt. Diese hier kommt auf die Reservebank.«

Sie sahen sich an, bis er darauf hinwies: »Der Grießbrei wird kalt!«

»Dir geht's besser als neulich, scheint mir. Was ist passiert?«, fragte Lilly.

»Du hast mich gerettet.«

»Was? Ach wo. Ich war doch nur ganz kurz da.«

»Aber du warst da. Du hast an meinen Sarg geklopft. Das war eine gute Tat, das hat mich aufgeweckt. Ich versuche… ich werde…«

»Ja?«

»Ich werde Informatiker. Vielleicht. Ich lasse mich umschulen. Computer haben mich immer interessiert«, sagte er und aß einen Löffel Brei. »Ich muss sagen, ich verstehe dich nicht. Ich finde ihn widerlich mit Klümpchen…«

In diesem Augenblick fiel Lilly erst auf, dass er nicht nach Alkohol roch – nicht an diesem Tag jedenfalls. Vielleicht war er ja wirklich auf einem ganz guten Weg. Wer sie im Moment beobachtete, würde vermutlich denken, sie wäre die kaputtere von beiden.

Die Raupe begann, kleine, helle Töne von sich zu geben.

»Was macht es jetzt – singt es?«, fragte Helge verblüfft.

Sie standen beide auf und gingen zum Babybett. Das Kind lag da, mit rosigen Bäckchen, schaute aufmerksam um sich und ließ die dunklen Augen von einem zum anderen wandern.

»Das hört sich süß an, was? Das macht sie manchmal. Vielleicht singt sie eines Tages wirklich…«

379

Lilly nahm ihre Tochter hoch, legte ihr Gesicht an die warme, glatte kleine Wange und schnupperte den appetitlichen Babygeruch.

»Hallo, Raupe!«, sagte Helge und hielt ihr einen Finger hin, den sie prompt umklammerte.

»Sei vorsichtig!«, warnte Lilly. »Der Mann glaubt, alle Mädchen wären kleine Biester…«

Eigentlich hatte Lilly dem Rat der Anwältin folgen und einen ›neutralen Menschen‹ mitnehmen wollen, doch sie entschied sich im allerletzten Moment um, als ihr Treffen Anfang Juni endlich stattfand. Norbert war bei den Telefongesprächen so zahm gewesen, müde und traurig. Er vermittelte nicht den Eindruck, dass er es noch darauf anlegte, sie als gefährliche Verrückte hinzustellen.

Noch einmal ging sie den Gartenweg hinauf, der mal ihr eigener gewesen war. Der Garten sah ein bisschen kahl aus, wenig gepflegt. Darum hatte sie sich früher immer gekümmert…

Der Tag war heiß, und Norbert öffnete in einem kurzärmeligen hellblauen Hemd und leichter Leinenhose – richtig, die hatte sie ihm noch selbst geschenkt, letzten Sommer.

Sie nickten sich bei der Begrüßung zu, ohne sich zu berühren. Lilly hätte ihn eigentlich ganz gern umarmt (er wirkte so zierlich und zerbrechlich), aber er schien keinen Wert darauf zu legen.

Sie gingen in sein Arbeitszimmer. Hier stand eine Karaffe mit Saft und Eisstückchen.

»Setz dich bitte. Ich habe so weit alles vorbereitet, wie du siehst, hab gestern noch lange mit Kachelborn darüber gesprochen.« Kachelborn war sein Anwalt und früher auch Lillys Anwalt gewesen. Norbert setzte seine Brille auf und nahm einige Papiere hoch. »Du hast gesagt, du verzichtest auf jeden Unterhalt? Das hast du doch damals bei deiner eigenen Mutter immer verurteilt?«

»Das war doch auch etwas ganz anderes«, sagte Lilly, und er stimmte sofort zu: »Allerdings. Dein Vater war zweifelsfrei dein Vater. Und sie war völlig unschuldig am Scheitern ihrer Ehe. Was du von dir nun allerdings nicht behaupten kannst.«

Seine hellen, glitzernden Augen sahen sie über die Brille hinweg an. War er noch eifersüchtig? Er versuchte zumindest, es zu verbergen. Seine Stimme klang betont nüchtern und sachlich. »Gut, wir reichen im beiderseitigen Einvernehmen die Scheidung ein, gleich Mitte August. Was das Kind angeht, wäre es am einfachsten, meint Kachelborn, wenn der Vater es adoptiert. Du willst doch mutmaßlich wieder heiraten?«

»Ich weiß noch nicht.«

»Schön, das können wir später klären. Ich unterstelle mal, dass wir Vertrauen zueinander haben«, sagte er – als hätte er sie nie betäubt und eingesperrt und seinen Freund angerufen, um sie abtransportieren zu lassen. Als hätte er sie nie durch die Polizei suchen lassen.

Lilly sah, wie er seine Mundwinkel krampfhaft unter Kontrolle hielt und zur Seite zog, und sie erinnerte sich: Das machte er, wenn ihm etwas wehtat, körperlich oder seelisch. Sie plapperte schnell, was sie sich vorgenommen hatte: »Es tut mir Leid, Norbert. Ich hab dich sehr verletzt, glaube ich. Das war nicht meine Absicht.«

Dazu sagte er nichts. Er nahm die Brille ab und knetete seine Nasenwurzel. Dann lächelte er sie an, wenig nur und schmallippig. »Also, dein Haar ist ab, wie ich sehe. Junge Männer mögen das wohl lieber so. Ich hab einen altmodischen Geschmack. Du hast immer ausgesehen wie eine Madonna, Lilly. Wunderschön, sanft und scheu. Du trittst fester auf jetzt, scheint mir. Das Weiblich-Zarte hast du ein wenig verloren. Aber das geht mich nichts mehr an. Sonst siehst du ja sehr gut aus. Ha, soll ich dir was Amüsantes erzählen? Gloria ist letzten Winter mal zu mir gekommen und hat was davon gefaselt, du würdest in der Innenstadt auf dem Erdboden sitzen in irgendwelchen Lumpen und jämmerlich betteln. Ich hab sofort gewusst, dass sie Mumpitz redet. Ich hab ihr geraten, das Ganze *nüchtern* zu betrachten…« Norbert schmunzelte in sich hinein. »Sie ist kurz darauf ihren Führerschein losgeworden, weil sie ständig zu tief ins Glas geguckt hat.«

»Gloria?«

»Selbstverständlich. Deine Freundin Gloria. Sie hat allerdings im letzten Jahr auch einiges mitgemacht. Zuerst die Sache mit ihrer Schwester Virginia, die Frau dieses Diplomaten – hast du das eigentlich noch mitbekommen?«

»Nein. Ich wüsste nicht. Was ist passiert?«

»Virginia war auch schwanger« – ganz kurzes Wegziehen der Mundwinkel – »War ja auch schon Ende dreißig, aber sie hat sich sehr verantwortungsvoll verhalten, was die pränatale Diagnostik anging. Hat wirklich alles getan, um ein gesundes Kind zu bekommen. Hätte es natürlich nicht bekommen beim leisesten Zweifel, sie hat selbst zu mir gesagt, das ist es ihr nicht wert. Dann kommt die Geburt und alles stimmt und ist bestens, und gleichzeitig, wirklich genau gleichzeitig, geht ihr kleiner Sohn, der Lambert, auf den Spielplatz, rutscht mit dem Kopf in irgend so ein Gerät, das als tadellos und geprüft gegolten hat, kommt nicht wieder frei, wird von Kameraden in bester Absicht gezerrt und gezogen, dass er sich wirklich den Schädel immer mehr eindrückt und erleidet solche Gehirnverletzungen, dass er jetzt ein schwerer Pflegefall ist, ein sabberndes Etwas – ausgesprochen unappetitlich, der hübsche Junge, acht oder neun inzwischen, erinnerst du dich, wir hatten ihn doch mal bei Joschis Geburtstag gesehen?«

Lilly nickte entsetzt.

»Die kleine Schwester von Gloria ist jedenfalls fertig. Hat über Nacht ihr gutes Aussehen und allen Charme verloren, kein Wunder, mit dem neuen Baby und dem behinderten Jungen jetzt gleichzeitig. Natürlich hat sie Pflegepersonal rund um die Uhr, aber...« Norbert schüttelte den Kopf. »Das ist doch wirklich eine Ironie des Schicksals. Die Frau tut alles für die Sicherheit, was nur möglich ist, und dann so etwas. Ja, und das war nur der erste Schlag für Gloria. Dann ging die Firma von Joschi mehr und mehr in die Pleite, da wurde sie natürlich immer nervöser. Es gab ziemlich viel Streit, so weit ich beobachten konnte. Joschi hat nie drüber gesprochen, nur drauf getrunken, genau wie sie. Dann kam der Knüller, die Sache mit Jannik – aber das wirst du doch verfolgt haben? Das war im Fernsehen und in allen Zeitungen...«

»Ja, das hab ich gehört. Ist er jetzt eigentlich im Gefängnis?«

»Jannik Bischof? Erlaube mal, der ist sechzehn. In dem Alter darfst du fast noch morden, ohne dass dir was passiert. Man wird wohl auf ihn aufpassen. Das war dann der letzte Tropfen im Ehefass der Bischofs. Sie ist ausgezogen und arbeitet schon wieder als Innenarchitektin irgendwo in Alsterdorf. Die Ehe ist vorbei. Joschi versucht gerade, seine letzten Mäuse zu retten, damit sie Gloria nicht in die Krallen kommen. Kachelborn hilft ihm, auf eine Art Pleite zu machen, die sich für ihn lohnt.«

Lilly strich nachdenklich über den eisernen Don Quichotte auf Norberts Schreibtisch – und behielt Staub an den Fingern. »Ist Frau Dietrich krank? Oder nicht mehr bei dir?«

Norbert verzog sarkastisch das Gesicht. »Die ist weg. Ich hab nur noch zweimal die Woche eine Reinemachefrau. Essen geh ich sowieso ins Restaurant. Unsere gute Frau Dietrich hat gekündigt. Und wenn sie das nicht so schnell getan hätte, hätte ich sie angezeigt. Ich glaube nämlich, sie hat deinen ganzen Schmuck geklaut.«

Lilly öffnete erschrocken den Mund, um die arme Haushälterin zu entlasten, als Norbert fortfuhr: »Beweisen konnte ich es ihr natürlich nicht. Als ich eines Tages nachgesehen habe, war er weg. Und da war sie auch schon weg, schon seit zwei Monaten. Es klingt absurd bei so einer alten Scharteke – sie war immerhin schon weit über fünfzig –, aber sie hat durch eine Heiratsanzeige einen Knülch kennen gelernt, der vor Geld kaum laufen konnte und ist vom Fleck weg geheiratet worden. Die Dietrich mit ihren Krampfadern!« Norbert lachte.

Lilly lachte auch ein bisschen und freute sich für Frau Dietrich. Sie goss sich etwas von dem kalten Saft in ein Glas und trank: Ihr Hals war bei der Bemerkung über den Schmuck ganz trocken geworden.

Norbert stand auf und ging zum Fenster. Lilly fiel auf, wie welk die Haut an seinen nackten Armen aussah. Er blickte hinaus, über den Garten auf die Straße, und kniff die Augen zusammen: »Aus dem Wagen da bist du doch eben gestiegen? Ist er das? Der Dunkle da am Steuer? Aha. Na ja. Du hast immer für Dunkelhaarige geschwärmt. Deine Mutter hat mal gemeint, der wäre tot. Allerdings war sie nicht sicher, ob sie dich da richtig verstanden hatte. Hab übrigens lange nicht mit ihr telefoniert. Grüß sie doch bitte. Sieht sehr lebendig aus, der Herr. Hübscher Kerl. Glückwunsch.« Er sprach jeden Satz zackig und kurz und presste hinterher die Lippen zusammen. Dann drehte er sich zu Lilly um. »Du willst sicher in dein Zimmer und dir raussuchen, was du brauchst. Bis auf den Schmuck ist alles unangetastet. Ich glaube, mehr haben wir uns nicht zu sagen. Ich wünsche dir alles Gute. Sieh zu, dass du es diesmal besser hin bekommst.«

»Ich wünsche dir auch alles Gute«, erwiderte sie, ohne etwas Giftiges hinzuzufügen. Er war so alt und so kaputt, es war nicht nötig, noch mal drauf zu treten.

Das 20. *Kapitel*

bemüht sich um Verständnis

Nahezu alle Hamburger lieben den Isemarkt. (Ausgenommen vielleicht *manchmal* die Anwohner der Isestraße, wenn sie am Dienstag- oder Freitagvormittag durchaus keinen Parkplatz mehr finden, weil die Marktkäufer schon nebeneinander und übereinander und hochkant vor den gepflegten Jugendstilhäusern stehen. Aber vermutlich bemühen die Anwohner sich um Verständnis.) Einige Leute kommen von ganz schön weit her zum Kaufen. Und wer in relativer Nähe wohnt, der kommt natürlich erst recht.

Elisabeth Jahnke fuhr mit ihrem Einkaufswägelchen einfach die eine Station vom Schlump zur Hoheluftbrücke – und schon war sie da.

Im Herbst, zur Erntezeit, ist es auf einem Wochenmarkt fast am schönsten. Frau Jahnke kaufte Äpfel für Kompott, Kürbisse für Kürbiskuchen und Astern, gleich zwanzig Stück, in Blau und Violett.

Dann bemerkte sie aus den Augenwinkeln etwas Seltsames: eine schmächtige Promenadenmischung, die auf den Vorderpfoten umhertrippelte, die Hinterbeine in der Luft! Sicherlich gehörte der Hund einem der Marktleute. Oder es war ein Zirkushund.

»Caligula, lass den Blödsinn und komm her!«, sagte hinter ihr eine Stimme, die sie an ihre verschollene Tochter erinnerte. Elisabeth sah eine junge Frau, halb von hinten und halb im Profil, die sich gerade Kochbirnen in ihren Korb füllen ließ – und die tatsächlich etwas an Lillybelle erinnerte. Sie war ungefähr so groß und hatte auch dunkles, glänzendes Haar, kunstlos im Nacken zusammen gebunden. Allerdings trug sie gewöhnliche Jeans, ein billiges, bedrucktes T-Shirt und etwas wie Turnschuhe, reichlich schäbig. Neben ihr, in einem Buggy, saß ein Baby, das ein grünes Mützchen trug, kein besonders hübsches Kind, aber mit drolligem Gesichtsausdruck und wachen dunklen Augen.

Die junge Frau nahm ihren Korb, drehte sich um – und Elisabeth erkannte mit einem Schmerz, der wie ein Schwert durch ihren Leib drang (erzählte sie später ihrer Nachbarin und besten Freundin), dass es sich wirklich um Lillybelle Lohmann handelte! Ihre Augen füllten sich sofort mit Tränen und sie sagte mit ihrer etwas brüchigen, etwas gereizten, etwas beleidigten Stimme: »Na, das hatte ich ja gar nicht mehr erwartet, meine Tochter zu meinen Lebzeiten noch mal zu sehen...«

Lilly drehte sich noch weiter um, riss die Augen auf und schnappte nach Luft. Dann trat sie zwei Schritte auf ihre Mutter zu und umarmte sie heftig. »Ach Mutti! Hör auf zu heulen, bitte, sonst heule ich mit. Ich hab niemals erwartet, dir vormittags zu begegnen. Was macht denn dein Job?«

»Ich hab Urlaub. Hallo, du kleines Schätzchen – ich bin deine Omi!«

Die Raupe grinste breit. So grinste sie normalerweise jeden an, nicht nur Omis. Elisabeth beugte sich über den Buggy und zupfte dem Kind das Mützchen kleidsamer um das runde Gesicht. »Wie alt ist sie? Ein halbes Jahr?«

»Sechseinhalb Monate. Und schon zwei Zähne. Krabbelt wie aufgezogen und zieht sich an allem und jedem zum Stehen hoch. Hat eigentlich immer gute Laune, außer wenn sie Wutanfälle bekommt – die sind dann saftig.«

Weil sie mit dem Buggy und dem Einkaufswagen eine Blockade bildeten, räumten sie sich etwas beiseite. Der unansehnliche Hund kam mit. Er wedelte Elisabeth dezent an, als wollte er sagen: ›Angenehm, aber wir bleiben bitte per Sie.‹ Seine sonderbar spitze kleine Nase schnüffelte abwechselnd mit dem rechten und mit dem linken Nasenloch in ihre Richtung, was rattenhaft wirkte.

Elisabeth schaute lieber ihr Enkelkind an. »Sie sieht dir überhaupt nicht ähnlich, Lillybelle.«

»Ich weiß. Sie ist ganz der Vater.«

Das überhörte ihre Mutter. »Gott, du warst ein kleiner Engel,
die Leute sind reihenweise stehen geblieben. Riesengroße Augen
hattest du. Sie hat ziemlich kleine Augen, scheint mir? Und so ein
energisches Kinn – man könnte denken, das ist ein kleiner Junge.
Wie heißt sie denn?«

»Maria Fatima Jahnke.«

»Jahnke, natürlich, du hast noch nicht wieder geheiratet. Die
Scheidung läuft, sagte Norbert mir. Wir telefonieren ab und zu,
wie du vielleicht weißt. Lillybelle, ich möchte dir sagen, dass ich inzwischen Verständnis für deine Entscheidung habe. Tiefstes Verständnis.«

»Wieso – hast du dich über Norbert geärgert?«

»Was? Ach wo! Er ist reizend zu mir, immer. Nein, ich habe sehr
viel nachgedacht in den letzten Monaten, und ... ich habe tiefstes
Verständnis. Das wollte ich dir auf jeden Fall sagen.«

»Danke, Mutti. Das freut mich wirklich«, sagte Lilly. Sie lächelten
sich verlegen an. Elisabeth bemerkte die kleine, blasse Narbe auf
Lillys Oberlippe, vom Ring ihrer Schwiegermutter. Sonst war sie ja
wohl beinah so schön wie immer, aber kaum geschminkt! Was hatte
sie früher auf ihr Äußeres geachtet, da hatte immer alles gestimmt ...

»So, Maria Fatima. Fatima? Ist dein ... ist der Vater Orientale?!«

»Nein. Aber ich habe sehr gute türkische Freunde.«

»Du hast türkische Freunde? Ach was. Türkisch? So Gemüse-
händler?«

»Ja, der Cousin von Hasan hat einen Gemüseladen. Er selbst
und seine Familie besitzen eine Änderungsschneiderei.«

»Ach was«, sagte Elisabeth wieder. »Und mit denen bist du
also ...«

»Sehr gut befreundet, ja. Ich war kürzlich bei der Hochzeit der
ältesten Tochter, die heißt nämlich Fatima. Die hat einen Deutschen geheiratet, eine große, romantische Liebesgeschichte, fast
wie Romeo und Julia. Alle waren dagegen, aber sie haben es
durchgesetzt. Mit Hilfe der Großmutter übrigens. Die heißt auch
Fatima«, erklärte Lilly. »Und sie werden alle zu meiner großen

387

Geburtstagsfeier kommen. Meinen letzten Geburtstag hab ich praktisch übergangen...«

Elisabeth strich sich unsicher über das Haar. »Feierst du groß? Das ist nett. Könnte ich... dürfte ich eventuell...«

»Wenn du möchtest, bist du herzlich eingeladen«, sagte Lilly. Es kam ihrer Mutter jedoch so vor, als ob sie etwas zögerlich sprach.

»Wie schön! Wo feierst du? Wo wohnst du denn jetzt überhaupt?«

»Im Schröderstift.«

»Bitte –?!«

»Im Schröderstift, das liegt in der Schröderstiftstraße, gleich beim Schlump...«

»Ich weiß, wo das ist. Aber Lillybelle – da wohnen doch nur Asoziale?«

»Nein, das ist nicht wahr. Wir haben auch Akademiker. Wir sind bunt gemischt.«

Elisabeth schaute eine Weile hilflos zwischen den Marktständen umher. »Ja, was ist denn das für eine Adresse? Ich meine, wie klingt denn das?«

»Du musst ja nicht zu meinem Geburtstag kommen.«

»Oh, doch, doch. Natürlich komme ich. Ich bin nur... etwas erstaunt.«

»Aber du hast Verständnis dafür.«

»Ja, sicher. Natürlich. Ich muss mich erst mal an den Gedanken... Dieser Mensch, dein... Also, Marias Vater... lebt der auch da?«

»Nein.« Es widerstrebte Lilly, ihrer Mutter zu erzählen, dass Claudio tot war. Sie hatte so etwas schon einmal an Norbert weitergegeben. »Der ist auch nicht mehr... aktuell. Ich habe einen neuen Freund. Gewissermaßen jedenfalls.«

»Willst du den heiraten?«

»So weit sind wir noch lange nicht. Ich will da vorsichtig und langsam rangehen. Vor einem halben Jahr hatte er noch ein Alkoholproblem. Außerdem hängt er, glaube ich, noch ziemlich stark an seiner geschiedenen Frau. Mal sehen, wie sich das entwickelt.«

»Oh. Ach so. Und was macht der –?«

»Beruflich? Er war Polizist. Jetzt lässt er sich umschulen, seit einigen Monaten.«

Elisabeth sah aus, als ob ihr die Füße wehtäten. »Polizist? Was hat der denn für... Entschuldige, wenn ich frage... für eine Schulbildung? Mittlere Reife?«

»Nein, das nicht«, sagte Lilly nicht ohne Bosheit. »Aber ich kann mich trotzdem ganz gut mit ihm unterhalten«, fügte sie hinzu. »Und ich will dir was sagen: Ich habe inzwischen viele Freunde, die sprechen teilweise nicht einmal sauberes Hochdeutsch. Mit denen kann ich mich auch gut unterhalten. Vor allem sind sie echte Freunde. Die werden natürlich bei meinem Geburtstag auch da sein.« Ihr ging durch den Kopf: Was Mutti wohl gemacht hätte, wenn sie mir hier mit Kalle, dem Moloch, begegnet wäre?

»Willst du damit sagen, dass Proleten und Versager dir mehr geben als etablierte, tüchtige Menschen?«

»Sie haben mir mehr gegeben. Ob das immer so ist, weiß ich nicht. Vielleicht gibt es etablierte, tüchtige Menschen, die ebenfalls warmherzig und gute Freunde sind. Die würde ich gerne kennen lernen. Bis jetzt sind sie mir eher kalt und rücksichtslos vorgekommen. Vielleicht sind die Versager deshalb Versager, weil ihnen die Rücksichtslosigkeit fehlt. Ihnen fehlen ja auch meistens die Zähne – das heißt, sie sind nicht gut darin, sich durchzubeißen.«

Ihre Mutter strich sich mit einer Hand über die Kehle, als ob sie versuchte, etwas Kantiges hinunter zu schlucken. Sie blickte hinauf zum Eisengerüst der U-Bahn und hinunter auf den Boden und Lillys Füße.

»Mein Gott, Lillybelle, was hast du da bloß an?«

»Was ist an Turnschuhen aufsehenerregend?«

»Ja, ich weiß nicht. Das mag für Teenager sehr flott sein. Aber bei einer Frau von fast vierzig sieht es einfach billig aus.«

»Der Schein trügt nicht. Die waren einfach billig. Ich hab nicht so sehr viel Geld zur Verfügung.«

Elisabeths Augen waren groß, rund und kummervoll: »Hat dir Norbert denn nicht deine alte Garderobe zur Verfügung gestellt?«

»Doch. Die meisten der Klamotten hab ich an ein Secondhand-Geschäft verkauft. So ziehe ich mich jetzt nicht mehr an.«

»Ach, Kind... Du warst doch mal – noch vor fast einem Jahr warst du so eine elegante Frau! Was haben meine Kolleginnen mich beneidet, wenn du mich mal abgeholt hast...«

»Ich verspreche dir, ich hol dich nie aus deinem Büro ab, wenn ich diese Turnschuhe an hab, Mutti.« (Was hast du für ein Glück, das keine deiner Kolleginnen mir ein Hinz & Kunzt abgekauft hat. Oder mich gesehen hat, als ich Sitzung machte.)

»Und was haben sie mich immer beneidet, wenn Norbert mit seinem Mercedes kam...«, fügte Elisabeth sehnsüchtig hinzu.

»Dann bitte ihn doch, mal mit dir essen zu gehen. Das macht er bestimmt.«

»Ach, Unsinn! Das ist doch nicht dasselbe... Inzwischen wissen doch alle... Glaubst du, ich kann mit verweinten Augen ins Büro kommen, und alle fragen mich, was denn los ist – soll ich da lügen? Wenn du wüsstest, wie peinlich das war! Verstehst du, wie peinlich das für mich war?«

»Ja, das verstehe ich, Mutti.« (Du hast früher mit mir angegeben, bis ihnen übel wurde. Deine Kolleginnen müssen sich richtig erleichtert gefühlt haben, als deine Prinzessin endlich vom Thron gekippt ist.)

Elisabeth seufzte tief und betrachtete sorgenvoll das Baby, das vergnügt mit blanken Augen um sich sah. »Du musst sie taufen lassen, Lillybelle. Es fragt sich natürlich, was ein Pastor zu diesem Namen sagt – aber trotzdem. Ich würde vielleicht... Frau Hackbart, du weißt schon, die aus der Registratur, die ist bei ihrem eigenen Enkelkind Patin geworden. Ich würde auch...«

»Maria ist schon getauft. Tut mir Leid, im Juli. Die eine Patin war meine alte Schulfreundin Petra – Püppi, erinnerst du dich?«

»Die Püppi Lüders? So eine kleine Rothaarige, nicht? Die war immer recht vulgär, ich hab nie verstanden... Aha. Und wer war die zweite Patin?«

Einmal erfährt sie's ja doch, dachte Lilly. »Das war ein Pate. Papi. Mein Vater. Dein Ex. Er ist absolut verknallt in die Raupe.«

»Viktor?! Aber wieso ...? Wir haben doch seit Ewigkeiten keinen Kontakt mehr zu ihm – ? Was für eine Raupe?«

»So nenne ich Maria.«

»Nein, Lillybelle, warum denn das? Wie unappetitlich!«

»Und so heißt auch unser Laden. Ach so, das weißt du nicht: mir gehört zur Hälfte ein Wolle-Geschäft. Hast du vielleicht schon mal gesehen: *Die Wollraupe* in der Grindelallee?«

Elisabeth verdaute noch an der Patenschaft ihres Ex herum und begriff nur langsam: »Du hast ein Wolle-Geschäft?«

»Anteilig.«

»Das ist doch erfreulich ... mein Gott, das erleichtert mich. Ich dachte schon ... So, wie du aussiehst ... Und wo du wohnst ... Dann hast du also doch eine gewisse Sicherheit. Eine kleine.«

»Aber wirklich nur eine winzige. Besonders gut läuft der Laden nicht. Da haben wir uns bei der Eröffnung größere Hoffnungen gemacht. Die Leute geizen zur Zeit, sogar bei Wolle. Wir kommen man eben gerade so durch. Wir müssen uns ganz schön einschränken, die Raupe und der Hund und ich«, erklärte Lilly. Sie zog eine Birne aus ihrem Einkaufskorb, biss hinein und steckte auch dem Kind ein Stückchen davon in den Mund. Elisabeth fielen zum ersten Mal die feinen Fältchen und Krähenfüße um die Augen ihrer Tochter auf. Sie wurde nun ja wirklich schon vierzig! Demnächst würde sie eine Frau in mittleren Jahren sein mit einem unehelichen Kind und ohne jede wirkliche Sicherheit.

»Aber Lillybelle, kann dich denn dieser Polizist – also dein neuer Freund – nicht unterstützen? Oder Norbert ... Norbert würde doch ... Wenn du ihm deine Lage schilderst ... Ich weiß genau, dass er dir hinterher trauert! Vielleicht könnte er inzwischen sogar das Baby in Kauf nehmen, wenn's jetzt schon mal da ist. Wenn ihr euch noch mal zusammen setzt und vernünftig miteinander redet ...« Sie bemerkte, dass Lilly ärgerlich wurde und fuhr hastig fort: »Oder gut, wenn du das nicht willst, er würde dir sicherlich was leihen oder vorstrecken oder einfach nur so geben ... du hast ja so vehement jede Unterstützung von ihm abgelehnt, das war natürlich dumm, das fehlt dir jetzt.«

»Du selbst hast doch immer Papis Geld abgelehnt!«, rief Lilly entrüstet.

»Jaaa. Das war aber etwas anderes. Völlig anders. Zunächst mal war er Schuld am Scheitern unserer Ehe... Da hatte ich natürlich meinen Stolz. Ach, das ist ja auch egal. Tatsache ist, ich war tüchtig genug, mich alleine durchzuschlagen... Du, Lillybelle, du warst immer so... du bist eben...«

Sie hörte auf, zu reden, weil sie merkte, dass sie ganz und gar auf den Holzweg geriet. Die zarte, unpraktische, verträumte Lillybelle, von der sie da sprach, gab es wohl nicht mehr. Die Frau vor ihr in dem billigen T-Shirt und diesen unmöglichen Turnschuhen sah eigentlich sehr handfest und patent aus. Und ziemlich gereizt.

Elisabeth seufzte einmal tief und zitternd auf. Sie hatte sich schließlich vorgenommen, in Zukunft verständnisvoller zu sein. »Du machst das schon richtig, Lillybelle. Ich will mich da auch nicht einmischen...«, sagte sie tapfer.